Il *Milione* di Marco Polo (1254-1324), originariamente redatto in francese da Rustichello
da Pisa, ci è noto soltanto attraverso rifacimenti e traduzioni: fra queste, la versione toscana trecentesca − forse la più antica − è
sicuramente la più importante, anche perché
documenta una lettura del testo condotta secondo l'ottica e gli interessi di quel ceto mercantile che si accingeva a rivoluzionare l'eco-
nomia europea. Tale versione viene qui ripro-
posta in un'edizione filologicamente ineccepibile, fondata sul manoscritto più completo e corretto e arricchita da un puntuale commento (alla curatrice è stato conferito nel
1979 il Premio Foscolo Benedetto). L'indice
ragionato di Giorgio R. Cardona, inoltre, costituisce un indispensabile strumento per
comprendere i molteplici riferimenti − storici, geografici, etnici, naturalistici − racchiusi nel testo.

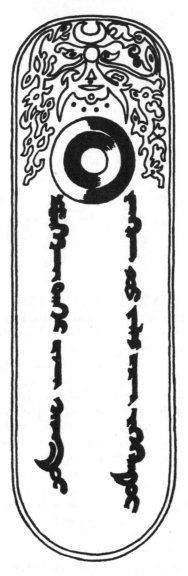

« Tavola di signore a testa di lione » (vedi *Milione*, 80, 7-14 e Indice ragionato s.v.). Una tavola d'oro simile a questa dette il Gran Cane a Marco Polo come salvacondotto per i suoi viaggi nell'impero mongolo.

MARCO POLO

Milione

Versione toscana del Trecento
Edizione critica a cura
di Valeria Bertolucci Pizzorusso
Indice ragionato di Giorgio R. Cardona

ADELPHI EDIZIONI

© 1975 ADELPHI EDIZIONI S.P.A. MILANO
I edizione *gli Adelphi*: febbraio 1994
III edizione *gli Adelphi*: aprile 2003
WWW.ADELPHI.IT

ISBN 88-459-1032-6

PREFAZIONE

1. Nel 1298, nelle carceri di Genova, una straordinaria congiuntura metteva dinanzi a un tardivo e modesto narratore di storie cavalleresche nel francese ‘gotico’ del romanzo cortese, quella che dovette apparirgli come l’incarnazione di uno dei suoi stilizzati eroi, ed insieme l’antitesi, per l’autorità con cui l’insolito cavaliere garantiva la sua *aventure*. Marco Polo, certo più saldamente attestato sul fronte della realtà, giudicò quella l’occasione forse unica di mettere per iscritto, nella lingua che ‘correva’ allora nel mondo economico e politico dell’Oriente latino, l’eccezionale esperienza del suo viaggio in Asia e del soggiorno presso il Gran Cane, ritenendola degna di uscire dalla sfera privata per raggiungere un pubblico internazionale. L’eccellenza del francese come lingua della prosa era già stata riconosciuta, del resto, da italiani illustri, come Brunetto Latini, Martin da Canal e lo stesso Dante. Il frutto della collaborazione fu, appena un anno dopo, quello che essi designarono espressamente come « il nostro libro », il cui strabiliante contenuto veniva dato per vero da un « savio e nobile cittadino di Vinegia », tuttavia sconosciuto, che sentiva il dovere di ribadire spesso le affermazioni trascritte dal deferente e scrupoloso scrivano con interventi in prima o in terza persona; solo un altro nome autorevole era talvolta evocato, quello del grande Alessandro, esploratore *in partibus orientis*.

La forzata fermentazione, che aveva concentrato in un anno di attività di memoria e di penna cinque lustri di vita straordinaria, ne aveva distillato intensi profumi; quando il manoscritto uscì dal carcere, il mondo europeo se lo contese con tale avidità, per copiarlo e tradurlo nei vari idiomi romanzi e, « pericoloso onore », anche in latino, che esso andò irrimediabilmente perduto, lasciando dietro di sé un cospicuo numero di derivati, nessuno dei quali però rispecchiava nella sua integrità la redazione originaria. Al suo recupero per faticosa ricostruzione è dedicata, come è noto, l'opera fondamentale di Luigi Foscolo Benedetto, che nella sua ammirevole, ostinata caccia attraverso la selva spessa dei manoscritti e delle stampe, ha posto le basi per lo studio scientifico del testo poliano in ogni sua area di diffusione.[1]

---

1. Sulla grande questione della redazione originaria del *Milione*, toccata qui di sfuggita, si rimanda direttamente al complesso dei contributi poliani di L. F. Benedetto (oltre a quelli che saranno citati più avanti, cfr. la bibliografia completa dei suoi scritti a cura di R. Massano in « Studi francesi », X, 1966, 203-210), tenendo presente la schematica, ma sostanziosa messa a punto di C. Segre in *Grundriss der romanischen Literaturen des Mittelalters*, Heidelberg, 1970, VI, tomo 2, 196-197, che contiene anche i dati biografici fondamentali relativi a Marco Polo. Cfr. inoltre R. Bossuat, *Manuel bibliographique de la littérature française du Moyen-âge*, Melun, 1951, 538-539 e l'intervento-recensione di M. Roques in « Romania », LXXVI (1955), 399-408. Per Rustichello da Pisa, la cui figura continua a restare imprecisata, occorre rifarsi ancora a E. Löseth, *Le Roman en prose de Tristan, le roman de Palamedés et la compilation de Rusticien de Pise*, Paris, 1891 (repr. New York, 1970), e, per la forma del nome in particolare, alle osservazioni del Benedetto. Per aggiornamenti e per le note dichiarazioni sul francese come lingua della prosa, cfr. A. Roncaglia, *La letteratura franco-veneta*, in *Storia della letteratura italiana*. Vol. VII, *Il Trecento*, Firenze, 1965, 727 sgg.

2. Al libro di Marco e Rustichello era mancata l'ultima revisione (il sodalizio dovette inter-
rompersi bruscamente per la liberazione del veneziano) e rimase forse anche incompiuto (alla
solenne facciata non corrisponde una conclusione altrettanto monumentale: il racconto si allon-
tana in un fragor d'armi tartaresche); indici di
spontaneità, come formule del tipo « avevamo
dimenticato », ecc., compaiono qua e là, per giustificare ritorni su argomenti già trattati; se mai
esistette un titolo originario (il manoscritto più
autorevole porta quello di *Divisament dou monde*), esso non riuscì a fissarsi, e fu sostituito via
via da altri, tra i quali *Milione*, costante nella
tradizione italiana, dal soprannome (per aferesi
da *Emilione*) della famiglia Polo, passato all'o-
pera di Marco non senza arricchirsi, per falsa
etimologia, del riverbero delle ricchezze in essa
narrate.

Nonostante ciò, esso presenta una struttura
imponente e sapiente. La schidionata delle stazioni o tappe, essenzialmente descrittiva e topica
del viaggio, è preceduta dal racconto compen-
diato di tutta l'impresa (ristretto nei primi diciotto capitoli, detti di prologo nel senso di esposizione dell'argomento), conclusa con il ritorno
in patria dei viaggiatori: superba curvatura, che
libera l'intreccio da istanze diegetiche troppo
pressanti, per procedere poi senza preoccupazioni, seguendo il ritmo irregolare del ricordo, quando abbondante e particolareggiato, quando som-
mario. La sosta più prolungata segna anche il

culmine del racconto principale, venendo ad oc-
cuparne all'incirca il punto centrale: è la descrizione (anche fisica) del signore dell'Asia e di Marco (protagonista che ora si annulla come personaggio per essere soltanto colui che riferisce)
« cioè lo nobile Grande Kane, che Coblain è
chiamato », della sua corte magnifica, dei suoi
regali piaceri, della sua esemplare arte di governo (qui capp. 75-103).

Nella costruzione del libro, in cui va forse riconosciuto il segno del mestiere di Rustichello,
la collaborazione fra i due prigionieri dimostra
una spontanea armonia; ma delle modalità con-
crete di essa ben poco sappiamo. Nessun dubbio
che Marco sia l'*auctor* del libro scritto da Rustichello, ma il suo contributo non potrà essere stato, in fase di stesura, esclusivamente orale, preceduto soltanto dal lavoro di recupero, nel tesoro
della memoria, delle « cose da ricordare », tra-
scelte tra quelle che non sono ritenute degne o
opportune (« altre cose v'à che non vi conto »),
con l'impegno di distinguere anche ciò che ha
conosciuto « di veduta », da quello che ha appre-
so « per udita ».[2] L'abbondanza di dati che non
s'inventano né si sunteggiano, come è stato detto, cioè distanze, dazi, noli, nomi di località di
passo, ecc., postulano necessariamente un sup-

2. La distinzione, che ha sicuri ascendenti negli storici-etno-
grafi greci, ricorre anche in libri di viaggio di autori arabi
anteriori a Marco (cfr. F. Gabrieli, *Viaggi e viaggiatori arabi*,
Firenze, 1975, 69): questo per richiamare l'attenzione in una
direzione che non sarà da trascurare in merito alle 'fonti'
(cfr. intanto L. Olschki, *Storia letteraria delle scoperte geografiche*, Firenze, 1937).

porto scritto, abbozzato già forse dai familiari di Marco, che sapevano con sicurezza di dover ripetere il viaggio (e appunti presi dallo stesso Marco durante le missioni all'interno del Mangi). Non è da escludere che esso fosse stato steso in una lingua già mescidata, vivo strumento di scambio economico e sociale nel Levante, e perciò nota ai Polo, installati da generazioni a Costantinopoli e poi in Crimea. Molti dei suoi tratti peculiari, i venetismi anzitutto, attraversarono impunemente il filtro, più corretto e più letterario, ma per ciò stesso insufficiente, di Rustichello, funzionando da prestiti di necessità per termini tecnici noti a Marco soltanto nella lingua materna, e forse ignoti al ristretto e astratto registro linguistico del trascrittore.

E Marco autore è responsabile naturalmente di Marco personaggio: del velo di riservatezza che stende sulle faccende economiche della famiglia, dopo il necessario accenno iniziale al commercio di preziosi, e del rilievo dato invece ai ruoli pubblici rivestiti (sempre comunque con grave senso di medievale *pudor sui*) sia nei contatti tra i due mondi orientale e occidentale durante il magico e transitorio periodo della grande *pax tartarica*, sia come funzionario del Gran Cane. Da un libro tanto vario e composito riesce ad emergere ben netta, unico elemento di coesione, la personalità integra di un uomo di tipica formazione occidentale cristiana (non manca il caratteristico *animus* contro i musulmani), ma senza che ciò costituisca, questo è il fatto eccezionale, uno schermo alla comprensione del diverso, che quindi può essere raccontato con imparzialità e quando ne sia il caso, con convinta ammirazione. E tutto questo sembra avvenire senza fratture. Di qui la superiorità di tono del suo discorso sull'Asia, che lo distingue nettamente da quello dei predecessori e di molti dei successori.

Quanto a Rustichello, cui Marco lascia la libertà del fraseggio (stilemi introduttivi di tipo apostrofico, sviluppo descrittivo topico nella rievocazione di scontri e battaglie, formule di transizione da un capitolo all'altro), egli appare fin troppo preoccupato di creare quegli *effets de littérature* che smorzino un poco la sensazione di verità che scaturiva, nonostante tutto, dal racconto di Marco, al fine di elevarlo a dignità di scrittura, ma anche, e ciò non è contraddittorio nel mondo medievale, di aumentarne la credibilità. Inserendolo nel genere romanzesco, egli non solo utilizzava la sequenza letteraria che aveva sempre praticato e che gli sembrava più rispondente, ma riteneva anche d'interpretare rettamente quello che s'intende per ' orizzonte d'attesa '. Questo però non si presentava così unitario come egli aveva immaginato, oltre che forse già sul punto di essere superato. Il libro che aveva trascritto era sì un romanzo, ma anche un manuale mercantile, un trattato di etnografia, un itinerario, una relazione diplomatica di particolare ricchezza. Questa sua imbarazzante complessità riluttante ad un inquadramento di genere, faceva sì che la prima casella, quella del romanzo, risultasse veramente troppo stretta, come subito dimostrò la pluralità degli approcci, specie sul versante italiano, i quali, benché diversamente orientati, si trovarono d'accordo nel cercar di rimuovere un trucco giudicato, ancora viventi gli autori, già troppo invecchiato.

3. Lo dimostrò anzitutto la versione toscana, eseguita forse nel primo decennio del Trecento. Essa rappresenta la lettura che del libro poliano dette il ceto borghese mercantile, nell'ambito del quale, come indicano elementi esterni e interni, fu eseguita e diffusa. Orientata sui dati commerciali e sugli aspetti novellistici, essa collima perfettamente con gli interessi e i gusti che di questa classe, proprio allora in grande espansione, ci sono ormai noti.

Genealogicamente la sua posizione è chiara: essa si colloca all'interno del gruppo più ricco di testimoni, anche se meno conservativo (Benedetto), della tradizione dell'opera poliana, quello che ha come principale esponente il rappresentante storico più insigne, il ms. fr. 1116, l'unico a non avere abbandonato del tutto il francese ricco d'italianismi dell'originale. La traduzione è stata eseguita su una copia ad esso vicinissima, e dunque non può rispondere di quanto già mancava in questa. Se è stata giusta infatti la reazione (interpretata efficacemente e ripetutamente dal Benedetto) contro coloro che tendevano a far passare una singola redazione o copia, come è avvenuto proprio nel caso del *Milione* toscano, per l'opera ben più vasta del viaggiatore veneziano, è necessario anche guardarsi dal pericolo opposto, quello di far pesare su ognuna di esse lo sproporzionato confronto con il grande libro originario. Ma il principale motivo di diffidenza contro la versione toscana era rappresentato senza dubbio dal pietoso stato del testo nelle stampe correnti, semplici trascrizioni che peggioravano la lezione di un manoscritto già in sé deteriore; situazione che da tempo sarebbe stato doveroso cercar di ovviare. Anche qui si può osservare che le riserve, giustificatissime (e confermate tacitamente dalla pratica emarginazione di questo testo dagli studi sulla lingua e sulla sintassi, certo a causa delle palesi scorrettezze), non devono peraltro essere spinte fino al punto di impedire la comprensione di quel delicato fenomeno storico che è il volgarizzamento nella fattispecie ' orizzontale ', cioè dall'una all'altra lingua romanza, solo di recente messo a fuoco nell'adeguata prospettiva. E recentissimi sono i connessi studi sulla teoria (e la storia) della traduzione, da tenere anch'essi nel massimo conto, in quanto preparano al difficile approccio con situazioni linguistiche di quasi simbiosi, quale si verifica appunto nel dettato toscano, orientato, almeno nella sua gran parte, sulla lingua di partenza (di qui i residui di francese, sia lessicali sia sintattici, che si aggiungono a vere e proprie incomprensioni, lasciate passare con sintomatica indifferenza) piuttosto che su quella d'arrivo, che si delinea come un fatto di ulteriore e progressiva conquista.

Per liberare il *Milione* toscano dalla più pesante ipoteca, quella testuale, l'esame sistematico della sua tradizione manoscritta ha dimostrato che non era sufficiente emendare il cosiddetto 'Ottimo' (testo base della stampa) con l'aiuto degli altri manoscritti, ma occorreva operare un deciso ribaltamento della 'scelta' tradizionale, in favore dell'inedito ms. IV, II, 136 della Bibl. Naz. di Firenze, tenendolo poi, ovviamente, sotto il controllo di tutti gli altri testimoni. L'operazione è servita tra l'altro a recuperare un capitolo di raccordo, il 5, che permette un logico sviluppo del racconto, nonché a ristabilire un'articolazione in capitoli — travisata in parte dalle edizioni a stampa — più rispondente al testo franco-italiano (essi salgono da 183 a 209). Il nuovo testo, più genuinamente conservatore, oltre che più corretto, lascia bene intravedere l'avida fretta con cui il libro di Marco fu tradotto, quasi di getto, da persona più curiosa che competente, che lavora a caldo, con le relative incertezze ed incoerenze, senza preoccupazioni di sintassi e di stile. Il *Milione* esce così dal suo originario involucro romanzesco per collocarsi (ma in posizione di capofila) ad un livello più quotidiano e spontaneo, caratteristico degli scritti dei mercanti, che proprio allora si affacciano sull'orizzonte letterario, ampliando il già ricco ventaglio dei tipi prosastici in antico toscano.[3]

Considerazioni ulteriori potrebbero farsi se disponessimo di edizioni attendibili per le altre versioni dell'opera poliana, a cominciare da quella veneta e da quella latina di Pipino da Bologna, appartenenti anch'esse alla prima fase di diffusione del libro. Il confronto permetterebbe interessanti e motivate osservazioni sui diversi ambienti ricettori, che ne orientarono il testo secondo le rispettive attese, mutandone i contrassegni di genere.

4. Poco frequentata da linguisti e filologi, l'antica prosa del *Milione* toscano è stata letta e riletta dagli scrittori. La storia della sua fortuna, come si usava dire, nella letteratura italiana, distinguibile da quella generica del contenuto poliano, se condotta sulle impronte lessico-sintattiche che siano eventualmente rimaste, è ancora tutta da scrivere, dal Villani fino ad oggi. Ed è interessante, in quanto non di rado l'antico testo supera il ruolo di pura fonte di dati per suggestioni più ampie.

Ci limitiamo ad un assaggio, procedendo a ritroso. Se non è forse il caso di sottolineare troppo la lettura di Carlo Emilio Gadda, rivelata da

---

3. Il discorso in proposito è già iniziato e portato avanti in C. Bec, *Les marchands écrivains. Affaires et humanisme à Florence, 1375-1434*, Paris-La Haye, 1967, cui si rimanda anche per la ' cultura ' del mercante medievale.

una sua grottesca[4] glossa, non è rinunciabile quella sottile e ispiratrice, di Italo Calvino, per le sue città invisibili.[5] È come se affidasse le prime battute, il tema musicale, all'antico volgarizzatore: « Partendosi di là, e andando tre giornate verso levante, l'uomo si trova... » (è l'inizio della prima descrizione di città, p. 16); « All'uomo che cavalca lungamente... » (inizio seconda descrizione); e ancora: « Di capo a tre giornate, andando verso mezzodì, l'uomo s'incontra... » (quarta città, p. 20); e poi, sempre ad inizio di capitolo (come nel *Milione*) alle pp. 21, 40, 51, 111; soltanto a p. 94 la citazione quasi esplicita, posta in bocca a Marco: « ... Di là l'uomo si parte e cavalca tre giornate tra greco e levante... — riprendeva a dire Marco... ». Nella lucida, moderna prosa di questo scrittore, restano in filigrana un francesismo come *l'uomo* usato impersonalmente, antiche forme come *Di capo* e *giornate* nel senso di tappe, caratteristiche della versione toscana. Lasciamo che sia questo scrittore, con i suoi dissimulati riferimenti, a consegnare al lettore una chiave d'ascolto per avvertire il ritmo lento e ripetitivo del viaggio di Marco Polo nella prosa antica dell'anonimo toscano.

Sono molta grata a Giorgio R. Cardona per essersi assunto il delicato onere dell'Indice ragionato; a Emanuele Casamassima, ad Armando

---

4. Vedi « Paragone », 276 (1973), 7-8.
5. I. Calvino, *Le città invisibili*, Torino, 1972.

Petrucci, ad Alfredo Stussi per i preziosi chiarimenti gentilmente fornitimi.

Questo lavoro, realizzatosi nel ricordo costante di Silvio Pellegrini, vuole essere dedicato alla memoria Sua ed a quella di Luigi Foscolo Benedetto, come primo segno della ripresa, da lui auspicata, degli studi poliani in Italia.

VALERIA BERTOLUCCI PIZZORUSSO

AVVERTENZA: l'illustrazione del contenuto particolarmente denso e complesso di questo testo è stata distribuita tra le note a piè di pagina, l'Indice ragionato e l'Apparato. Le note, concepite come sommesso commento orientativo della lettura, hanno carattere esplicativo e filologico-linguistico, mentre gli indispensabili chiarimenti di ordine storico-geografico sono affidati all'Indice, che funziona anche da glossario con preminente riguardo alla terminologia orientale. In ragione della loro sobrietà, la bibliografia in esse citata è sommaria e non esaustiva; si è evitata inoltre un'abbondante citazione di raffronto dal testo francese, nel caso in specie né facile né perspicuo, segnalando il contenuto delle omissioni imputabili con relativa sicurezza al traduttore (che non è direttamente responsabile di altre, risalenti già all'esemplare franco-italiano, a noi ignoto, da cui traduceva), e suggerendo la correzione degli errori di traduzione, ma rimandando all'apparato per l'ampia citazione dimostrativa. Nel testo, i termini non toscani (francesi e orientali) non sono evidenziati in alcun modo (sono peraltro sempre annotati), intendendo uniformarci quanto ai primi alla naturalezza con cui il contesto li accoglie, mentre i secondi risultano per lo più già introdotti da formule di citazione ben chiare. Poiché la numerazione dei capitoli nella presente edizione non concorda con le precedenti, è da tener presente, per eventuali raffronti, la Tavola delle concordanze per capitoli nella *Nota al testo*. Per la prima volta è stata qui introdotta la numerazione dei periodi, in base alla quale è stato effettuato anche il rimando alle note, richiamate soltanto dal segmento di testo che vogliono illustrare. Si avverte infine che con ' testo fr. ' o con la sigla F s'intende per brevità il testo franco-italiano del ms. fr. 1116 nell'ediz. Benedetto, e con *Vulg.* il testo del *Milione* toscano in qualsiasi ediz. corrente a partire da quella Olivieri del 1928.

[Questa edizione riproduce la prima (1975), salvo la correzione di errori materiali ed alcuni ritocchi puntuali. Nell'opera di revisione sono state tenute presenti, tra l'altro, le osservazioni emerse sia in sede di recensione alla precedente, sia in occasione di recenti ristampe del testo. Nell'impossibilità di darne conto qui partitamente, ringrazio gli studiosi cui le une e le altre sono dovute. V.B.P.].

POSTILLA 1994. - Su un tentativo relativamente recente (Marco Polo, *Il Milione*, introduzione, edizione del testo toscano « Ottimo », note illustrative, esegetiche, linguistiche, repertori onomastici e lessicali, a cura di Ruggero M. Ruggieri, Firenze, Olschki, 1986 - Biblioteca dell'« Archivum Romanicum », vol. 200) di autorizzare il ritorno al manoscritto cosiddetto « Ottimo » come codice di base per l'edizione della versione toscana del *Milione*, mi limito a rimandare all'esauriente intervento di Carlachiara Perrone, *Su una recente edizione del* Milione *di Marco Polo*, in « Filologia e critica », XIV, 1989, pp. 89-104.

Alle riserve da me già avanzate (cfr. pp. 327-28) sull'attendibilità della data 1309, che compare nella nota di possesso del suddetto « Ottimo » di mano di Piero del Riccio, si aggiungono ora quelle ben più autorevoli di Arrigo Castellani, che ne giudica l'aspetto linguistico riferibile alla metà del Trecento e non prima (« Studi linguistici italiani », XVII, 1991, pp. 8-11), proponendo anche, quanto alla data, di « pensare a un errore di Piero del Riccio (forse ' Mccclviiij ' d'un documento di famiglia relativo alla morte del bisnonno letto come ' Mcccviiij ') ».

In una comunicazione privata, di cui lo ringrazio, il prof. Castellani mi fa presente che la lezione dell'« Ottimo » da me contrapposta a quella di A² nel passo n. [3] a p. 357 è frutto di evidenti correzioni, e che l'originaria, facilmente ricostruibile, coincide con quella di A²: l'esempio n. [3] deve pertanto considerarsi espunto in quanto non idoneo ai fini della dimostrazione.

V.B.P.

MILIONE

A³1r. 1   Signori imperadori, re e duci e·ttutte altre genti che volete sapere le diverse generazioni delle
genti e·lle diversità delle regioni del mondo, leg-
gete questo libro dove le troverrete tutte le grandissime maraviglie e gran diversitadi delle genti
d'Erminia, di Persia e di Tarteria, d'India e di
2 molte altre province. E questo vi conterà il libro
ordinatamente siccome messere Marco Polo, savio e·nnobile cittadino di Vinegia, le conta in
3 questo libro e egli medesimo le vide. Ma ancora v'à di quelle cose le quali elli non vide, ma
udille da persone degne di fede, e però le cose
vedute dirà di veduta e·ll'altre per udita, acciò
che 'l nostro libro sia veritieri e sanza niuna menzogna.
4 Ma io voglio che·vvoi sappiate che·ppoi che
Iddio fece Adam nostro primo padre insino al dì
d'oggi, né cristiano né pagano, saracino o tartero,
né niuno huomo di niuna generazione non vide
né cercò tante maravigliose cose del mondo co-

---

1. *generazioni*: 'razze', secondo l'accezione qui costante
(*GDLI*, VI, 655)   *troverrete*: raddoppiamento della consonante per « erronea generalizzazione di forme in cui *-rr-* s'era
prodotto per assimilazione o per sincope, per esempio *vorrò,
verrò, rimarrò...* » (Rohlfs, § 587).
2. *siccome*: non subordinante ma modale, (così 6, 3; 7, 5,
ecc.).
3. *veritieri*: il suffisso *-ieri* è il più antico in toscano e a lungo concorrente di *-iere* (cfr. Castellani, *Nuovi testi*, I, 43;
Crespo, *Una versione pis.*, 51; Schiaffini, *Testi*, XLVIII-XLIX;
Serianni, *Dialetto aret.*, 127). Vedi *ciabattieri* 27, 3, *forestieri*
58, 8, ecc.
4. *cercò*: 'esplorò' (cfr. *GDLI*, II, 989). Qui 50, 4; 98, 5, ecc.

5 me fece messer Marco Polo. E però disse in-
fra·sse medesimo che troppo sarebbe grande male s'egli non mettesse inn-iscritto tutte le maraviglie ch'egli à vedute, perché chi no·lle sa l'appari per questo libro.

6   E·ssì·vvi dico ched egli dimorò in que' paesi
bene trentasei anni; lo quale poi, stando nella
prigione di Genova, fece mettere inn-iscritto tutte
queste cose a messere Rustico da·pPisa, lo quale era preso in quelle medesime carcere ne gli
anni di Cristo 1298.

---

5. *disse infra·sse medesimo*: ' deliberò ', espressione perifrastica
calcata sulla corrispondente francese *dit il a soi mesme* F (così *dissono fra·lloro* 2, 2, che risponde a *distrent entr'aus* F;
disse fra se stesso 7, 1). La prepos. *infra* (come *fra*) può provo-
care il raddoppiamento della consonante iniziale della parola
seguente (raddoppiamento fonosintattico): cfr. Rohlfs, § 173;
Schiaffini, *Testi*, 273-274   *appari*: ' impari ', per scambio di
prefisso, cfr. Davanzati, *Rime*, gloss.; *GDLI*, I, 548. Qui *aparò*
15, 4.

6. *ched*: comune in ant. tosc. (ed oggi a livello dialettale) la
conservazione della cons. finale latina in posizione prevocalica
(cfr. Crespo, *Una versione pis.*, 42; Rohlfs, § 785). Vedi qui
132, 7; 170, 28; 190, 9; 203, 7, ecc.   *trentasei*: errore del tradutt. toscano per ventisei (ma in realtà ventiquattro, stando
ai dati precisati più avanti)   *carcere*: anticamente ambigenere e più spesso, come qui, femminile (Rohlfs, § 392); per
il pl. in *-e* dei femminili della 2ª classe, cfr. Castellani, *Pis. e
lucch.*, 119-122; Crespo, *Una versione pis.*, 51 con ampia bibliogr.; Rohlfs, § 366. Qui *generazione* 7, 6 e 83, 15, 16, *novitade* 17, 5, *nave* 18, 2, ecc.

<‹2›

Lor partita di Gostantinopoli.

1   Egli è vero che al tempo che Baldovino era
imperadore di Gostantinopoli – ciò fu ne gli anni
di Cristo 1250 –, messere Niccolaio Polo, lo quale fu padre di messere Marco, e messere Matteo
Polo suo fratello, questi due fratelli erano nella
città di Gostantinopoli venuti da·vVinegia con
mercatantia, li quali erano nobili e savi sanza
2   fallo. Dissono fra·lloro e ordinorono di volere
passare lo Gran Mare per guadagnare, e andarono comperando molte gioie per portare, e par-
tironsi in su una nave di Gostantinopoli e andarono in Soldania. ‖

‹3›

IV.   1   Quand'e' furono dimorati in Soldania alquanti
2   dì, pensarono d'andare più oltre. E·mmissonsi in
camino e tanto cavalcarono che venne loro una
ventura che pervennero a Barca, re e signore

0. *Gostantinopoli*: la velare sonora iniziale in luogo della
sorda è frequente in ant. tosc. (qui *gamello* 73, 7; *gugina* 176,
13), cfr. Dardano, *Bestiario*, 49; Rohlfs, § 151; Trolli, *La lingua*, 67; Varanini, *Un promemoria*, 77.
1. Datazione errata anche nel testo fr.: si tratta invece del
1260   *Niccolaio*: forma con epentesi di *i* ad evitare lo iato,
corrente nel toscano provinciale e non ignota al fiorentino (Castellani, *Nuovi testi*, 43; Crespo, *Una versione pis.*, 43; Rohlfs,
§ 339; Schiaffini, *Testi*, XLVI). Cfr. qui *faie* 117, 13, *reie* 163,
8, *neiuno* 170, 41, ecc.

2. *venne loro una ventura*: 'accadde che', ma è un proba-

d'una parte de' Tarteri, lo quale era a quel punto
3 a Bolgara. E·llo re fece grande honore a messere
Niccolaio e a messere Matteo ed ebbe grande
4 allegrezza della loro venuta. Li due fratelli li
donarono delle gioe ch'egli aveano in gran quantità, e Barca re le prese volentieri e pregiogli molto; e donò loro due cotanti che·lle gioie non va-
levano.

5   Quando furono stati un anno in questa città,
si levò una guerra tra·llo re Barca e Alau, re de'
6 Tarteri del Levante. E·ll'uno venne contro al-
l'altro, e qui ebbe gran battaglia e morì una moltitudine di gente, ma nella fine Alau vinse; sicché per le guerre niuno potea andare per cami-
7 no che·nnon fosse preso. E questo Alau era da
quella parte donde i dui frategli erano venuti;
ma innanzi potevano eglino bene andare, e misorsi co·lloro mercatantia a andare verso levante
8 per ritornare da una parte. E partiti da Bolgara,
andarono a un'altra città la quale à·nnome On-

bile fraintendimento del testo franc., cfr. *Nota al testo*, appar.
4. *gioe*: per la caduta di *yod* secondario in questa parola (qui
anche 110, 7; 114, 13), cfr. *Fiore*, gloss.; Schiaffini, *Testi*, gloss.;
Vitale, *Il quaderno*, 97   *due cotanti*: 'il doppio' (del loro
valore); *non* pleonastico nelle comparative, cfr. Rohlfs, § 970;
Trolli, *La lingua*, 129; così 69, 27.
5. Cfr. cap. 209.
6. *qui ebbe*: 'ci fu'; per l'uso, comune in ant. tosc., di
'avere' per 'esserci' (di origine gallo-romanza, e qui calco
sul testo fr.) cfr. Ageno, *Il verbo*, 171; Giamboni, *Il libro*,
gloss. Continuamente documentato è qui *à* 'c'è'; inoltre *ànno*
171, 8 'vi sono', *avea* 174, 12 'c'era', ecc.
7. *i dui frategli*: per il numerale, anticamente declinabile,
cfr. Rohlfs, § 971; il pl. palatalizzato nel sostantivo, qui
assai frequente (*cavagli* 20, 3 e passim, *capegli* 30, 3, *ca-*

taca, ch'era alla fine delle signorie del Ponente.

9 E da quella si partirono e passarono il fiume del Tigri e andarono per uno diserto lungo diciotto giornate; e·nnon trovarono n‹i›una abitazione, ma Tarteri che stavano sotto loro tende e viveano di loro bestiame.

‹4›

Come si partiro da·rre Barca.

1   Quando ebbono passato in ponente overo il diserto, vennero a una città ch'à·nnome Baccara, la più grande e·lla più nobile del paese; e
2 eravi per signore uno ch'avea nome Barac. Quando i due fratelli vennero a questa città, non poterono passare più oltre e dimoró[n]vi tre anni.

---

megli 68, 14, *fanciugli* 68, 14, ecc.) è tratto del tosc. provinciale, e più particolarmente del senese-aretino, cfr. Castellani, *Nuovi testi*, 46; Limentani, *Palamedés*, CXVI; Parodi, *Dialetti tosc.*, 620; *Trist. Ricc.* CXVI; Rohlfs, § 373   *da una parte*: 'indirettamente'; così Benedetto traduce (*Il libro di Messer Marco Polo*, 4) *au traverse* F, cfr. *Nota al testo*, appar. per sospetto di guasto nel testo.
9. *del Tigri*: è il Volga, cfr. *Ind. ragion.* Si noti l'uso, insolito, della prepos. articolata con il complem. di denominazione (vedi più avanti *città del Giogui* 105, 0, *provincia del Gaindu* 115, 14, *del Zaiton* 157, 11, *al Zaiton* 157, 15, ecc.), senza corrispondenza nel testo fr.   *diciotto*: nel testo fr. sono diciassette, cfr. *Nota al testo*, appar.

2. *dimorónvi*: tipo di perfetto frequente particolarmente nei dialetti tosc. occidentali, cfr. Castellani, *Miliadusso*, II, 135-36; *Pis. e lucch.*, 129-31; Rohlfs, § 568.

3   Adivenne in que' tempi che 'l signore del Levante mandò imbasciadori al Gran Cane, e quando vidono in questa città i due frategli, fecionsi
grande maraviglia perché mai none aveano veduto niuno latino; e·ffecionne gran festa e dissono loro, s'eglino voleano venire co·lloro al Gran
de Signore e Gran Cane, e egli gli porrebbe in
grande istato, perché il Gran Cane none avea
4   mai veduto nessuno latino. Li dui fratelli rispo-
sono: « Volentieri ».

⟨5⟩

A²2r. 1   Or si misero li due fratelli ⟨a⟩ la via con questi ambasciadori, e andarono uno anno per tra-
2   montana e per uno vento ch'à nome greco. E

3. *none*: forma con epitesi di *-ne* (così più avanti 24, 14; 62, 5,
ecc.; inoltre *ine*, 41, 4, *nonne* 116, 15; 173, 20, *puòne* 172, 20 e
i frequenti *quine* e *quini*), cfr. Baldelli, *Medioevo volgare*, 148
e passim; Castellani, *Nuovi testi*, 41; Crespo, *Una versione pis.*,
43; Limentani, *Palamedés*, LV; Rohlfs, § 337   *latino*: uomo
d'Occidente   *s'eglino... e egli*: ripresa con *e* davanti a proposizione principale quando sia preceduta dalla secondaria
(paraipotassi) in questo caso ipotetica, cfr. Giamboni, *Il libro*,
16 n.; Schiaffini, *Testi*, 283-94; Sorrento, *Sintassi*, 25-91
istato: con prostesi di *i-* davanti a *s* + cons., noto fenomeno
del tosc. ant. e dialettale, qui ampiamente documentato (forme del verbo *stare*; altri casi: *istretta* 22, 5, *iscesa* 34, 9, *iscuritade* 35, 12, *ispinosi* 45, 10, ecc.), cfr. Crespo, *Una versione
pis.*, 43 con esauriente bibliogr.; Rohlfs, § 187; Trolli, *La lingua*, 64-65.

1. *si misero... a la via*: calcato su *se mistrent a la voie* F,
equivale all'espressione più comune (anche qui: ad es. 8,
2 e 4) ' mettersi in via '.

prima che·llà giugnessero, ‹trovarono› grande
maraviglia, le quali si conteranno poscia.

‹6›

‹Come giunsono al Gran Cane›.

1 Quando li due frategli vennero al Grande Kane, egli ne fece grande festa e grande gioia, siccome persona che mai non avea veduto latino
2 niuno. E dimandogli dello imperadore, che signore era, e di sua vita e di sua iustizia e di molte altre cose di qua; e dimandogli del papa e de
la chiesa di Roma e di tutti i fatti ‹e stati› de'
3 cristiani. Li due frategli rispuosero bene ‹e saviamente›, siccome savi uomini ch'egli erano; e bene sapéno parlare tartaresco.

---

2. *grande maraviglia*: pl. del tipo ‘le pera’ nel sost., « giu-
stificato dalla straordinaria diffusione e produttività del
tipo morfologico in *-a*, *-ora*, nell'italiano antico e specie
nelle regioni centrali e meridionali » (Sabatini, *Un'iscrizione
romana*, 67; Trolli, *La lingua*, 79); cfr. qui *vestimenta* 69, 9,
ecc., *mirolla* 164, 6, ecc. Per il pl. in *-e* degli aggettivi femminili della 2ᵃ classe (qui frequente), si veda Castellani, *Pis. e
lucch.*, 119-22; Crespo, *Una versione pis.*, 51 con ampia bibliogr.; Rohlfs, § 366. L'intero sintagma ricorre nel *Roman
de Palamedés*, cfr. ed. Limentani, LVI.

2. *stati*: ‘condizioni’.
3. *sapéno*: ‘sapevano’; per queste forme contratte d'imperfetto (qui anche *vedéno* 155, 16) cfr. Caix, *Origini*, 226; Mengaldo, *La lingua*, 123; Pulci, *Morgante*, 300 n., 505 n., 706 n.;
Schiaffini, *Influssi*, I, 117.

Come il Grande [Kane] mandò gli due [fratelli]
al papa per amb[asciadori].

1   Quando lo Grande Signore, che Cablai avea
nome, ch'era signore di tutti li Tartari del mondo e di tutte le province e regni di quelle grandissime parti, ebbe udito de' fatti de' latini dagli due frategli, molto gli piacque, e disse fra se
stesso di volere mandare mesaggi a messer lo pa-
2   pa. E chiamò gli due frategli, pregandoli che dovessero fornire questa ambasciata a messer lo
3   papa. Gli due frategli rispuosero: « Volontieri ».
4   Alotta lo Signore fece chiamare uno suo barone
ch'avea nome Cogotal, e disseli che volea ch'an-
5   dasse co li due frategli al papa. Quegli rispuose:
« Volontieri », siccome per signore.
6   Alotta lo Signore fece fare carte bollate come
li due frategli e 'l suo barone potessero venire
per questo viaggio, e impuosegli l'ambasciata
che volea che dicessero, tra le quali mandava dicendo al papa che gli mandasse .c. uomini savi e
che sapessero tutte le .vij. arti, e che sapessero

1. *volere mandare*: dove *volere* è fraseologico, esprimendo
« l'idea stessa dell'infinito che l'accompagna », Ageno, *Il verbo*,
453.
2. *fornire*: 'compiere', *GDLI*, VI, 198; *Trist. Ricc.*, gloss.
6. *carte bollate*: 'salvacondotti' (nel testo fr. *sez chartre en
langue torques* « lettere in lingua turca ») *tra le quali*: da riferirsi a *carte bollate*, oppure, a senso, all'ambasciata come complesso di richieste *mandava dicendo*: 'mandava a dire'; ricalca il fr. *mandoit desant* (così 195, 10) *uomini savi*: 'prelati' (l'espressione fr. è *sajes homes de la cre-
stien[e] loy*, cfr. Benedetto, *Il libro di Messer Marco Polo*,

bene mostrare a l'idoli e a tutte altre generazione
di là che la loro legge era tutta altramenti e come ella era tutta opera di diavolo, e che sapessero mostrare per ragione come la cristia[n]a legge
7   era migliore. Ancora pregò li due frategli che gli
dovessero recare de l'olio de la làmpana ch'arde
al sepolcro ‹di Cristo› in Gerusalem. ‖

‹8›

2v.   Come 'l Grande Kane donò a li due fratell[i]
la tavala de l'oro.

1   Quando lo Grande Kane ebbe imposta l'ambasciata a li due frategli e al barone suo, sì li die-

429), in quanto teologi cristiani ed anche esperti nelle scienze
profane, le sette arti liberali   *idoli*: ' idolatri ', *GDLI*, VII,
218   *legge*: sempre qui nell'accezione di legge religiosa, ' religione '   *tutte altre generazione*: frequente l'omissione del-
l'articolo dopo *tutto* in ant. tosc. (cfr. Crespo, *Una versione
pis.*, 56-57 con bibliogr. esauriente; Rohlfs, § 512) e qui in
particolare (ad es. *tutte parti* 1, 1 e 18, 1, *tutte altre care
cose* 19, 5, *tutta gente* 64, 5, ecc.); per il pl. in -*e* del sost.
femminile, cfr. 1, 6.
7. *dovessero recare*: per l'uso fraseologico di ' dovere ' in dipendenza da *pregare* e affini, cfr. Ageno, *Il verbo*, 442-53 (qui
si ricalca l'espressione fr. *qu'il li deussent aporter*)   *làmpana*: variante tosc. di ' lampada ', Devoto, *Avviamento*, 238;
qui 10, 2; *GDLI*, VIII, 720.

0. *tavala*: forma con passaggio di *o* postonico ad *a* dinanzi a
l (ancora *tavala* 95, 10, inoltre *pericala* 36, 9, *regalati* 173, 13,
con *o* qui intertonico), fenomeno sporadico, ma già individuato in testi toscani e umbri, cfr. Ambrosini, *Testi spellani*,
111; Castellani, *Il registro*, 25; *Nomi fiorentini*, 62; *Pis. e
lucch.*, 112; *Testi sangim.*, 20; Crespo, *Una versione pis.*, 33;
inoltre *noccialo* in Ristoro d'Arezzo, cfr. *Prosa*, 1012   *de l'o-*

de una tavola d'oro ove si contenea che gli mesaggi, in tutte parti ove andassero, li fosse fatto
2   ciò che loro bisognasse. E quando li mesaggi furo aparecchiati di ciò che bisognava, presero comiato e misersi in via.

3   Quando furo cavalcati alquanti die, lo barone
ch'era cogli ‹due› fratelli non potte più cavalcare,
ch'era malato, e rimase a una città ch'à nome
4   Alau. Li due frategli lo lasciaro e misersi in via; e
in tutte le parti ov'egli giugneano gli era fatto lo
magiore onore del mondo per amore de la tavola, sicché gli due frategli giunsero a Laias.
5   E sì vi dico ch'egli penaro a cavalcare tre anni;
e questo venne ché non poteano cavalcare per lo
male tempo e per li fiumi ch'eran grandi.

oddebim [margin annotation]

ro: per il complem. di materia preceduto da prepos. articolata basti citare B. Migliorini, *Saggi linguistici*, Firenze,
1957, 156-75; Rohlfs, § 659. Cfr. qui *lo pane del grano*, 36,
21, *le ancore de·legno* 178, 11.
1. *mesaggi*: ‘ messaggeri ’, comune qui e nella lingua antica.
3. *potte*: perfetto forte con regolare raddoppiamento (ancora *potte* 22, 5, *pòttero* 22, 10), cfr. Giamboni, *Il libro*, 22 n.;
Rohlfs, § 293   *ch'à nome Alau*: precisazione presente soltanto nel testo toscano, per probabile fraintendimento del testo fr., cfr. *Nota al testo*, appar.
4. *per amore*: in osservanza degli ordini imposti dalla piastra
d'oro del comando concessa dal Gran Cane.
5. *penaro*: ‘ impiegarono ’, cfr. Castellani, *Nuovi testi*, gloss;
qui anche 13, 3; 15, 2; 157, 11, ecc.   *male tempo*: *male* agg.
per ‘ malo ’; sotto anche 13, 3; 74, 19; cfr. *male costume* 164,
3 e *male colore* 205, 7   *grandi*: ‘ in piena ’, così 13, 3.

Come li due fratelli vennero a la città d'A[cri].

1   Or si partiro da Laias e vennero ad Acri del
mese d'aprile ne l'anno .mcclxxij.; e quivi sep-
pero che 'l papa era morto, lo quale avea nome
2 papa Clement. Li due frategli andaro a uno savio legato, ch'era legato per la chiesa di Roma ne
le terre d'Egitto, e era uomo di grande ottulitade,
3 e avea nome messer Tedaldo da Piagenza. E
quando li due frategli gli dissero la cagione perché andavano al papa, lo legato se ne diede grande meraviglia; e pensando che questo era grande bene e grande onore de la cristinitad[e], sì
disse che 'l papa era morto e che elli si soferissoro
tanto che papa fosse chiamato, ché sarebbe tosto; poscia potrebbero fornire loro ambasciata.

1. *del mese*: frequente l'uso della prepos. *di* con funzione
temporale (così 18, 14, cfr. Rohlfs, § 804; Trolli, *La lingua*,
116). La datazione è errata, dovendo trattarsi invece del
1269, cfr. *Nota al testo*, appar.   *Clement*: è la forma fr. del
nome, restata per inerzia nella traduzione tosc.
2. *ottulitade*: 'autorità' (cfr. *ottoleò* 'auctoricavit', di area occidentale, cit. in Dardano, *Un itinerario*, 174, con passaggio di *r*
intervoc. ad *l*, ben documentato per la stessa zona, Dardano,
Bestiario, 51)   *Piagenza*: la forma con la cons. sonora in luogo della sorda è comune in ant. tosc. (così *Vinegia*), cfr., Salvioni, *Appunti*, 409; Trolli, *La lingua*, 67.
3. *cristinitade*: 'cristianità', forma spiegabile in rapporto con
Saracinia, secondo Limentani, *Palamedés*, 300. Frequenti le
forme piene: senza contare *cittade*, ricorrente ad ogni passo,
secchitade 37, 4, *iscuritade* 35, 12, *reditade* 46, 2, ecc.   *si
soferissoro*: 'si astenessero' (dal tornare), quindi 'attendes-
sero', cfr. Davanzati, *Rime*, gloss.

4 Li due frategli, udendo ciòe, pensaro d'andare
   in questo mezzo a Vinegia per vedere loro famiglie; alora si partiro d'Acri e vennero a Negro-
5 ponte e poscia a Vinegia. E quivi trovò messer
   Niccolao che la sua moglie era morta, e erane
   rimaso uno figliuolo di .xv. anni, ch'avea nome
   Marco; e questi è quello messer Marco di cui
6 questo libro parla. Li due frategli istettero a Vinegia .ij. anni aspettando che papa si chiamasse.

4. *ciòe*: l'epitesi di *-e* è comune nei monosillabi e polisillabi
ossitoni (cfr. Baldelli, *Medioevo volgare*, 278 e passim; Crespo,
Una versione pis., 43: M. Durante, *Fenomeni di epitesi* nel-
l'Italia mediana, in *I dialetti dell'Italia mediana con particolare riguardo alla regione umbra*, Perugia, 1970, 263; Giamboni, *Il libro*, gloss.) ed è qui ampiamente rappresentato, cfr.
cosìe 18, 10, *làe* 19, 5, *tue* 24, 13, ecc.; *àe* 33, 5, *fue* 24, 10,
saràe 76, 9, ecc.
5. *la sua moglie*: l'art. precede comunemente il possessivo, anche in unione coi nomi di parentela, in tosc. ant.
e dialettale, per quanto l'uso non sia del tutto costante
(cfr. O. Castellani Pollidori, *Ricerche sui costrutti col possessivo in italiano*, « SLI », VI (1966), 3-48 e 81-137, VII
(1967-70), 37-98; Crespo, *Una versione pis.*, 56), come risulta anche qui (ad es. subito sopra *loro famiglie*; inoltre *loro lingue e loro lettere* 15, 1, ecc.)   *rimaso*: il part.
pass. forte in *-so* (più avanti *rimasa* 19, 4, *riposo* 74, 12) rappresenta l'esito regolare e predominante in ant. tosc., vedi Giamboni, *Il libro*, 66 n.; Rohlfs, § 625   *figliuolo*: la riduzione del
dittongo *uo*, reperibile in tutto l'ant. tosc. e con particolare
frequenza nell'aretino-cortonese, è rappresentata discretamen-
te anche qui (ancora *figliuolo* 13, 1; 82, 2; *cuio* 69, 10, *lugo* 74,
4; 172, 13, *truva* 160, 2, ecc.); cfr. Castellani, *Attestazioni ' ia ',
' ua '*, 326-27; *Testi sangim.*, 13-14; Dardano, *Un itinerario*,
171; Parodi, *Dialetti tosc.*, 599-600; *Lingua e letter.*, 176-78,
224; Stussi, *Un serventese*, 151 n.

<10>

Come li due fra[telli] si partiro da Vine[gia]
per tornare al Grande [Kane].

1   Quando li due frategli videro che papa non si
     facea, mossersi per andarne al Grande Cane, e
     menarne co loro questo Marco, figliuolo di mes-
2   ser Niccolao. Partirsi da Vinegia tutti e tre, e
     vennero ad Acri al savio legato che v'aveano la-
     sciato, e disserli, poscia che papa non si facea,
     voleano ritornare al Grande Cane, ché troppo
     erano istati; ma·pprima voleano la sua parola
3r. d'an||dare in Gerusale‹m› per portare al Grande
     Kane de l'olio de la làmpana del Sepolcro: e·le-
     gato gliele diede loro.
3   Andaro al Sepolcro e ebbero di quello olio; e
4   ritornaro a lo legato. Vede‹n›do 'l legato che pu-
     re voleano andare, fece loro grande lettere al
     Grande Cane, come gli due frategli erano istati
     cotanto tempo per aspettare che papa si facesse,
     per loro testimonianza.

2. *disserli... voleano*: per l'omissione di *che* dichiarativo, frequente in ant. tosc. e qui, cfr. Dardano, *Lingua e tecnica*,
271-72; Folena, *Motti*, 381-82; Segre, *Lingua, stile*, 143
parola: 'congedo' in quanto 'autorizzazione' (così anche
17, 7), cfr. *Tomm.-Bell.*, III, 781   *gliele*: invariabile nel
genere e nel numero, cfr. Castellani, *Italiano e fior.*, 13-14;
Nuovi testi, 83-84; Parodi, *Dialetti tosc.*, 607; Rohlfs, § 467
(cfr. qui 64, 9; 76, 3, ecc.).
4. *pure*: con valore intensivo e limitativo, come di regola in
ant. tosc. (cfr. Giamboni, *Il libro*, gloss.; Rohlfs, § 958) e in
questo testo.

Come li due fratelli si partiro d'Acri.

1 Or si partiro gli due frategli da Acri colle let-
2 tere del legato, e giunsero a Laias. E stando a
Laias, udirono la novella come questo legato
ch'aveano lasciato in Acri, era chiamato papa: e
3 ebbe nome papa Gregorio di Piagenzia. In questo istando, questo legato mandò u·messo a Laias
dietro a questi due frategli, che tornassero adrie-
4 to. Quelli con grande alegrezza tornaro adrieto
in su una galea armata che li fece aparechiare lo
5 re d'Erminia. Or se torna· li due frategli a·legato.

Come li due fratelli vanno al papa.

1 Quando li due frategli vennero ad Acri, lo papa chiamato fece loro grande onore e ricevetteli
graziosamente, e diedegli due frati ch'andassero
co loro al Grande Cane, li più savi uomini di
quelle parti: e l'uno avea nome frate Niccolao
da Vinegia e l'altro frate Guiglie‹l›mo da Tri-

---

3. *adrieto*: forma metatetica, comune in tosc. (in particolare
Serianni, *Dialetto aret.*, 133) e nel testo, vedi 60, 5 n.
4. *galea armata*: nel senso tecnico marinaresco (nel testo fr.:
fist armer une galee).
5. *se torna·*: 'tornan' pl., con la nasale finale assorbita dalla
liquida palatale di *gli* seguente. Per *se* 'si', cfr. *de* 14, 7 n.

1. *da Vinegia*: « da Vicenza » nel testo fr., cfr. *Nota al testo*,
appar. e *Ind. ragion.*

2 poli. E donogli carte e brivilegi, e impuosegli
l'ambasciata che volea che facessero al Grande
3 Cane. Data la sua benedizione a tutti questi .v.
– cioè li due frati e li due fratelli e Marco, figliuolo di messer Niccolao –, partirsi d'Acri e
4 vennero a Laias. Come quivi furono giunti, uno
ch'avea nome Bondocdaire, soldano di Babilonia, venne con grande oste sopra quella contrada, faccendo grande guerra. E li due frati ebbe-
5 ro paura d'andare più inanzi, e diedero le carte
e li brivilegi a li due frategli, e no andaro più
oltra; e andaronsine a‹l› signore del Tempio
quelli due frati.

‹13›

Come li due frate[lli] vegnono a la città di
Chemeinfu, ov'è lo [Gran]de Cane.

1 Messer Nicc[o]lao e messer Matteo e Marco,
figliulo di messer Niccolao, si misero ad andare
tanto che egli si erano giunti ove era lo Grande

---

2. *brivilegi*: la sonora iniziale (così sotto 5; inoltre 80, 10)
frequente in questa parola, si può spiegare con l'influsso di
breve, cfr. Salvioni, *Appunti*, 433; Schiaffini, *Testi*, gloss.
4. *faccendo*: forma comune in ant. tosc., dal tema del presente (lo stesso vale per *sappiendo* 15, 3, 4; 58, 10; 195, 10), cfr.
Giamboni, *Il libro*, 7 n.; Parodi, *Lingua e letter.*, 136.
5. *oltra*: è forma più frequente di *oltre* in testi non fiorentini (ricorre anche in 15, 1; 49, 12; 56, 5; 160, 8, ecc.), cfr.
Dardano, *Un itinerario*, 59; Limentani, *Palamedés*, XLVI;
Trist. Ricc. CLXXXIX   *signore del Tempio*: il maestro del-
l'ordine dei Templari.

Cane, ch'era a una città ch'à nome Chemeinfu,
2 cittade molto ricca e grande. Quello che trovaro
3v. nella via ‖ no si conta ‹ora›, perciò che si conterà
3 inanzi. E penaro ad andare tre anni per lo male tempo e per li fiumi, ch'erano grandi e di ver-
4 no e di state, sicché non poteano cavalcare. E
quando il Grande Cane seppe che gli due frategli veniano, egli ne menò grande gioia e ma‹n›-
dogli i messi incontro bene .xl. giornate; e molto
furo serviti e 'norati.

‹14›

Come i due fratelli vennero al Grande Cane.

1   Quando li due frategli e Marco giugnero a la
grande città, andaro al mastro palagio, ov'era il
Grande Cane e co molti baroni, e 'nginocchiar-
si dinanzi al Grande Cane e molto s'umiliaro a
2 lui. Egli gli fece levare e molto mostrò grande
alegrezza, e dimandò chi era quello giovane
3 ch'era co·lloro. Disse messer Niccolò: «Egli è
4 vostro uomo e mio figliuolo». Disse il Grande

3. *verno, state*: forme aferetiche normali in ant. tosc.
4. *'norati*: ' onorati ', per aferesi da *inorati* (francesismo), cfr.
Dante da Maiano, *Rime*, gloss.; Davanzati, *Rime*, gloss.; Schiaffini, *Testi*, gloss. Qui 18, 9; *inorare* 170, 45.

1. *giugnero*: perfetto debole (cfr. *viniero* 196, 4) del tipo
rendero per *resero*, Castellani, *Nuovi testi*, 142-55   *mastro
palagio*: ' palazzo principale ' (cfr. *mastra città*, 55, 2, ecc.),
cfr. *Voc. Crusca*, IX, 636; notare la collocazione anticipata
dell'agg., calco del sintagma fr. *mestre palais*.

Cane: « Egli sia il benevenuto, e molto mi pia-
5 ce ». Date ch'ebbero le carte e' privilegi che re-
cavano dal papa, lo Grande Cane ne fece gran-
6 de alegrezza, e dimandò com'erano istati. « Messer, bene, dacché v'abiàno trovato sano ed alle-
7 gro ». Quivi fu grande alegrezza della ro venuta;
e de quanto istettero ne la corte ebbero onore
più di niuno altro barone.

‹15›

Come lo Grande Kane mandò Marco, figliuolo
di messer Niccolò, per suo messaggio.

1   Or avenne che questo Marco, figliuolo di messer Nicolao, poco istando nella corte, aparò li
costumi de' Tartari e loro lingue e loro lettere,
e diventò uomo savio e di grande valore oltra

6. *abiàno*: 'abbiamo', con desinenza « non rara » nell'ant. tosc,.
originatasi dalle forme apocopate in posizione preconsonantica
(Giamboni, *Il libro*, 64 n. con esauriente bibliogr.; inoltre
Rohlfs, § 530); qui 22, 16, *lasciàno* 36, 22, *andiàno* 38, 6, *facciàno* 173, 20, ecc.
7. *ro*: 'loro' (così 170, 63), tipo di riduzione che risulta « da
antichi testi di Siena e d'Arezzo », Rohlfs, § 463; inoltre Castellani, *Nuovi testi*, 46; Hirsch, *Laut- und Formenlehre*, X,
66; Parodi, *Dialetti tosc.*, 620   *de quanto*: « Il *de* per *di*, il
se pronome per *si*, trovansi dominanti in tutto il territorio
aretino-umbro, né occorrono esempi », Parodi in *Trist. Ricc.*,
CCIII; inoltre Agostini, *Volgare perug.*, 110; *Conti ant. caval.*, gloss.; Guittone, *Rime*, gloss.; Serianni, *Dialetto aret.*, 86-
88. Qui frequente (24, 10; 31, 8, ecc.) e da tener distinto dal
caso in cui preceda nomi propri, in cui potrà trattarsi di
francesismo: cfr. A. da Barberino, *L'Aspramonte*, gloss.

1. *lettere*: 'scritture' (Benedetto, *Il libro di Messer Marco
Polo*, 12), cfr. *Ind. ragion.* s.v. 'lettere' e ' lingue '.

2   misura. E quando lo Grande Cane vide in que-
    sto giovane tanta bontà, mandollo per suo
    mesaggio a una terra, ove penò ad andare .vj.
    mesi.

3   Lo giovane ritornò: bene e saviamente ridisse
    l'ambasciata ed altre novelle di ciò ch'elli lo do-
    mandò, perché 'l giovane avea veduto altri amba-
    sciadori tornare d'altre terre, e non sappiendo
    dire altre novelle de le contrade fuori che l'am-
    basciata, egli gli avea per folli, e dicea che più
    amava li diversi costumi de le terre sapere che
4   sapere quello perch'egli avea mandato. E Marco,
    sappiendo questo, aparò bene ogni cosa per ridire
    al Grande Cane. ‖

                         ‹16›

Come messer Marco tornò al Grande Kane.

1   Or torna messer Marco al Grande Kane co la
    sua ambasciata, e bene seppe ridire quello per-
    ch'elli era ito, e ancora tutte le meraviglie e lle
    nuove cose ch'egli avea trovate, sicché piacque al
    Grande Cane e tutti suoi baroni, e tutt[i] lo co-
    mendaron di grande senno e di grande bontà; e
    dissero, se vivesse, diventerebbe uomo di gran-
2   dissimo valore. Venuto di questa ambasciata, sì

2. *bontà*: ' capacità ' (così 16, 1; 19, 4; 142, 13, ecc.), cfr. *GDLI*,
II, 306.
3. *lo domandò*: con l'accusativo della persona, cfr. Ageno, *Il
verbo*, 48. Qui anche 119, 16; 173, 20   *sappiendo*: cfr. 12,
4 n.

'l chiamò il Grande Cane sopra tutte le sue ambasciate.

3   E sappiate che stette col Grande Cane bene .xxvij. anni, e in tutto questo tempo non finò d'andare in ambasciate per lo Grande Cane, poiché recò così bene la prima ambasciata; e faceali ‹il Gran Cane› tanto d'onore che gli altri

4   baroni n'aveano grande invidia. E questo è la ragione perché messer Marco seppe più di quelle cose che niuno uomo che nascesse anche.

‹17›

Come messer Niccolao e messer Mafeo e messer Marco dimandaro comiato dal Grande Kane.

1   Quando messer Niccolao e messer Mefeo e messer Marco furono tanto istato col Grande Cane, volloro lo suo comiato per tornare a le loro fameglie; tanto piacea lo loro fatto al Grande Cane che per nulla maniera glile volle dare.

2. *sì 'l chiamò*: ripresa con *sì* dopo secondaria precedente la principale, cfr. 4, 3 n.
3. *.xxvij. anni*: errore per diciassette, cfr. *Nota al testo*, appar.   *finò*: da *finare*, provenzalismo di tradizione lirica, coesistente accanto a *finire*, cfr. Davanzati, *Rime*, gloss.; *GDLI*, V, 1023: Guittone, *Rime*, gloss.
4. *questo*: neutro (risponde esattamente a *ço* F)   *anche*: con valore di 'mai' (così 190, 9), cfr. Rohlfs, § 943; Stussi, *Sette lettere*, 137.

1. *Mefeo*: possibile l'assimilazione della voc. atona di sill. iniz. alla voc. tonica, cfr. Monaci-Arese, § 75; inoltre Dardano, *Un itinerario*, 96; Schiaffini, *Testi*, XLVII. Per Matteo-Maffeo

2   Or avenne che la reina Bolgara, ch'era moglie
d'Argon, si morìo, e la reina lasciò che Argon non
potesse tòrre moglie se non di suo legnaggio.

3   E' mandò tre ambasciadori al Grande Cane – uno
de li quali avea nome Oularai, l'altro Pusciai,
l'atro Coia – con grande compagnia, ché gli dovesse mandare moglie del legnaggio della raina
Bolgara, imperciò che la reina era morta e la-

4   sciò che non potesse prendere altra moglie. E ‹ 'l ›
Grande Cane gli mandò una giovane di quello
legnaggio e fornì l'ambasciata di coloro con grande festa e alegrezza.

5   In quella messer Marco tornò d'un'ambascia-
ria d'India, dicendo l'ambasciata e le novitade

(la seconda forma più fedele a *Mafeu* F ed alla originale documentata), varianti di uno stesso nome, cfr. O. Brattö, *Studi di
antroponomia fiorentina. Il libro di Montaperti*, Göteborg,
1953, 157-59.   *istato*: participio pass. invariabile, cfr. Mengaldo, *La lingua*, 176; Pulci, *Morgante*, 90 n. e passim. Qui 97,
4 n.; 107, 9 n.   *volloro*: *-oro* in luogo di *-ero*, desinenza analogica, su cui Castellani, *Nuovi testi*, 155-56; Schiaffini, *Testi*,
XIV-XXI; sulla polimorfia, notevole anche in questo testo, delle desinenze verbali, cfr. inoltre G. Nencioni, *Fra grammatica e
retorica. Un caso di polimorfia della lingua letteraria dal secolo
XIII al XVI*, Firenze, 1955.   *fameglie*: la mancanza di anafonesi denuncia la non fiorentinità della forma e rimanda
di preferenza ad area meridionale e orientale del territorio
tosc. (cfr. Castellani, *Nuovi testi*, 21-25; Rohlfs, § 49); qui anche *vesco* 154, 6   *glile*: forma più ant. di *gliele* (cfr. 10,
2 n.); vedi 66, 5; 156, 4, *gline* 116, 5, ecc.
2. *lasciò*: per testamento, come si dice espressamente nel
testo fr. (*laisse por sien testament*)   *tòrre*: ‘ prendere ’,
nota forma contratta da *togliere*   *legnaggio*: frequenti qui
le forme con *e* per *i* in protonia (cfr. *segnori* passim, *menore*
30, 7, *gerfalchi* 70, 8, ecc.), cfr. Crespo, *Una versione pis.*, 30-
31; Rohlfs, § 130, Serianni, *Dialetto aret.*, 78-82.
3. *l'atro*: forma dissimilata in presenza dell'articolo determinato, cfr. Castellani, *Un altro, l'atro*, 31-34; Stussi, *Un testamento*, 35. Vedi 22, 5; 170, 31   *raina*: con passaggio di *e*

6 ch'avea trovate. Questi tre ambasci[a]dori ch'e-
rano venuti per la raina, dimandaro grazia al
Grande Cane che questi .iij. latini dolvessero
acompagnare loro in quella andata co la donna

7 che menavano. Lo Grande Cane gli fece la grazia a pena e malevolontieri, tanto gli amava, e
dèe parola a li tre latini ch'acompagnassoro li
tre baroni e la donna. ‖

‹18›

4v.   Qui divisa come messer Marco e messer Niccolao
e messer Mafeo si partiro dal Grande Cane.

1   Quando lo Grande Cane vide che messer Niccolao e messer Mafeo e messer Marco si doveano
partire, egli li fece chiamare a·ssé, e·ssì li fece
dare due tavole d'oro, e comandò che fossero
franchi per tutte sue terre e fosseli fatte tutte le
spese a loro e a tutta loro famiglia in tutte parti.

ad *a* in sill. iniz., cfr. Monaci-Arese, § 94; esempi in Guittone,
Rime, XIV, 23, 26; *Conti ant. caval.* gloss. Cfr. qui sotto 6.
6. *dolvessero*: ' dovessero ' (con valore fraseologico, cfr. 7, 1 n.);
confermata da *dorvesser*, 18, 11, è forma non facile da spiegare. La si potrebbe supporre derivata dalle forme del futuro e del condizionale, per metatesi di *r* nel gruppo conson.
-vr-, con successivo scambio di *r* con *l*, fenomeno frequente
nel tosc. provinciale (cfr. soprattutto G. Folena, *L da R pre-
consonantico nel pisano antico*, « LN », XX (1958), 5-7; e
Rohlfs, § 263).

0. *divisa*: ' racconta ', francesismo, qui ampiamente usato (cfr.
GDLI, IV, 815).
1. *franchi*: ' immuni '.

2 E fece aparecchiare .xiiij. nave, de le quali ciascuna avea quattro alberi e molto andavano a
.xij. vele.

3 Quando le navi furo aparecchiate, li baroni e
la donna e questi tre latini ebbero preso commiato dal Grande Kane, si misero nelle navi co
molta gente; e 'l Grande Kane diede loro le spe-
4 se per due anni. E vennero navicando bene tre
mesi, tanto che giunsero a l'isola Iava, nella quale à molte cose meravigliose che noi conteremo
in questo libro.

5 E quando elli furono venuti, que' trovaro che
Argon era morto (colui a cui andava questa don-
6 na). E dicovi sanza fallo ch'entrò ne l[e n]avi
bene .vijᶜ. persone senza li marinari; di tutti que-
7 sti non campò se·nno .xviij. E' trovaro che·lla se-
8 gnoria d'Argo tenea Acatu. Quando ebbero raccomandata la donna e fatta l'ambasciata che gli
era imposta dal Grande Cane, presero comiato e

---

2. *nave*: pl. femm. in -e, cfr. 1, 6 n.   *molto*: ' molte volte '.
3. *ebbero preso*: trapassato remoto con valore resultativo, cfr.
Ageno, *Il verbo*, 299 sgg.; Ambrosini, *L'uso dei tempi*, 34-35.
4. *navicando*: costante in ant. tosc. la sorda intervocalica in
navicare, cfr. Parodi, *Lingua e letter.*, 230   *l'isola Iava*:
si noti la costruzione assoluta davanti a nome proprio (cfr.
anche 43, 0; 112, 0; 191, 15), Dardano, *Lingua e tecnica*, 257.
6. *.vijᶜ. persone*: ma seicento nel testo fr., dove si ha anche
' duecento ' in luogo di *.iiijᶜ.* (qui sotto 10, cfr. *Nota al testo*,
appar.); il verbo al sing. (*entrò*) con sogg. pl. posposto risponde ad un tipo sintattico ormai ben noto (Ageno, *Il verbo*,
168 sgg.; Avalle, *Sintassi e prosodia*, 16; Folena, *Motti*, 376),
qui continuamente esemplificato: cfr. 23, 1; 24, 5; 25, 5, ecc.
       marinari: pl. legittimo di *marinaio*, cfr. Rohlfs, § 1072;
qui anche 157, 7, inoltre *calamari*, 158, 6.

9 misersi a la via. E sappiate che Acatu donò a li
tre latini, mesaggi del Grande Cane, .iiij. tavole
d'oro: [...] e l'altra era piana, ove era iscritto che
questi tre latini fossero serviti e 'norati e dato
10 loro ciò che bisognava per tutta sua terra. E cosìe fue fatto: ché molte volte erano acompagnati
da .iiij^c. cavalieri e più e men[o], quando bisognava.

11   Ancora vi dico per riverenza di questi tre mesaggi, che 'l Grande Cane sì fidava di loro che
egli gli afidò la reina Cacesi e la figliuola de·re
de' Mangi, che le dorvesser menare ad Argon, al
12 signore di tuttutto i·Levante; e così fu fatto. E
queste reine li tenevano per loro padri, e così gli
ubidiano; e quando questi si partiro per tornare i·loro paese, queste reine pia‹n›sero di gran-
13 de dolore. Sapiate che, poscia che due sì grandi
reine furono fidate a costoro di menare a loro

9. Per la lacuna cfr. *Nota al Testo*, appar.; in corrispondenza
del segmento di testo perduto, viene specificato in F che delle
quattro piastre due erano col girfalco ed una col leone.
11. *e la figliuola*: « Il racconto è in questa parte reso un po'
oscuro dal fatto che mentre prima si parla di una sola sposa
inviata ad Argon, all'improvviso le spose diventano due »,
Benedetto, *Il libro di Messer Marco Polo*, 430   *dorvesser*:
'dovessero', cfr. 17, 6 n.   *tuttutto*: accrescitivo con raddoppiamento, Rohlfs, § 408.
13. *Sapiate che... ch'egli erano*: la ripetizione della congiunzione *che* davanti alla seconda subordinata è fenomeno
sintattico noto, cfr. Dardano, *Lingua e tecnica*, 202-03; Segre,
Lingua, stile, 199-200; Trolli, *La lingua*, 129; qui 170, 25
lunga: 'lontana' (così 25, 5), usato con particolare frequenza
in espressioni avverbiali come *da la lunga* 21, 6, *a la lunga* 35, 9, ecc., cfr. Parodi, *Lingua e letter.*, 262   *capitale*:
'conto', *GDLI*, II, 628.

segnori sì a lunga parte, ch'egli erano bene amati
e tenuti in grande capitale.

14   Partiti li tre mesaggi d'Acatu, sì se ne vennero a Trapisonde, e poscia a Costantinopoli, e poscia a Negroponte 'e poscia a Vinegia; e questo fue
de l'anni .mcclxxxxv.

15   Or v'ò conta[to] lo prolago de·libro di messer
Marco Polo, che comincia qui. ‖

‹19›

Qui divisa de la [provincia] d'Erminia.

1   Egli è vero che sono due Armin‹i›e, la Pic-
2   ciola e la Grande. Nella Picciola è signore uno
che mantiene giustizia buona e è sotto lo Grande
3   Cane. Quine àe molte ville e molte castella, e
abondanza d'ogni cosa; e àvi ucellagioni e cac-
4   ciagioni assai. Quivi solea già essere di valentri
uomini; or sono tutti cattivi, solo gli è rimasa

15. *prolago*: con *a* da *o* in postonia, frequente nella penulti-
ma sill. di parole sdrucciole, come nei comunissimi *filosafo*,
Cristofano, ecc., cfr. Monaci-Arese, § 150. Qui *astrolagi*, 170, 60;
176, 11.
3. *Quine*: ' qui ', con epitesi di *-ne*, cfr. 4, 3 n.   *ville*: ' città ', francesismo qui ovvio e frequentissimo (cfr. subito sotto
5, ecc.).
4. *di valentri uomini*: costruzione partitiva, cfr. Dardano, *Lingua e tecnica*, 256; Giamboni, *Il libro*, 44 n., Rohlfs,
§ 404. L'epentesi di *r* dopo *t* in sill. finale (*valentri* qui e
passim; *covenentri*, 126, 23) è comune in ant. tosc., vedi Rohlfs,
§ 333   *cattivi*: ' vili ', *GDLI*, II, 889 (il tradutt. riduce qui
l'iterazione sinonimica *chetif et vils* F, resa integralmente in
170, 50; inoltre *vile e cattiva* 169, 13)   *bontà*: ' dote ' (cfr.
15, 2 n.), qui ironicamente.

5 una bontà, che sono grandissimi bevitori. Ancora sappiate che sopra il mare è una villa ch'à nome Laias, la quale è di grande mercatantia; e quivi si sposa tutte le spezierie che vengono di là entro, e li mercatanti di Vinegia e di Genova e d'ogni parti quindi le levano, e li drappi di
6 làe e tutte altre care cose. E tutti li mercatanti che voglio andare infra terra, prende via da questa villa.
7 Or conteremo di Turcomania. /

‹20›

Qui divisa de la provincia di Turcomannia.

1 In Turcomanie è tre generazione di genti.
2 L'una gente sono turcomanni e adorano Malco-

5. *si sposa*: ' fanno capo ' (*posare* con prefisso intensivo), cfr. Salvioni, *Appunti*, 471; *Tomm.-Bell.*, IV, 1133   *parti*: eccezionalmente *ogni* può essere seguito da parola al pl., cfr. Castellani, *Oliandoli*, 88; qui *ogni cose* 52, 3; *ogne biade* 102, 1   *care*: ' preziose ', francesismo; l'intera espressione funziona da formula riassuntiva che chiude di solito la rassegna delle merci (ricalca *toutes autres chier couses* F).
6. *voglio*: 3ª pers. pl. pres. indic. con uscita vocalica per apocope della sill. finale delle coniugazioni in *e* e in *i*, tratto di tipo centrale (cfr. Rohlfs, § 532), qui sporadicamente affiorante: *condisco* 31, 5, *prendo* 61, 10, *mantegno* 82, 5, *spendo* 116, 10, *vengo* 174, 29   *infra terra*: ' nell'entroterra ', *GDLI*, VII, 984   *prende via*: non sembra prudente regolarizzare la sconcordanza; il verbo al sing. potrebbe essere spiegato con il soggetto *tutti i mercatanti*, in cui prevarrebbe l'idea espressa dall'indefinito (casi analoghi, garantiti dalla rima, sono segnalati da Avalle, *Sintassi e prosodia*, 36 sgg.; inoltre Ageno, *Il verbo*, 174-75). Cfr. 22, 14; 36, 9, ecc.

1. *Turcomanie*: come già *Clement* 9, 1, *Trapisonde* 18, 14 e oltre *Armenie* 21, 1, *Erminie* 21, 7, *Giorgens* 21, 5, 7; 22, 0, *Ma-*

metto; e sono semplice genti e ànno sozzo lin-
3 guaggio. E' stanno i·montagne e 'n valle e vivono di bestiame; e ànno cavagli e muli grandi e di
4 grande valore. E gli altri sono armini e greci che
dimorano in ville e in castella, e viveno di merca-
5 tantia e d'arti. E quivi si fanno li sovrani tappeti
del mondo ed i più begli; fannovisi lavori[i] di
6 seta e di tutti colori. Altre cose v'à che non vi
7 conto. Elli sono al Tartero del Levante.
8   Or ci partiremo di qui e anderemo a la Grande Arminia.

⟨21⟩

De la Grande Erminia.

1   La Grande Armenie è una grande provincia;
e nel cominciamento è una città ch'à nome Arzinga, ove si fa lo migliore bucherame del mondo, ov'è la più bella bambagia del mondo e la

comet 38, 2, ecc., Gazarie 208, 2, ecc., si tratta di trasporto di
forme francesi nella traduz. toscana.
4. armini: 'armeni', così 25, 7, cfr. Ind. ragion.   viveno:
con desinenza molto diffusa nel tosc. provinciale, cfr. Schiaffini, Testi, XXII; inoltre Castellani, Testi sangim., 32-34; Dardano, Bestiario, 59; Limentani, Palamedés, LVII. Qui anche
112, 9; scriveno 148, 48; vendeno 170, 33, ecc.
5. lavorii: 'lavori' pl. di lavorio, Castellani, Testi sangim.,
gloss.; Schiaffini, Testi, gloss. Cfr. 24, 6.
7. sono al: 'sono sottoposti'; dativo di appartenenza (calco
sul fr.), qui frequentissimo.

1. bucherame: tessuto finissimo lavorato, cfr. Ind. ragion.
bambagia: errore del traduttore tosc.; si tratta invece di
'bagni', cfr. Nota al testo, appar.

2 migliore. Quivi à molte cittadi e castella, e la
 più nobile è Arzinga, e àe arcivescovo; l'altr[e]
3 sono Arziron ed Arzici. Ell'è molto grande provinci[a]: quivi dimorano la state tutto il bestiame de' Tartari del Levante per lo buono pasco
 che v'è; di verno non vi stanno per lo grande
 freddo, ché non camperebbono le loro bestie.

4 　　Ancor vi dico che in questa Grande Arminia è
 l'arca d[i] Noè in su una grande montagna, ne
 le confine di mezzodie in verso i·levante, presso a·reame che si chiama Mosul, che sono cristia-
 ni, che sono iacopini e nestarini, delli quali di-||
5 remo inanzi. Di verso tramontana confina con
 Giorgens, e in queste confine è una fontana, ove
 surge tanto olio e in tanta abondanza che .c. na-
6 vi se ne caricherebboro a la volta. Ma egli non
 è buono a mangiare, ma sì da ardere, e buono da

5v. (margin, left of line 5)

3. *dimorano... tutto il bestiame*: verbo al pl. con sogg. sing.
collettivo (frequenti in particolare qui i casi con *gente* sogg.,
ad es. 64, 5, ecc.), cfr. Ageno, *Il verbo*, 174-176. Giamboni, *Il
libro*, 44　　*pasco*: 'pascolo', cfr. Schiaffini, *Testi*, gloss.
4. *confine*: anticamente ambigenere e qui per lo più femminile (cfr. qui sotto 5; 112, 6; 113, 1, ecc.), vedi Castellani,
Pis. e lucch., 119-20; Rohlfs, § 392　　*iacopini e nestarini*:
'giacobiti e nestoriani' (cfr. *Ind. ragion.*); i termini francesi sono 'ambientati' o trasportati in traduzione tali e qua-
lì (si succedono così per il primo *iacopi* 23, 3, *iacopit* 23, 3, 5,
iacopetti 25, 7; per il secondo *nestarini* ancora 25, 7, *nesterini*
23, 5, oltre la forma più diffusa *nestorini*; si noti l'instabilità
della vocale intertonica davanti a *r*).
5. *fontana*: 'sorgente' (di nafta).
6. *buono a mangiare, ma sì da ardere*: l'uso della prep.
sing. *a* davanti ad infinito in dipendenza di un aggettivo
(francesismo sintattico), non è raro neppure in testi originali toscani, cfr. Dardano, *Lingua e tecnica*, 261-62. Qui *a* viene
sostituita subito dopo dalla prepos. *da*, ma è usata anche

rogna e d'altre cose; e vegnoro gli uomini molto
da la lunga per quest'olio; e per tutta quella
contrada non s'arde altr'olio.

7   Or lasciamo de la Grande E‹r›minie, e vi conteremo de la provincia di Giorgens.

‹22›

Del re di Giorgens.

1   In Giorgiania à uno re lo quale si chiama sempre David Melic, ciò è a dire in fra‹n›cesco Da-
2   vid re; e è soposto al Tartaro. E anticamente a
tutti li re che nascono in quella provincia, nasce uno [segno] d'aquila sotto la spalla diritta.
3   Egli sono bella gente, prodi di battaglie e buo-
4   ni ar[c]ieri. Egli sono cristiani e tengono legge

altrove (ad es. 56, 5, ecc.)   *da rogna*: a curare le affezioni
della pelle nei cammelli, come precisa il testo fr. (*a onger les
giamiaus por la rogne et les farbores*)   *vegnoro*: ' vengono ',
con desinenza fiorent. *-ro* per *-no,* cfr. Parodi, *Lingua e letter.*,
255; Giamboni, *Il libro*, 10 n. Altri casi qui: *vivoro* 25, 3,
màndaro 34, 1, *màngiarvi* 85, 2, *tórnaro* 88, 11, ecc.

1. *si chiama sempre*: tutti i re della dinastia portano il no-
me-titolo ereditario di David Melic (cfr. *Ind. ragion.*)   *in
francesco*: ' in francese ', dove è evidente l'atteggiamento passivo del traduttore tosc., che non adatta il riferimento al tosc.
(così 30, 5; 63, 4)   *soposto*: ' sottoposto '; *Tomm-Bell.,* IV,
1045.
2. *anticamente*: nell'accezione ' fin dai tempi antichi ' (*GDLI,*
I, 515), come risulta dai tempi al presente (*nascono... nasce*),
cfr. *Nota al testo,* appar.   *sotto*: il testo fr. ha invece ' sopra ', cfr. *Nota al testo,* appar.
3. *prodi di battaglie*: per il complem. di delimitazione espresso con *di,* cfr. Dardano, *Lingua e tecnica,* 256.

di greci; li cavalli ànno piccoli [a] guisa di chereci.

5   E questa è la provincia che Alessandro non ✗
potte passare, perché dall'uno lato è 'l mare e
‹da›ll'atro le montagne; † da l'altro lato è la via
sì stretta che non si può cavalcare; e dura questa
istretta via più ‹di› .iiij. leghe, sicché pochi uomini terebbero lo passo a·ttutto il mondo: per-
6   ciò non vi passò Alesandro. E quivi fece fare Alesandro una torre con grande fortezza, perché coloro non potessero pasare per venire sopra lui; e
7   chiamasi la Porta del Ferro. E questo è lo luogo
che dice lo libro d'Alesandro, che dice che rinchiuse li Tartari dentro da le montagne; ma egli
non furono Tartari, ma furo una gente ch'ànno
nome Cuma[n]i e altri generazioni asai, ché Tar-
8   tari nonn-erano a quello tempo. Egli ànno cittadi e castella assai, e ànno seta assai e fanno
drappi di seta e d'oro assai, li più belli del mon-
9   do. Egli ànno astori gli migliori del mondo, e
10   ànno abondanza d'ogni cosa da vivere. La provincia è tutta piena di grande montagne, sì vi di-

4. *legge di greci*: la religione cristiano-ortodossa   *cavalli*:
madornale fraintendimento, di origine paleografica, per ' capelli ', che portano corti (*piccoli*) cfr. *Nota al testo*, appar.
chereci: ' chierici ' per questa forma cfr. Parodi, *Lingua e letteratura*, 359; Giamboni, *Il libro*, 34 n. (qui 185, 8).
5. *da l'altro lato*: ripetizione illogica e ingiustificata, che
produce confusione nel passo, cfr. *Nota al testo*, appar.
7. *lo libro d'Alesandro*: il *Roman d'Alexandre*, cfr. *Ind. ragion.*
rinchiuse: sogg. Alessandro Magno   *altri*: la desinenza -*i* si trova talvolta nei pl. femm. della 1ª classe; cfr. Parodi,
Lingua e letter., 248 n.; Rohlfs, § 387; Serianni, *Dialetto
aret.*, 127. Qui 57, 5 n., 97, 13 n., 139, 3 n., 163, 8 n., ecc.
10. *sì vi dico*: omissione di *che* dopo *sì* consecutivo, fenome-

co che li Tartari non pòttero avere interamente la segnoria ancora di tutta.

11   E quivi si è lo monistero di santo Leonardo, ove è tale meraviglia, che d'una montagna viene uno lago dinanzi a questo munistero, e no mena niuno pesce di niuno tempo, se no di quaresima; e comincia lo primo die di quaresima e dura infino a sabato santo, e e' viene in grande

6r. 12 abondanza. ‖ Dal dì inanzi uno no vi si ne truova, per maraviglia, infino a l'altra quaresima.

13   E sappiate che 'l mare ch'i' v'ò contato si chiama lo mare di Geluchelan, e gira .vij^c. miglia, e è di lungi da ogne mare bene .xij. giornate; e

14   venev'entro molti grandi fiumi. E nuovamente mercatanti di Genova navica per quello mare.

15   Di là viene la seta ch'è chiama ghele.

no noto e qui frequente (74, 25; 116, 7; 155, 5), cfr. Folena, *Motti*, 382   *pòttero*: 'poterono', perfetto forte, cfr. nota 8, 3.

11. *munistero*: con chiusura della voc. protonica, tratto tosc. provinciale (cfr. Castellani, *Nuovi testi*, 41 e 46; Parodi, *Dialetti tosc.*, 601; Rohlfs, § 131), qui abbastanza documentato in forme come *ruvinare* 29, 4, *munimento* 29, 6, *pruccuratori* 96, 4, *muneta* 116, 9, ecc.

13. *gira*: 'girare' è il verbo usato per esprimere la lunghezza del circuito (ess.: 63, 1; 83, 17; 159, 2, ecc.), così come 'durare' la lunghezza della traversata delle regioni   *venev'entro*: assenza del dittongo nella forma verbale (cfr. Castellani, *Pis. e lucch.*, 101; Rohlfs, § 85); altri casi: *sedono* 85, 7, *vole* 170, 27, ecc.   *ogne*: arcaico per *ogni*, che finisce per sostituirlo del tutto cfr. Castellani, *Nuovi testi*, 121-28; Rohlfs, § 500. Le due forme qui si alternano.

14. *nuovamente*: 'di recente'   *navica*: il verbo al sing. dopo soggetto pl. potrà essere spiegato qui dal sogg. *mercatanti*, che può essere ritenuto collettivo, cfr. nota 21, 3, od anche indefinito, cfr. nota 19, 6.

15. *chiama*: part. pass. accorciato, tipico della prima coniugaz. (cfr. Folena, *Motti*, 371-72; Rohlfs, § 627), di cui si hanno

7

16   Abiàno contado de le confini che sono d'Ar-
      minia di verso [tramontana]; or diremo de li con-
      fini che sono di verso mezzodie e levante.

                              𝓈

                         ‹23›

                  De·reame di Mosul.

1   Mosul è uno grande reame, ove è molte gene-
      razioni di genti, le quali vi conterò incontenen-
2   te. E v'à una gente che si chiamano arabi, ch'a-
      dorano Malcometto; un'altra gente v'à che ten-
      gono la legge cristiana, ma no come coman-
      da la chiesa di Roma, ma fallano in più cose.   ✕
3   Egli sono chiamati nestorini e iacopi; egli àn-
      no uno patriarca che si chiama Iacolic, e questo
      patriarca fa vescovi e arcivescovi e abati; e fagli
      per tutta India e per Baudac e per Acata, come
      fa lo papa di Roma; e tutti questi cristiani sono
      nestorini e iacopit.

altri esempi: *guasta* 30, 1, *chiamo* 56. 1, *concio* 189, 9, ecc.
16. *contado*: da notare la sonorizzazione della dentale intervoc.
in questa parola; il fenomeno è per altro assai ben documentato nel tosc. provinciale, cfr. Castellani, *Nuovi testi*, 41 e 46;
Pis. e lucch., 112-118; Crespo, *Una versione pis.*, 34; Rohlfs,
§ 200; Serianni, *Dialetto aret.*, 102-104. Qui *imperadori* 1, 1,
podere 68, 2, *armadura* 69, 10, ecc.
1. *incontenente*: ' subito '.
2. *Malcometto*: come *Malcomento*, 50, 1; *Macomento*, 49, 4;
52, 2, si tratta di forme pseudo-etimologiche a scopo dispre-
giativo; cfr. *Ind. ragion.* (per le forme in *-mento* probabile
una resa acritica della frequentissima scrizione *Maomēt* nel
testo fr.: cfr. Benedetto, *appar. passim*)   *fallano*: ' errano '
(così 94, 9), da *fallare*, qui 99, 2, *passim*.
3. *iacopi*: ' giacobiti ' (cfr. nota 21, 4); si ha questa forma anche in *Pucci*, VIII, 2.

4   E tutti li panni di seta e d'oro che si chiamano
mosolin, si fanno quivi, e li grandi mercatanti
che si chiamano mosolin sono di quello reame di
5   sopra. E ne le montagne di questo regno sono
genti che si chiamano † di cristiani nesterini e
iacopit; l'altre parti sono saracini ch'adorano
Malcometto, e sono mala gente, e rubano volontieri li mercatanti.
6   Ora diremo de la grande città di Baudac.

‹24›

Di Baudac, come fu presa.

1   Baudac è una grande cittade, ov'è lo califfo di
tutti li Saracini del mondo, così come a Roma il
2   papa di tutti li cristiani. Per mezzo la città passa
uno fiume molto grande, per lo quale si puote
andare infino nel mare d'India, e quindi vanno e
3   vegnono me‹r›catanti e loro mercatantie. E sappiate che da Baudac al mare giù per lo fiume àe
4   bene .xviij. giornate. Li mercatanti che vanno in
India, vanno per quello ‖ fiume infino a una città
ch'à nome Chisi, e quivi entrano nel mare d'In-
5   dia. E su per lo fiume tra Baudac e Chisi ‹è› una
cittade ch'à nome Bascra, e per quella cittade e

6v.

4. *quello*: 'questo', ora ricordato, cioè Mosul.
5. *di cristiani nesterini*: costruzione partitiva, cfr. 19, 4; a causa
del guasto si perde il segmento di testo « che si chiamano
Curdi, che sono, ecc. » (cfr. *Nota al testo*, appar.); per *nesterini* 'nestoriani', cfr. nota 21, 4   *l'altre parti*: i Curdi mao-
mettani.

   per li borghi nasce gli migliori dattari del mon-
6 do. In Baudac si lavora diversi lavorii di seta e
7 d'oro in drappi a bestie e a uccelli. Ell'è la più
   nobile città e la m[a]giore di quella provincia.
8   E sappiate ch'a‹l› califfo si trovò lo maggiore
   tesoro d'oro e d'ariento e di priete preziose che
9 mai si trovasse a 'lcuno uomo. Egli è vero che
   in anni Domini .mcclv. lo grande Tartero ch'a-
   ve' nome Alau, fratello del signore che oggi regna, ragunò grande oste, e venne sopra Baudac
10 e la prese per forza. E questo fue grande fatto,
   imperciò che 'n Baudac avea più de .c^m. di cava-
11 lieri, senza li pedoni. E quando Alau l'ebbe presa, trovò al calif piena una torre d'oro e d'ariento
   e d'altro tesoro, sì che giamai non si ne trovò tan-
12 to insieme. Quando Alau vide tanto tesoro, mol-

---

5. *borghi*: errore del traduttore per 'boschi', cfr. *Nota al
testo*, appar.   *dattari*: la conservazione di *ar* atono contro *er*
(fior.), è fenomeno qui assai attestato (basti *Tartari* pressoché costante, contro *Tarteri*, sporadico; *Albaro* 32, 1, ecc.;
inoltre futuro e condizionale della 1ª coniug., vedi nota 25, 2)
e peculiare, com'è noto, del senese-aretino, cfr. Castellani,
Nuovi testi, 22 e 26; Rohlfs, § 140; Serianni, *Dialetto aret.*,
91-95.
6. *a bestie e a uccelli*: per la prepos. *a* con valore modale
(ess. 25, 3; 33, 6; 34, 4; 57, 12, ecc.), cfr. Dardano, *Lingua e
tecnica*, 253-54.
8. *priete*: forma metatetica molto comune (Rohlfs, § 322), e
qui frequente: 46, 4; 51, 13; 173, 6, ecc.
9. *che oggi regna*: Cubilai, ma cfr. la nota a 75, 0   *ave'*:
per apocope da *avea* (così 40, 10; *face'* 64, 4; 135, 12 e 174, 10)
cfr. Schiaffini, *Influssi*, II, 116; *Trist. Ricc.* CLXXIX   *ragunò*:
frequente l'epentesi dell'occlusiva sonora (ad evitare lo iato)
in *raunare*, cfr. Rohlfs, § 339.
10. *di cavalieri*: frequente il partitivo dopo un numerale, in
particolare dopo *milia*; cfr. 77, 3, 5, 7; 97, 11, ecc.
11. *calif*: trascrizione della forma fr., che si alterna a *califfo* e a *califa*: cfr. *Ind. ragion.*

to si ne maravigliò, e mandò per lo califfo ch'era
preso, e sì li disse: « Califfo, perché raunasti tan-
13-14 to tesoro? Che·nne volevi tue fare? Quando tu
sapei ch'io venìa sopra te, ché none soldavi tu
cavalieri e genti per difendere te e la terra tua
15 e ‹la tua› gente? ». Lo calif no·lli seppe risponde-
16 re. Alotta disse Alau: « Calif, da che tue ami tan-
17 to l'avere, io te ne voglio dare a mangiare ». E fe-
cel mettere in questa torre, e comandò che no li
fosse dato né mangiare né bere; e disse: « Ora ti
18 satolla del tuo tesoro ». Quattro die vivette e po-
19 scia si trovò morto. E perciò me' fosse che l'avesse donato a gente per difendere sua terra; né
mai poscia in quella città no ebbe califo alcuno.
20 Non diremo più di Baudaca, però che sarebbe
lunga matera; e diremo della nobile città di
Toris.

13. *tue*: forma epitetica (cfr. nota 9, 4), che ricorre ancora
sotto 16; insieme a *none* 14 (cfr. nota 4, 3) contribuisce a ca-
ratterizzare il discorso diretto nel senso del parlato (funzione
enfatica).
14. *Quando*: 'dal momento che', introduce una proposiz.
causale, cfr. Dardano, *Lingua e tecnica*, 283   *sapei*: come
nel seguente *venìa* (e nelle altre forme di questo tipo, qui
numerose), si ha il dileguo della labiale intervoc., cfr. Rohlfs,
§ 550   *terra*: nel senso antico di 'città', come qui spesso
(così subito sotto 19; 35, 2, ecc.).
16. *l'avere*: 'la ricchezza' (così 36, 6)   *vivette*: perfetto debole, analogico su quello dei verbi con tema uscente in -*d*,
particolarmente documentato nel pisano (cfr. Castellani, *Miliadusso*, IV, 134; *Pis. e lucch.*, 128; Dardano, *Bestiario*, 63;
Rohlfs, § 577).
19. *me' fosse*: 'meglio sarebbe stato'; si ha qui l'imperfetto cong. per il condizionale nell'apodosi di periodo ipo-
tetico, cfr. Ageno, *Il verbo*, 362-363 (anche qui, come nell'es.
ivi cit., tratto dal *Trist. Ricc.*, *che* = 'se').

Della nobile città di Toris.

1   Toris è una grande cittade ch'è inn-una provincia ch'è chiamata Irac, nella quale è ancora

2   più cittadi e più castella. Ma contarò di Toris,
perch'è la migliore città de la provincia.

3   Gli uomini di Tor‹i›s vivoro di mercatantia e

4   d'arti, cioè di lavorare drappi a seta e a oro. E
è i·luogo sì buono, che d'India, di Baudac e di
Mosul e di Cremo vi vengono li mercatanti, e di

7r. 5   molti altri luoghi. Li merca‖tanti latini vanno
quivi per le mercatantie strane che vegnono da
lunga parte, e molto vi guadagnano; quivi si

6   truova molte priete preziose. Gli uomini sono di

7   piccolo afare, e àvi di molte fatte genti. E quivi àe armini, nestarini, iacopetti, giorgiani, i
persiani, e di quelli v'à ch'aorano Malcometto,
cioè lo popolo de la terra, che·ssi chiamano tau-

2. *contarò*: la conservazione di -*ar*- atono nel futuro e condizionale dei verbi della prima coniug. è tratto tipicamente
non fiorentino (in cui evolve ad -*er*-; fiancheggia in sede morfologica lo stesso fenomeno illustrato in 24, 5 n.) e caratteristico dei dialetti meridionali toscani, cfr. Castellani, *Nuovi testi*, 22 e 26; *Conti ant. caval.*, 40; Rohlfs, § 587; Serianni, *Dialetto aret.*, 94. Qui numerosi casi: *infermarebbero* 36, 8, *tornaremo* 36, 18, *retornaremo* 48, 10, *andaremo* 50, 8, ecc.
3. *vivoro*: 'vivono' (così 54, 4), cfr. nota 21, 6.
5. *strane*: 'straniere' (*des estranges pais* F).
6. *di piccolo afare*: 'di poco conto'   *di molte fatte genti*:
'popolazioni di religioni diverse'; la costruzione con anticipazione del complem. si ritrova altrove, cfr. 32, 7; 74, 4.
7. *iacopetti*: 'giacobiti', resa letterale del fr. *iacopit*, cfr. nota
21, 4   *taurizins*: 'torisini', cioè gli abitanti della città di
Toris, *lo popolo de la terra* (si tratta dell'etnico fr. passato tale e quale nella traduzione tosc.).

8 rizins. Atorno a la città è belli giardini e dilet-
9 tevoli di tutte f‹r›utte. Li saracini di Toris sono
   molti malvagi e disleali.

‹26›

De la maravigli‹a› di Baudac, de la montagna.

1 Or vi conterò una maraviglia ch'avenne a Bau-
2 dac e Mosul. Nell'anno del .mcclxxv. era uno
   calif in Baudac che molto odiava li cristiani (e
3 ciò è naturale a li saracini). E' pensò via di fare
   tornare li cristiani saracini [o] d'uccidelli tutti;
4 e ‹a› questo avea suoi consiglieri saracini. Ora
   mandò lo califo per li cristiani ch'erano di là, e
   miseli dinanzi questo punto: che elli trovava in
   uno Va[ngelo] che se alcuno cristiano avesse tanta
   fede quant'è uno grano di senape, per suo priego che facesse a Dio, farebbe giugnere due mon-
5 tagne insieme; e mostrogli lo Va[ngelo]. I cri-
6 stiani dissero che be‹n› era vero. «Dunque,»

8. *frutte*: con pl. in *-e*, limitato ad alcuni vòcaboli masch. in
-o (cfr. Rohlfs, § 369; Trolli, 78-79), come qui *cuoie* 36, 10,
membre 81, 2, *miglie* 97, 20 e passim; *legne* 101, 3, *mure* 113,
3, ecc.
9. *molti*: comune in ant. tosc. la declinazione dell'avverbio di
quantità, cfr. Folena, *Motti*, 376; Trolli, *La lingua*, 131.
Qui 58, 7 e passim.

1. *a Baudac e Mosul*: 'tra Baudac e Mosul', dice il testo
fr., cfr. *Nota al testo*, appar.
3. *via*: 'il modo', cfr. Giamboni, *Il libro*, gloss.   *uccidelli*:
da 'ucciderli', con assimilazione tra le liquide, documentata
ampiamente nei testi antichi (cfr. Folena, *Motti*, 366-367), e
qui in particolare.

disse lo califo, « tra voi tutti dé essere tanta fede
quant'è uno grano di senape; ordunque fate
rimuovere quella montagna o io v'ucciderò tut-
t[i], o voi vi farete saracin[i], ché chi non à fe-
7 de d‹é› essere morto ». E di questo fare li diede termine .x. die.

‹27›

1   Quando li cristiani udirono ciò che 'l calif disse, ebbero grandissima paura e non sapeano che
2   si fare. Raunarosi tutti, piccioli e grandi, maschi
e femine, l'arcivescovo e 'l vescovo e' pre‹ti›,
ch'aveano assai; aste[t]taro .viij. die e tutti in
orazione ché Dio gli aiutasse e guardasseli di sì
3   crudele morte. La nona notte aparve l'angelo
al vescovo, ch'era molto santo uomo, e disseli
ch'andasse la mattina a cotali ciabattieri, e che li
dicesse che la montagna si muterebbe.
4   Quello ciabattie‹r› era buono uomo e di sì
buona vita, che uno die una femmina venne a sua
bottega, molto bella, ne la quale p[e]ccò cogli oc-

6. *essere morto*: consueto in ant. tosc. l'uso del passivo di
' morire ' per ' uccidere ' (qui 35, 12; 68, 5 e 6, ecc.).

2. *astettaro*: ' aspettarono '; *astettare* da *aspettare* per assimil.
regressiva, *GDLI*, I, 787; Giordano da Pisa, *Quaresimale*, gloss.
3. *cotali ciabattieri*: per il suff. *-ieri* nel sost., cfr. 1, 3 n.;
per il sing. in *-i* dell'agg. cfr. Stussi, *Un testamento*, 31 con
bibliogr.; Trolli, *La lingua*, 75. Vedi qui anche 39, 1 n.
4. Per l'episodio che qui si racconta, cfr. A. Pézard, *Courroux
de belles dames ou la fable du sage qui se creva les yeux*,

chi, e elli co la lesina vi si percosse, sì che mai
non ne vide; sicché egli era santo e buono. ‖

‹28›

Quando la visione venne al vescovo che per
lo priego del ciabattiere si mutarebbe
la montagna.

1   Quando questa visione venne al vescovo, fece
2 ragunare tutti li cristiani e disse ‹loro› la visione. Lo vescovo pregò lo ciabattiere che pregasse
Idio che mutasse la montagna; egli disse che non
3 era uomo soficiente a·cciò. Tanto fue pregato per
li cristiani che 'l ciabattiere si mise in orazione.

‹29›

1   Quando lo termine fue compiuto, la mattina
tutti li cristiani andaro a la chiesa e fecero cantare la messa, pregando Idio che gli 'iutasse.
2 Poscia tolsero la croce e andaro nel piano dinanzi a questa montagna; e quivi erano, tra maschi
3 e femine e piccioli e grandi, bene .c^m. E 'l califa vi venne co molti saracini armati per uccidire

---

« SD », XXXVIII (1961), 1-46   *mai non ne vide*: perse la
vista da quell'occhio.

3. *uccidire*: forma ricorrente ancora in 41, 8; si tratterà probabilmente di chiusura in postonia (assimilaz. alla tonica *i*)

tutti li cristiani, credendo che la montagna non
4 si mutasse. Istando li cristiani dinanzi a la croce
in ginocchioni pregando Idio di questo fatto, la
5 montagna cominciò a ruvinare e mutarsi. Li saracini, vedendo ciòe, si maravigliaro molto, e 'l
6 califfo si convertìo e molti saracini. E quando lo
califa morìo, si trovò una croce a collo; e li saracini, vedendo questo, nol sotteraro nel munimento cogli altri califfi passati, anzi lo misero
in un altro luogo.
7   Or lasciamo de Toris e diciamo di Persia.

                  13   14

‹30›

De la grande provincia di Persia; de' .iij. Magi.

1   Persia si è una provincia grande e·nobole certamente, ma 'l presente l'ànno guasta li Tartari.
2 In Persia è l[a] città ch'è chiamata Saba, da la
quale si partiro li tre re ch'andaro adorare [Cri-

---

piuttosto che di metaplasmo ̄di coniugaz. (come qui *lucire*,
83, 12).
4. *ruvinare*: per la chiusura di *o* protonico (così sotto 6 *munimento* 'tomba'), cfr. 22, 11 n. Qui *ruvinando* 171, 5; *diru-
vinata* 174, 2.
6. *a collo*: senza articolo in ant. it. (così 170, 20; *a bocca*
45, 6; inoltre *da cielo* 31, 3).
7. Questa formula di transizione avrebbe dovuto trovarsi alla
fine del cap. 25; vedi *Nota al testo*, appar.

1. *nobole*: con passaggio di *i* postonica a *o* davanti a *l*, cfr.
Castellani, *Oliandoli*, 74; Trolli, *La lingua*, 61; qui 195, 17
guasta: 'devastata', partic. pass. accorciato (cfr. 22, 14 n.);
2. *andaro adorare*: non è necessaria la prepos. *a* davanti a
infinito dopo *andare*, cfr. Castellani, *Nuovi testi*, gloss.; Dar-

3 sto] quando nacque. In quella città son soppeliti gli tre Magi in una bella sepoltura, e sonvi ancora tutti interi con barba e co capegli: l'uno ebbe nome Beltasar, l'altro Gaspar, lo terzo Melquior. 4 Messer Marco dimandò più volte in quella cittade di quegli .iij. re: niuno gliene seppe dire nulla, se non che erano .iij. re soppelliti anticamente.

5 Andando .iij. giornate, trovaro uno castello chiamato Calasata, ciò è a dire in francesco 'castello de li oratori del fuoco'; e è ben vero che quelli del castello adora·llo fuoco, e io vi dirò 6 perché. || Gli uomini di quello castello dicono che anticamente tre lo' re di quella contrada andarono ad adorare un profeta, lo quale era nato, e portarono .iij. oferte: oro per sapere s'era signore terreno, incenso per sapere s'era idio, mirra per sapere se era eternale. 7 E quando furo ove Dio era nato, lo menore andò prima a vederlo,

dano, *Lingua e tecnica*, 260-62 con bibliogr. (ma possibile anche l'altra lettura *a 'dorare*; v. subito sotto *andarono ad adorare* 6).
3. *soppeliti*: forma comune con passaggio di *e* protonica in *o* davanti a labiale (come in *doventa* 49, 7), cfr. Castellani, *Nuovi testi*, gloss.; *Trist. Ricc.*, gloss.; Rohlfs, § 135. Così *sopultura*, 121, 4.
5. *oratori*: 'adoratori', cfr. *orano* 'adorano' 31, 5, da *orare* per *adorare* (come *operare* 'adoperare' 151, 5), cfr. *Voc. Crusca*, XI, 599   *adora·llo*: 'adoran lo', con assimilazione tra nasale e liquida.
6. *lo'*: 'loro', questo troncamento è ritenuto tratto caratteristico del tosc. meridionale (e in particolare del senese, cfr. Castellani, *Testi sangim.*, 29-30; Schiaffini, *Testi*, XXXVIII; Rohlfs, § 463); qui molto frequente, vedi 134, 3; 136, 2; 137, 3, ecc.
    eternale: 'eterno' (ma si tratta di errore del tradutt. tosc.; il testo fr. ha *mire* 'medico', cfr. *Nota al testo*, appar.).

e parveli di sua forma e di suo tempo; e poscia
'l mezzano e poscia il magiore: e a ciascheuno
8 p[e]r sé parve di sua forma e di suo tempo. E ra-
portando ciascuno quello ch'avea veduto, molto
si maravigliaro, e pensaro d'andare tutti insieme;
e andando insieme, a·ttutti parve quello ch'era,
cioè fanciullo di .xiij. die.

9   Allora ofersero l'oro, lo 'ncenso e la mirra, e lo
fanciullo prese tutto; e lo fanciullo donò a li tre
10 re uno bossolo chiuso. E li re si misoro per tornare i·loro contrada.

‹31›

De li tre Magi.

1   Quando li tre Magi ebbero cavalcato alquante
giornate, volloro vedere quello che 'l fanciullo
2 avea donato loro. Aperso[r]o lo bossolo e quivi
trovaro una pietra, la quale gli avea dato Idio in
significanza che stessoro fermi ne la fede ch'a-
3 veano cominciato, come pietra. Quando videro la
pietra, molto si maravigliaro, e gittaro questa
pietra entro uno pozzo; gittata la pietra nel pozzo, uno fuoco discese da cielo ardendo, e gittossi
4 in quello pozzo. Quando li re videro questa meraviglia, pentérsi di ciò ch'aveano fatto; e presero

7. *di suo tempo*: della sua stessa età.

3. *ardendo*: 'ardente', con valore di partic. pres. (*un feu
ardent* F), cfr. Segre, *Lingua, stile*, 122-123 con bibliogr.;
Rohlfs, § 718.

di quello fuoco e portarone i·loro contrada e
5 puoserlo in una loro chiesa. E tutte volte lo fanno ardere e orano quello fuoco come dio; e tutti
li sacrifici che fanno condisco di quello fuoco; e quando si spegne, vanno a l'orig[i]nale, che
sempre sta aceso, né mai no·ll'accenderebboro se
6 non di quello. Perciò adorano lo fuoco quegli di
quella contrada; e tutto questo dissero a messer
7 Marco Polo, e è veritade. L'uno delli re fu di
Saba, l'altro de Iava, lo terzo del Castello.
8 Or vi diremo de molti fatti di Persia e de loro
costumi.

‹32›

De li .viij. reami di Persia.

1 Sappiate che in Persia àe .viij. reami: l'ono à
nome Causom, lo secondo Distan, lo terzo Lor,
lo quarto Cielstan, lo quinto Istain, lo .vj°. Zerazi, lo .vij°. Soncara, lo .viij°. Tunocain, che è presso a l'Albaro Solo.
2 In questo reame à molti begli distrieri e di

5. *tutte volte*: ' sempre ' (francesismo)   *condisco*: adoperano
per cuocere le loro offerte (ma cfr. *Nota al testo*, appar.);
per la desinenza, vedi 19, 6 n.

1. *l'ono*: forma senese e aretina, cfr. Parodi, *Lingua e letter.*,
180-181; Rohlfs, § 38   *Albaro*: la forma con -*ar*- in postonia è di tipo senese, cfr. 24, 5 n. (e anche Castellani, *Miliadusso*, II, 138-39).
2. *distrieri*: secondo la tendenza fiorentina ad *i* in protonia,
cfr. Dardano, *Bestiario*, 46; Folena, *Motti*, 363-64; Giamboni,

grande valuta, e molti ne vegnono a vendere in
India: la magiore parte sono di valuta di libbre •
3 .cc. di tornesi. Ancora v'à le più belle asine del
8v. mondo, che vale l'una ben .xxx. marchi ‖ d'ar-
4 gento, che bene corrono e ambiano. Gli uomini
di questa contrada menano questi cavagli fino
a due cittade che sono sopra la ripa del mare:
l'una à nome Achisi e l'altra Acummasa; quivi
sono i mercatanti che·lli menano in India.

5 Questi sono mala gente: tutti s'uccid[o]no tra
loro, e se non fosse per paura del signore, cioè
del Tartaro del Levante, tutti li mercatanti ucciderebboro.

6 Quivi si fa drappi d'oro e di seta; e quivi àe
molta bambagia, e quivi àe abondanza d'orzo, di
miglio e di pan‹i›co e di tutte biade, di vino e
di tutti frutti.

7 Or lasciamo qui, e conterovi de la grande città d'Iasdi tutto suo afare e suoi costumi.

‹33›

‹Della città di Iadis›.

1 Iadis è una cittade di Persia molto bella, gran-
2 de, e di grandi mercatantie. Quivi si lavora drap-

Il libro, 39 n.; Rohlfs, § 130; Trolli, *La lingua*, 59. Così *diserto* 37, 0, ecc.
7. *de la grande città... tutto suo afare*, ecc.: anticipazione del
complem. (cfr. 25, 6; 74, 4), che ricalca il testo fr. *de la grant
cité de Yasdi tout son afer et son costumes.*

pi d'oro e di seta, che si ‹chi›ama ias[d]i, e che si
3 portano per molte contrade. Egli adorano Malcometto.

4   Quando l'uomo si parte di questa terra per andare inanzi, cavalca .vij. giornate tutto piano; e
non v'à abita[zione] se no in tre luoghi, ove si
5 possa albergare. Quivi àe begli boschi e piani
per cavalcare; quivi àe pernice e cuntornici asai.
6 Quindi si cavalca a grande solazzo; quivi àe asine
salvatiche molto belle.

7   Di capo di queste .vij. giornate àe uno reame
ch'à nome Creman.

‹34›

De·reame di Creman.

1   Creman è uno regno di Persia che solea avere
signore per eredità, ma poscia che li Tartari l[o]
2 presero, vi màndaro signore cui loro piace. E

---

2. *iasdi*: tipo di tessuto, cfr. *Nota al testo*, appar. e *Ind.
ragion*.
4. *l'uomo*: impers., qui calco sul testo fr. (ma di uso notorio
anche in testi originali cfr. ad es. Rohlfs, § 516) e frequentissimo.
5. *cuntornici*: ' starne ' (qui 73, 24).
7. *Di capo di*: ' al termine ', l'espressione avverbiale (anche
nelle varianti *Da capo di, a capo di*) che ritma con regolarità questo testo.

1. *màndaro*: 'mandano', con desinenza -*ro* per -*no*, cfr. 21,
6. n.   *cui*: ' che '; per le funzioni attribuite a questa forma
del pron. rel., cfr. Giamboni, *Il libro*, gloss.; Rohlfs, § 485.
Qui 40, 9, ecc.

quivi nasce le prietre che·ssi chiamano turchie-
s[ch]e in grande quantità, che si cavano de le montagne; e ànno [vene] d'acciaio e d'andan‹i›co as-
3 sai. Lavorano bene tutte cose da·ccavalieri, fre-
4 ni, selle e tutte arme e arnesi. Le loro donne lavorano tutte cose a seta e ad oro, a ucelli e a
bestie nobilemente, e·llavorano di cortine e d'altre cose molto riccamente, e coltre e guanciali e
5 tutte cose. Ne le montagne di questa contrada
nasce li migliori falconi e li più volanti del mondo, e sono meno che falconi pelegrini: niuno uccello no li campa dinanzi.

6   Quando l'uomo si parte di Creman, cavalca
.vij. giornate tuttavia per castella e per cittade
con grande solazzo; e quivi àe uccellagioni di
7 tutti uccelli. Di capo de le .vij. giornate truova
una montagna, ove si scende, ché bene si caval-
c[a] due giornate pure a china, tuttavia trovan-
8 do molti frutti e buoni. Non si· truova abitazio-
9 ni, ma gente co loro bestie assai. [E] da Cre-‖
9r. ‹man› infino a questa iscesa è bene tale freddo di
verno, che no vi si può passare se non co molti
panni.

---

2. *prietre*: per incrocio con la forma metatetica *priete*, cfr.
24, 8 n.; si tratta delle turchesi   *andanico*: acciaio indiano,
cfr. **Ind. ragion.**
5. *meno*: 'più piccoli' (*menor* F); per l'avv. di quantità usato come agg. indeclinabile, cfr. Rohlfs, § 400.
6. *tuttavia*: 'sempre' (così sotto 6 e passim).
7. *pure a china*: 'sempre in discesa', così 120, 1.

Di Camandi.

1 A la discesa de la montagna àe uno bello piano, e nel cominciamento àe una città ch'à nome
2 Camandi. Questa solea essere magiore terra che
no è, ché Tartari d'altra parte gli ànno fatto dan-
3 no più volte. Questo piano è molto cavo.

4 E questo reame à nome Reobales; suoi frutti
sono dattari, pistacchi, frutti di paradiso e altri
5 frutti che non son di qua. Ànno buoi grandi e
bianchi come nieve, col pelo piano per lo caldo
luogo, le corne cort'e grosse e non agute; tra le
spalle ànno uno gobbo alto due palmi, e sono la
6 più bella cosa del mondo a vedere. Quando si vogliono caricare, si conciano come camegli, e ca-
ricati così, si levano, ché sono forti oltra misura.

7 E v'à montoni come asini, che·lli pesa la coda
bene .xxx. libbre, e sono bia‹n›chi e begli e buoni da mangiare.

8 In questo piano à castella e città e ville murate
di terra per difender‹si› da scherani che vanno

2. *d'altra parte*: di altri paesi, stranieri.
3. *cavo*: secondo il testo fr. 'caldo', cfr. *Nota al testo*, appar.
4. *frutti di paradiso*: 'banane' cfr. *Ind. ragion.*   *di qua*: in Occidente.
5. *nieve*: forma diffusa specie nei dialetti occidentali e nel senese, cfr. Rohlfs, § 51. Qui si ha ancora *nieve*, seguìto da *neve* in 59, 8.
6. *si conciano*: 'si dispongono' (*GDLI*, III, 467).
7. *come asini*: grandi come asini (*grant come asne* F).
8. *scherani*: traduz. approssimativa dell'etnico *Caraunas*, cfr. *Nota al testo*, appar. e *Ind. ragion.*

9 ro‹b›ando. E questa gente che corre lo paese,
per incantamento fanno parere notte .vij. giornate a la lunga, perché altri non si possa guardare; quando ànno fatto questo, vanno per lo pae-

10 se, ché bene lo sanno. E' son bene .xᵐ., talvolta
più e meno, sicché per quello piano no li scam-
pa né uomo né bestia: li vecchi ucidono, gli gio-

11 vani ménagli a vendere per ischiavi. Lo loro re
à nome Nogodar, e sono gente rea e malvage e

12 crudele. E sì vi dico che messer Marco vi fu tal
qual preso in quella iscuritade, ma scampò a uno
castello ch'à nome Canosalmi, e de' suo compagni furo presi asai e venduti e morti.

‹36›

De la grande china.

1 Questo piano dura verso mezzodie .v. giorna-
2 te. Da capo de le cinque giornate è un'altra china che dura .xx. miglia, molto mala via, e àvi
molti mali uomini che rubano.

3 Di capo della china à uno piano molto bello,
che si chiama lo piano di Formosa, e dura due

---

9. *altri*: pron. indef., cfr. Rohlfs, § 518 (qui anche 49, 9;
71, 21, ecc.) *sanno*: 'conoscono'.
10. *ménagli*: 'menanli', con assimilazione tra nasale e liquida (il pron. è nella forma palatilizzata).
11. *rea e malvage e crudele*: concordanza parziale (nel numero)
degli aggettivi, favorita dal senso collettivo del sost. *gente*,
come in 114, 15 (mancano in proposito ricerche sistematiche,
cfr. intanto Trolli, *La lingua*, 131-34).
12. *suo*: indeclinabile, Rohlfs, § 427, qui passim.

giornate, [e àvvi] bella riviera; e quivi àe francolini, papagalli e altri uccelli divisati da li nosti.

4   Passate due giornate è lo mare Oziano, e 'n su ‖

9v.   la ripa è una città con porto, ch'à nome Cormos,
e quivi vegnono d'India per navi tutte ispezze-
ri'e drappi d'oro e ‹denti di› leofanti ‹e› altre
mercatantie assai; e quindi le portano li merca-

5   tanti per tutto lo mondo. Questa è terra di grande mercatantia; sotto di sé àe castella e cittadi assai, perch'ella è capo de l‹a› provincia; lo re à

6   nome Reumeda Iacomat. Quivi è grande caldo;
inferma è la terra molto, e·sse alcuno mercatante
d'altra terra vi muore, lo re piglia tutto suo avere.

7   Quivi si fa lo vino di dattari e d'altre ispezie
asai, e chi 'l bee e non è uso, sì 'l fa andare a sella e purgalo; m[a] chi n'è uso fa carne assai.

8   Non usano nostre vivande, ché se manicassero
grano e carne, infermarebbero incontanente; anzi usano per loro santà pesci salati e dattari e

---

3. *divisati:* ' diversi '   *nosti:* per l'avversione al nesso *-str-*
nel tosc. occid., cfr. Crespo, *Una versione pis.,* 39 con bibliogr.; Parodi, *Dialetti tosc.,* 602.
4. *Oziano:* ' Oceano ', questa forma con l'affricata dentale
sorda, sporadica in testi toscani (ess. in *Tavola Ritonda,* ed.
F.L. Polidori, Bologna, 1864, I, 325; Ricordano Malispini,
Istoria Fiorentina, ed. V. Follini, Firenze, 1816, 2) è presente
in tredici forme sulle diciotto di ricorrenza di questa parola.
Vedi *Ind. ragion.   ispezzerie:* ' spezie ', con raddoppiamento della consonante seguita da *yod,* come in *spazzo* 83, 9 e
155, 7; *spezzeria* 129, 4, ecc.
6. *inferma:* ' malsana ', così 117, 10.
8. *manicassero:* ' mangiassero ', da *manicare,* la forma tosc. più
antica, sostituita poi dal francesismo *mangiare,* e conservatasi a
lungo a Firenze (cfr. Giamboni, *Il libro,* gloss.; Rohlfs, § 253
e 538); altre forme: *manicherebboro* 61, 7, *manucano* 119, 9,
manicrebbe 148, 17   *infermarebbero:* con significato me-

cotali cose grosse, e con queste dimorano sani.

9   Le loro navi sono cattive e molte ne pericala,
perché non sono confitte con aguti di ferro, ma
⟨cucite⟩ con filo che si fa della buccia delle noci
d'India, che·ssi mette in molle ne l'⟨a⟩cqua e fassi filo come setole; e con quello lo cusciono, e no
10   si guasta per l'acqua salata. Le navi ànno una vela, un timo[n]e, uno àbore, una coverta; ma
quando sono caricate, le cruopono di cuoie, e sopra questa coverta pongono i cavalli che menano
11   in India. No ànno ferro per fare aguti e è grande pericolo a navicare con quelle navi.

12-13   Questi adorano Malcometto. E èvi sì grande
caldo, che se no fosse li giardini co molta acqua
di fuori da la città, ch'egli ànno, non camperebbo-
14   boro. Egli è vero che vi viene uno vento la state
talvolta di verso lo sabione con tanto caldo che,
se gli uomini non fugissoro a l'acqua, non cam-

diale, 'si ammalerebbero', cfr. Ageno, Il verbo, 70-71; Trolli,
La lingua, 122-123   santà: diffuso francesismo, (qui 87, 3),
cfr. Bezzola, Gallicismi, 257; Davanzati, Rime, gloss.; Fiore,
gloss.   grosse: 'grossolane'.
9. pericala: 'naufragano'; per a da o atona davanti a l,
cfr. 8, 0 n.; per il verbo al sing. con sogg. indef., cfr. 19, 6 n.
     aguti: 'chiodi', Castellani, Testi sangim. gloss.   cu-
sciono: cuciono, con grafia -sc-, per la spirale prepalatale sorda. Cfr. bibliogr. cit. 100, 2 n.
10. àbore: 'albero', con caduta di l preconson, cfr. Crespo,
Una versione pis., 40; Trist. Ricc., CXXXXVIII; Rohlfs, § 243.
Qui abergatori 148, 48   una coverta: ma il testo fr. dice che
« non hanno coperta », cfr. Nota al testo, appar.   cruopono:
forma metatetica, cfr. priete, 24, 8 n.
14. sabione: 'deserto' (sablon F); anche 56, 5 e passim   del
caldo: complem. di causa espresso con di in luogo di da,
cfr. Rohlfs, § 804.

15 perebboro del caldo. Elli seminano loro biade
di novembre e ricogliele di marzo, e così fanno
di tutti loro frutti; e da marzo inanzi non si truova niuna cosa viva, cioè verde, sopra terra, se no
lo dattaro, che dura infino a mezzo maggio; e que-
16 sto è per lo grande caldo. Le navi non sono im-
17 peciate, ma sono unte d'uno olio di pesce. E
quando alcuno vi muore, sì fanno grande duolo;
e le donne si pia‹n›gono li loro mariti bene quattro anni, ogne die almeno una volta, con vi‹ci›ni
e co parenti.

18 Or tornaremo per tramontana per contare
di quelle province, e ritornaremo per un'altra
via a la città di Creman, la quale v'ò contato, perciò che [a] quelle contrade ch'io vi voglio conta-
19 re, no vi si può andare se non da Creman. E vi
dico che questo re Ruccomod Iacamat, do[nde]
ior. 20 noi ci partiamo aguale, è re di Creman. || E in ri-
tornare da Cremosa a Creman à molto bello piano
e abondanza di vivande, e èvi molti bagni cal-
21 di; e àvi ucelli assai e frutti. Lo pane del grano
è molto amaro a chi non è costumato, e questo
è per lo mare che vi viene.

15. *ricogliele*: da 'ricongliele' (le raccolgono), con assimilazione (e successivo scempiamento) tra nasale e liquida.
19. *aguale*: 'ora'; altri casi: 75, 0, 1; 108, 9; 110, 6, ecc. Cfr.
GDLI, I, 271.
20. *in ritornare*: infin. retto da *in* con funzioni di gerundio,
cfr. Dardano, *Lingua e tecnica*, 266; Rohlfs, § 715 (qui calco
del fr. *en retorner*); vedi *in domandare* 209, 21.
21. *del grano*: 'di grano', complem. di materia retto da prepos. articolata, cfr. 8, 0 n.   *per lo mare*: fraintendimento del
tradutt. tosc.; « per l'acqua che vi è amara », secondo il testo
fr., cfr. *Nota al testo*, appar.

22   O·lasciàno queste parti, e andiamo verso tramontana; e diremo come.

‹37›

Come si cavalca per lo diserto.

1   Quando l'uono si pa‹r›te da Crema‹n›, cavalca sette giornate di molta diversa via; e dirovi
2   come. L'uomo va .iij. giornate che l'uono non
truova acqua, se non verde come erba, salsa e
amara; e chi ne bevesse pure una gocciola, lo
farebbe andare bene .x. volte a sella; e chi mangiasse uno granello di quello sale che se ne fa,
farebbe lo somigliante; e perciò si porta bevan-
3   da per tutta quella via. Le bestie ne beono per
grande forza e per grande sete, e falle molto scor-
4   rere. In queste .iij. giornate no à abitazione, ma
tutto diserto e grande secchitade; bestie non v'à,
ché no v'averebboro che mangiare.
5   Di capo di queste .iij. giornate si truova un altro luogo che dura .iiij. giornate, né più né meno fatto, salvo che vi si truovano asine salvatiche.

---

22. O·lasciàno: con assimilazione in sede sintattica tra la liquida finale di Or e l'iniziale della voce verbale (fenomeno
qui non raro: cfr. 43, 9; 119, 29, ecc.); per la desinenza di prima pers. pl. -no per -mo, cfr. 14, 6 n.

1. l'uono: 'l'uomo', pron. indef. (cfr. 33, 4 n.); qui sotto 2;
110, 5; l'uon 118, 1; alcuono 54, 5, cfr. Parodi, Lingua e
letter., 181-182; inoltre Schiaffini, Testi, gloss. 'gentiluono'
    diversa: 'difficile' (anoiuse F).
2. pure: 'soltanto'   farebbe andare... a sella: gli procure-
rebbe disturbi intestinali (così, sopra, 36, 7 e ancora 180, 3, ecc.).
3. per grande forza: 'a gran fatica'.

6   Di capo di queste .iiij. giornate finisce lo regno
di Creman e truovasi la città di Gobiam.

‹38›

De Gobiam.

1-2   Cobia‹m› è una grande cittade. E' adorano
3   Macomet. Egli ànno ferro e acciaio e andanico
4   assai. Quivi si fa la tuzia e lo spodio, e dirovi
5   come. Egli ànno una vena di terra la quale è
buona a·cciò, e pongolla nella fornace ardente,
e 'n su la fornace pongono graticole di ferro, e 'l
fumo di quella terra va suso a le graticole: e
quello che quivi rimane apiccato è tuzia, e quello che rimane nel fuoco è spodio.
6   Ora andiàno oltre.

‹39›

D'uno diserto.

1   Quando l'uomo si parte de Gobia[m], l'uomo
va bene per uno diserto .viij. giornate, nel quale

4. *la tuzia e lo spodio*: prodotti dell'ossidazione dello zinco,
cfr. *Ind. ragion.*
5. *vena di terra*: filone minerale (così 59, 4, 7, ecc.)   *apiccato*: 'attaccato', cfr. 125, 5, ecc.

1. *sechitadi*: sing. in *-i*, qui non raro (*abitazioni* 44, 5, *cagioni* 57, 19 e passim, *presenti* 59, 10, *generazioni* 74, 15,
ecc.); cfr. bibliogr. cit. in 27, 3 n.

à grande sechitadi, e non v'à frutti né acqua,
2 se non amara, come in quello di sopra. E quelli
che vi passano portano da bere e da mangiare,
se non che gli cavagli beono di quella acqua
malvolontieri.

3   E di capo delle .viij. giornate è una provincia
chiamata Tonocan; e àvi castella e cittadi asai,
4 e confina con Persia verso tramontana. E quivi è
una grandissima provincia piana, ov'è l'Albero
Solo, che li cristiani lo chiamano l'Albero Sec-
iov. 5 co; e dirovi com'egli è fatto. || Egli è grande e
grosso; sue foglie sono da l'una parte verdi e da
l'altr[a] bianche, e fa cardi come di castagne,
ma non v'à entro nulla; egli è forte legno e gial-
6 lo come busso. E non v'à albero presso a .c. mi-
7 glia, salvo che da l'una parte a .x. miglia. E quivi dicono quelli di quella parte che fu la bataglia
8 tra Allexandro e Dario. Le ville e le castelle ànno grande abondanza d'ogne buona cosa; lo pae-
9 se è temperato, e adorano Malcometto. Quivi àe
bella gente e le femine sono belle oltra misura.
10   Di qui ci partiamo e direnvi d'una contrada
che si chiama Milice, ove il Veglio della Montagna solea dimorare.

---

2. *se non che*: tranne l'acqua per le bestie, cfr. 108, 11, ecc.
5. *busso*: 'bosso', cfr. *GDLI*, II, 323.
8. *castelle*: per il pl. in *-e*, cfr. 25, 8 n.
10. *Veglio*: forma con fonetica gallo-romanza, con la quale viene costantemente denominato dai poeti italiani, compreso Dante, cfr. *Fiore*, gloss.; Davanzati, *Rime*, 254 n. (con
ampia esemplificazione); E. Vuolo, in « CN », XVII (1957),
84-86.

Del Veglio de la Montagna e come fece
il paradiso, e li assessini.

1   Milice è una contrada ove 'l Veglio de la Mon-
2 tagna solea dimorare anticamente. Or vi conterò
l'afare, secondo che messer Marco intese da più
uomini.

3   Lo Veglio è chiamato i·loro lingua Aloodin.
4 Egli avea fatto fare tra due montagne in una
valle lo più bello giardino e 'l più grande del
5 mondo. Quivi avea tutti frutti ‹e› li più begli
palagi del mondo, tutti dipinti ad oro, a besti' e
a uccelli; quivi era condotti: per tale venìa acqua e per tale mèle e per tale vino; quivi era
donzelli e donzelle, li più begli del mondo, che
6 meglio sapeano cantare e sonare e ballare. E
facea lo Veglio credere a costoro che quello era
7 lo paradiso. E perciò 'l fece, perché Malcometto
disse che chi andasse in paradiso, avrebbe di
belle femine tante quanto volesse, e quivi tro-
8 verebbe fiumi di latte, di vino e di mèle. E perciò 'l fece simile a quello ch'avea detto Malcometto; e li saracini di quella contrada credeano
veramente che quello fosse lo paradiso.

---

0. *assessini*: cfr. *Ind. ragion.*
5. *condotti*: ' canali '   *mèle*: senza dittongo (qui anche 43, 6),
rappresenta l'unica forma antica tosc., cfr. Castellani, *Miliadusso* II, 133   *donzelli*: non compaiono nel testo fr., che
parla soltanto di « dame e damigelle » cfr. *Nota al testo*,
appar.
7. *Malcometto disse*: nel *Corano* (sura 56).

9   E in questo giardino non intrava se·nnone co-
10   lui cu' e' volea fare assesin[o]. A la 'ntrata del
     giardino ave' uno castello sì forte, che non te-
11   mea niuno uomo del mondo. Lo Veglio tenea in
     sua corte tutti giovani di .xij. anni, li quali li
12   paressero da diventare prodi uomini. Quando
     lo Veglio ne facea mettere nel giardino a .iiij., a
     .x., a .xx., egli gli facea dare oppio a bere, e
     quelli dormìa bene .iij. dì; e faceali portare nel
     giardino e là entro gli facea isvegliare.

                    ‹41›

1   Quando li giovani si svegliavano e si trovava-
     no là entro e vedeano tutte queste cose, veramen-
2   te credeano essere in paradiso. E queste don-
     zelle sempre stavano co loro in canti e in gran-
     di solazzi; e aveano sì quello che voleano, che
     mai per loro volere non sarebboro partiti da
3   quello giardino. E 'l Veglio tiene bella corte e
11r. ricca e fa credere ‖ a quegli di quella montagna
     che così sia com'è detto.
4   E quando elli ne vuole mandare niuno di que-
     gli giovani ine uno luogo, li fa dare beveraggio

---

9. *colui cu'*: ' colui che ', cfr. 34, 1 n.
12. *quelli dormìa*: il brusco trapasso al sing. trova corrispondenza nel testo fr.

4. *ine*: forma epitetica, cfr. 4, 3 n.   *niuno*: ' qualcuno ', in
contesto positivo, cfr. Giamboni, *Il libro*, gloss.; Trolli, *La lingua*, 125. Così sotto 10   *beveraggio che dormono*: ' pozione
soporifera '; per l'indic. in luogo del congiunt. in proposiz.
consecutiva, cfr. Dardano, *Lingua e tecnica*, p. 76.

che dormono, e fagli recare fuori del giardino in
5   su lo suo palagio. Quando coloro si svegliono
‹e› truovansi quivi, molto si meravigliano, e sono
molto tristi, ché si truovano fuori del paradiso.
6   Egli se ne vanno incontanente dinanzi al Veglio,
credendo che sia uno grande profeta, inginoc-
7   chiandosi; e egli dimand[a] onde vegnono. Ri-
spondono: « Del paradiso »; e contagli tutto quello che vi truovano entro e ànno grande voglia di
8   tornarvi. E quando lo Veglio vuole fare uccidere
alcuna persona, fa tòrre quello che sia lo più vi-
9   goroso, e fagli uccidire cui egli vuole. E coloro
lo fanno volontieri, per ritornare al paradiso; se
scampano, ritornano a loro signore; se è preso,
vuole morire, credendo ritornare al paradiso.
10   E quando lo Veglio vuole fare uccidere neuno
uomo, egli lo prende e dice: « Va' fa' cotale cosa;
e questo ti fo perché·tti voglio fare tornare al
11   paradiso ». E li assesini vanno e fannolo molto
12   volontieri. E in questa maniera non campa niuno uomo dinanzi al Veglio de la Montagna, a
cu'elli lo vuole fare; e sì vi dico che più re li
fanno trebuto per quella paura.

---

7. *contagli* : ‘ contangli ’, con la solita assimilazione   *ànno*
grande voglia di tornarvi: secondo il testo fr., sono gli ascolta-
tori ad essere presi, in seguito al racconto, dal desiderio di conoscere il ‘ paradiso ’, cfr. *Nota al testo*, appar.
8. *uccidire*: cfr. **29, 3**.
9. Si noti il passaggio dal pl. al sing.: *coloro lo fanno... se è*
preso, ecc.
10. *Va' fa'*: coppia d'imperativi giustapposti, cfr. Folena, *Motti*, 382-83; Segre, *Lingua, stile*, 332.

‹Come Alau, signore de' Tarteri del Levante il
distrusse›.

1   Egli è vero che 'n anni .mcclxxvij. Alau, signore delli Tartari del Levante, che sa tutte queste
malvagità, egli pensò fra·sse medesimo di voler-
lo distruggere, e mandò de' suoi baroni a que-
2   sto giardino. E' stettero .iij. anni attorno a lo
castello prima che l'avessero, né mai no·ll'avreb-
3   boro avuto se no per fame. Alotta per fame fu
preso, e fue morto lo Veglio e sua gente tutta.
4   E d'alora in qua non vi fue più Veglio neuno:
i·lui [fu] finita tutta la segnoria.
5   Or lasciamo qui, e andiamo inanzi.

‹43›

De la città Supunga.

1   Quando l'uomo si parte di questo castello, l'uomo cavalca per bel piano ‹e› per belle coste, ov'è
buon pasco e frutti assai e buoni; e dura .vij.
2   giornate. E àvi ville e castella asai, e adorano
3   Macomet. E alcuna volta truova l'uomo diserti di
.l. miglia e di .lx., nelle quali non si truova ac-

1. La datazione è errata: si tratta in realtà del 1256 (nel testo fr. del 1262, cfr. *Nota al testo*, appar.).

1. Il numero delle giornate, qui e sotto 4, non corrisponde a
quello di F, dove sono sei, cfr. *Nota al testo*, appar.

qua, e conviene che l'uomo la porti e per sé e per
le bestie, infino che ne sono fuori.

iiv. 4   Quando || àe passato .vij. giornate, truova una
5   città ch'à·nnome Supunga. Ella è terra di molti
6   alberi. Quivi àe li migliori poponi del mondo e
‹'n› grandissima quantità, e fannogli seccare in
tale maniera: egli gli tagliano atorno come coreggie, e fannogli seccare, e diventano più dolci
7   che mèle. E di questo fanno grande mercatantia
8   per la contrada. E v'è cacciagioni e uccellagioni
assai.

9   O·lasciamo di questa, e diremo di Balac.

‹44›

Di Balac.

1   Balac fue già una grande città e nobile più che
non è oggi, ché li Tartari l'ànno guasta e fatto
2   grande danno. E in questa cittade prese Alesandro per moglie la figliuola di Dario, siccome di-
3   cono quegli di quella terra. E' addorano Macco-
4   metto. E sappiate che fino a questa terra dura

---

3. *conviene*: ' è necessario ', secondo l'antica accezione, unica
valida in questo testo.
5. *di molti alberi*: errore del tradutt. tosc. per « di grande
abbondanza di ogni cosa » di F, cfr. *Nota al testo*, appar.
6. *come coreggie*: li riducono in strisce per seccarli.

2. *la figliuola di Dario*: cfr. *Ind. ragion.* s.v. ' Balascian '.
3. *addorano*: cons. doppia per interferenza del prefisso *a-*,
cfr. Castellani, *Miliadusso*, II, 131; Rohlfs, § 228.
4. *terra*: ' città ', sempre in questo cap., ma non qui di segui-

la terra del signore delli Tartari del Levante, e
a questa cittade sono li confini di Persia entr[o]
creco e levante.

5 Quando si passa questa terra, l'uomo cavalca
bene .xij. giornate tra levante e greco, che no si
truova nulla abitazioni, perché gli uomini, per
paura de la mala gente e degli osti, sono tutti
6 iti a le fortezze de le montagne. In questa via àe
7 acqua asai e cacciagioni e leoni. In tutte queste
.xij. giornate non truovi vivande da mangiare,
anzi conviene che·ssi porti.

‹45›

De la montagna del sale.

1 Quando l'uomo à cavalcato queste .xij. giornate, trova uno castello ch'à nome Tahican, ov'è

to, seconda ricorrenza *entro*: 'tra', cfr. Rohlfs, § 845, così 59, 1, ecc. *creco*: così anche 49, 12, con sorda iniziale
per reazione al passaggio di *cr*- in *gr*-, frequente in tosc., cfr.
Stussi, *Un serventese*, 144 con bibliogr.; Trolli, *La lingua*, 67
(a meno che non si tratti di scambio grafico di sorda per sonora, vedi Davanzati, *Rime*, XXXVI). Cfr. *crego* 49, 1.
5. *abitazioni*: femm. sing in -*i*, cfr. 39, 1 *osti*: 'bande ar-
mate'.
7. *truovi*: usato impers. in luogo della predominante terza
pers. sing., di cui costituisce un'insolita variazione (anche in
56, 5 *se' ito*) ***vivande... conviene che·ssi porti***: mancanza di
congruenza morfologica tra sogg. e verbo, per cui quest'ultimo « acquista un carattere d'impersonalità », Folena, *Motti*, 376.

1. *trova*: la forma senza dittongamento della voc. dopo cons.
+ *r* (che ha prevalso poi in italiano) era caratteristica dei

grande mercato di biada; e è bella contrada.
2 E le montagne di verso mezzodie sono molto
3 grandi, e sono tutte sale. E vegnono da la lunga
.xxx. giornate per questo sale, perch'è lo migliore
del mondo; e è sì duro che no se ne può rompere
se non con grandi picconi di ferro; e è tanto che·
ttutto il mondo n'avrebbe assai i‹n›fino a la fine
del secolo.

4   Partendosi di qui, l'uomo cavalca .iij. giornate
tra greco e levante, sempre trovando belle terre
5 e belle abitazioni e frutti e biade e vigne. E' ado-
6 rano Maccomet. E' sono mala gente e micidiale:
sempre stanno col bicchiere a bocca, ché molto
beono volontieri, ché egli ànno buono vino cotto.
7 In capo non portano nulla, se no una corda lun-
8 ga .x. palmi si volgono atorno lo capo. E' sono
molto begli cacciatori e prendono bestie molte,
e de le pelle si vestono e calzano; e ogni uomo sa
conciare le pegli de le [bestie] che pigliano.

_12r._ 9   Di làe ‖ tre giornate àe cittad e castella asai, e
èvi una città ch'à nome Scasem, e per lo mezzo
10 passa uno grande fiume. Quivi àe porci ispinosi
assai.

11   Poscia si cavalca tre giornate che no si truova

---

dialetti tosc. occident., cfr. Castellani, _Miliadusso_, II, 132; _Italiano e fior._, 4-10; Crespo, _Una versione pis._, 25 con bibliogr.; Rohlfs, § 107.
3. _secolo_: ' mondo '.
5. _micidiale_: ' assassina ', cfr. _mecidio_ 170, 53.
7. _corda... si volgono_: omissione di _che_ relativo, comune in ant. tosc., cfr. 10, 2 n. per la bibliogr. (qui 80, 2).
8. _pegli_: forma palatilizzata da _i_ finale, cfr. 3, 7 n.; qui passim.
10. _porci ispinosi_: porcospini.

12 abitazione, né bere né mangiare. Di capo de le
    .iij. giornate si truova la provincia de Balascam,
    e io vi conterò com'ell'è fatta.

‹46›

Di Balascam.

1   Balasciam è una provincia che la gente adora-
2 no Malcometo, e ànno lingua per loro. Egli è
    grande reame e discende lo re per reditade; e
    scese del legnaggio d'Allesandro e de la figlia di
3 Dario, lo grande signore di Persia. E tutti que-
    gli re si chiamano Zulcarnei in saracino, ciò è a
    dire Ales[a]ndro, per amore del grande Allexan-
    dro.
4   E quivi nasce le priete preziose che si chiama-
    no balas[c]i, che sono molto care, e cavansi ne le
5 montagne come·ll'altre vene. E è pena la testa
    chi cavasse di quelle pietre fuori de·reame, per-
6 ciò che ve n'à tante che diventerebboro vile. E
    quivi, inn-un'altra montagna, † ove si cava l'a-
    zurro, e è l' migliore e 'l più fine del mondo; e
7 le pietre onde si fa l'azurro, è vena di terra. E
    àvi montagne ove si cava l'argento.

2. *lo re*: non è da escludere la lettura *lo' re*, cfr. 30, 6 n.
5. *chi*: ' se uno '.
6. Lacuna in corrispondenza di un verbo reggente omesso,
cfr. *Nota al testo*, appar.   *le pietre... è vena di terra*: passaggio al sing. anche nel testo fr. (*les pieres... est voine*, ecc.)
    l'azurro: lapislazzuli, cfr. *Ind. ragion.*

8-9   E la provincia è molto fredda. E quivi nasce
cavagli assai e buoni coritori, e non portano fer-
10   ri, sempre andando per le montagne. E nascevi
falconi molto volanti e li falconi laineri: caccia-
11   re e uccellare v'è lo migliore del mondo. Olio
12   non ànno, ma fannone di noci. Lo luogo è molto
forte da guerra; e' sono buoni arcieri e vestonsi
di pelle di bestie, perciò ch'ànno caro di panni.
13   E le grandi donne e le gentili portano brache,
che v'è ben .c. braccia di panno bambagino, e
tal .xl. e tal .lxxx.; e questo fanno per parere
ch'abbiano grosse le natiche, perché li loro uomini si dilettano in femine grosse.
14   Or lasciamo questo reame, e conteremo d'una
diversa gente, ch'è lungi da questa provincia .x.
giornate.

‹47›

De la gente di Bastian.

1   Egli è vero che di lungi a Balascia‹m› .x. giornate àe una provincia ch'à nome Bastian; e àn-

9. *coritori*: la mancanza di sonorizzazione della dentale intervoc. è piuttosto insolita, in particolare nel suff. -*tore* (la
norma antica è -*d*-), cfr. Castellani, *Oliandoli*, 76; Roersheim,
Die Sprache, 80; Rohlfs, § 199 e 200; ma *corritori* (in rima)
in Folgore da S. Gimignano, vedi *Rimatori comico-realistici*, II, 137.   *sempre andando*: 'benché vadano sempre'.
10. *laineri*: per i dittonghi che hanno *i* come seconda compo-
nente, cfr. Castellani, *Nuovi testi*, 107-12; Crespo, *Una versione pis.*, 27; cfr. *lanieri*, 62, 3 e *Ind. ragion.* s.v. 'falconi'.
12. *caro*: 'carestia' (così 102, 1).
13. *gentili*: 'nobili'   *panno bambagino*: 'tela di cotone'.
14. *diversa*: 'strana'.

2   no lingua per loro. Egli adorano gl'idoli e suno
    bruni; e sanno molto d'arti de diavoli e sono
12v. 3   malvagia gente. E' portan a‖gli orecchi cerchie-
    gli d'oro e d'ariento e di perle e di pietre pre-
    ziose.

4-5   Quivi àe molto grande caldo. Loro vivande è
    carne e riso.

6   O·lasciamo questa, e anderemo a un'altra ch'è
    di lungi di questa .vij. giornate verso isciro[cc]o,
    ch'à no[me Che]simu[n].

‹48›

Di Chesimun.

1   Chesimun è una provincia che adorano idoli
2   e àe lingua per sé. Questi sanno tanto d'incan-
    tamento di diavolo che fanno parlare gl'idoli; e
    fanno cambiare lo tempo e fanno grandi iscuri-
    tadi e fanno tali cose che non si potrebbe crede-
3   re. E sono capo di tutti gl'idoli, e de lor descese
4   gl'idoli. E di questo luogo si puote andare al
    mare d'India.

5   Gli uomini e le femine sono bruni e magri;
6   lor vivande è riso e carne. E è luogo temperato,
7   tra caldo e freddo. E llà à castella assai e diserti;

2. *suno*: con chiusura di *o* ton. in *u*, forma sporadica, cfr.
Hirsch, *Laut- und Formenlehre*, X, 430   *de diavoli*: *de* per
di (così 57, 15), come assicura la lezione *di* degli altri mss.
(*ars diabolitique* F), cfr. 14, 7 n.
3. *cerchiegli*: ' cerchielli ', con sill. fin. palatilizzata, cfr. 3, 7 n.

e è luogo molto forte, e tiensi per sé medesimo;
8 e èvi re che mantiene giustizia. E quivi àe molti romitaggi e fanno grande astinenzia, né non
fanno cosa di peccato né che sia contra loro fede
per amore di loro idoli; e ànno badie e monisteri
di loro legge.

9   Or ci partiamo di qui e anderemo inanzi, perciò che·cci converebbe intrare in India; e noi
non vogliamo entrare, perché a·ritornare de la
nostra via conteremo tutte le cose d'India per or-
10 dine. E perciò retornaremo a nostre province
verso Baudascian, perciò che d'altra parte non
potremo passare.

‹49›

De‹l› grande fiume di Baudascian.

1   E quando l'uomo si parte da Baudascian, sì si
va .xij. giornate tra levante e crego su per uno
fiume, che è del fratello del segnore di Bauda-
2 scian, ov'è castella e abitazioni assai. La gente è
3 prode e adorano Macometto. Di capo di .xij.

---

9. *anderemo*: ma nel testo fr. si dice il contrario ('non andremo'), che concorda logicamente con quanto segue, cfr.
Nota al testo, appar.   *converebbe*: 'sarebbe necessario'
a·ritornare: 'al ritornare', con assimilazione (e successivo
scempiamento) tra le liquide; per l'infinito retto da *a*, espri-
mente circostanza, cfr. Dardano, *Lingua e tecnica*, 261.

1. *sì si va*: ripresa paraipotattica con *sì*, cfr. 16, 2 n.   *crego*: da *creco* per sonorizzazione della velare intervocalica, cfr.
nota 44, 4.

giornate si truova una provincia piccola che dura .iij. giornate da ogne parte, e à nome Vocan.

4 E' adorano Macomento e ànno lingua per loro e
sono prodi uomini; e sono sottoposti al signore

5 di Baudascian. Egli ànno bestie salvatiche assai,
cacciagioni e uccellagioni d'ogne fatt[a].

6   E quando l'uomo va tre giornate più inanzi, va
pure per montagne; e questa si dice la più alta

7 montagna del mondo. E quando l'uomo è 'n su
quell'alta montagna, truova uno piano tra due
montagne, ov'è molto bello pasco, e quivi è uno
fiume molto bello e grande; e è sì buono pasco

13r. una bestia ‖ magra vi doventa grassa in .x. dì.

8 Quivi àe tutte salvagine e assai; e èvi montoni
salvatich[i] asai e grandi, e ànno lunghe le corne
.vj. spanne, e almeno .iiij. o .iij.; e in queste corni
mangiano li pastori, che ne fanno grande scodel-

9 le. E per questo piano si va bene .xij. giornate
senza abitazione, né non si truova che mangiare,

10 s'altri nol vi porta. Niuno uccello non vi vola,
per l'alto luogo e freddo, e 'l fuoco non v'à lo colore ch'egli àe inn-altre parte, né non è sì cocente
colà suso.

4. *Macomento*: cfr. *Malcomento* 50, 1 e 23, 2 n.
6. *pure*: ' continuamente '.
7. *doventa*: l'esempio più diffuso (vivo anche oggi a livello
dialettale) di passaggio ad *o* davanti a labiale in protonia,
cfr. 30, 3 n.; si ha inoltre giustapposizione di questa consecutiva alla propos. principale, in seguito ad omissione di *che*,
cfr. 10, 2 n.
8. *corne, queste corni*: si noti la polimorfia dei plurali (cfr.
25, 8 n.) e il passaggio di tipo umbro (e aretino) di -*i* in -*e*
nel dimostrativo (Rohlfs, § 364; Serianni, *Dialetto aret.* 127);
così 86, 5; *altre* 148, 7; 167, 4; 189, 15.
9. *altri*: pron. indef., cfr. 35, 9 n.

11   Or lasciamo qui, e conterovi altre cose per
12   greco e per levante. E quando l'uomo va oltra
.iij. giornate, e' conviene che l'uomo cavalca bene .xl. giornate per montagne e per coste, tra
creco e levante, e per valle, passando molti fiu-
13   mi e molti luoghi diserti. E per tutto questo luogo non si truova abitazione né albergagione, ma
14   conviene che·ssi porti la vivanda. Questa con-
15   trada si chiama Belor. La gente dimora ne le
montagne molto alte; adorano idoli e sono salvatica gente, e vivono de le bestie che pigliano.
16   Loro vestire è di pelli di bestie, e sono uomini
malvagi.
17   Or lasciamo questa contrada, e diremo de la
provincia di Casciar.

‹50›

De·reame di Cascar.

1   Casciar fue anticamente reame; aguale è al
2   Grande Cane, e adorano Malcomento. Ell'à molte città e castella, e la magiore è Casciar; e so-
3   no tra greco e levante. E' vivono di mercatantia
4   e d'arti. Egli ànno begli giardini e vigne e pos-
sessioni e bambagie assai; e sonvi molti merca-
5   tanti che cercano tutto il mondo. E' sono gente

12. *cavalca*: indicativo in luogo di congiuntivo in dipendenza
da verbi che esprimono certezza, cfr. Ageno, *Il verbo*, 331-
333.

4. *cercano*: 'percorrono', cfr. 1, 4 n.

scarsa e misera, ché male mangiano e mal beono.

6 Quivi dimorano alquanti cristiani nestorini, che
ànno loro legge e loro chiese; e ànno lingua per
7 loro. E dura questa provincia .v. giornate.
8 Ora lasciamo di questa, e andaremo a Samarcan.

‹51›

Di Samarcan.

1   Samarcan è una nobile cittade, e sonvi cristiani
2   e saracini. E' sono al Grande Cane, e sono verso
3   maestro. E dirovi una maraviglia ch'avenne in
    questa terra.

4   E' fu vero, né no è grande tempo, che Gigata,
    fratello del Grande Cane, si fece cristiano, e era
5   signore di questa contrada. Quando li cristiani
13v. della cittade vi‖dero che·llo signore era fatto cri-
    stiano, ebbero grande alegrezza; e allora fecero
    in quella cittade una grande chiesa a l'onore di
6   san Giovanni Batista, e così si chiama. E' tolsero
    una molto bella pietra ch'era d'i saracini e po-
    serla in quella chiesa, e miserla sotto una colon-
    na in mezzo la chiesa, che sostenea tutta la chie-
7   sa. Or venne che Gigatai fu morto, e gli saracini,

6. *d'i saracini*: qui *di* equivale a ' dei ', come più avanti 148,
18; 195, 25; 208, 5, ecc. cfr. Castellani, *Nuovi testi*, gloss.;
Giamboni, *Il libro*, 9 n.; Loach-Bramanti, *Sull'articolo determinato*, 37-40.

vedendo morto 'l segnore, abiendo ira di quella
pietra, la volloro tòrre per forza; e poteallo fare,
8   ch'erano .x. cotanti che gli cristiani. E mossorsi
alquanti saracini, e andarono a li cristiani, e dis-
9   sero che voleano questa pietra. Li cristiani la voleano comperare ciò che·nne voleano; li saracini
10 dissero che no voleano se non la pietra. E alott[a]
l[i] signoregiava lo Grande Cane, e comandò a li
cristiani che 'nfra .ij. die li rendessero la loro
11 pietra. Li cristiani, udendo lo comandamento,
12 funno molto tristi e non sapeano che·ssi fare. La
mattina che·lla pietra si dovea cavare di sotto dalla colonna, la colonna si trovò alta di sopra a la
pietra bene .iiij. palmi; e non toccava la pietra
13 per lo volere del Nostro Signore. E questa fue
tenuta grande meraviglia e è ancora; e·ttuttavia
v‹i› stette poscia la prieta.
14   Or lasciamo qui, e dirovi di un'altra provincia
ch'à nome Carcam.

---

7. *abiendo*: gerundio di tipo occident., cfr. Schiaffini, *Nuovi testi*, XXXI; Giordano da Pisa, *Quaresimale*, 456. Cfr.
abiento 71, 21   *poteallo*: 'poteanlo', con assimil.
9. *ciò che·nne voleano*: 'a qualunque prezzo'; il complemento di prezzo può non essere introdotto da preposizione,
cfr. Trolli, *La lingua*, 18 con ampia documentazione.
11. *funno*: perf. di tipo pis.-lucch., Castellani, *Nuovi testi*,
50; Rohlfs, § 583.
13. *tuttavia*: 'sempre', nell'accezione antica, costante nel
testo.

<‹52›

De Carcam.

1   Carcam è una provincia che dura .v. giornate.
2   E' adorano Macomento; e sonvi cristiani nestori-
3   ni. E' sono al Grande † abondanza d'ogni cose.
4   Quivi non-à altro da ricordare.
5   Or lasciamo qui, e diremo di Cotam.

‹53›

Di Cotam.

1   Cotam è una provincia tra levante e greco, e
2   dura .viij. giornate. E' sono al Grande Cane, e
3   adorano Malcometo tutti. E v'à castella e città as-
     sai e son nobile gente; e la migliore città è Co-
4   tam, onde si chiama tutta la provincia. Quivi àe
5   bambagia assai, vino, giardini, tutte cose. Vivono
     di mercatantia e d'arti; non sono da arme.
6   Or ci partiamo di qui, e andiamo a un'altra pro-
     vincia ch'à nome Pein. ‖

---

3. Per la lacuna cfr. *Nota al testo,* appar.   *cose*: il pl. è
ammesso dopo *ogne,* cfr. 19, 5 n.

Di Pein.

1 ⟨P⟩ein è una piccola provincia ch'è lunga .v.
2 giornate tra levante e greco. E' sono al Grande
3 Cane e adorano Maccomet. E v'à castella e città
4 assai, e la più nobile è Pein. Egli ànno abondanza
di tutte cose, e vivoro di mercatantie e d'arti.
5 E ànno cotal costume, che quando alcuono uomo
ch'à moglie si parte di sua terra pe·stare .xx. die,
com'egli è partito, la moglie puote prendere altro marito, per l'usanza che v'è; e l'uomo, ove
6 vae, puote prendere altra moglie. Altresì sappiate che tutte queste province che io v'ò contate da Cascar infin'a qui, sono de la Grande Turchia.
7 O·lasciamo qui, e conterovi d'una provincia
chiamata Ciarcian.

‹55›

Di Ciarcian.

1 Ciarcian è una provincia de la Grande Tur-
2 chia tra greco e levante. E' adorano Macomet; e

1. *è lunga*: variazione eccezionale su *dura* (seguìti dall'u-
nità spazio-temporale *giornata* e relativo numero), che è già
del testo fr. (*est longue*).
5. *alcuono*: cfr. *l'uono*, 37, 1 e nota relativa   *pe·stare*: 'per
stare', con assimilazione in sede sintattica; per *O·lasciamo* 7,
cfr. 37, 22 n.

àvi castella e città assai, e·ll[a] mastra città è
3 Ciarcian. E v'à fiume che mena diaspido e calciadonio, e pòrtalle a vendere au Ca[t]a, e ànnone
4 asai e buoni. E tutta questa provincia è sabione,
5 e de Cotam [a] Pein altressì sabione. E èvi molte acque amare e ree; e ancora v'à de le dolci e
buone.
6   E quando l'uomo si parte di Ciarcan, va bene
.v. giornate per sabione, e àvi di male acque e
7 amare, e àvi de le buone. E a capo de le .v.
giornate si truova una città, ch'è a capo del grande diserto, ove gli uomini prendono vivanda per
passare lo diserto.
8   Or vi diremo di più inanzi.

‹56›

‹Di Lop›.

1   Lop è una grande città ch'è a l'intrata del grande diserto, ch'è chiamo lo diserto de Lop, e è tra
2 levante e greco. E' sono al Grande Cane e ado-
3 rano Macomet. E quelli che vogliono passare lo

2. *mastra città*: la città principale, cfr. 14, 1.
3. *pòrtalle*: 'portanle', con assimil.; si riferisce *ad sensum* al-
l'oggetto « pietre »; segue poi un pl. masch.   *au Cata*: 'al
Catai', segmento di testo fr. non perspicuo al tradutt. che lo
trasferisce tale e quale nel testo tosc. (così anche 69, 24); lo
stesso accade con maggior frequenza con *Mangi* e le relative
prepos. articolate (*au Mangi* 131, 4; *deu Mangi* 105, 6, ecc.,
vedi oltre), cfr. *Nota al testo*, appar.
5. *ree*: 'cattive'.

1. *chiamo*: 'chiamato', part. pass. accorciato, cfr. 22, 15 n.

diserto si riposano in Lop per una settimana, per rinfrescare loro e loro bestie; poscia prende vivande per uno mese per loro e per loro bestie.

4 E partendosi di questa città, entra nel diserto, e è tamanto che·ssi penerebbe a passare bene uno anno; ma per lo minore luogo si pena lo meno

5 a trapassare uno mese. Egli è tutto montagne e sabione e valle, e non vi si truova nulla a mangiare; ma quando se' ito uno die e una notte, si

14v. truova acqua, ma non tanta || che n'avesse oltra .l.

6 o .c. uomini co loro bestie. E per tutto 'l diserto conviene che si vada uno die e una notte prima che acqua si truovi; e in tre luoghi o in quattro truova l'uomo l'acqua amara e salsa, e tutte l'altre sono buone, che sono nel torno da .xxviij. ac-

7 que. Non v'à né uccelli né bestie, perché non

8 v'ànno da mangiare. E·ssì vi dico che quivi si truova tal maraviglia.

9 Egli è vero che, quando l'uomo cavalca di notte per quel diserto, e gli aviene questo: che·sse alcuno remane adrieto da li compagni, per dormire o per altro, quando vuole pui andare per giugnere li compagni, ode parlare spiriti in aire

---

3-4. *prende, entra*: dipendenti logicamente da *quelli che vogliono*, ecc., ma il carattere indefinito di tale sogg. o la sua lontananza fa prevalere il valore impersonale (neppure il testo fr., del resto, è coerente, succedendo *entrent* a *se parte*).
4. *tamanto*: 'tanto grande' (qui *tamanti*, 99, 2, ecc.), cfr. Guittone, *Rime*, gloss.; Monaci-Arese, gloss.; Rohlfs, § 510 *per lo minore luogo*: nel punto più stretto.
5. *se' ito*: 2ª pers. sing. con funzione impersonale, cfr. 44, 7.
9. *e gli aviene*: ripresa paraipotattica con *e   pui*: forma aretina, cfr. Parodi, *Lingua e letter.*, 178   *giugnere*: 'raggiungere'   *somigliano*: 'sembrano' (traduce *semblent* F) *compagnoni*: 'compagni' (francesismo).

10 che somigliano che siano suoi compagnoni. E più
    volte è chiamato per lo suo nome propio, ed è
    fatto disviare talvolta in tal modo che mai non si
11 ritruova; e molti ne sono già perduti. E molte
    volte ode l'uomo molti istormenti in aria e pro-
12 piamente tamburi. E così si passa questo grande
    diserto.
13   Or lasciamo del diserto, e diremo dell[e] pro-
    vinc[e] che sono all'uscita del diserto.

‹57›

De la grande provincia di Ta‹n›guc.

1   A l'uscita de‹l› diserto si truova una città ch'à
2   nome Sachion, che è a lo Grande Cane. La pro-
    vincia si chiama Tangut; e' adorano l'idoli (ben
    è vero ch'egli v'à alquanti nestorini, e àvi sara-
3-4 cini). La terra è tra levante e greco. Quegli da-
    gl'idoli ànno per loro speziale favella; no sono
5   mercatanti, ma vivono di terra. Egli ànno molte
    badie e monisteri, tutti piene d'idole di diverse
    fatte, a li quali si fa sagrifici grandi e grandi ono-

10. *propio*: forma dissimilata, Rohlfs, § 328; vedi *propiamente* qui sotto 11, e passim nel testo.
11. *istormenti*: ‘ strumenti ’.

4. *Quegli dagl'idoli*: ‘gli idolatri ’   *di terra*: ‘dei prodotti
della terra ’, espressione ellittica che ricorre altre volte (cfr.
ad es. 62, 4).
5. *tutti piene*: concordanza con il primo dei due sostantivi
(*badie*), secondo un tipo noto (Trolli, *La lingua*, 134); *tutti*
pl. femm. in -*i*, cfr. 22, 7 n.   *idole*: pl. in -*e* di nome neu-

6   ri. E sapiate che ogni uomo che à fanciulli, fae
7   notricare uno montone a onore degl'idoli. A ca-
     po dell'anno, ov'è la festa del suo idolo, lo pa-
     dre col figliuolo menano questo montone dinan-
     zi a lo suo idolo, e fannogli grande riverenza con
8   tutti li figliuoli. Poscia fanno correre questo mon-
     tone; fatto questo, riménall[o] davanti a l'idolo,
     e tanto vi stanno ch'è detto loro uficio e loro
9   prieghi, ch'elli salvi li loro figliuoli. Fatto questo,
     danno la loro parte della carne a l'idolo; l'altra
     tagliano e portano a loro casa o a altro luogo
     ch'egli vogliono, e mandano per loro parenti,
     e mangiano questa carne con grande festa e re-
     verenza; poi ricolgono l'ossa e ripongolle in so-
10   pidiani o in casse molto bene. E sappiate che tut-
     ti gl'idolatori, quando alcuno ne muore, gli altri
11   pigliano lo corpo morto e fannolo ardere. E
15r. quando si cavano di loro casa e sono portati ‖ a·
     luogo dove debbono essere arsi, nella via li suoi
     parenti in più luoghi ànno fatte certe case di per-
     tiche o di canne coperti di drappi di seta e

tro lat. (qui 170, 42, 63), cfr. Giamboni, *Il libro*, 71 n.; inoltre *GDLI*, VII, 215 'idola'.
7. *ov'è*: 'quando è' (ma si fraintende il testo fr., cfr. *Nota
al testo*, appar.).
8. *correre*: errore di traduz. per 'cuocere', cfr. *Nota al testo*,
appar.
9. *l'altra*: secondo il testo fr. si tratta invece della stessa
carne che è stata offerta all'idolo perché ne assuma la sostanza (*il prenent celle cars que devant le ydre avoit esté et la
portent a lor maison* F)   *ricolgono*: 'raccolgono'   *sopidia-
ni*: 'casse di legno', cfr. Castellani, *Testi sangim.*, gloss.; Sercambi, *Novelle*, gloss.
11. *si cavano*: sogg. a senso, i cadaveri   *coperti*: pl. femm.
in -*i*, cfr. 22, 7 n.

12 d'oro. E quando sono col morto dinanzi da questa casa, sì posano lo morto dinanzi a questa casa, e quivi ànno vino e vivande assai; e questo
fanno perché sia ricevuto a cotale onore nell'altro

13 mondo. E quando lo corpo è menato a·luogo ove
dé essere arso, quivi ànno uomini di carte inta-
gliati e cavagli e camegli e monete grosse come
bisanti; e fanno ardere lo corpo con tutte queste
cose, e dicono che quello morto avrà tanti cavagli e montoni e danari e ogn'altra cosa nel-
l'altro mondo, quant'egli fanno ardere per amore di colui in quello luogo dinanzi dal corpo.

14 E quando lo corpo si va ad ardere, tutti li stormenti de la terra vanno sonando dinanzi a questo corpo.

15 Ancora vi dico che quando lo corpo è morto,
sì manda·gli parenti per astronomi e indivini, e
dicogli lo die che nacque questo morto; e coloro,
per loro incantesimi de diavoli, sanno dire a co-

16 storo l'ora che questo corpo si dee ardere. E tengollo talvolta li parenti in casa, quel morto, .viij.
die, e .xv., e uno mese, aspettando l'ora che è buona da ardere, secondo quelli indovini, né·mmai

17 no gli arderebboro altrimenti. ‹T›engono questo
corpo in una cassa grossa bene uno palmo bene
serata e confitta e coperta di panno co molto zafferano e spezie, sì che no puta a quelli della

---

12. *sì posano*: ripresa paraipotattica con *sì*   *a cotale onore*:
'con altrettanto onore' (*a* modale, cfr. 24, 6 n.).
15. *manda·gli*: 'mandangli', con assorbimento della *n* finale nella liquida dell'art. seguente; forme assimilate anche
dicogli e *tengollo* 16.

18 casa. E sappiate che quegli della casa fanno mettere tavola dinanzi dalla cassa ov'è 'l morto, con
vino e con pane e con vivande come s'egli fosse
vivo, e questo fanno ogne die fino che si dee ar-

19 dere. Ancora quegli indovini dicono a li parenti del morto che no è buono trare lo morto
per l'uscio, e mettono cagioni di qualche stella
ch'è incontra a l'uscio, onde li parenti lo mettono per altro luogo, e tale volta rompono lo mu-

20 ro della casa da l'altro lato. E tutti gl'idoli del
mondo vanno per questa maniera.

21   Or lasciamo di questa, e direnvi d'altre terre
che sono verso lo maestro, presso al capo di questo diserto.

‹58›

De Camul.

1   Camul è una provincia, e già anticamente fue
2 reame. E àvi ville e castella assai; la mastra
3 città à nome Camul. La provincia è in mezzo di
due diserti: da l'una parte è 'l grande diserto,
15v.   da l'altra è uno piccolo diserto di ‖ tre giornate.
4-5 Sono tutti idoli; lingua ànno per sé. Vivono de'
frutti de la terra, e ànno assai da mangiare e da
6 bere, e vendonne asai. E' sono uomini di grande

---

19. *trare*: normale in ant. tosc., cfr. Davanzati, *Rime*, gloss.
   lo mettono: ' lo fanno uscire ' (si tratta probabilmente di ripetizione meccanica di *mettono* che precede, il testo fr. aven- do regolarmente *le funt traire*).
20. *vanno per*: ' si comportano in '.

solazzo, che non attendono se no a sonare instor-
7 menti e 'n cantare e ballare. E se alcuno forestiere vi va ad albergare, egli sono troppi ale-
gri, e comandano alle loro mogli che li servano
8 in tutto loro bisogno. E 'l marito si parte di casa
e va a stare altrove .ij. dì o .iiij.; e 'l forestieri rimane colla moglie e fa co·llei quello che vuole,
come fosse sua moglie, e stanno in grandi solaz-
9 zi. E tutti quegli di questa provincia sono bozzi
delle loro femine, ma nol si tengono a vergogna;
e le loro femine sono belle e gioiose e molto
alegre di quella usanza.
10   Or avenne che al tempo di Mogu Kane, segnore de' Tartari, sappiendo che tutti gli uomini
di questa provincia faceano avolterare loro fe-   *a voutre*
mine a' forestieri, incontanente comandò che niuno dovesse albergare niuno forestiere e che no
11 dovessoro avolterare loro femine. E quando quelli di Camul ebbero questo comandamento, furono molto tristi, e fecero colsiglio e mandaro
al signore uno grande presente; e mandàrollo
pregando che gli lasciasse fare la loro usanza e
degli loro antichi, però che gli loro idoli l'aveano
molto per bene, e per quello lo loro bene de la

6. *attendono*: si succedono le reggenze *a* (*sonare*) e *in* (*balla-*
re), per la prima cfr. Ageno, *Il verbo*, 292 n.
7. *troppi*: 'molto' (così 69, 10); per la declinazione dell'avv.
di quantità, cfr. 25, 9 n.
8. *forestieri*: sing. (per il suff. *-ieri*, cfr. 1, 3 n.).
9. *bozzi*: 'cornuti'.
10. *sappiendo*: sogg. *ad sensum* Mogu Kane; cfr. 12, 4 n.
avolterare: 'commettere adulterio' (francesismo).
11. *colsiglio*: si tratterà di assimilazione regressiva   *lo loro*
bene de la terra: 'il profitto ricavato dalla terra'.

12 terra è molto moltiplica[t]o. E quando Mogu Ka-
    ne intese queste parole, rispuose: « Quando vo-
13 lete vostra onta, e voi l'abiate ». E tuttavia man-
    tengon quella usanza.
14   O·lasciamo di Camul, e diremo d'altre provin-
    ce tra maestro e tramontana.

‹59›

Chingitalas.

1   Chingitalas è una provincia che ancora è pres-
2 so al diserto, entro tramontana e maestro. E è
3 grande .vj. giornate e è del Grande Kane. Quivi
    àe città e castella assai; quivi à .iij. generazioni di
    genti, cioè idoli, e quegli ch'adorano Maccomet, e
    cristiani nestorini.
4   Quivi àe montagne ove à buone vene d'acciaio
    e d'andanico; e in queste montagne è un'altra
5 vena, onde si fa la salamandra. La salamandra
    nonn-è bestia, come si dice, che vive nel fuoco,
    ché neuno animale puote vivere nel fuoco; ma
6 dirovi come si fa la salamandra. Uno mio com-
    pagno ch'à nome Zuficar – èe un Turchio –

12. *Quando... e voi l'abiate*: ripresa paraipotattica con *e* dopo
secondaria temporale (con effetto di enfasi).
3. **Non sei, ma sedici nel testo fr.**
4. *salamandra*: si tratta dell'amianto, cfr. *Ind. ragion.*
6. *Turchio*: 'turco' (cfr. Schiaffini, *Testi*, gloss.); cfr. *turchie*
116, 4   *istede*: 'stette', perfetto modellato su *diedi*, diffuso
nel tosc. provinciale (Parodi, *Dialetti tosc.*, 611; Rohlfs, § 579)
anche nella variante non dittongata *dedi* (per analogia con le
persone 2ª, 4ª e 5ª, oppure con il tipo in *-etti*).

istede in quella contrada per lo Grande Kane signore .iij. anni, e facea fare queste salamandre;
e disselo a·mme, e era persona che·lle vide assai

16r. 7 volte, e io ne vidi ‖ de le fatte. Egli è vero che
quella vena si cava e stringesi insie[me], e fa fila
come di lana; e poscia la fa seccare e pestare in
grandi mortai di covro; poscia la fanno lavare e
la terra sì·ccade, quella che v'è apiccata, e rimane le file come di lana; e questa si fila e fassine

8 panno da tovaglie. Fatte le tovaglie, elle sono
brune; mettendole nel fuoco diventano bianche
come nieve; e tutte le volte che sono sucide, si
pognono nel fuoco e diventano bianche come ne-

9 ve. E queste sono le salamandre, e l'altre sono fa-
10 vole. Anco vi dico che a Roma à una di queste
tovaglie che 'l Grande Kane mandò per grande
presenti, perché 'l sudario del Nostro Signore vi
fosse messo entro.

11   Or lasciamo di questa provincia e anderemo a
altre province tra greco e·llevante.

---

7. *fa*: con valore impers.; il sogg. sing. indefinito (che risponde al testo fr. *il la fait secher*) non tiene, e viene seguito
dal pl. *fanno   covro*: 'rame' (francesismo)   *apiccata*:
'attaccata'   *rimane le file*: verbo al sing. con sogg. posposto; *file* con pl. in *-e* (cfr. 25, 8 n.).
10. *presenti*: 'dono' (così 85, 9); sing. in *-i* (cfr. 39, 1).

De Succiur.

1 Quando l'uomo si parte di questa provincia,
2 l'uomo va .x. giornate tra greco e·llevante. E in
   tutto questo no si truova se no poca abitazione,
   né non v'è nulla da ricordare.
3 Di capo di queste .x. giornate è una provincia
   ch'è chiamata Succiur, nella quale àe castella e
4 cittadi asai. Quivi àe cristiani e idoli, e sono al
5 Grande Kane. E la grande provincia jeneraus
   ov'è questa provincia, e queste due ch'io v'ò con-
6 tato inn-arieto, è chiamata Cangut. E per tutte
   sue montagne si truova lo reubarbaro in grande
   abondanza, e quivi lo comperano li mercatanti e
7 portalo per tutto il mondo. Vivon del frutto
   della terra, non si travagliano di mercata‹n›tie.
8 Or ci partiremo di qui, e diremo di Canpicion.

Di Ca‹n›picion.

1 Canpicion è una cittade ch'è in Ta‹n›gut, e è
   molto nobile e grande; e è capo della provincia

---

5. *jeneraus*: ' generale '; è la parola fr. passata tale e quale nella traduzione ed intesa ben presto come toponimo (il che priva
di senso il periodo), cfr. *Nota al testo*, appar.   *arieto*: frequente in tosc. popolare, come *dirieto* 78, 1, ecc., *dirietro* 69,
17, ecc.; cfr. Crespo, *Una versione pis.*, gloss. Dardano, *Bestiario*, gloss.

2 di Tangut. La ge‹n›te sono idoli, e àvi di quelli ch'adorano Malcomet, e èvi cristiani; e èvi
3 in quella città .iij. chiese grandi e belle. Gl'idoli
ànno badie e monisteri secondo loro usanza; egli
ànno molti idoli, e ànnone di quegli che sono
grandi .x. passi, tale di legno, tale di terra e tali
di pietra; e sono tutti coperti d'oro, molto begli.
4 Or sappiate che gli aregolati degl'idoli vivono
5 più onestamente che gli altri. Egli si guarda de
lusuria, ma·nno l'ànno per grande peccato; ma
16v. se truovano alcuno uomo che sia ‖ giaciuto con
femina contra natura, egli lo condanna a morte.
6 E sì vi dico ch'egli ànno lunare come noi abiamo
7 lo mese. E è alcuno lunare che niuno idolo ucci-
derebbe alcuna bestia per niuna cosa; e dura per
.v. giorni, né non manicherebboro carne uccisa
8 in quegli .v. die. E' vivono più onesti questi .v.
9 die che gli altri. Egli prendono fino in .xxx. femine e più e meno, secondo chi è ricco, ma sapiate che·lla prima tiene per la migliore; e·sse
alcuna no·lli piace, egli la puote bene cacciare.

4. *aregolati*: 'monaci'; la prostesi di *a* davanti a *r* è tratto
comune nel tosc. provinciale (cfr. Castellani, *Nuovi testi*, 41;
Rohlfs, § 137), ma particolarmente nei dialetti meridion.
(come nell'umbro), cfr. Parodi, *Dialetti tosc.*, 618; Schiaffini, *Influssi*, I, 104-05; Serianni, *Dialetto aret.*, 122. Qui 173, 25;
174, 34.
5. *Egli si guarda... egli lo condanna*: tra queste due forme verbali al sing. sono inserite due 3ᵉ pers. plur. (*ànno, truovano*) con il medesimo sogg. *egli*, che oscilla dunque tra sing. e plur.: esempio d'instabilità tra i più vistosi
nel testo.
7. *manicherebboro*: 'mangerebbero', cfr. 36, 8 n.
9. *chi*: per *che*, cfr. Rohlfs, § 483.

10 Egli prendo per moglie la cugina e la zia, e
11 nol tengono peccato. Egli vivono come bestie.
12   Or ci partiamo di qui, e conteremovi d'altre
13 verso tramontana. E sì vi dico che messer Nicco-
    lò e messer Mafeo e messer Marco dimorarono
14 uno anno per loro fatti in questa terra. Ora ande-
    remo .lx. giornate verso tramontana.

‹62›

De Ezima.

1   Or truova Ezima dopo .xij. giornate, che è
    al capo del diserto del sabion, e è de la pro-
2-3 vincia di Ta‹n›gut. E' sono idoli. Egli ànno ca-
    megli e bestie assai; e quivi nasce falconi lanie-
4   ri assai e buoni. Elli vivono di terra e no sono
    mercatanti.
5   E in questa città si piglia vivanda per .xl. gior-
    ni per uno diserto, onde si conviene andare, ché
    no v'è abitagione né erbe né frutto, se·nnone la
6   state vi sta certa gente. Quivi à valle e montagne,
    e ben vi si truova bestie salvatiche assai, come
7-8 asine salvatiche. Quivi àe boschi di pini. E quan-

10. *prendo*: 3ª pers. pl., cfr. 19, 6   *tengono peccato*: 'ri-
tengono peccato' '(calco su *tenent pechés* F).
12. *d'altre*: sott. città.

1. *truova*: 'si trova', intrans., ma più probabilmente si tratta
di un guasto derivante da omissione (eccezionale) di tutta la
prima parte del periodo, cfr. *Nota al testo*, appar.
5. *onde si conviene*: 'per il quale è necessario'   *erbe*: errore
di traduz. per 'alberghi' (*erberjes* F), cfr. *Nota al testo*, appar.

do l'uomo à cavalcato .xl. giornate per questo
diserto, truova una provincia verso tramontana:
udirete quale.

‹63›

‹Di Carocaron›.

1   Carocaron è una città che gira tre miglia, nella quale fue lo primo signore ch'ebbero i Tartari,
2   quando egli si partiro di loro contrada. E io vi
conterò di tutti li fatti delli Tartari, e com'egli
ebbero segnoria e com'egli si sparsero per lo
mondo.
3   E' fu vero che gli Tartari dimoravano in tramontana, entro Ciorcia; e in quelle contrade àe
grandi piagge, ove non è abitagione, cioè di castelle e di cittadi, ma èvi buon[e] past[ure] e
4   acque assai. Egli è vero ch'egli none aveano signore, ma faceano rèddita a uno signore, che
vale a dire in francesco Preste Gianni; e di sua   ✂
5   grandezza favellava tutto 'l mondo. Li Tartari li
davano d'ogni .x. bestie l'una.
17r. 6   Or avenne che·lli Tartari mol‖tiplicaro molto.

4. *rèddita*: da *reddere*, accanto a *redere* e *rendere*, cfr. Castellani, *I più antichi testi*, 205; Giamboni, *Il libro*, 13 n.; Giordano da Pisa, *Quaresimale*, gloss; Schiaffini, *Testi*, gloss. (qui
anche *rèdita* 139, 6, ecc.)   *Preste*: forma fr. (come la variante *Prestre* 107, 4) legata a questo nome: cfr. *Fiore*, gloss. (inoltre *Ind. ragion.*), e si ricordi l'Ariosto: « gli diciàn Presto o
Preteianni noi » (*Or. Fur.* XXXIII, 106).
6. *moltiplicaro*: intrans. (Ageno, *Il verbo*, 72-73); in *moltipri-*

7 Quando Preste Gianni vide ch'egli moltipricava-
no così, pensò ch'egli li puotessero nuocere, e pen-
8 sò di partigli per più terre. Adonqua mandò de'
suo baroni per fare ciò; e quando li Tartari udi-
ro quello che'l signore volea fare, egli ne furo
9 molto dolenti. Alora si partiro tutti insieme e
andarono per luoghi diserti verso tramontana,
tanto che 'l Preste Giovanni non potea loro
nuocere; e ribellàrsi da·llui e no gli facean nul-
10 la rendita. E così dimorarono uno grande tempo.

‹64›

Come Cinghis fue il primaio Kane.

1   Or avenne che nel .mclxxxvij. anni li Tartari
fecero uno loro re ch'ebbe nome Cinghis Kane.
2 Costui fu uomo di grande valenza e di senno e
di prodezza; e sì vi dico, quando costui fue chiamato re, tutti li Tartari, quanti n'era al mondo
che per quelle contrade erano, s[i] vennero a lui

cavano (che segue) si nota il passaggio a r da l postcons.,
comune in tosc., cfr. Baldelli, *Volgarizzamento pis.*, 78 n.; Crespo, *Una versione pis.*, 40 con bibliogr.; Rohlfs, § 252; Trolli,
La lingua, 68. Cfr. *sprendiente* 169, 11; *semprice* 206, 6
partigli: 'partirli', cioè 'dividerli'.
8. *Adonqua*: forma con tratti tosc. occidentali, cfr. Crespo,
Una versione pis., 26 e 33 con bibliogr.
9. *ribellàrsi da·llui*: 'si ribellarono a lui' (per la reggenza con
da, cfr. Trolli, *La lingua*, 119); anche 130, 10.

1. *nel*: per estensione dell'articolo determinato sing. al pl.
davanti a consonante, cfr. Castellani, *Frammenti* 86; Schiaffini, *Testi*, XLVII. Così qui sotto 6; *del* 76, 2; 170, 46.
2. *dico... tutti li Tartari*: omissione di *che* dichiarativo, cfr. 10,

e tennello per signore; e questo Cinghis Kane
3 tenea la segnoria bene e francamente. E quivi
venne tanta moltitudine di Tartari che no si
potrebbe credere; quando Cinghi si vide tanta
gente, s'aparechiò con sua gente per andare a
4 conquistare altre terre. E sì vi dico ch'egli conquistò bene otto province in poco tempo, né no
li face' male a cui egli pigliava né·nno rubavano, ma menavaglisi drieto per conquistare
l'altre contrade; e così conquistò molta gente.
5 E tutta gente andavano volontieri dietro a questo signore, veggendo la sua bontà; quando Cinghi si vide tanta gente, disse che volea conquistare tutto 'l mondo.
6   Alotta mandò suo messaggi al Preste Gianni
– e ciò fue nel .mcc. anni –, e mandogli a dire
che volea pigliare sua [figliuola] per moglie.
7 Quando 'l Preste Giani intese che Cinghi avea
dimandata la figliuola, tenneselo a grande dispetto, e disse: « Non à Cinghi grande vergogna a
8 dimandare mia figlia per moglie? Non sa egli ch'e-
9 gli è mio uomo? Or tornate, e ditegli ch'io l'arde-
rei inanzi ch'io gliele dessi per moglie; e ditegli
che conviene ch'io l'uccida siccome traditore di
10 suo signore ». E disse a li messi: « Partitevi in-

2 n.   *tennello*: 'lo tennero', con enclisia del pron. e assimilaz. delle liquide venute a contatto per la caduta della voc.
fin. del verbo.
4. *rubavano*: il pl. può essere spiegato con la sovrapposizione
di un sogg. 'i Tartari'.
5. *tutta gente andavano*: verbo al pl. con sogg. sing. collettivo, cfr. 21, 3.
8. *uomo*: 'vassallo'.
9. *gliele*: 'gliela', cfr. 10, 2 n.

11 contanente e mai non ci tornate ». Li messaggi si
partiro e vennersine al Grande Kane, e ridissorli
quello che 'l Preste Gianni avea detto tutto per
ordine. ||

‹65›

17v.   Come Cinghi Kane fece suo sforzo contra
Preste Gianni.

1   E quando Cinghin Kane udìo la grande villania che 'l Preste Gianni gli avea mandata, enfiò
sì forte che per poco no·lli crepò lo cuore entro
'l corpo, perciò ch'egli e‹ra› uomo molto segno-
2 revole. E' disse che conviene che cara gli costi la
villania che gli mandò a dire, e che egli gli fa-
3 rebbe sapere s'egli è suo servo. Alotta Cinghi fece lo magiore isforzo che mai si facesse, e man-
4 dò a dire al Preste Gianni che·ssi difendesse. Lo
Preste Gianni fue molto lieto, e fece suo isforzo,
e disse di pigliare Cinghi e ucciderlo; e fecisene
quasi beffe, non credendo che fosse tanto ardito.
5 Or quando Cinghi Kane ebbe fatto suo isforzo,
venne a uno bello piano ch'à nome Tanduc,
ch'è presso al Preste Gianni, e quivi mise lo cam-

0. *fece suo sforzo*: ' mobilitò i suoi eserciti ' (così sotto 3 sgg.).
1. *lo cuore entro 'l corpo*: calco della caratteristica espressione fr. *le cuer... dedenz son ventre   segnorevole*: ' fiero '.
3. *si facesse*: ' si fosse fatto ', congiunt. imperfetto per il piuc-
cheperf. in « locuzione irrigidita », secondo Ageno, *Il verbo*,
248-50. Cfr. qui 78, 11.

6 po. Udendo ciòe, lo Preste Gianne si mosse co
   sua gente per venire contra Cinghi; quando Cinghi l'udìo, fu molto lieto.

7 Or lasciamo de Cinghi Cane, e diciamo del
   Preste Gianne e di sua gente.

‹66›

Come 'l Preste G‹i›anni venne contra Cinghi.

1 E quando lo Preste Giani seppe che Cinghi
   era venuto sopra lui, mossesi con sua gente e
   venne al piano ov'era Cinghi, presso al campo

2 di Cinghi a .x. miglia. E ciascuno si riposò per
   essere freschi lo dì della battaglia; e l'uno e l'al-

3 tro istava nel piano de Ten[d]uc. Uno giorno fee
   venire Cinghi suoi astorlogi cristiani e saracini,
   e comandogli che gli dicesse‹r› chi dovea vincere.

4 Li cristiani fecero venire una canna e·ffesserla
   nel mezzo, e dilungaro l'una da l'altra, e l'una
   misero da la parte di Cinghi e l'altra da la parte
   di Preste Gianne; e miser el nome di Preste Gianni sulla canna dal suo lato e 'l nome di Cinghi
   in su l'altra, e dissero: « Qual canna andarà su

---

1. Nel testo fr. le miglia sono venti e non dieci, cfr. *Nota al
testo*, appar.
3. *astorlogi*: 'astrologi', forma metatetica; altre forme della
stessa parola, particolarmente instabile, sono: *istarlogichi* qui
sotto 8, *istàrlogi* 77, 6, *stèrlogi* 148, 35.
4. *dilungaro*: 'allontanarono' *el*: forma, qui sporadica,
dell'art. determ. masch., cfr. Castellani, *Nuovi testi*, 44;
Rohlfs, § 449.

5 l'altra, quegli sarà vincente ». Cinghi Kane disse
che questo volea egli bene vedere, e disse che
6 glil mostrassero il più tosto che potessoro. Quegli
cristiani ebbero lo Saltero e lessero certi versi e
salmi e loro incantamenti; alora la canna ov'era
lo nome di Cinghi montò su l'altra, e questo vi-
7 de ogni uomo che v'era. Quando Cinghi vide
questo, egli ebbe grande alegrezza, perché vide
8 li cristiani veritieri. Li saracini istarlogichi di
queste cose non seppero fare nulla. ||

‹67›

18r.   De la battaglia.

1   [A]presso quello die s'aparecchiaro l'una parte
e l'altra, e combattérsi insieme duramente, e fue
2 la magior battaglia che mai fosse veduta. E fue
lo magiore male e da una parte e da l'altra, ma
Cinghi Kane vinse la battaglia; e fuvi morto lo
Preste Giane, e da quello die inanzi perdéo sua
3 terra tutta. E andolla conquistando, e regnò .vj.
anni su questa vittoria, pig[li]ando molte provin-
4 ce. Di capo di .vj. anni, istando a uno castello ch'à
nome Caagu, fu fedito nel ginocchio d'uno qua-
drello, ond'egli si ne morìo; di che fue grande

5. *glil*: ' glielo '.
6. *Saltero*: il Libro dei Salmi.

3. *su*: ' dopo '.
4. *fedito*: da *fedire* (qui 78, 5, 8 ecc.; *si fiede* 170, 39) per
dissimilazione da *ferire*, Rohlfs, § 328.

danno, perciò ch'egli era prode uomo e savio.

5   Ora abiamo contato come gli Tartari ebboro
in prima segnore – ciò fue Cinghi Kane –, e co-
6   m'egli vinse lo Preste Giani. Or vi diremo di loro costumi e di loro usanza.

‹68›

Del novero degli Grandi Cani, quanti furo.

1   Sappiate veramente ch'apresso Cinghin Cane
fue Cin Kane, lo terzo Bacchia Kane, lo quarto
Alcon, lo quinto Mogui, lo sesto Cublam Kane.
2   E questi àe più podere, ché·sse tutti gli altri fossero insieme, non poterebboro avere tanto podere com'àe questo Cane dirieto ch'à oggi, e à
3   nome Cablam Kane. E dicovi più, ché se tutti li
signori del mondo, e saracini e cristiani, ‹fossero
insieme›, non potrebboro fare tanto tra tutti
come farebbe Coblam Kane.
4   E dovete sapere che tutti li Grandi Cani disce·
s[i] da Cinghi Cane sono sotterati a una monta·
gna grande, la quale si chiama Alcai; e ove li
grandi signori de' Tartari muoiono, se morissoro

5. *ciò fue*: ' cioè ', per calco sull'espressione fr. *ce fu*.

0. *novero*: ' numero '; questa forma (con dissimilazione) è
l'unica usata nel testo (cfr. Giordano da Pisa, *Quaresimale*,
gloss.; Rohlfs, § 328).
2. *podere*: sost., qui sempre (91, 5, ecc.) con sonorizzazione
della dentale (che resta sorda invece nel verbo in tutte le sue
forme), cfr. 22, 16 n.   *questo Cane... ch'à oggi*: l'ultimo
della serie, cioè quello regnante, ma cfr. 75, 0 n.

.c. giornate di lungi a quella montagna, sì·ccon-
5 viene ch'egli vi siano portati. E sì vi dico un'altra cosa, che quando l[i] corp[i] de li Grandi Cani
sono portati a sotterare a questa montagna, e egli
sono lungi .xl. giornate e più e meno, tutte le
gente che sono incontrate per quello viaggio dove si porta lo morto, tutti sono messi a le spade
6 e morti. E dicogli, quando gli uccidono: « Andate a servire lo vostro signore ne l'altro mondo »,
ché credono che tutti quegli che sono morti, per
7 ciò lo debbiano servire ne l'altro mondo. E così
uccidono gli cavagli, e pure gli migliori, perché
18v. 8 'l signore ‖ gli abbia ne l'altro mondo. E sappiate,
quando Mo[gui] Kane morìo, furo morti più
di .xx^m. uomini che 'ncontravano lo corpo che
s'anda‹va› a sotterare.

9 Da che ò cominciato de' Tartari, sì ve ne dirò
10 molte cose. Li Tartari dimorano lo verno in piani luoghi ove ànno erba e buoni paschi per loro bestie; di state i·luoghi freddi, in montagne e
11 in valle, ov'è acqua e ‹a›sai buoni paschi. Le case loro sono di legname, coperte di feltro, e sono
tonde, e pòrtallesi dietro in ogni luogo ov'egli
vanno, però ch'egli ànno ordinate sì bene le loro pertiche, ond'egli le fanno, che troppo bene

---

5. *gente*: pl. in -*e*, cfr. 1, 6 n.
6. *dicogli*: 'dicongli', con assimil.   *sono morti*: 'vengono
uccisi'.
7. *pure*: 'soltanto'.
8. *sappiate... furo morti*: ancora un'omissione di *che* dichiarativo (cfr. 10, 2 n).
11. *pòrtallesi*: 'portanlesi'   *leggermente*: 'facilmente'.

12 le possono portare leggermente. In tutte le parti
ov'egli vogliono queste loro case, sempre fanno
13 l'uscio verso mezzodie. Egli ànno carette coperte
di feltro nero che, per che vi piova suso, non si
14 bagna nulla che entro vi sia. Egli le fanno menare a buoi e a camegli, e 'n su le carette pongo-
15 no loro femmine e loro fanciugli. E sì vi dico
che le loro femmine comperano e vendono e fanno tutto quello che agli loro mariti bisogna, però che gli uomini non sanno fare altro che caccia-
16 re e ucellare e fatti d'oste. Egli vivono di carne
e di latte e di cacci‹a›gioni; egli mangiano di pomi de faraon, che vi n'à grande abondanza da
tutte parti; egli mangiano carne di cavallo e di
cane e di giument'e di buoi e di tutte carni, e
17 beono latte di giumente. E per niuna cosa l'uomo non toccarebbe la moglie de l'altro, però che
l'ànno per malvagia cosa e per grande villania.
18 Le donne sono buone e guarda bene l'onore
de' l[oro] signori, e governano bene tutta la fa-
19 miglia. Ciascheuno puote pigliare tante mogli
quant'egli vuole infino in .c., se egli àe da poterle mantenere; e l'uomo dàe a la mad‹r›e della
femina, e la femina non dà nulla a l'uomo; ma
ànno per migliore e per più veritier[a] la prima
20 moglie che l'altre. Egli ànno più figliuoli che

---

13. *per che*: 'per quanto'.
15. *fatti d'oste*: 'imprese guerresche'.
16. *pomi de faraon*: *pomi* è errore per *rat* F (cfr. *Nota al testo*, appar.); *de faraon* è segmento testuale fr. passato nella traduz.; l'intera espressione designa le manguste.
18. *governano*: 'provvedono ai bisogni'.

21 l'altra gente per le molte femmine. Egli prende
per moglie le cugine e ogni altra femina, salvo
la madre; e prendono la moglie del fratello, s'e-
22 gli muore. Quando piglia·moglie fanno grandi
nozze.

‹69›

Del dio de' Tartari.

1   Sappiate che loro legge è cotale, ch'egli ànno
un loro idio ch'à nome Natigai, e dicono che
quello è dio terreno, che guarda loro figliuoli e
19r. 2 loro bestiame ‖ e loro biade. E' fannogli grande
onore e grande riv‹er›enza, ché ciascheuno lo
3 tiene in sua casa. E' fannogli di feltro e di panno, e 'l tengono i·loro casa; e ancora fanno la
moglie di questo loro idio, e fannogli figliuoli
4 ancora di panno. La moglie pongono da·lato manco e li figliuoli dinanzi: molto gli fanno onore.
5 Quando vegnono a mangiare, egli tolgono de la
carne grassa e ungogli la bocca a quello dio e
6 sua moglie e a quegli figliuoli. Poscia pigliano
del brodo e gittanne giù da l'usciuolo ove stae

---

21. *Egli prende... prendono*: alternanza di sing. e pl. (probabilmente da estendere anche a *piglia*, che potrebbe anche essere 3ª pers. sing.) forse a causa del sogg. *egli*, ambiguo.

1. *guarda*: 'protegge'.
5. *ungogli*: da 'ungongli', con assimil.
6. *l'usciuolo ove stae quello idio*: nel testo fr. si parla invece
della porta dell'abitazione, cfr. *Nota al testo*, appar.

7 quello idio. Quando ànno fatto così, dicono che
8 lor dio e sua famiglia àe la sua parte. Apresso
   questo mangiano e beono; e sappi‹a›te ch'egli
   beono latte di giumente, e cónciallo in tal modo
   che pare vino bianco: è buono a bere, e chiàmallo chemmisi.

9 Loro vestimenta sono cotali: gli ricchi uomini
   vestono di drappi d'oro e di seta, e ricche pelli
   cebeline e ermine e de vai e de volpi molto riccamente; e li loro arnesi sono molto di grande va-
10 luta. Loro arme sono archi, spade e mazze, ma
   d'archi s'aiutano più che d'altro, ché egli sono
   troppi buoni archieri; i·loro dosso portano armadura di cuio di bufalo e d'altre cuoia forti.

11 Egli sono uomini in battaglie vale‹n›tri du-
12 ramente. E dirovi come eglino si possono tra-
   vagliare più che l'altri uomini, ché, quando bi-
   sognerà, egli andrà e starà u·mese senza niuna
   vivanda, salvo che viverà di latte di giumente e
13 di carne di loro cacciagioni che prendono. Il
   suo cavallo viverà d'erba ch'andrà pascendo, che
14 no gli bisogna portare né orzo né paglia. Egli sono molto ubidienti a loro signore; e sappiate che,

---

8. *cónciallo*: ʽlo preparanoʼ, forma assimilata, come sotto
chiàmallo   chemmisi: su questa bevanda cfr. *Ind. ragion.*
9. *vestimenta*: dal neutro pl. latino, con valore collettivo (cfr.
Giamboni, *Il libro*, 6 n.), vedi 5, 2 n.   *cebeline e ermine*:
ʽdi zibellino e di ermellinoʼ, forme aggettivali, cfr. *GDLI*,
rispettivamente II, 936 e V, 252; inoltre, per la seconda, *Fiore*, gloss.   *vai*: ʽscoiattoliʼ.
10. *cuio*: forma con riduzione del dittongo *uo*, cfr. 9, 5 n.
12. *egli andrà e starà*, ecc.: il sing. subentra subitamente anche nel testo fr.

quando bisogna, egli andrà e starà tutta notte a
cavallo, e 'l cavallo sempre andarà pascendo.

15 Egli sono quella gente che più sostengono tra-
vaglio e [male], e meno vogliono di spesa, e che
più vivono, e sono per conquistare terre e re-
gnami.

16   Egli sono così ordinati che, quando uno signore mena in oste .c^m. cavalieri, a ogne mille fa uno
capo, e a ‹o›gne .x^m., sicché non àe a parlare se
non con .x. uomini lo signore de li .x^m., e quel-

19v.   lo de' .c^m. non à a pa‹r›lare ‖ se no co .x.; e così

17 ogni uomo risponde al suo capo. E quando l'o-
ste vae per monti e per valle, sempre vae inanzi
.cc. uomini per sguardare, e altretanti dirietro
e da·lato, perché l'oste non possa essere asalito

18 che nol sentissoro. E quando egli vanno in oste
da la lunga, egli portano bottacci di cuoio ov'e-
gli portano loro latte, e una pentolella u' egli

19 cuocono loro carne. Egli portano una picciola

20 tenda ov'egli fuggono da l'acqua. E sì vi dico che
quando egli è bisogno, eglino cavalcano bene
.x. giornate senza vivanda di fuoco, ma vivono
del sangue delli loro cavagli, ché ciascheuno po-

21 ne la bocca a la vena del suo cavallo e bee. Egli
ànno ancora loro latte secco come pasta, e met-

---

15. *vogliono*: 'richiedono'   *sono per*: 'sono adatti a'.
17. *sguardare*: 'esplorare', con *s-* intensivo, cfr. Davanzati,
Rime, gloss.; Rohlfs, § 1012   *oste*: 'esercito', sost. ambigenere (come in ant. fr.), cfr. Rohlfs, § 393.
18. *u'*: 'dove', latinismo, cfr. Crespo, *Una versione pis.* 26, con
bibliogr.; Rohlfs, § 912.
20. *di fuoco*: 'calda'.

tono di quello latte nell'acqua e disfannolovi entro e poscia 'l beono.

22   Egli vincono le battaglie altresì fuggendo come cacciando, ché fuggendo saettano tuttavia, e gli loro cavagli si volgoro come fossero cani; e quando gli loro nemici gli credono avere isconfitti cacciandogli, e e' sono sconfitti eglino, perciò che tutti li loro cavagli sono morti per le loro saette.

23   E quando li Tartari veggono gli cavagli di quegli che gli cacciano morti, egli si rivolgono a loro e sconfiggoli per la loro prodezza; e in questo modo ànno già vinte molte battaglie.

24   Tutto questo ch'io v'ò contato e li costumi, è vero de li diritti Tartari; e or vi dico che sono molto i bastardi, ché quegli che usano au Ca[t]a se mantengono li costumi degl'idoli, e ànno lasciata loro legge; e quegli che usano i·llevante tegnono la maniera degli saracini.

25-26   La giustizia vi si fa com'io v‹i› diròe. Egli è vero, se alcuno àe imbolato una picciola cosa, ch'egli ‹non› ne debbia perdere persona, e gli è dato .vij. bastonate o .xij. o .xxiiij., e vanno in-

22. *tuttavia*: ' in continuazione'   *volgoro*: ' volgono', cfr. 21, 6 n.   *e e' sono sconfitti eglino*: forte rilievo espressivo ottenuto con la ripresa paraipotattica mediante la congiunz. *e*, e la ripetizione del pronome personale in posizione enfatica. 24. *molto i bastardi*: cela malamente *mout enbatardi* del testo fr. (si noti la conservazione dell'avv. nella forma sing.), cfr. *Nota al testo*, appar.   *usano au Cata*: ' vivono abitualmente nel Catai'; per *au Cata*, cfr. 55, 3, ma si noti che al fragmento di testo fr. passato nella traduz. appartiene anche *se*, da cui *a Ucaresse* delle stampe, cfr. *Nota al testo*, appar. 26. *imbolato*: ' rubato' (cfr. 170, 53; inoltre *boce* 170, 38 per il noto passaggio a *b* di *v* nel fior.)   *perdere persona*:

fino a le .cvij., secondo ch'à fatta l'ofesa; e tuttavia
27 ingrossano giugne‹ndo›ne .x. E·sse alcuno à tolto
tanto che debbia perdere persona o cavallo o altra grande cosa, sì è taglia[t]o per mezzo con una
ispada; e se egli vuole pagare .viiij. cotanto che
non vale la cosa ch'egli à tolta, campa la persona.

28   Lo bestiame grosso non si guarda, ma è tutto
segnato, ché colui che 'l trovasse, conosce la 'n-
20r.   segna del ‖ signore e rimandal[o]; peccore e bestie
29 minute bene si guardano. Loro bestiame è molto
bello e grosso.

30   Ancora vi dico un'altra loro usanza, ciò che
fanno ma[trimoni] tra·lloro di fanciulli morti,
ciò è a dire: uno uomo à uno suo fanciullo morto; quando viene nel tempo che gli darebbe moglie se fosse vivo, alotta fa trovare uno ch'abbia
una fanciulla morta che si faccia a lui, e fanno
parentado insieme e danno la femina morta a
31 l'uomo morto. E di questo fanno fare carte; poscia l'ardono, e quando veggono lo fumo in aria,
alotta dicono che la carta vae nell'altro mondo
ove sono li loro figliuoli, e queglino si tengono
32 per moglie e per marito nell'altro mondo. Egli
ne fanno grandi nozze e versane assai, ché dico-
33 no che vae a li figliuoli ne l'altro mondo. Anco-

'meritare la pena di morte', cfr. 116, 3   *tuttavia ingrossa-*
no: 'aumentano ogni volta'.
28. *peccore*: frequente l'allungamento della cons. postonica nei
proparossitoni, cfr. Rohlfs, § 228.
30. *si faccia*: 'sia adatta'.
32. *versane assai*: spandono cibi in abbondanza.

ra fanno dipignere in carte uccegli, cavagli, arnesi, bisanti e altre cose assai, e poscia le fanno ardere, e dicono che questo sarà presentato da-

34 divero ne l'altro mondo a li loro figliuòli. E quando questo è fatto, egli si tengono per parenti e per amici, come se gli loro figliuoli fossero vivi.

35 Or v'abiamo contato l'usanze e gli costumi de' Tartari; ma io non v'ò contato degli grandi fatti de li Grandi Cani e di sua corte; ma io ve ne con-

36 terò in questo libro, ove si converàe. Or torneremo al grande piano che noi lasciammo quando cominciammo a ragionare de li Tartari.

⟨70⟩

Del piano di Bangu.

1 Quando l'uomo si parte de Caracoron e de Alcai, ov'è lo luogo ove si sotterrano li corpi de li Tartari, sì come v'ò contato di sopra, l'uomo vae più inanzi per una contrada verso tramontana, l[a] quale si chiama lo piano di Bangu, e dura

2 bene .xl. giornate. La gente sono chiamate Mecricci, e sono salvatica gente; egli vivono di be-

3 stie e 'l più di cerbi. E' sono al Grande Kane.

4 Egli non ànno biade né vino; la state ànno cacci⟨a⟩gioni e uccellagioni assai, di verno non

---

2. *cerbi*: frequente in ant. tosc. il passaggio all'occlusiva dopo liquida, cfr. Rohlfs, § 262; qui 91, 3; 92, 7; *cerbio* 71, 11.

vi stae né bestie né uccelli per lo grande freddo.
5 E quando l'uomo è di capo dalle .xl. giornate,
6 l'uomo truova lo mare Azziano. E quive àe montagne ove li falconi pelegrini fanno loro nidio,
20v. né no v'à se no una generazione || d'uccegli, de
che si pascono quegli falconi, e son grandi come
pernice, e chiamansi bugherlac; egli ànno fatto li
piedi come papagallo, la coda come rondene, e
7 molto sono volanti. E quando 'r Grande Kane
vuole di quegli falconi, manda a quella monta-
8 gna. E nell'isol[e] di quello mare nasce gli gerfal-
9 chi. E sì vi dico che questo luogo è tanto verso
la tramontana, che·lla tramontana rimane adrie-
10 to verso mezzodie. E di quegli gerfalchi v'à tanti
che 'l Grande Kane n'à tanti com'egli vuole; e †
quegli che porta questi girfalchi a li Tartari li

5. *Azziano*: 'Oceano', cfr. 36, 4 n.; *a* per *o* iniz. si riscontra in numerosi casi (es. *Attaviano*, Monaci-Arese, § 133;
Parodi, *Dialetti tosc.*, 601); ma qui è eccezionale quanto sicura,
ricorrendo anche in 93, 1, 13 e 113, 6.
6. *quive*: per questa forma cfr. Parodi, *Lingua e letter.*,
225   *nidio*: comune nel tosc. popolare, Giordano da Pisa,
Quaresimale, gloss.; Rohlfs, § 360 n. Cfr. qui *alie* 73, 23
fatto li piedi: si noti il part. pass. non concordato con l'oggetto, cfr. Folena, *Motti*, 377; Trolli, *La lingua*, 133   *rondene*: per la conservazione di *e* postonica nei proparossitoni, tratto rilevante nei dialetti tosc. meridionali, cfr. Rohlfs,
§ 139; Serianni, *Dialetto aret.*, 78-80. Vedi *chereci*, 22, 4 n.
7. *'r Grande Kane*: passaggio di *l* preconson. ad *r* (qui *archimia* 95, 1) anche in sede sintattica, cfr. Castellani, *Miliadusso*,
II, 117-118; Hirsch, *Laut- und Formenlehre*, IX, 551 e X, 56;
Rohlfs, § 243. Si veda 17, 6 n.
9. *la tramontana rimane adrieto*: la stella polare (Vidos, *Prestito*, 303-307; qui 162, 6; 177, 1; 179, 3; 182, 3), che passò
quindi ad indicare il settentrione.
10. Periodo oscuro e guasto per omissione della reggente « E
non intendiate che » (cfr. *Nota al testo*, appar.) che ha prodotto una serie di conseguenze, tra le quali la più grave è la

portino al Grande Kane e a li segnori del Levante, cioè ad Argo ed agli altri.

11   Or v'abiàno contato tutti li fatti delle province
12 de la tramontana fino al mare Ozeano. Oggiomai vi conteremo d'altre province, e ritorneremo al Grande Cane; e ritorneremo a una provincia che noi abiamo iscritta in nostrò libro, ch'à nome Canpitui.

‹71›

De·reame d'Erguil.

1   E quando l'uomo si parte di questo Canpitui che io v'ò contato, l'uomo vae .v. giornate per luogo ove è molti spiriti, li quali l'uomo gli ode
2 parlare per l'aria la notte più volte. A capo di queste .v. giornate, l'uomo truova uno reame ch'à nome Erguil, e è al Grande Cane; e è de la grande provinc[ia] di Tengut, che àe più reami.
3 Le genti sono idoli, e cristiani nestorini, e quegli
4 che adorano Malcomet. E v'àe cittadi asai, e la mastra cittade à nome Ergigul.
5   E uscendo di questa città, andando verso Ca-
6 tai, si truova una città ch'à·nno‹m›e Singui. E àvi ville e castelle assai, e sono di Tangut me-

sostituzione erronea di *e* (*a li segnori*) in luogo di 'ma' = *mes* F.
12. *Canpitui*: per intendere il riferimento, si tenga presente che si tratta di un'altra forma di *Canpicion* 61, 1 (cfr. *Ind. ragion*).

7 desimo, e è al Grande Kane. Le genti sono idoli,
8 e che adorano Malcomet, e cristiani. E v'à buoi
   salvatichi che sono grandi come leofanti, e·ssono
   molto begli a vedere, ché egli sono tutti pilosi,
   fuor lo dosso, e sono bianchi e neri, lo pelo lungo .iij. palmi: e' sono sì begli ch'è una meravi-
9 glia. E de questi buoi medesimi ànno de' dimestichi, perch'ànno presi de' salvatichi e ànnogli
   fatt'alignare dimestichi; egli gli caricano e·llavo-
   rano con essi, e ànno forza due cotanto che gli
   altri.

10   E in questa contrada nasce lo migliore mosca-
11 do che sia a·mondo. Sapiate che 'l moscado si
    truova in questa maniera, ch'ell'è una picciola be-
    stia come una gatta, ma è così fatta: ella àe pelo
    de cerbio così grosso, lo piede come gatta, e àe
    .iiij. denti, due di sotto e due di sopra, che so-
    no lunghi tre dita e sono sotile, li due vanno
12 in giuso e le due in suso. Ell'è bella bestia.
2ɪr. 13 ‖ Lo moscado si truova in questa maniera, che
    quando l'uomo l'àe presa, l'uomo truova tra·lla
    pelle e la carne, dal bellìco, una postema, e quella

6. *medesimo*: si riferisce evidentemente al toponimo in sé,
supposto maschile, e non più a ' provincia '.
7. *e che*: ' e quelli che '.
9. *alignare*: ' far razza ' (*GDLI*, I, 328).
10. *moscado*: ' muschio ', cfr. *Ind. ragion.*
11. *gatta*: traduz. erronea nelle due ricorrenze; secondo il testo
fr. si tratta di ' gazzella ', cfr. *Nota al testo*, appar.   *sotile*:
pl. femm. in *e*; insieme a *le due* (sotto) denuncia un'incertezza in merito al genere del sost. *dente*, che può essere femminile, cfr. Rohlfs, § 391.
13. *dal bellìco*: ' nella zona intorno all'ombelico '   *poste-*

si taglia con tutto 'l cuoio, e quello è lo moscado,

14 di che viene grande olore. E in questa contrada
n'àe grande abonda‹n›za, così buono com'i' v'ò
detto.

15 Egli vivono di mercatantia e d'arti, e ànno
16 biade. La provincia è grande .xv. giornate.

17 E v'à fagiani due cotanto grandi ch'e' nostri: egli
sono grandi come paoni, un poco meno; egli
ànno la coda lunga .x. palmi e .viiij. e .viij. e
18 .vij. almeno. Ancora v'à fagiani fatti come quegli
di questo paese.

19 Le gente sono idole, e grasse, e ànno piccolo
naso, li capelli neri; non ànno barb[a] se no al
20 mento. Le donne non ànno pelo adosso i·niuno
luogo, salvo che nel capo; elle ànno molto bella
carne e bianca, e sono bene fatte di loro fattezze,
21 e molto si dilettano con uomini. E puossi pigliare tante femine come altri vuole, abiento il
podere; e se la femina è bella e è di piccolo legnaggio, uno grande uomo la toglie e dàe a la
mad‹r›e molto avere e di ciò ch'egli s'accordano.

---

ma: 'ascesso', come anche oggi nel tosc. popolare, cfr. Dardano, *Bestiario*, 112   *olore*: 'odore'.
16. Le giornate sono venticinque nel testo fr., cfr. *Nota al testo*, appar.
17. *paoni*: con caduta di -*v*- davanti a voc. velare, cfr. Rohlfs, § 215; così 73, 23.
18. *di questo paese*: dei nostri paesi (rispetto a chi scrive), cioè in Occidente.
19. *idole*: 'idolatre' (femm. accordato con *Le gente*).
20. *molto si dilettano con uomini*: nel testo fr. il sogg. non sono le donne, ma gli uomini, che « molto si dilettano in lussuria », cfr. *Nota al testo*, appar.
21. *àltri*: 'qualcuno' (pr. indef.)   *abiento*: l'assordimento

22   Or ci partiamo di qui, e anderemo a un'altra
provincia verso levante.

‹72›

De l'Egrig‹a›ia.

1   E quando l'uomo si parte d'Erguil e vassi per levante .viij. giornate, egli truova una provincia
2   chiamata Egrigaia. E èvi cittadi e castella assai, e
è di Tengut; la mastra città è chiamata Calatian.
3   La gente adorano idoli: e àvi tre chiese de cri-
4-5   stiani nestorini. E' sono al Grande Kane. In questa città si fa giambellotti di pelo di camello, li
più belli del mondo; e de lana bianca fanno
giambellotti bianchi molto begli, e fannone in
grande quantitade e portansi i·molte parti.
6   Ora usciamo di questa provincia, e 'nteremo in
un'altra provincia chiamata Tenduc; e enteremo
i·nelle terre del Preste Giovanni.

della dentale potrebbe spiegarsi con l'influsso di *avente*; cfr.
abiendo 51, 7 n.   *grande uomo*: socialmente (ricco o nobile)
molto avere: una forte somma.

5. *giambellotti*: cfr. *Ind. ragion.*
6. *enteremo*: 'entreremo', con caduta della prima *r* per
dissimilazione, cfr. Limentani, *Palamedés*, XLIX; Rohlfs, §
328. Si veda *mosterò* 75, 3   *i·nelle*: normale nel pis.-lucch.,
cfr. Castellani, *Testi sangim.*, 7 n. e 27-28; Folena, *Motti*,
367; *Trist. Ricc.*, CLXV.

De la provincia di Tenduc.

1   Tenduc è una provincia verso levante, ov'à ca-
2 stella e cittadi assai. E' sono al Grande Kane, e
3 sono discendenti dal Preste Giovanni. La mastra
4 cittade è Tenduc. E de questa provincia è re uno
discendente del legnaggio del Preste Giovanni, e
ancora si è Preste Gianni, e suo nome si è Gior-
5 gio. Egli tiene la terra per lo Grande Kane, ma
non tutta quella che tenea lo Preste Gianni, ma
6 alcuna parte di quelle medesime. E sì vi dico che·
ttuttavia lo Grande Kane à date di sue figliuole e
de sue parenti a quello re discendente del Preste
Gianni.

7   In questa provincia si truova le pietre onde
si fa l'azurro molto buono; e v'à giambellotti di
8 pelo di gamello. Egli vivono di frutti della terra;
quivi si à mercatantie ed arti.

9   La terra tengono li cristiani, ma e' v'à degl'i-
10 doli e di quelli ch'adorano Maccometo. Egli sono
2 _1v._ li più bianchi uomini del paese e' più begli || e'
più savi e' più uomini mercatanti.

·11   E sappiate che questa·provincia era la mastra
sedia del Preste Gianni, quando egli signoregiava li Tartari e tutta quella contrada; e ancora vi

6. _tuttavia_: 'sempre'; da tener presente che nel testo fr. si
tratta di « Grandi Kani » e al pl. è tutto il periodo che segue.
7. _gamello_: per la velare sonora iniz. cfr. 2, 0 n. ·
11. _la mastra sedia_: 'la capitale'.

stae li suoi descendenti; e·re che·lla segnoreggia
12 è de suo legnaggio. E questo è·llo luogo che noi
chiamamo Gorgo e Magogo, ma egli lo chiamano
Nug e Mungoli; e in ciascheuna di queste province àe generazione di gente [...] e in Mugul dimorano li Tartari.

13   E quando l'uomo cavalca per questa provincia
.vij. giornate per levante verso li Tartari, l'uomo truova molte cittadi e castelle, ov'è gente
ch'adorano Malcomet, e idoli, e cristiani nestori-
14-15 ni. Egli vivono d'arti e di mercatantie. Egli sanno fare drappi dorati che si chiama·nasicci, e
16 drappi di seta di molte maniere. Egli sono al
Grande Kane.

17   E v'è una città ch'à·nnome Sindatui, ove si fa
molte arti, e favisi tutti fornimenti da oste.
18 E àe una montagna ov'è una molto buona ar-
19 gentiera. Egli ànno cacciagioni di bestie e d'uccegli.

20   Noi ci partiremo di qui e anderemo .iij. giornate e troveremo una città che si chiama Ciagannuor, nella quale àe uno grande palagio che è
21 del Grande Kane. E sappiate che 'l Grande Kane

---

12. A causa della lacuna si perde nella traduz. il segmento di
testo che precisa che in Ung abitavano i Gog, cfr. *Nota al
testo*, appar.
15. *chiama·nasicci*: assimilazione in sede sintattica tra la
nasale fin. di *chiaman* e quella iniziale della parola che segue
(per la quale cfr. *Ind. ragion.*); ipotesi di lettura basata sul-
l'accordo degli altri mss. (*chiamano*), ma non è escluso che
chiama sia 3ª pers. sing., data la corrispondenza con *l'en appel-
le* F.
17. *fornimenti da oste*: 'apparecchiature da guerra'.
18. *argentiera*: 'miniera d'argento', *GDLI*, I, 643.

dimora volontieri i‹n› questa città e in questo
palagio, perciò ch'egli v'àe lago e riviera assai,
ove dimora molte grue; e àvi uno molto bello
piano, ove dimora grue assai, fagiani e pernici e
22 di molte fatte d'uccelli. E per questo vi prende
il Grande Kane molto solazzo, perch'egli fa uccellare a gerfalchi e a falconi, e prendono molti
23 uccelli. E' v'à .v. maniere di grue: l'una sono
tutti neri come carboni, e sono molto grandi;
l'altra sono tutti bianchi e ànno l'alie molto
belle, fatte come quelle del paone, lo capo ànno
vermiglio e nero e molto bene fatto, lo collo nero e bianco, e sono magiori de l'altre assai; la
terza maniera sono fatti come li nostri; la quarta maniera sono piccoli e ànno agli orecchi penne
nere e bianche; la quinta sono tutti grigi, grandissimi, e ànno lo capo bianco e nero.

24 E apresso a questa città à una valle ove 'l
Grande Kane à fatte fare molte casette, ov'egli fa
fare molte cators, cioè contornici; e a la guardia
25 di questi uccegli fa stare più òmini. E àvine
tanta abondanza che ciò è meraviglia; e qua‹n›-

---

21. *molte grue*: errore per ' cigni ', cfr. *Nota al testo*, appar.,
    di molte fatte: *di* partitivo.
22. *a gerfalchi e a falconi*: complementi di strumento retti dalla prepos. *a*, cfr. Dardano, *Lingua e tecnica*, 253.
23. *tutti neri*: riferito a *grue*, masch. qui e nel seguito del discorso (come in lat.), cfr. *GDLI*, VII, 78   *carboni*: errore di
traduz. per ' corvi ' cfr. *Nota al testo*, appar.   *alie*: nota
forma tosc. (Trolli, *La lingua*, 81), cfr. 70, 6 n.; qui 186, 16.
24. *fare molte cators*: ' allevare molte starne '; per *cators*, cfr.
Ind. ragion   *òmini*: diffuso latinismo, cfr. Castellani, *Miliadusso*, I, 133; Roersheim, *Die Sprache*, 27-29. Qui 171, 8;
omo 170, 36.

do lo Grande Kane viene in quella contrada àe
di questi uccegli grande abondanza.

26   Di qui ci partiremo, e andaremo tre giornate
tra tramontana e greco. ‖

‹74›

De la città di Giandu.

1   Quando l'uomo è partito di questa cittade e
cavalca .iij. giornate, sì si truova una cittade ch'è
chiamata Giandu, la quale fee fare lo Grande
2   Kane che regna, Coblai Kane. E àe fatto fare in
questa città uno palagio di marmo e d'altre ricche pietre; le sale e le camere sono tutte dorate
3   e è molto bellissimo marivigliosamente. E atorno a questo palagio è uno muro ch'è grande .xv.
miglia, e quivi àe fiumi e fontane e prati assai.
4   E quivi tiene lo Grande Kane di molte fatte bestie, cioè cerbi, dani e cavriuoli, per dare mangiare a' gerfalchi e a' falconi ch'egli tiene i·mu-
da: in quello lugo egli v'à bene .cc. gerfalchi.
5   Egli medesimo vuole andare bene una volta

2. *marivigliosamente*: con fenomeno di assimilazione (della *a*
ad *i*) in protonia.
4. *di molte fatte bestie*: 'bestie di molte specie'; per l'anticipo del complem. di specificazione (ricalca *de toutes faites bestes* F), cfr. 25, 6 n.   *dani*: 'daini', con riduzione del dittongo discendente (vedi avanti *lada* 118, 21), fenomeno ben
noto specie per il fior. (Rohlfs, § 15)   *dare mangiare*:
con omissione della prepos. *a*, come nel tosc. popolare e ant.,
cfr. Ageno, *Il verbo*, 216-218   *lugo*: 'luogo', con semplificaz.
del dittongo *uo*, cfr. 9, 5 n. Qui 169, 9; 172, 13.

6 ogne settimana ‹a vedere›. E più volte quando 'l Grande Kane vae per questo prato mura-
to, porta uno leopardo in sulla groppa del cavallo; e quando egli vuole fare pigliare alcuna di
queste bestie, lascia andare lo leopardo, e·leopar-
do la piglia e falla dare agli suoi gerfalchi ch'egli
tiene i·muda; e questo fae per suo diletto.

7 Sappiate che 'l Grande Kane àe fatto fare in
mezzo di questo prato uno palagio di canne, ma è
tutto dentro innorato, e è lavorato molto sottile-

8 mente a besti' e a uccegli innorat[i]. La copertura è di canne, vernicata e comessa sì bene, che

9 acqua non vi puote intrare. Sappiate che quelle
canne sono grosse più di .iij. palmi o .iiij., e sono lunghe ‹da› .x. passi infino in .xv.; e taglian-
si al nodo e per lungo, e sono fatte come tegoli,

10 sicché se può bene coprire la casa. E àl fatto fare
sì ordinatamente, ch'egli lo fa disfare quando
egli vuole, e fallo sostenere a più di .cc. corde di
seta.

11 E sappiate che tre mesi dell'anno vi stae in questo palagio lo Grande Kane, cioè giugno, luglio

12 agosto, e questo fae perché v'è caldo. E questi
tre mesi questo palagio sta fatto, gli altri mesi
dell'anno istà disfatto e riposo; e puollo fare

13 e disfare a suo volere. E quando egli viene a'

7. *innorato*: ' dorato ', cfr. *GDLI*, VIII, 58 (così sotto *inora-to*; 173, 15).
11. *v'è caldo*: errore di traduzione, il testo fr. portando giusta-mente la negazione « non v'è caldo », cfr. *Nota al testo*, appar.
12. *riposo*: ' riposto ', cfr. 9, 5 n.

.xxviij. die d'agosto, lo Grande Kane si parte di
questo palagio; e dirovi la cagione.

14   Egli è vero ch'egli àe una generazione di cavagli bianchi e di giumente bianche come neve,
senza niuno altro colore – e sono in quantità bene di .x^m. giumente –, e·llo latte di queste giumente bianche no può bere niuno se non di

15 schiatta emperiale. Ben è un'altra generazioni
di gente chiamata Oriat, che·nne possono bere,
ché Cinghi Kane gli diede quella grazia per una

16 battaglia che vinsero co lui jadis. E quando queste bestie vanno pascendo, gli è fatto tanto onore,
che no è sì grande barone che passasse per que-

22v. 17 ste || bestie, per no scioperalle del pascere. E gli
stronomi e gl'idoli ànno detto al Grande Kane
che di questo latte si dee versare ogn'anno a'
.xxviij. die d'agosto per l'aria e per la terra, acciò
che gli spiriti e gl'idoli n'abbiano a bere la loro
parte, acciò che gli salvino loro famigli'e uccegli
e ogne loro cosa.

18   E qu[i]nd[i] si parte lo Grande Kane, e va a
19 un altro luogo. E sì vi dirò una maraviglia ch'io
avea dimenticata, che quando 'l Grande Kane è

---

15. *generazioni*: per il sing. in -*i*, cfr. 39, 1 n.   *jadis*:
' una volta '; .è l'avv. di tempo fr., qui anche 107, 1, che passa
con facilità nelle traduz. ital. ed anche in testi originali come
le lettere dei mercanti (cfr. Schiaffini, *Testi*, XIII; *GDLI*, VI,
759 ' giadì ').
16. *passasse*: ' osasse passare '   *scioperalle*: ' distoglierle ', cfr.
Schiaffini, *Testi*, gloss.
17. *gli stronomi e gl'idoli*: ' gli astrologi e gl'idolatri '.
18. *quindi*: ' di qui ', cfr. *Nota al testo*, appar.

in questo palagio e egli viene uno male tempo,
egli àe astronomì e incantatori, e fa[nno] che 'l
20 male tempo non viene in sul suo palagio. E questi savi uomini son chiamati Tebot, e sanno più
d'arti di diavoli che tutta l'altra gente, e fanno
credere a le genti che questo aviene per santità.

21 E questa gente medesima ch'io v'ò detto ànno
una tale usanza, che quando alcuno uomo è morto per la segnoria, eglino lo fanno cuocere e
màngiallo, m[a] non se morisse di sua morte.

22 E' sono sì grandi incantatori che, quando 'l
Grande Kane mangia in su la maestra sala, e gli
coppi pieni di vino o di latte o d'altre loro be-
vande, che sono dall'altro capo della sala, sì gli
fanno venire sanza ch'altri gli tocchi, e vegnono
dinanzi al Grande Kane; e questo vede bene
.x^m. persone, e questo è vero senza menzogna, e
questo ben si puote fare per nigromanzia.

23 E quando viene niuna festa di niuno idolo,
egli vanno al Grande Kane e fannosi dare cotanti montoni e legno aloe e altre cose per fare onore a quello idolo, perciò che si salvi lo suo corpo
24 e le sue cose. E quando questi incantatori ànno
fatto questo, fanno grande afummata dinanzi a-

21. *è morto per la segnoria*: ' è giustiziato dall'autorità '.
22. *sì gli fanno venire*: ripresa paraipotattica con *sì* dopo secondaria temporale.
23. *niuna... niuno*: anche qui con senso positivo di ' alcuna...
alcuno '   *lo suo corpo*: con valore pronominale (francesismo), ' le loro persone '.
24. *afummata*: ' fumata ', da *fummo*, corrente in ant. tosc.,
cfr. Parodi, *Lingua e letter.*, 235 sgg.; Rohlfs, § 228.

25 gl'idoli di buone ispezie, con grandi canti. Po-
    scia ànno questa carne cotta di questi montoni, e'
    póngolla dinanzi all'idolo e versano lo brodo
    quae e làe, e dicono che gl'idoli ne piglino quel-
26 lo che egli vogliono. E in cotale maniera fanno
    onore agl'idoli lo dì della loro festa, ché ciascuno
    idolo à propia festa, come ànno gli nostri santi.
27   Egli ànno badie e monisteri, e sì vi dico che
    v'à una piccola città ch'àe uno monistero che
    v'àe entro più di .ii^m. monaci, e vestonsi più
28 onestamente che tutta l'altra gente. Egli fanno
    le magiori feste agli loro idoli del mondo, co
    li magiori canti e cogli magiori luminari.
29   Ancora v'àe un'altra maniera di rilegiosi, che
30 fanno così aspra vita com'io vi conterò. Egli mai
23r.   no mangiano altro che crusca di ‖ grano, e fan-
    nola istare i·molle nell'acqua calda uno poco,
31 e poscia la menano e màngialla. Quasi tutto l'an-
    no digiunano; e molti idoli ànno e molto stan-
    no inn·orazione, e tale volta adorano lo fuoco.
32 E quelle altre regole dicono di costoro che di-
33 giunano che sono paterini. Altra maniera v'à di
    monaci che pigliano moglie e ànno figliuoli asai;

---

25. *Poscia ànno*: ellissi di *che* dopo congiunz. subordinante,
cfr. 22, 10 n.   *piglino*: ind. pres., con desinenza di tipo occidentale (Rohlfs, § 532); cfr. qui *risomiglino* 82, 6, *somigliro*
88, 2.
27. *una piccola città ch'àe uno monistero*: errore di traduz.,
nel testo fr. si parla di un monastero grande come una piccola città, cfr. *Nota al testo*, appar.
28. *del mondo*: da riferire a *magiori   luminari*: 'lumina-
rie'.
32. *regole*: 'religioni'   *paterini*: 'eretici' (così 170, 52),
cfr. *Ind. ragion*.

e questi vestono di ‹altre› vestimenta dagli altri, sicché vi dico insomma grande differenza à da l'una a l'altra e in vita e in vestiri.

34 E di questi v'àe che tutti loro idoli ànno nome di femine.

35 Or ci partiremo di qui, e conterovi del grandissimo segnore di tutti li Tartari, cioè lo nobile Grande Kane, che Coblain è chiamato.

‹75›

Di tutti li fatti de‹l› Grande Kane che regna aguale.

1 Vo' vi cominciare a parlare di tutti gli grandissimi † meraviglie del Grande Kane che aguale regna, che Coblain Kane si chiama, che vale a

2 dire i·nostra lingua ' lo signore degli signori '. E certo questo nome è bene diritto, perciò che questo Grande Kane è 'l più possente signore di genti, di terr'e di tesoro che sia, né che mai fue,

3 da Adam infino al die d'oggi. E questo mosterò

---

33. *vestiri*: pl. di *vestire* sost. ' vestito completo ', Castellani, *Nuovi testi*, gloss. (cfr. 88, 2; 126, 5).

0. *aguale*: ' ora ', cioè nel 1298, quando il *Milione* viene redatto nel carcere genovese; ma il suo autore ignora che Kubilai era morto nel 1294. Analogo il caso di 135, 6 *questo Grande Kane che oggi regna*, e già di 24, 9 *Alau, fratello del signore che oggi regna*, e di 68, 2 *questo Cane dirieto ch'à oggi*. 1. Per il guasto cfr. *Nota al testo*, appar. (nel testo fr. si parla di « tutti i grandissimi fatti e tutte le grandissime meraviglie »).
2. *diritto*: ' giusto '.

ch'è vero in questo nostro libro, sicché ogni uo-
4 mo ne serà contento. E di questo moster[ò] ragione.

‹76›

De la grande battaglia che 'l Grande Kane
fece con Naian.

1   Or sappiate veramente che chi è della diritta
schiatta di Cinghi Kane, dirittamente d‹é› es-
2 sere signore di tutti li Tartari. E questo Coblaino
è lo .vj°. Cane, ciò è a dire ch'egli è di capo del
.vj. Grandi Kani che sono fatti infino a qui.
3 E sappiate che questo Coblain cominciò a regnare nel .mcclvj. anni; e sappiate ch'egli ebbe la
segnoria per suo grande valore e per sua prodezza e senno, ché gli suoi frategli gliele voleano
tòrre e gli suoi parenti; e sappiate che di ragio-
4 ne la segnoria cadea a costui. Egli è, ch'egli co-
minciòe a regnare, .xlij. anni fino a questo punto,
che corre .mcclxxxxviij. anni; egli puote bene

3. *mosterò*: con caduta di *r* per dissimilazione, cfr. 72, 6 n.
(così *mostare* 114, 14; 173, 20).

2. *Coblaino*: forma linguisticamente 'ambientata' con vocale,
fin. come *Naiano* 77, 7; 78, 1, ecc., (cfr. *Ind. ragion.*), *Tebete*,
114, 20   *egli è di capo*: 'è l'ultimo dei'; per l'art. sing.
(*del*, *nel* 3) esteso al pl., cfr. 64, 1.
3. *gliele*: gliela   *di ragione*: 'secondo diritto' (così 202,
1); cfr. *per ragione* 81, 4.
4. Come avvertito (75, 0), Marco Polo non sa che il Gran Cane è già morto (1294) quando egli scrive: regnò quindi tren-
totto e non quarantadue anni.

5 avere da .lxxxv. anni. E 'n prima ch'egli fosse signore, andò in più osti e portossi gagliardamente,
   sicché era tenuto prode uomo de l'arme e buono
   cavaliere; ma poscia ch'egli fue signore, no andò inn-oste ma' in una volta; e que' fue nell'an-
   no .mcclxxxvj., e io vi dirò perché fue. ||

23v. 6 † ‹Egli è› vero che uno che ebbe nome
        Naian, lo quale era uomo del Grande Kane e
        molte terre tenea da lui e province, sicché potea
        bene fare .cccc^m. d'uomini a cavallo; e suoi anti-
        cessori anticamente soleano essere sotto il Gran-
7   de Kane, e era giovane di .xx. anni. Or disse
        questo Naian che non volea essere più sotto 'l
8   Grande Kane, ma gli torrebbe tutta la terra. A-
        lotta mandò Naian a Caidu, ch'era uno grande
        signore e era nepote del Grande Cane, che ve-
        nisse dall'una part'e egli andarebbe dall'altra
9   per tògli la terra e la segnoria. E questo Caidu
        disse che bene gli piace, e disse ch'egli saràe be-
        ne aparecchiato a quello tempo ch'aveano ordi-
10   nato. E sappiate che questi avea da mettere in
11   campo bene .c^m. uomini a cavallo. E·ssì vi dico
        che questi due baroni fecero grande raunata di
        cavalieri e di pedoni per venire adosso al Gran-
        de Kane.

---

5. *ma'*: ‘più che’ (con omissione di *che*), quindi ‘se non’,
cfr. Crespo, *Una versione pis.*, 28 con bibliogr.   *que'*: ‘quello’, con valore di neutro, quindi ‘ciò’.
6. Il guasto colpisce un verbo reggente, che qui manca, cfr.
Nota al testo, appar.; nel testo fr., inoltre, il personaggio in
questione ha trent'anni, non venti.
8. *tògli*: ‘tòrgli’, con assimilaz. tra le liquide (cfr. *tòrre* 17,
2 n.).

1   E quando 'l Grande Kane seppe queste cose,
egli non si spaventòe né mica, ma·ssì come savio
uomo disse che mai no volea portare corona né
tenere terra, se questi due traditori no mettesse
2   a morte. E sappiate che questo Grande Kane fece tutto suo aparecchiamen‹to› in .xxij. die cela-
tamente, sicché non si seppe fuori del suo consi-
3   glio. Egli ebbe bene .ccclx^m. d'uomini a cavallo
4   e bene .c^m. uomini a piede. E sappiate che tutta
questa gente fuoro di sua casa, e perciò fec'egli
così poca gente; [ché] s'egli avesse richiesto tutta
sua gente, egli n'avrebbe avuta tanta che non si
potrebbe credere, ma avrebbe troppo posto e non
5   sarebbe fatta segreta. E questi .ccclx^m. di cavalieri che egli fece, fuoro pur falconieri e gente che
6   andava drieto a·llui. E quando 'l Grande Kane
ebbe fatto questo aparecchiamento, egli ebbe
suoi istàrlogi, e dimandogli se egli dovea vincere
la battaglia, e egli rispuosero di sì e ch'egli met-
7   terebbe a morte suoi nemici. Lo Grande Kane si
mise in via con sua gente, e venne in .xx. giornate a uno piano grande, ove Naiano era con
tutta sua gente, che bene erano .ccc^m. di cavalie-

1. *né mica*: 'affatto'.
4. *troppo posto*: 'impiegato troppo tempo', in quanto i suoi
eserciti erano dislocati nelle varie province.
5. *pur*: 'esclusivamente'.
6. *egli ebbe suoi istàrlogi*: 'radunò i suoi astrologi', cfr. 66,
3 n.
7. Nel testo fr. i cavalieri sono quattrocentomila, cfr. *Nota
al testo*, appar. e 76, 6.

8 ri. E' giunsero uno die la mattina per tempo, sicché Naian non ne seppe nulla, perciò che ‹'l›
Grande Kane avea sì fatte pigliare le vie, che
niuna ispia gliele potea raportare che non fosse
9 presa. E quando 'l Grande Kane giunse al campo con sua gente, Naiano stava sul letto co la
moglie in grandi solazzi, ché molto le volea grande bene.

‹78›

Comincia la bataglia.

1 Quando l'alba del die fue venuta, e 'l Grande
Kane aparve sopra 'l piano ove Naiano dimorava
molto segretamente, perché non credea che 'l
24r. Grande Kane ardisse per niuna cosa || di venirvi,
e perciò non facea guardare lo campo né dinanzi
2 né dirieto. Lo Grande Kane giunse sopra questo
luogo, e avea una bertesca sopra quattro leofanti, ove avea suso insegne, sicché bene si vedeano
3 da la lunga. Sua gente era ischierata a .xxxᵐ. a
.xxxᵐ., e intorniaro tutto lo campo in uno mo-

8. *gliele potea raportare*: ‘glielo poteva riferire’ (che il nemico stava arrivando).

1. *e 'l Grande Kane*: ripresa paraipotattica con *e* dopo secondaria temporale   *segretamente*: errore di traduz.; ‘sicuramente’ nel testo fr. (cfr. *Nota al testo*, appar.).
2. *bertesca*: è la *camera di legno* (a forma di piccola torre
con feritoia, *GDLI*, II, 191) che ritorna in 93, 14.
3. *intorniaro*: ‘ circondarono ’.

4   mento. E ciascheuno cavaliere avea uno pedone in groppa con suo arco in mano.

5   E quando Naiano vide lo Grande Kane con
sua gente, egli furo tutti ismariti e ricorsero a
l'arme, e schieraronsi bene e ordinatamente, e
aconciarsi sì che non era se non a fedire.

6   Alotta cominciò a sonare molti istormenti ed a
cantare ad alta boce; però che·ll'usanza de' Tartari è cotale, che 'nfino che'l naccaro non suona,
ch'è uno istormento del capitano, mai non com-
batterebboro, e infino che suona, gli altri suona-
7   no molti stormenti e cantano. Or è lo cantare e
lo sonare sì grande da ogne parte, che·cciò era
maraviglia.

8   Quando furo aparecchiati trambo le parti, e
li grandi naccari cominciaro a sonare, e l'uno
venne contra l'altro, e cominciaronsi a fedire di
9   lance e di spade. E fue la battaglia molto crudele e fellonesca, e le saette andavano tanto per
aria che non si potea vedere l'aria se non come
fosse piova; e li cavalieri cadeano a terra dell'una
parte e dell'altra; e eravi tale romore, che gli
10   truoni non sarebboro uditi. E sappiate che Naiano era cristiano battezato, e in questa battaglia
avea egli la croce di Cristo sulla sua insegna.

---

5. *non era... fedire*: 'non restava che menar colpi'.
6. *cominciò*: segue il sogg. pl. *molti istormenti*   *naccaro*:
'timpano', cfr. Pulci, *Morgante*, 400 (ampia nota dell'Ageno
su questo strumento 'epico') e qui *Ind. ragion*. Vedi *naccari*
196, 4   *infino che suona*: 'fino al momento in cui comincia
a suonare' (ma potrebbe anche essere stata omessa la negazione).
8. *trambo*: 'entrambe', cfr. Guittone, *Rime*, gloss. 'trambi'
    e l'uno venne: anche qui ripresa paraipotattica.

11   E sappiate che quella fue la più crudele battaglia e la più paurosa che fosse mai al nostro tempo, né ove tanta gente morisse: e vi morìo tanta
gente tra da l'una parte e dell'altra, che·cciò sa-
12   rebbe maraviglia a credere. Ella duròe da la mattina infino al mezzodie passato, ma da sezzo lo
13   campo rimase al Grande Kane. Quando Naian
e sua gente vide ch'egli non potea sofferire più,
si misoro a fugire, ma non valse nulla, ché pure
Naian fu preso, e tutti suoi baroni e la sua gente si rendéo al Grande Kane.

‹79›

Come Naian fu morto.

1   E quando 'l Grande Kane seppe che Naian
era preso, egli comandò che ‹fo›sse ucciso in tale
maniera, ch'egli fue messo su uno tappeto e tan-
2   to pallato e menato quae e·llà che morìo. E ciò
24v.   fece, ché non volea che 'l sangue ‖ de·lignaggio de
lo imperadore facesse lamento a l'aria; e questo
Naiano era di suo legnaggio.
3   Quando questa battaglia fue vinta, tutta la
gente di Naian fecero rendita al Grande Kane
4   ‹e› la fedeltade. Le province sono queste: la pri-

12. *da sezzo*: 'in ultimo'.
13. *vide... potea... si misoro*: il sogg. collettivo *Naian e sua
gente* regge alternativamente forme verbali sing. e pl.

3. *fecero... la fedeltade*: per l'espressione 'fare la fedeltà', cfr.
GDLI, IV, 786.

ma è Ciorcia, la seconda Cauli, la terza Barscol,
‹la quarta› Singhitingni.

5   Quando 'l Grande Kane ebbe vinta la battaglia, gli saracini e gli altri che v'erano de diversa gente si diedero maraviglia della croce che
Naian avea recato nella 'nsegna, e diceano verso
li cristiani: «Vedete come la croce del vostro
6   idio à 'iutato Naian e sua gente?». E tanto diceano che 'l Grande Kane lo seppe e cruccios-
si contra coloro che dicean villania a li cristiani.
7   E fece chiamare li cristiani che quivi erano, e
disse: «Se 'l vostro idio non à 'iutato Naian,
egli à fatto gra‹n›de ragione, perciò che Dio è
8   buono e non volle fare se non ragione. Naian era
disleale e traditore, ché venìa contra suo signore,
9   e perciò fece bene Dio, che·nno·ll'aiutòe». Li
cristiani dissero ch'egli avea detto 'l vero, che·
lla croce non volea fare altro che diritto, e egli
10   à bene quello di che egli era degno. E queste parole della croce furo tra·llo Grande Kane e li
cristiani.

‹80›

Come 'l Grande Cane tornò ne la città di Coblau.

1   Quando lo Grande Kane ebbe vinta la battaglia, come voi avete udito, egli si tornò a l‹a›
grande città di Coblau co grande festa e co gran-

9. *diritto*: il giusto.

2 de solazzo. E quando l'altro re – Caidu avea nome – udìo che Naian era sconfitto, non fece oste
contra 'l Grande Kane, ma ebbe grande paura
del Grande Kane.

3 Or avete udito come 'l Grande Kane andòe in
oste, ché tutte l'altre volte pur mandòe suo figliuoli e suoi baroni, e questa volta vi volle andare pur egli, perciò che 'l fatto gli parea troppo
4 grande. Or lasciamo questa matera, e ritorneremo a contare de li grandi fatti del Grande Kane.

5 Noi abiamo contato di quale legnaggio egli fue
6 e sua nazione. Or vi dirò degli doni ch'egli fece a li baroni che si portaro bene nella battaglia,
e quello ch'egli fee a quelli che furo vili e co-
7 dardi. Io vi dico che alli prodi diede che, se egli
era signore di .c. uomini, egli lo face di .m., e
facegli grandi doni di vasellamenti d'ariento e
di tavole di signore; quegli ch'àe segnoria di
.c. à tavola d'ariento, e quello che·ll'à di .m., l'à
d'oro o d'argento e d'oro, e quegli ch'àe segnoria
di .xᵐ., à tavola d'oro a testa di lione.

8 Lo peso di queste tavole si è cotale, che quel
ch'à segnoria di .c. o di .m., la sua tavola pesa
25r. libbre .cxx., e quella ch'à testa di lione pesa ‖ al-

2. *re... Caidu*: può trattarsi di un caso di omissione di *che*
relativo, cfr. 45, 7 n.
3. *pur*: 'soltanto'.
7. *face*: 'fa', forma antica più integra, cfr. Parodi, *Lingua e
letter.*, 258; Rohlfs, § 546); qui anche 135, 12   *tavole di
signore*: le piastre del comando.
8. *altrettanto*: ma nel testo fr. (dove il peso è espresso in saggi)
si parla di 220 saggi.

9   trettanto; l'altre sono d'argento. E in tutte que-
    ste tavole è scritto uno comandamento, e dice
    così: «Per la forza del grande dio e de la gran-
    de grazia ch'à donata al nostro imperadore, lo
    nome del Grande Kane sia benedetto, e tutti
    quegli che no ubideranno siano morti e distrut-
10 ti». E ancora questi ch'ànno queste tavole, ànno
    brivilegi, ov'è scritto tutto ciò che debbono fare
    ne la loro segnoria.

11   Ancor vi dico che colui ch'àe signoria di .c^m.,
    o è signore d'una grande oste generale, e questi
    ànno tavola che pesa .iii^c. libbre, e àvi scritte let-
    tere che dicono così come v'ò detto di sopra; e di
    sotto alla tavola è scolpito uno leone e da l'altro
12 lato si è lo sole e·lla luna. Ancora ànno brivilegi
13 di grandi comandamenti e di grandi fatti. E que-
    sti ch'ànno queste nobile tavole, ànno per co-
    mandamento che tutte le volte ch'eglino caval-
    cano, dibbiano portare sopra lo capo uno palio
    in significanza di grande segnoria, e tutte volte
    quando seggono, debbiano sedere in sedia d'a-
14 riento. Ancora a questi cotali li dona lo Grande
    Kane una tavola ov'è di sopra uno gerfalco inta-
15 gliato. E queste tavole dona egli a li .iij. grandi
    baroni, perciò ch'abbiano balìa com'egli mede-

---

12. *brivilegi*: 'autorizzazioni', (cfr. 12, 2 n.)   *dibbiano*:
con chiusura della voc. in protonia, cfr. Rohlfs, § 130 e 582.
15. Nel testo fr. non si ha il numerale, ma l'avv. *tres* del su-
perlativo; si tratta dunque dei «grandissimi baroni», non
soltanto di tre grandi baroni (lo stesso errore in 141, 5), cfr.
Nota al testo, appar.

simo; e puote prendere lo cavallo del signore,
nonché gli altri quando egli vuole.

16   Or lasciamo di questa matera, e conterovi de
le fattezze del Grande Kane e di sua contenenza.

‹81›

De la fattezza del Grande Kane.

1   Lo Grande Signore de' signori, che Cob‹l›ai
Kane è chiamato, è di bella grandezza, né picco-
2   lo né grande, ma è di mezzana fatta. Egli è ca‹r›-
nuto di bella maniera; egli è troppo bene tagliato
di tutte membre; egli à lo suo viso bianco e vermiglio come rosa, gli occhi neri e begli, lo naso
bene fatto e be·lli siede.

3   Egli àe tuttavia .iiij. femine, le quali tiene per
4   sue dirette moglie. E 'l magiore figliuolo ch'egli
àe di queste .iiij. moglie dé essere per ragione
signore de lo 'mperio dopo la morte di suo padre.

5   Elle sono chiamate imperadrici, e ciascuna è
chiama[t]a per su' nome; e ciascuna di queste
donne tiene corte per sé, e non vi n'à niuna che
non abbia .iij.ᶜ donzelle, e ànno molti valetti e

2. *carnuto di bella maniera*: ' di complessione giusta '   *be·lli
siede*: ' bene posto rispetto al viso '.
3. *dirette*: ' legittime '.
4. *per ragione*: ' secondo diritto ', cfr. *di ragione* 76, 3 n.
5. *su' nome*: con elisione del possessivo in proclisia, fenomeno tipico del tosc. popolare (qui *su' anima* 121, 14, *mi'
occhi* 148, 6)   *valetti e scudieri*: errore di traduz. per
' eunuchi ', cfr. *Nota al testo*, appar.

scudieri e molti altri uomini e femine, sicché
ciascuna di queste donne à bene in sua corte

6 .x^m. persone. E quando vuole giacere con niuna
di queste donne, egli la fa venire in sua camera
e talvolta vae alla sua.

7 　　Egli tiene ancora molte amiche, e dirovi come: ‹e›gli è vero ch'egli è una generazione di Tartari, che sono chiamati Ungrac, che sono molto
bella gente e avenante, e di queste sono scelte

25v. .c. le più belle donzelle che vi ‖ sono, e sono me-

8 nate al Grande Kane. Egli le fa guardare a donne nel palagio e falle giacere apresso lui inn-uno
letto per sapere se ell'àe buono fiato, e per sapere

9 s'ella è pulcella e ben sa‹na› d'ogni cosa. E quelle che sono buone e belle di tutte cose so' messe
a servire lo signore in tal maniera com'io vi dirò.

10 Egli è vero che ogne .iij. die e .iiij. notti, .vj. di
queste donzelle servono lo signore in camera e a
letto e a·cciò che bisogna, e 'l signore fa di lo-

11 ro quello ch'egli vuole. E di capo di .iij. dì e di
.iij. notti vegnono l'altre .vj. donzelle, e così va
tutto l'anno di .vj. in .vj. donzelle.

---

7. *avenante*: 'avvenente', francesismo diffuso in ant. it., cfr.
Bezzola, *Gallicismi*, 228; Davanzati, *Rime*, gloss.; *GDLI*, I, 873.
8. *apresso lui*: non così nel testo fr. (« con loro », cioè con *le
donne*), cfr. *Nota al testo*, appar.
9. *so'*: 'sono', forma tronca diffusa particolarmente nel tosc.
sud-orientale, cfr. Castellani, *Nuovi testi*, 44; De Robertis, *Due
altri testi*, 130; Rohlfs, § 540; inoltre, « SFI », XXIX, 135 con
bibliogr. (qui frequente: ad es. 143, 7; 148, 22, ecc.).

De' figliuoli del Grande Kane.

1   Ancora sappiate che 'l Grande Kane à di sue .iiij. moglie .xxij. figliuoli maschi; lo magiore avea nome Cinghi Kane, e questi dovea essere
2 Grande Kane e segnore di tutto lo 'mperio. Or avenne ch'egli morìo, e rimase uno figliuolo ch'à nome Temur, e questo Temur dé essere ‹Grande› Kane e signore, ‹e› è ragione, perché fu
3 figliuo‹lo› del magiore figliuolo. E sì vi dico che questi è savio uomo e prode, e bene à provato in più battaglie.

4   E sappiate che 'l Grande Kane à .xxv. figliuoli
5 di sue amiche, e ciascuno è grande barone. E ancora dico che degli .xxij. figliuoli ch'egli à de le .iiij. mogli, gli .vij. ne sono re di grandissimi reami, e tutti mantegno bene loro regni, come
6 savi e prodi uomini. E ben è ragione, ché risomiglino dal padre: di prodezza e di senno è 'l migliore rettore di gente e d'osti di niuno signore che mai fosse tra' Tartari.

7   Or v'ò divisato del Grande Kane e di sue femini ‹e› di suoi figliuoli; or vi diviserò com'egli tiene sua corte e sua maniera.

---

5. *mantegno*: 'governano', cfr. 19, 6 n.
6. *risomiglino*: 'assomigliano'; per la desinenza *-ino*, cfr. 74, 25 n.
7. *femini*: pl. femm. in *-i* (così 148, 37), cfr. Rohlfs, § 362; Serianni, *Dialetto aret.*, 127; Trolli, *La lingua*, 79. Qui *porti* 84, 8; *casi* 155, 12; *costi* 172, 14.

Del palagio del Grande Kane.

1   Sappiate veramente che 'l Grande Kane dimora ne la mastra città — èe chiamata Canbalu —, .iij. mesi dell'anno, cioè dicembre, gennaio e febraio; e in questa città à suo grande palagio, e io vi diviserò com'egli è fatto.

2   Lo palagio è d'u·muro quadro, per ogne verso uno miglio, e su ciascheuno canto di questo palagio è uno molto bel palagio; e quivi si tiene tutti gli arnesi del Grande Kane, cioè archi, turcassi, selle, freni, corde, tende e tutto ciò che bi-

3 sogna ad oste e a guerra. E ancora tra questi palagi à .iiij. palagi in questo circuito, sicché in questo muro atorno atorno sono .viij. palagi, e tutti sono pieni d'arnesi, e in ciascuno nonn-à se non d'una cosa.

26r. 4   E in questo ‖ muro verso la faccia di mezzodie, à .v. porte, e nel mezzo è una grandissima porta che non s'apre mai né chiude, se non qua‹n›do

5 'l Grande Kane vi passa, cioè entra e esce. E dal lato a questa porta ne sono due piccole, da ogne lato una, onde entra tutta l'altra gente; dall'altro canto n'àe un'altra grande, per la quale entra comunemente ogni uomo.

---

2. *muro quadro*: una cinta quadrata di mura, con un palazzo ad ogni canto ed uno alla metà di ogni lato (*tra questi palagi* 3), per un totale di otto palazzi: questo complesso costituisce la prima cinta, quella più esterna.
3. *se non d'una cosa*: 'soltanto un genere di cose'.

6   E dentro a questo muro è un altro muro, e
atorno atorno àe .viij. palagi come nel primaio,
e così sono fatti; ancora vi stae gli arnesi del
7   Grande Kane. Nella faccia verso mezzodie àe .v.
porte, nell'altre pure una.

8   E i·mezzo di questo muro è 'l palagio del Gran-
9   de Kane, ch'è fatto com'io vi conterò. Egli è il
magiore che giamai fu veduto: egli non v'à palco, ma lo spazzo è alto più che l'altra terra bene
10   .x. palmi; la copertura è molto altissim[a]. Le
mura delle sale e de le camere sono tutte coperte
d'oro e d'ariento, ov'è scolpito belle istorie di
cavalieri e di donne e d'uccegli e di bestie e d'altre belle cose; e la copertura è altresì fatta che
non si potrebbe vedere altro che oro e ariento.
11   La sala è sì lunga e sì larga che bene vi mangia
.vi^m. persone, e v'à tante camere ch'è una mara-
12   viglia a credere. La copertura di sopra, cioè di
fuori, è vermiglia, bioia, verde e di tutti altri colori, e è sì bene invernicata che luce come cri-
stallo, sicché molto da la lunga si vede lucire lo
palagio; la copertura è molto ferma.

13   Tra l'uno muro e l'altro dentro a questo ch'io
v'ò contato di sopra, àe begli prati e àlbori, e
àvi molte maniere di bestie salvatiche, cioè cervi bianchi, cavriuoli, dani, le bestie che fanno lo

---

9. *palco*: è ad un solo piano, ma il pavimento (*spazzo*) è molto alto sul terreno circostante, ed il soffitto (*copertura*) è altissimo.
12. *bioia*: ' azzurra ' (così 92, 2)   *lucire*: metaplasmo di
coniug., cfr. Rohlfs, § 615.

14 moscado, vai e ermellini, e altre belle bestie. La
terra dentro di questo giardino è tutto pieno
dentro di queste bestie, salvo la via onde gli uomini entrano.

15   E da la parte ve‹r›so 'l maestro àe uno lago
molto grande, ov'à molte generazione di pesci.

16 E·ssì vi dico che un grande fiume v'entra e esce,
e è sì ordinato che niuno pesce ne puote uscire; e
àvi fatto mettere molte generazione di pesci in
questo lago, e questo è co reti di ferro.

17   E anco vi dico che verso tramontana, di lungi
dal palagio da una arcata, àe fatto fare uno monte ch'è bene alto .c. passi e gira bene uno miglio;
lo quale monte è pieno tutto d'àlbori che per
niuno tempo non perdono foglie, ma sempre so-

18 no verdi. E sappiate, quando è detto al Grande
Kane d'uno bello àlbore, egli lo fa pigliare con

26v.   tutte le barbe e co molta terra e fallo ‖ piantare
in quello monte; e·ssia grande quanto vuole, ch'e-

19 gli lo fa portare a' lieofanti. E sì vi dico ch'egli à
fatto coprire totto 'l monte della terra dell'azurro, che è tutta verde, sicché nel monte nonn-à
cosa se non verde, perciò si chiama lo Monte
Verde.

20   E sul colmo del monte à uno palagio tutto ver-

---

14. *tutto pieno*: masch. per attrazione del più vicino *giardino*.
17. *da una arcata*: 'alla distanza di un tiro di freccia'.
18. *sappiate... egli lo fa*: ellissi di *che* dichiar.   *barbe*:
'radici'   *lieofanti*: 'elefanti'.
19. *totto*: per questa forma (di tipo aretino-senese), cfr. Castellani, *Nuovi testi*, 46 n.; Roersheim, *Die Sprache*, 17.

de, e è molto grande, sicché a guardallo è una
grande meraviglia, e nonn-è uomo che'l guardi
21 che non ne prenda alegrezza. E per avere quella
bella vista l'à fatto fare lo Grande Signore per suo
conforto e sollazzo.

‹84›

‹Ancora d'uno palagio del nipote›.

1   Ancora vi dico ch'apresso a questo palagio n'à
un altro né più né meno fatto, ove istàe lo nipote del Grande Kane che dé regnare dopo lui;
e questo è Temur, figliuolo di Cinghi, ch'era lo
2 magiore figliuolo del Grande Kane. E questo Temur che dé regnare, tiene tutta quella maniera
che fae lo suo avolo, e àe già bolla d'oro e sugello d'imperio, ma non fa l'uficio infino che·ll'a-
volo è vivo.

3   Dacché v'ò contato de' palagi, sì vi conterò de
la grande città de Canblau, ove sono questi palagi, e perché fu fatta, e come egli è vero che
apresso a questa città n'avea un'altra grande e
bella, e avea nome Garibalu, che vale a dire in
4 nostra lingua 'la città del signore'. E 'l Grande
Kane, trovando per astorlomia che questa città
si dovea ribellare [e] dare grande briga a lo 'm-
perio, e però lo Grande Kane fece fare questa

---

4. *astorlomia*: per incrocio tra ' astronomia ' e ' astrologia '
e però: ' per questa ragione ' (ripresa paraipotattica con *e*,

città presso a quella, che non v'è in mezzo se non
5 uno fiume. E fece cavare la gente di quella città
e mettere in quest'altra, la quale è chiamata
Canblau.

6   Questa città è grande in giro da .xxiiij. miglie,
cioè .vj. miglia per ogni canto, e è tutta quadra,
7 ché non à più dall'uno lato che da l'altro. Questa
città è murata di terra e sono grosse le mura .x.
passi e alte .xx., ma·nnon sono così grosse di sopra come di sotto, perché vegnono sì asottiglian-
do che di sopra sono grosse da .iij. passi; e sono
8 tutte merlate e bianche. E quivi àe .x. porti, e 'n
su ciascuna porta àe uno grande palagio, sicché su
9 ciascuna quadra àe .iij. porti e .v. palagi. Ancora
su·cciascuna quadra di questo muro àe uno grande palagio, ove stanno gli uomini che guardano
la terra.

10   E sappiate che l[e] rughe della terra sono sì
ritte che·ll'una porta vede l'altra; di tutte quan-
11 te encontra così. Nella terra àe molt[i] palagi;
e nel mezzo n'àe uno ov'è suso una campana molto grande che suona la sera .iij. volte, che niuno
non puote andare poscia per la terra sanza grande bisogna, de femmina che partorisse o per al-

27r. 12 cuno malato. Sappiate ch'a ciascheuna ‖ porta
guarda .m. uomini; e non che crediate che vi si
guardi per paura d'altra gente, ma fassi per reverenzia del signore che là entro dimora, e perché li ladroni non facciano male per la città.

13 Or v'ò conta[to] de la città; or vi dico com'egli
tiene corte e de' suoi grandi fatti, cioè del Grande Signore.

‹85›

‹Delle guardie›.

1 Or sappiate che 'l Grande Kane si fa guardare
per sua grandezza a .xij^m. uomini a cavallo, e
chiamansi Quesitan, ciò è a dire 'cavalieri fedeli
2 del signore'; e questo non fae per pagura. E tra
questi .xij^m. cavalieri sono .iiij. capitani, sicché
ciascuno n'àe .iij^m. sotto di sé, degli quali sempre ne stae nel palagio l'una capitaneria, che
sono .iij^m.; e guardano .iij. dì e .iij. notti, e màn-
3 giarvi e dormonvi. Di capo degli tre die questi se
ne vanno e gli altri vi vengono, e così fanno tutto l'anno.

4 E quando il Grande Kane vuole fare una gran-
5 de corte, le tavole istanno in questo modo. La
tavola del Grande Kane è alta più dell'altre;

---

12. *guarda*: 'fanno la guardia'.

1. *pagura*: con epentesi consonantica ad eliminare lo iato
(dopo caduta di -*v*- intervoc.), cfr. Rohlfs, § 215 e 339.

egli siede verso tramontana e tiene lo volto ver-
6 so mezzodie. La sua prima moglie siede lungo
lui dal lato manco, e dal lato ritto, più basso un
poco, ⟨sedono⟩ li figliuoli e gli nipoti e' suoi parenti che sono de lo 'mperiale legnaggio, sicché
lo loro capo viene agli piedi del Grande Signore.

7 E poscia sedono gli altri baroni più a basso, e così va de le femmine, ché le figliuole del Grande
Signore e ⟨le nipote e⟩ le sue parenti istanno
più basse da la sinistra parte; e ancora più basso
di loro tutte l'altre mogli degli altri baroni; e ciascheuno sae lo suo luogo ov'egli dee sedere per
8 l'ordinamento del Grande Kane. Le tavole sono
poste per cotale modo che 'l Grande Kane puote
vedere ogni uomo, e questi sono grandissima
9 quantitade. E di fuoro da questa sala mangiano
più di .xl^m., perché vi viene molti uomini co
molti presenti, che vegnono di strane contrade
co strani presenti; e di ta' ve n'àe ch'ànno se-
10 gnoria. E questa cotale gente viene in questo
cotal die che 'l signore fae nozze e tiene corte.

11   E i·mezzo di questa sala ove 'l Grande Signore
tiene corte e tavola, è uno grandissimo vaso d'o-
ro fino, che tiene di vino come una ⟨gran⟩ botte, e da ogni lato di questo vaso ne sono due piccoli: di quella grande si cava vino, e de le due
12 piccole beveraggi. [Àvi] vasegli vernicati d'oro
che tiene tanto vino che·nn'avrebbe assai bene

---

7. *sedono*: cfr. 148, 15.
11. *due*: in F si parla soltanto di uno più piccolo, cfr. *Nota al
testo*, appar.

otto uomini, e ànne per le tavole tra .ij. l'uno; e
anche àe ciascuno una coppa d'oro co manico,
con che beono.

13   E tutto questo fornimento è di grande valuta;
e sappiate che 'l Grande Signore àe tanti vasella-
27v.   menti d'oro e d'arientò che nol ‖ potrebbe cre-
14   dere chi nol vedesse. E sappiate che quegli che
fanno la credenza al Grande Signore sono grandi
baroni, e tengono fasciata la bocca e 'l naso con
begli drappi di seta e d'oro, acciò che lo loro fiato
non andasse nelle vivande del signore.

15   E quando 'l Grande Signore dé bere, tutti gli
stormenti suonano, che ve n'à grande quantità;
e questo fanno quando àe in mano la coppa: e
alotta ogni uomo s'inginocchi‹a›, e' baroni e
tutta gente, e fanno segno di grande umi‹l›tade;
16   e così si fa tuttavia ch'e' bee. Che vivande non
vi dico, però che ogni uomo dé credere ch'egli
n'àe en grande abondanza, né no v'à niuno baro‹ne› né cavaliere che non vi meni sua moglie e
17   che ‹non› mangi coll'altre donne. Quando 'l
Grande Signore à mangiato e le tavole sono le-
vate, molti giucolari vi fanno grandi sollazzi di
tragettare e d'altre cose; poscia se ne va ogni
uomo a suo albergo.

12. *tra .ij.*: s'intende ' persone '.
14. *fanno la credenza*: ' assaggiano le vivande ' (*GDLI*, II,
942).
15. *tuttavia*: ' ogni volta '.
17. *giucolari*: ' giullari '   *tragettare*: fare giuochi di prestigio (tecnicismo dell'arte dell'intrattenimento medievale),
cfr. *DEI*, V, 3854.

De la festa come nasce.

1 Sappiate che tutti li Tartari fanno festa di loro
2 nativitade. E 'l Grande Kane nacque a dì .xxviij.
di settembre in lunedì, e ogni uomo in quel die
fae la magiore festa ch'egli faccia per niuna altra
cosa, salvo quella ch'egli fae per lo capo dell'anno, com'i' vi conterò.
3 Lo Grande Kane lo giorno della sua nativitade
si veste di drappi d'oro battuto, e co lui si veste
.xij<m>. baroni e cavalieri d'un colore e d'una
4 foggia, ma non sono sì cari. E ànno grandi cin-
5 ture d'oro, e questo li dona lo Grande Kane. E
sì vi dico che v'à tale di queste vestimenti, che
vale le priete preziose e le perle che sono sopra
queste vestimenta, più ‹di› .x^m. bisanti d'oro, e di
6 questi v'à molti. E sappiate che 'l Grande Kane
dona l'anno .xiij. volte ricche vestimente a quelli .xij^m. baroni e vestegli tutti d'u‹n› colore co
7 lui. E queste cose non potrebbe fare neuno altro
signore ch'egli, né mantenerlo.

2. *di settembre in lunedì*: traduzione banalizzante per «della luna di settembre» (è già stato avvertito che i Tartari hanno i lunari in luogo dei mesi, cfr. 61, 6), cfr. *Nota al testo*
appar.
3. *sì cari*: ' così preziosi ' (i vestiti).
5. *queste*: pl. masch. in -*e*, cfr. 49, 8 n.
6. *vestimente*: per il pl. femm. in -*e*, cfr. 25, 8 n.

Qui divis[a] de la festa.

1   Sappiate che 'l dì della sua nativitade tutti li
Tartari del mondo e tutte le province che tengono le terre da·llui, lo dì fanno grande festa, e
tutti 'l presentano secondo che si conviene a chi
'l presenta e com'è ordinato; anco lo presenta
2   chi da lui vuole alcuna signoria. E 'l Grande Sire à .xij. baroni che donano queste segnorie a
3   questi cotali, secondo che si conviene. E questo
die ogni generazione de genti fanno prieghi agli
loro dii, che gli salvino lo loro signore e che gli
4   doni lu‹n›ga vita e gioia e santà. E così fanno
quello die grande festa.

5   Or lasciamo questa maniera, e dirovi d'un'altra festa ch'egli fanno a capo dell'anno, e chiamasi la bianca festa. ‖

28r.   De la bianca festa.

1   Egli è vero ch'egli fanno loro fest'a capo d'anno del mese di febraio; e 'l Grande Kane e sua
gente ne fanno cotal festa.

2   Egli è usanza che 'l Grande Kane e sua gente

---

1. *lo dì*: ripetuto enfaticamente   *presentano, presenta*: con
l'accusativo della persona (anche 88, 3), frequente in ant. tosc.

si vestono di vestimenta bianche, e maschi e femmine, pur ch'e' le possa avere; e questo fanno però ch'e' vestiri bianchi somigliro a loro buoni e aventurosi, e però lo fanno di capo dell'anno, perché a·lloro prenda tutto l'anno bene e alle-

3   grezza. E questo die chi tiene terra da·llui, lo presenta ‹di› grandi presenti, secondo ch'egli possono, d'oro, d'ariento e di perle e d'altro; e è ordinato l'uno presente [a] l'altro cose bianche, le più; e questo fanno perché tutto l'anno abbiano tesoro assai e gioia e allegrezza.

4   E ancora in questo die è presentato al Grande Cane più di .c^m. cavagli bianchi, begli e ricchi, e ancora più di .v^m. leofanti tutti coverti di panno ad oro e a·sseta; e ciascuno àe adosso uno scrigno pieno di vasellamenti d'oro e d'argento e d'altre

5   cose che bisogna a quella festa. E tutti passano dinanzi dal signore; e questa è la più bella cosa che giamai fu veduta.

6   E ancora vi dico che·lla mattina di quella festa, prima che le tavole siano messe, tutt[i] li re, duchi, marchesi, conti e baroni e cavalieri, astronomi, falconieri e molti altri oficiali e rettore di

---

2. *somigliro*: ' sembrano '; per la desin. *-ino* (con successivo scambio di *-ro* per *-no*), cfr. 74, 25 n.   *aventurosi*: ' di buon augurio '.

3. *presente*: 3ª pers. pres. cong. in *-e*, cfr. Rohlfs, § 555; si noti l'omissione di *che* dichiar. dopo *è ordinato*.

4. *uno scrigno*: sono due nel testo fr. (cfr. *Nota al testo*, appar.)   *altre cose che bisogna*: verbo al sing. « in proposizione relativa con soggetto anteposto », Trolli, *La lingua*, 137; ciò vale anche per 106, 2: *molti fornimenti che bisogna*.

6. *rettore*: pl. in *-e* di 3ª classe masch. (Rohlfs, § 365; Serianni, *Dialetto aret.*, 127); così *cacciatore* 205, 6.

terre, di gente e d'oste, vegnon a la sala dinanzi
7 al Grande Kane. E quegli che qui non cappiono, dimorano di fuori del palagio, i·luogo che 'l
8 signore gli vede bene tutti. E' sono così ordinati:
prima sono li figliuoli e' nepoti e quegli dell'imperiale lignaggio; apresso li re; apresso li duchi;
9 poscia per ordine, com'è convenevole. Quando
sono tutti asettati ciascuno nel suo luogo, allotta si leva uno grande parlato, e dice ad alta bo-
10 ce: « Inchinate e adorate ». Così tosto com'egli
à detto, questi tutti ànno la fronte in terra e
dicono loro orazioni verso 'l signore: allora
‹l'›adorano come dio, e questo fanno .iiij. vol-
11 te. Poscia si vanno a uno altare ov'è suso una tavola vermiglia, nella quale è scritto lo nome del
Grande Kane, e ancora v'àe uno bello incensiere
e terribole, e incensano quella tavola e l'alt‹a›re
a grande riverenza; poscia si tórnaro a loro luo-
12 go. Quando ànno così fatto, alotta si fanno li presenti ch'i' v'ò contato, che sono di grande valuta;
quando questo è fatto, sì che 'l Grande Kane l'à
veduto tutte queste cose, si mette le tavole, e
pongonsi a mangiare così ordinatamente com'i'
v'ò contato di sopra.

---

7. *cappiono*: 'possono entrare', da *capére*, Rohlfs, § 614.
8. *per ordine*: in ordine gerarchico, secondo lo stato sociale.
9. *asettati*: 'seduti', cfr. *GDLI*, I, 792; Limentani, *Palamedés*, 290; Salvioni, *Appunti*, 431   *parlato*: 'prelato', con
metatesi di *r*, quindi -*ar*- da -*er*- (cfr. *Fiore*, gloss.); *parlati*
185, 8.
11. *terribole*: 'turibolo', forma diffusa nell'ant. tosc e umbro: cfr. Ambrosini, *Testi spellani*, 195; *DEI*, V, 3933; Folena,
Motti, gloss.

13   Or v'ò contato de la bianca festa del capo del-
14   l'anno. Or vi conterò d'una nobilissima cosa ch'à
      fatta lo Grande Kane: egli àe ordinate certe ve-
      stimente a certi baroni che vegnono a questa
      festa. ‖

                        ‹89›

28v.   De' .xij^m. baroni che vegnono a la festa,
              come sono vestiti dal Grande Kane.

1   Or sapiate veramente che 'l Grande Kane à
      .xij^m. baroni, che sono chiamati Que‹s›itan, ciò
2   è a dire ' li più presimani figliuoli del signore '. E-
      gli dona a ciascuno .xiij. robe, ciascuna divisata
      l'una dall'altra di colori, e sono adornate di pie-
      tre e di perle e d'altre ricche cose che sono di
3   grande valuta. Ancora dona a ciascuno uno ric-
      co scaggiale d'oro molto bello, e dona a ciascuno
      calzame‹n›ta di camuto lavorato con fila d'arien-
      to sottilemente, che sono molto begli e ricchi.
4   Egli sono sì adornati che ciascuno pare uno re;
      e a ciascuna di queste feste è ordinata qual vesti-
5   menta si debbia mettere. E così lo Grande Sire
      àe .xiij. robe simele a quelle di quegli baroni,

---

1. *presimani*: ' prossimi ' (incrocio con ' presso ': cfr. Limentani, *Palamedés*, 293; Schiaffini, *Testi*, gloss.; Trolli, *La lingua*,
66), cioè ' privati '; ma l'espressione ha un senso solo se si
avverte che il sost. *figliuoli* è errore per ' fedeli ', cfr. *Nota
al testo*, appar.
3. *camuto*: cfr. *Ind. ragion.*   *scaggiale*: ' cintura di cuoio
con fibbia ', *Tomm.-Bell.*, IV, 633.

cioè di colore, ma elle sono più nobili e di più
valuta.

6   Or v'ò contato de le vestimenta che dona 'l
Signore a li suoi baroni, che sono di tanta valuta
che non si potrebbe contare; e tutto ciò fae lo
Grande Kane per fare la sua festa più orevole e
più bella.

7   Ancora vi dico una grande meraviglia: che uno
grande lione è menato dinanzi dal Grande Sire,
e quando egli vede lo Grande Sire, sì si pone a
giacere dinanzi da lui e fagli segno di grande u-
miltade, e fa sembianza ch'egli lo conosce per signore; e è senza catene e sanza legatura alcuna,
e questo è bene grande meraviglia.

8   Or lasciamo stare queste cose, e conterovi de
la grande caccia che fa fare lo Grande Sire, come
voi udirete.

‹90›

‹Della grande caccia che fa il Gran Cane›.

1   Sapiate di vero sanza mentire che 'l Grande
Sire dimora ne la città del Catai .iij. mesi de
2   l'anno, cioè dicembre, gennaio, febraio. Egli
à ordinato che .xl. giornate d'atorno a lui tutte

6. *orevole*: 'onorevole', cfr. Limentani, *Palamedés*, gloss.;
Trist. Ricc., gloss. (qui *orevolemente* 189, 3).
7. *sì si pone*: ripresa paraipotattica con *sì*.

2. Secondo il testo fr. si tratta di sessanta, e non quaranta,
giornate di distanza (così anche 5).

genti debbano cacciare e uccellare; e àe ordinato
che tutti signori di genti e di terre, tutte grandi
bestie salvatiche – come cinghiari, cervi, cavriuoli, dani e altre bestie – gli siano recate, cioè la
3   magiore partita di quelle grandi bestie. E in
questa maniera cacciano tutte le genti che io v'ò
4   contato. E quelli de le .xxx. giornate li mandano
le bestie, e sono in grande quantità, e càvagli tut-
5   to l'interame dentro. E l'altri de le .xl. giornate
no mandano le carni, ma manda·lle cuoie conce, però che 'l signore ne fae tutto fornimento
da arme e d'osti.
6   Or v'ò divisato de la caccia; divisarovi de le
bestie fere che tien lo Grande Kane.

‹91›

De' leoni e de l'altre bestie da cacciare.

1   Ancora sappiate che 'l Grande Sire à bene leopardi assai, e che tutti sono buoni da cacciare e
2   da prendere bestie. Egli àe ancora grande quan-
29r.   tità di leoni, che tutti ‖ sono afatati a prendere

---

5. *conce*: ' conciate ', part. accorciato, cfr. 22, 15 n.

0. *da cacciare*: ' da caccia ', cfr. Rohlfs, § 713.
2. *leoni*: nel testo fr. si ha ' lupi cervieri ', cioè linci, cfr. *Nota al testo*, appar.   *afatati*: ' addestrati ', francesismo, cfr.
GDLI, I, 193; Guittone, *Rime*, gloss. (così sotto 3, 5)
molti: da riferirsi a *buoni* (avv. di quantità accordato con
l'agg.).

3 bestie e molti sono buoni a cacciare. Egli àe più
leoni grandissimi, magiore assai che quegli di
Babilonia: egli sono di molto bel pelo e di bello
colore, ch'egli sono tutti vergati per lungo, neri
e vermigli e bianchi, e sono affatati a prendere
porci salvatichi e buoi salvatichi e cerbi e ca-
4 vriuoli, orsi e asini salvatichi e altre bestie. E sì
vi dico ch'ell'è molto bella cosa a vedere le bestie salvatiche quando 'l lione le prende; ché,
quando ‹vanno› a la caccia, eglino li portano in
su le carrette inn-una cabbia, e à seco uno picco-
5 lo cane. Egli àe ancora grande abondanza d'aguglie, colle quali si pigliano volpi e lievri e dani e
cavriuoli e·llupi, ma quelle che sono affatate agli
lupi sono molto grandi e di grande podere, ch'e-
gli no è sì grande lupo che gli scampi dinanzi a
quelle aguglie, che non sia preso.
6   Or vi conterò de la grande abondanza de buoni cani ch'àe lo Grande Sire.

---

3. *magiore*: pl. masch. in *-e*, cfr. 88, 6 n.
4. *cabbia*: la forma con la velare sorda è diffusa nel tosc.
provinciale, cfr. Hirsch, *Laut- und Formenlehre*, IX, 562; Pieri, *Fonetica lucch.*, 120; *Fonetica pis.*, 150; Varanini, *Cantari
sen.*, gloss.   *à seco*: impers. ' c'è con lui ' (con ciascun leone).
5. *aguglie*: ' aquile ' (così 171, 10, 11, ecc.).   *lievri*: lepri.

‹Di due baroni che governano la caccia›.

1   Egli è vero che 'l Grande Kane àe due baroni
che sono frategli carnali, che·ll'uno à·nnome
Baian e l'altro Migan: egli sono chiamati tinuci,
ciò è a dire ' quegli che tengono gli cani masti-
2   ni '. Ciascuno di questi frategli àe .x^m. uomini
sotto di sé, e tutti gli .x^m. sono vestiti d'un colore,
e gli altri ‹.x^m.› sono vestiti d'un altro colore, cioè
vermiglio e bioio; e tutte le volte ch'egli vanno
col Grande Sire a·ccacciare, si portano quelle ve-
3   stimenta ch'io v'ò contato. E in questi .x^m. n'àe
bene .ij^m. che ciascuno àe uno grande mastino o
due o più, sì che sono una grande moltitudine.
4   E quando 'l Grande Sire va a la caccia, mena seco l'uno di questi due frategli co .x^m. uomini e
con bene .v^m. cani da l'una parte, e l'altro fra-
5   tello dall'altra coll'altra sua gente e' cani. E' vanno sì lungi l'uno da l'altro che tengono bene una
6   giornata e più. Eglino non truovano niuna be-
7   stia salvatica che non sia presa. Egli è troppo
bella cosa a vedere questa caccia e·lla maniera di
questi cani e di questi cacciatori: che io vi dico
che, quando 'l Grande Signore va con suoi baroni uccellando, vedesi venire atorno di questi
cani cacciando orsi e porci e cerbi e altre bestie

5. *tengono*: ' occupano lo spazio ' percorribile in una giornata e più.
7. *cacciando*: ' che cacciano ', cfr. 31, 3 n.

e d'una parte e dall'altra, sicch'è bella cosa a vedere.

8   Or v'ò contato de la caccia de' cani; or vi conterò come 'l Grande Sire va gli altri .iij. mesi.

⟨93⟩

Come 'l Grande Sire va in caccia.

1   E quando il Grande Sire à dimorato .iij. mesi
nella città che v'ò contato di sopra, cioè dicem-
29v.   bre, gennaio, febraio, ‖ dunque si parte di quivi
del mese di marzo e va verso mezzodie infino al
2   mare Aziano, che v'à .ij. giornate. E mena co lui
almeno .x^m. falconieri, e porta bene .v^c. gerfalchi,
e falconi pellegrini e falconi sagri in grande a-
bondanza; ancora porta grande quantità d'astori
3   per uccellare i·riviere. E non crediate che tutti
li tenga insieme, ma·ll'uno istà quae e l'altro
làe, a .c. e a .cc. e a più e a meno; e questi uccel-
lano, e la magiore parte ⟨ch'egli prendono⟩ dan-
4   no al signore. E sì vi dico, quando lo Grande Sire vae a uccellare con suoi falconi e gli altri uce-
gli, egli à bene .x^m. uomini, che sono ordinati a
.ij. a .ij. e si chiamano tostaor, che viene a dire
in nostra lingua 'uomo che dimora a guardia'.
5   E questo si fa a .ij. a .ij., acciò che tengano molta

8. *va*: 'vive', cioè il modo di vivere.

4. *dico... egli à*: omissione di *che* dichiar.

terra; e ciascuno àe lunga e [c]appello e stor-
6 mento da chiamare gli uccegli e tenergli. E quando 'l Grande Kane fa gittare alcuno uccello, e'
no bisogna che quel che 'l getta li vada dirieto,
perciò che quegli uomini ch'io v'ò contato di sopra, che stanno a .ij. a .ij., gli guarda bene, che
non puote andare i·niuna parte che no sia preso.
7 E se a l'uccello fae bisogno socorso, egli gliel
danno incontanente.

8 E tutti gli uccegli del Grande Sire e degli altri
baroni ànno una piccola tavola d'ariento al piede, ov'è scritto lo nome di colui de cui egli è
9 l'uccello. E per questo è conosciuto di cui egli
è, com'è preso, e è renduto a cui egli è; e s'egli
non sa di cui e' si sia, sì 'l porta ad un barone
ch'à nome bulargugi, ciò è a dire 'guardiano
10 delle cose che si truovano'. E quegli che 'l piglia, se tosto nol porta a questo barone, è tenuto
ladrone; e così si fa d'i cavagli o d'ogne cosa
11 che·ssi truova. E quello barone sì·lle fa guardare
tanto che·ssi truova di cui egli èe; e ogni uomo
ch'à perduto alcuna cosa, incontanente ricorre a
12 questo barone. E questo barone stae tuttavia nel
più alto luogo de l'oste con suo gonfolone perché
ogni uomo lo veggia, sì che chi à perduto, si

---

5. *lunga e cappello*: la striscia di cuoio che li tiene legati e
il cappuccio che impedisce loro di vedere fino al momento in
cui sono liberati per la caccia.
10. *ladrone*: 'ladro', francesismo.
12. *gonfolone*: per il passaggio a *o* davanti a *l* in questa parola, cfr. Trolli, *La lingua*, 61.

se ne ramenta allotta quando 'l vede; e così no vi si perde quasi nulla.

13   E quando 'l Grande Sire vae per questa via verso il mare Aziano, che io v'ò contato, egli puote vedere molte belle viste di vedere prendere bestie e uccegli; e non à solazzo al mondo

14 che questo vaglia. E 'l Grande Sire va tuttavia su .iiij. leofanti, ov'egli àe una molta bella ca-

30r.   mera di legno, la quale ‖ è dentro coverta di drappi ad oro battuto, e di fuori è coperta di cuoia di

15 leoni. Lo Grande Sire tiene quiv'entro tuttavia .xij. gerfalchi de' migliori ch'egli abbia; e quivi dimora più baroni a suo solazzo e compagnia.

16 E quando 'l Grande Sire vae in questa gabbia, e gli cavalieri che cavalcano presso a questa camera dicono al signore: « Sire, grue passano », e egli fa scoprire la camera, e prende di quegli gerfalchi e lasciagli andare a quelle grue; e poche

17 gliene campa che non siano prese. E tuttavia dimorando 'l Grande Sire in sul letto, e ciò gli è bene grande sollazzo e diletto; e tutti gli altri ca-

18 valieri cavalcano atorno al signore. E sappiate che nonn-è niuno signore nel mondo che tanto solazzo potesse avere in questo mondo, né che avesse il podere d'averlo, né fue né mai sarà, per quel ch'i' credo.

---

13. *viste di vedere*: scene (di caccia).

16. *e egli fa scoprire*: ripresa paraipotattica con *e* dopo secondaria temporale.

17. *tuttavia dimorando*: 'continuando a restare'; per il gerundio assoluto, bene in carattere qui con il contesto descrittivo-enumerativo, cfr. Ageno, *Il verbo*, 499 sgg., Dardano, *Lingua e tecnica*, 215. Cfr. anche sotto 38.

19   E quando egli è tanto andato ch'egli è venuto
a u·luogo ch'è chiamato Tarcar Mondun, quivi
fae tendere suoi padiglioni e tende – e de suoi
figliuoli e de suoi baroni e de sue amiche, ch[e]
20   sono più di .x^m. – molto begli e ricchi. E divi-
21   sarovi com'è fatto il suo padiglione. La sua
tenda ov'egli tiene sua corte è sì grande, che
bene vi stae sotto mille cavalieri; e questa tenda
àe la porta di verso mezzodie, e in questa sala
22   dimorano li baroni e altra gente. Un'altra tenda è che si tiene con questa, e è verso ponente, e
in questa dimora lo signore; e quando egli vuole
23   parlare ad alcuno, egli lo fae andare là entro. E
dirietro da l‹a› grande sala è una camera ove
dorme 'l signore; ancora v'àe altre tende, ma elle
24   non si tengono co la grande tenda. Ché vo' che
voi sapiate che le .ij. sale ch'io v'ò contato e la
25   camera, sono fatte com'io vi conterò. Ciascuna
sala àe .iiij. colonne di legno di spezie molto
belle: di fuori sono coperte di cuoia di leoni,
sicché acqua non vi passa né altra cosa dallato;
dentro sono tutte di [p]elle d'armine e di gerbellini, e sono quelle pegli che sono più belle e più
ricche e di magiore valuta che pelle che sia.

26   Ma bene è vero che·lla pelle del gerbellino,
tanta quanta sarebbe una pelle d'uomo, fina, varebbe bene .ij^m. bisanti d'oro, se fosse comunale,

---

25. *d'armine e di gerbellini*: 'di ermellini e di zibellini'; per
la prima forma, variante di *ermine*, cfr. 69, 9 n.; per *gerbellini* (*-o* sotto 26), cfr. *GDLI*, VI, 773.
26. *sarebbe*: 'ne occorrerebbe'   *comunale*: 'di tipo comune'

varebbe bene .m.; e chiàmalle li Tartari le roi de
3ov. 27 || pelame, e sono de la grandezza d'una faina. E di
queste .ij. pegli sono lavor‹a›te ad intagli la sala
grande del signore, e sono intagliate sottilemen-
te, ch'è una maraviglia a vedere; e la camera ove
'l signore dorme, ch'è allato a queste sale, è né
28   più né meno fatta. Elle costano tanto, queste
.iij. tende, che uno piccol[o] re no·lle potrebbe
pagare.

29   E allato queste sono altre tende molto bene
ordinate; e l'amiche del signore ànno altressì
30   molto ricche tende e padiglioni. E gli uccegli
tutti ànno molte tende, e' falconi; e le più belle
ànno gli gerfalchi; e anco le bestie ànno tende
31   ‹'n› grande quantità. E sappiate che quivi àe in
questo campo tanta gente ch'è maraviglia a credere, che pare la magiore città ch'egli abbia, però che da la lunga v'è venuta molta gente; e tien-
vi sua famiglia tutta così ordinata di falconieri
e d'altri uficiali, come se fosse nella sua mastra
32   villa. E sappiate ch'egli dimora in questo luogo
33   infino a la Pasqua di Risoresso. E in tutto questo

---

chiàmalle: ' chiamanle ', con assimil. (pl. che si riferisce al
sing. pelle del gerbellino, e che trova corrispondenza nel testo
fr.)   le roi de pelame: ' il re delle pelli ', altro segmento di
fr. passato nella traduzione tosc. (e non soltanto: anche in
quella veneta), molto probabilmente in questo caso senza essere
capito, a giudicare da trascrizioni come leroide pelame, la più
frequente.
31. ch'egli abbia: ' che ci sia ', impers.   Risoresso: ' Risurre-
zione ', dal nomin. lat., forma comune in ant. tosc., cfr. Castellani, Nuovi testi, gloss.; Giamboni, Il libro, 36 n. con bibliogr.; Schiaffini, Testi, gloss.

tempo non fa altro che uccellare a la riviera a
grue e a césini e a altri ucelli; e ancora tutti gli
altri che stanno apresso a lui gli recano dalla
34 lunga uccellagioni e cacciagioni assai. Egli dimora in questo tempo a tanto sollazzo che non è
uomo che 'l potesse credere, perciò ch' egli è più
suo affare e·ssuo diletto ch'io non v'ò contato.

35   E·ssì vi dico che niuno mercatante né niuno
artefice né villano non può tenere né falcone né
cane da cacciare presso ove 'l signore dimora a
.xxx. giornate presso lì; da questo infuori, ogni
36 uomo di questo puote fare a·ssuo senno. Ancora sappiate che in tutte le parti ove 'l Grande
Sire à segnoria, niuno re né barone né alcuno
altro uomo non può prendere né cacciare né·llie-
vre né dani né cavriuoli né cervi né de niuna bestia che multiplichi, dal mese di marzo infino a
l'ottobre; e chi contra facesse, ne sarebbe bene
37 pulito. E sì vi dico ch'egli è sì ubidito, che le lievri e i dani e' cavriuoli e l'altre bestie ch'io v'ò
contato, vegnono più volte fino all'uomo, e no·lle
tocca né no·lle fa male.

38   In cotal modo dimora lo Grande Sire in questo
luogo infino a la Pasqua di Risoresso; poscia si
parte di questo luogo e tornasine per questa medesima via a la città di Coblau, tuttavia cacciando e ucellando a grande sollazzo e a grande gioia.

---

33. *césini*: ' cigni ', forma con fonetica settentrion., cfr. Caix,
Le origini, 148; Mengaldo, *La lingua*, 50 con bibliogr.
35. Le giornate sono venti, non trenta, nel testo fr.
36. *de niuna bestia*: costruz. partitiva   *che multiplichi*: in
riproduzione   *pulito*: ' punito ', cfr. Schiaffini, *Testi*, gloss.
37. *tocca... fa male*: sogg. è ' l'uomo '.

Come 'l Grande Kane tiene sua corte e festa.

1   E quando egli è venuto a la sua mastra villa di Cabalu, egli dimora nello suo mastro pala-
2   gio .iij. die e non più. Egli tiene grande corte e grandi tavole e grande festa, e mena grande al-
3   legrezza con queste sue femine. E è grande meraviglia a vedere la grande solenità che fa il Gran-
31r.   de Sire ‖ in questi tre die.
4   E sì vi dico che in questa città àe tanta abondanza di masnade e di genti, tra dentro e di fuori della villa, ché sapiate ch'egli àe tanti borghi co-
5   me sono le porti, cioè .xij. molto grandi. E no è uomo che potesse contare lo novero della gente, ch'assai à più gente negli borghi che ne
6   la città. E in questi borghi albergano i mercatanti e ogni altra gente che vegnono per loro bisogno a la terra; e nel borgo àe altressì begli
7   palagi come ne la città. E sappiate che ne la città non si sotterra neuno uomo che muoia, anzi si vanno a soterare fuori degli borghi; e s'egli adora gl'idoli, sì va fuori degli borghi ad ardersi.
8   E ancora vi dico che dentro a la terra non osa istare niuna mala femina di suo corpo che fa male per danari, ma stanno tutte negli borghi.
9   E sì vi dico che femine che fallano per danari ve n'à ben .xx^m., e sì vi dico che tutte vi bisognano per la grande abondanza de' mercatanti e de' fo-
10   restieri che vi capitano tutto die. [A]dunque po-

9. *fallano per danari*: si prostituiscono   *tutto die*: ' continuamente ', francesismo (così 151, 8).

tete vedere se in Cabrau à grande abondanza di
genti, da che male femine v'‹à› cotante com'io
v'ò contato.

11   E sappiate per vero che in Canbalu viene le
più care cose e di magiore valuta che 'n terra del
mondo; e ciò sono tutte le care cose che vegnon
d'India – come sono pietre preziose e perle e tutte
altre care cose – ‹che› sono recate a questa villa;
‹e› ancora tutte le care cose e le belle che sono
12   recate del Catai e di tutte altre province. E questo è per lo signore che vi dimora e per le donne
e per gli baroni e per la molta gente che vi di-
13   mora, per la corte che vi tiene lo signore. E più
mercatantie vi si vendono e vi si comperano;
ché voglio che sappiate che ogni die vi viene in
quella terra più di .m. carette caricate di seta,
perché vi si lavora molti drappi e ad oro ed a
14   seta. E anche a questa città d'intorno intorno
bene .cc. miglie vegnono per comperare a questa
terra quello che bisogna, sicché non è maraviglia
se·ttanta mercatantia vi viene.

15   Or vi diviserò del fatto della seque e della moneta che·ssi fa in questa città di Canbalu; e io
vi mosterò come lo Grande Kane puote più
16   spendere e più fare ch'io non v'ò contato. E dirovi in questo libro come.

---

10. *Cabrau*: si può forse vedere anche in questa forma il tratto fonetico tosc. del passaggio ad r di l postconsonantica
(cfr. 63, 6 n.), quindi un fenomeno di ambientazione linguistica.
13. *terra*: 'città', così sotto 14.
15. *seque*: 'zecca'; il termine, alla sua prima ricorrenza, è
conservato nella forma fr., successivamente viene tradotto con
'tavola', cfr. 95, 1, 11.

95

De la moneta del Grande Ka[ne].

1   Egli è vero che in questa città di Canbalu è·lla tavola del Grande Sire; e è ordinato in tal maniera che l'uomo puote ben dire che 'l Grande Sire àe l'archimia perfettamente; e mosterovilo incontanente.

2   Or sappiate ch'egli fa fare una cotal moneta

3   com'io vi dirò. Egli fa prendere scorza d'un àlbore ch'à nome gelso – èe l'àlbore le cui foglie mangiano li vermi che fanno la seta –, e cogliono la buccia sottile che è tra la buccia grossa e·le-

31v.   gno ‖ dentro, e di quella buccia fa fare carte come

4   di bambagia; e sono tutte nere. Quando queste carte sono fatte così, egli ne fa de le piccole, che vagliono una medaglia di tornesegli picculi, e·l-l'altra vale uno tornesello, e l'altra vale un grosso d'argento da Vinegia, e l'altra u·mezzo, e·l-l'altra .ij. grossi, e·ll'altra .v., e l'altra .x., e l'altra un bisante d'oro, e l'altra .ij., e l'altra .iij.; e così

---

1. *àe l'archimia*: 'possiede i segreti dell'alchimia', detto ironicamente, avendo trovato il modo di fabbricare l'oro; per *archimia* (con *r* da *l* precons., cfr. 70, 7 n.), cfr. Pulci, *Morgante*, XVI, vv. 7, 89.
3. *la buccia sottile*: lo strato interno detto 'libro'.
4. *medaglia*: da intendere 'metà', secondo la correzione operata dal Benedetto nel testo di F, cfr. *Nota al testo*, appar. *tornesegli picculi*: sill. finale palatilizzata nel sost. (cfr. 3, 7 n.); *u* in postonia davanti a *l* nell'agg. (il tratto è qui isolato), particolarità dell'ant. pis., secondo il Castellani, *Miliadusso*, II, 137; *Pis. e lucch.*, 106-109; cfr. inoltre Baldelli, *Volgarizzamento pis.*, 80; Crespo, *Una versione pis.*, 33-34 con bibliogr. Per questa moneta si veda l'*Ind. ragion.*

5 va infino .x. bisanti. E tutte queste carte sono sugellate del sugello del Grande Sire, e ànne fatte fare tante che tutto 'l tesoro ‹del mondo› n'ap-
6 pagherebbe. E quando queste carte sono fatte, egli ne fa fare tutti li pagamenti e spendere per tutte le province e regni e terre ov'egli à segnoria; e nesuno gli osa refiutare, a pena della vita.
7 E sì vi dico che tutte le genti e regioni che sono sotto sua segnoria si pagano di questa moneta d'ogne mercatantia di perle, d'oro, d'ariento, di pietre preziose e generalemente d'ogni altra co-
8 sa. E sì vi dico che la carta che·ssi mette ‹per› diece bisanti, no ne pesa uno; e sì vi dico che più volte li mercatanti la cambiano questa moneta a
9 perle e ad oro e a altre cose care. E molte volte è regato al Grande Sire per li mercatanti che vale .cccc^m. bisanti, e 'l Grande Sire fa tutto pagare di quelle carte, e li mercatanti le pigliano volontieri, perché le spe‹n›dono per tutto il paese.

5. *n'appagherebbe*: ' ne potrebbe acquistare '.
7. *si pagano... d'ogni altra cosa*: con questa moneta si effettuano pagamenti per ogni genere di merce   *generalemente*: per la mancanza di sincope della postonica negli avv. derivati da agg. in -*le*, fenomeno qui pressoché costante, cfr. l'ampio panorama di A. Castellani, *Una particolarità dell'antico italiano: igualmente-similemente*, in « SLI », I (1960), 85-108; inoltre Serianni, *Dialetto aret.*, 121.
8. *mette per*: ' paga ',   *diece*: è la forma più antica di questo numerale, cfr. Castellani, *Nuovi testi*, 131-34; *Testi sangim.*, 132; Rohlfs, § 142 (qui anche 97, 12; 153, 7).
9. *regato*: notevole la sonorizzazione di -*c*- intervocalica in questa parola (*regare* e forme relative sono caratteristiche del lucchese, secondo Castellani, *Pis. e lucch.*, 114-115), cfr. anche 22, 16 n.   *per li*: ' dai '   *che vale*: ' merci per il valore di '.

10   E molte volte fa bandire lo Gra‹nde› Kane
che ogni uomo ch'àe oro o ariento o perle o
priete preziose o alcuna altra cara cosa, incontanente l'abbi a porta[r]e a la tavala del Grande
Sire, e egli le fa pagare di queste carte; e tanta
gliene viene di questa mercatantia che è uno
miracolo.

11   E quando ad alcuno si rompe e guastasi alcuna
di queste carte e egli vae a la tavola del Grande
Sire, incontanente gliele cambia e ‹ègli› data

12 bella e nuova, ma·ssì gliene lascia .iij. per .c. Ancora sappiate che, se alcuno vuole fare vasella-
mento d'ariento o cinture ‹o altro ornamento›, e
egli vae a la tavola del Grande Sire, dell'ariento
del Grande Sire gliene dà tanto quanto vuole

13 per queste carte, secondo che si spendono. E questo è la ragione perché 'l Grande Sire dé avere
più oro e più ariento che niuno signore del mondo; e sì vi dico che tra tutti li signori del mondo
non ànno tanta ricchezza com'à 'l Grande Kane
solo.

14   Or ò contato della moneta de le carte; or vi
conterò de la segnoria de la città di Canbalu.

---

10. *abbi*: 3ᵃ pers. pres. cong., cfr. Rohlfs, § 355 e 357   *tavala*: per questa forma cfr. 8, 0 n.
12. *che si spendono*: ' quante nc spendono '; il cambio della
carta moneta viene eseguito nel testo fr. da un ' signore della
zecca ' che il traduttore identifica con il Gran Cane medesimo.
Cfr. *appar.*

De li .xij. baroni che sono sopra tutte le cose
del Grande Kane.

1   Or sapiate veramente che 'l Grande Sire à .xij.
baroni grandissimi co·llui, e quegli sono sopra
tutte quelle cose ch'abisognano a .xxxiiij. province; e dirovi loro maniere e·lloro ordinamenti.

32r. 2   E prima vi dico che ‖ questi .xij. baroni istanno
in uno palagio dentro a Canbalu; e è molto bel-
lo e grande, e àe molte sale e molte magioni e
3   camere. E ciascuna provincia àe uno proccuratore e molti iscrittori in quello palagio, e ciascuno
4   in suo palagio per sé. E questi pruccuratori e
questi iscrivani fanno tutte quelle cose che bisognano a quella provincia a cui elli sono diputati;
e questo fanno per lo comandamento de' .xij.
baroni.

5   E sì vi dico che questi .xij. baroni ànno cotale
segnoria com'io vi dirò, ch'egli aleggano tutti li
signori di quelle province ch'io v'ò detto di so-
6   pra. E quando egli ànno chiamato quegli che gli
paiono gli migliori, egli lo dicono al Grande Sire, e egli gli conferma e falli ‹dare› cotale tavola
7   d'oro, come a sua segnoria si conviene. Ancora
questi .xij. baroni fanno andar[e] l'oste ove si con-

0. *sono sopra*: 'sovrintendono a'.
3. *proccuratore*: 'giudice'; qui sotto 4 *pruccuratori*, cfr. Castellani, *Nuovi testi*, gloss.; *Testi sangim.*, gloss.   *iscrittori*:
'scrivani'.
5. *aleggano*: 'eleggono', forma diffusa con «falso prefisso
a-», Giamboni, *Il libro*, 119 n.; Giordano da Pisa, *Quaresimale*, gloss.

viene, e come, e de la quantità, e d'ogni cosa, se-
8 condo la volontà del signore. E come io vi dico di
queste due cose, così vi dico di tutte quelle che
bisognano a queste province.

9   E questa si chiama la corte magiore che sia
ne la corte del Grande Sire, però ch'egli ànno
grande podere di fare bene a·ccui egli vogliono.

10   Le province non vi conto per nome, però ch'io
le vi conterò per ordine in questo libro; e conterovi come il Grande Sire manda messaggi, e
come ànno li cavagli apparecchiati.

‹97›

Come di Canbalu si part[e] molti mesaggi
per andare i·molte parti.

1   Or sapiate per veritade che di questa cittade si
parte molti messaggi, li quali vanno per molte
province: l'uno vae ad una, l'altro vae a un'altra, e così di tutti, ché a·ttutti è divisato ov'egli
2 debbia andare. E sappiate che quando si parte di
Cabalu questi messaggi, per tutte le vie ov'e-
gli vanno, di capo de le .xxv. miglie egli truovano una posta, ove in ciascuna àe uno grandissimo

9. *la corte magiore*: il consiglio supremo.
10. *le vi*: l'ordine accus.-dat. dei pronomi atoni è quello più
antico, cfr. Castellani, *Nuovi testi*, 79-105; Giamboni, *Il libro*, 8 n.

0. *mesaggi*: nel testo fr. si parla di 'vie', qui come nel primo periodo del cap., cfr. *Nota al testo*, appar.
1. *divisato*: 'spiegato'.

palagio e bello, ove albergano li messaggi del
3 Grande Sire. E v'è uno letto coperto di drappo
di seta, e àe tutto quello ch'a messaggio si conviene; e s'uno re vi capitasse, sarebbe bene alber-
4 gato. E sappiate che a queste poste truovano li
messaggi del Grande Sire bene .iiij^c. cavagli, che
'l Grande Sire àe ordinato che tuttavia dimorino
quie e siano aparecchiato per li messaggi, quando
egli vanno in alcuna parte.

5 E sappiate che ogne capo di .xxv. miglie sono
queste poste ch'io v'ò contato; e questo è ne le
vie mastre che vanno a le province ch'io v'ò con-
6 tato di sopra. E ciascuna di queste poste àe ap-
parecchiato bene da .iij^c. a iiij^c. cavagli per li
7 messaggi al loro comandamento. Ancora v'à co-
sì begli palagi com'io v'ò contato di sopra, ove
albergano li messaggi, così riccamente com'io
8 v'ò contato di sopra. E per questa maniera si va
9 per tutte le province del Grande Sire. E quando
li messaggi vanno per alcuno luogo disabitato,
lo Grande Kane à fatto fare queste poste più a la
lungi, a .xxxv. miglie o a .xl.

10 E in questa maniera vanno li mesaggi del Grande Sire per tutte le province, e ànno albergarie
32v. ‖ e cavagli aparecchiati, come voi avete udito, a
11 ogne giornata. E questa è la magiore grandezza
ch'avesse mai niuno imperadore, né avere potesse
niuno altro uomo terreno; ché·ssappiate vera-
mente che più ⟨di⟩ .cc^m. di cavagli stanno a queste

---

4. *tuttavia dimorino*: ' restino sempre a disposizione ' *aparecchiato*: part. pass. invar., cfr. 17, 1 n. 9. *a la lungi*: ad
una distanza maggiore. 10. *giornata*: ' tappa '.

12 poste pur per questi messaggi. Ancora li palagi
sono più di diecemilia, che·ssono così forniti di
ricchi arnesi com'io v'ò contato; e questo è cosa
sì maravigliosa e di sì grande valore che non si
potrebbe iscrivere né contare.

13   Ancora vi dirò un'altra bella cosa: egli è vero che tra l'una posta e·ll'altra sono ordinate
ogne .iij. miglia una villa, ov'à bene .xl. case
d'uomini a piede, che fanno a‹n›cora questi

14 messaggerie del Grande Sire. E dirovi com'egli
portano una grande cintura tutta piena di sonagli atorno atorno, che·ss'odono bene da la lun-

15 ga. E questi mesaggi vanno al grande galoppo, e

16 non vanno se no .iij. miglie. E gli altri che dimorano in capo de le .iij. miglie, quando odono
questi sonagli, che·ss'odono bene da la lunga
– e egli istanno tuttavia aparechiati – corre in-
contr'a colui, e pigliano questa cosa che colui
porta, e una piccola carta che·lli dona quello
messaggio; e mett[e]si correndo e vae infino a le
.iij. miglie, e fae così com'àe fatto questo altro.

17 E sì vi dico che 'l Grande Sire àe novelle per
uomini a piedi in uno die e in una notte bene

11. *pur*: ' esclusivamente '.
12. *diecemilia*: *milia* è latinismo largamente usato in ant. tosc.,
cfr. Castellani, *Nuovi testi*, 136-38; Rohlfs, § 976.
13. *questi*: pl. femm. in *-i*, cfr. 22, 7 n.
16. Il periodo è caratterizzato dall'alternanza di forme
verbali sing. e pl. probabilmente a causa di un errore iniziale, la traduzione (in sé corretta, a prescindere dal peculiare contesto di F) di *les autres* F con *gli altri*, sogg. mentre si
tratta di « l'altro » sing.; comprensibile poi, davanti ai verbi al
sing. del testo fr. in un periodo particolarmente protratto, la
mancanza di tenuta del pl.

di .x. giornate a la lu‹n›ga, e 'n due die e 'n due
notti bene di .xx. giornate; e così in .x. die e 'n
18 .x. notte avrà novelle bene di .c. giornate. E·ssì
vi dico che questi cotali uomini talvolta recano
al signore fatti di .x. giornate in uno die; e 'l
Grande Sire da questi cotali uomini non prende
niuno trebuto, ma fagli donare d'i cavagli e de
le cose che sono nelli palagi di quelle poste ch'io
19 v'ò contato. E questo no costa nulla al Grande
Sire, perché le città che sono atorno a quelle poste vi pongo·li cavagli e fannogli questi arnesi,
sicché le poste sono fornite per li vicini, e 'l Grande Sire non vi mette nulla, salvo che le prime
poste.

20   E·ssì vi dico che, quando gli bisogna che messaggio di cavallo vada tostamente per contare al
Grande Sire novelle d'alcuna terra ribellata, [o]
d'alcuno barone o d'alcuna cosa che sia bisogne-
vole al Grande Sire, egli cavalca bene .ij.ᶜ. miglie
inn-uno die, overo .ii.ᶜl.; e mosterovi ragione co-
21 me. Quando li messi vogliono andare così tosto
e tante miglie, egli à la tavola del gerfalco, in si-
22 gnificanza ch'egli vuole andare tosto. Se egli sono .ij., egli si muovono del luogo ov'egli sono
33ʳ.   su due buoni ‖ cavagli, freschi e correnti; egli

18. *fatti*: 'frutti' nel testo fr., cfr. *Nota al testo*, appar.
19. *pongo·li*: 'pongonli' con assimil. tra liquide contigue,
ma potrebbe trattarsi anche di *pongo* 6ª pers., cfr. 19, 6 n.
20. *messaggio di cavallo*: corriere a cavallo.
21. *li messi vogliono... egli à*: il subitaneo trapasso al
sing. è anche del testo fr.; altro caso analogo in 23 con
prende sing. in contesto pl., ma qui non si ha corrispondenza
con F che ha le forme verbali coerentemente al pl.

s'imbendano la testa e 'l c[or]po, e·ssì si mettono
a la grande corsa, tanto ch'egli sono venuti a l'altra posta di .xxv. miglie; quivi prende due cavagli
buoni e freschi e montanvi su, e no ristanno fino
23   all'altra posta, e così vanno tutto die. E così vanno in un die bene .ccl. miglie per recare novelle
al Grande Sire, e, quando bisognano, bene .ccc.
24   Or lasciamo di questi messaggi, e conterovi
d'una grande bontà che·ffa il Grande Sire a·ssua
gente due volte l'anno.

‹98›

Come 'l Grande Kane [aiuta] sua gente
quando ‹è› pistolenza di biade.

1   Or sappiate ancora per verità che 'l Grande
Sire manda messaggi per tutte sue province per
sapere di suoi uomini, s'egli ànno danno di loro
biade, o per difalta di tempo o di grilli, o per al-
2   tra pistolenza. E s'egli truova che alcuna sua gente
abbia questo danaggio, egli no gli fa·ttòrre trebuto ch'egli debbono dare, ma falli donare di sua
biada, acciò ch'abbiano che seminare e che man-
3   giare. E questo è grande fatto d'un signore a
farlo.

1. *difalta di tempo o di grilli*: ‘per colpa del maltempo o
delle cavallette’ (*difalta* è francesismo tra i più diffusi in ant.
tosc., cfr. Bezzola, *Gallicismi*, 246 n.; Limentani, *Palamedés*,
290; Parodi, *Lingua e letter.*, 535); qui 164, 6   *pistolenza*:
pestilenza, calamità.
2. *danaggio*: ‘danno’, francesismo.

4-5   E questo fa la state. Lo verno fa cercare se ad
alcuna gente muore sue besti', e fae lo somiglian-
6   te. Così sostiene lo Grande Sire sua gente.
7   Lasciaremo questa maniera, e dirovi d'un'altra.

‹99›

‹Degli àlbori›.

1   Or sappiate per vero che 'l Grande Sire à ordinato per tutte le mastre vie che sono nelli suoi
regni, che vi siano piantati gli àlbori lungi l'uno
2   dall'altro, su per la ripa della via, due passi. E
questo [a]cciò che li mercatanti e' messaggi o altra gente no possa fallare la via, quando vanno
per cammino o per luoghi diserti; e questi àlbori sono tamanti, che bene si possono vedere da
la lunga.
3   Or v'ò contato delle vie; or vi conterò d'altro.

‹100›

Del vino.

1   Ancora sappiate che la magiore parte del Ca-
2   tai beono uno cotale vino com'io vi conterò. Egli

5. *cercare*: ' indagare '.

2. *tamanti*: tanto grandi.

1. *del Catai*: degli abitanti del Catai

fanno una posgione di riso e co molte altre buone spezie, e cóncialla in tale maniera ch'egli è
3 meglio da bere che nullo altro vino. Egli è chiaro e bello, e inebria più tosto ch'altro vino, perciò ch'è molto caldo.
4 Or lasciamo di questo, e conterovi de le priete ch'ardono come bucce.

⟨101⟩

De le pietre ch'ardono.

1 Egli è vero che per tutta la provincia del Catai àe una maniera di pietre nere, che·ssi cavano de le montagne come vena, che ardono come bucce, e tegnono più lo fuoco che·nno fanno le legna.
2 E mettendole la sera nel fuoco, se elle s'aprendo-
3 no bene, tutta notte mantegnono lo fuoco. E per tutta la contrada del Catai no ardono altro; bene ànno legne, ma queste pietre costan meno, e sono grande risparmio di legna.
4 Or vi dirò come il Grande Sire fa, acciò che le biade non siano troppe care. ‖

2. *posgione* (con grafia -*sg*-, qui sporadica per la spirante pre-palatale sonora, cfr. Rohlfs, § 286; Avalle, *Sintassi e prosodia*, 7): 'pozione'.
4. *bucce*: 'scorze d'albero'.

33v.   Come 'l Grande Kane fa ri[porre] la biada
          ‹per› soccorere sua gente.

1   Sappiate che 'l Grande Kane, quando è gran-
     de abondanza di biada, egli ne fa fare molte ca-
     nove d'ogne biade, come di grano, miglio, pani-
     co, orzo e riso, e falle sì governare, che non si
     guastano; poscia, quando è il grande caro, sì 'l
2   fa trarre fuori. E tiello talvolta .iij. o .iiij. anni, e
     fal dare per lo terzo o per lo quarto di quello
3   che·ssi vende comunemente. E in questa manie-
     ra non vi può essere grande caro; e questo fa
     fare per ogni terra ov'egli àe signoria.
4   Or lasciamo di questa matera; e dirovi della
     carità che·ffa 'l Grande Cane.

De la carità del Signore.

1   Or vi conterò come 'l Grande Signore fa carità
2   a li poveri che stanno in Canbalu. A tutte le fa-
     miglie povere de la città, che sono in famiglia
     .vj. o .viij., o più o meno, che·nno ànno che man-
     giare, egli li fa dare grano e altra biada; e que-
     sto fa fare a grandissima quantità di famiglie.

---

1. *canove*: 'depositi'   *governare*: 'conservare'   *caro*: carestia (cfr. 46, 12).

3 Ancor non è vietato lo pane del Signore a niuno
che voglia andare per esso; e·ssappiate che ve ne
va ogne die più di .xxx^m.; e questo fa fare tutto
4 l'anno. E questo è grande bontà di signori, e
per questo è adorato come idio dal popolo.
5   Or lasciamo de la città di Canbalu, e enterremo nel Catai per contare di grandi cose che vi
sono.

‹104›

De la provincia del Catai.

1   Or sappiate che 'l Grande Kane mandò per
2 ambasciadore messer Marco verso ponente. E'
part[i]ssi di Canbalu, e andòe bene .iiij. mesi
verso ponente; però vi conterò tutto quello ch'e-
gli vide in quella via andando e tornando.
3   Qua‹ndo› l'uomo si parte di Cabalu, presso lì
a .x. miglie, si truova un fiume, il quale si chiama
Pulinzaghiz, lo quale fiume va infino al mare
Ozeano; e quinci passa molti mercata‹n›ti co
4 molta mercatantia. E su questo fiume àe uno
5 molto bello ponte di pietre. E·ssì vi dico che al
mondo nonn-à un così fatto, perch'egli è·llungo
bene .ccc. passi e·llargo otto, che vi puote bene
andare .x. cavalieri l'uno allato all'altro; e v'à
.xxxiiij. archi e .xxxiiij. morelle nell'acqua; e è

---

4. *signori*: sing. in -*i*, cfr. 59, 10.
5. *enterremo*: 'entreremo', con metatesi di *r*.

5. *morelle*: 'pilastri di pietra' (cfr. Castellani, *Testi sangim.*,

tutto di m[a]rmore e di colonne, così fatte com'io
6 vi dirò. Egli è fitto dal capo del ponte una colonna di marmore, e sotto la colonna àe uno
leone di marmore, e di sopra un altro, molto
7 belli e grandi e ben fatti. E lungi a questa colonna un passo, n'à un'altra né più né meno
fatta, con due leoni; e dall'una colonna a l'altra
è chiuso di tavole di marmore, perciò che neuno
8 potesse cadere nell'acqua. E così va di lungo
i·lungo per tutto il ponte, sicch'è la più bella
cosa a vedere del mondo.

9   Detto del ponte, sì vi conteremo di nuove cose.

‹105›

De la grande città del Giogui.

1   E quando l'uomo si parte da questo ponte,
l'uomo vae .xxx. miglie per ponente, tuttavia
trovando belle case, begli alberghi, àlbori, vi-
2 gne. E quivi truova una città ch'à nome Giogui,
3 grande e bella; quivi àe molte badie d'idoli. Egli
vivono di mercatantia e d'arti; quivi si lavora
4 drappi di seta e d'oro e bello zendado. Quivi àe
begli alberghi.
5   Quando l'uomo à passato questa villa uno miglio, l'uomo truova due vie, l'una vae verso po-
6 nente e·ll'altra verso sirocco. Quella di verso po-

gloss.); il loro numero, come quello degli archi, è ventiquattro, e non trentaquattro, nel testo fr., cfr. *Nota al testo*, appar.
6. *Egli è fitto... una colonna*: costruz. impers. svincolata da
concordanza.

34r.   nente ‖ è del Catai, e·ll'altra dallo sirocco vae ver-
7   so 'l mare a la grande provincia deu Mangi. E
sappiate veramente che l'uomo cavalca per ponente per la provincia del Catai bene .x. giornate, tuttavia trovando belle cittadi e belle castella
di mercatantie e d'arti, e belle vigne e àlbori assai, e gente dimestica.
8   Quivi nonn-à altro a ricordare; però ci partiremo di quie, ed anderemo ad uno reame chiamato Taiamfu.

‹106›

‹Del reame di Taiamfu›.

1   E quando l'uomo si parte di questa città di Giogui, cavalcando .x. giornate truova uno reame
2   ch'è chiamat[o] Taiamfu. E di capo di questa
provincia, ove noi siamo venuti, è una città ch'à
nome Tinanfu, ove si fa mercatantia ed arti
assai; e quivi si fae molti fornimenti che biso-
3   gna agli osti del Grande Sire. Quivi àe molto vino, e per tutta la provincia del Catai non à vino se·nno in questa città; e questa ne fornisce
4   tutte le province d'atorno. Quivi si fae molta seta, però ch'ànno molti gelsi e molti vermi che la
fanno.

6. *dallo sirocco*: ' nella direzione di scirocco '   *deu Mangi*:
' del Mangi '; la prepos. artic. fr. resta nella traduzione tosc.
(così come *au Mangi* 131, 4) per incapacità di comprensione
e quindi di segmentazione del testo da parte dello stesso traduttore (cfr. 55, 3 n.). Qui 133, 5; 134, 12; 135, 1, ecc.

5   E quando l'uomo si parte di Tinanfu, l'uomo cavalca per ponente bene .vij. giornate per molte belle contrade, ov'egli truova ville e castella asai

6   di molta mercatantia e d'arti. Di capo de le .vij. giornate si truova una città che·ssi chiama Pian-fu, ov'à molti mercatanti, ove si fa molta seta e più altre arti.

7   Or lasciaremo di questa, e direnvi d'un'altra † d'un castello chiamato Caitui.

‹107›

Del castello del Caitui.

1   E quando l'uomo si parte di Pianfu e va per ponente .ij. giornate, truova uno bello castello ch'à nome Caitui, lo quale fece fare jadis uno re,

2   lo quale fu chiamato lo Re d'Or. In questo ca-stello à uno molto bello palagio, ove àe una bella sala molto bene dipinta di tutti li re che antica-mente sono stati in quello reame; e è molto bel-

3   lo a vedere. E di questo Re d'Or sì vi conterò una bella novella, d'un fatto che fue tra·llui e 'l Preste Gianni.

4   E questo è in sì forte luogo, che 'l Prestre Gio-

7. Testo guasto (cfr. *Nota al testo*, appar.): nel testo fr. si parla « d'una grandissima città, chiamata Cacianfu. Ma prima vi diremo d'un nobile castello, ecc. ».

1. *jadis*: fr. 'una volta', cfr. 74, 15 n.   *Re d'Or*: in fran-cese, tradotto solo successivamente *Re dell'Oro*.
3. *novella*: in senso tecnico letterario, come in 173, 29; 188, 8; 189, 0, 14 (cfr. *istoria*, 'racconto', 120, 7).

vanni no gli potea venire adosso; e aveano guerra insieme, secondo che diceano quegli di quella
5 contrada. E 'l Preste Gianni n'avea grande ira;
e .vij. valletti del Preste Giani sì gli dissero ch'e-
glino gli recherebbero inanzi lo Re dell'Oro tutto vivo, s'egli volesse; e 'l Preste gli disse che·cciò
6 volea volontiere. Quando questi valletti ebbero
udito questo, egli si partiro, e andaro a la corte
del Re de l'Oro, e dissero a·re ch'erano di st‹r›a-
na parte, e dissero ch'erano venuti per servirlo.
7 Egli rispuose loro che fossero li benvenuti, e che
farebbe loro piacere e servigio.

8 E così cominciaro li .vij. valletti del Preste
9 Gianni a servire lo Re dell'Oro. E quando egli
furo istati bene .ij. anni, eglino erano molto amato dal re per lo bello servigio ch'egli gli avean
fatto, e 'l re facea di loro come se tutti e .vij.
10 fossero istati suoi figliuoli. Or udite quello che
questi malvagi fecero, perché neuno si può
11 guardare di traditore. Or avenne che questo re
s'andava solazando con poca gente, tra·lli quali
12 erano questi .vij. E quando ellino ebbero passato un fiume di lungi dal palagio detto di sopra,
34v. ‖ quando questi .vij., vedendolo ch'egli nonn-avea
compagnia che ‹'l› potessero difende‹r›, misero
mano a le spade, e dissero d'ucciderlo o egli n'an-
13 dasse co·lloro. Quando lo re si vide a questo, si
diede grande maraviglia, e disse: « Com'è que-

---

5. *Re dell'Oro*: è la traduzione integrale della forma fr. *Roi
d'Or* (*Re d'Or* nella prima ricorrenza qui sopra 1 e 3).
9. *amato*: part. pass. invar., cfr. 17, 1 n.
12. *quando questi*: 'allora questi'.

14 sto, figliuoli miei, ché mi fate voi questo? Ove
15 volete voi ch'io vegna? ». « Noi vogliamo che voi
vegnate al Preste Gianni, ch'è nostro signore ».

‹108›

Come 'l Preste fece prendere lo Re dell'Oro.

1   E quando lo re intese ciò che costoro li dissero, buonamente che no morìo di dolore, e dis-
2 se: « De', figliuoli, non v'ò io onorati assai? Perché mi volete voi mettere nelle mani del mio
3 nemico? ». Quegli rispuosero che convenìa che co-
4 sì fosse. Alora lo menaro al Preste Gianni.
5 Quando lo Preste Gianni lo vide, n'ebbe grande
allegrezza, e disseli ch'egli fosse lo malevenuto;
6 quelli non seppe che si dire. Alotta comandò
ch'egli fosse messo a guardare bestie, e così fue.
7 E questo li fece fare per dispetto, tuttavia bene
guardandolo.
8   E quando egli ebbe guardate le bestie due anni, egli sel fece venire dinanzi, e fecegli donare
9 ricche vestimenta, e fecegli onore assai. Poscia
li disse: « Signore re, aguale puo' tu bene vede-
10 re che·ttu non se' da guerregiare meco ». Rispuose lo re: « Messer, sempre conobbi ch'io non era

1. *buonamente che no*: 'certamente (*GDLI*, II, 440) poco
mancò che'.
3. *convenìa*: 'era necessario'.
7. *tuttavia... guardandolo*: 'facendolo continuamente sorve-
gliare'.
9. *non se' da*: 'non sei all'altezza'.

11　poderoso da·cciò fare ». Alotta disse il Preste: « Io
non ti voglio più fare noia, se·nno che io ti farei
12　piacere e onore ». Allotta fagli donare molti begli arnesi, e cavagli, e compagnia assai, e lasciollo
13　andare. E questi si tornò al suo reame, e da
quella ora inanzi fue suo amico e servidore.

14　　Or vi conterò d'un'altra matera.

‹109›

Del grande fiume di Carameran.

1　　E quando l'uomo si parte di questo castello e
va verso ponente .xx. miglie, truova un fiume
ch'è chiamato Carameran, ch'è·ssì grande, che
non si può passare per ponte, e va infino al mare
2　Ozeano. E su per questo fiume à·mmolte città e
3　castella, ove sono molti mercatanti e artefici. Attorno questo fiume per la contrada nasce molto
zinzibero, e àcci tanti uccegli ch'è una maraviglia, ché v'è per uno aspre — ch'è com'uno viniziano – .iij. fagiani.

4　　Quando l'uomo à passato questo fiume e l'uomo è ito .ij. giornate, sì si truova una nobile cit-
5　tà, ch'è chiamata Cacianfu. Le genti sono tutti
idoli – e tutti quegli de la provincia del Catai so-

---

11. se·nno che: 'al contrario', cfr. 39, 2 n.

3. zinzibero: 'zenzero', (anche 116, 15; zinzibere 112, 4);
cfr. Pieri, Fonetica pis., 160 e, qui, Ind. ragion. s.v. 'zenzero'
　　v'è per uno aspre: 'si possono acquistare al prezzo di un
aspro' (aspre è la forma fr. qui conservata, cfr. Ind. ragion.).
Analoga espressione in 138, 2.

6 no tutti idoli –. E è terra di grande mercatantia
e d'arti, e àvi molta seta; quivi si fanno molti
drappi di seta e d'oro.

7   Qui non à cosa da ricordare; però ci partiremo, e dirovi d'una nobile città, ch'è in capo
de·reame di Quegianfu.

‹110›

De la città di Quegianfu.

1   Quando l'uomo si parte de la città di [Cac]ian-
fu, ch'è detto di sopra, l'uomo cavalca .viij. giornate per ponente, tuttavia trovando castelle e
cittadi di grandi mercatantie e d'arti, e begli
2 giardini e case. A‹n›cor vi dico che tutta la con-
3 trada è piena di gelsi. La ge‹n›te sono idoli.
35r. 4 Quiv' àe caccia‖gioni e uccellagioni assai.

5   Quando l'uomo à cavalcato queste .viij. giornate, l'uono truova la nobile città di Quegianfu,
la quale è nobile e grande, e è capo de·reame di
Quegianfu, che anticamente fue buono reame e
6 potente. Aguale n'è signore il figliuolo del Grande Sire, che Mangala è chiamato, e àe corona.

7   Questa terra è di grandi mercatantie, e èvi
molte gioe; quivi si lavora drappi d'oro e di

---

1. *tuttavia*: ʻcontinuamenteʼ   *case*: nel testo fr. ʻcampiʼ.
cfr. *Nota al testo*, appar.
5. *l'uono*: ʻl'uomoʼ, impers. cfr. 37, 1 n.
7. *gioe*: si tratta di errore di traduz.; « seta » nel testo fr., cfr.

seta di molte maniere, e di tutti fornimenti da
8   oste. Egli ànno di tutte cose che a uomo bisogna
per vivere in grande abondanza e per grande
9   mercato. La villa è a ponente, e sono tutti idoli.
10   E di fuori de la terra è 'l palagio di Mangala re,
ch'è così bello com'io vi dirò.

11   Egli è in uno grande piano, ov'è fium'e lago
12   e padule e fontane assai. Egli à d'atorno u·muro
che gira bene .v. miglie, e è tutto merlato e bene
fatto; e in mezzo di questo muro è il palagio, sì
bello e sì grande che non si potrebbe meglio divisare; egli à molte belle sale e belle camere tut-
13   te dipinte ad oro battuto. Questo Mangala mantiene bene suo reame in grande giusti‹zi›a e ra-
14   gione, e è molto amato. Quivi è grandi solazzi di
cacciare.

15   Or ci partiremo di qui, e conterovi d'una provincia ch'è molto nelle montagne, e à nome Cuncum.

‹111›

De Cuncum.

1   Quando l'uomo si parte da questo palagio d[i]
Mangala, l'uomo vae .iij. giornate per ponente
di molto bello piano, tuttavia trovando ville e
2   castella assai. E' vivono di mercatantia e d'arti,

Nota al testo, appar. (per la caduta di *yod*, cfr. 3, 4 n.)
di tutti fornimenti: *di* partitivo.
12. *divisare*: 'immaginare'.
13. *ragione*: sinonimo di 'giustizia'.

3 e ànno molta seta. Di capo de le .iij. giornate sì
si truova montagne e valle, che sono de la pro-
4 vincia di Cuncum. Egli àe per monti e per valle
5 città e castella assai. E' sono idoli, e vivono di la-
6 vorìo di terra e di boscagli. E sappiate ch'egli
ànno molti boschi, ove sono molte bestie salvatiche, come sono lioni e orsi e cavriuoli, lupi cervieri, dani e cervi e altre bestie assai, sicché trop-
7 po n'ànno grande uttulitade. E per questo paese
cavalca l'uomo .xx. giornate per montagne e valle e boschi, tuttavia trovando città e castella assai e buoni alberghi.
8   Or ci partiremo di qui, e conterovi d'un'altra
provincia, com'io vi conterò.

‹112›

De la provincia A‹n›balet Mangi.

1   Quando l'uomo si parte e à cavalcato queste
.xx. giornate di montagne di Cuncum, sì si truova una provincia ch'à nome Anbalet Mangi, ch'è
2 tutta piana; e v'à castella e città assai. E' sono al
3 ponente, e sono idoli. Egli vivono di mercatantia
4 e d'arti. E per questa provincia àe tant[o] zinzibere, che per tutto il Catai si sparge, e àssine

---

6. *uttulitade*: 'utilità', cfr. Castellani, *Nuovi testi*, gloss. (*uttulità* 184, 4).
8. Per la ridondanza *conterovi-conterò*, cfr. *Nota al testo*,
appar.

0. Per la costruz. assoluta del nome proprio, cfr. 18, 4.

5 grande guadagno. Egli ànno r[i]so, grano e altre
   biade assai, e grande mercato; è doviziosa d'ogni
6 bene. La mastra terra è chiamata Ameclet Mangi, che vale a dire ' l'una de le confine de' Ma‹n›-
   gi '.
7   Questa contrada dura .ij. giornate; a capo di
   queste .ij. giornate si truova le grandi valle e li
8 grandi monti, e boschi assai. E vassi bene .xx.
   giornate per ponente, trovando ville e castelle as-
9 sai. La gente sono idoli; viveno di frutti de la
10 terra, e d'ucelli e di bestie. Quiv' àe leoni, orsi,
   lupi, cervi, dani, cavriuoli assai; quivi àe grande quantità di quelle bestiuole che fanno lo moscato.
11   Or ci partiremo di qui, e dirovi d'altre contrade bene e ordinatamente, come voi udirete. ‖

‹113›

35v.   De Sardanfu.

1   E quando l'uomo è ito .xx. giornate per ponente, com'io ò detto, l'uomo truova una provincia ch'è ancora de le confine de' Mangi, e à
2 nome Sindafa. E la maestra città à nome Sardanfu, la quale fue anticamente grande città e
   nobile, e fuvi entro molto grande e ricco re; ella
3 giròe intorno bene .xx. miglie. Ora fue così ordi-

6. *mastra terra*: la capitale.

2. *giròe*: nel testo fr. il dato non si riferisce al passato, ma
al presente (*gire*).

nata, che·re che morìo lasciò .iij. figliuoli, sì che
partiro la città per terzo, e ciascuno rinchiuse lo
4 suo terzo di mure dentro da questo circuito. E
tutti questi figliuoli [furono] re, e aveano grande podere di terre e d'avere, perché lo loro padre
5 fu molto poderoso. E 'l Grande Cane disertò questi .iij. re, e tiene la terra per sé.

6   E·ssappiate che per mezzo questa villa passa un
grande fiume d'acqua dolce, ed è largo bene mezzo miglio, ove à molti pesci, e va fino al mare
Aziano; e àvi bene da .lxxx. a .c. miglie, e è
7 chiamato Quinianfu. In su questo fiume àe grande
quantità di città e di castella, e àvi tante navi
ch'a pena si potrebbe credere, chi nol vedesse;
e v'à tanta moltitudine di mercatanti che vanno
8 sue e giuso, ch'è una grande meraviglia. E 'l
fiume è sì largo che pare uno mare a vedere, e
non fiume.

9   E dentro da la città su questo fiume è uno ponte tutto di pietre, e è lungo bene uno mezzo mi-
10 glio e largo .viij. passi. Su per lo ponte àe colonne di marmore che sostegnono la copritura del
ponte; ché sappiate ch'egli è coperto di bella co-
11 pritura, e tutto dipinto di belle storie. E àvi suso più magioni, ove si tiene molta mercatantia ed
arti; ma·ssì vi dico che quelle case sono di legno,
che·lla sera si disfanno e la mattina si rifanno.

---

3. *partiro*: 'spartirono'.
5. *disertò*: 'spodestò', cfr. *GDLI*, IV, 658.
7. *chi*: 'se uno'.

12 E quiv'è lo camarlingo del Grande Sire, che riceve lo diritto de la mercatantia che·ssi vende su
quel ponte; e·ssì vi dico che 'l diritto di quello
ponte vale l'anno bene .m. bisanti d'oro.

13 La gente è tutta ad idoli.

14 Di questa città si parte l'uomo, e cavalca bene
per piano e per valli .v. giornate, tuttavia tro-

15 vando città e castella assai. Li uomini vivono della terra, e v'à bestie salvatiche assai, come lioni e

16 orsi e altre bestie. Quivi si fae bel zendado e

17 drappi dorati assai. Egli sono de Sindu.

18 Quando l'uomo è ito queste .v. giornate ch'io
v'ò contate, l'uomo truova una provincia molto
guasta, ch'à nome Tebet; e noi ne diremo di
sotto.

‹114›

De la provincia di Tebet.

1 Apresso le .v. giornate che v'ò dette, truova
l'uomo una provincia che guastòe Mongut Kane per guerra; e v'à molte ville e castella tutti

2 guasti. Quivi àe canne grosse bene .iiij. spanne,
lunghe bene .xv. passi, e àe dall'uno nodo a l'al-

3 tro bene .iij. palmi. E·ssì vi dico che gli merca-

12. *camarlingo*: ' doganiere '.
13. *ad idoli*: idolatra.

2. Nel testo fr. le spanne sono tre e non quattro; così sotto 5
si parla di dieci miglia e non di cinque.

tanti e' viandanti prendono di quelle canne la
notte, e fanno ardere nel fuoco, perché fanno sì
grande scoppiata, che tutti li leoni e orsi e altre
bestie fiere ànno paura e fuggono, e non s'acosta-
4 rebbero al fuoco per cosa del mondo. E questo si
fa per paura di quelle bestie, che ve n'à assai.

5 Le canne scoppiano perché si mettono verdi
nel fuoco, e quelle si torcono e fendono per mezzo; e per questo fendere fanno tanto romore che
s'odono da la lunga bene presso a .v. miglie, di
notte, e più; e·ssì è terribile cosa a udire, che chi
non fosse d'udirlo usato, ogni uomo n'avrebbe
6 grande paura. E·lli cavagli che no ne sono usi si
spaventano sì forte, che rompono capestri e ogne
cosa e fu||ggono; e quest[o] aviene spesse volte.
7 E agli cavagli che non ne sono usi, egli li fanno
incapestrare tutti e quattro li piedi e fasciare gli
occhi e turare gli orecchi, sì che non può fugire
8 quando ode questo scoppio. E così campano gli
uomini la notte, loro e·lle loro bestie.

9 E quando l'uomo vae per queste contrade bene .xx. giornate, non truova né alberghi né vivande, ma conviene che porti vivande per sé e per
sue bestie tutte queste .xx. giornate, tuttavia trovando fere pessime e bestie salvatiche, che sono
10 molte pericolose. Poscia truova castelle e case
assai, ove à uno cotale costume di maritare femine com'io vi dirò.

36r.

7. *può... ode*: il passaggio improvviso al sing. è anche nel testo fr. (sogg. a senso ' il cavallo ').
9. *fere*: fiere   *molte*: accordo dell'avv. di quantità con
l'agg.

11   Egli è vero che niuno uomo piglierebbe neuna pulcella per moglie per tutto 'l mondo, e dicono che non vagliono nulla s'ella no è costuma-
12   ta co molti uomini. E quando li mercatanti passano per le contrade, le vecchie tengono loro figliuole sulle strade e per li alberghi e per loro
tende, e stanno a .x., a .xx. e a .xxx.; e fannole
giacere con questi mercatanti, e poscia le mari-
13   tano. E quando il mercatante àe fatto suo volere,
conviene che 'l mercatante le doni qualche gioia,
acciò che possa mostrare come altri àe avuto a·ffa-
re seco; e quella ch'àe più gioe, è segno che più
uomini sono giaciuti con essa, e più tosto si ma-
14   rita. E conviene che ciascuna, anzi che·ssi possa
maritare, conviene ch'abbia più di .xx. segnali
al collo, per mostare che molti uomini abbiano
avuti a fare seco; e quella che·nn'à più, è tenuta
migliore, e dicono ch'è più grazios[a] che·ll'altre.

15   La gente è idola e malvage, ché non ànno
per niuno pecato di far male e di rubare; e·ssono
16   li migliori scherani del mondo. Egli vivono di
17   frutti della terra e di bestie e d'uccegli. E dicovi
che in quella contrada àe molte bestie che fanno
il moscado; e questa mala gente àe molti buoni
18   cani, e prendonne assai. Egli non ànno né carte

14. *conviene che*: si noti la ripetizione enfatica della dichiarativa dopo l'interruzione causata dalla second. temporale (cfr.
Nota al testo, appar.)   *mostare*: 'mostrare', cfr. 75, 3 n.
15. *idola e malvage*: instabilità dell'accordo degli agg. con
gente, cfr. 35, 11 n.

né monete di quelle del Grande Cane, ma fan-
19 nole da·lloro. Egli si vestono poveramente, ché
'l loro vestire si è di canavacci e di pelle di bestie
e di bucerain; e ànno loro linguaggio e chiaman-
20 si Tebet. E questa Tebete è una grandissima provincia; e conterovene brevemente, come voi potrete udire.

‹115›

‹Ancora› de la provincia di Tebet.

1   Tebet è una grandissima provincia, e ànno loro linguaggio; e·ssono idoli e confinano co li
2 Mangi e co molte altre province. Egli sono mol-
3 ti grandi ladroni. E è sì grande, che v'à bene
.viij. reami grandi, e grandissima quantità di cit-
4 tà e di castella. E v'à in molti luoghi fiumi e·lla-
ghi e montagne, ove si truova l'oro di paglieola in
5 grande quantità. E in questa provincia s'espande lo coraglio, e èvi molto caro, però ch'egli lo
pongono al collo di loro femine e de loro idoli,
6 e ànnolo per grande gioia. E 'n questa provincia à giambellotti assai e drappi d'oro e di seta;

18. *da·lloro*: ‘di sale’ nel testo fr., curioso errore di traduz.,
cfr. *Nota al testo*, appar.
19. *canavacci*: tela grossolana di canapa (*canave* 143, 9-10;
canivaccio 148, 36)   *bucerain*: ‘bucherame’, nella forma fr.
passata in traduz.
20. *Tebete*: con voc. fin. di ‘ambientamento’, cfr. 76, 2 n.

4. *di paglieola*: in pagliuzze (mischiate alla sabbia).
5. *s'espande lo coraglio*: ‘si smercia il corallo’ (cfr. 125, 6).

e quivi nasce molte spezie che mai non furo ve-
7 dute in queste contrade. E ànno li più savi incantatori e astorlogi che siano in quello paese,
ch'egli fanno tali cose per opere di diavoli che
non si vuole contare in questo libro, però che
8 troppo se ne maraviglierebbero le persone. E·sso-
36v. 9 no male col‖stumati. Egli ànno grandissimi cani e
mastini grandi com'asini, che sono buoni da pigliare bestie salvatiche; egli ànno ancora di più
10 maniere di cani da cacc[ia]. E vi nasce ancora
molti buoni falconi pellegrini e bene volanti.

11   Or lasciamo di questa provincia di Tebet, e
dirovi d'un'altra provincia e regione, la quale
12 è scritta di sotto. E' sono al Grande Kane; e tutte province e regioni che sono scritte in questo
libro sono al Grande Kane, salvo quelle dal principo di questo libro che sono au fi Angom, co-
13 m'io v'ò scritto. E perciò, da quella infuori,
quanto n'è scritto su questo libro, tutte sono al
Grande Kane; e perché voi nol trovaste scritto,
sì·llo 'ntendete in tale maniera com'io v'ò detto.
14   Or lasciamo qui, e conterovi de la provincia
del Gaindu.

6. *in queste contrade*: nelle ' nostre ', cioè in Occidente.
9. *cani e mastini*: si tratta di ' cani mastini ', la congiunz.
è stata aggiunta probabilmente dal tradutt., cfr. *Nota al testo*,
appar.
12. *principo*: con caduta di *yod* in sill. fin., frequente in ant.
tosc., cfr. Castellani, *Nuovi testi*, 138 (qui già *Saltero* 66, 6;
inoltre *Alesandra* 153, 5; 190, 5; *contrada* ' contraria ' 185, 11;
Babilona 190, 8)   *au fi Angom*: ' al figlio d'Argon ', cioè al
figlio del Tartaro del Levante, altro sintagma fr. passato tale e
quale in traduz., cfr. *Nota al testo*, appar.

De la provincia di Gaindu.

1   Gaindu è una provincia verso ponente, né non
2 à se no uno re. E' sono idoli, e sono al Grande
3 Kane; e v'à città e castella asai. E v'à uno lago
ove si truova molte perle, ma 'l Grande Kane
non vuole che se ne cavino, ché·sse ne cavassero
quante se ne troverebboro, diventerebbero sì vili che·sserebber per nulla; ma 'l Grande Sire ne
fa tòrre solamente quante ne bisognano a·llui;
4 e chi altri ne cavasse, perderebbe la persona. Ancora v'à una montagna ove si truovano pietre in
grande quantità, che si chiamano turchie, e sono
molto belle; e 'l Grande Sire no·lle lascia trare
se non per suo comandamento.
5   E sì vi dico che in questa terra à un bello costume, che nol si tengono a vergogna se uno
forestiere o altra persona giace co la moglie o·
cco la figliuola od alcuna femmina ch'egli abbiano in sua casa; anzi lo tengono a bene, e dicono
che·lli loro idoli gline danno molti beni tem-
porali; e perciò fanno sì grande larghità di loro
6 femmine a' forestieri, com'io vi dirò. Che sappiate che quando uno uomo di questa contrada
vede che gli vegna uno forestiere a casa, incontanente esce di casa, e comanda a la moglie e al-
l'altra famiglia ch'al forestiere sia fatto ciò ch'e'

---

3. *serebber per nulla*: 'perderebbero tutto il loro valore'.
4. *turchie*: 'turchesi', cfr. 59, 6 n.
5. *gline*: 'gliene', cfr. 17, 1 n.

vuole come a la sua persona; e esce fuori, e sta a·
ssua villa o altrove tanto che 'l forestiere vi dimo-

7 ra .iij. die. E 'l forestiere fa appiccare suo cappello
o altra cosa a la finestra a significare ch'egli è ancora là entro, perché 'l marito o altro forestiere
no v'andasse; e fin quello segnale stae alla casa,

8 mai non vi torna. E questo si fa per tutta questa
provincia.

9-10 Egli ànno muneta com'io vi dirò. Egli prendono la sel e fannola cuocere e gìttala in forma, e
pesa questa forma da una mezza libbra; e le
quattro venti di questi tali sel ch'io v'ò detto, vagliono uno saggio d'oro fino, e questa è la picciola moneta ch'egli spendo.

11 Egli ànno bestie che fanno il moscado in grande quantità; egli ànno pesci assai e càvagli del

12 lago ch'io v'ò detto, ove si truova le perle. Leoni, lupi cervieri, orsi, dani, cavriuoli, cervi ànno

13 assai; e tutti uccegli ànno assai. Vino di vigne
non ànno, ma·ffanno vino di grano e di riso co

14 molte spezie, e è buono bevigione. In questa
provincia nasce garofani assai: egli è un àlbore
piccolo che fa le foglie grandi quasi come cor-

---

7. *fin*: ' finché ', omissione di *che* dopo congiunz. cfr. 22, 10 n.
9. *muneta*: cfr. 22, 11 n.
10. *la sel*: ' il sale ', fr.; questo termine non viene compreso
dal traduttore (cfr. qui sotto *questi tali sel*) e lo ha già indotto in errore (114, 18); ora lo passa direttamente nel testo
tosc. *quattro venti*: ' ottanta ', evidente calco sul fr.
spendo: 3ª pers. pl., cfr. 19, 6 n.
13. *buono bevigione*: i sostantivi in *-one* possono essere trattati come maschili, cfr. Trolli, *La lingua*, 76.
14. *corbezze*: non di corbezzolo, ma di lauro, secondo il testo

bezze, alcuna cosa più lunghe e più strette; lo
15 fiore fa bianco, piccolo come il garofano. Egli
ànno zinzibero in grande abondanza, e canella e
altre spezie assai, che nonne vegnono i·nostra
contrada.

16   Or lasciamo di questa città, e conterovi di
questa contrada medesima più inanzi.

17   Quando l'uomo si parte di questa Gaindu, l'uo-
37r. mo cavalca bene .x. giornate ‖ per castella e per
cittadi; e la gente è·ttutta di questa maniera, e di
costumi e d'ogne maniera ‹di quelli ch'io v'ò
18 detto›. Passate queste .x. giornate, sì si truova
un fiume chiamato Brunis, e quivi si finisce la
19 provincia di Gheindu. E in questo fiume si truo-
20 va grande quantità d'oro di pagliuola. Quivi àe
21 canella assai. E entra nel mare Oceano.

22   Or lasciamo di questo fiume, ché non v'à cosa
da contare; e di[r]emo d'una provincia chiamata
Caragia‹n›, come voi udirete.

‹117›

De la provincia di Caragian.

1   Quando l'uomo à passato questo fiume, sì s'entra ne la provincia di Caragian, ch'è sì grande
2 che ben v'à .vij. reami. È verso ponente; e sono

---

fr. (cfr. *Nota al testo*, appar.)   *alcuna cosa*: 'un poco',
cfr. 158, 1; 177, 1, ecc.
15. *nonne*: forma epitetica, cfr. 4, 3 n. (e 173, 21).
21. *entra*: sogg. il fiume, che riprende dopo l'inciso relativo
alla *canella*.

3 idoli e sono al Grande Cane. E·rre è figliuolo
del Grande Kane, ed è ricco e poderoso, e mantiene bene sua terra e ‹'n› giustizia, ed è produo-
4 mo. Quando l'uomo à passato il fiume ch'i' v'ò
detto di sopra, ed è ito .v. giornate, sì si truova cit-
5 tà e castella assai. Quivi nasce troppo buoni caval-
6 li; e costoro vivono di bestiame e di terra. Egli
ànno loro linguaggio, molto grave da intendere.
7 Di capo di queste .v. giornate si truova la mastra città – ed è capo de·regno – ch'è chiamata
8 Iaci, molto grande e nobile. Quin'àe mercatanti
9 e artefici. La legge v'è di più maniere: chi adora
Maomett[o] e chi l'idoli, e chi è cristiano nestori-
10 no. E v'à grano e riso assai; ed è contrada molto
11 inferma, perciò mangiano riso. Vino fanno di
riso e di spezie, ed è molto chiaro e buono, ed
12 inebria tosto come 'l vino. Egli spendono per
moneta porcellane bianche che·ssi truovano nel
mare e che si ne fanno le scodelle; e vagliono le
.lxxx. porcelane un saggio d'argento, che sono
due viniziani grossi, e gli otto saggi d'argento fi-
13 no vagliono un saggio d'oro fino. Egli ànno molte saliere, onde si cava e faie molto sale, onde
si ne fornisce tutta la contrada; di questo sale lo
14 re n'à grande guadagno. E' non curano se·ll'uno
tocca la femina dell'altro, pure che sia sua volontà de la femina.

10. *inferma*: malsana.
12. *porcellane*: ‘conchiglie’, cfr. *Nota al testo*, appar. e
Ind. ragion.
13. *saliere*: ‘saline’, cfr. *argentiera* 119, 10   *faie*: ‘fa’, forma epentetica ad evitare lo iato conseguente all'epitesi di *e*
(*fae*), cfr. 2, 1 n.

15   Quiv'è u·llago che gira bene .c. miglia, nel
quale à molti pesci grandi, li migliori del mondo,
16   di tutte fatte. Egli mangiano la carne cruda ‹e›
17   ogne carne. E' poveri vanno a la beccheria, e
quando s'apre il castrone o bue, sì li cavan le
budella di corpo, e mettole ne la salsa de l'aglio e
18   màngialle; e così fanno d'ogne carne. E li gentili
uomini la mangian cruda, ma sì la fanno minuz-
zare molto minuto; poscia la mettono ne la salsa e màngialla e con buone spezia; e màngialla
così come noi la cotta.
19   Ancora vi conteremo di questa provincia di
Caragian medesima.

‹118›

‹Ancora› divisa ‹de› la provincia di Caragian.

1   Quando l'uon si parte de la città di Iacci e va
.x. giornate per ponente, truova la provincia di
Caragian; e la mastra città de·regno è chiamata
2   Caragian. E' sono idoli e sono al Gran Kane;
3   e·rre si è figliuolo del Gran Kane. E in questa
provincia si truova l'oro di pagliuola, cioè nel
fiume, e ancora si truova i·llaghi e montagne oro
37v.   più grosso che di pagliuola; ‖ e danno un saggio
4   d'oro per sei d'ariento. Ancora qui si spende le

18. *li gentili uomini*: i nobili   *minuto*: ' minutamente '
spezia: pl. in *a*, cfr. 5, 2 n.

1. *de·regno*: assimil. tra la liquida fin. di *del* e l'iniz. del sost.
(analogamente *e·rre* qui sotto 2).

porcelane ch'io vi contai; e in questa provincia non si truova queste porcelane, ma vi vegnono d'India.

5 E in questa provincia nasce lo grande colubre e 'l grande serpente, che sono sì dismisurati che ogn'uomo ne dovrebbe pigliare maraviglia; e

6 sono molto oribile cosa a vedere. Sapiate per vero che·llì vi n'à di lunghi .x. passi, e sono grossi

7 .x. palmi: e questi sono li magiori. Elli ànno due gambe dinanzi, presso al capo, e non ànno piede, salvo un'unghia fatta come di leone; lo ceffo à molto grande, lo naso magior ch'un gran pane, la bocca tale che bene inghiottirebbe un uomo al tratto, li denti grandissimi; ed è sì ismisuratamente grande e fiera, che no è uomo né·

8 bestia che no la dotti e non n'abbia paura. E ancora vi n'à de' minore, cioè d'otto passi e di .vj.

9 La maniera come si prendono si è questa.

10 Elle dimorano lo die sotterra per lo grande caldo; la notte escon fuori a pascere, e prende tutte

11 quelle bestie che possono avere. Elle vanno a

12 bere al fiume e al lago e a le fontane. Elle sono sì grande e sì grosse che, quando vanno a bere o a mangiare di notte, fae nel sabione, onde vae, tal fossa, che pare ch'una botte vi sia voltata.

---

7. *ceffo*: 'testa' (fr. *chief*)   *naso*: errore di traduz. per 'occhi', cfr. *Nota al testo*, appar.   *fiera*: da questo punto la descrizione procede al femm. (*Elle dimorano* 10, *Elle vanno* 11, ecc), calcando più da vicino il testo fr. che ha sempre il femm.   *la dotti*: 'la tema'.
10. *prende*: instabilità tra pl. e sing. anche nel testo fr.; analogamente *cuoprelo* 13 potrebbe essere 'cuoprenlo', ma anche qui F ha il sing. con sogg. pl.

13 E' cacciatori che la vogliono pigliare, veggono la
via ond'è ito il serpente, e ànno un palo di legno grosso e forte, e in quel palo à fitto un ferro d'acciaio fatto com'uno rasoio, e cuoprelo col
sabione; e di questi ingegni fanno i cacciatori as-
14 sai. E quando lo colubre viene per questo luogo,
percuote in questo ferro sì forte, che·ssi fende
dal capo a piede anfino al bellìco, sì che muore incontanente; e così la prendono i [caccia-
tori].

15 E incontanente ch'è morto, sì li cavano lo fiele
del corpo e vendollo molto caro, perciò ch'è la
migliore medicina al morso del cane rabioso,
dandoglile a bere d'un peso d'un picciolo da-
16 naio. E quando una donna non può partorire,
dandole a bere un poco di quel fiele, inconta-
17 nente parturisce. La terza si è buona a nascenzia: ponendovi su un poco di quel fiele, in poco
18 tempo è guarito. E per queste cagioni lo fiele è
19 molto caro in quella contrada. Ancora la carne
si vende perch'è molto buona a mangiare.

20 E dicovi che questo serpente vae a le tane de
li leoni e degli orsi, e mangia loro e loro figliuoli, se li puote avere, e tutte altre bestie.

21 In questa contrada è grandissimi cavalli, e molti ne vanno in India; e càvali due o tre nodi de
la coda, acciò che no meni la coda quand'altre

13. *ingegni*: congegni, trappole.
14. *si fende dal capo a piede*: sogg. *lo colubre; dal capo a
piede* equivale a 'tutto' (ma cfr. *Nota al testo*, appar.).
17. *La terza*: rispetto alle altre due proprietà medicinali sopra illustrate   *nascenzia*: 'pustola' *DEI*, IV, 2548.
21. *càvali*: 'cavanli'   *meni*: 'agiti'   *altre*: variante di

cavalca, [per]ciò ch'a·lloro pare cosa molta lada.

22 Elli cavalcano lungo come franceschi.

23 E' fanno arme turchiesche di cuoio di bufale,
e ànno balestra, e atoscano tutte le quadrelle.

24 E ancora aveano cotale usanza prima che 'l Grande Kane l[i] conquistasse: che, se avenisse ch'alcuno albergasse a·llor casa che fosse grazioso e bello e savio, sì l'ucideano o con veleno o con altro;
né questo non faceano per moneta, ma diceano

38r. che ‖ tutto il senno di colui e la grazia e la ventu-

25 ra rimanea i·llor casa. Poscia che 'l Grande Kane
la conquistò, ch'è da .xxxv. anni, nol fanno più,
per la paura del Grande Kane.

26 Or lasciamo di questa provincia, e dirovi d'un'
altra.

‹119›

De la provincia d'Ardandan.

1 Quando l'uomo si parte di Caragian e va per
ponente .v. giornate, truova una provincia che

2 si chiama Ardandan. E' sono idoli e al Grande

3 Kane; la mastra città si chiama Vacian. Questa
gente ànno una forma d'oro a·ttutti i denti, ed a

‘ altri ’, pron. indefinito di origine non fiorentina, cfr. Castellani, *Testi sangim.*, 30-31; Schiaffini, *Testi*, XXIV-XXVI; qui
160, 7, ecc.   *lada*: ‘ laida ’, cioè sconveniente; cfr. 74, 4 n.
22. *lungo*: con la staffa lunga (alla francese), come nell'Europa medievale fino all'introduzione del modo arabo di cavalcare con la staffa corta (alla ginnetta).
23. *turchiesche*: non nel testo fr. (*corasés* ‘ rinforzate ’)   *atoscano*: avvelenano.

quelli di sopra ed a quelli di sotto, sì che tutti i
denti paiono d'oro; e questo fanno gli uomini,
4 ma non le donne. Gli uomini son tutti cavalieri,
secondo loro usanza, e non fanno nulla, salvo
ch'andare in oste; le donne fanno tutte loro bisogne co li schiavi insieme ch'egli ànno.

5 E quando alcuna donna à fatto il fanciullo, lo
marito stae ne·letto .xl. die, e lava 'l fanciullo e
6 governalo. E ciò fanno perché dicono che la donna à durato molto afanno del fanciullo a por-
7 tallo, e così vogliono che si riposi. E tutti gli amici vegnono a costui al letto, e fanno grande fe-
8 sta insieme. E la moglie si leva de·letto, e fa le
bisogne di casa e serve il marito ne·letto.

9 E' manucano tutte carne, e crude e cotte, e riso cotto con carne; lo vino fanno di riso con ispe-
10 zie molto buono. La moneta ànno d'oro e di
porcellane, e danno un saggio d'oro per .v. d'a-
riento, perché no ànno argentiera presso a .v.
mesi di giornate; e di questo fanno i mercatanti
grande guadagno, quando vi ne recano.

11 Questa gente no ànno idoli né chiese, ma
'dorano lo magior de la casa, e dicono: «Di co-
12 stui siamo». Egli no ànno lettere né scritture, e
ciò no è maraviglia, però che stanno in u·luogo
molto divisato, che no vi si puote andare di state
per cosa del mondo, per l'aria che v'è così co-
rotta, che neuno forestiere vi può vivere per neu-

10. *argentiera*: miniera d'argento (cfr. *saliere* 117, 13).
11. *lo magior*: 'il più anziano'   *siamo*: nel testo fr. «siamo
usciti», cfr. *Nota al testo*, appar.
12. *divisato*: 'impervio' (così 120, 4).

13 na cosa. Quand'ànno a fare l'uno coll'altro, fanno tacche di legno, e l'uno tiene l'una metà e
l'altro l'altra metà: quando colui dé pagare la
moneta, e' la paga, e fassi dare l'altra metà de la
tacca.

14   In tutte queste province non à medici – cioè
Caragian e Vorcian e ‹I›acin –, e quando elli
ànno alcuno malato, mandano per loro magi e
15 incantatori di diavoli. E quando sono venuti al
malato, ed egli gli à contato lo male, eglino suonano loro stormenti, e cantano e ballano; quando ànno ballato un poco, e l'uno di questi magi
cade in terra co la schiuma a la bocca e tramorti-
16 sce, e 'l diavolo gli è ricoverato in corpo. E così sta che pare morto grande pezza; e gli altri magi dimandano questo tramortito de la 'nfermità
17 del malato e perch'egli à ciòe. Quelli risponde
ch'egli à questo però che fece spiacere a 'lcuno
18 ‹spirito›. E li magi dicono: « Noi ti preghiamo
che·ttue li perdoni e prendi del suo sangue, sì
19 che tue ti ristori di quello che·tti piace ». Se 'l
malato dé morire, lo tramortito dice: « Elli à
fatto tanto dispiacere a cotale spirito, ch'elli no
20 li vuole perdonare per cosa del mondo ». Se 'l
malato dé guarire, dice lo spirito ch'è nel corpo

---

13. *ànno a fare*: ‘negoziano’   *tacche di legno*: pezzi di legno con incisioni corrispondenti, di cui ognuno prende una
metà, che viene resa al momento del saldo del debito.
14. *magi*: ‘stregoni’; è il normale pl. di *mago*, usato ora soltanto per i tre re biblici, cfr. Rohlfs, § 374.
15. *quando... e l'uno*: ripresa paraipotattica con *e* dopo proposiz. temporale.
18. *prendi del suo sangue*: cfr. *Nota al testo*, appar.

del mago: « Togliete cotanti montoni dal capo

nero, e cotali beveraggi || molto cari, e fate sagri-

21 ficio a cotale ispirito ». Quando li parenti del malato ànno udito questo, fanno tutto ciòe che dice lo spirito, ché ucide·gli montoni e versa·lo

22 sangue ove gli è detto, per sagrificio. Poscia fanno cuocere li montoni, o uno o piùe, ne la casa del malato; e quine sono molti di questi magi e donne tante quanto gli è detto per quello spiri-

23 to. Quando lo montone è cotto e 'l beveraggio è aparechiato e la gente v'è raunata, alora coninciano a cantare e a ballare e a sonare; e gittano del brodo per la casa qúa e·llà, e ànno incenso e mirra, e sofumicano e alluminano tutta

24 la casa. Quand'ànno così fatto una pezza, alotta inchina l'uno, e l'altro domanda lo spirito se à

25 'ncora perdonato al malato. Quelli risponde: « No gli è ancora perdonato; fate anche cotale co-

26 sa, e saralli perdonato ». Fatto quello ch'à comandato, ed elli dice: « Egli sarà guerito incon-

27 tanente ». Allotta dicono: « Lo spirito è bene di

28 nostra parte ». E fanno grande allegrezza, e mangiano quel montone e beono; e ogn'uomo torna a sua casa, e il malato guerisce incontanente.

---

21. *ucide·gli... versa·lo*: 3e perss. pl. con assimil. nasale-liquida (' uciden gli ', ' versan lo '), ma potrebbe trattarsi di 3e singg., data l'instabilità delle concordanze in questo testo.
22. *quine*: con epitesi di *-ne*, cfr. 4, 3 n.
23. *coninciano*: *con-* è noto tratto fiorentino (Schiaffini, *Testi*, gloss.), qui 135, 22; 150, 13, ecc.
24. *inchina l'uno*: uno di loro cade a terra.

29   O·lasciamo questa contrada, e dirovi d'altre
contrade, come voi udirete.

‹120›

De la grande china.

1   Quando l'uomo si parte di questa provincia
ch'i' v'ò contato, l'uomo discende per una grande china, ch'è bene due giornate e mezzo pur a
2   china. E in quelle .ij. giornate ‹e mezzo› no àe
cosa da contare, salvo che v'à una grande piazza,
3   ove si fa certa fiera certi dì de l'anno. E quine
vegnono molti mercatanti, che recano oro e a-
riento e altre mercatantie assai, ed è grandissima
4   fiera. E quelli che recano l'oro quie, neuno puote andare i·lloro contrada, salvo eglino, tanta è
contrada rea e divisata da l'altre; né neuno può
sapere ov'elli istanno, perché neuno vi puote andare.
5   Quando l'uomo à passate queste .ij. giornate,
l'uomo truova una provincia verso mezzodie, ed
è a le confini de l'India, ch' è chiamata Amien.
6   Poscia va l'uomo .xv. giornate per luogo disabitato ‹e› sozzo, ov'à molte selve e boschi, ov'à leofanti e lunicorni assai e altre diverse bestie assai;
uomini né abitagioni non v'à.
7   Perciò vi lascerò di questa contrada, e dirovi
d'una istoria, come potrete udire.

1. *pur a china*: ' sempre in discesa '.
4. *rea e divisata*: selvaggia e remota.
6. *lunicorni*: ' unicorni ' con concrezione dell'articolo.

De la provincia de Mien.

1   Sappiate che, quando l'uomo à cavalcate .xv.
giornate per questo così diverso luogo, l'uomo
truova una città ch'à nome Mien, molto grande
2-3 e nobile. La gente è idola. E' son al Grande Kane e ànno lingua per loro.

4   E in questa città à una molto ricca c[o]sa, ché
anticamente fue in questa città u·molto ricco re;
e quando venne a morte, lasciò che da ogne capo
de la sua sopultura si dovesse fare una torre,
5 l'una d'oro e l'altra d'ariento. E queste torri
sono fatte com'io vi dirò, ch'elle sono alte bene .x. passi e grosse come si conviene a quel-
6 la altezza. La torre si è di pietre, tutta coperta d'oro di fuori, ed èvi grosso bene un dito,
sì che vedendola par pure d'oro; di sopra è ton-
da, e quel tondo è tutto pieno di campanelle
39r.   endorate, che suonano tutte le ‖ volte che 'l vento
7 vi percuote. L'altra è d'ariento, ed è fatta né più
8 né meno ⟨che quella d'oro⟩. E questo re le fece
fare per sua grandezza e per sua anima; e dicovi
ch'ell'è la più bella cosa del mondo a vedere e di
magiore valuta.

9   E 'l Grande Kane conquistò questa provincia
10 com'io vi dirò. Il Grande Kane disse a·ttutt'i
giullari ch'avea in sua corte, che volea ch'andassero a conquistare la provincia de Mian, e da-

---

6. *endorate*: 'dorate', calco del fr. *endorés*.

rebbe i·llor compagnia quelli di Caveitan e
11   quelli d'Aide. Li giullari dissero che volontieri.
12   Vennero quie con questa gente i giullari, e prese-
13   ro questa provincia. Quando fuoro a questa cit-
      tà, videro così bella cosa di queste torri; manda-
      ro a dire al Grande Kane, ov'elli era, la bellezza
      di queste torri e la ricchezza e 'l modo come fuo-
      ro fatte, e se volea che le disfacessono e man-
14   dasselli l'oro e l'ariento. Lo Grande Kane, oden-
      do che quello re l'avea fatte fare per su'anima e
      per ricordanza di lui, mandò comandando che
      non fossono guaste, anzi vi stessono per quello
15   per che l'avea fatte fare i·re di quella terra. E di
      ciò non fue maraviglia, ché neuno Tartaro non
      tocca cosa di neuno uomo morto.
16   Egli ànno leofanti assai e buoi salvatichi gran-
      di e belli, e di tutte bestie in grande abondanza.
17   Ò dett[o] di questa provincia; dirovi d'un'altra
      ch'à nome Gangala.

‹122›

De la provincia di Gangala.

1   Gangala è una provincia verso mezzodie, che
      negli anni Domini .mcclxxxx. che io Marco era

10. *quelli di Caveitan e quelli d'Aide*: macroscopico fraintendimento del tradutt. tosc. che innalza a nomi propri nomi comuni (nel testo fr. si parla di ' capitani e aiuti ', cfr. *Nota al
testo*, appar.) creando così inesistenti entità geografiche.
14. *odendo*: per *o* proton. in sill. iniz., cfr. Crespo, *Una versione pis.*, 32 con bibliogr.; Roehrsheim, *Die Sprache*, 47.

ne la corte del Grande Kane, ancora no l'avea
conquistata, ma tuttavia v'era l'oste e sua gente
2 per conquistalla. In questa provincia à re, e ànno
3 loro linguaggio. E' sono pessimi idoli; e sono a
4 li confini de l'India. Quin'àe molti erniosi.
5 Li baroni di quella contrada ànno li buoi gran-
6 di come leofanti, ma no sì grossi. Ellino vivono
di carne e di riso, e fanno grande mercatantia,
ch'egli ànno spigo e galinga e zizibe e zucchero e
7 di molt'altre care spezie. Qui vegnono i mercatanti e qui acattano de le spezie che io v'ò detto.
8 E quini truovano † assai, ché sapiate che li mercatanti acattano in questa provincia † assai, e
poscia li portano a vendere per molte altre parti.
9   Qui no à 'ltro ch'i' voglia contare, e però ci
partiremo e diremo d'un'altra provincia verso
levante ch'à nome Caugigu.

1. *no l'avea conquistata*: sogg. il Gran Cane.
3. *erniosi*: errore di traduzione per 'eunuchi' (cfr. *Nota al
testo*, appar.); l'incapacità di tradurre questo termine provoca
i guasti del periodo 8.
6. *galinga*: vedi *Ind. ragion.* s.v. 'galanga'   *zizibe*: altra forma di 'zenzero', cfr. *zinzivo* in A. Borlandi, *Il Manuale di
Mercatura*, 123. Vedi *zezebe* 147, 7; inoltre 151, 4, 12.
7. *acattano*: 'acquistano', francesismo, cfr. *GDLI*, I, 64; *accatta* 170, 34.
8. *Quini*: forma epitetica, cfr. 4, 3 n.; cfr. 125, 7, ecc. In luogo delle cruces il testo fr. ha 'eunuchi e schiavi'; anche *spezie* (sopra 6) è sostituzione generica per 'eunuchi'.

De la provincia di Caugigu.

1 Caugigu è una provincia dal levante che à re.
2-3 E' sono idoli, e ànno lingua per loro. Elli s'attendono al Grande Kane, e ogn'anno li fanno
4 trebuto. E dicovi che questo re è sì lusurioso,
   ch'egli à bene .ccc. moglie, e com'egli à una bella femina ne la contrada, incontanente la piglia
5 per moglie. Qui si truova molt'oro e care spezie,
   ma è molto di lungi dal mare, però non vagliono
6 guari loro mercatantie. Egli ànno molti leofanti
   e altre bestie assai, e vivono di carne e di riso; e
7 'l vino fanno di riso. I maschi e le femine si dipingono tutti a ucelli, a besti' e ad aguglie ed
   altri divisamenti; e dipingosi il volto e le mani
8 e 'l corpo e ogne cosa. E questo fanno per gentilezza; e chi più n'à di queste dipinture, più si
   tiene gentile e più bello.
9 Or lasciamo di questo, e dirovi d'un'altra provinci‹a› ch'è chiamata Aniu, ch'è ve‹r›so levante. ‖

3. *s'attendono*: 'obbediscono', *GDLI*, I, 811.
5. *però*: 'perciò' (è scarsa la loro commerciabilità).
7. *ad aguglie*: errore di traduz. per 'con aghi' (tatuaggi), cfr.
Nota al testo, appar.   *divisamenti*: 'modi'.
8. *per gentilezza*: 'in segno di nobiltà'.

D'Aniu.

1   Aniu è una provincia verso levante, che sono
2-3 al Grande Kane. E' sono idoli. Elli vivono di be-
4   stie e di terra, e ànno lingua per loro. Le donne
     portano a le bracce e a le gambe bracciali d'oro
     e d'ariento di grande valuta, e gli uomini l[i] por-
5   tano migliori e più cari. Egli ànno buoni cavalli
     ed assai, e quelli d'India ne fanno grande merca-
     tantia; egli ànno grande abondanza di buoi, di
     bufale e di vacche, perch'ànno molto buon luogo
     da ciò per fare buone pastur'e per erbe; da vive-
6   re di tutte cose. E sappiate che d'Aniu infino a
     Cagigu, ch'è di dietro, si à .xv. giornate; e di
     quie a Ba‹n›gala, ch'è la terza provincia arieto,
     si à .xx. giornate.
7   Or ci partiremo d'Aniu, e andremo a un'altra
     provincia ch'à nome Toloman, ch'è di lungi da
     questa .viij. giornate verso levante.

Di Toloman.

1   Toloma‹n› è una provincia verso levante, e
2   ànno lingua per loro e sono a‹l› Grande Kane. La

---

3. *di bestie e di terra*: dell'allevamento del bestiame e del
lavoro dei campi.
6. Nel testo fr. si parla di trenta e non di venti giornate, cfr.
Nota al testo, appar.

3 gente è idola. E' sono bella gente, no bene bian-
4 chi ma bruni, e sono buoni uomini d'arme. E
   ànno assai città e castella, e ànno grandissima
5 quantità di montagne e forti. E quando muoiono, fanno ardere i loro corpi, e l'ossa che non
   possono ardere, sì le mettono in piccole cassette
   e pòrtalle a le montagne, e fannole stare apiccate
   ne le caverne, sì che né uomo né altra bestia no
   le può toccare.
6 Qui si truova oro asai; la moneta minuta è di
   porcellane, e così tutte queste province, come
   Bangala e Cagigu ed Aniu, espendono oro e por-
7 cellane. Quini à pochi mercatanti, ma sono ric-
8 chi. Elli vivono di carne e di lardo e di riso e
   di molte buone spezie.
9 Or lasciamo di questa provincia, e dirovi d'un'
   altra ch'è chiamata Cugiu, verso levante.

‹126›

Di Cugiu.

1 Cugiu è una provincia verso levante che, quando l'uomo si parte di Toloman, e' va .xij. giornate su per uno fiume, ov'à ville e castella assai.
2-3 Non v'à cose da ricordare. E di capo de le .xij.

---

5. *apiccate*: 'appese', cfr. 38, 5.
6. *espendono*: 'spendono' (cfr. 115, 5), calcato su *espendent*
F, ma possibile anche un'indipendente prostesi di *e*, vedi
Hirsch, *Laut- und Formenlehre*, IX, 531.
8. *lardo*: errore di traduz. per 'latte', cfr. *Nota al testo*, appar.

giornate si truova la città di Sinuglil, la qual è
4 molto nobile e molto grande. E' sono idoli ed al
5 Grande Kane. E' vivono di mercatantia e d'arti,
e fanno panno di scorze d'àlbori e sono be' vestir
6 di state. E' sono uomini d'arme; non ànno moneta
se non le carte del Grande Kane.

7   E' v'à tanti leoni che, se neuno dormisse la notte fuori di casa, sarebbe incontanente manicato.
8 E chi di notte va per questo fiume, se la barca
no sta bene di lungi da la terra, qu‹a›ndo si riposa la barca, andrebbe alcuno leone e piglierebbe uno di questi uomini e mangiarebbelo, ma
9 gli uomini si ne sanno bene guardare. Li leoni
10 ci sono grandissimi e pericolosi. E sì vi dico una
grande maraviglia, che due cani vanno a un
grande leone – questi cani di questa contrada –
e ucidollo, tanto sono arditi, e dirovi come.
11 Quando un uomo è a cavallo con due di questi
buoni cani, come i cani veggono il leone, sì tosto
corrono a·llui, l'uno dinanzi e l'altro di dietro,
ma sono sì mastri e leggeri che·leone non li toc-
12 ca, perché·leone guarda molto all'uomo. E 'l leone si mette a partire per trovare àlbore ove pon-
ga le reni per mostrare il viso a li cani, e' cani
tuttavia ‹lo mordono› a le cosce, e fannolo rivol-
gere or qua or là; e l'uomo ch'è a cavallo sì lo

5. *vestir*: 'vestiri', cfr. 74, 33.
7. *neuno*: 'alcuno'.
11. *che·leone*: qui e sotto l'art. determ. è assorbito dalla
liquida iniziale del sost.

seguita percotendolo di sue saette molte volte, tanto che il leone cade morto, sì che non si può

4or. difendere da un uomo || a cavallo co due buoni cani.

13 Egli ànno seta assai, e su per questo fiume va mercatantia assai da ogne parte per li rami di questo fiume.

14 E ancora andando su per questo fiume .xij. giornate, si truova città e castella assai.

15 Le gente sono idole e sono al Grande Kane; e
16 spendono monete di carte. Alcuna gente v'à d'ar-
17 me, alcuna v'à ‹di› mercatanti e artefici. Di capo de le .xij. giornate si truova Sindifu, di che
18 questo libro parlò adietro. Di capo di queste
.xij. giornate, l'uomo cavalca bene .lxx. giornate
per terre e per province, di che parlò questo li-
19 bro adietro. Di capo de le .lxx. giornate l'uomo
20 truova Cugiu, ove noi fummo. Da Cugiu si parte
e va .iiij. giornate, trovando castella e città as-
21 sai. E' sono artefici e mercatanti, e sono al Gran-
22 de Kane; ànno moneta di carta. Di capo de le
.iiij. giornate si truova Cacafu, ch'è de la provincia del Catai.

23 E dirovi sua usanza e suoi covenentri, come potrete udire.

---

17. *parlò adietro*: cap. 113.
23. *covenentri*: ' costumi ' (per l'epentesi di *r*, cfr. 19, 4), francesismo.

De la città di Cacafu.

1   Cancafu è una città grande e nobile ver' mez-
2 zodie. La gente è idol[a]; e' sono al Grande Kane, e fanno ardere loro corpo, quand'è morto.
3 E' sono mercatanti e artefici, perch'egli ànno seta assai e zendadi; fanno drappi di seta indorati
4 assai. E à città e castella sotto sé.
5   Or ci partiamo di qui e anderemo .iiij. giornate
verso mezzodie, e dirén d'un'altra città ch'à nome Ciaglu.

‹Della città di Ciaglu›.

1   Ciaglu è una molto grande città de la provincia del Catai, ed è al Grande Kane; e' sono idoli.
2 La moneta ànno di carte, e fan ardere lor corpi
3 morti. E i‹n› questa città si fa'l sale in grandissi-
4 ma quantità, e dirovi come. Qui à una terra molto salata, e fannone grandi monti, e 'n su questi
monti gittano molt'acqua, tanto che l'acqua vae
5 di sotto. Poscia quest'acqua fanno bollire in grandi caldaie di ferro assai, e quest'acqua è fatta sa-
6 le, bianca e minuta. E di questo sale si porta
per molte contrade.

---

5. *bianca e minuta*: per *sale* femm., cfr. Rohlfs, § 384 (lo è
molto spesso nel testo fr.).

7-8   Qui no à 'ltro da ricordare. Or vi conterò
d'un'altra città ch'à nome Ciangli, ch'è verso
mezzodie.

‹129›

Di Cia‹n›gli.

1-2   Ciangli è una città del Catai. E' sono idoli e al
3   Grande Kane; e ànno moneta di carte. E' di lungi da Ciaglu .v. giornate, sempre trovando città
4   e castella. Questa contrada è di grande [prode]
al Grande Kane, ché per mezzo la terra vae un
grande fiume, ove sempre va molta mercatantia
di seta e di molta spezzeria ed altre cose.
5   Or ci partiamo, e dirovi d'un'altra città ch'à
nome Codifu, di lungi da questa .vj. giornate
verso mezzodie.

‹130›

‹Della città ch'à nome Codifu›.

1   Quando l'uomo si parte di Ciangli, e' va .vj.
giornate verso mezzodie, tuttavia trovando ca-
2   stella e città di grande nobiltà. E' sono idoli ed
3   ardono lo corpo morto. E' sono al Grande Kane,

---

4. *prode*: ' profitto ', cfr. 130, 8; 133, 6; 153, 7.   *spezzeria*:
' spezie ', cfr. 36, 4 n.

4 e ànno moneta di carte. E' vivono di mercatantia e d'arti, e ànno grand'abondanza d'ogne cosa
5 da vivere. Ma non v'à cosa da ricordare, e però
diremo di Condifu.

6   Sapiate che Condifu fue già molto grandissimo
reame, ma 'l Grande Kane lo conquistò per forza d'arme; ma 'ncora ell'è la più nobile cittade
7 di quel paese. Quiv'àe grandissimi mercatanti;
quiv'àe tanta seta ch'è maraviglia, e belli giardi-
8 ni e molti frutti e buoni. E sapiate che questa
città à sotto sé .xv. città di grande podere, che
sono tutte di grandi mercatantie e di grande
prode.

9   E dicovi che ne l'anni Domini .mcclxxiij., il
Grande Kane avea dato a un suo barone bene
40v.   .lxxx^m. || cavalieri, ch'andasse a questa città per
10 guardalla e per salvalla. Quand'elli fue istato in
questa contrada un tempo, ordinò con certi uomini di quel paese di fare tradimento al signore e ribellare tutte queste terre dal Grande
11 Kane. Quando il Grande Kane seppe questo, vi
12 mandò .ij. suoi baroni con .c^m. cavalieri. Quando questi due baroni furo làe presso, il traditore
uscìo fuori co questa gente ch'avea, ch'era bene
13 .c^m. cavalieri e molti pedoni. Qui fu la battaglia
grandissima: il traditore fue morto e molti altri; e tutti coloro de la terra ch'erano colpevoli,

8. Nel testo fr. si parla non di quindici, ma di undici città;
anche la data (qui sotto 9) non corrisponde a quella di F, 1272,
cfr. *Nota al testo*, appar.
10. *un tempo*: 'alquanto tempo'.

il Grande Cane li fece uccidere, e a·ttutti gli altri perdonò.

14   Or ci partiamo, e dirovi d'un'altra contrada
ch'è verso mezzodì, ch'à nome Signi.

‹131›

Di Signi.

1   Quando l'uomo si parte da Condifu, l'uomo
va .iij. giornate ver' mezzodie, tuttavia trovando
città e castella assai, cacciagioni e ucelli asai, e d'o-
2   gne cosa grand'abondanza. A capo de le tre giornate si truova la città di Signi, ch'è molto grande e bella e di grande mercatantia e d'arti assai.
3   E' sono idoli ed al Grande Kane; la loro moneta
4   è di carte. E sì vi dico ch'egli ànno un fiume, on-
d'egli ànno grande prode; e dirovi come gli
uomini de la contrada questo fiume, che viene
di verso mezzodie, l'ànno partito in due parti, l'u-
na parte verso levante e va au Mangi, e l'altr[a]
5   verso ponente, cioè verso lo Catai. E dicovi che
questa terra à sì grande novero di navi, che quest'è maraviglia, né no sono grandi navi; e con queste navi a queste province portano e recano grandi mercatantie, tant[o] ch'è maraviglia a credere.
6   Or ci partiremo di qui, e direnvi d'un'altra verso mezzodie, ch'à nome Lign‹i›.

4. *au Mangi*: 'al Mangi', con preposiz. articol. fr. (cfr. *au
Cata* 55, 3 n.; *deu Mangi* 105, 6 n.).

Di Ligni.

1   Quando l'uomo si parte di Signi, e' va per mezzodie .viij. giornate, tuttavia trovando castella e
2   città assai, ricche e grandi. E' sono idoli e fan
3   ardere lor corpo morto. E' sono al Grande Ka-
4   ne; la moneta son carte. A capo de l'otto giornate truova una città ch'à nome Ligni, ch'è capo
5   de·regno: la città è molto nobile. E' sono uomi-
6   ni d'arme. Vero è ch'è terra d'arti e di mercatantie; ‹e àvi› di bestie e d'ucelli grand' abondan-
7   za, ‹e› da mangiare e da bere asai. Ed è sul fiume ched io vi ricordai di sopra; ed à maggior navi
che l'altre di sopra.
8   Or lasciamo qui, e dirovi d'un'altra città ch'à
nome Pigni, ch'è molto grande e ricca.

Di Pigni.

1   Quando l'uomo si parte di Ligni, e' va tre
giornate per mezzodie, trovando castella e città
2   assai. E' sono del Catai, e sono idoli e fanno ardere i loro corpi morti; e sono al Grande Kane.
3   ‹E àvi› ucelli e bestie assai, i miglior del mondo; di tutto da vivere ànno grande abondanza.
4   Di capo de le tre giornate si truova una città ch'à
nome Pigni, molto grande e nobile, di grandi

5 mercatantie e d'arti. Questa città è a l'entrata de
6 la grande provincia deu Mangi. Questa città rende grande prode al Grande Kane.
7   Or ci partiamo, e dirovi d'un'altra città ch'à
nome Cigni, ch'è ancora al mezzodie.

‹134›

Di Cigni. ‖

4ır. 1   Quando l'uomo si parte de la città di Pigni, e'
va due giornate ver' mezzodie per belle contrade
2 e diviziose d'ogne cosa. E a capo de le due giornate trova la città di Cigni, ch'è molto grande e
3 ricca di mercatantia e d'arti. La gente è idola e
4 fanno ardere lo' corpo. Lor monete son carte, e
sono al Grande Kane; e ànno molto grano e bia-
5 da. Qui no à 'ltro; però ci partiremo e andremo più inanzi.
6   Quando l'uomo è ito .iij. giornate ver' mezzodie, l'uomo truova belle città e castella, belle cacciagioni e ucellagioni e buoni cani; ‹e› biada
7 asai. E' sono come que' di sopra.
8   Di capo de le .‹i›ij. giornate si truova il grande
fiume di Carameran, che vien de la terra del
9 Preste Gianni. Sapiate ch'è la‹r›go [un] miglio
e molto profondo, sì che bene vi puote andare

---

3. *lo' corpo*: ' il loro cadavere ' (così 137, 3).
6. *cani*: errore di traduz. per ' campi ', cfr. *Nota al testo*, appar.

10 grande nave. Egli à in questo fiume bene .xv^m.
navi, che tutte sono del Grande Cane per portare
sue cose, quando fa oste a l'isole del mare, ché 'l
11 mare v'è presso a una giornata. E ciascuna di
queste navi vuole bene .xv. marinai, e portano
intorno di .xv. cavalli, cogli uomini co·lloro arnesi e vidande.
12 Quando l'uomo ha passato questo fiume, entra ne la grande provincia deu Mangi; e dirovi
come la conquistò il Grande Kane.

‹135›

Come il Grande Kane conquistò lo reame
de li Mangi.

1 Egli è vero che ne la grande provincia deu
Mangi era signore Fafur, ed era, dal Grande Kane in fuori, il maggior signore del mondo e 'l
2 più possente d'avere e di gente. Ma no sono genti d'arme; ché se fossono stati buoni d'arme, a
la forza de la contrada, mai no l'avrebbe perduta, ché le terre sono tutte atorneate d'acqua mol-
3 to fonda e non vi si va [se no] per ponte. Sì che
'l Grande Kane gli mandò un barone ch'avea

---

11. *vuole*: richiede come equipaggio   *vidande*: forma concorrente di ' vivande ' anche in ant. tosc., specie meridionale,
cfr. Baldelli, *Medioevo volgare*, 181 n. con bibliogr., Bezzola,
Gallicismi, 149.

2. *a la forza de la contrada*: dato che il paese è naturalmente
fortissimo   *l'avrebbe perduta*: sogg. *Fafur*   *le terre*: ' le
città '.

nome Baian Anasan, ciò è a dire 'Baian .c. occhi'; e questo fue negli anni Domini .mcclxxiij.

4   E·re del Mangi trovò per sua isteromia che la
sua terra mai no si perderebbe se non per un

5   uomo ch'avesse .c. occhi. E andò Baian con grandissima gente e co molte navi che li portaro

6   ‹uomeni› a piè ed a cavallo. E' venne a la prima
città de li Mangi, e no si volle rendere a·llui; poscia andò a l'altre infino a le .vj. città, e queste
lasciava, però che 'l Grande Kane li mandava
molta gente dietro – ed è questo Grande Kane

7   che oggi regna. ‹Or avenne che costui› la .vj.
città prese per forza, e poscia ne pigliòe tante
che n'ebbe .xij.; poscia se n'andò a la mastra città de li Mangi, ch'à nome Quisai, ov'era i·re e

8   la reina. Quando i·re vide tanta gente, ebbe tal
paura che si partì de la terra co molta gente e
bene co .m. navi, e andò al mare Oceano e fuggì
ne l'isole; la reina rimase, che si defendea al me'

9   che potea. E la reina dimandò chi era il segnore
10   de l'oste; fulle detto: 'Baian .c. occhi'. E la
reina si ricordò de la profezia ch'ò detto di sopra: incontanente rendéo la terra, e incontanente tutte le città de li Mangi si rendero a Baian.

11   E in tutto 'l mondo non era sì grande reame come questo; e dirovi alcuna de le sue grandezze.

41v. 12   Sapiate che questo re face' ogn'anno ‖ nutrica-

---

3. Nel testo fr. si colloca l'avvenimento nel 1268, cfr. *Nota
al testo*, appar.
4. *isteromia*: 'astronomia', cioè astrologia.
6. Non sei città, ma cinque (logicamente) nel testo fr.
7. *per forza*: con la forza.
8. *al me'*: 'al meglio'.

13 re .xxᵐ. fanciulli piccioli; e dirovi come. In
    quella provincia si gittano i fanciulli come so-
    no nati – cioè le povere persone che no li posso-
    no notricare; e quando u·ricco uomo non à
    figliuoli, e' va a·re e fassine dare quanti vuole.

14 E quando egli àe fanciulli e fanciulle da marita-
    re, sì gli amoglia insieme, e dàlli onde possano
    vivere; e in questo modo n'aleva ogn'anno bene

15 .xxᵐ. tra maschi e femine. Ancora fae un'altra co-
    sa, che quando lo re vae per alcuno luogo ed e'
    vede due belle case e dal lato una piccola, ed elli
    domanda perché quelle sono magior di quella;
    e s'egli è perché sia d'alcuno povero che no la
    possa fare magiore, incontanente comanda che

16 de' suoi danari sia fatta. Ancora questo re si fa
    servire a più di m[i]lle tra donzelli e donzelle.

17 Elli mantiene suo regno in tanta iustizia, che
    non vi si fa null[o] male, ché tutte le mercatan-
    tie stanno fuori.

18   Contato v'òe de·regno; or vi conterò de la rei-
19 na. La reina fue menata al Grande Kane, e 'l
    Grande Kane le fece grande onore, come a gran-
20 de reina. E i·re, marito di questa reina, mai non
    uscì de l'isole del mare Oceano, e quivi morìo.

21   Or lasceremo di questa matera, e tornerovi a
    dire de la provincia deu Mangi e di lor maniere

---

13. *si gittano... come sono nati*: 'si abbandonano appena nati '.
15. *quando lo re... ed elli domanda*: ripresa paraipotattica con
e dopo secondaria temporale   *sia*: 'appartenga '.
17. *fuori*: all'aperto, incustodite.
22. *coninceremo*: cfr. 119, 23.

22 e di lor costumi ordinatamente. E prima coninceremo de la città di Caygiagui.

‹136›

Di Caygiagui.

1 Caygiagui è una grande città e nobile, ed è a l'intrata de la provincia deu Mangi inver' isciloc.
2 La gente è idola, e ardono lo' corpo morto; e
3 sono al Grande Kane. È 'n sul grande fiume di
4 Caramoran, e àvi molte navi. Questa terra è di grande mercatantia, perch'è capo de la provin-
5 cia, ed i·luogo da ciò. Qui si fa molto sale, sì che ne dà bene a .xl. città; il Grande Kane n'à grande rendita di questa città, tra del sale e de la mercatantia.
6 Or ci partiamo di qui, e dirovi d'un'altra città ch'à nome Pauchin.

‹137›

Di Pauchin.

1 Quando l'uomo si parte di qui, l'uomo va bene una giornata per isciloc per una strada lastricata tutta di belle pietre; e da ogne lato de la strada si è l'acqua grande, e non si puote intrare

1. *isciloc*: forma francese di ' scirocco ', che si alterna nel testo con *sciloc* 140, 1, *isiloc* 150, 1, ecc. e *siloc* 144, 1; 150, 5, 6, ecc., (si tratta di termine tecnico di origine italiana, qui di ritorno, cfr. Vidos, *Prestito*, 305-306).

in questa provincia se non per questa strada.

2 Di capo di questa giornata si truova una città
3 ch'à nome Pauchin, molto grande e bella. La gente è idola, e fanno ardere lo' corpo; e sono
4 al Grande Kane. E' sono artefici e mercatanti: molta seta ànno e fanno molti drappi di seta e d'oro; e da vivere ànno assai.

5 Qui non à 'ltro; però ci partiamo e diremo d'un'altra ch'à nome Cayn.

‹138›

Di Cayn.

1 Quando l'uomo si parte di Pauchin, l'uomo va una giornata per isciloc, e truova una città
2 ch'à nome Cain, molto grande. E' sono come que' di sopra, salvo che v'è più bella ucellagione; ed èvi per uno viniziano d'ariento tre fagiani.

3 Or diremo d'un'altra ch'à nome Tingni.

‹139›

Tingni.

1 Tingni è una città molto bella e piacevole, no molto grande, ch'è di lungi da quella di sopra

2. *èvi per*: ' si possono acquistare ' (sogg. pl. posposto), cfr. 109, 3.

2 una giornata. La gente si è idola, e sono al Gran-
3 de Kane; moneta ànno di carte. Qui si fa molte
mercatantie ed arti; e àvi molti navi, ed è ver-
42r. 4 so sciloc. Qui àe ucellagioni e ‖ cacciagioni assai.
5   Ed è presso a tre giornate al mare Ozeano.
6 Qui si fa molto sale, e 'l Grande Kane n'à tanta rèdita ch'a pena si crederebbe.
7   Or ci partiamo ‹di qui›, e andiamo a un'altra
ch'è presso ad una gio‹r›nata a questa.

‹140›

‹D'un'altra città›.

1   Quando l'uomo si parte di Tingni, l'uomo va
verso sciloc una giornata, trovando castella asai
2 e case. Di capo truova una città grande e bella,
ch'à sotto di sé .xxvij. città tutte buone e di
3 grandi mercatantie. E in questa città à uno de'
.xij. baroni del Signore; e messer Marco Polo
4 signoregiò questa città .iij. anni. Qui si fa molti
arnesi d'arme e da cavalieri.
5   Di qui ci partiamo, e dirovi di due grandi
province de li Mangi, che sono verso levante; e
prima de l'una, ch'à nome Nangi.

3. *molti*: pl. femm. in -*i*, cfr. 22, 7 n.
6. *rèdita*: cfr. 63, 4 n.

Di Nangi.

1   [Nan]gi è una provincia molto grande e ric-
2 ca. La gente è idola; la moneta è di carte, e so-
3 no al Grande Kane. E' vivono di mercatantia e
4 d'arti. Ànno seta assai, uccellagioni e cacciagioni
   e ogne cosa da vivere; e ànno leoni asai.
5   Di qui ci partiamo, e conterovi de le .iij. nobili città de Sagianfu, però che troppo sono di
   grande affare.

‹Della città di Sagianfu›.

1   Saianfu è una grande città e nobile, ch'à sotto
2 sé .xij. città grandi e ricche. Qui si fa grandi ar-
3 ti e mercatantie, e son idoli. La moneta è di car-
4 te, e fanno ardere lor corpo morto. E' sono al
5 Grande Kane; e ànno molta seta. Ell'à tutte nobile cose ch'à nobile città conviene.
6   E sapiate che questa città si tenne .iij. anni poscia che tutto il Mangi fue renduto, tuttavia
   standovi l'oste; ma non vi potea stare se no da
   u·llato verso tramontana, ché ‹da› l'altro si è il

---

5. *de le .iij. nobili*: 'della nobilissima '; il tradutt. ha equi-
vocato come in 80, 15, questa volta coinvolgendo anche il numero, cfr. *Nota al testo*, appar.

6. *si tenne*: ' resistette '   *tuttavia standovi l'oste*: assediata
senza interruzione dagli eserciti.

7   lago molto profondo. Vivanda aveano assai per
    questo lago, sì che la terra per questo asedio mai
8   no sarebbe perduta. Volendosi l'oste partire co
    grande ira, messer Nicolao e 'l suo fratello e mes-
    ser Marco Polo dissero al Grande Kane ch'avea-
    no co·lloro uno ingegnere che farebbe ta' man-
9   gani, che la terra si vincerebbe per forza. Il Gran-
    de Kane fue molto lieto, e disse che tantosto fos-
10 se fatto. Comandaro costoro a questo loro fa-
    migliare, ch'era cristiano nestorino, che questi
11 mangani fossoro fatti. Fuoro fatti e rizzati dinan-
    zi a Sai‹a›nfu; fuoro tre, ‹e› cominciaro a gitta-
    re pietre di .iijᶜ. libbr' e tutte le case guastavano.
12 Questi de la terra, vedendo questo pericolo —
    ché mai non av‹e›ano veduto neuno mangano, e
    quel fue il primo mangano che mai fosse veduto
    per neuno Tartaro –, que' de la terra fuoro a con-
    siglio, e rendero la terra al Grande Kane, com'e-
13 ran rendute tutte l'altre. E questo adivenne per la
    bontà di messer Nicolò e di messer Mafeo e di
    messer Marco; e no fue piccola cosa, ch'ell'è bene
    una de le miglior province ch'abbia il Grande
    Kane.
14 Or lasciamo di questa matera, e dirovi d'una
    provincia ch'à nome Sigui.

---

8 e 10. Due i costruttori dei mangani nel testo fr.: cfr. *appar.*
12. *que' de la terra*: 'gli abitanti della città', riprende il
sogg. già espresso all'inizio del periodo, cfr. 170, 33.
13. *bontà*: 'merito'.

Di Sigui e'l fiume d[i] Quian.

1   Quando l'uomo si parte di qui e l'uomo va per
siloc .xv. miglia, l'uomo truova una città ch'à nome Sigui, ma non è troppo grande, ma è di gran-
2   de mercatantia e di grande navilio. E' sono ‹idoli› ed al Grande Kane; la moneta è di carte.
3   E sapiate ch'ell'è in sul maggior fiume del mon-
4   do, ch'è chiamato Quian. Egli è largo; in ta' luogo v'àe .x. miglia e 'n tale .viij. e ‹'n tale› .vj.;
42v. 5   ‖ ed è lungo piùe di .c. giornate. [Per] questo fiume questa città à molte navi onde 'l Grande Kane
n'à grande rèdita per la mercatantia che va sue
e giùe e quine si riposa.
6   E per le molte città che sono su per quel fiume, per quel fiume va più mercatantia che per
tutti gli altri fiumi de' cristiani e più cara mercatantia, né 'ncora per tutto loro mare; ché io
vidi a questa città per una volta .xv^m. navi apor-
7   tate. ⟨Or⟩ sapiate da che questa città, che no è
molto grande, à tante navi, quante so' l'altre,
ch'àe in su questo fiume bene .xvj. province e àvi
su bene .cc. buone città, che tutte ànno più navilio che questa.
8   Le navi son coverte e ànno un àlbore, ma sono
di grande portare, che ben portano da .iiij^m. can-
9   tari insino in .xij^m. cantari. Tutte le navi ànno

6. *per una volta*: 'in una sola volta'.
8. *son coverte*: hanno la coperta, cioè il ponte   *cantari*:
misura di peso (circa mezzo quintale).
9. *sarta di canave*: sartia di canapa.

sarta di canave, cioè legami per legare le navi
10 e ‹per› tiralle su per questo fiume. Le piccole
sono di canne grosse e grandi, com'io v'ò detto
di sopra; elli legano l'una all'altra, e fannole lunghe bene .iijᶜ. passi e fendole; e sono più forti
che di canave.

11 O·lasciamo qui, e torneremo a Caigui.

‹144›

De la città di Caigui.

1-2 Caigui è una piccola città ver' siloc. E' son
3 idoli e al Grande Kane; ànno moneta di carte. E'
4 sono in su questo fiume. Qui si ricoglie molto
grano e riso, e va fino a la grande città di Cabalu, a la corte del Grande Kane, per acque, non
5 per mare ma per fiumi e per laghi. De la biada
di questa città ne logora grande parte de la corte
6 del Grande Kane. E 'l Grande Kane à fatta or-
dinare la via da questa città insino a Cabalu,
ch'egli à fatte fare fosse larghe e profonde da
l'un fiume a l'altro e da l'un lago a l'altro, sì che
7 vi va bene grandi navi. E così si può andare per
terra, ché lungo la via de l'acqua si è quella de
la terra.
8 E nel mezzo di questo fiume à un'isola guasta,

---

10. *fendole*: le fendono per la lunghezza.

5. *logora... corte*: 'gran parte della corte la consuma per
vivere'.

8. *guasta*: errore di traduz. per 'rocciosa', cfr. *Nota al testo*,
appar.   *freri*: 'monaci', francesismo comune in ant. tosc.,
cfr. Bezzola, *Gallicismi*, 64; Rohlfs, § 44.

ov'àe u·munistero d'idoli, che v'à .ij^c. freri; e
quie à molti idoli, e quest'è capo di molt'altri
monisteri d'idoli.

9   Or ci partiremo di qui e paseremo lo fiume; e
dirovi di Ci‹n›ghiafu.

‹145›

‹Della città chiamata Cinghiafu›.

1   Cinghianfu è una città deu Mangi, che si so-
2 no come gli altri. Sono artefici e mercatanti;
cacciagioni e ucellagioni àn asai, e molta biada e
3 seta, e drappi di seta e d'oro. Quiv'è due chiese
di cristiani nestorini, e questo fue dagli anni
4 Domini .mcclxxviij. in qua, e dirovi perché. E'
fue vero che in quel tempo vi fu segnore per lo
Grande Kane un cristiano nestorino tre anni, ed
ebbe nome Marsachis; e costui le fece fare, e d'a-
lotta in qua vi sono state.

5   Or ci partiremo di qui, e dirovi d'un'altra
città grande ch'è chiamata Cighingiu.

‹146›

‹Della città chiamata Cinghingiu›.

1   Quando l'uomo si parte de Cinghianfu, e' va
.iij. giornate ver' sciloc, tuttavia trovando città
2 e castella asai di grande mercatantia e d'arti. E'

---

1. *si sono come gli altri*: cioè come quelli descritti nel cap.
precedente. Queste formule di rimando e di abbreviazione
servono al traduttore toscano per non ripetere dati ritenuti

sono idoli e sono al Grande Kane; la moneta
3 ⟨ànno⟩ di carte. Di capo di queste tre giornate si
truova la città di Cighingiu, ch'[è] molto gran-
4 de e nobile. E' sono come gli altri d'ogne cosa, e
ànno da vivere d'ogne cosa assai.

5-6   Una cosa ci avenne ch'io vi conterò. Quando
Baian, barone del Grande Kane, prese tutta quest[a] provincia, po' ch'ebbe presa la città mastra,
mandò sua gente a prendere questa città, e que-
7 sti s'arendero. Come fuoro ne la terra, trovaro sì
buon vino, che s'inebriaro tutti; e stavano come
8 morti, sì dormìeno. Costoro, vedendo ciòe, ucisel-
43r. li tutti, sì che neuno ne scampò in quella ‖ notte; e no dissono né bene né male, sì come uo-
9 mini morti. E quando Baian, signore de l'oste,
seppe questo, mandòvi molta gente e fecela prendere per forza; presa la terra, tutti gli ucisero e
misegli a le spade.

10   Or ci partiremo di qui, e dirovi d'un'altra città ch'à nome Sugni.

                    ⟨147⟩

            ⟨Della città chiamata Sugni⟩.

1-2   Suigni è una molto nobile città. E' sono idoli
3 e al Grande Kane; moneta ànno di carte. Elli
ànno molta seta e vivono di mercatantia e d'arti;

scontati (tipo di governo, religione, moneta, ecc.), e non hanno quindi riscontro nel testo fr. Inizia da questo cap. una
prima serie: 146, 4; 147, 14; 150, 5, 6, 7, 11, 12 ecc.

8. *uciselli*: ' ucciserli ', con la solita assimil. (così *misegli* 9
' miserli ')   *dissono*: ma il testo fr. ha ' sentivano '.

molti drappi di seta fanno, e sono ricchi merca-
4 tanti. Ell'è sì grande, ch'ella gira .lx. miglia, e
v'à tanta gente che neuno potrebbe sapere lo no-
5 vero. E sì vi dico che·sse fossero uomini d'arme
quelli del Mangi, elli conquistebbono tutto 'l
mondo; ma elli non sono uomini d'arme, ma
sono savi mercatanti d'ogne cosa e sì ànno boni
6 † naturali e savi fisolafi. E sappiate che questa città à bene .vi^m. ponti di pietre, che vi pase-
7 rebbe sotto o una galea o [.ij.]. E ancor vi dico
che ne le montagne di questa città nasce lo rebarbero e zezebe in grande abondanza, ché per uno
veneziano grosso s'avrebbe ben .xl. libbre di ze-
8 zibere fresco, ch'è molto buono. Ed à sotto di sé
.xvj. città molto grandi e di grande mercatantia e
d'arti.

9   Or ci partimo di Suigni, e dirovi d'un'altra
10 ch'à nome Ingiu. E questa è lungi da Sugni una
giornata: ell'è molto grande e nobile, ma perché
non v'à nulla da ricordare, dirovi d'un'altra
11-12 ch'à nome Unghin. Questa è grande e ricca. E'
sono idoli e al Grande Kane; e la moneta è di
13 carta. Quin'àe abondanza d'ogni cosa; e sono
mercatanti e molto savi e buoni artefici.

---

4. Non sessanta miglia, ma quaranta nel testo fr., cfr. *Nota al
testo*, appar.
5. *conquistebbono*: ' conquisterebbero ', (sincope dell'intertonica come in *manicrebbe* 148, 17, e successiva eliminazione di *r*
nel nesso *-str-*, cfr. 36, 3 n.); quanto al guasto, il traditt. si è
trovato ancora una volta in difficoltà, e non ha tradotto il
termine *mire* ' medici ' del testo fr. (cfr. sopra 30, 6 e *Nota al
testo*, appar.)   *fisolafi*: forma metatetica da *filosafi* comune
in ant. tosc.
7. *zezebe*: ' zenzero ', vedi *zizibe* 122, 6.

14   Or ci partiamo di qui, e diremo di Cianga, ch'è
      molto grande e bella, e àe ogne cosa come·ll'altre;
15   e·ffavisi molto zendado. Qui no à 'ltro da ri-
      cordare: partimoci ed andamo a la nobile città di
      Quisai, ch'è la mastra città de·reame deu Mangi.

‹148›

Di Quinsai.

1   Quando l'uomo si parte de la città de Cianga,
      e' va .iij. giornate per molte castelle e città ricche
2   e nobili, di grandi mercatantie e arti. E' sono
      idoli e al Grande Kane; e ànno moneta di carta.
3   Egli ànno da vivere ciò che bisogna al corpo de
4   l'uomo. Di capo di queste tre giornate, si truova
      la sopranobile città di Quinsai, che vale a dire in
5   francesco ' la città del cielo '. E conterovi di sua
      nobiltà, però ch'è la più nobile città del mondo e
      la migliore; e dirovi di sua nobiltà secondo
      che·re di questa provincia scrisse a Baian, che
      conquistò questa provincia de li Mangi; e que-
      sti la mandò al Grande Kane, perché, sappiendo
6   tanta nobiltà, no la farebbe guastare. Ed i' vi
      conterò per ordine ciò che la scrittura contenea;
      e tutto è vero però ch'io Marco lo vidi poscia co
      mi' occhi.

15. *partimoci ed andamo*: regolari desinenze antiche, prima
della sostituzione con l'unica *-iamo* (cfr. Rohlfs § 530); qui
sapemo 151, 19; *avemo* 153, 14, ecc.

4. *sopranobile*: nobilissima (gallicismo).
5. *re*: la regina (v. cap. 135), secondo il testo fr., cfr. *Nota al
testo*, appar.

7 La città di Quinsai dura in giro .c. miglia, e à .xij^m. ponti di pietra; e sotto la maggior parte di questi ponti potrebbe passare una grande nave

8 sotto l'arco, e per gli altre bene mezzana nave. E neuno di ciò si maravigl[i], perciò ch'ell'è tutta in acqua e cerchiata d'acqua; e però v'à tanti ponti per andare per tutta la terra.

9 Questa città à .xij. arti, cioè di ciascuno mistieri una; e ciascun'arte à .xij^m. stazioni, cioè .xij^m. case; e 'n ciascuna bottega àe 'lmeno .x. uomini e in tal .xv., e in tal .xx. e in tal .xxx. e

10 in tal .xl., non tutti maestri ma discepoli. Questa città fornisce molte contrade; quiv'à tanti mercatanti e sì ricchi e in tanto novero, che non

11 si potrebbe contare che si credesse. Anco vi dico che tutti li buoni uomini e le donne e li capi

43v. ‖ maestri no fanno nulla di lor mano, ma stanno così dilicatamente come fossono re e le donne come fossono cose angeliche. Ed èvi uno ordi-

12 namento che neuno può fare altr'arte che quella che fece suo padre: se 'l suo valesse .c^m. bisanti d'oro, no oserebbe fare altro mistiere.

13 Anche vi dico che verso mezzodie àe u·llago che gira ben .xxx. miglia, e tutto d'intorno à be' palagi e case fatte meravigliosamente, che sono di buoni uomini gentili; ed àvi monisteri e

14 abadie d'idoli in grande quantità. Nel mezzo di

---

7. *dura in giro*: 'ha un perimetro di'   *altre*: per questo pl. cfr. 49, 8 n.
9. *arti*: corporazioni artigiane   *stazioni*: botteghe.
10. *che si credesse*: in modo credibile.
12. *se 'l suo valesse*: 'anche se le sue sostanze valessero'.
13. *buoni uomini gentili*: 'i nobili'.

questo lago à due isole: su ciascuna à uno molto
bel palagio e ricco, sì ben fatto che bene pare pa-
15 lagio d'imperadore. E chi vole fare nozze o con-
vito, fàllo in questi palagi; e quini si [è] sempre
forniti di vasellamenti, di scodelle e di taglieri
e d'altri fornimenti.

16 Ne la città à molte belle case e torri di pietre
e spesse, ove le persone portano le cose quando
s'aprende fuoco ne la città, ché molto spesso vi
s'acende, perché v'à molte case di legname.

17 E' manucano tutte carne, così di cane e d'altre
brutte bestie come di buon[e], che per cosa del
mondo niun cristiano manicrebbe di quelle bestie ch'elli mangiano.

18 Anco vi dico che ciascuno d'i .xij^m. ponti guarda .x. uomini di die e di notte, perché neuno
19 fosse ardito di ribelare la città. Nel mezzo de la
terra à un monte, ov'à suso una torre, ove sta
sempre suso uno uomo con una tavoletta i·mano,
e dàvi suso d'un bastone che ben s'ode da lun-
20 ga. E questo fae quando fuoco s'acende ne la
terra, o altra battaglia e mischia ‹vi si facesse›.
21 Molto la fa ben guardare il Grande Kane, però
ch'è capo di tutta la provinci‹a› deu Mangi, e

15. *vole*: senza dittongo, come non raramente in questa forma
(così 170, 27, 31, ecc.; inoltre *sedono* 85, 7, *boni* 147, 5, ecc.), vedi bibliogr. cit. a 45, 1 n.   *taglieri*: ‘ piatti ’.
17. *manicrebbe*: ‘ mangerebbe ’, rara qui la sincope nel
fut. e condiz. (ma cfr. *conquistebbono*, 147, 5), caratteristica del tosc. occident.: vedi Castellani, *Nuovi testi*, 48; *Miliadusso*, II, 40; Crespo, *Una versione pis.*, 45; Dardano, *Bestiario*, 48; Limentani, *Palamedés*, 25.
18. *ribelare*: ‘ far ribellare ’ (valore fattitivo), cfr. 130, 10.

perché n'à di questa città grande rèdita, sì grande ch'a pena si potrebbe credere.

22   E tutte le vie de la città so' lastricate di pietre e di mattoni, e così tutte le mastre vie de li Mangi, sì che tutte si posson cavalcare nettamente,

23   ed a piede altressìe. E ancora vi dico che questa città à bene .iij^m. stufe, ove si prende grande diletto gli uomini e le femine; e vannovi molto spesso, però che vivono molto nettamente di

24   lor corpo. E sono i più be' bagni del mondo e' magiori, ché bene vi si bagna insieme .c. persone.

25   Presso a questa villa a .xv. miglia è 'l mare O-
26   zeano, entr[o] greco e levante. E quine è una città ch'à nome Gianfu, ov'è molto buon porto, ov'à molte navi che vegnono d'India e d'altri paesi; e da questa città al mare àe un grande fiume, onde le navi posson venire insino a la terra.

27   Questa provincia de li Mangi lo Grande Kane l'à partita in otto parti e ànne fatte .viij. reami grandi e ricchi, e tutti rendono ogn'anno tre-
28   buto al Grande Kane. E in questa città dimora l'uno di questi re, e à ben sotto sé .cxl. cittadi grandi e ricche.

29   E sapiate che la provincia de li Mangi à bene .mcc. cittadi, e ciascuna à guardie per lo Grande
30   Kane, com'io vi dirò. Sapiate che in ciascuna

---

23. *stufe*: ' bagni '.
25. Non quindici, ma venticinque miglia in F, cfr. *Nota al testo*, appar.
27. *otto parti... viij reami*: errore per « nove » del testo fr. (cfr. *Nota al testo*, appar.), in seguito eliminato (qui sotto 51).

quella che meno n'àe, si à .m. guardie; e di ta'
n'à .x^m. e di tali .xx^m. e .xxx^m., sì che 'l novero
sarebbe sì grande, che non si potrebbe contare né
31 credere di leggieri. Né none intendiate che quelli uomini sieno tutti Tarteri, ma vi n'àe del Catai, e no son tutti a cavallo quelle guardie, ma
grande partita a piede.

32 La rèdita ch'à 'l Grande Kane di questa provincia de li Mangi no si potrebbe credere né a
pena scrivere, e ancora la sua nobilità.

33 L'usanza de li Mangi sono com'io vi dirò.

34 Egli è vero, quando alcuno fanciullo nasce, o
maschio o femina, il padre fa scrivere i‹l› die e
'l punto e·ll'ora, il segno e la pianeta sotto ch'e-
gli è nato, sicché ‖ ognuno lo sa di sé queste cose.

44r.

35 E quando alcuno vuole fare alcun viaggio o alcuna cosa, vanno a loro stèrlogi, in cu' ànno
grande fede, e fannosi dire lo lor migliore.

36 Ancora vi dico, quando lo corpo morto si porta ad ardere, tutti i parenti si vestono di canivaccio, cioè vilmente, per dolore, e vanno così
presso al morto, e vanno sonando loro stormenti e
37 cantando loro orazioni d'idoli. Quando ‹sono› làe
ove 'l corpo si dé ardere, e' fanno di carte uomini,
38 femini, camelli, danari e molte cose. Quando il fuoco è bene aceso, fanno ardere lo corpo
con tutte queste cose, e credono che quel morto
avràe ne l'altro mondo tutte quelle cose da dive-

34. *Egli è vero... il padre*: ellissi di *che* dichiarativo, come anche qui sotto 36   *lo sa*: *lo* neutro prolettico.
35. *stèrlogi*: 'astrologi'   *lo lor migliore*: la più favorevole
decisione da prendere.
36. *canivaccio*: cfr. 114, 19.

ro al suo servigio; e tutto l'onore che gli è fatto
in questo mondo quando s'arde, gli sarà fatto
quando andrà ne l'altro per gl'idoli.

39   E in questa terra è 'l palagio de·re che·ssi fu-
giò, ch'era signor de li Mangi, ch'è il più nobile
e 'l più ricco del mondo; ed io vi ne dirò alcuna

40 cosa. Egli gira .x. miglia: è quadrato, col muro
molto grosso e alto, e atorno e dentro a questo
muro sono molto belli giardini, ov'è tutti buoni

41 frutti. Ed èvi molte fontane e più laghi, ov'à
molti buoni pesci; e nel mezzo si è 'l palagio

42 grande e bello. La sala ‹è› molto bella, ove mangerebbe molte persone, tutta dipinta ad oro ed
azuro, co molte belle storie, ond'è molto dilette-
vole a vedere, ché per tutte le mura e la corpertura non si può vedere altro che pinture ad oro.

43 Non si potrebbe contare la nobeltà di questo palagio, ché v'à .xx. sale tutte pare di grandezza, e
sono tamante che bene vi mangerebbe agiata-
mente .x^m. uomini; e·ssi à questo palagio bene
mille camere.

44   Anche sapiate che 'n questa città à bene .clx^m.
di tomain di fumanti, cioè di case, e ciascuno tomain è .x. case e fumanti: la somma si è .mdc^m.
di magioni d'abitanti, ne le quali à grandi pala-

---

38. *per gl'idoli*: ' dagl'idoli '.
42. *corpertura*: forse per anticipo di *r* o per incrocio con
forma metatetica (cfr. *cruopono*, 36, 10).
43. *pare*: pl. in -*e*, ' eguali '.
44. *fumanti*: ' fuochi ', ' case ', cfr. *GDLI*, VI, 444; per *tomain*,
vedi *Ind. ragion.* (tutto il periodo è piuttosto confuso: cfr.
Nota al testo, appar.).

45 gi. E àvi una chiesa di cristiani nestorini solamente.

46 Sapiate che ciascuno umo de la villa e de' borghi à scritto in su l'uscio lo nome suo e di sua
moglie e de' figliuoli e fanti e schiavi, e quan-
47 ti cavalli tiene. E s'alcuno ne mure, fa guastare lo
suo nome, e s'alcuno ne nasce, sì 'l vi fa scrivere,
sì che 'l segnore de la villa sa tutta la gente per
novero ch'à ne la villa; e così si fa in tutta la pro-
48 vincia de li Mangi e del Catai. Ancora v'àe un
altro costume, che gli abergatori scriveno in su la
porta de la casa tutti gli [nomi] degli osti suoi,
e 'l die che vi vegnono; e quando se ne vanno sì
lo spegnono, sì che 'l Grande Kane può sapere
49 chi va e chi viene. E questa è bella cosa e savia.
50-51 Or v'ò detto di questo una parte. Or vi vo'
contare de la rendita ch'àe il Grande Kane di
questa terra e suo distretto, ch'è de le nove parti
l'una de li Mangi.

‹149›

La rèdita del sale.

1 Or ve conterò de la rèdita ch'àe il Grande Kane di Quisai e delle terre che sono sotto di lei;
2 e prima vi conterò del sale. Lo sale di questa

---

46. *umo* (e sotto *mure*, 47): per probabile riduzione del dittongo *uo*, cfr. 9, 5 n.
48. *abergatori*: con caduta di *l* precons., cfr. 36, 10   *osti*:
' ospiti ' (francesismo)   *spegnono*: ' cancellano '.

contrada rende l'anno al Grande Kane .lxxx. tomain d'oro: ciascuno tomain è .lxxx^m. saggi d'o-
ro, che monta per tutto .vj^m.iiij^c. ⟨milia⟩ di saggi
d'oro — e ciascuno saggio d'oro vale piùe d'un
fiorino d'oro —, e questo è maravigliosa cosa.

3-4   Or vi dirò de l'altre cose. In questa contrada
nasce e favisi più zucchero che in tutto l'altro
mondo; e questo è 'ncora grandissima rendita;

5   ma io vi dirò di tutte spezie insieme. Sapiate che
tutte spezierie e tutte mercatantie rendono tre
e terzo per .c.; e del vino che fanno di riso àn-

44^v.   ne ancora grandissima rendita, ‖ e de' carboni e
di tutte .xij. arti, che sono .xij^m. stazzoni, n'à 'ncora grandissima rendita, ché di tutte cose si paga

6   gabella – de la seta si dà .x. per .c. Sì che io
Marco Polo, ch'ò veduto e sono stato a fa·lla ragione, † la rendita sanza il sale vale ciascun
anno .ccx^m. tomani d'oro; e quest'è il più smisu-
rato novero del mondo di moneta, che monta

7   .xv^m. dcc^m. E questo è de le nove parti l'una de
la provincia.

8   Or lasciamo stare di questa matera, e dirovi
d'una città ch'à nome Tapigni.

---

2. Nel testo fr. i saggi d'oro sono settantamila (il totale quindi 5.600.000), cfr. *Nota al testo*, appar.
5. *stazzoni*: 'botteghe'; cfr. 36, 4 n.
6. *fa·lla ragione*: 'fare il conto', tipica espressione del linguaggio tecnico mercantile, cfr. F. Edler, *Glossary of Medieval
Terms of Business*, Cambridge, Mass., 1934, 237; il totale non
coincide con quello dato dal testo fr. (cfr. *Nota al testo*, appar.). Nella traduz. è caduto il verbo dichiarativo di cui *io
Marco* è sogg.   *tomani*: traduz. di *tomain*, che è la forma fr.
7. *questo*: neutro.

‹Della città che si chiama Tapigni›.

1 Quando l'uomo si parte de Quisai, e' va una giornata per isiloc, tuttavia trovando palagi e giardini molto belli, ove si truova tutte cose da
2 vivere e asai. Di capo di questa giornata si truova questa città ch'à nome Tapigni, molto
3 bella e grande; ed è sotto Quisai. E' sono idoli, e fanno ardere loro corpo; lor moneta è di carte
4 e sono al Grande Kane. Qui non à 'ltro da dire.
5 Or diremo d'un'altra ch'à nome Nuigiu, ch'è di lungi da quella .iij. giornate per siloc; e sono co-
6 me que' di sopra. Di qui si va .ij. giornate ver' siloc, tuttavia trovando castella asai e ville, che pare l'uomo vada per una città; e truovane un' altra, ch'à nome Chegiu, e tutti sono come di so-pra.
7 Di qui si va .iiij. giornate per isiloc, come di
8 sopra. Qui àe ucelli e bestie asai, come leoni
9 grandissimi e fieri. Qui no à montoni né berbìci per tutti li Mangi, ma egli ànno buoi, becchi e
10 capr'e porci assai. Di qui ci partiremo, perché non ci à altro, e andremo .iiij. giornate e trove-remo la città di Ciasia; ed è su uno monte che parte lo fiume, che l'una metà va in su e l'altra

5. *sono come que' di sopra*: rimando alla descrizione che su-bito precede, cfr. 145, 1; così sotto 6, 7, 11, 12; 151, 16.
9. *berbìci*: 'pecore', francesismo diffuso in ant. tosc., cfr. Ca-stellani, *Nuovi testi*, gloss.; *GDLI*, II, 179.
10. *parte*: 'divide'.

11 in giuso. Tutte queste città sono de la signoria
di Quisai; tutti sono come que' di sopra.

12 Di capo de le .iij. giornate si truova la città di
Cangu – e' sono come quell[i] di sopra – ed è la

13 sezzaia città di Quisai. Or conincia l'altro reame
de' Mangi, ch'è chiamato Fughiu.

‹151›

‹Del reame di Fugiu›.

1 Quando l'uomo si parte di questa sezzaia città
de Quisai, l'uomo entra ne·reame di Fughiu.

2 ‹E› vassi .vj. giorna‹te› per isiloc, ‹e› trova città e

3 castella e case assai. E' sono idoli ed al Grande

4 Kane; e sono sotto la signoria di Fughiu. Vivono di mercatantia e d'arti; d'ogne cosa ànno
grande abondanza: ànno zizibe e galanga oltre misura, ché per .j. viniziano grosso se n'a-

5 vrebbe ben .lxxx. libbre di zizibe. E v'àe un
frutto che par zaferano, ma non è, ma vale ben

6 altretanto a operare. Elli manucano d'ogne brut-
ta carne, e d'uomo che no sia morto [di] sua
morte, molto volentieri, e ànnola per buona

7 carne. Quando vanno in oste si tondono li capelli molt'alto, e nel volto si dipingono d'azurro

8 un segno com'un ferro di lancia. E' sono uomi-

12. *sezzaia*: 'ultima' (così 151, 1).

5. *a operare*: 'ad essere utilizzato'; *operare* per *adoperare*,
cfr. *Voc. Crusca*, IX, 549.
7. *si tondono*: 'si rasano'.

ni molto crudeli più del mondo, ché tutto die vanno ucidendo uomini e bevendo il sangue, e poscia li mangiano tutti; ed altro non procacciano.

9   Nel mezzo di queste .vj. giornate à una città ch'à nome Quenlafu, ch'è molto grande e no-

10-11 bile. E' sono al Grande Kane. E à tre ponti - li più belli del mondo – di pietra, lunghi u·miglio e larghi bene .viij. passi; e sono tutti in colonne di marmo, e sono sì belli che molto tesoro vo-

12   rebbe a farne uno. Elli vivono di mercatantia e

13   d'arti; egli ànno seta asai e zizibe e galanga. E

14   v'à belle donne. E ànno galline che no ànno penne, ma peli come gatte, e tutte nere; e fanno uova come le nostre, e sono molto buone da

15   mangiare. Qui non à altro.

16   E in queste .vj. giornate ch'è detto di sopra, so' molte castella e città, e sono come quelle di so-

17   pra. E fra .xv. miglia da l'altre tre giornate è

45r. una città ove si fa tanto zucchero, che·ssi ‖ ne fornisce il Grande Kane e tutta sua corte, che vale

18   grande tesoro, e à nome Unquen. Qui no à 'ltro.

19   Quando l'uomo si parte di qui .xv. miglia, l'uomo truova la città nobile di Fugiu, ch'è capo di questo reame; e però ne conteròe quello che noi ne sapemo.

---

11. Nel testo fr. si ha nove passi e non otto, cfr. *Nota al testo*, appar.   *vorebbe*: ' si richiederebbe '.
16. *fra... da l'altre*: ' e dopo... oltre ' (le ultime tre delle sei sopradette).

‹Della città chiamata Fugiu›.

1   [O]r sapiate che questa città di Fugiu è capo de·
regno di Conca, ch'è de le .viiij. parti l'una de li
2   Mangi. In questa città si fa grande mercatantia
3-4   ed arti. E' sono idoli ‹e al Grande Kane›. E 'l
Grande Kane vi tiene grande oste per le città e
castella che spesso vi si rubellano, sì che inconta-
5   nente vi corrono e ripìglialle e guàstalle. E per
lo mezzo di questa città vae un fiume largo be-
6   ne u·miglio. Qui si fa molte navi che vanno su
7   per quel fiume. Qui si fa molto zucchero; qui si
fa mercatantia grandi di pietre preziose e di
perle, e portal[e] i mercatanti che vi vengono
8   d'India. E questa terra è presso al porto di Catun, nel mare Ozeano: molte care cose vi sono
9   recate d'India. Egli ànno bene da vivere di tutte
cose, ed ànno be' giardini co molti frutti, ed è sì
bene ordinata ch'è maraviglia.
10   Perciò no vi ne dirò più, ma cont[e]rovi d'altre cose.

1. *Conca*: toponimo in contraddizione con quanto detto nel cap. precedente (ma la responsabilità è già del testo fr.); si dovrebbe forse sostituire con Fugiu, come Benedetto, *Il libro di Messer Marco Polo*, 268.
4. *ripìglialle e guàstalle*: 'le riconquistano e le devastano' (3e perss. pl. con assimil.).

Di Zart[om].

1 Or sapiate che, quando l'uomo si parte di Fugiu e passa il fiume, e' va .v. giornate per siloc,
tuttavia trovando città e castella assai, dov'à ogne
2 cosa a dovizia grande. E v'à monti e valli e piani,
ov'à molti boschi e molti àlbori che fanno la
3 [c]anfora; e v'à ucelli e bestie assai. E' vivono di
mercatantie e d'arti; e sono idoli come que' di
4 sopra. Di capo di queste .v. giornate si truova
una città ch'à nome Zartom, ch'è molto grande e
nobile, ed è porto ove tutte le navi d'India fanno capo, co molta mercatantia di pietre prezio-
5 se e d'altre cose, come di perle grosse e buone. E
quest'è 'l porto de li mercatanti de li Mangi, e
atorno questo porto à·ttanti navi di mercatantie
ch'è meraviglia; e di questa città vanno poscia
6 per tutta la provincia de li Mangi. E per una
nave di pepe che viene in Alesandra per venire
in cristentà, sì ne va a questa città .c., ché questo è l'uno de li due p[o]rti del mondo ove viene
più̀e mercatantia.
7 E sapiate che 'l Grande Kane di questo porto
trae grande prode, perché d'ogne cose che vi viene, conviene ch'abbia .x. per .c., cioè de le diece
8 parti l'una d'ogne cosa. Le navi si togliono per lo'

5. *tanti*: pl. in *i* degli agg. femm. Iª cl., cfr. 22, 7 n.
6. *Alesandra*: con caduta di *yod* nella sill. fin. cfr. Schiaffini,
Testi, gloss. (vedi inoltre 115, 12 n.)   *cristentà*: ' cristianità ',
diffuso francesismo.
7. *conviene*: ' è obbligatorio '   *si togliono per lo' salaro*:

salaro di mercatantie sottile .xxx. per .c., e del
pepe .xliiij. per .c., e de·legno aloe e de' sandali
e d'altre mercatantie grosse .xl. per .c.; sì che li
mercatanti danno, tra le navi e al Grande Kane,

9 ben lo mezzo di tutto. E perciò lo Grande Kane
guadagna grande quantità di tesoro di questa
villa.

10-11 E' sono idoli. La terra à grande abondanza
12 d'ogne cose che a corpo d'uomo bisogna. E in
questa provincia à una città ch'à nome Tinuguise, che vi si fa le più belle scodelle di porcelane
del mondo; e no se ne fa in altro luogo del mon-

13 do, e quindi si portano da ogne parte. E per uno
viniziano se n'arrebbe tre, le più belle del mondo e le più divisate.

14 Ora avemo contato de li .viiij. reami ‹de li
Mangi› li tre, cioè Cangui e Quisai e Fugiu; degli altri reami non conto, ché sarebbe lunga me-

15 na. Ma dirovi de l'India, ov'à cose bellissime
da ricordare, ed io Marco Polo tanto vi stetti, che
bene le saprò contare per ordine. ‖

'riscuotono per il nolo', cfr. Castellani, *Testi sangim.*, gloss.
8. *sottile*: 'minute' (pl. in -*e*).
13. *arrebbe*: dileguo di *v* davanti a *r* (che successivamente rad-
doppia per analogia, cfr. Rohlfs, § 587), tratto tosc. occident., vedi Castellani, *Nuovi testi*, 48; *Testi sangim.*, 35; Crespo, *Una versione pis.*, 35 con bibliogr.   *divisate*: 'diverse',
ma cfr. *Nota al testo*, appar.

Qui conincia tutte le maravigliose cose
de l'India.

1   (P)oscia ch'abiamo contato di tante province
terrene, com'avete udito, noi conteremo de le
2   maravigliose cose che sono ne l'India. E conin-
cerovi a le navi, ove' mercatanti vanno e vegnono.
3   Sapiate ch'elle sono d'u·legno chiamato abeta
e di zapino; ell'ànno una coverta, e 'n su questa
coperta, ne le piùe, à ben .xl. camere, ove in cia-
4   scuna può stare u·mercatante asgiatamente. E
ànno uno timone e .iiij. àlbori, e molte volte vi
giungono due àlbori che si levano e pognono; le
tavole so' tutte chiavate doppie l'una sull'altra
5   co buoni aguti. E non sono impeciate, però che
no n'ànno, ma sono unte com'io vi dirò, però
ch'egli ànno cosa che la ‹tengono› per migliore
6   che pece. E' tolgono caneva trita e calcina e un
olio d'àlbori, e mischiano insieme, e fassi come
vesco; e questo vale bene altrettanto come pece.
7   Queste navi voglion bene .cc. marinai, ma elle
sono tali che portano bene .v^m. sporte di pepe, e

1. *terrene*: ' di terraferma '.
2. *a le*: ' dalle '   *ove'*: si elide l'art. *i* dopo *e*, cfr. Castellani, *Oliandoli*, 75.
3. *abeta e di zapino*: metaplasmo di declinazione nel primo
sost. (cfr. Rohlfs, § 353); il secondo indica ' una sorta di abe-
te ', vedi *Fatti di Cesare*, in *Prosa*, 473   *asgiatamente*: per
la grafia cfr. 100, 2 n. e *palasgio* 155, 6.
4. *si levano e pognono*: mobili, da mettere e togliere.
6. *vesco*: ' vischio ', forma non anafonetica e quindi tosc. provinciale, cfr. Parodi, *Lingua e letter.*, 222 n.; Sercambi, *Novelle*, gloss. (vedi nota a *fameglie*, 17, 1).

8 di tali .vjᵐ. E' vogano co remi; a ciascun remo si
   vuole .iiij. marinai, e ànno queste navi ta' bar-
9 che, che porta l'una ben .m. sporte di pepe. E sì
   vi dico che questa barca mena ben .xl. marinai,
   e vanno a remi, e molte volte aiuta a tirare la
10 grande nave. Ancora mena la nave ben .x. battelli
   per prendere de' pesci; ancora vi dico che le
11 grandi barche menano battelli. E quando la nave àe navicato un anno, sì giungono un'altra tavola su quelle due, e così vann' insin' a le .vj. tavole.

12   Or v'ò contato de le navi che vanno per l'In-
13 dia. E prima ch'io vi conti de l'India, sì vi conteròe di molte isole che sono nel mare Ozeano,
14 ove noi siamo, e sono a levante. E prima diremo
   d'una ch'à nome Zipangu.

‹155›

‹Dell'isola di Zipangu›.

1   Zipangu è una isola i·llevante, ch'è ne l'alto
2-3 mare .md. miglia. L'isola è molto grande. Le
   gente sono bianche, di bella maniera e belli.
4 La gent'è idola, e no ricevono signoria da niuno
   se no da·llor medesimi.

---

9. *aiuta*: subentra forse qui il sogg. a senso *barca*, o
si tratta di sing. con sogg. collettivo pl. (nel testo fr. i marinai
sono sessanta e non quaranta, cfr. *Nota al testo*, appar.).
10. *de' pesci*: costruzione partitiva.

5 Qui si truova l'oro, però n'ànno assai; neuno
uomo no vi va, però neuno mercatante non ne
6 leva: però n'ànno cotanto. Lo palasgio del signore de l'isola è molto grande, ed è coperto d'oro
come si cuoprono di quae di piombo le chiese.
7 E tutto lo spazzo de le camere è coperto d'oro
grosso ben due dita, e tutte le finestre e mura e
ogne cosa e anche le sale ⟨sono coperte d'oro⟩:
no si potrebbe dire la sua valuta.

8 Egli ànno perle assai, e son rosse e tonde e
9 grosse, e so' più care che le bianche. Ancora v'àe
molte pietre preziose; no si potrebbe contare la
10 ricchezza di questa isola. E 'l Grande Kane che
oggi regna, per questa grande ricchezza ch'è in
quest'isola, la volle fare pigliare, e mandòvi due
baroni co molte navi e gente assai a piede ed a
11 cavallo. L'uno di questi baroni avea nome A-
batan e l'altro [Von]sanicin, ed erano molti sa-
12 vi e valentri. E' misersi in mare e [furono] in
quest'isola, e pigliaro del piano e delle casi assai, ma non aveano ancora preso né castel né
città; ora li venne una mala sciagura, com'io vi
dirò.

13 Sapiate che tra questi due baroni avea grande
14 invidia, e l'uno no facea per l'altro. Or avenne
un die che 'l vento a tramontana venne sì forte,
ch'elli dissero che, s'elli non si partissono, tutte

---

5. *però n'ànno*: 'perché ne hanno', con ellissi di *che* dopo
congiunz. subordinante, cfr. 22, 10 n.
6. *di quae*: in Occidente.
7. *spazzo*: 'pavimento', cfr. 83, 9.
12. *casi*: pl. in -*i* di sost. femm. con sing in -*a*, vedi 82, 7.

15   le loro navi si romperebbono. Montoro ne le
navi e misersi nel mare, e andaro di lungi di qui
.iiij. miglia a un'altra isola no molto grande:
chi poté montare su quell'isola si campò, l'altre

16   ruppero. E questi fuoro ben .xxx^m. uomini che

scam‖paro su questa isola, e questi si tennoro tutti
morti, però che vedéno che non poteano campare, e vedeano l'altre ‹navi›, ch'erano campate,
se ne andavano verso lor contrade; e tanto vogaro
che tornaro i·llor [paese].

17   Or lasciamo di que' ch'andaro i·llor contrada,
e diciamo di quelli che rimasono in questa isola
per morti.

‹156›

1   Sapiate che, quando que' .xxx^m. uomini che
camparo in su l'isola si teneano morti, perciòe che
non vedeano via da poter campare, e' stavano in
su questa isola molto isconsolati.

2   Quando gli uomini de la grande isola videro
l'oste così barattata e rotta, e videro costoro ch'e-
rano arivati in su questa isola, n'ebbero grande

3   allegrezza. Quando il mar fue abonacciato, e' pre-
sono molte navi ch'aveano per l'isola, e andaro
all'isoletta ove costoro erano, e smontaro in ter-

---

15. *montoro*: 'montarono', perf. debole di tipo occident., cfr.
Schiaffini, *Testi*, 20.
16. *vedéno*: 'vedevano', forma contratta, cfr. 6, 3 n.   *ve-*
deano... se ne andavano: omissione di *che* dichiarativo.

2. *barattata*: 'sbaragliata', cfr. *GDLI*, II, 51.

ra per pigliare costoro ch'erano in su l'isoletta.

4 Quando questi .xxxᵐ. vidono i lor nemici iscesi
in terra e vidono che su le navi non era rimaso
gente veruna per guardare, elli, sì come savi,
quando li nemici andaro per piglialli, egli diero
una giravolta tuttavia fuggendo, e vennero verso
le navi e quini montaro tutti incontanente; e
qui no fue chi glile contendesse.

5 Quando costoro fuoro su le navi, levaro i gonfaloni ch'elli vi trovaro suso e andaro verso l'isola ov'era la mastra villa di quell'isola, perch'egli
erano andati; e que' ch'erano rimasi ne la città,
vedendo questi gonfaloni, credìeno che fosse la
gente ch'er'ita a pigliare quelli .xxxᵐ. ne l'altra

6 isola. Quando costoro fuoro a la porta de la terra, erano sì forti che cacciaro quelli che vi trovaro di fuori de la terra, e solo vi tennono le belle

7 femine che v'erano per loro servire. E in tal modo presero la città la gente del Grande Kane.

8 Quando que' de la città videno ch'erano così
beffati, voleano morire di dolore, e vennono con
altre navi a la terra, e cercondalla d'intorno sì

9 che neuno ne potea uscire né 'ntrare. E cosìe tennoro la terra .vj. mesi, e molto s'ingegnaro di
mandare novelle di loro al Grande Kane, ma

10 nol potero fare. Di capo di se' mesi rendero la

---

4. *per guardare*: 'per fare la guardia'   *piglialli*: 'pren-
derli', forma assimilata, come *cercondalla* 8 'la circondarono'
      glile contendesse: 'glielo impedisse'.
7. *presero... la gente*: sogg. collettivo posposto, che giustifica
il verbo al pl.
9. Nel testo fr. si ha sette mesi e non sei, cfr. *Nota al testo*,
appar.

terra per patti, salvo le persone e 'l fornimento
di potere tornare al Grande Kane; e questo fue
negli anni Domini .mcclxviiij.

11   Al primo barone che n'andò prima, lo Grande
Sire li fece tagliare lo capo, e l'altro fece morire
in carcere.

12   Una cosa avea dimenticata che, quando questi
due baroni andavano a quest'isola, perché uno
castello no li si volle arendere – ed elli lo preso-
no poscia – a·ttutti li feceno tagliare lo capo, salvo ch'a otto che, per vertù di pietre ch'aveano ne
le braccia dentro da la carne, per modo del mon-

13   do ho si potéo tagliare. E li baroni, vedendo ciòe,
li feciono amazare co mazze, e poscia li feceno cavare queste pietre de le braccia.

14   Or lasciamo di questa matera, e andremo
inanzi.

‹157›

‹Come sono gli'idoli di questa isola›.

1   Or sapiate che gl'idoli di queste isole e quelle
2   del Catai sono tutte d'una maniera. E questi di
46v.   queste isole, || e ancora de l'altre ch'ànno idoli, ta'
sono ch'ànno capo di bue, e tal di porco, e così

---

10. *e 'l fornimento... Grande Kane*: non trova corrispondenza
nel testo fr., dove, è da avvertire inoltre, non si parla di carcere (qui sotto 11) ma di morte, cfr. *Nota al testo*, appar.

1. *quelle... tutte*: femm. in quanto riferiti mentalmente alla
forma 'idole', che si alterna spesso con 'idoli', cfr. 57, 5 n.

di molte fazioni di bestie, di porci, di montoni
e altri; e tali ànno un capo e .iiij. visi e tali ànno
.iiij. capi e tali .x.; e quanti più n'ànno, magiore
3 speranza e fede ànno i·lloro. Gli fatti di quest'i-
doli son sì diversi e di tante diversità di diavoli,
che qui non si vuole contare.

4 Or vi dirò d'una usanza ch'è in questa isola.
5 Quando alcun di quest'isola prende alcuno uomo che non si possa ricomperare, convita suoi
parenti e compagni, e fanno 'l cuocere e dallo a
mangiare a costoro; e dicono ch'è la migliore carne che si mangi.

6 Or lasciamo andare questa matera e torniamo
7 a la nostra. Or sapiate che questo mare, ov'è
quest'isola, si chiama lo mare de Cin, che vale
a dire lo ' mare ch'è contra lo Mangi '; e in questo mare de Cin, secondo che dicono savi mari-
nari che ben lo sanno, à bene .vij^mccccxlviij.
8 isole, de le quali le più s'abitano. E sì vi dico
che in tutte queste isole no nasce niuno àlbore
che no ne vegna olore, come di legno aloe e ma-
9 giore. E ànno ancora molte care spezie di più
maniere; e in quest'isole nasce il pepe bianco
come neve, e del nero in grande abondanza.
10 Troppo è di grande valuta ill'oro, e l'altre care
cose che vi sono, ma sono sì di lungi ch'a pena
11 vi si può andare. E le navi di Quinsai e del Zai-

---

2. *fazioni*: ' sembianze ', noto gallicismo, vedi Bezzola, *Gallicismi*, 227; *GDLI*, V, 761; Davanzati, *Rime*, gloss.
3. *non si vuole contare*: ' non è il caso di ricordare '.
5. *ricomperare*: ' riscattare '.
10. *ill'oro*: la forma non ridotta dell'art. è reperibile nel tosc.
provinciale, cfr. Rohlfs, § 416; Salvioni, *Appunti*, 420.

ton, quando vi vanno, ne recano grande guadagno, e penanvi ad andare un anno, ché vanno il
12 verno e tornano la state. Quini non à se non due
venti, l'uno che mena i·llà e l'altro in qua; e
questi due venti l'uno è di verno e l'altro è di
13 state. Ed è questa contrada molto di lungi d'India, e questo mare è bene del mare Ozeano, ma
chiamasi de Cin, sì come si dice lo mare d'Inghilterra o quel de Rocella; e 'l mare d'India
ancora è del mare Ozeano.

14 Di queste isole non vi conteròe più, però che
non vi sono stato, e 'l Grande Kane non v'à che
15 fare. Or torneremo al Zaiton, e quine riconincere-
mo nostro libro.

‹158›

‹Della provincia di Ciamba›.

1 Sapiate che, quando l'uomo si parte dal porto
di Zaiton e navica ver' ponente e alcuna ‹cosa›
ver' garbino .md. miglia, sì si truova una contrada
ch'à nome Cianba, ch'è molto ricca terra e gran-
2 de. E ànno re per loro, e sono idoli, e fanno trebuto al Grande Kane ciascun anno .xx. leofanti
– e no li danno altro – li più belli che vi si può
trovare, ché n'ànno assai.

---

12. *due venti*: i monsoni.
13. *è bene*: ' fa parte '.

1. *alcuna... garbino*: un poco verso sud-ovest (*gherbino*, 169,
1), cfr. *GDLI*, VI, 587; Vidos, *Prestito*, 376.

3 E questo fece conquistare il Grande Kane negli anni Domini .mcclxxviij.; or vi dirò de l'afare
4 de·re e de·regno. Sapiate che 'n quel regno no si
può maritare neuna bella donzella che no convegna ‹prima› che·re la pruovi, e se li piace, sì la
5 tiene, se·nno, sì la marita a qualche barone. E sì
vi dico che negli anni Domini .mcclxxxv., secondo ch'io Marco Polo vidi, que·re avea .cccxxvj.
figliuoli, tra maschi e femine, ché ben n'a‹vea›
.cl. da arme.
6 In que·regno à molti elefanti, e legno aloe assai; e ànno molto del legno ‹ebano›, onde si
fanno li calamari.
7 Qui non à altro da ricordare; or ci partimo e
'ndamo ad un'isola ch'à nome Iava.

‹159›

‹Dell'isola di Iava›.

1 Quando l'uomo si parte di Cianba e va tra
mezzodie e siloc ben .md. miglia, sì viene a una
2 grandissima isola ch'à nome Java. E dicono i marinai ch'è la magior isola del mondo, ché gira
3 ben .iijᵐ. miglia. E' sono al grande re; e sono
idoli, e non fanno trebuto a uomo del mondo.

4. *convegna*: ' sia necessario '.
6. *calamari*: ' calamai ' con regolare pl. *-ri*; vedi anche *mari-nari*, 18, 6 n.

1. *siloc*: ' scirocco ', cfr. 137, 1 n.
3. *sono al grande re*: ' sono soggetti a un re locale molto potente ' (*al* già in F, corretto a *u[n]* dal Benedetto, 169, appar.).

47ʳ.   4   Ed è ‖ di molto grande richezza: qui à pepe e noci moscade e spig[o] e galinga e cubebe e gherofani
5   e di tutte care spezie. A quest'isola viene grande
quantità di navi e di mercatantie, e fannovi grande guadagno; qui à molto tesoro che non si po-
6   trebbe contare. Lo Grande Kane no l'à potuta
conquistare per lo pericolo del navicare e de la
7   via, sì è lunga. E di quest'isola i mercatanti di
Zaiton e de li Mangi n'ànno cavato e cavano
grande tesoro.
8   Or andiamo più 'nanzi.

‹160›

‹Dell'isole di Sodur e di Codur›.

1   Quando l'uomo si parte de l'isola d'Iava e va
tra mezzodie e garbino .vijᶜ. miglia, sì truova due
isole, l'una grande e l'altra piccola, che si chiamano Sondur e Condur.
2   E di qui si parte l'uomo e va per siloc da .d.
miglia, e quine truva una provincia che si chiama Locac, molto grande e ricca; ed èvi un
3   grande re. E' sono idoli, e no fanno trebu[t]o a
neuno, però che sono in ta·luogo che no vi si
4   può andare per mal fare. In questa provincia na-
5   sce [berci] dimestico in grande quantità. Egli ànno tant'oro che no si può credere; egli ànno leo-

---

4. *cubebe*: vedi *Ind. ragion.*

2. *da*: circa   *truva*: con riduzione del dittongo -*uo*, cfr. 9, 5.
4. *berci*: ' verzino ', cfr. *Ind. ragion.* (passa nella traduz. tosc.
la forma fr.; così 165, 3; 167, 4).

6 fanti, cacciagioni e ucelagioni assai. E di questa
provincia si parte tutte le porcelane onde si fa le
monete di quelle contrade.

7 Altro non v'à ch'i' sappia, perch'è sì ma·luogo
che poca gente vi va; e·re medesimo n'è lieto,
perché non vuole ch'altre sappia lo tesoro ch'e-
gli àe.

8 Or andremo più oltra, e conterenvi altre cose.

‹161›

‹Dell'isola di Petam›.

1 Or sapiate che quando l'uomo si parte di Locac e va .d. miglia per mezzodie, sì truova un'isola ch'à nome Pentain, che molto è salvatico luo-
2 go. Tutti loro boschi sono di legni olorosi.

3 Or paseremo queste due isole intorno .lx. mi-
4 glia. E non v'à se non .iiij. passa d'acqua, e non
si porta timone a le navi per l'acqua piccola, on-
5 de si convegnono tirare le navi. Quando l'uomo
à pasato queste .lx. miglia, ancora va per siloc
6 .xxx. miglia. Qui si truova una isola che v'è un
re e si chiama Malavir la città, e l'isola Pentain.

---

7. *ma·luogo*: ' mal luogo ', con assimil. dalle due liquide contigue   *altre*: ' altri ', cfr. 118, 21 n.

3. *due isole*: non giustificate dal contesto; delle principali
incoerenze di questo cap. (v. sotto 6 e cfr. *Ind. ragion.* ' Pentain ') è responsabile non TA, ma il testo francese.
4. *passa*: pl. del tipo *le ossa*, cfr. Rohlfs, § 368   *piccola*:
' bassa '   *si convegnono*: ' è necessario ', ma non ' tirare le
navi ', bensì alzare il timone secondo F.
6. Periodo insensato già nel testo fr.: correggere mentalmente « Malavir la città e l'isola ».

7   La città è grande e nobile; quine si fae grandi mercatantie d'ogne cosa; di spezie à grande abondanza.

8   Non v'à altro da ricordare; però ci partiremo, e conterovi de la piccola Iava.

‹162›

‹Della piccola isola di Iava›.

1   Quando l'uomo si parte de l'isola di Pentain e l'uomo va per siloc da .c. miglia, truova l'isola di Iava la minore, ma è sì piccola che gira .ij^m.

2 miglia. E di quest'isola vi conterò tutto 'l vero.

3   Sapiate che su quest'isola à .viij. re coronati.

4 E' sono tutti idoli; e ciascun di questi reami à

5 lingua per sé. Qui à grande abondanza di tesoro

6 e di tutte care spezie. Or vi conterò la maniera di tutti questi reami, ciascun per sé, e dirovi una cosa che parrà meraviglia a ogn'uomo: che quest'isola è tanto verso mezzodie che la tra-

7 montana non si vede, né poco né assai. Or torneremo a la maniera degli uomini, e dirovi de·reame di Ferlet.

8   Sapiate che, perché mercatanti saracini usano in questo reame co lor navi, ànno convertita

9 questa gente a la legge di Maomet. E questi sono soli quelli de la città; quelli de le montagne sono come bestie, ch'elli mangiano carne d'uomo e

10 d'ogn'altra bestia e buona e rea. Elli adorano

---

6. *la tramontana*: la stella polare, cfr. 70, 9.

molte cose, ché la prima cosa ch'elli veggono la
47v. 11 mattina, ‖ sì l'adorano. Contat'ò di Fe‹r›let; conterovi del reame de Basma.

12 Lo reame de Basman, ch'è a l'uscita del Ferlet,
è reame per sé e ‹ànno› loro linguaggio; ma elli
13 no ànno neuna legge, se non come bestie. Elli si
richiamano per lo Grande Kane, ma no li fanno
neun trebuto, perché son sì a la lunga che la
gente del Grande Kane non vi potrebbe andare,
ma 'lcuna volta lo presentano d'alcuna strana co-
14 sa. Elli ànno leofanti assai salvatichi e unicorni,
che no son guari minori d'elefanti: e' son di
pelo bufali, i piedi come di lefanti; nel mezzo
15 de la fronte ànno un corno grosso e nero. E dicovi che no fanno male co quel corno, ma co la
lingua, che l'ànno spinosa tutta quanta di spine
molto grandi; lo capo ànno come di cinghiaro, la
testa porta tuttavia inchinata ve‹r›so la terra: sta
16 molto volentieri tra li buoi. Ell'è molto laida bestia ‹a vedere›, né non è, come si dice di qua,
17 ch'ella si lasci prendere a la pulcella, ma è 'l contradio. Egli ànno scimie assai e di diverse fatte;
egli ànno falconi neri buoni da ucellare.

11. *Contat'ò*: da non escludere la lettura *Contato* (e virgola
dopo *Ferlet*); così si dica anche per 165, 6.
13. *si richiamano per*: ' si proclamano ligi al '; così anche
165, 1   *lo presentano*: ' gli fanno dono ', cfr. 87, 2 n.
14. *guari minori*: per nulla inferiori per grossezza.
15. *porta... sta*: instabilità tra forme verbali al sing. e al pl.
anche nel testo fr.   *tra li buoi*: errore del tradutt.; nel testo fr. si ha « nel fango », cfr. *Nota al testo*, appar.
16. *a la pulcella*: ' dalla vergine ' (si allude qui alla leggenda
dell'unicorno, cfr. *Ind. ragion.*)   *contradio*: da ' contrario '
per dissimilazione, cfr. Davanzati, *Rime*, gloss.; Schiaffini, *Testi*, gloss.

18 | E vo' vi fare asapere che quelli che recano li
piccoli uomini d'India, si è menzogna, ché quelli che dicono che sono uomini, e' li fanno in que-
19 | sta isola, e dirovi come. In quest'isola àe scim-
mie molto piccole, e ànno viso molto simile a
uomo; gli uomini pelano quelle scimmie, salvo
la barba e 'l pettignone, poi l[e] lasciano secare e
pongolle in forma e cóncialle con zaferano e con
20 altre cose, che pare che sieno uomini. E questo
è una grande buffa, ché mai no fue veduti così
piccoli uomini.
21 Or lasciamo questo reame, ché non ci à altro
da ricordare; e dirovi de l'altro ch'à nome Samarra.

‹163›

‹De·rreame di Samarra›.

1 Or sapiate che, quando l'uomo si parte di Basma, elli truova lo reame di Samarra, ch'è in
2 questa isola medesima. Ed io Marco Polo vi di-
morai .v. mesi per lo mal tempo che mi vi tenea, e
ancora la tramontana no si vedea, né le stelle del

---

18. *fare asapere*: francesismo (si noti la concrezione di *a*),
vedi *GDLI*, I, 748; Giamboni, *Il libro*, 162 n. (cfr. *apiacere*, 197, 5).
19. *pettignone*: 'pube'.
20. *buffa*: 'beffa', 'inganno', cfr. Parodi, *Lingua e letter.*,
278 con riferimento proprio a questo passo.

3 maestro. E' sono idoli salvatichi, e ànno re ricco
   e grande; anche s'apellano per lo Grande Kane.
4 Noi vi stemmo .v. mesi; noi uscimmo di nave e
   facemmo in terra castella di legname, e in quelle castelle stavavamo per paura di quella mala
5 gente e de le bestie che mangiano gli uomini. Egli
   ànno il migliore pesce del mondo, e non ànno
   grano ma riso; e non ànno vino, se non com'io
6 vi dirò. Egli ànno àlbori che tagliano li rami,
   gocciolano, e quell'acqua che ne cade è vino;
   ed empiesine tra dì e notte un grande coppo che
7 sta apiccato al troncone, ed è molto buono. L'àlbore è fatto come piccoli datteri, e ànno quattro rami; e quando lo troncone non gitta piùe di
   questo vino, elli gittano de l'acqua al piede di
   questo àlbore e, stando un poco, e 'l troncone
8 gitta; ed àvine del bianco e del vermiglio. Di
   noci d'India à grande abondanza; elli mangiano
   tutti carne e buone e reie.
9   Or lasceremo qui, e conterovi de Dagroian.

2. *le stelle del maestro*: l'Orsa Maggiore.
3. *idoli salvatichi*: 'idolatri selvaggi'   *anche s'apellano per*:
'inoltre si proclamano ligi al'.
4. *stavavamo*: imperfetto analogico su *avavamo* (qui 173, 29),
cfr. Castellani, *Frammenti*, 24-25 e 91 *davavamo*; inoltre *da-
vavate* in A. da Barberino, *L'Aspramonte*, gloss. 'dare')
   le bestie... gli uomini: errore di traduz.; nel testo fr. si tratta
di cannibali, cfr. *Nota al testo*, appar.
6. *che tagliano*: 'di cui tagliano'.
7. *datteri*: palme da dattero.
8. *tutti*: agg. femm. con pl. in *-i*, cfr. 22, 7 n.   *reie*: 'cattive', forma con epentesi di *yod*, cfr. 2, 1 n.

‹De·rreame di Dragouain›.

1   Dragroian è u·reame per sé, e ànno lor linguag-
2   gio. E' son di quest'isola; la gente è molto salvatica e sono idoli.

3   Ma io vi conterò un male costume ch'egli ànno, che quando alcuno à male, elli mandano per
loro indevini e incantatori che 'l fanno per arti
di diavoli, e domandano se 'l malato dé guerire

48r. 4   o morire. E se 'l malato dé morire, egli ‖ mandano
per certi ordinati a·cciò, e dicono: « Questo malato è giudicato a morte, fa' quello che de' fare ».

5   Questi li mette alcuna cosa su la bocca ed afogalo;
poscia lo cuocono; quand'egli è cotto, vegnono

6   tutti i parenti del morto e màngiallo. Ancora vi
dico ch'elli mangiano tutte le mirolla dell'osso;
e questo fanno perché dicono che no vogliono
che ne rimagna niuna sustanza, perché se ne ri-
manesse alcuna sustanza, farebbe vèrmini, e questi vermi morebbono per difalta di mangiare;
e de la morte di questi vermi l'anima del morto
n'avrebbe grande peccato, e perciò mangiano tut-

7   to. Poscia piglia·l'ossa e pongolle in una archet-
ta, e apìccalle in caverne sotterra ne le montagne,
i·luogo ch'altre no le possa tocare, né uomo né

4. *de'*: ' devi '.
6. *mirolla*: ' midollo ', con passaggio a *r* di *d* intervocalico, vedi Rohlfs, § 216; Salvioni, *Appunti*, 456   *vèrmini*: di formazione analogica, cfr. Trolli, *La lingua*, 172 con bibliogr.;
qui 173, 27-28.
7. *apìccalle*: ' le appendono '.

8 bestia. E se possono pigliare alcuno uomo d'altra
contrada che non si possa rimedire, sì 'l mangiano.

9   Or lasciamo di questo reame, e conterovi de
La‹n›bri.

‹165›

‹De·rreame di Lambri›.

1   Lanbri è reame per sé e richiamasi per lo Gran-
2-3 de Kane. E' sono idoli. Elli ànno molto berci e
canfora e altre care spezie – del seme del berci
regai io a Vinegia, e non vi nacque per lo freddo luogo.

4   In questo reame sono uomini ch'ànno coda
grande più d'un palmo, e sono la maggior parte, e dimorano ne le montagne di lungi da la
5 città; le code son grosse come di cane. Egli ànno
unicorni assai, cacciagioni e ucellagioni assai.

6   Contat'ò di Lanbri; conterovi de Fansur.

8. *rimedire*: 'riscattare', per metatesi sillabica da 'redime-
re', cfr. Grignani, *Le rime*, gloss.; Salvioni, *Appunti*, 465; Varanini, *Cantari sen.*, gloss.

1. *richiamasi per*: 'si dichiarano sudditi del', cfr. 162, 13 n.
3. *regai*: con sonorizzazione della velare interv. come in *regato*, 95, 9 n.

‹166›

‹De·rreame di Fansur›.

1-2   Fansur è reame per sé. E' sono idoli e si richiamano per lo Grande Kane; e sono di questa isola
3   medesima. E qui nasce la miglior canfora del
4   mondo, che vi si vende a peso con oro. No ànno
grano, ma manucano riso; vino ànno degli àlbori
5   ch'abiamo detto di sopra. Qui à una grande maraviglia, che ci àn farina d'àlbori, che sono àlbori
grossi e ànno la buccia sottile, e sono tutti pieni
dentro di farina; e di quella farin[a] si fa molti
mangiar di pasta e buoni, ed io più volte ne
mangiai.

6   Or abiamo contato di questi reami; degli altri
di quest'isola non contiamo, però che noi non
vi fummo, e però vi conterò d'un'altra isola molto piccola, che si chiama Nenispela.

‹167›

‹Dell'isola di Neguveran›.

1   Quando l'uomo si parte di Iava e de·reame di
La‹n›bri e va per tramontana .cl. miglia, sì truo-
2   va le due isole: l'una si chiama Neguveran. E

5. *mangiar*: inf. sostantiv., ' pietanze ' (cfr. *vestir* 126, 5).
6. *Nenispela*: di quest'isola non si parla più neppure nel
testo fr. (cfr. *Ind. ragion.*).

1. *le due isole*: anche nel testo fr. si dà il nome di una soltanto, cfr. *Nota al testo*; appar.

in quest'isola no à re; e sono come bestie, e van-
3 no tutti ignudi e non si cuoprono nulla. E' sono
4 idoli. E tutti lor boschi sono d'àlbori di grande
valuta, cioè sandoli, noci d'India, gherofali e berci e molti altre buoni àlbori.

5   Altro non v'à da ricordare; però ci partiremo,
e dirovi de l'altra isola ch'à nome A‹n›gaman.

‹168›

‹Dell'isola d'Angaman›.

1-2   Angaman è un'isola, e no ànno re. E' sono ido-
3 li, e sono come bestie salvatiche. E tutti quelli
di quest'isola ànno lo capo come di cane e den-   ⋉
4 ti e naso come di grandi mastini. Egli ànno molte
5 spezie. E' sono mala gente e mangiano tutti gli
uomini che posson pigliare, fuori quelli di quella
6 contrada. Lor vivande so·llatte, riso e carne d'o-
gne fatta; e ànno frutti diversi da' nostri.

7   Or ci partiremo di qui, e dirén d'un'altr'isola
chiamata Seillan.

4. altre: pl. in -e, cfr. nota a queste 49, 8.

3. naso: errore di traduz. per ʻocchiʼ, come già in 118, 7
(cfr. Nota al testo, appar.).

‹Dell'isola di Seilla›.

1 Quando l'uomo si parte de l'isola de Angaman
e va .m. miglia per ponente e per gherbino, truova
l'isola di Sella, ch'è la migliore isola del mondo
48v. 2 di sua grandezza. E dirovi come ella gira ‖ .ij^m
3 iiij^c. miglie. E sì vi dico ch'anticamente ella fue
via magiore, ché girava .iij^mvj^c. miglia, secondo
che dice la mapamundi; ma 'l vento a tramontana
vi viene sì forte, che una grande parte à fatto andare sott'acqua.

4 Quest'isola si à re che si chiama Sedemain.
5-6 E' sono idoli e no fanno trebuto a neuno. E' van-
7 no tutti ignudi, salvo lor natura. No ànno biade,
ma riso, e ànno sosimain, onde fanno l'olio, e vivono di riso, di latt'e di carne; vino fanno degli
8 àlbori ch'ò detto ‹di sopra›. Or lasciamo andare
questo, e conterovi de le più preziose cose del
mondo.

9 Sapiate che ‹n› quest'isola nasce li nobili e li
buoni rubini, e non nasciono i·niuno lugo del

1. *di sua grandezza*: 'per grandezza'.
3. *via*: rafforza il comparativo, cfr. Davanzati, *Rime*, gloss.;
Giamboni, *Il libro*, gloss.   *la mapamundi*: il mappamondo
(dei marinai di quel mare, precisa il testo fr.), cioè la carta
nautica o portolano.
6. *natura*: organi genitali, qui e in seguito.
7. *sosimain*: 'sesamo' nella forma fr.; viene tradotto *sosima*
in 172, 17.
9. *nasciono*: per conguaglio tematico secondario (così *vagliono* 117, 12, ecc.; *cogliono* 95, 3, ecc.) cfr. Rohlfs, § 537
lugo: 'luogo', con riduzione del dittongo *uo* (cfr. 74, 4).

mondo piùe; e qui nasce zafini e topazi e ama-
10 tisti, e alcune altre buone pietre preziose. E sì
vi dico che·re di questa isola àe il più bello rubino del mondo, né che mai fue veduto; e di-
11 rovi com'è fatto. Egli è lungo presso a un palmo
ed è grosso ben tanto come un braccio d'uomo;
egli è la più sprendiente cosa del mondo; egli
non à neuna tecca; egli è vermiglio come fuoco;
egli è di sì grande valuta che non si potrebbe
12 comperare. E 'l Grande Kane mandò per questo
rubino, e volea dare presso lo valer d'una città;
ed elli disse che nol darebbe per cosa del mon-
13 do, però che fue de li suoi antichi. La gente è
vile e cattiva, e se li bisogna gente d'arme, ànno
gente d'altra contrada, spezialemente saracini.
14   Qui non à 'ltro da ricordare; però ci partiremo e conteremo di Maabar.

‹170›

‹Della provincia di Maabar›.

1   Quando l'uomo si parte de l'isola di Silla e va
ver' ponente da .lx. miglia, truova la grande provincia di Maabar, ch'è chiamata l'India magiore.
2 E questa è la miglior India che sia, ed è de la
3 terra ferma. E sapiate che questa provincia à cinque re che sono fratelli carnali, ed io dirò d'al-

11. *tecca*: 'macchia', francesismo, cfr. Devoto, *Avviamento*,
425.
12. *presso lo valer*: 'all'incirca il valore'   *de li suoi antichi*: dei loro antenati.
13. *cattiva*: 'dappoco', cfr. 19, 4 n.

4 cun per sé. E sapiate che questa è la più nobile
5 provincia del mondo e la più ricca. Sapiate che
da questo capo de la provincia regna un di que-
6 sti re, ch'à nome Senderban re de Var. In questo regno si truova le perle buone e grosse, ed io
vi dirò com'elle si pigliano le perle.

7   Sapiate ch'egli àe in questo mare un golfo ch'è
tra l'isole e la terra ferma, e non v'à d'acqua più
di .x. passi o .xij., e in tal luogo non più di due;
e in questo golfo si pigliano le perle, e dirovi co-
8 me. Gli uomini pigliano le navi grandi e piccole
e vanno in questo golfo, del mese d'aprile insino
in mezzo maggio, in u·luogo che si chiama Bac-
9 calar. E' vanno nel mare .lx. miglia, e quini gittano loro ancore, ed entrano in barche piccole e
10 pescano com'io vi diròe. E sono molti mercatanti, e fanno compagnia insieme, e aluogano mol-
t[i] uomini per questi .ij. mesi, tanto come la
11 pescheria dura. E' mercatanti donano a·re de le
.x. parti l'una di ciò che pigliano; e ancora ne
donano a colui che incanta i pesci, che non facciano male agli uomini che vanno sott'acqua per
‹trovare› le perle: a costui donano de le .xx. parti
12 l'una. E questi sono abrinamani incantatori.
13 E questo incantesimo non vale se no 'l die, sì
che di notte neuno non pesca; e costoro ‹anco-
14 ra› incantano ogne bestia e ucello. Quando questi uomini alogati vanno sott'acqua, .ij. passi o

6. *elle... le perle*: ripetizione enfatica del sogg.
10. *sono*: 'vi sono' (con loro)   *aluogano*: 'assoldano'.
12. *abrinamani*: cfr. *Ind. ragion.* s.v. 'bregomanni'.

.iiij. o .vj. insino a .xij., e' vi stanno tanto quanto possono, e pigliano cotali pesci che noi chiamamo [ost]reghe: in queste [ost]reghe si pigliano le
perle grosse e minute d'ogne fatta.

49r. 15   E sapiate che le perle ‖ che si truovano in questo mare si spandono per tutto il mondo, e questo
16   re n'à grande tesoro. Or v'ò detto come si truovano le perle; e da mezzo maggio inanzi no vi si
17   ne truova piùe. Ben è vero che, di lungi di qui
.iij^c. miglia, si ne truova di settembre insino ad
ottobre.

18   E sì vi dico che tutta questa provincia di Mabar non li fa bisogno sarto, però che vanno tutti
ignudi d'ogne tempo, però ch'egli ànno d'ogne
tempo temperato, cioè né freddo né caldo; però
vanno ignudi, salvo che cuoprono lor natura con
19   un poco di panno. E così vae i·re come gli altri,
salvo che porta altre cose, com'io vi dirò.

20   E' porta a la natura più bel panno che gli altri, e a collo un collaretto tutto pieno di pietre
preziose, sì che quella gorgiera vale bene .ij. gran-
21   dissimi tesori. Ancor li pende da collo una corda di seta sottile che li va giù dinanzi un passo,
e in questa corda àe da .ciiij. tra perle grosse e
22   rubini, lo quale cordone è di grande valuta. E
dirovi perch'elli porta questo cordone, perché
conviene ch'egli dica ogne die .ciiij. orazioni a'

14. [ost]*reghe*: ' ostriche perlifere ', venetismo già nel testo
fr., cfr. *Nota al testo*, appar.
18. *non li fa bisogno sarto*: ironico, quanto raro commento,
cfr. 19, 5.
20. Nel testo fr. si parla di « un grandissimo tesoro » (per la
spiegazione dell'errore, cfr. *Nota al testo*, appar.).

suoi idoli; e così vuole lor legge, e così fecero
23 gli altri re antichi, e così fanno questi. Ancora
porta a le braccia bracciali tutti pieni di queste pietre carissime e di perle, e ancora tra le gambe in tre luoghi porta di questi bracciali così for-
24 niti. Anche vi dico che questo re porta tante pietre adosso che vagliono una buona città: e questo
non è maraviglia, se n'à cotante com'io v'ò contato.

25 E sì vi dico che neuno può trare neuna pietra
né perla fuori di suo reame, che pesi da un mezzo
saggio in su; e·re ancora fa bandire per tutto suo
reame che chi à grosse pietre e buone o perle
grosse, che le porti a·llui, ed elli ne farà dare due
26 cotanti che no li costano. E quest'è usanza de·re-
gno, di donare lo doppio; e' mercatanti e ogn'uomo, quando n'ànno, volentieri le portano al segnore, perché sono ben pagati.

27 Or sappiate che questo re à bene .v^c. femine,
cioè moglie, ché, come vede una bella femina o
donzella, incontanente la vole per sé, e sì ne fa
28 quello ch'io vi dirò. Incontanente ched elli vide una bella moglie al fratello, sì lile tolse e tennela per sua, e 'l fratello, perch'era savio, lo soferse e no volle briga co lui.

29 Ancora sappiate ché questo re àe molti figliuo-

23. *forniti*: adornati.
25. *che chi à... che le porti*: ripetizione di *che* davanti alla
seconda subordinata, cfr. 18, 13 n.
27-28. *fa... vide*: alternanza di presente (erroneo, cfr. *Nota
al testo*, appar.: l'episodio è narrato come accaduto una sola
volta) e perfetto.
28. *lile*: antica forma invar. del pronome, cfr. 10, 2 n. (in
particolare Parodi, *Dialetti tosc.*, 607; Rohlfs, § 467).

li che sono grandi baroni, che li vanno atorno
30 sempre quando cavalca. E quando lo re è morto,
lo corpo suo s'arde, e tutti questi suoi figliuoli
s'ardono, salvo il maggiore che dé retare; e questo fanno per servirlo ne l'altro mondo.

31 Ancora v'è una cotale usanza, che del tesoro
che lascia i·re al figliuolo, mai non ne tocca, ché
dice ch[e] no vole mancare quello che li lasciò
il suo padre, anzi il vole acrescere; e catuno sì
l'acresce, e l'uno i·lascia a l'attro, e perciò è questo re così ricco.

32 Ancora vi dico che in questo reame no vi nasce cavalli, e perciò tutta la rendita loro o la
maggiore parte, ogn' anno si cunsuma in cavalli.

33 E dirovi come: i mercatanti di Quis[c]i e de Dufar e d' Eser e de Adan – queste province ànno
49v.   molti cavalli ‖ – e questi mercatanti empiono le
navi di questi cavalli, e portali a questi .v. re che
sono fratelli, e vendeno l'uno bene .v^c. saggi d'o-
ro, che vagliono bene più di .c. marchi d'ariento.

34 E questo re n'accatta bene ogn'anno .ij^m. o più,
e li fratelli altretanti: di capo de l'anno tutti
sono morti, perché non v'à marescalco veruno,

---

30. *figliuoli*: sta per 'fedeli' del testo fr. (ancora un'errata
traduz. dello stesso termine, cfr. 89, 1 e *Nota al testo*, appar.);
di conseguenza l'inciso relativo al figlio maggiore è un'aggiunta del tradutt.   *retare*: 'ereditare', cfr. *diretare* 199, 2.
31. *tocca*: sogg. il figlio   *mancare*: 'diminuire'   *l'attro*: forma con dissimilazione e raddoppiamento, cfr. 17, 3 n.;
inoltre Hirsch, *Laut- und Formenlehre*, IX, 552.
32. *cunsuma*: con chiusura di *o* protonico, cfr. 29, 4 n.
33. *e questi mercatanti*: ripresa con ripetizione del sogg. dopo
la proposiz. incidentale, cfr. 142, 12.
34. *accatta*: 'acquista'   *marescalco*: 'maniscalco'.

35 perch'elli no li sanno governare. E questi mercatanti no vi ne menano veruno, perciò che vogliono che tutti questi cavalli muoiano, per guadagnare.

36 Ancora v'à cotale usanza: quando alcuno omo
à fatto malificio veruno che debbia perdere persona, e quello cotale uomo dice che si vole uccidere elli istesso per amor e per onore di cotale
37 idolo, e·re li dice che bene li piace. Alotta li parenti e li amici di questo cotale malefattore lo pìgliaro e pongolo in su una caretta, e dannoli bene
.xij. coltella e portal[o] per tutta la terra, e vanno
dicendo: « Questo cotale prod'uomo si va ad uccidere elli medesimo per amore di cotale idolo ».
38 E quando sono a·luogo ove si dé fare la giustizia, colui che dé morire piglia uno coltello e gri-
da ad alta boce: « Io muoio per amore di cotale
39 idolo ». Com'à detto questo, elli si fiede del coltello per mezzo il braccio, e piglia un altro e
dassi ne l'altro ‹braccio›, e poscia de l'altro per
40 lo corpo; e tanto si dà ch'elli s'ucide. Quand'è
morto, li parenti l'ardono con grande alegrezza.
41 Ancora v'à un altro costume, che quando neiuno uomo morto s'arde, la moglie si gitta nel fuoco e arde co lui; e queste femine che fanno que-

35. *governare*: ‘custodire’.
36. *omo*: cfr. *òmini*, 73, 24 n.   *e·re*: ripresa paraipotattica
con *e* dopo la secondaria temporale (*quando alcuno*, ecc.).
37. *pìgliaro*: ‘pigliano’, cfr. 21, 6 n.   *caretta*: si tratta di
una ‘sedia’ nel tcsto fr., cfr. *Nota al testo*, appar.
39. *si fiede*: ‘si ferisce’ da *fedire*, 67, 4 n.
41. *neiuno*: ‘alcuno’, da *neuno* con epentesi di *yod*, cfr. 2,
1 n.; così 200, 1.

sto sono molto lodate da le genti, e molte donne
il fanno.

42 Questa gente adorano l'idole, e la magiore parte il bue, ché dicono ch'è buona cosa; e veruno
v'à che mangiasse di carne di bue, né nullo l'uc-

43 ciderebbe per nulla. Ma e' v'à una generazione
d'uomini, ch'ànno nome gavi, che mangiano i
buoi, ma non li usarebbero uccidere; ma se alcuno ne muore di sua morte, sì 'l mangiano be-

44 ne. E sì vi dico ch'elli ungono tutta la casa del
grasso del bue.

45 Ancora ci à un altro costume, che li re e ba-
ronia e tutta altra gente non siede mai se no
in terra; e dicono che questo fanno perché sono
di terra e a la terra debbono tornare, sì che no·
lla possono troppo inorare.

46 E questi gavi che mangiano la carne del buoi,
sono quelli i cui antichi ucisero santo Tommaso
apostolo anticamente; e veruno di questa generazione no potrebbe intrare colà ov'è il corpo di

47 santo Tomaso. Ancora vi dico che .xx. uomini no
vi ne potrebbero mettere uno, di questa cotale ge-

50r. nerazione de' gavi, per la virtù del santo corpo. ‖

48-49 Qui non à da mangiare altro che riso. Ancora

42. *nullo*: 'nessuno', pron., cfr. Rohlfs, § 498 *per nulla*:
'in alcun modo'.
43. *usarebbero*: 'oserebbero'; per *u* da *o* in protonia
iniz., cfr. Castellani, *Miliadusso*, II, 138; Limentani, *Palamedés*, 293; Rohlfs, § 131; Stussi, *Un serventese*, 152; inoltre
uzarei in Sercambi, *Novelle*, 190 n.
44. *grasso*: si tratta invece degli escrementi nel testo fr., cfr.
Nota al testo, appar.
45. *troppo inorare*: da intendere 'non è mai troppo l'onore'
da rendere alla terra (cfr. *appar.*).
46. *del*: 'dei', cfr. 64, 1 n.

vi dico che se un grande destriere amontass[e]
una cavalla, non ne nascerebbe se no uno piccolo ronzino co le gambe torte, che no vale nulla
50 e non si può cavalcare. E questi uomini vanno in
bataglie co scudi e co lance, e vanno ignudi, e
non sono prod'uomini, anzi sono vili e cattivi.
51 Eglino non uciderebbero alcuna bestia, ma quando vogliono mangiare alcuna carne, sì la fanno
ucidere a' saracini ed ad altra gente che no sia-
52 no di loro legge. Ancora ànno un'altra usanza,
che maschi e femine ogne dì si lavano due volte
tutto il corpo, la mattina e la sera; né mai no
mangerebbero se questo non avessero fatto, né
no berebbero; e chi questo no facesse, è tenuto
come sono tra noi i paterini.

53 Ed in questa provincia sì·ssi fa molto grande
giustizia di quelli che fanno mecidio o che im-
54 bolino, e d'ogne maleficio. E chi è bevitore di vino non è ricevuto a testimonianza per l'ebrietà;
ed ancora chi va per mare dicono ch'è disperato.
55 E sapiate ch'elli no tengono a pecato nulla lussuria.

56-57 E v'à sì grande caldo ch'è maraviglia. E' vanno ignudi; e no vi piuove se no tre mesi dell'anno, giugno e luglio e agosto; e se no fosse questa
acqua che renfresca l'aire, e' vi sarebbe tanto
caldo che veruno vi potrebbe campare.

58 Quivi àe molti savi uomini di fi[sonomia], cioè
di conoscere li costumi de li uomini a la vista.

---

52. *paterini*: ' eretici ', cfr. 74, 32.
53. *fanno mecidio o che imbolino*: assassini o ladri.

59 Elli guatano ad agure più che uomini del mondo e più ne sanno, ché molte volte tornano adietro di loro viaggio per uno istarnuto [o] per la
60 vista d'uno uccello. A tutti loro fanciulli, quando nascono, sì scrivono lo punto e la pianeta che
   regna allotta, perciò che v'à molti astrolagi e indivini.

61   E sappiate che per tutta l'India li uccelli loro
   sono divisati da' nostri, salvo la quaglia; li vipistrelli vi sono grandi come astori, e tutti neri
62 come carbone. Elli danno a li cavalli carne cotta co riso e molte altre cose c[otte].

63   Qui àe molti monasteri d'idole, ed àvi molte
   donzelle e fanciulli oferti da li ro padri e ma-
64 dri per alcuna cagione. E 'l segnore del monistero, quando vole fare alcuno solazzo a li idoli, sì
   richieggiono questi oferti; ed elli sono tenuti
   d'andarvi, e quivi ballano e trescano e fanno
65 grande festa. Queste sono molte donzelle; e più
   volte queste donzelle portano da mangiare a
   questi idoli, ove sono oferte; e pongono la tavola dina‹n›zi a l'idolo e pongovi suso vivande,
   e lasciavile istare suso una grande pezza, e tut-
50v. tavia le donzelle cantando e ballando ‖ per la ca-

---

59. *guatano ad agure*: regolano la loro vita con la divinazione; cfr. *che vivono ad agura*, 173, 7.
61. *vipistrelli*: 'pipistrelli'   *carbone*: errore di traduz. per
' corvi', come già in 73, 23, cfr. *Nota al testo*, appar.
63. *fanciulli*: aggiunta del tradutt., come già in 40, 5 (cfr.
Nota al testo, appar.)   *ro*: 'loro', cfr. 14, 7.
64. *E 'l segnore*: nel testo fr. 'i monaci', cfr. *Nota al testo*,
appar.
65. *e tuttavia... cantando e ballando*: 'mentre continuano a
cantare e ballare', gerundio assoluto, cfr. 93, 17 n.

66 sa. Quando ànno fatto questo, dicono che lo spirito de l'idolo à mangiato tutto il sottile de la vi-
67 vanda, e ripongolo e vannosine. E questo fanno le
pulcelle tanto che si maritano.

68 Or ci partimo di questo regno, e dirovi d'un
altro ch'à nome Multifili.

‹171›

‹De·rregno di Multifili›.

1 Muttifilli è u·reame che l'uomo truova quando
si parte da Minibar e va per tramontana bene .m.
2 miglia. Questo regno è d'una reina molto savia,
che rimase vedova bene .xl. anni, e volea sì grande bene a suo segnore che giamai no volle piglia-
3 re altro marito. E costei à tenuto questo regno
in grande istato, ed è più amata che mai fosse re
o reina.

4 In questo reame si truovano i diamanti, e di-
5 rovi come. Questo reame àe grandi montagne, e
quando piove, l'acqua viene ruvinando giù per
queste montagne, e li uomini vanno cercando per
6 la via dove l'acqua è ita, e truovane assai. La state, che no vi piuove, sì si ne truovano su per
queste montagne; ma e' v'à sì grande caldo ch'a
7 pena vi si può soferire. E su per quelle montagne
à tanti serpenti e sì grandi, che li uomini vi van-

66. *il sottile*: 'l'essenza'.
67. *tanto che*: 'prima che'.

1. *Minibar*: errore per 'Maabar', già nel testo fr.; la forma
peraltro rimanda a Melibar, cfr. *Ind. ragion.*

no a grande dotta‹n›za – e' sono molto veleno-
si – e non sono arditi d'andare presso a le caver-
8 ne di quelli serpenti. Ancora li òmini ànno li
diamanti per un altro modo: ch'elli v'ànno sì
grandi fossati e sì perfondi che veruno vi puote
andare; ed elli sì vi gìttaro entro cotali pezzi di
9 carne, e gittala in questi fossati. La carne cade
10 in su questi diamanti; e' ficcansi ne la carne. E
su queste montagne istanno aguglie bianche, che
stanno per questi serpenti; quando l'aguglie sen-
tono questa carne in questi fossati, si vanno colà
11 giù e recala in su la ripa di questo fossato. E
questi vanno a l'aguglie, e l'aguglie fuggono, e li
uomini truovano in questa carne questi diaman-
12 ti. Ed ancora ne truovano: ché l'aguglie sì ne bec-
cano di questi diamanti co la carne, e li uomini
vanno la matina al nido de l'aguglie e truovane
co l'uscita loro di questi diamanti.
13   Così si truovano i diamanti in questi tre modi, né i luogo del mondo non si ne truova se
14 non in questo reame. E no crediate che i buoni
5ir.   diamanti si rechino qua tra li ‖ cristiani, ma portansi al Grande Kane ed agli altri re e baroni di
quelle contrade ch'ànno lo grande tesoro.
15   E sappiate che in questa contrada si fa il migliore bucherame e 'l più sottile del mondo e 'l

7. *a grande dottanza*: ' con gran timore '.
8. *elli v'ànno*: ' vi sono '   *perfondi*: ' profondi ', per scambio di prefisso, *Trist. Ricc.*, CLXIII   *gittaro*: ' gettano ', cfr.
21, 5 n.   *gittala* da ' gittanla ', con assimilazione e successivo scempiamento (lo stesso vale per *recala* 10, da ' recanla ').
12. *uscita*: ' escrementi ', così 180, 3.

16 più caro. Egli ànno bestie assai, ed ànno i magiori montoni del mondo; ed ànno grande abondanza d'ogni cosa da vivere.

17 Or udirete del corpo di messer santo Tomaso
apostolo e dov'egli è.

‹172›

‹Di santo Tomaso l'apostolo›.

1 Lo corpo di santo Tomaso apostolo è nella provincia di Mabar inn-una picciola terra che non
v'à molti uomini, né mercatanti non vi vengono,
perché non v'à mercatantia e perché·luogo è mol-
2 to divisato. Ma vengovi molti cristiani e molti
saracini in pellegrinaggio, ché li saracini di quelle contrade ànno grande fede i·lui, e dicono
ch'elli fue saracino, e dicono ch'è grande profeta,
e chiàmallo varria, cio‹è› « santo uomo ».

3 Or sapiate che v'à cotale maraviglia, che·lli
cristiani che vi vegnono in pelligrinaggio tolgono della terra del luogo ove fue morto san Tomaso e dannone un poco a bere a quelli ch'ànno
la febra quartana o terzana: incontanente so-
4 no guariti. E quella terra si è rossa.

5 Ancora vi dirò una maraviglia che venne ne li
6 anni Domini .mcclxxxviij. Uno barone era in

---

1. *divisato*: ' fuori mano '.
3. *febra*: con metaplasmo di declinazione, cfr. Rohlfs, § 353.
5. *venne*: accadde.

quella terra, ch'avea fatto empiere tutte le case
della chiesa di riso, sicché veruno pellegrino vi

7 potea albergare. I cristiani che guardavano la
chiesa si n'avevano grande ira; e non giovava di
pregare, tanto che questo barone le facesse isgom-

8 brare. Sicché una notte aparve a questo barone
santo Tomaso con una forca i·mano, e misegliele
in bocca e disseli: « Se tosto non fai isgombrare la

9 mia casa, io ti farò morire di mala morte ». E con
questa forca si gli strinse sì·lla gola, ch'a colui

10 fue grande pena; e 'l santo corpo si partìo. La
mattina vegnente il barone fece insgombrare ‹le
case de› la chiesa e disse ciò che gli era interve-
nuto, e' cristiani n'ebbero grande allegrezza, e
grande reverenza ne rendero a santo Tomaso.

11   E sapiate ch'egli guarisce tutti i cristiani che
sono lebrosi.

12   Or vi conterò come fu morto, secondo ch'io in-
13 tesi. Messer santo Tomaso si stava in uno romitoro
in uno bosco e dicea sue orazioni, e d'intorno a·l-
lui si avea molti paoni, ché in quella contrada n'à

51v. 14 più che i·llugo del mondo. ‖ E quando san Tomaso orava, e uno idolatore della schiatta d'i gavi
andava ucellaldo a' paoni, e saettando a uno pao-

7. *tanto che*: affinché.
8. *miseglicle*: ‘gliela mise’ (*gliele* indecl.).
10. *insgombrare*: con prefisso latinizzante.
11. *lebrosi*: non precisamente nel testo fr., in cui si parla di
stroppiati e deformi.
12. *fu morto*: ‘fu ucciso’.
13. *romitoro*: (così sotto 15) ‘eremitaggio’   *lugo*: ‘luogo’,
cfr. 74, 4.
14. *e uno idolatore*: ripresa paraipotattica   *ucellaldo*: passaggio a *l* della *n* preconson., dovuto forse ad assimilazione

ne, sì diede a santo Tomaso per le costi, ché
nol vedea; ed issendo così fedito, sì orò dolce-
15 mente e così orando morìo. E inanzi che venisse
in questo romitoro, molta gente convertìo alla fede ⟨di Cristo⟩ per l'India.

16 Or lasciamo di san Tomaso e dirovi delle co-
17 se del paese. Sapiate che fanciugli e fanciulle nascono neri, ma non così neri com'eglino sono
poscia, ché continuamente ogni settimana s'ungono con olio di sosima, acciò che diventino bene
neri, ché in quella contrada quello ch'è più nero è più pregiato.

18 Ancora vi dico che questa gente fanno dipi-
gne⟨r⟩ tutti i loro idoli neri, e' dimoni bianchi
come neve, ché dicono che i·loro idio e' loro santi
sono neri.

19 E sì vi dico che tanta è la speranza e la fede
ch'egli ànno nel bue, che quando vanno in oste,
il cavaliere porta del pelo del bue al freno del cavallo, e 'l pedone ne porta a lo scudo; e tali se ne
20 fanno legare a' capegli. E questo fanno per campare d'ogni pericolo che puòne incontrare nell'oste.

21 Per questa cagione il pelo de⟨l⟩ bue v'è molto caro, ché veruno si tiene sicuro se non n'à adosso.

22 Partimoci quinci, ed andamone in una provincia che si chiamano i bregomanni.

progressiva, cfr. Hirsch, *Laut- und Formenlehre*, IX, 557 (che
cita *tornaldo*)   *le costi*: plurale femm. in *-i*, cfr. 82, 7 n.
    issendo: 'essendo', cfr. *Trist. ricc.*, gloss.
15. *India*: l'India minore, cioè la Nubia (come in effetti in
F), cfr. 188, 6-7.
17. *sosima*: 'sesamo', cfr. *sosimain* 169, 7.
20. *puòne*: epitesi di *-ne*, cfr. 4, 3 n.
22. *bregomanni*: brahmani, cfr. *Ind. ragion.* s.v.

‹Della provincia di Lar›.

1 Lar è una provincia verso ponente, quando
l'uomo si parte da·luogo ov'è il corpo di san To-
2 maso. E di questa provincia sono nati tutti li
3 bregomanni e di là vennero primamente. E sì
vi dico che questi bregomanni sono i migliori
mercatanti e' più leali del mondo, ché giamai
non direbbero bugia per veruna cosa ‹del mondo›, né non mangiano carne né non beono vino.
4 E' stanno i·molta grande onestade, e non toche-
rebboro altra femina che·lloro moglie, né none
ucciderebboro veruno animale, né non farebbo-
ro cosa onde credessoro avere peccato.
5 Tutti li bregomanni sono conosciuti per uno
filo di bambagia ch'egli portano sotto la spalla
manca, e sì 'l si legano sopra la spalla ritta, sicché li viene il filo atraverso il petto e le spalle.
6 E sì vi dico ch'egli ànno re ricco e potente, e
compera volontieri perle e priete preziose, e con-
52r. viene ch'abbia tutte le perle che || recano li mer-
catanti delli bregomanni da Mabar, ch'è·lla migliore provincia ch'abbia l'India.
7 Questi sono idolatri e vivono ad agùra d'uc-
8 celli e di bestie più ch'altra gente. Ed àvi uno
cotale costume: quando alcuno mercatante fa
alcuna mercatantia, elli si pone mente a l'ombra sua; e se·ll'ombra è tamanta come dee essere,

7. *ad agùra*: praticando la divinazione, cfr. 170, 59.
8. *si pone mente*: ' osserva '   *tamanta*: così grande.

sì compie la mercatantia, e s'ella non fosse tale
come dé essere in quello die, no·lla compie per
9 cosa del mondo; e questo fanno se‹m›pre. Ancora fanno un'alt‹r›a cosa: che quando elli sono
in alcuna bottega per comperare alcuna mercatantia, e se vi viene alcuna tarantola – che ve n'à
molte –, sì guata da quale parte ella viene; e
puote venire da tale parte ch'e' compie il mercato, e da tale che per cosa del mondo nol compie-
10 rebbe. Ancora, quando escono di casa, ed egli
oda alcuno starnuto che no gli piaccia, imantenente ritorna in casa e none anderebbe più
inanzi.

11   Questi bregomanni vivono più che gente che
sia al mondo, perché mangiano poco e fanno
magiore astine‹n›za; li denti ànno bonissimi per
12 una erba ch'egli usano a mangiare. E v'à uomini
regolati che vivono più ch'altra gente, e vivono
bene .cl. anni o 'nfino .cc. anni, e tutti sono pro-
sperosi a servire loro idoli; e tutto questo è per
13 la grande astinenza ch'e' fanno. E questi regala-
14 ti si chiamano congi‹u›gati. E' mangiano sempre
buone vivande, cioè, lo più, riso e latte; e questi
congiugati pigliano ogne mese uno cotale beveraggio: che tòlgoro arien‹t›o vivo e solfo, e

9. *sì guata*: ripresa paraipotattica con *sì* (si noti il passaggio
alla 3ª pers. sing.).
12. *regolati*: sottoposti a regola religiosa (cfr. 61, 4); in *regalati* sotto 13 si nota l'assimil. alla voc. tonica di *o* protonica davanti a *l*, cfr. 8, 0 n.   *congiugati*: dovrebbe trattarsi degli
Yoghi, cfr. *Nota al testo*, appar. e *Ind. ragion.*
14. *tòlgoro*: 'tolgono', come sotto *pòrtaro* 15 'portano', cfr.
21, 6 n.

mìschiallo insieme coll'acqua e beollo; e dicono
che questo tiene sano e 'lunga gioventudine, e
tutti quelli che·ll'usano vivono più delli altri.
15   Elli sono idoli, ed ànno tanta isperanza nel
bue, che·ll'adorano; e li più di loro pòrtaro uno
16   bue di cuoio [o] d'ottone inorato nella fronte. E'
vanno tutti ignudi sanza coprire loro natura alcuno di questi regolati; e questo fanno per gran-
17   de penitenzia. Ancora vi dico ch'elli ardono l'ossa del bue e fannone polvere, e di quella polvere
s'ungono i·molte parti del loro corpo con grande reverenzia, altressì come fanno i cristiani del-
18   l'acqua santa. E' non mangiano né in taglieri né
in iscodelle, ma in su foglie di certi àlbori, larghe,
secche e non verdi, ché dicono che·lle verdi ànno
52v. 19   anima, ‖ sicché sarebbe peccato. Ed elli si guardano di non fare cosa ond'ellino credesser avere pec-
20   cato, enanzi si lascerebboro morire. E quando sono domandati: « Perché andate voi ignudi? », e
quelli dicono, perché in questo mondo nonne r[e]-
caro nulla e nulla vogliono di questo mondo:
« Noi non abiamo nulla vergogna di mostare nostre nature, perciò che noi non facciàno con esse
veruno peccato, e per‹ciò› noi non abiamo vergo-
21   gna più d'un vembro che d'altro. Ma voi, che·lli

15. *inorato*: ' dorato ', cfr. 74, 7.
17. *l'ossa*: ancora un errore di traduz. per ' escrementi ',
cfr. 170, 44 e *Nota al testo*, appar.
19. *enanzi*: ' piuttosto '.
20. *nonne*: *non* con epitesi di *ne*, cfr. 4, 3   *mostare... natu-*
re: mostrare i genitali   *facciàno*: ' facciamo ', cfr. 14, 6
vembro: (anche sotto 26) ' membro '.

po‹r›tate coperti, e perciò che voi li aoperate in
22 peccati, e perciò avete voi vergogna ». Ed ancora
vi dico che questi none ucciderebbero niuno animale di mondo, né pulci né pidocchi né mosca né
veruno altro, perché dicono ch'elli ànno anima,
23 onde sarebbe peccato. Ancora no mangiano niuna cosa verde, né erba né frutti infino tanto che
non sono secchi, perché dicono anche ch'ànno
24 anima. Elli dormono ignudi in sulla terra né non
tengono nulla né sotto né adosso; e tutto l'anno
digiunano e no mangiano altro che pane ed acqua.

25 Ancora vi dico ch'elli ànno loro aregolati che
26 guardano l'idoli. Ora li vogliono provare s'egli
sono bene onesti, e mandano per le pulcelle che
sono oferte all'idoli, e fannoli toccare a·lloro in
più parte del corpo ed istare co·lloro in sollazzi;
se 'l loro vembro si rizza o si muta, sì 'l mandano
via e dicono che nonn-è onesto, e non vogliono
tenere uomo lusorioso; e se 'l vembro non si
muta, sì 'l tengono a servire l'idoli nel munistero.

27 Questi ardono li corpi morti, perché dicono che
sed e' non s'ardessero, e' se ne farebbe vèrmini, e
quelli vèrmini si morrebbero quando nonn-aves-
sero più che mangiare, sicch'egli sarebbero cagioni della morte di quelli vermi; [perciò] che
dicono che·lli vermi ànno anima, onde l'anima
di quello cotale corpo n'averebbe pena nell'altro

---

25. *aregolati... l'idoli*: monaci addetti al culto degli idoli.
27. *sed*: 'se', con -*d* davanti a voc. per estensione analogica,
cfr. *ched*, 1, 6 n.

28 mondo. E perciò ardono i corpi, perch'e' no me-
    ni vèrmini.

29   Avemovi contato de' costumi di questi idola-
    tri; dirovi una novella ch'avavamo dimenticato
    de l'isola di Seilan.

                    ‹174›

            ‹Dell'isola di Seilla›.

1   Seila è una grande isola: è grande com'io
2   v'ò contato in adrieto. Or è vero che in questa
    isola àe una grande montagna, ed è·ssì diruvina-
    ta che persona non vi puote suso andare se no
    per uno modo: che a questa montagna pendono
    catene di ferro sì ordinate che li uomini vi pos-
3   sono montare suso. E dicono che in quella mon-
    tagna si è il monumento d'Adam nostro padre;
    e questo dicono li saracini, ma l'idolatori dicono
4   che v'è il munimento di Sergamon Borgani. E
    questo Sergamon fue il pri‖mo uomo a cui nome
    fue fatto idole, ché, secondo loro usansa, questi
    fue il migliore uomo che fosse mai tra loro, e 'l
5   primo ch'eglino avessero per santo. Questo Ser-

53r.

---

28. *meni vèrmini*: imputridisca producendo vermi.

3. *munimento*: 'tomba', cfr. 29, 6 n.
4. *a cui nome... idole*: 'di cui sia stato dato il nome a un idolo' *usansa*: *s* in luogo di *z* sorda è tratto pis-lucch. senza
esclusione del senese, cfr. Baldelli, *Volgarizzamento pis.*, 79;
Castellani, *Miliadusso*, I, 112-14; *Testi sangim.*, 22; Crespo,
Una versione pis., 38; Hirsch, *Laut- und Formenlehre*, IX,
560; Limentani, *Palamedés*, XLVII. Qui· sporadico: ancora
usansa sotto 10; *sansa* 193, 4; 200, 1; *forsa* 195, 28; *prodesse*
195, 28.

gamon fue figliuolo d'uno grande re ricco e possente, e fue sì buono che mai non volle aten-
6   dere a veruna cosa mondana. Quando i·re vide
che 'l figliuolo tenea questa via e che non volea
succedere a·reame, èbbene grande ira, e mandò
per lui, e promiseli molte cose, e disseli che lo
volea fare re e sé volea disporre; né 'l figliuolo
7   non ne volle intendere nulla. Quando i·re vide
questo, sì n'ebbe sì grande ira ch'a pena che no
morìo, perché non avea più figliuoli che costui,
né a cui egli lasciasse i·reame.

8   Anco il padre si puose in cuore pure di fare
9   tornare questo suo figliuolo a cose mondane. Ora
lo fece mettere in uno bello palagio, e misevi co
lui .iij^c. pulcelle molto belle che lo servissero; e
queste donzelle il servivano a tavola ed in camera, sempre ballando e cantando in grandi zo-
10   lazzi, sì come i·re avea loro comandato. Costui
istava fermo, né per questo non si mutava a veruna cosa di peccato, e molto face' buona vita
11   secondo loro usansa. Ora era tanto tempo istato
in casa ch'egli non avea mai veduto veruno morto né alcuno malato; il padre si volle uno dì ca-

---

6. *ira*: 'dolore'   *disporre*: 'abdicare', cfr. *GDLI*, IV, 746.
7. *a pena*: 'per poco   *più*: altri.
8. *Anco*: 'ancora'   *pure*: 'assolutamente'.
9. Nel testo fr. le *pulcelle* sono trentamila, cfr. *Nota al testo*,
appar.   *zolazzi*: (cfr. *cortezia* 198, 3), con grafia z per s sonora, tratto prevalentemente occident. ma reperibile anche nel
senese (cfr., qui sopra, la nota a 4).
11. *il padre... cavalcare*: nel testo fr. il re non accompagna il
figlio, che cavalca per la città con il suo seguito; il dialogo si
svolge tra il principe e le persone che lo accompagnano, cfr.
Nota al testo, appar.

12 valcare per la terra con questo suo figliuolo. E
   cavalcando loro, il figliuolo si ebbe veduto uno
   uomo morto che si portava a sotterare ed avea
13 molta gente dietro. E 'l giovane disse al padre:
14 « Che fatto è questo? ». E·ree disse: « Figliuolo, è
15 uno uomo morto ». E quegli isbigotìo tutto, e dis-
16 se al padre: « Or muoiono tutti li uomini? ». E 'l
17 padre disse: « Figliuolo, sì ». E 'l giovane non dis-
18 se più nulla, ma rimase molto pensoso. Andando
   uno poco più ina‹n›zi, e que' trovarono uno
   vecchio che non potea andare, ed era sì vecchio
   ch'avea perduti i denti.

19 E questo donzello si ritornò al palagio, e disse che non volea più istare in questo malvagio
   mondo, da che·lli convenìa morire o divenire sì
   vecchio che li bisognasse l'aiuto altrui; ma disse
   che volea cercare Quello che mai no morìa né
   invecchiava, e Colui che l'avea criato e fatto, ed
20 a lui servire. Ed incontanente si partìo da questo
   palagio, e andossine in su questa alta montagna,
   ch'è molto divisata dall'altre, e quivi dimorò poscia tutta la vita sua molto onestamente; che per
   certo, s'egli fosse istato cristiano battezzato, egli
   sarebbe istato un grande santo appo Dio.

53v. 21 A poco tempo costui si morìo, e fue ‖ recato di-
22 nanzi al padre. Lo re, quando il vide, fue lo più
   tristo uomo del mondo; e imantenente sì fece fare una statua tutta d'oro a·ssua similitudine, or-

12. *cavalcando loro*: sintatticamente quasi un ablativo assoluto   *avea*: 'c'era'.
14. *ree*: 're', forma epitetica, cfr. *Trist. Ricc.*, CLXIII.
18. *andare*: 'camminare'.
21. *appo*: presso.

nata di pietre preziose, e mandò per tutte le genti del paes' e del suo reame, e fecelo adorare co-
23 me fosse idio. E disse che questo suo figliuolo era
morto .lxxxiiij. volte, e disse che quando mo-
rìe la prima volta diventò bue, e poscia morìo e
24 diventò cane. E così dicono che morìo .lxxxiiij.
volt'e tuttavia diventava qualche animale, o cavallo od uccello od altra bestia; ma in capo del-
l'ottantaquattro volte dicono che morìo e diven-
25 tò idio. E costui ànno l'idolatri per lo migliore
26 idio ched egli abbiano. E sappiate che questi fue
il primo idolo che ‹fosse› fatto, e da costui sono
27 discesi tutti l'idoli. E questo fue nell'isola di Seila in India.

28   E·ssì vi dico che gl'idolatori dalle più lontane
parte vi vengono in pelligrinaggio, siccome van-
29 no i cristiani a Sa'Iacopo in Galizia. Ma i saracini che vi vengo in peligrinaggio, dicono ch'è pure il munimento d'Adamo; ma, secondo che dice
la Santa Iscrittura, il munimento d'Adamo si è in
altra parte.

30   Ora fu detto al Grande Kane che in su questa montagna era lo corpo d'Adamo, e li denti
31 suoi e la scodella dov'elli mangiava. Pensò d'avere li denti e la scodella: fece ambasciadori e mandogli a·rre dell'isola di Seilla a dimandare que-
32 ste cose. E i·re di Seila le donò loro: la scodel-

23. *cane*: nel testo fr. « cavallo », mentre si ha « cane » in
luogo di *cavallo* nel periodo seguente, cfr. *Nota al testo*, appar.
24. *tuttavia*: ' sempre '.
29. *vengo*: ' vengono ', cfr. 19, 6.

33 la era d'un proferito bianco e vermiglio. Gli
a‹m›basciadori tornarono e recarono al Grande
Kane la scodella e due denti mascellari, i quali
34 erano molti grandi. Quando il Grande Kane
seppe che questi ambasciadori erano presso a la
terra ov'egli dimorava e che venìano con queste
cose, fece mettere bando che ogni uomo e tutti
gli aregolati andassero incontro a quelle reliquie,
ché credea che veracemente fossero d'Adamo; e
35 questo fue nel .mcclxxxiiij. E fue ricevuta questa
cosa in Ganbalu con grande reverenzia; e tro-
v[o]ssi iscritto che quella iscodella avea cotale vertù, che mettendovi entro vivanda per uno uomo
54r.   ‖ solo, n'aveano assai cinque uomini; e 'l Grande
Kane il provò, e trovò ch'era vero.
36   Ora udirete della città di Cavler.

‹175›

‹Della città di Caver›.

1   Calver è una città nobile e grande; ed è d'A-
2 sciar, del primo fratello de li .v. re. E s[a]piate che
a questa città fanno porto tutte le navi che vegnono verso ponente, cioè di Curimasa e di Qui-
s[c]i e d'Arden e di tutta l'Arabia, cariche di mercatantia e di cavalli; e fanno qui capo perch'è

32. *proferito*: 'porfido' (nel testo fr. non è bianco e vermiglio, ma « verde molto bello », cfr. *Nota al testo*, appar.).
33. *mascellari*: 'molari'.

1. *li .v. re*: cfr. 170, 3.

3 buono porto. E questo re è molto ricco di tesoro,
e suo tesoro si è molte ricche pietre preziose.

4 Suo regno tiene bene, e spezialement' e' mercatanti che vengono d'altra parte; e perciò vi vanno più volontieri.

5 E quando questi .v. fratelli re pigliano briga
insieme e vogliono combattere, la madre, ch'è
ancora viva, sì si mette i·mezzo e pacìficagli;
quando ella non puote, sì piglia uno coltello e
dice che s'ucciderà, e taglierassi le poppe del pet-

6 to « dond'i' vi diedi lo mio latte ». Alora i figliuoli, per la pietà che fa la madre loro e pro-

7 veggono ch'è il meglio, sì fanno pace. E questo
è divenuto per più volte; ma, morta la madre,
non fallirà che non àbiaro briga insieme.

8 Partimoci di qui, ed andamo ne·reame di Coilun.

‹176›

‹De·rreame di Coilun›.

1 Coilun si è uno grande reame verso garbino,
quando l'uomo si parte di Mabar e va .vᶜ. miglie.

2 E tutti sono idolatri, e sì v'à di cristiani e giudei;
e ànno loro linguaggio.

---

5. Si noti il passaggio dal discorso indiretto al diretto senza
formula introduttiva, cfr. 200, 5.
6. *per la pietà.... meglio*: ' sia perché impietositi dalla madre
sia perché riconoscono che è la cosa migliore ' (*e* congiunz.:
cfr. F *et encore* e traduz., Benedetto, *Il libro di messer Marco
Polo*, 338).
7. *àbiaro*: ' abbiano ', cfr. 21, 6 n.

3   Qui nasce i merobolani embraci e pepe in gran-
       de abondanza, che tutte le campagne e' boschi ne
       sono pieni; e tagliansi di maggio e di giugno e
4   di luglio. E gli àl[bori] che fanno il pepe sono di-
5   mestichi, e piantansi ed inàcquarsi. Qui à sì
       grande caldo ch'a pena vi si puote soferire, che
       se toglieste uno uovo e metesselo in alcuno fiu-
       me, non andresti quasi niente che sarebbe cotto.
6   Molti mercatanti ci vengono di Ma‹n›gi e d'A-
       rabia e di levante, e recano e portano mercatan-
       tia co loro navi.

7   Qui si à bestie divisate dall'altre, ch'egli ànno
54v.   lioni tutti neri e papagalli di più ‖ fatte, ché vi
       n'à di bianchi, ed ànno i piedi e 'l becco rosso,
       e sono molto begli a vedere; e sì v'à paoni e gal-
8   line più belli e più grandi de' nostri. E tutte co-
       se ànno divisate dalle nostre, e non ànno niuno
9   frutto che·ss'assomigli a' nostri. Egli fanno vino
10   di zucchero molto buono. Egli ànno grande mer-
       cato d'ogni cosa, salvo che non ànno grano né
11   biada, ma ànno molto riso. E sì v'à molti savi

---

3. *merobolani embraci*: frutti medicinali, cfr. *Ind. ragion.* (ma
nel testo fr. si parla di verzino).
4. *inàcquarsi*: 'si annaffiano', con desinenza -*ro* per -*no*, cfr.
21, 6 n.
5. *soferire*: 'resistere'   *metesselo*: 2ª pers. pl., imperf. cong.,
usata in ant. tosc. per evitare la coincidenza con la corrispondente del perfetto (cfr. Rohlfs, § 560 e 561);   *andresti*,
2ª pers. pl. in -*i*, per estensione della 2ª sing., cfr. Rohlfs, §
565 e 599; Trolli, *La lingua*, 98 (*non andresti quasi niente* =
in brevissimo tempo).
6. *portano*: 'ne riportano'.
7. *più belli e più grandi*: accordo con il primo dei due sost.

12 astrolagi. Questa gente sono tutti neri, maschi
e femmine, e vanno tutti ignudi, se no se tanto
che·ssi ricuopre loro natura con uno bianco
13 panno. Costoro non ànno per peccato veruna
lussuria, e tolgono per moglie la gugina e la
matrigna, quando il loro padre si muore, e la
moglie del fratello: cotale è il loro costume, come avete inteso.
14   Partimoci quinci, ed andamo nelle parti d'India, in una contrada che·ssi chiama Comacci.

‹177›

‹Della contrada di Comacci›.

1   Comacci si è in India, da la quale contrada si
2 può vedere alcuna cosa della tramontana. Questo
luogo nonn-è molto dimestico, ma sente del sal-
3 vatico. Qui si à molte bestie salvatiche di diverse
fatte ‹e fiere›.
4   Partimoci di qui, ed entramo ne·reame d'Eli.

12. *maschi e femmine*: questo inciso è da riferirsi a *ignudi*
(stessa collocazione nel periodo in F)   *se no se*: ' tranne '
equivalente a *se non che*, cfr. 39, 2 n. e 179, 7; 187, 3), vedi
Fiore, gloss.; Ristoro d'Arezzo, *Composizione*, 11, riga 4, 15,
riga 8   *si ricuopre*: verbo al sing. in quanto dipendente da
gente   *bianco*: errore di traduz. (come già 174, 31 n.) per
' bello ' del testo fr., cfr. *Nota al testo*, appar.
13. *gugina*: per la sonora iniziale, cfr. 2, 0 n.

1. *alcuna cosa*: ' un poco ' (della stella polare), cfr. 158, 1.

‹De·reame di Eli›.

1 Eli si è uno reame verso ponente, ed è di lungi
2 da Comacci .ccc. miglie. Qui si à re e sono gente idolatri; e' non fanno trebuto a veruna altra
3 persona. Questo reame nonn-à porto, salvo ch'àe
4 uno grande fiume, il quale àe buone foci. Qui si
5 nasce pepe e ge‹n›giove e molti ispezierie. Lo re
6 si è ricco di tesoro, ma no di genti. L'entrata
de·reame è sì forte ch'a pena vi si puote intrare
per fare male.

7 E se alcuna nave capitasse a queste foci, s'ella
non venisse prima a la terra, sì la pigliano e tol-
gogli ogni cosa e dicono: «Dio ti ci mand[ò]
perché tu fossi nostra»; né non ne credono avere
8 peccato. E così aviene per tutte le province de
9 l'India. E·sse alcuna nave vi capita per fortuna,
sì è presa e tolto ogne cosa, salvo a quelle che
capitano ad alcuna terra primamente.

10 E sappiate che·lle navi di Mangi vi vengoro la
state, e quelle d'altra parte, e si caricano ‹in›
.iij. o .iiij. dì o infino i‹n› .viij. dì, e vannosene
55r. il più tosto che ‖ possono, perciò che non à buono
porto, ed èvi molto pauroso l[o] sta[re] per le

---

4. *gengiove*: 'zenzero', cfr. *Ind. ragion.*   *molti*: pl. femm.
in -*i* dell'agg., cfr. 22, 7 n.
6. *per fare male*: con intenzioni non pacifiche.
7. *s'ella non venisse prima a la terra*: se non fosse diretta
espressamente a questa terra (il concetto è ripetuto sotto 9;
capitare ha anche in queste ricorrenze il senso di 'far capo',
cfr. 190, 3).
9. *fortuna*: 'fortunale', cfr. sotto 11 *fortune* 'tempeste'.
10. *vengoro*: 'vengono'.

11   piagge che vi sono e per lo sabione. Vero è
      che·lle navi di Ma‹n›gi non temono tanto per
      le buone ancore de·legno ‹che mettono›, ch'a
      tutte le fortune tengono bene loro navi.

12   Egli ànno leoni ed altre bestie assai, cacciagio-
      ni e uccellagioni assai.

13   Partimoci di qui, e dirovi di Melibar.

                        ‹179›

                ‹De·rreame di Melibar›.

1   Melibar è uno grandissimo reame, ed ànno re
2   e·lloro ling[u]aggio. No rendono trebuto a niu-
3   na persona, e sono idolatri. Di questo paese si
4   vede più la tramontana. † E d'un alt‹r›o pae-
      se che v'è allato, ch'à nome Gofurat, ed esce be-
      ne ogni die ben .c. navi di corsali, che vanno ru-
      bando tutto il mare; e menano co loro le mogli
      e' fanciulli, e tutta la state vi stanno in corso e
5   fanno grande danno a' mercatanti. E' partonsi, e
      sono tanti che pigliano ben .c. miglie e più del
      mare, e fannosi insegne di fuoco, sicché veruna
      nave non può passare per quello mare che non
6   sia presa. Li mercatanti, che 'l sanno, vanno mol-

      11. *tanto*: sott. ' come le altre '   *de·legno*: ' di legno ',
      compl. di materia retto da prepos. art., cfr. 8, 0.

      3. *più*: ' di più '   Per il guasto vedi *Nota al testo*, app.
      4. *ogni die*: nel testo fr. si ha ' ogni anno ', cfr. *Nota al testo*,
      appar.   *corsali*: frequente in ant. tosc. (cfr. Folena, *Motti*,
      gloss.; qui 181, 6; 182, 1) accanto a *corsari*, pure qui ampia-
      mente presente.
      5. *insegne*: ' segnali '.

ti insieme e bene armati, sì che non ànno paura
di lor[o], e danno loro malaventura più volte,
7 ma·nno per tanto che pure si ne pìgliaro. Ma
non fanno altrui male, se non ch'elli rubano e
tolgono altrui tutto l'avere, e dicono: « Andate a
procacciare dell'altro ».

8   Qui si à pepe e gengiove e canella e turbitti e
noci d'Ind[ia] e molte ispezie, e bucherame del
9 più bello del mondo. Li mercatanti recano qui
rame, drappi di seta e d'oro e d'ariento, garofani
e spigo, perch'elli non n'ànno; qui si vengono i
mercatanti di Mangi e p[o]rt[a]nsi queste mercatantie per molti parti.

10   A dirvi di tutte le contrade del paese sarebbe
troppo lunga mena; dirovi de·reame di Gufurat, e di loro maniera e costumi.

‹180›

‹De·rreame di Gufurat›.

1   Gofurat è uno grande reame, ed ànno re e
2 linguaggio per loro. E' sono gente idolatri, e no
3 fanno trebuto a veruno segnore di mondo. E
sono li peggiori corsari che vadano per mare e'
più maliziosi, ché quando e' pìgliaro alcuno mercatante, sì li danno a bere i tamerindi co l'acqua
salsa per farli andare a sella, e poscia sì cercano

---

6. *pure si ne pìgliaro*: tuttavia i corsari riescono a prendere
qualcuna di quelle navi.
8. *turbitti*: radici purgative. cfr. *Ind. ragion.*

3. *tamerindi*: cfr. *Ind. ragion.*   *andare a sella*: cfr. 37, 2.

l'uscita, se lo mercatante avesse mangiato perle
4 od altre care cose, per ritrovarle. Ora vedete se
questa è bene grande malizia: ché dicono che li
mercatanti sì le trangugiano quando sono presi,
perché no siano trovate da' corsari.

5 In questo paese si à pepe e gengiove asai e bambagia, ch'egli ànno àlbori che fanno la bambagia
molto grandi, || che sono alti bene .vj. passi ed àn-
6 no bene .xx. anni. Ma quando sono così vecchi,
non fanno buona bambagia da filare, ma fassine
altre cose; da .xij. anni infino in .xx. si chiamano
vecchi.

7 Qui si conciano molte cuoia di becco e di bue
e d'unicorni e d'altre bestie, e fassine grandi mercatantie e forniscosene molte contrade.

8 Partimoci di qui, ed andamone in una contrada
che si chiama Tana.

‹181›

‹De·rreame della Tana›.

1 Tana è anche uno grande reame, e sono simiglianti a questi di sopra, ed ànno anche loro re.
2 Qui nonn-à spezie, àcci incenso, ma non è bianco, anzi è bruno, e fassine grande mercatantia.
3-4 Qui si à bucherame e bambagia assai. Li mercatanti recano qui oro e ariento, rame e di quelle
cose di che vi bisogna, e portane delle loro.

3. *cercano l'uscita*: ‘esaminano le feci’.

1. *sono simiglianti... di sopra*: altro tipo di formula abbreviativa per rimando a dati ormai ritenuti noti dal traduttore
(così 182, 1 *è simile a questo di sopra*). Cfr. 145 sgg.

55v.

5 Ancora escono di qui molti corsari per mare, e fanno grande danno a' mercatanti; e questo è per
6 la volontà del loro segnore. E fa i·re questo patto co·lloro, che·lli corsari li danno tutti li cavalli che pigliano, ché molti vi ne passano, perciò che in India si ne fa grande mercatantia, sicché poche navi vanno per l'India che no menino cavagli; e tutte l'altre cose sono de li corsali.
7 Or ci partiamo di qui, ed andiamo in una contra‹da› che si chiama Canbaet.

‹182›

‹De·rreame di Canbaet›.

1 Canbaet si è ancora un altro grande reame, ed è simile a questo di sopra, salvo che non ci à cor-
2 sali né male genti. Vivono di mercatantia e d'ar-
3 ti, e sono buona gente. Ed è verso il ponente, e vedesi meglio la tramontana.
4-5 Altro non ci è che ci sia da ricordare. Dirovi d'un [reame] ch'à nome Chesmancora.

‹183›

‹Dello reame di Chesmancora›.

1 C‹h›esmancora è uno reame ch'ànno loro re e divisato linguaggio; ed anche sono idolatri; ed

1. *divisato*: 'diverso' da quello dei vicini, quindi parlano una lingua propria.

2 è reame di molte mercatantie. E' vivono di riso
e di carne e di latte.

3-4 Questo reame è d'India. E sapiate che da Mabar infino a qui è de la magiore India e de la migliore; e le terre e' reami che noi v'abiamo contato sono pure quelle di lungo il mare, ‹ché› a
contare quelle della terra ferma sarebbe troppo
lunga mena.

5 Vo' vi dire d'allequante isole che sono per
l'India.

‹184›

‹D'alquante isole che sono per l'India›.

1 L'isola che·ssi chiama Malle è nell'alto mare
bene .v^c. miglia verso mezzodie, partendosi da
2 Chesmancora. Questi sono cristiani battezzati e
tengon[o] legge del Vecchio Testamento, che mai
non tocherebbero femina pregna e, poscia ch'à
3 partori[t]o, a .xl. dì. E dicovi che in questa isola
no stae veruna femina, ma istanno in un'altra
isola che si chiama Femele, che v'è di lungi .xxx.
4 miglia. E li uomini vanno a questa isola ove stanno queste femine, e i‖stanno co loro .iij. mesi del-

4. *pure*: ' soltanto ' (*quelle* è accordato con il primo dei due
sostantivi cui si riferisce, cfr. 176, 7)   5. *allequante:* ' alquante ', cfr. *aliquanto GDLI*, I, 308; questa forma presenta tratti
fonetici toscano-occident. (raddoppiamento consonantico in
protonia).

4. *uttulità*: ' interessi ', cfr. 111, 6.

l'anno, ed in capo d'i .iij. mesi tornano a l'isola
loro, e quivi si fanno loro uttulità .viiij. mesi.

5   In questa isola nasce l'ambra molta fina e bel-
6-7 la. Questi vivono di riso e di carne e di latte. E'
     sono buoni pescatori, e seccano molti pesci, sicché
8   tutto l'anno n'ànno assai. Qui non à signore, salvo
     ch'ànno uno vescovo ch'è sotto l'arcivescovo di
9   Scara. E perciò no stanno tutto l'anno colle loro
10   donne, perché non avrebbero da vivere. Li loro
     figliuoli istanno co le madri .xiiij. anni, e poscia
     il maschio si ne va co‹l› padr'e la femina sta col-
     la madre.
11   Qui non trovamo altro da ricordare; partimoci
     ed a‹n›damone a l'isola di Scara.

‹185›

‹Dell'isola di Scara›.

1   Quando l'uomo si parte da queste due isole,
     [sì va] per mezzodì .v^c. miglia e [trovasi] l'isola
2   di Scara. Questa gente sono anche cristiani bat-
3   tezzati, ed ànno arcivescovo. Qui si à molta am-
4   bra. Elli ànno drappi di bambagia buoni e altre
     mercatantia; e sì ànno molti pesci salati e buo-
5   ni. Egli vivono di riso e di carne e di latte, e van-
6   no tutti ignudi. Qui vanno molte navi di merca-
     tantia.
7   Questo arcivescovo non à che fare col pa-
     pa di Roma, ma è sottoposto a l'arcivescovo che
8   sta a Baldac. Questo arcivescovo che sta a Baldac

manda più vescovi ed arcivescovi per molte contrade, come fa il papa di qua; e tutti questi cherici e parlati ubidiscono questo arcivescovo co-

9   me papa. Qui vengono molti corsari a vendere
loro prede, e vendolle bene; costoro le comperano anche bene, perciò che sanno che questi
corsari no rùbaro se non saracini e idolatri, e

10 non cristiani. E quando questo arcivescovo di
Scara muore, conviene che ci vegna di Baldac.

11   Que[sti] sono buoni incantatori, ma l'arcivescovo molto li contrada, ché dice ch'è peccato,
ma·ccostoro dicono che li loro antichi l'ànno

12 fatto, e perciò lo vogliono eglino anche fare. Di-

13 rovi di loro incantesimi. Se una nave andasse
a vela, forte, eglino farebbero venire vento in
contradio, e farebberla tornare adrietro; e sì fanno venire tempesta nel mare quand'e' vogliono,
e fanno venire quale vento vogliono; e sì fanno
altre cose maravigliose che non è buono a ricordare.

14   Altro non ci à ch'io voglia ricordare; partimoci
quinci ed andamo nell'isola di Madegascar.

8. *cherici e parlati*: ' chierici e prelati ', cfr. rispettivamente
22, 4 e 88, 9.
9. *rùbaro*: ' rubano '.
11. *contrada*: ' contraria ', da *contradiare* (forma dissimilata,
cfr. *contradio* qui sotto 13 e 162, 16 n.); si noti la caduta di
yod nella sill. finale, cfr. 115, 12 n.
13. *non è buono*: ' non è bene '.

‹Dell'isola di Madegascar›.

1   Mandegascar si è una isola verso mezzodì, di
2 lungi da Scara intorno da .m. miglia. Questi
sono saracini ch'adorano Malcometo; questi ànno .iiij. vescovi – cio‹è› .iiij. vecchi uomini –,
56v. 3 ch'ànno la signoria || di tutta l'isola. E sapiate che
questa è la migliore isola e la magiore di tutto il
4 mondo, ché·ssi dice ch'ella gira .iiij^m. miglia. E'
5 vivono di mercatantia e d'arti. Qui nasce più leofanti che in parte del mondo; e per tutto l'altro
mondo non si vende né compera tanti denti di
leofanti quanto in questa isola ed in quella di
6 Zaghibar. E sapiate che in questa isola non si
mangia altra carne che di camelli, e mangiavisene tanti che non si potrebbe credere; e dicono
che questa carne di camelli è la più sana carne e
la migliore che·ssia al mondo.
7   Qui si à grandissimi àlbori di sandali rossi, ed
8 ànnone grandi boschi. Qui si à ambra assai, perciò che in quello mare àe assai balene e capodoglie; e perché pigliano assai di queste balene e
9 di queste capodoglie si ànno ambre assai. Elli
ànno leoni e tutte bestie da prendere in caccia,
10 e uccelli molti divisati da' nostri. Qui vengono
molti navi, e recano e portano molta mercatantia.
11   E sì vi dico che·lle navi non possono andare

2. *vescovi*: per sceicchi' del testo fr., vedi *Nota al testo*, appar.
8. *capodoglie*: spermaceti (capodogli) da cui si estrae l'ambra
grigia.

più verso mezzodie che infino a questa isola ed a
Zaghinbar, perciò che 'l mare corre sì forte verso
12 il mezzodì, ch'a pena si ne potrebbe tornare. E
sì vi dico che·lle navi che vengono da Mabar a
questa isola, vengono in .xx. dì, e quando elle
retornano a Mabar, penano a ritornare .iij. mesi; e questo è per lo mare che corre così forte verso il mezzodì.

13   Ancora sappiate che quelle isole che sono cotanto verso il mezzodì, le navi non vi vanno vo-
14 luntieri per l'acqua che corre così forte. Dicomi
certi mercatanti che vi sono iti, che v'à uccelli
grifoni, e questi uccelli apaiono certa parte del-
l'anno, ma non sono così fatti come si dice di
qua, cioè mezzo uccello e mezzo lione, ma sono
fatti come aguglie, e sono grandi com'io vi dirò.
15 Egli pigliano l'alifante e pòrtallo su in aire, e
poscia i·lasciano cadere, e quelli si disfa tutto;
16 poscia si pasce sopra lui. Ancora dicono quelli
che l'ànno veduti, che l'alie sue sono sì grandi
che cuoprono .xx. passi, e le penne sono lunghe
.xij. passi, e sono grosse come si conviene a quel-
17 la lunghezza. Quello ch'io n'ò veduto di questi
uccelli, io il vi dirò in altro luogo.

18   Lo Grande Kane vi mandò messaggi per sapere di quelle cose di quella isola, e preserne uno,

15. *alifante*: ' elefante ', comune in ant. tosc. (cfr. ad es. Pulci, *Morgante*, 434 n.)   *si pasce*: sogg. il grifone.
16. Non venti passi, ma trenta nel testo fr., cfr. *Nota al
testo*, appar.
17. *in altro luogo*: la ripresa consiste (con esplicito rimando
nel testo fr.) nei capovv. 20-21 di questo capitolo. Cfr. *Ind.
ragion.* ' ruc '.

sicché vi rimandò ancora messaggi per fare la-
19 sciare quello. Questi messaggi recarono al Grande Kane uno dente di porco salvatico che pesòe
.xiiij. libbre.

57r. 20   Elli ànno sì divisate ‖ bestie e uccelli ch'è una
21 maraviglia. Quelli di quella isola sì·cchiamano
quello uccello ruc, ma per la grandezza sua noi
crediamo che sia grifone.
22   Or ci partiamo di questa isola, ed andamo i‹n›
Zaghimbar.

‹187›

‹Dell'isola di Zachibar›.

1   Zaghibar è una isola grande e bella, e gira bene .ij^m. miglia; e tutti sono idola[tr]i, ed ànno lor
2 re e loro linguaggio. La gente è grande e grossa,
ma dovrebbero essere più lunghi, a la grossezza
che elli ànno, ché sono sì grossi e sì vembruti
che paiono gioganti, e sono sì forti che porta
l'uno carico per .iiij. uomini; e questo non è ma-
3 raviglia, ché mangia l'uno bene per .v. uomini. E'
sono tutti neri e vanno ignudi, se no che·ssi ricuoproro loro natura; e sono li capegli tutti ric-
4 ciuti. Elli ànno grande bocca e 'l naso rabuffato
in suso, e le labre e li anare grosse ch'è maravi-

---

2. *più lunghi, a la grossezza*: più alti, in proporzione alla
grossa corporatura   *vembruti*: ' membruti '.
3. *ricuoproro*: ' ricoprono '.
4. *rabuffato*: ' rovesciato ' (francesismo)   *labre*: pl. in -*e*
del tosc. popol. (cfr. 25, 8 n.)   *li anare*: ' le narici ', ma è
errore di traduz. per « occhi », che ancora una volta è frain-

glia, che chi li vedessi in altri paesi parebbero diavoli.

5   Elli ànno molti leofanti e fanno grande mercatantia di loro denti; elli ànno leoni assai d'altra fatta che·lli altri, e sì v'à lonze e leopardi assai.

6   Or vi dico ch'elli ànno tutte bestie divisate da·ttutte quelle del mondo; ed ànno montoni e berbìce d'una fatta [e] d'uno colore, che sono tutti bianchi e la testa è nera; ed in tutta questa

7   isola non si troverebbero d'altro colore. E sì ànno giraffe molte belle, e sono fatte com'io vi di-

8   rò. Elle ànno corta coda, e sono alquante basse dirieto, ché·lle gambe di drieto sono piccole, e·lle gambe dina‹n›zi e ‹'l› collo si è molto alto

9   e grande: alt'è da·tterra bene .iij. passi. E la testa è piccola, e non fanno niuno male; ell'è di colore rosso e bianco a cerchi, ed è molta bella a

10   vedere. Lo leofante giace colla leofantessa siccome fa l'uomo [co] la femina, cioè che stae rove-

11   scio, perché àe la natura nel corpo. Qui si à le più sozze femine del mondo, ch'elle ànno la bocca grande e 'l naso grosso e [corto], le mani grosse .iiij. cotante che·ll'altre.

12   Vivono di riso e di carne e di latte e di datteri;

teso dal tradutt., cfr. 118, 7 e *Nota al testo*, appar.   *vedessi*: 3ª pers. sing., in cui -*i* alterna a lungo con -*e*, che finisce per prevalere, cfr. Rohlfs, § 560.

6. *berbìce*: 'pecore', con pl. in -*e*.

8. *coda*: errore di traduz. per « busto », cfr. *Nota al testo*, appar.

10. *rovescio*: avv., si riferisce a *femina*   *la natura nel corpo*: i genitali nel ventre.

11. *mani*: altro errore di traduz. per « mammelle » di F, cfr. *Nota al testo*, appar.

non ànno vino di vigne, ma fannolo di riso e di
13 zucchero e di spezie. Qui si fa molte mercatantie,
14 e molti mercatanti vi recano e portan[e]. Anco-
57v.   ra ànno ‖ ambra assai, perché pigliano molte balene.

15 Li uomini di questa isola sono buoni combatti-
16 tori e forti, e non temono la morte. E' non ànno
cavagli, ma combattono in su i camelli e in su'
leofanti; e fanno le castella in su' leofanti, e i-
stannovi su da .xij. uomini a .xx., e combattono
co lance e con ispade e con pietre, e sono molto
17 crudele battaglie le loro. E quando vogliono menare i leofanti a battaglie, sì danno loro a bere
molto vino, e vannovi più voluntieri, e sono più
orgogliosi e più fieri.

18-19   Qui sì no v'à altro da dire. Dirovi ancora alcuna cosa de l'India, ché sappiate ch'io non
v'ò detto de l'India se non l'isole maggiori e le
più nobile e le migliori, ché a contarle tutte non
si potrebbe fare, ché troppo sarebbe grande me-
20 na. Ché, secondo che dico·li savi marinari che
vanno per l'India e secondo che si truova
iscritto, l'isole de l'India, tra l'abitate e le no
21 abitate, sono .xij^m. vij^c. Ora lasciamo de l'India
maggiore, ch'è da Mabar infino a Chesmancora,
che sono .xiij. reami grandissimi, d'i quali v'abia-

16. *castella*: bertesche, torri da combattimento.
17. *vannovi*: sogg. gli elefanti.
20. *dico·li*: da 'dicon li' con assimil. tra nasale e liquida
contigue.

22 mo contati di .viiij. E sappiate che l'India minore si è da Cianba infino a Montifi, che v'à
23 .viij. grandi reami. E sappiate ch'io non v'ò ditto
di quelli de l'isole, che sono ancora grandi quantità di reami.

24   Udirete de la mezzana India, la quale è chiamata Anabascie.

‹188›

‹Della mezzana India chiamata Nabasce›.

1   Nabascie si è una grandissima provincia, e que-
2 sta si è la mezzana India. E sappiate che 'l maggiore re di questa provincia si è cristiano, e·ttutti
li altri re de la provincia si sono sottoposti a lui,
i quali sono .vj. re: .iij. cristiani e .iij. saracini.
3 Li cristiani di questa provincia si ànno tre segnali nel volto: l'uno si è da la fronte infino a
4 mezzo il naso, e uno da catuna gota. E questi segni si fanno con ferro caldo: che, poscia che sono
battezzati ne l'acqua, sì·ffanno questi cotali segni; e fannolo per grande gentilezza, e dicono
5 ch'è compimento di batesimo. I saracini si ànno
pure uno segnale, il quale si è da la fronte infi-
58r. 6 no a mezzo il naso. || I·re maggiore si dimora nel
mezzo de la provincia; i saracini si dimorano ver-

23. *ditto*: comune nel tosc. ant. e popolare (qui 200, 1;
206, 5).

3. *segnali*: segni.

4. *sì·ffanno*: ripresa paraipotattica con *sì*   *gentilezza*: 'nobiltà' (in segno di).

5. *pure*: 'soltanto'.

so Aden, ne la quale contrad[a] messer santo
Tommaso convertìo molta gente; poscia si ne
partìo ed andonne a Mabar, colà ove fue morto.

7 E sappiate che in questa provincia d'Abascie si à
molti cavalieri e molta gente da arme; e di ciò
fa bene bisogno, imperciò ch'egli si ànno grande guerra col soldano d'Aden e con quelli di Nubia e co molta altra gente.

8 Or io sì vi voglio contare una novella ch'avenne a·re d'Abasce quando egli volle andare in pellegrinaggio.

‹189›

‹D'una novella de·rre d'Abasce›.

1 Lo re d'Abascie si ebbe voglia d'andare in pel-
2 legrinaggio al santo sepolcro di Cristo. Ora li
convenìa passare per la provincia d'Aden, che
sono suoi nemici, sì che fue consigliato che vi
mandasse uno vescovo in suo luogo, sì ch'egli si
vi mandò uno santo vescovo e di buona vita.

3 Ora venne quest[o] vescovo al Santo Sipolcro
come pellegrino, molto orevolemente co molta
4 bella compagnia. Fatta la reverenza al Santo Sipolcro che si convenìa e fatta l'oferta, sì si mise-
5 ro a ritornare a loro paese. E quando furo
giu‹n›ti ‹a› Aden e 'l soldano l'ebbe saputo chi
questo vescovo era, e per dispetto del suo segno-

---

2. *li convenìa*: avrebbe dovuto.
3. *orevolemente*: 'onorevolmente', cfr. 89, 6 (*orevole*).

re sì l'ebbe fatto pigliare e disseli che volea

6 ch'egli divenisse saracino. Questo vescovo, sì come santo uomo, disse che no ne farebbe nulla.

7 Alora il soldano si comandò che per forza si li fosse fatto uno segnale nel volto come si fanno a' saracini, e fatto che fue, lasciollo andare.

8 Quando questo vescovo fue guarito sì ch'elli potéo cavalcare, sì·ssi mosse a venire e tornò al

9 suo re. Quando lo re lo vide tornato, sì ne fue molto alegro e domandò del Santo Sipolcro e di tutte le cose; e quando egli seppe come per suo dispetto il soldano l'avea così concio, si volle morire di dolore, e disse che questa onta vendicherebbe egli bene.

10 Alora si fece i·re bandire grandissima oste so-
11 pra la provincia d'Aden. Fatto l'aparecchiamento, sì si mosse i·re co tutta la gente, e sì fece grandissimo danno al soldano e ucisero molti
58v. 12 saracini. || Quando lo re ebbe fatto tutto il danno che fare potea e che più no potea fare loro danno, né andare no si potea più ina‹n›zi per le troppe male vie che v'erano, sì·ssi misero a ritor-
13 nare i·lloro paese. E sappiate che li cristiani sono asai megliore gente per arme che no sono i saracini; e questo si fue ne li anni Domini .mcclxxxviij.

14 Da che v'abiamo detta questa novella, dirovvi

5. *l'ebbe fatto*: lo fece (trapassato remoto con valore resulta-tivo); regge la proposizione principale in paraipotassi.
7. *uno segnale nel volto*: nel testo fr. si dice invece che fu cir-conciso, cfr. *Nota al testo*, appar.
9. *concio*: participio accorciato, cfr. 22, 15 n.

15 de la vita di quegli d'Abascie. La vita loro si è
di riso e di latte e di carne; e sì ànno leofanti:
non ch'egli vi nascaro, ma vengonvi d'altre paesi.

16 Nasconvi molte giraffe e molte altre bestie, e sì
ànno molte bellissime galline, e sì ànno istruzzoli
grandi quasi come asini; e sì ànno molte altre cose, ch'a volerle tutte contare sarebbe troppa lunga

17 mena. Ca‹ccia›gione e uccellagioni si ànno assai, e sì ànno pappagalli bellissimi e di più fatte, e sì ànno gatti mamoni e iscimmie asai.

18   Avete inteso d'Abascia; vo' vi dire de la parte
d'Aden.

‹190›

‹Della provincia d'Aden›.

1   La provincia d'Aden si à uno signore ch'è chia-
2 mato soldano. E' sono tutti saracini, i quali adorano Malcometto, e sono grandi nemici de' cri-

3 stiani. In questa provincia si à molte cittadi e
molte castella, ed è porto ove tutte le navi d'India capitano co loro mercatantie, che sono molte.

4   Ed in questo porto caricano li mercatanti loro mercatantie e mettole in barche piccole, e
passano giù per uno fiume .vij. giornate; e poscia le traggoro de le barche e càricalle in su ca-

---

15. *nascaro*: 'nascano'.
17. *gatti mamoni*: specie di scimmie, vedi *Ind. ragion.*

4. *traggoro*: 'traggono'.

5 melli, e vanno .xxx. giornate per terra. E poscia truovano lo mare d'Alexandra, e per quello mare ne vanno le genti infino in Allexandra,
e per questo modo e via si ànno li saracini
d'Allesandra lo pepe ed altre ispezierie di verso Aden; e dal porto d'Aden si partono le navi, e ritornasi cariche d'altre mercatantie e ri-
6 portale per l'isole d'India. E sì recano li mercatanti da questo porto medesimo molti belli de-
strieri, e menali per l'isole d'India; e sappiate
che uno buono e u‹n› bello cavallo si vende be-
59r. 7 ne in India .c. marchi d'ariento. ‖ E sappiate che
lo soldano d'Aden si à una grandissima rendita
de le gabelle ch'elli si à di queste navi e de le
mercatantie; e per questa rendita ch'elli si à
così grande, si è egli uno ricchissimo segnore d'i
grandi del mondo.

8   E sappiate che, quando il soldano di Babilona
venne sopra ad Acri ad oste, lo soldano d'Aden li
9 fece aiuto ‹di› .xxxᵐ. cavalieri e .xlᵐ. camegli. E
sappiate che questo aiuto no fece egli per bene
ch'egli li volesse, ma solo per lo grande male
ched egli vole a' cristiani, ché al soldano di Babilona no volle egli anche bene.

10   Ora vi lascerò a dire d'Aden, e dirovvi d'una

---

5. *mare*: nel testo fr. si parla di ' fiume ' (è il Nilo), cfr. *Nota al testo*, appar.
8. *Babilona*: con caduta di *yod* nella sill. finale come già in *Alesandra*, cfr. 153, 6 n. 3; così qui sotto 9; 203, 2   *li fece aiuto*: gli fornì.
9. *anche*: ' mai ', cfr. 16, 4 n., e 195, 25.

grandissima cità, la quale si è chiamata Escier,
ne la quale si à uno picciolo re.

‹191›

‹Della città d'Escier›.

1   Escier si è una grande città, ed è di lungi dal
2   porto d'Aden .iiij^c. miglia. Ed è sottoposta ad
uno conte, lo quale si è sotto il soldano d'Aden;
e si à molte castella sotto sé, e sì mantiene bene
3   ragione e giustizia. E' sono saracini, i quali ado-
4   rano Malcometto. E sì ci à porto molto buono, al
quale si capitano molte navi, le quali vengono
de l'India co molte mercatantie, e portane di
5   buoni cavalli da due selle. Qui si à molti
datteri; riso ànno poco, biada vi viene d'al-
6   tronde assai. E sì ànno pesci assai, ma si ànno
tonni molti, che per uno viniziano si averebbe
7   .ij. grandi tonni. Vino si fanno di riso e di zuc-
8   chero e di datteri. E sì vi dico ch'elli si ànno
montoni che non ànno orecchi né foro, ma colà
dove debboro essere li orecchi si ànno due cor-
9   netti; e sono bestie piccole e belli. E sappiate
che danno a' buoi ed a' camegli ed a' montoni ed

10. *cità*: per apocope da 'citade' (così 193, 1, 4; 194, 3, ecc.),
cfr. Castellani, *Miliadusso*, II, 127-131; Serianni, *Dialetto aret.*,
111 con bibliogr.

4. *si capitano*: 'fanno capo'   *portane*: 'ne riportano'.
5. *d'altronde*: da altre parti.
8. *debboro*: 'debbono'   *belli*: riferito a *montoni*.

a' ronzini piccoli a ma‹n›giare pesci; e questa si è
10 la vivanda che danno a le loro bestie. E questo è
per cagioni che in loro contrada si non à erba;
perciò ch'ella si è la più secca contrada che·ssia al
11 mondo. E li pesci di che si pascono queste bestie,
sì·ssi pigliano di marzo e d'aprile e di maggio in sì
12 grande quantità ch'è una maraviglia. E seccagli
e ripongogli per tutto l'anno, e così li danno a
loro bestie; veritade si è che le bestie loro vi sono
sì avezzi che, così vivi com'egli escono dell'acqua, sì li mangiano.

59v. 13 ‖ Ancora vi dico ch'egli si ànno di molti buoni
pesci, e fannone biscotto; ch'elli tolgono questi
pesci e tagliali a pezzuoli quasi d'una libbra il
pezzo, e poscia si li apiccano e fannoli seccare al
sole; e quando sono secchi si li ripongono, e co-
14 sì li si mangiano tutto l'anno come biscotto. Qui
si nasce lo 'ncenso in grande quantità e fassine
molto grande mercatantia.

15   Altro non ci à da ricordare; partimoci di questa città ed andamo verso la città Dufar.

‹192›

‹Della città Dufar›.

1   Dufar si è una grande e bella città, ed è di
lu‹n›gi da Escer .v.c miglia, ed è verso maestro.

---

12. *avezzi*: ' abituati ' (pl. femm. in -i).
15. *la città Dufar*: costruz. assoluta, cfr. 18, 4.

2 E' sono saracini ed ànno per segnore uno conte,
e sono sotto i·reame d'Aden.

3 Ed ànno anche porto, e sono quasi al modo di
4 quest[i] di sopra di mercatantie. Dirovvi in che
5 modo si fa lo 'nce‹n›so. Sappiate che sono certi
àlbori, ne' quali àlbori sì·ssi fa certe intaccature,
e per quelle tacche si esce gocciole, le quali s'a-
6 sodano; e questo si è lo 'ncenso. Ancora per lo
molto grande caldo che v'è, si nasce in questi
cotali àlbori certe galle di gomme, lo quale si
7 è anche incenso. Di questo incenso e di cavagli
che vengono d'Arabbia e vanno in India, sì·ssi
fa grandissima mercatantia.

8 Ora vi voglio contare del golfo di Calatu, e
come istà e che cittade ella si è.

‹193›

‹Della città di Calatu›.

1 Calatu si è una grande città, ed è dentro dal
golfo che si chiama Calatu, ed è di lungi da Du-
2 far .vjᶜ. miglia verso maestro. Ed è una nobile
città sopra il mare; e tutti sono saracini ch'ado-
3 rano Malcometto. Qui non à biada, ma per lo
buono porto che àe, sì vi capitano molte navi,
le quali vi ne recano asai de la biada e de l'altre cose.

3. *di mercatantie*: quanto alle merci (altra formula riassuntiva rispetto al testo francese, v. sopra).
6. *galle di gomme*: escrescenze di resina.

4   La città si è posta in su la bocca del golfo di Calatu, sì che vi dico che veruna nave non vi puote
né passare né uscire sansa la volontà di questa
città.

5   Partimoci di qui ed andamo ad una città la
quale si chiama Curmoso, di lungi da Calatu

6   .iij^c. miglia, tra maestro e tramontano. Ma chi si

6or.   parti‖sse da Calatu e tenesse tra maestro e ponente, anderebbe .v^c. miglia, e poi troverebbe la città
d'Aquixi.

7   Udirete de la città di Curmos, ove noi arivamo.

‹194›

‹Della città di Curmos›.

1   Qurmos si è una grande città, la quale si è posta in sul mare, ed è fatta quasi come quella di

2   sopra. In questa città si à grandissimo caldo, ch'a
pena vi si puote campare, se non ch'egli si ànno
ordinate ventiere, le quali recano lo vento a le
loro case, né altrimente no vi camperebbono.

3   No vi voglio dire di questa città più nulla, però
che ci converà tornare qui, ed a la ritornata vi
diremo tutti i fatti che noi lasciam[o].

4   Dirovi de la Grande Turchia, ove noi intra-
mo.

---

4. *sansa*: 'senza', così 200, 1 (cfr. 174, 4).

2. *ordinate*: 'disposte'.
3. Frainteso dal traduttore il riferimento, che nel testo fr. è
al passato, e precisamente ai capp. 34-36 (cfr. *appar.*).

De la Grande Turchia.

1   Turchia si à uno re ch'à nome Caidu, lo quale
si è nepote del Grande Kane, ché fue figliuolo
2 d'uno suo fratello cugino. Questi sono Tarteri,
uomini valentri d'arme, perché sempre mai istan-
3 no in guerra ed in brighe. Questa Grande Turchia si è verso maestro, quando l'uomo si parte
da Qurmos e passa per lo fiume di Gion, ‹e› dura di verso tramontano infino a le terre del Grande Kane.

4   Sapiate che tra Caidu e lo Grande Kane si à
grandissima guerra, perché Caidu si vorebbe conquistare parte de le terre del Catai e de' Mangi,
ma lo Grande Kane si vuole che lo seguiti, sì
come fanno li altri che tengono terra da lui;
questi sì nol vuole fare, perché non si fida, e
5 perciò sono istate tra loro molte battaglie. E sì
fa questo re Caidu bene. c^m. cavalieri, e più volte
àe isconfitto li cavalieri e li baroni del Grande
Kane, perciò che questo re Caidu si è molto prode de l'arme, egli e sua gente.

6   Ora sappiate che questo re Caidu si avea una
sua figliuola, la quale si era chiamata in tarteresco Aigiarne, ciòe viene a dire i·latino 'lucente
7 luna'. Questa donzella si era sì forte che non si
trova‹va› persona che vincere la potesse di ve-
8 runa pruova. Lo re suo padre sì la volle marita-

---

4. *lo seguiti*: gli obbedisca.
5. *fa*: 'dispone di'.

re; quella disse che mai non si mariterebbe s'ella
non trovasse alcuno gentile uomo che la vincesse

9　di forza [o] d'altra pruova. Lo re sì·ll'avea brivelleggiata ched ella si potesse maritare a la sua
voluntade.

10　　　Quando la donzella ebbe questo da·re, sì ne

6ov.　fue || molto alegra; ed allora si mandò dicendo per
tutte le contrade che, se alcuno gentile uomo fosse che si volesse provare co la figliuola de lo re
Caidu, si andasse là a sua corte, sappiendo che,
quale fosse quegli che la vincesse, la donzella si

11　lo torebbe per suo marito. Quando la novella
fue saputa per ogne parte, ed eccoti venire molti gentili uomini a la corte de·re.

12　　　Ora fue ordinata la pruova in questo modo.

13　Ne la mastra sala del palagio si era lo re e la
reina co molti cavalieri e co molte donne e co
molte donzelle, ed ecco venire la donzella tutta
sola, vestita d'una cotta di zendado molto ac-
concia: la donzella si era molto bella e bene

14　fatta di tutte bellezze. Ora convenìa che si le-
vasse il donzello, lo quale si volesse provare co
lei a questi patti com'io vi dirò: che se 'l donzello la vincesse, la donzell[a] lo dovea prendere
e tòrrelo per suo marito, ed egli dovea avere lei
per sua moglie; e se cosa fosse che la donzella
vincesse l'uomo, si convenìa che l'uomo desse

15　a lei .c. cavagli. Ed in questo modo si avea la
16　donna già guadagnati ben .xᵐ. cavagli. E sappia-

9. *brivelleggiata*: 'privilegiata', cfr. *brivilegi*, 12, 2 n.
10. *torebbe*: 'prenderebbe'.

te che questo non era maraviglia, ché questa
donzella era sì bene fatta e sì informata ch'ella
parea pure una giogantessa.

17   Ora v'era venuto uno donzello, lo quale era
figliuolo de·re di Pumar, per provarsi con questa donzella; e menò seco molto bella e nobole
compagnia e sì menò .m. cavagli, per mettere a
la pruova; ma il cuore li stava molto franco
di vincere, e di ciò li parea essere troppo bene
18   sicuro. E questo fue nel tempo del .mcclxxx.

19   Quando lo re Caidu vide venire questo donzello, sì ne fue molto allegro, e molto disiderava
in suo cuore che questo donzello la vincesse, perciò ch'egli si era u‹n› bello giovane e figliuolo
20   d'uno grande re. Ed allora sì fece pregare la figliuola ch'ella si dovesse lasciare vincere a co-
21   stui. Ed ella sì rispuose e disse: « Sappiate, pa-
6ır.   dre, che per ve‖runa cosa di mondo no[n] farei
22   altro che diritto e ragione ». Or eccoti la donzella intrata ne la sala a la pruova: tutta la gente
che istava a vedere pregavano che desse a perdere a la donzella, acciò che così bella coppia fos-
23   sero acompagnati insieme. E sappiate che questo
donzello si era forte e prode, e non trovava uomo che lo vincesse, né che si potesse co lui ch'e-
gli no l[o] vincesse d'ogne pruova.

24   Ora si vennero la donzella e 'l donzello a le
prese, e furonsi presi insieme a le braccia e fecero una molto bella incominciata; ma poco durò,

16. *informata*: ' grande e grossa '   *pure*: ' proprio '.
20. *a costui*: ' da costui '.
23. *si potesse co lui*: ' avesse tale forza rispetto a lui '.

che 'l donzello si covenne pure che perdesse la
25 pruova. Alora si levò in su la sala lo maggiore
duolo del mondo perché questo donzello avea
così perduto, ch'era uno d'i più belli uomini che
vi fosse anche venuto o che mai fosse veduto.
26 Ed alotta si ebbe la donzella questi .m. cavagli;
questo donzello si partìo ed andossine molto ver-
gognoso in sua contrada.
27   E vo' che·ssappiate che lo re Caidu si menò
28 questa sua figliuola in più battaglie. E quando
ella era a le battaglie, ella si gittava tra li nimici
sì fieramente, che non era cavaliere sì ardito né
sì forte ch'ella nol pigliasse per forsa; e menavalo
via, e facea molte prodesse d'arme.
29   Or lasciamo [di] questa matera, e udirete d'una
battaglia, la quale si fue fra lo re Caidu ed Argo,
figliuolo de lo re Abaga, segnore de·Levante.

‹196›

‹D'una battaglia›.

1   Sappiate che lo re Abaga, segnore de·Levante,
si tiene molte terre e molte province, e confina
le terre sue con quelle de lo re Caidu: ciò è da
la parte dell'Albero Solo, lo quale noi chiama-
2   mo l'Albero Secco. Lo re Abaga, per cagioni che

---

24. *covenne*: così anche 209, 16; legittima l'alternanza *con-*,
co-, specie nelle forme di questo verbo per di più tradotte
qui dal francese (*covenir*), cfr. A. Stussi, *Testi veneziani del
Duecento e dei primi del Trecento*, Pisa, 1965, XX-XXI; Crespo, *Una versione pis.*, 20-21.
28. *forsa, prodesse*: cfr. 174, 4 n.

lo re Caidu non facesse danno a le terre sue, si
mandò lo suo figliuolo Argo con grande gente a
cavallo ed a piede ne le contrade dell'Albero
Solo infino al fiume de Ion, perch'egli guardasse
quelle terre che sono a le confini.

3   Ora avenne che lo re Caidu si mandò uno suo
61v. || fratello, molto valentre cavaliere, lo quale avea
nome Barac, co molta gente, per fare danno a
4   le terre ov'era questo Argo. Quando Argo seppe
che costoro viniero, sì fece asembiare sua gente e
venne incontro a' nemici; e quando furo asem-
biati l'una parte e l'altra, li naccari cominciaro-
5   no a sonare da l'una parte e da l'altra. Alora si
fue cominciata la più crudele battaglia che mai
6   fosse veduta al mondo. Ma pure a la fine Barac
e sua gente si non potéo durare, sicché Argo l'i-
sconfisse e cacciògli di là dal fiume.

7   Da che v'abbiamo cominciato a dire d'Argo,
dirovvi com'egli si fue preso e com'egli segno-
reggiò poscia, dopo la morte del suo padre.

‹197›

1   Quando Argo ebbe vinta questa battaglia, una
novella sì li venne, sì come lo padre era passato
2   di questa vita. Quando intese questa novella, si
ne fue molto cruccioso, e mossesi per venirsene

4. *viniero*: 'vennero', perf. debole, cfr. 14, 1 n.   *asembiare*:
'adunare', francesismo, cfr. Bezzola, *Gallicismi*, 93; Giamboni, *Il libro*, 44 n. (così 209, 10).

per pigliare la segnoria; ma egli si era di lungi
bene .xl. giornate.

3   [O]r avenne che lo fratello che fue d'Abaga, lo
quale si era soldano ed era fatto saracino, sì vi
giunse prima che giugnesse Argo, ed incontanente si intrò in su la segnoria e riformò la terra per
4   sé. E sì vi trovò sì grandissimo tesoro ch'a pena
si poterebbe credere; e sì ne donò sì largamente
a li baroni ed a' cavalieri de la terra, che costoro
5   dissero che non voleano mai altro segnore. Questo soldano si facea a tutta gente apiacere.

6   Quando lo soldano seppe che Argo venìa co
molta gente, sì·ssi aparecchiò co la sua gente e
7   fece tutto suo isforzo in una settimana. E questa
gente per amore del soldano andavano molto
voluntieri incontro ad Argo per pigliarlo e per
uciderlo a tutto loro podere.

‹198›

1   Quando lo soldano ebbe fatto tutto suo isfor-
2   zo, sì·ssi mossero ed andaro incontro ad Argo. E
quando fue presso a lui, sì·ssi atendò inn-uno
molto bello piano, e disse a la sua gente: « Segnori, e' ci conviene essere prodi uomini, perciò
62r.   che ‖ noi sì difendiamo la ragione, ché questo re-
3   gno si fue del mio padre. Il mio fratello Abaga
si l'à tenuto tutto quanto a·ttutta sua vita, ed io

---

3. *riformò la terra*: 'mutò il governo della città'.
5. *apiacere*: cfr. *GDLI*, I, 564 (francesismo, cfr. *asapere* 161,
18 n.).

sì dovea avere lo mezzo, ma per cortezia sì lile
4 lasciai. Ora, da ch'è morto, si è ragione ch'io l'abbia tutto; ma io sì vi dico ch'io no voglio altro
che l'onore de la segnoria, e vostro sia tutto il
frutto ».

5 Questo soldano avea bene .xl^m. di cavalieri e
6 grande quantità di pedoni. La gente rispuose, e
dissero tutti ch'anderebbero co lui infin' a la
morte.

‹199›

1 Argo, quando seppe che lo soldano era atenda-
to presso di lui, si ebbe sua gente, e disse così:
« Segnori e frategli ed amici miei, voi sapete bene che 'l mio padre, infino che e' visse, vi tenne
tutti per fratelli e per figliuoli; e sì sapete bene
come voi e' vostri padri siete istati co lui in molte battaglie e ‹a› conquista[r]e molte terre; e sì
sapete bene com'io sono suo figliuolo, e com'egli
v'amò assai, ed io ancora sì v'amo tanto quanto il
2 mio cuore. Dunque ben è ragione che voi sì
m'aiutiate riconquistare quello che fue del mio
padre e vostro, ch'è contra colui che viene con-

---

3. *cortezia*: cfr. 174, 9 n.	*lile*: 'glielo', cfr. 170, 28 n.
5. I cavalieri sono sessantamila in F, cfr. *Nota al testo*, appar.

1. *si ebbe*: 'raccolse' (cfr. 77, 6)	*il mio cuore*: 'me stes-
so' (traduce fraintendendo il fr. *mon cors* 'il mio corpo',
con valore pronominale).
2. *aiutiate riconquistare*: infin. senza preposiz. *a* dopo 'aiuta-
re', cfr. Trolli, *La lingua*, 114-115	*diretare*: 'diseredare',
quindi 'spossessare', cfr. *retare*, 170, 30.

tra ragione, e voleci diretare de le nostre terre e
3 cacciare via tutte le nostre famiglie. Ed anche sapete bene ch'egli si non è di nostra legge, ma è
saracino e adora Malcometto; ancora vedete come sarebbe degna cosa che li saracini avessero
4 segnoria sopra li cristiani! Da che voi vedete bene ch'è così, ben dovete essere prodi e valentri,
sì come buoni fratelli, in aiutare e in difendere lo
nostro, ed io abbo isperanza in Dio che noi lo
5 metteremo a la morte, sì com'egli è degno. Perciò sì priego catuno che faccia più che suo potere non porta, sì che noi vinciamo la battaglia ».

‹200›

1   Li baroni e' cavalieri d'Argo, quando ebbero
inteso e udito lo parlamento ch'avea fatto Argo,
tutti rispuosero e dissero ch'avea ditto bene e
saviamente, e fermaro tutti comunemente che
62v.   voleano a‹n›zi morire co lui che vi||‹vere› sansa
2 lui o che neiuno li venisse meno. Alora si levò
un barone e disse ad Argo: « Messer, ciò che voi
avete ditto, tutto si è verità, ma sì voglio dire
questo: ch'a me sì·pparebbe, che si mandasse
ambasciadori al soldano per sapere la cagione di
3 quello che fae e per sapere quello che vole ». E

---

3. *cristiani*: ma il testo fr. parla logicamente di Tartari, cfr.
Nota al testo, appar.
4. *abbo*: ' ho ', cfr. Crespo, *Una versione pis.*, 60-61 con bibliogr.; Rohlfs, § 541 e 587.

1. *parlamento*: ' relazione ufficiale '   *fermaro*: ' decisero '.

4 sì fue fermo di fare. Quando ebbero così fer-
mato, ed eglino sì fecero due ambasciadori ch'andassero al soldano ad isporregli queste cose, come
tra loro non dovea essere battaglia, perciò ch'e-
rano una cosa, e che 'l soldano si dovesse lasciare la terra e renderla ad Argo.

5   Lo soldano rispuose a li ambasciadori, e disse:
« Andate ad Argo, e sì li dite ch'io lo voglio tenere per nepote e per figliuolo, sì com'io deb-
bo », e che li volea dare segnoria che si conve-
nisse, e che stesse sotto lui; ma non volea ch'egli
fosse segnore: « e se così non vole fare, sì li dite
che s'aparecchi de la battaglia ».

‹201›

1   Argo, quando ebbe intesa questa novella, si
ebbe grande ira, e disse: « Non ci è da dire più
2 nulla ». Allora si mosse con sua gente, e fue
giu‹n›to al campo dove la battaglia dovea esse-
3 re. E quando furono aparecchiati l'una parte e·
ll'altra, e li naccari cominciaro a sonare da catuna parte, alora si cominciò la battaglia molto
4 forte e molto crudele da catuna parte. Argo fece lo dì grandissima prodezza, egli e sua gente,

3. *fermo*: ' deciso ', part. accorciato, cfr. 22, 15 n.
4. *ed eglino*: ripresa paraipotattica   *una cosa*: parenti stret-
tissimi.
5. Anche qui (cfr. 175, 5) passaggio dal discorso indiretto al
diretto senza formule introduttive.

2. *fue giunto*: ' giunse '.
4. *lo dì*: ' quel giorno '.

ma no gli valse; tanto fue la disaventura che Argo si fue preso e perdéo alora la battaglia.

5 Lo soldano si era uomo molto lusorioso, sì che
si pensò di ritornare a la terra e di pigliare mol-
6 te belle donne che v'erano. Alora si partìo, e lasciò uno suo vicaro ne l'oste, ch'avea nome Me-
lichi, che dovesse guardare bene Argo; e così se
n'andò a la terra, e Milichi rimase.

‹202›

1 ⟨O⟩ra avenne che uno barone tartaro, lo quale era aguale sotto il soldano, vide lo suo ‖
63r. segnore Argo, lo quale dovea essere ‹di ragione›.
2 Venneli un grande pensiero al cuore, e l'a-
nimo li cominciò molto a enfiare, e dicea fra se
istesso che male li parea che suo segnore fosse preso; e pensò di fare suo podere sì ch'egli fosse la-
3 sciato. Ed alora cominciò a parlare con altri baroni de l'oste; e catuno parea che fosse in buono ani-
4 mo di volersi pentére di ciò ch'aveano fatto. E
quando furono bene acordati, uno barone ch'avea
nome Boga si fue cominciatore; e levaronsi suso
tutti a romore, ed andarono a la pregione dove
Argo era preso, e dissergli come s'erano riconosciuti, e ch'aveano fatto male, e che voleano ritor-

5-6. *terra*: ' città '.
6. *vicaro*: vicario, vicecomandante.

1. *lo quale... di ragione*: che doveva essere il suo sovrano legittimo.
2. *suo podere*: quanto gli era possibile.
4. *riconosciuti*: ' ricreduti '.

nare a la misericordia e fare e dire bene, e lui tenere per segnore.

5   E così s'acordaro, ed Argo perdonò loro tutto
6   ciò ch'eglino aveano fatto contra di lui. Ed in-
    contane‹n›te si mossero tutti questi baroni, ed
    andarono al padiglione dov'era Milichi, lo vica-
7   ro del soldano, ed ebborlo morto. Ed alora tutti
    quelli de l'oste sì confermaro Argo per loro di-
    ritto segnore.

‹203›

1   Di presente giunse la novella al soldano come
    lo fatto era istato e come Milichi suo vicario era
2   morto. Alora, com'ebbe inteso questo, si ebbe
    grande paura, e pensossi di fuggire in Babbilo-
    na, e misesi a partire con quella gente ch'avea.
3   Uno barone, lo quale era grande amico d'Ar-
    go, si istava ad uno passo, e quando lo soldano
    passava, e questo barone sì l'ebbe conosciuto, ed
    imantenente li fue dina‹n›zi in sul passo ed eb-
    belo preso per forza; e menollo dina‹n›zi ad Ar-
    go a la cità, che v'era giunto già di tre giorni.
4   Argo, quando lo vide, sì ne fue molto alegro, ed
    imantenente si comandò che gli fosse data la
5   morte sì come traditore. Quando fue così fatto,
    e Argo si mandò uno suo figliuolo a guardare le

---

6. *ebborlo morto*: 'lo uccisero', piuccheperfetto con valore
resultativo (come *ebbelo preso*, 203, 3), cfr. 18, 3 n.

3. *ed imantenente*: ripresa paraipotattica.

5. *da*: 'intorno'.

terre da l'Albero Solo, e mandò co lui .xxx^m. di
cavalieri.

6   A questo tempo che Argo intrò ne la segnoria,
corea anni Domini .mcclxxxv., e regnò segnore
.vj. anni; ed in capo di questi .vj. anni si fue ave-

63v. 7 le‖nato, e così morìo. Morto ched egli si fue Argo, uno suo zio si entrò su la segnoria, per cagione che lo figliuolo d'Argo si era molto da la lun-

8   ga. E' tenne la segnoria .ij. anni, ed in capo de
li due anni si fue anche morto, di beveraggio.

9   Ora vi lascio qui, ché non ci à altro da dire;
e dirovvi uno poco de le parti di verso tramontana.

‹204›

‹Delle parti di verso tramontana›.

1   In tramontana si à uno re ch'è chiamato lo re
2   Conci. E' sono Tartari; questi sono genti molto
bestiali.

3   Costoro si ànno uno loro dominedio, ed è
fatto di feltro, e chiamalo Nattigai; e fannogli
anche la moglie, e dicono che sono i dominedii
terreni che guardano tutti i loro beni terreni.

4   E così li danno da mangiare, e fanno a questo
cotale iddio secondo che fanno li altri Tarteri,

5   li quali v'abbiamo contato adietro. Questo re
Conci è de la schiatta di Ci‹n›ghi Kane ed è pa-

6. Nel testo fr. la data è 1286.
8. *di beveraggio*: 'di pozione avvelenata'.

4. *adietro*: in particolare nel cap. 69.

6 rente del Grande Kane. Questa gente non ànno
   né città né castella, ma sempre istanno in piani
7 od in montagne. E' sono grande gente de le persone, e vivono di latt'e di bestie e di carne; biada
8 non ànno. E non sono gente che mai facciano
   guerra ad altrui, anzi istanno tutti in grande pa-
9 ce. Eglino si ànno molte bestie, ed ànno orsi
   che sono tutti bianchi e sono lunghi .xx. palmi,
   ed ànno volpi che sono tutte nere, e sì ànno asi-
10 ni salvatichi assai. Ancora si ànno giambelline,
   cioè quelle donde si fanno le care pegli, che una
   pelle da uomo vale bene .m. bisanti; vai ànno
   assai.

11   Questo re si è di quella contrada ove i cavagli
   non possoro andare, perciò che v'à grandi laghi
   e molte fontane, e·ssonvi i ghiacci sì grandi che
12 non vi si puote menare cavallo. E dura questa
   mala contrada .xiij. giornate; ed in capo di catuna giornata si à una posta, dove albergano li messi che passano e che vengono; ed a catuna di queste poste si istanno .xl. cani, li quali istanno per
   64r. portare li messaggi ‖ da l'una posta a l'altra, sì co-
13 me io vi dirò. Sappiate che queste .xiij. giornate si sono ‹tra› due montagne, e tra queste due
   montagne si à una valle, ed in questa valle à sì
   grande lo fango e lo ghiaccio che cavallo non vi
14 potrebbe andare. Eglino si ànno ordinate tregge

---

7. *grande gente de le persone*: errore di traduz., « sono numerosissimi » secondo il testo fr., cfr. *Nota al testo*, appar.
10. *giambelline*: 'zibellini'   *le care pegli*: le pelli pregiate.
11. *possoro*: 'possono'   *fontane*: 'sorgenti'.
12. *messaggi*: messaggeri.
14. *tregge*: 'slitte'.

sanza ruote, ché le ruote non vi potrebbero andare, perciò ch'elle si ficherebbero tutte nel fango, e per lo ghiaccio corerebbero troppo. In su
15 questa treggia si pongono uno cuoio d'orsa, e vannovi suso questi cotali messaggi; e questa treggia si menano .vj. di questi cani, e questi cani sì·ssanno bene la via, e vanno infino a l'altra posta.
16 E così vanno di posta in posta tutte queste .xiij. giornate di questa mala via; e quelli che guarda la posta sì monta su un'altra treggia e ménali per la migliore via.
17 E sì vi dico che gli uomini che stanno su per queste montagne sono buoni cacciatori, e pigliano di molte buone bestiuole, e si ne fanno molto grande guadagno, sì come sono giambellini e vai ed ermellini e coccolini e volpi nere ed altre be-
18 stie assai, donde si fanno le care pegli. E pigliale in questo modo, che fanno loro reti che no vi ne
19 puote campare veruna. Qui si à grandissima freddura.
20 Andamo più ina‹n›zi, e udirete quello che noi sì trovamo, ciò fue la valle iscura.

‹205›

La valle iscura.

1 Andando più ina‹n›zi per tramontana, sì tro-
2 vamo una contrada ch'è chiamata Iscurità. E cer-

17. *coccolini*: vedi *Ind. ragion.*

to ella si à lo nome bene a ragione, ch'ella si è
sempre mai iscura: qui si non apare mai sole né
3 luna né stella; sempre mai v'è notte. La gente
4 che v'è vi vive come bestie. E' non ànno segnore, se·nno che li Tartari sì vi mandano talvolta
com'io vi dirò: che li uomini che vi vanno si

64v. tolgono giomente || ch'abbiano poledri dietro, e
lasciano li poledri di fuori da la 'scurità, e poscia si vanno rubando ciò ch'e' possono trovare;
e poscia le giomente si ritornano a' loro poledri
5 di fuori da la 'scurità. Ed in questo modo riede
la gente che vi si mette ad andare.

6   Questa gente si ànno molte pelli di quelle care ed altre cose assai, perciò ch'egli sono mara-
vigliosi cacciatore, ed amassano molte di quelle
7 care pegli ch'avemo contato di sopra. La gente
che vi dimora ad abitare sono gente pallida e di
male colore.

8   Partimoci di qui, ed andamo a la [provincia]
di Rossia.

‹206›

‹Della provincia di Rossia›.

1   Rossia si è una grandissima provincia verso tra-
2 montana. E' sono cristiani e tengono maniera di
greci; ed àvvi molti re, ed ànno loro linguaggio.

---

4. *si tolgono*: ' prendono '.
5. *riede*: ritorna.
6. *cacciatore*: pl. masch. in *-e*, cfr. 88, 6 n.

2. *maniera di greci*: sono cristiani greco-ortodossi (cfr. 22, 4).

3 E no rendono trebuto se non ad uno re d'i Tar-
4 teri, e quello è poco. La contrada si à fortissimi
5 passi a entrarvi. Costoro non sono mercatanti,
   ma si ànno asai de le pelli ch'avemo ditto di so-
6 pra. La gente si è molto bella, i maschi e le femine, e sono bianchi e biondi, e sono semprice
7 gente. In questa contrada si à molte argentiere, e
   cavane molto argento.

8-9   In questo paese non à altro da dire. Dirovvi
   de la provincia la quale à nome Lacca, perché
   confina co la provincia di Rossia.

‹207›

‹Della provincia di Lacca›.

1 Quando noi ci partimo da Rossia, sì 'ntramo
2 ne la provincia di Lac. Quivi si trovano gente
3 che sono cristiani e genti che sono saracini. Non
   ci à quasi altra novità che abbia † da quelle
   di sopra, ma vogliovi dire d'una cosa che m'era
   dimenticata de la provincia di Rossia.
4   In quella provincia si à sì grandissimo freddo,
   ch'a pena vi si puote iscampare; e dura infino al
5 mare Oziano. Ancora vi dico che v'à isole ove
   nascono molti girfalchi e molti falconi pellegri-

---

6. *semprice*: comune il passaggio da *l* postcons. ad *r*, cfr. 63, 6 n.

3. Guasto per probabile caduta di un'espressione come 'a ricordare', cfr. *Nota al testo*, appar.

ni, i quali si pòrtaro per più parti del mondo.

6 E sappiate che da Rossia ad Orbeche si no v'à ‖

A'81r. grande via ma, per lo grande freddo che v'è, sì non si puote bene andare.

7 Or vi lascio a·ddire di questa provincia, ché non ci à altro da dire; e vogliovi dire un poco d'i Tarteri di Ponente e di loro signore e quanti signori ànno avuti.

‹208›

De' signori de' Tarteri del Ponente.

1 Lo primo signore ch'ebbono gli Tarteri del Po-
2 nente si fu uno ch'ebbe nome Frai. Questo Frai fu huomo molto possente e conquistò molte province e molte terre, ch'egli conquistò Rossia e Comania e Alanai e Lacca e Megia e Ziziri e
3 Scozia e Gazarie. Queste furono tutte prese per cagione che non si tenevano insieme; ché s'elle fossero istate tutte bene insieme, non sarebbono istate prese.

4 Ora, dopo la morte di Frai fu signore Patu, dopo Patu si fu Bergo, dopo Bergo Mogletenr; poscia fu Catomacu; dopo costui fu i·rre ch'è oggi, lo quale à nome lo re Toccai.

5 Ora avete inteso d'i signori che sono istati delli

---

5. *pòrtaro*: ' portano '.

3. *non si tenevano insieme*: non si erano alleati tra loro.

6   Tarteri del Ponente. Vogliovi dire d'una batta-
    glia che fu molto grande tra·llo re Alau, signore
    del Levante, e lo re Barga, signore del Ponente.

                          ‹209›

                   D'una gran battaglia.

1   Al tempo degli anni Domini .mcclxj. sì·ssi co-
    minciò una grande discordia tra gli Tarteri del
2   Ponente e quegli del Levante. E questo si fu per
    una provincia, ché l'uno signore e l'altro la vo-
    leva, sicché ciascuno fece suo isforzo e suo ap-
    parecchiamento in sei mesi.
3   Quando venne in capo degli sei mesi, e ciascu-
    no sie uscìe fuori a campo; e ciascuno avea bene
    in sul campo bene .ccc^m. cavalieri bene apparec-
    chiati d'o[gn]i cosa da battaglia, secondo loro
4   usanza. Sappiate che·llo re Barga avea bene .cccl^m.
81v. 5 di cavalieri. || Or si puose a campo a .x. miglia
    presso l'uno all'altro; e voglio che voi sappiate che
    questi campi erano i più ricchi campi che·mmai
    fossono veduti di padiglioni e di trabacche, tutti
6   forniti di sciamiti e d'oro e d'ariento. E costì
    istettoro tre dì.
7   Quando venne la sera che·lla battaglia dovea
    essere la mattina vegnente, ciascuno confortò be-

---

1. Cfr. cap. 3, 5.
3. *sie*: con cpitesi di *e*.
5. *sciamiti*: drappi lavorati con fili di metalli preziosi.

ne sua gente ed amonìo siccome si conveniva.

8 Quando venne la mattina, e ciascuno signore fu
in sul campo, e' feciono loro ischiere bene e or-

9 dinatamente. Lo re Barga fece .xxxv. ischiere, lo
re Alau ne fece pure .xxx., perché avea meno di
gente; e ogni ischiera era da .x^m. uomeni a·ccaval-

10 lo. Lo campo era molto bello e grande, e bene faceva bisogno, che giammai non si ricorda che
tanta gente s'asembiasse in su 'n un campo; e
sappiate che ciascuna gente erano prodi ed ar-

11 diti. Questi due signori furono amendue discesi
della ischiatta di Cinghy Cane, ma poi sono divisi, ché·ll'uno è signore del Levante e l'altro del
Ponente.

12 Quando furono aconci l'una parte e l'altra e
gli naccheri incominciarono a sonare da ciascuna
parte, allora fu cominciata la battaglia colle saet-

13 te. Le saette cominciarono ad andare per l'aria
tante, che tutta l'aria era piena di saette, e tante
ne saettarono che più non n'avevano: tutto il

14 campo era pieno d'uomeni morti e di fediti. Poi
missoro mano alle ispade: quella era tale tagliata di teste e di braccia e di mani di cavalieri, che
giammai tale non fu veduta né udita, e tanti cavalieri a·tterra, ch'era una maraviglia a vedere,
da ciascuna parte; né giammai non morì tanta
gente inn-un campo, che·nniuno non potea andare per terra, se·nno su per gli uomeni morti e fe-

9. *pure*: ' soltanto '.
12. *aconci*: schierati.
14. *andare per terra*: camminare.

15   diti. Tutto il mondo pareva sangue, ché gli cavagli andavano nel sangue insino a mezza gamba; lo romore e 'l pianto era sì grande d'i fediti ch'erano in terra, ch'era una maraviglia a udire lo dolore che facevano.

16   E lo re Alau fece sì grande maraviglia di sua persona, che·nnon pareva huomo, anzi pareva una tempesta, sicché i·rre Barga non poté durare, anzi gli covenne ‖ alla perfine lasciare il campo; e missesi a fuggire, e lo re Alau gli seguì dietro con sua gente, tuttavia uccidendo quantunque ne giugnevano.

82r.

17   Quando lo re Barga fu isconfitto con tutta sua gente, e i·rre Alau si ritornò in sul campo e comandò che tutti gli morti fossono arsi, così gli nemici come gli amici, però ch'era loro usanza

18   d'ardere i morti. E fatto ch'ebbono questo, sì·ssi partirono e ritornarono in loro terre.

19   Avete inteso tutti i fatti d'i Tarteri e d'i saracini quanto se ne può dire, e di loro costumi, e degli altri paesi che sono per lo mondo quanto se ne puote cercare e sapere, salvo che del Mar Maggiore non vi abiamo parlato né detto nulla, né delle province che gli sono d'intorno, ave-

20   gna che·nnoi il cercamo ben tutto. Perciò il lascio a·ddire, che·mmi pare che·ssia fatica a·ddire quello che non sia bisogno né utile, né quello

---

16. *quantunque*: ' tutti quelli che '.
19. Epilogo dovuto al traduttore tosc., cfr. *Nota al testo*, appar.

ch'altri sa tutto dì, ché tanti sono coloro che 'l cercano e 'l navicano ogni dì che bene si sa, siccome sono viniziani e genovesi e pisani e molta altra gente che fanno quel viaggio ispesso, che catuno sa ciò che v'è; e perciò mi taccio e non ve ne parlo nulla di ciò.

21 Della nostra partita, come noi ci partimo dal Gran Cane, avete inteso nel cominciamento del libro, inn-uno capitolo ove parla della briga e fatica ch'ebbe messer Matteo e messer Niccolò e messer Marco in domandare commiato dal Gran Cane; e in quello capitolo conta l'aventura ch'a-
22 vemo nella nostra partita. E sappiate, se quella aventura non fosse istata, a gran fatica e con molta pena saremo mai partiti, sicché a·ppena saremo mai tornati in nostro paese.

23 Ma credo che fosse piacere di Dio nostra tornata, acciò che si potessoro sapere le cose che sono per lo mondo, ché, secondo ch'avemo contato in capo del libro nel titolo primaio, e' non fu mai uomo, né cristiano né saracino né tartero né pagano, che·mmai cercasse tanto del mondo quanto fece messer Marco, figliuolo di messer Niccolò Polo, nobile e grande cittadino della città di Vinegia.

20. *bene si sa*: lo si conosce bene.
22. *aventura*: 'l'occasione propizia' (*GDLI*, I, 892).

NOTA AL TESTO
E
APPARATO CRITICO

1. I MANOSCRITTI

1.1. Sulla tradizione manoscritta del *Milione* toscano resta fondamentale la ricognizione effettuata nel 1928 dal Benedetto, pp. LXXX-XCIX, che ha individuato in cinque manoscritti (TA¹, TA², TA³, TA⁴, TA⁵) i rappresentanti attualmente noti della versione toscana trecentesca (TA) dell'opera poliana, condotta direttamente su un testo franco-italiano (F²), vicinissimo a quello del ms. 1116 della Bibl. Naz. di Parigi (F), edito dall'insigne studioso. Ad essi si affiancano due importanti testimoni indiretti, il compendio inserito da Antonio Pucci nel suo *Libro di varie storie* (o *Zibaldone*) ed il testo latino (LT) contenuto nel ms. 3195 della Bibl. Naz. di Parigi, dove la traduzione latina di Pipino è sicuramente contaminata con quella toscana. Nessun altro manoscritto è venuto ad aggiungersi finora, per quanto sappiamo, a questo gruppo; un possibile candidato ad accrescerne il numero, l'Alexianus 1, 3, di cui è stata data recentemente notizia,[1] ad un esame più approfondito si è

---

1. Cfr. G.M. Besutti O.S.M., *Il «Reggimento e costume di donna» ed altre opere trecentesche in un codice della Biblioteca S. Alessio Falconieri*, «Studi Storici dell'Ordine dei Servi di Maria», VII (1955), 3-24, cui rimandiamo per una descrizione completa del manoscritto. Si tratta di una miscellanea quattrocentesca (anche la filigrana, una torre, rimanda al secondo decennio del secolo), forse fiorentina, proveniente dal convento di San Marcello al Corso di Roma, slegata, di 58 carte, in disposizione che non è quella primitiva, contenente varie opere in stato frammentario. La più completa è il *Reggimento e costumi di donna* di Francesco da Barberino (cfr. in proposito l'ediz. curata da G.E. Sansone, Torino, 1957, 275 sgg.), cc. 23 r.-39 r.; secondo per ampiezza il frammento di un testo toscano del *Milione*, cc. 1 r.-12 v. Inoltre: *Storia di Apollonio di Tiro*, 13 r.-17 v.; *Storia di Maometto e della sua gente*, 18 r.-22 v.; *Serie alfabetica di proverbi*, 39 r.-41 r.; Maestro Aldobrandino, *La fisiognomia*, 41 r.-42 v.; *Contrasto*

rivelato appartenente alla famiglia di una traduzione toscana secondaria (TB), « rampollata dalla versione veneta » (Benedetto, p. CV), entro la quale dovrà essere sistemato.

Ne diamo quindi l'elenco e una descrizione funzionalizzata, integrando ove possibile i dati del Benedetto (di cui conserviamo il sistema di sigle eliminando in seguito la T, superflua in quanto situati all'interno della traduzione toscana) con gli eventuali aggiornamenti e soprattutto con le precisazioni gentilmente fornite dai proff. Emanuele Casamassima e Armando Petrucci, che qui ancora ringraziamo.

tra Cristo e Satana, 39 r.-41 r.; Albertano, *Trattato del dire e del tacere*, 45 r.-48 r.; *Trattato delle virtù e dei vizi*, 48 v.-53 v.; *Vite e detti di filosofi*, 53 v.-58 v. Ma l'analisi del contenuto data dal Besutti, almeno nel caso del *Milione*, non è attendibile, perché il passo poliano che s'interrompe a c. 12 v. trova la sua naturale continuazione in 18 r. e continua fino a 19 r.; tale confusione è evidenziata quando si esamini l'ordine dei capitoli, rapportato a quello del presente ediz.: 1 r. « chalura semençano lo grano e l'altre biade del mese di novembre » (incipit) 36; 30-31; 38, 39; 19; 1; 2-3; 4-5; 6-7; 8-9; 10; 11; 13; 14-15; 17-18; dal 63 al 68; 40-41-42; 69-57; 68; 55-54; 56-58; 51; 59; 44; 45; 45; 46; 21; 22; 23; 24 (c. 12 v.: « d'altro tesoro sì gran quantità che io non credo che giamai tanto se ne potesse raunare insieme », che continua in 18 r. « Quando lo re Alu vidde insieme sì gran moltitudine di tesoro); 25-26-27-28-29 (19 r.: « gli saraceni... tornarono alla fede di Cristo, lo quale è benedetto in secula seculorum amen »: explicit). Si tratta di materiali molto ridotti e rielaborati, con interventi di commento dell'estensore. Nonostante ciò, si può intravedere con sicurezza la parentela con la redazione veneta, cioè l'appartenenza alla famiglia TB, di cui il Benedetto ha individuato sei rappresentanti (per il presente si potrebbe proporre quindi la sigla TB⁷), ritraduzione toscana di VA. Ne sono sufficienti spie le seguenti, che trascegliamo perché trovano garanzia in Benedetto (si dà in corsivo quanto diverge da TA). Glosse e amplificazioni caratteristiche: 2 v. « lo fiume che è appellato Tigris, *cioè l'uno delli quattro fiumi che escano del paradiso delitiano* » (qui 3, 9; Benedetto, CXII); 1 v. « Sabastia, *dove fue martoriato messer sancto Biagio* » (qui 30, 2; Benedetto, CXIII); 30 r.

TA[1] ('Ottimo'): Ms. II, IV, 88 della Bibl. Naz. di Firenze (ant. Magliab. XIII, 104; provenienza: Crusca, 18).

Cartaceo, sec. XIV, formato mm. 286x200; 82 carte dopo la caduta delle prime tre e della 41 (deteriorate le cc. 5, 58, 69); qua e là residui di antica numerazione, macchie e scoloriture frequenti; margini smangiati e restaurati modernamente; legatura moderna in assi e pelle. Scrittura mercantesca di una sola mano; linea piena (30-32 righi in media); iniziali di capitoli in nero, qualcuna ripassata in rosso. La filigrana, arco con freccia di disegno molto netto, rimanda al secolo inoltrato (Briquet, nn. 779-807; cfr. anche Mošin et Tralijć, I, p. 60; l'esempio più antico risale al 1333).

Contiene soltanto il *Milione* toscano (acefalo; incipit: «papa si faciesse et questo fecie per loro testimonianza»; explicit: «quanto fecie messer Marcho, figliuolo di messer Niccolo Polo, nobile e grande cittadino della città di Vinegia. Deo grazias amen amen». Note dei possessori su uno dei fogli di guardia: «Questo libro si chiama la navigagione di mes-

«*molto sagacemente* prese a domandare» (qui 6, 2; Benedetto, CXII); «disse *alli suoi baroni*» (qui 7, 1; Benedetto, CXIII); 3 v. «Marcho, *lo quale messer Niccholo non avea già mai veduto, perciò che quando s'era partito da Vinegia aveva lasciato la donna sua gravida*» (qui 9, 5; Benedetto, ibidem); 4 v. «volle lo signore *ch'egli imparasse a·ffare* una ambasciata» (qui 15, 2; Benedetto, CVIII); «Marcho... *attese con grande diligenzia a sapere*» (qui 15, 4; Benedetto, ibidem). Diversa e peculiare interpretazione di situazioni: 6 v. non si contrappongono gli astrologi musulmani a quelli cristiani (qui 66; Benedetto, CXXII); 18 r. la proposta della prova di fede cristiana parte direttamente da uno dei consiglieri del califfo (qui 26, 3; Benedetto, ibidem); mancanza di errori tipici del traduttore toscano: 11 v. *bagni* contro «bambagia» (7, 1).

sere Marcho Polo nobile cittadino di Vinegia scritto in Firenze da Nicchlo Ormanni mio bisavolo da lato di mia madre, quale morì negli anni di Christo mille trecento nove, quale lo portò mia madre in casa nostra del Riccio; ed è di me Piero del Riccio e di mio fratello; 1458 »; segue: « Compro per me Piero del Nero questo dì p. di sett. L. 7 1589 ». La prima delle due dichiarazioni, che data la copia (non pare dubbio che « scritto » sia da intendere ' trascritto '), a periodo anteriore al 1309 (appena un decennio dalla stesura dell'originale nelle carceri genovesi) e ne fornisce anche il nome dell'autore Niccolò Ormanni, è senza dubbio molto importante e da accettarsi fino a prova contraria. Sono peraltro desiderabili ulteriori conferme, perché essa non si presenta in perfetto accordo con i dati paleografici (la mercantesca, per quel che ne sappiamo, viene usata a scopo librario soltanto nel secondo quarto del sec.; ed anche la filigrana rimanda, come si è detto, verso la metà del Trecento); inoltre non si ha notizia alcuna, al di fuori di questa, dell'esistenza di Niccolò, benché gli Ormanni, presto denominati Foraboschi, guelfi del sesto di S. Pietro Scheraggio, siano noti come antica e nobile famiglia fiorentina, ricordata anche da Dante come « già nel calare » (« Vidi gli Ughi e vidi i Catellini, / Filippi, Greci e Ormanni et Alberichi, / già nel calare, illustri cittadini », *Par.*, xvi, 89) e ben presente presso gli antichi cronisti, nei documenti e negli studi genealogici (si cfr. la voce *Ormanni*, a cura di A. D'Addario, per l'esauriente bibliografia,[2] nella recente *Enciclope-*

2. Non è attendibile però quanto si dice a proposito del *Milione*: « Agli O. appartenne quel Michele (morto nel

dia Dantesca, IV, Roma, 1973, p. 199). Né sarebbe inutile poter precisare l'età del pronipote Piero (in rapporto alla qualifica di « bisavolo » da lui attribuita a Niccolò Ormanni) nel 1458, ma neppure ciò risulta agevole, non potendo essere identificato con i più noti personaggi di questo nome della famiglia Ricci in quel secolo (Piero, arcivescovo di Pisa, morto nel 1419; Piero di Gioacchino giustiziato il 16 sett. 1457; potrebbe trattarsi, ma nulla lo obbliga né lo esclude, di Piero di Giovanni, ricordato nel *Poligrafo Gargani*, ms. Bibl. Naz. di Firenze, come « vº. in S. Maria Novella 1477 »; sulla famiglia del Riccio o de' Ricci, cfr. S. Ammirato, *Delle nobili famiglie fiorentine*, Firenze, 1615, 164 sgg.; A. Borlandi, *Il Manuale di Mercatura*, introduz.).

Molto sommaria la descrizione di questo codice in *Mostra dei codici romanzi delle biblioteche fiorentine*, Firenze, [1957], p. 106. Per la qualifica di ' Ottimo ' cfr. oltre, p. 342.

TA²: Ms. II, IV, 136 della Bibl. Naz. di Firenze (ant. Magliab. XIII, 69; provenienza: Strozzi 378).

Cartaceo, sec. XIV, formato mm. 306x224, attualmente di 84 carte (con residui di antica numerazione); sono cadute la prima carta e le cc. 65-76; margini smangiati e restaurati modernamente; legatura moderna in assi e pelle. Scrittura mercantesca di diverse mani, bastarda nelle ultime 8 cc.; impaginazione irregolare, con forti escursioni (35-52 righi a linea pie-

1309), del quale si ricorda la traduzione del *Milione* fatta per diletto », che rispecchia il vecchio equivoco (a partire addirittura dallo Zeno fino alla prima ediz. Olivieri, vedi oltre) per cui a Niccolò viene sostituito un Michele, vedi Benedetto, LXXXI. Sono quindi necessarie ulteriori ricerche.

na); iniziali di capitoli in inchiostro nero. La filigrana si distingue soltanto alle cc. 89, 90, 91 (la
carta è antica e sfibrata) e non è chiaramente leggibile: due figure ravvicinate a disegno regolare e li-
neare, forse una M tondeggiante con una gamba
prolungata verso il basso, accanto a due 'lettres as-
semblées'; non trova corrispondenti nel Briquet (la
si può avvicinare forse ai tipi 8306-14 e 9395), ma
rientra sicuramente nella prima metà del Trecento
(Casamassima). Nessuna nota interessante sui fogli
di guardia (tranne un titolo moderno: « Viaggio di
Tartaria di Marco Polo fatto l'anno 1295 »). Miscel-
laneo, contiene: cc. 2-64, *Milione* toscano, mutilo
del principio e della fine (incipit: « Or si misero li
due fratelj la via chon questi anbasciadori »; explicit: « e sappiate che da Rossia a Orbeche si no
v'à »); c. 77 r. e v., Frammento di redazione in prosa di Ponzela Gaia (pubblicato in appendice a *Ponzela gaia, cantare dialettale inedito del sec. XV*, a
cura di G. Varanini, Bologna, 1957; id. *A proposito della Pulzella Gaia in Eubea*, « Lettere italiane », XXVI, 1974, 231-33); 78 r.-91 v., Vite e sen-
tenze di filosofi; 8 cc. in fondo (numerazione a parte), Passione di Cristo secondo i quattro evangelisti.
Descrizione molto sommaria in *Mostra di codici romanzi*, p. 106.

Per l'ipotesi, formulata dal Benedetto, p. LXXXII,
che tra i suoi possessori sia stato anche lo Stradino,
cfr. oltre, p. 338.

TA³: Ms. ital. 434 della Bibl. Naz. di Parigi.

Cartaceo, fogli di guardia in pergamena, sec. XIV,
formato 275x195; 56 carte (numerate saltando la
prima, ma rimediando all'errore dopo la dodicesi-

ma) a linea piena; numero dei righi relativamente costante intorno ai 35. Scrittura mercantesca con qualche stilizzazione, di una sola mano; rubriche in bastarda, colorate (come il fregio laterale a c. 1 r.; i colori adoperati sono il rosso, l'azzurro, l'ocra). La filigrana è del tipo ' monti ' (non sormontato da croce, seconda metà del Trecento: Briquet, nn. 11647-50; cfr. anche Mošin et Tralijć, nn. 6225-28). Contiene soltanto la versione toscana del testo poliano (incipit: « Inchomincia lo libro [...] da Vinegia, il qua[le lib]ro tratta di [...] prima tratta [chom]e messere Nicholao (rubrica quasi del tutto svanita) Singnori inperadori re e duci e ttutte altre gienti »; explicit: « quanto fecie messere Marcho Polo figlio di messer N. nobile e gran cittadino della città di Vinegia. Explicit liber de Milione chompilato per messer Marcho Polo di Vinegia deo grazias amen ». Diverse tarde intitolature: sopra la rubrica iniziale si legge « Marco Polo al novo orbe »; sul recto della pergamena anteriore « Libro che trata de misier Marco Polo per vulgar », seguito dal motto « Omnia cum consilio et post factum non penitebit »; sul verso « Marc Paule vénitien touchant les voyages ». Sulla pergamena posteriore un nome di non perspicua lettura: « messere Petre y Gelano » (altra lettura: de Celano). Fu nella biblioteca napoletana degli Aragonesi, cfr. T. De Marinis, *La biblioteca napoletana dei re d'Aragona*, II, Milano, 1947, p. 133.

TA⁴: Cod. Ashburnhamiano 525 della Bibl. Laurenziana di Firenze (provenienza: Pucci 129).

Cartaceo, sec. XIV, di carte 48 a due colonne (40 righi in media). Scrittura mercantesca di una sola mano, regolare e chiara, rubriche e iniziali di capitolo

in rosso. È datato con precisione dal copista: « Con-
piuto di scrivere martedì sera a dì .xx. novembre
1391 », c. 46 r. Contiene soltanto il *Milione* toscano,
ed è l'unico che sia stato corredato di un rubricario
finale (« Incominciano le rubriche del detto libro
chiamato Milione »). Incipit: « Inchomincia i libro
di messer Marco Polo da Vinegia che ssi chiama Milione, Il quale tratta molte novitadi della
Tarteria e delle tre Indie e d'altri paesi assai. Furono due nobili cittadini di Vinegia ch'ebono nome
l'uno messer Matteo e l'altro messere Niccolao »;
explicit: « quanto fece meser Marco f°. di meser Niccolo Polo nobile e gran cittadino della città di Vinegia Amen ». Viene anche indicato come il « Puccia-
no » perché appartenuto alla collezione del mar-
chese Giuseppe Pucci; successivamente al Libri e
al conte Ashburnham.

TA[5]: Cod. II, II, 61 della Bibl. Naz. di Firenze
(ant. Magliab. XIII, 44; provenienza: Gaddi, 302).

Cartaceo, sec. XIV, cc. 100. È un grosso volume mi-
scellaneo, compilato e copiato nell'ultimo decennio del secolo da Amelio Bonaguisi fiorentino (ne
contiene anche la produzione personale in versi, cc.
96-100; per la descrizione del vario contenuto si rimanda a G. Mazzatinti, *Inventari delle Biblioteche
d'Italia*, VIII, 1898, p. 172), in testa al quale si trova (cc. 1-40) la versione toscana del libro poliano,
che già aveva fatto parte di un'altra raccolta, come
dimostra l'antica numerazione, ben visibile (è segnato da 315 r. fino a 354 v.). Scrittura di tipo corsivo mercantesco; le iniziali dei capitoli non sono

state eseguite. Incipit: « Qui incomincia il libro di messere Marcho Polo da Vinegia che si chiama Melione il quale rachonta molte novitadi della Tarteria e delle tre Indie e d'altri paesi assai. Furono due nobili cittadini di Vinegia ch'ebe nome l'uno messer Matteo e l'altro messere Nicholao ». Explicit: « quanto fecie messer Marco figliuolo di messer Nicholo Polo nobile e gran cittadino della città di Vinegia ». Segue una lunga annotazione del copista, che si firma e data con esattezza il suo lavoro: « Qui finisce il libro di messere Marcho Polo da Vinegia, il quale scrissi io Amelio Bonaguisi di mia mano essendo podestà di Ciereto Guidi per passare tempo e malinconia, come che mi paiano cose incredibili e paionomi il suo dire non bugie, anzi più che miracholi. E bene potrebbe essere vero quello di che ragiona, ma io non lo credo; tuttavia per lo mondo si truovano assai isvariate cose d'uno paese a un altro. Ma questo mi pare, come ch'io lo rasenprasse a mio diletto, cose da no credere né di darvi fede, io dico quanto a me. E conpiello di rasemprare nel detto Cierreto a dì xij di novembre anno Domini mccclxxxxij. Finito libro reddamus gratias Cristo domino nostro amen ». In calce: « Questo libro è di Amelio di Giachino Bonaguisi del popolo di santo Michele in Orto di Firenze ».

Pucci: Compendio della versione toscana ad opera del rimatore fiorentino Antonio Pucci.

Il Pucci si servì di un rappresentante di TA come fonte dichiarata per la descrizione « delle città e contrade e costumi de' Tartari » che egli incluse nel suo enciclopedico *Libro di varie storie* (o *Zibaldone*), rubr. VIII (dedicata all'Asia), pp. 45-80 dell'edizione critica a cura di A. Vàrvaro, Palermo, 1957.[3] La stesura risale a periodo anteriore al 1362, poiché in quest'anno l'autore ne rivede il testo sull'autografo (ed. cit., p. XIII). Incipit: « Giorgiania è un paese nel quale ha mare che mai non mena pesce se non di quaresima »; explicit: « Lach è una provincia dove ha saracini e cristiani, e sono in sì crudele freddura che con fatica vi s'abita, e poco più in là non si puote abitare per lo freddo. E questo basti de' Tartari e del Gran Cane e d'altri paesi istrani ». Il testo ridotto e rielaborato del Pucci corrisponde ai capp. 22-207 di questa edizione, con omissione completa dei capp. 75, 89, 90, 102, 104-106, 109, 110-112, 115, 118, 134, 136-140, 143, 150-153, 160, 161, 164, 169, 177, 196-205. Questo significa all'ingrosso che egli non ha ripreso il racconto iniziale dei due viaggi dei veneziani e definitivo ritorno in patria (non pertinente al suo scopo, che è quello di sfruttare le conoscenze acquisite dai Polo, non d'illustrarne l'occasione), e che in seguito ha sfrondato un materiale in alcuni punti sovrabbondante (corte e cacce del Gran Cane, battaglie tra Tartari); per le altre omissioni si può dire che quella dei capp. 19-20-21 è dovuta al fatto che della zona in questione ha parlato già nella rubr. VI (dove cogliamo peraltro una sicura reminiscenza di TA: su una monta-

3. Basata sull'autografo Tempi 2, Bibl. Laurenziana di Firenze. La tradizione manoscritta del *Libro* è costituita da altri cinque testimoni, ad ognuno dei quali – è utile tener presente – è stato dato un numero a parte dal Moule (nell'ediz. inglese del *Divisament dou monde*: Marco Polo, *The Description of the World*, ed. A.C. Moule and Paul Pelliot, London, 1949, 1, 510) nell'elenco dei codici della versione toscana.

gna della Grande Erminia, presso l'arca di Noè « è una fontana che versa tanto olio che cento navi se ne caricherebbero a la volta, ma non è da mangiare, ma quelli del paese non ardono d'altro », VI, 14 = 21, 5 di questa ediz.). All'interno di quanto accoglie, egli procede secondo due costanti, il disseccamento, fino ad un'unica, breve frase, dei capitoli eminentemente informativi (cioè ricchi di dati tecnici), e il rispetto, se non l'amplificazione, di quelli narrativi, in particolare degli episodi o storie in essi contenuti.

Di questo lavoro, condotto con « giocosa baldanza » e con frequenti interventi d'autore, ha già detto esaurientemente il Benedetto, pp. LXXXV-LXXXIX (cfr. inoltre A. Vàrvaro, *Antonio Pucci e il 'Libro di varie storie'*, « FR », IV (1957), pp. 77, 80. Ciò nonostante, la riduzione pucciana è utilizzabile anche a fini testuali, perché il Pucci tende a riprodurre il dettato del suo antigrafo, di quello che chiama il « libro donde si trasse la presente materia » (VIII, 42), con le tipiche deformazioni dei nomi propri e con i caratteristici errori (sufficiente alla dimostrazione la serie presentata da Benedetto, ibidem; cfr. qui l'apparato), autorizzato da Marco, più volte nominato come testimone oculare (« secondo pruova messer Marco di veduta », VIII, 79).

LT: Ms. lat. 3195 (ant. 4264) della Bibl. Naz. di Parigi.

Membranaceo, sec. XIV, probabilmente eseguito in Italia. È una miscellanea (raccoglie anche, vergati di mani diverse, la *Disciplina clericalis* di Pietro Alfonso, la *Peregrinacio* di Odorico da Pordenone e l'epistola del Prete Gianni; cfr. Benedet-

to, p. LXXXIV), che contiene un testo latino poliano alle cc. 27 r.-61 v. su due colonne; scrittura semi-
corsiva elegante; iniziali in rosso non sempre eseguite; danneggiato in modo grave alle carte 56, 57, 58
(in corrispondenza dei capp. 172-186 della presente
edizione, non continuativamente). Pubblicato im-
perfettamente dal Roux de la Rochelle (in *Recueil
de voyages et de mémoires publié par la Société de
Géographie*, I, Paris, 1824, pp. 297-494), in appendice al testo franco-italiano del ms. 1116. Incipit:
« Incipit prologus libri descriptionis provinciarum
Ermenie, Persidis, Turchie et utriusque Yndie et insularum que sunt in Yndia, editi a domino Marco
Paulo nobili cive Venetiarum curentibus annis Domini nostri Jesu Christi mcclxxxxv. Domini Impe-
ratores, Reges, duces, Marchiones, Comites et mi-
lites omnesque gentes volentes scire diversitates ge-
nerationum gentium orbis »; explicit: « statim autem quod fuerunt in campo ubi dominus erat Argon, descenderunt ad temptorium suum ». Tale testo
è il risultato della fusione della versione latina pipiniana (con la caratteristica suddivisione in tre libri)
con un testo toscano della famiglia TA (come rive-
lano errori e lezioni caratteristiche: cfr. Benedetto,
ibidem e qui appar.), che viene travestito, è il caso
di dirlo, ' alla latina '. Si trovano infatti espressioni
come *Velius de la Montanea, tapeti pulcriores de
mundo, caciare et ucellare, vivunt de bestiamine,
sunt bezzi de suis uxoribus, duos botacios de corio,
volebat conquestare, et quando homo discedit ab isto
castello homo equitat... et durat*, ecc.; *Or* (*dicamus,
eamus, discedamus*) più frequente di *modo* (ma non
manca *Ormodo*); inoltre, continuamente, *montagna,
contracta* ' contrada ', ecc. Questa trasparente e spesso stracciata veste latina garantisce indubbiamente

la riconoscibilità del toscano entro l'aulico e scolastico latino di Pipino, non di rado ridotto a pura e
semplice cornice. Di particolare importanza il fatto
che l'operazione cominci fin dall'inizio: dopo l'inti-
tolazione pipiniana, il prologo non è quello che il
frate domenicano aveva sostituito al suo modello
(per motivare la sua traduzione come incarico affida-
togli dai superiori, cfr. Benedetto, pp. CLIII-IV), ma
quello toscano, debitamente latinizzato, rispecchian-
te l'originario franco-italiano, e conservato soltanto
da uno dei mss. toscani, A^3. Arriva così a noi nella
forma diminutiva *Rustichelum* (*ser Rustichelum civem pisanum*) il nome del collaboratore di Marco
(l'unica altra attestazione si trova nel ms. soranziano
Reustregielo, cfr. Benedetto, p. XIII), che A^3 presenta come *Rustico da·pPisa*. Il singolare lavoro
di farcitura (e spesso di scelta), pare rispondere ad
uno spiccato gusto per il concreto e per il particolare, deluso dalla genericità ed astrattezza della traduzione latina, che trova un compenso nel recupero
offerto dalla versione toscana.

Ai fini testuali, LT è utile sotto condizione, cioè
soltanto quando la lezione non coincida con quella
pipiniana [4] e ne sia sicuramente riconoscibile la provenienza da TA.

1.2. *Il codice irreperibile appartenuto allo Stradino.*
Lionardo Salviati, citando il *Milione* toscano nei

4. Della traduzione latina del frate domenicano Pipino da
Bologna, antica anch'essa (primo decennio del Trecento, quindi anteriore, come la toscana, alla morte di Marco, 1324) e condotta non su un testo francese o franco-italiano, ma veneto
(cfr. Benedetto, CXXII sgg.), non esiste una edizione attendibile né tanto meno critica, e questo non aiuta ai fini discri-
minatori che qui dobbiamo tener presenti. Ci siamo serviti

suoi *Avvertimenti della lingua sopra 'l Decamerone*
(lib. II, cap. 12) come testo esemplare per « antichità
di favella » e per « purità e bellezza di parole », afferma tra l'altro: « E accene una copia, che fu dello
Stradino, antica e corretta oltre modo, ma le manca
il principio parimente e la fine »; tale affermazione
è ripresa nella Tavola per ordine cronologico, dove
il volgarizzamento poliano è sistemato tra i « Libri
dell'anno 1300, o in quel torno », ed è così indicato:
« Marco Polo, il Milione, appartenuto allo Stradino ».

Tra i manoscritti toscani descritti sopra, soltanto
A² risponde positivamente all'unico dato caratteristico rilevato dal Salviati, la doppia mutilazione iniziale e finale; ragionevole quindi la proposta d'identificazione formulata dal Benedetto, p. LXXXII, in
questi termini: « È probabile sia questo il codice
cui allude il Salviati. In tal caso avrebbe avuto tra
i suoi possessori Domenico Mazzuoli detto lo Stradino ». Per trasformare l'ipotesi in dato certo sono
necessarie ovviamente altre prove. Intanto manca nel
codice qualsiasi indizio che riporti al Mazzuoli e alla
sua ormai ben nota grafia;[5] inoltre si è rivelato scar-

di una delle numerose stampe che, riprodotta con il titolo di
Marci Pauli Veneti Itinerarium seu de rebus orientalibus
da G. Huttich, risale al *Novus orbis regionum ac insularum
veteribus incognitarum* del Gryneus, Basilea, 1532 (su cui Benedetto, CL), ma controllata su uno dei migliori mss. pipi-
niani, il ms. lat. 131 (α S 6 14) della Bibl. Estense di Mo-
dena.

5. Cfr. I. Del Lungo, *Dino Compagni e la sua Cronica*, I, 2ª
parte, Firenze, 1880, 729-750, e, dello stesso, *Storia esterna,
vicende, avventure d'un libro de' tempi di Dante*, Milano,
1917, 112-132; O. Dini, *Il Lasca tra gli accademici*, Pisa, 1896;
F. Maggini, in *Enciclopedia Italiana*, XXII, 658; inoltre la nota di M. Boni nell'ediz. di A. da Barberino, *L'Aspramonte*,
XI; Folena, *Motti*, 294 sgg.; Limentani, *Palamedés*, XXIV.

samente significativo il raffronto tra le citazioni del *Milione* date dal Salviati negli *Avvertimenti* (purtroppo scarse, e di luoghi a lezione pressoché concorde) e il testo corrispondente di A². Sono soltanto quattro (si cita dall'ediz. di Venezia, 1588): lib. II, p. 9, 3 « Milione di Messer Marco Polo: e sì vi trovò sì grandissimo tesoro, che apena si potrebbe credere » (dovrebbe corrispondere a 24, 11, ma non coincide con la lezione di nessun ms. noto); lib. II, p. 47, 27 « Milione di Messer Marco Polo: e qui ha X porti: e in su ciascuna porta hae un gran palagio, sì che in ciascuno quadro hae tre porti » (= 84, 8; *ciascuna quadra* A² A³); lib. II, p. 48, 36 « Milione di Messer Marco Polo: Le mura ec., sono tutte merlate, e bianche » (= 84, 7); lib. II, p. 65, 21 « Messer Marco Polo: e nel cominciamento è una città, che ha nome Arzinga, ove si fa il migliore bucherame del mondo » (= 21, 1; A² *si fanno*). Il quadro risulta insufficiente ed incerto, comunque impotente a dirimere la questione.

È certo d'altra parte che i compilatori del primo Vocabolario della Crusca (1610) non utilizzarono la copia dello Stradino lodata dal Salviati, ma quella appartenuta a Piero del Nero, cioè A¹, come dichiara la Tavola dei citati: « Volgarizzamento della Storia di Marco Polo, detta Milione. Testo a penna di Pier del Nero ». L'indicazione è confermata dal materiale lessicale passato nel Vocabolario, che comprende, ad esempio, il termine *forzeretto*, appartenente ad una glossa esclusiva di A¹. Siamo dunque nel caso, non unico, in cui « i codici indicati come i più attendibili dal Salviati » non sono « quelli di cui si servirono gli accademici per la compilazione del vocabolario », come nota Severina Parodi nella sua recente ricerca sulle operazioni preparatorie dell'impresa della Crusca,[6] la quale afferma semplicemente, in merito al caso presente, che i compilatori non « ebbero l'agio » di consultare la copia posseduta dallo Stradino. Il motivo quindi sfugge; ma potrebbe trattarsi anche, nel caso che l'irreperibilità di questa non risalga già a quel periodo,[7] di deliberato rifiuto e di conseguente scelta della copia di Piero del Nero, certamente caratterizzata da un alto grado di « fiorentinità ».

2. LE EDIZIONI A STAMPA

2.1. La storia delle edizioni della versione toscana del *Milione* si risolve in quella delle stampe di A[1], al quale il prestigio della Crusca procura, senza ulteriore esame, la qualifica di 'Ottimo' (risalente con ogni probabilità ad Apostolo Zeno e ratificata dal Baldelli Boni cfr. qui sotto). Anche quella che potremmo chiamare la preistoria (tutta e soltanto lessicale), si rifà esclusivamente a questo manoscritto, incluso nella Tavola dei citati (n. 31), della prima edizione del Vocabolario della Crusca, al fine di attingerne « quelle non poche voci che si cercherebbero vanamente in altro scrittore del secolo d'oro della favella » (ne dà l'elenco il Baldelli Boni, che così si esprime alle pp. CLXXIII-IV dell'ediz. cit. qui sotto). Di queste stampe, numerose,

6. Cfr. *Accademia della Crusca. Gli atti del primo Vocabolario*, editi da S. Parodi, Firenze, 1974, 63-64.

7. È certo molto antica, risultando anche da quanto dice Apostolo Zeno nel 1758 (cfr. nota 10).

saranno qui ricordate soltanto quelle che presentano interesse dal punto di vista testuale.[8]

1827 *Il Milione di Marco Polo*. Testo di lingua del secolo decimoterzo ora per la prima volta pubblicato ed illustrato dal conte Gio. Batt. Baldelli Boni, Firenze, da' torchi di Giuseppe Pagani, pp. 515.

A questo volume l'Autore affianca nel medesimo anno, come introduzione all'opera poliana (nel secondo frontespizio il titolo è: *Storia delle relazioni vicendevoli dell'Europa e dell'Asia che può servire d'introduzione al Milione di Marco Polo*), la *Storia delle relazioni vicendevoli dell'Europa e dell'Asia dalla decadenza di Roma fino alla distruzione del Califfato*, del conte Gio. Batt. Baldelli Boni, Firenze, da' torchi di Giuseppe Pagani, pp. 1064.

È la prima edizione della versione toscana, che il Baldelli Boni, accademico della Crusca, intraprese nell'intento di « giovare alla favella », rilevando che soltanto trenta furono le « scritture che per antichità la precedessero » (con riferimento alla Tavola surricordata). Benché gli fossero noti anche gli altri

8. Di nessuna utilità, in questa sede, seguire la fortuna del *Milione* nel testo dell'' Ottimo ' presso le case editrici maggiori e minori italiane, dalle stampe complete ai rifacimenti o alle riduzioni per i giovani; si può vedere intanto il *Saggio di bibliografia poliana*, a cura di G. Scognamiglio, « L'Italia che scrive », XXXVII (1954), n. 10, 143-148, e rielaborata da R. Giani in Marco Polo, *Il Milione, nella edizione di Giovan Battista Ramusio*, Roma, 1961, 450-457. Posteriore è l'edizione Rizzoli (B.U.R.), a cura di E. Camesasca, Milano, 1955 (su questa e le altre pubblicate in occasione del centenario della nascita di Marco Polo, cfr. le schede bibliografiche di G. Folena, in « RLI », LVIII (1954), 620-621; LIX (1955), 297; LX (1956), 138. Per le stampe più antiche cfr. Zambrini, *Opere volgari a stampa*, coll. 828-831.

manoscritti fiorentini della famiglia,[9] non si pone neppure il problema della scelta del ms. base, rimettendosi del tutto a quella fatta più di due secoli prima dai suoi predecessori accademici per i loro fini di lessicografi. Trascrive quindi A[1], dichiarandolo formalmente l'" Ottimo ' («che chiamo l'Ottimo pel pregio solo d'antichità e di favella», p. VII: la riserva concerne gli errori di traduzione che egli in parte già nota, e la riduzione del testo poliano nella versione toscana), certo per suggestione di Apostolo Zeno, che chiama «ottimo testo» quello a disposizione degli accademici della Crusca.[10] Più avanti precisa il suo apprezzamento in relazione alla «favella» in contrapposizione ad A[4] (datato 1391), del quale afferma che «accostandosi davvantaggio al Secolo XV, perde un poco di quella spontanea gentilezza, che fa noverare il Milione fra' più aurei scritti che precederono le prose del Cavalca e di Bartolommeo di S. Concordio» (p. CXXIV).

La qualifica trasferisce così ad un singolo manoscritto, senza alcuna verifica, una lode tributata in origine (cioè nelle intenzioni del Salviati, in base al manoscritto posseduto dallo Stradino) alla traduzione toscana del testo poliano. Si poneva però inevi-

9. Non A[3], già a Parigi e che resta sconosciuto, a quanto risulta, fino al 1928, cioè alla ricognizione generale della traduzione manoscritta poliana operata dal Benedetto. Il Baldelli Boni giudicava A[2] «di buona dettatura, ma di lezione alquanto diversa dal Testo Ottimo», e riteneva A[4] inferiore come lingua (perché tardo) rispetto ad A[1], e «ritocco sull'originale francese», CXXV.

10. Nelle Note alla *Biblioteca dell'Eloquenza italiana* di G. Fontanini, II, Venezia, 1758, 273, dove sollecita una «ristampa» del *Milione* toscano dai «signori accademici della Crusca, presso i quali se ne conserva l'ottimo testo», ben sapendo che si tratta della copia di Piero del Nero e che il Salviati aveva a disposizione la copia dello Stradino.

tabilmente il problema del restauro delle due ingenti lacune di A[1], all'inizio e a narrazione inoltrata. Il Baldelli Boni ricorre, per sanarle, ad un tardo ms. (copiato nel 1475), il Magliab. XIII 73 (siglato TB[6] dal Benedetto, p. CVII), che è estraneo al gruppo TA, ed appartiene invece alla piccola famiglia toscana che ritraduce la versione veneta. Oltre alle numerose inesattezze della trascrizione, alle quali le successive edizioni intesero rimediare, è da notare, in quanto rimarrà definitiva e rispecchiata anche nella corrente *Vulgata*, la contrazione del numero dei capitoli della stampa rispetto al manoscritto, derivante dal fatto che il Baldelli Boni, nei casi in cui manchi la rubrica, unisce il capitolo al precedente (il fenomeno è bene evidenziato nella nostra *Tavola delle concordanze per capitoli*, cui si rimanda).

Al testo dell'' Ottimo ' viene fatto seguire l'intero *Milione* ramusiano:[11] una preoccupazione costante degli editori della versione-riduzione toscana sarà infatti quella di compensare il lettore della perdita del prezioso materiale poliano, ed il Baldelli Boni si rivolge al Ramusio, in quanto non può ancora disporre, benché già uscita (1824), dell'edizione Roux de la Rochelle del ms. fr. 1116 (è peraltro ben cosciente, come dimostra a p. XII, che il testo da lui pubblicato sia traduzione dal francese). L'annotazione a piè di pagina chiarisce forme e accezioni antiche del lessico, secondo le competenze specifiche del curatore; il commento storico-geografico al contenuto del libro straripa nel volume a parte citato

11. Con il titolo: *Il Milione di Messer Marco Polo viniziano secondo la lezione ramusiana*, illustrato e commentato. Si tratta della redazione poliana contenuta, come è noto, nell'opera di G.B. Ramusio, *Delle Navigationi et Viaggi*, II, Firenze, 1559 (rist. a cura di R. Giani, op. cit.).

sopra, scritto 'd'occasione' di un 'non-specialista' (sul conte Baldelli Boni si veda la scheda del *Dizionario biografico degli italiani*, Roma, 1963, V, 453-55). Cfr. Zambrini, *Opere volgari a stampa* col. 829.

1863 *I viaggi di Marco Polo*, secondo la lezione del codice magliabechiano più antico reintegrato con il testo francese a stampa, a cura di Adolfo Bartoli, Firenze, Le Monnier, pp. 439.

Ristampa del testo Baldelli Boni, quindi di A[1], ma riveduto « attentamente » (p. LXXXII) sul ms. e messo a fuoco con pertinenza nei confronti del testo francese. La novità dell'edizione sta proprio, come precisa già il titolo, nell'utilizzazione della redazione franco-italiana edita dal Roux, sia ai fini del commento a piè di pagina (con il rilievo dei travisamenti e delle omissioni del traduttore), utile ancor oggi, sia ai fini del recupero dei capitoli non tradotti, che vengono riportati nell'appendice. Inoltre il Bartoli si stacca opportunamente dal suo predecessore per quanto concerne l'integrazione delle lacune dell'" Ottimo ', attingendo a manoscritti della famiglia TA (ma sempre e soltanto a quelli fiorentini): ad A[5] il capitolo iniziale (si tratta di un rabberciamento di esemplare acefalo; corrisponde al cap. 6 di questa edizione), ad A[2] gli altri (e cioè i successivi capp. 7, 8, 9, 10, nonché 98, 99, 100, 101, 102, in corrispondenza della caduta della c. 41). Questo modello di restauro della versione toscana resterà immutato fino alle edizioni oggi correnti, benché in questo modo l'antica tradizione manoscritta della famiglia non sia ancora neppure quantitativamente recuperata (rimane del tutto inutilizzato A[3]). Purtroppo la trascrizione Bartoli di questi manoscritti è molto infelice, e ad essa risalgono diversi errori che la successiva edizione Olivieri non corresse, e che deturpano tutte le edizioni del *Milione* toscano attualmente in circolazione. Gravissimi quelli che sfigurano il cap. 7 (II in Bartoli e in tutte le altre, cfr. qui la *Tavola delle concordanze per capitoli*): *molto gli piacque* 1, diventa *molto gli pregò* (il periodo resta privo di senso); .*c. uomini savi e che sapessero tutte le .vij. arti, e che sapessero bene mostrare a l'idoli* 6, diventa *sei uomini savi e che sapessero bene mostrare a l'idoli* (evidentemente il numero romano per ' cento ' è stato letto come se fosse la cifra araba per ' sei '; inoltre, si è perduta una delle due proposizioni relative a causa di un salto per omoteleuto dello stesso editore); ancora: *isposta* per *imposta* 8, 1; *andare* per *andarne* 10, 1; *disseli* per *disserli* 10, 2; *fa fare* per *fa* 102, 4. Pregevole l'introduzione (si sofferma sulla produzione in francese di autori italiani), benché fatalmente, qui come sempre, le singolari vicende dell'autore e della redazione del suo libro, finiscano per prevaricare, e della versione toscana ci si occupi per inciso, e nel rimpianto di ciò che si è perduto, rilevando il pregio della lingua; il Bartoli ritiene il *Milione* toscano « tradotto quasi sempre con esattezza e con eleganza », p. LXXXII. Cfr. Zambrini, *Opere volgari a stampa*, col. 830.

1928 Marco Polo, *Il Milione,* secondo la riduzione italiana della « Crusca », riscontrata sul manoscritto, arricchita e rettificata mediante altri manoscritti italiani, a cura di Dante Olivieri, Bari, Laterza, « Scrittori d'Italia » pp. 296.

Preceduta da una prima edizione (1912), severamente criticata dal Benedetto, pp. XC-XCII, la pre-

sente vuole dirsi « perfettamente conforme al manoscritto e non suscettiva di miglioramenti », secondo
la dichiarazione del curatore, p. 265 (ma basti un
solo esempio – non rilevato dal Benedetto – dei
molti sfuggiti alla revisione: *lago* 83, 16, lezione
corretta nel ms. e passata tale e quale in Baldelli Boni e Bartoli, si banalizza in *luogo* nell'edizione Olivieri, diffondendosi così nella *Vulgata*, tranne un
fortunato e fortunoso recupero di Allulli, vedi oltre).
Il manoscritto è ancora A[1], e poiché ne accoglie anche il restauro (con tutte le sue inesattezze) operato
dal Bartoli, l'edizione Olivieri può definirsi sostanzialmente una ristampa dell'edizione Bartoli. Ne dif-
ferisce peraltro per l'impostazione diversa che in essa
si vuole dare al problema dei rapporti tra il testo toscano e le altre traduzioni italiane del *Milione*
(un unico testo 'italiano' sarebbe alla base di tutte);[12] ne consegue che il riferimento immediato non
è più costituito dai codici della stessa famiglia di A[1]
o quanto meno toscani, e neppure dal testo franco-
italiano, ma dai manoscritti della famiglia veneta.
Questi, nella loro abbondante varietà, sono utilizzati in una sorta di apparato, per rimediare alle omissioni e agli errori della traduzione toscana, e nel caso di capitoli o parti della narrazione in questa assenti; inoltre sono reintegrati il prologo e i quattro
capitoli seguenti mediante il cod. padovano CM
211 (siglato VA[3] dal Benedetto, p. CI), che vengono
preposti, distinti per il corpo, al restaurato testo bar-
toliano. Si prescinde da annotazioni sia di carattere

12. È la tesi sostenuta molti anni prima dall'Olivieri nello
studio *Di una famiglia di codici italiani dei viaggi di Marco
Polo*, « Atti del R. Istituto veneto di scienze, lettere ed arti »,
LXIV (1904-5), 2ª parte, 1639-63 (su cui Benedetto, CI).

esplicativo che storico-geografico; i nomi propri sono affiancati, nel testo stesso, dalle forme francesi
(« la lezione esatta quale è nel testo francese ») poste tra parentesi tonde, mentre tra parentesi quadre
sono racchiusi stilemi e glosse attribuibili, secondo
l'editore, al traduttore (pratiche che saranno spesso
seguite nelle edizioni correnti). Segue una Nota al
testo e un glossario suddiviso in due sezioni, una per
le voci venete, l'altra per quelle toscane.

2.2. Neppure l'edizione Olivieri, dunque, utilizza il
manoscritto A³, l'unico che conservi la traduzione
del reale inizio del libro del Polo (prologo vero e
proprio e inizio della narrazione, con la presentazione dei fratelli Polo e loro vicende fino al primo arrivo alla corte del Gran Cane: capp. 1-5 della presente
edizione); e questo nonostante che il Benedetto ne
avesse dato la trascrizione semi-diplomatica nella recensione ricordata sopra, di cui l'Olivieri aveva pur
preso atto. Si può forse capire il motivo di tale atteggiamento se si pensa all'impostazione, per così dire, tosco-veneta, evidentemente irrinunciabile, del-
l'impresa olivieriana. È invece R. Allulli che, seguendo il recentissimo consiglio del Benedetto (siamo
ancora nel 1928), immette nelle stampe il prezioso
contributo di A³, in una edizione senza pretese testuali da lui curata (Milano, Alpes, 1928): una semplice ristampa anch'essa del testo ' Ottimo '-Olivieri,
dichiaratamente non collazionata sul manoscritto
(interessa soprattutto l'aspetto storico-geografico), e
con il ragionevole ritorno al testo franco-italiano
come principale riferimento. Da questo sono riprodotti (e tradotti) in appendice i passi sacrificati
o ritenuti troppo abbreviati nella versione toscana

(situazione immutata al riguardo anche nell'edizione curata dall'Allulli per Mondadori, Milano, 1954, fornita di un utile indice analitico). Sulla stessa linea il Camesasca (edizione Rizzoli, Milano, 1955): testo Olivieri, ma contraddistinto da un'abbondantissima farcitura, in corpo diverso, di materiali poliani desunti di volta in volta dal Ramusio, dai manoscritti veneti, dalla redazione franco-italiana edita dal Benedetto, tradotta però personalmente dal curatore, così come dalla redazione latina pipiniana, ecc., in un variegato insieme linguistico, che riduce a sfondo il testo toscano. La diffusa edizione Einaudi, a cura di D. Ponchiroli, Torino, 1954, più volte ristampata in edizione economica (1962; NUE, 1974) premette soltanto il capitoletto del prologo al testo ' Ottimo '-Olivieri.

In conclusione, il testo della *Vulgata* del *Milione* toscano si è infelicemente fissato così: alla base un manoscritto scelto forse per un equivoco; una sorta di « doppio cominciamento », per cui il presunto titolo compare dopo quattro capitoli dall'inizio reale, la narrazione viene spezzata, e i personaggi appaiono presentati due volte a brevissima distanza. Nella disorganica operazione di restauro, non si recupera da A^2 il breve capitolo 5 (che resta infatti fin qui inedito), il quale permette invece di risanare con sicurezza questa importante quanto disgraziata zona della traduzione toscana, liberandola dall'inizio posticcio elaborato dall'antigrafo di A^4 A^5.

2.3. Tra le edizioni parziali l'unica significativa e importante ai fini testuali è quella dei capp. 40, 68, 69, 81, 82, 83, 84, 95, 97, 119, 170, 173, 174 (non com-

pleti, tranne la serie 68-83 e il 173),[13] curata da
C. Segre, contenuta nel vol. *Prosa del Duecento*, Milano-Napoli, 1959, 347-374. Pur riproducendo il testo Olivieri (cui fa riferimento anche la numerazione), lo collaziona con il ms. e con A^2, che viene
utilizzato « sia per la correzione di minuti errori del
primo, sia anche per le abbastanza frequenti sue lezioni che il confronto col testo francese dimostra essere autentiche », e correggendo « gli errori comuni
ai due codici, quando siano riportabili a facili sviste
dei copisti, e non ad errori di traduzione » (pp. 1079-
1080): prima concreta attuazione del rifiuto d'insin-
dacabilità del cosiddetto 'Ottimo', in linea con la
posizione del Benedetto, che ora esamineremo.

3. IL PROBLEMA TESTUALE

3.1. Dalla rapida ma acuta *recensio* del Benedetto,
che ha impostato scientificamente la questione testuale anche nei riguardi della versione toscana, ri-
sultavano già evidenti i seguenti punti: i cinque
manoscritti (più i due testimoni indiretti) sopra
elencati, nessuno dei quali è *descriptus*, rimandano
concordemente ad un'unica traduzione da un perduto testo poliano franco-italiano F^2 vicinissimo a F,
caratterizzata da una serie cospicua (rivedibile, ma
sempre consistente) di errori e fraintendimenti dovu-
ti allo stesso traduttore; F può di conseguenza essere
legittimamente assunto, in mancanza di F^2, come fal-

13. I capitoli 40, 68, 174 (non completi) sono passati successivamente, con minime varianti, nell'antologia di G. Contini,
Letteratura italiana delle origini, Firenze, 1970, 289-294.

sariga di confronto nell'operazione di *examinatio*
della tradizione toscana del *Milione*; due manoscritti, A⁴ A⁵, sono copie indipendenti di un antigrafo che
ha elaborato un nuovo inizio dell'opera, in quanto
disponeva di esemplare acefalo fino al cap. 5 incluso;
i rapporti tra gli altri mss. della famiglia si presentano più complessi e sfumati, e tutto sommato meno
certi. Spingendosi oltre, il Benedetto arriva a porsi
la questione del migliore rappresentante, cioè del testo base per il restauro critico, e la delinea sinteticamen-
te così: « quando si debba scegliere un testo
base per una eventuale edizione critica di TA, non
possono competere con lui [A¹] né A³, sistematicamente compendioso, né A⁴ A⁵, troppo spesso abbreviati; ma l'incertezza della scelta è doverosa quanto
ad A². Qualunque sia, del resto, il testo adottato, è
assolutamente necessario tener presenti tutti i mss.
della famiglia, tutti vicinissimi all'originale perduto (qualunque sia la data della loro esecuzione) e
tutti per qualche ragione autorevoli » (p. XCIII).

Prima di procedere nel tentativo di risolvere l'incertezza, occorre richiamare qui brevemente il tipo
di tradizione che porta fino a noi l'opera poliana:
tradizione attiva per eccellenza, che vive nelle ' versioni ' diverse di un irrecuperabile, forse, testo originale, più che perduto, dissolto dal suo stesso successo. Questo risulta all'evidenza dall'illustrazione
che il Benedetto dà, come in una fotografia aerea,
del vasto continente di diffusione dell'opera poliana, non ancora adeguatamente esplorato nelle singole regioni. Testo in prosa a scarso rilievo stilistico,
discontinuo e vario, le sue strutture, elastiche e ro-
buste insieme, sopportano agevolmente le successive
operazioni di travasamento, di riduzione o di dila-
tazione, adeguandosi alle esigenze dell'ambiente ri-

cettore.[14] In essa i confini tra copia e rifacimento (anche di quel particolare rifacimento che è una traduzione) sono labilissimi. Così è anche nel più ristretto ambito della sua diffusione in Toscana, dove è accolta e letta con avidità dal ceto mercantile proprio allora in espansione, come indica già il principale dato oggettivo, risultato ad una nuova perizia dei codici: il fatto che i mss. che la conservano siano tutti scritti in mercantesca. Tradizione caratterizzante [15] dunque, che orienta senza incertezze e ri-

14. Le analogie vanno nella direzione di una letteratura semipopolare quale quella in versi del cantare (cfr. D. De Robertis, *Problemi di metodo nell'edizione dei cantari*, in *Studi e problemi di critica testuale*, Bologna, 1961, 119-138) e del *fabliau* (cfr. J. Rychner, *Contribution à l'étude des fabliaux*, Neuchâtel-Genève, 1960), più nota e studiata di quella in prosa del racconto agiografico, ad esempio, o anche della prosa di romanzi (cfr. l'introduzione di C. Delcorno a Giordano da Pisa, *Quaresimale*, LXXIII-LXXIV), nonché del trattato enciclopedico, in particolare del *Tesoro* di B. Latini: «Diresti che ciascuno, il quale trascrisse l'opera divulgatissima, si sia piaciuto farvi alcuni mutamenti, ora ad una voce, o ad una frase, sostituendone un'altra, ora anche variando la sposizione intera del medesimo pensiero», A. Mussafia, *Sul testo del Tesoro di Brunetto Latini*, in appendice a T. Sundby, *Della vita e delle opere di Brunetto Latini*, Firenze, 1884, 288. Essa rappresenta e caratterizza dunque non pochi settori della produzione letteraria romanza, come rileva Vàrvaro, *Critica dei testi*, 88; cfr. anche D'A.S. Avalle, *Critica test.*, 539-558. La versione latina di Pipino del libro poliano può, tra l'altro, essere riguardata (per l'eccezionalità del processo che risale dal testo romanzo al testo latino, quasi un'inversione di rotta in epoca di volgarizzamenti: si veda in proposito C. Dionisotti, *Proposta per Guido giudice*, in *Studi in onore di A. Schiaffini*, «Rivista di cultura classica e medioevale», VII, 1965, 459) un tentativo di fissare un testo, di cui era subito evidente l'importanza, sottraendolo alla pericolosa dinamica della sua tradizione.

15. E qui basti citare V. Branca, *Copisti per passione, tradizione caratterizzante, tradizione di memoria*, in *Studi e problemi di critica testuale*, Bologna, 1961, 69-77. Anche per il *Decameron* i dati esterni della tradizione manoscritta, larga-

sponde ad una domanda fondamentale: « di ogni opera letteraria e delle traduzioni in ispecie importa sapere non soltanto perché siano state fatte, ma anche per chi », come afferma Carlo Dionisotti.[16] E non meraviglia che agli interessi e alle curiosità del ceto mercantile toscano, ai primi del Trecento, il libro di Marco Polo sia stato funzionalizzato; e se la prima impostazione in tal senso è responsabilità specifica del traduttore, essa in certo modo non si conclude, e l'adattamento continua anche dopo, nel suo diffondersi nell'ambiente, così che, più che copiato, esso viene rinarrato con la preoccupazione costante di assorbirne un certo contenuto (nella sua strabocchevole ricchezza sempre superiore alle necessità e alle preferenze del singolo destinatario).

Di una tradizione dinamica come questa, soggetta a spregiudicati interventi di riduzione, di risanamento, di amplificazione e di commento; a continue trivializzazioni poligenetiche e a recuperi a senso di lezioni esatte; ad una variazione in sinonimia che al limite può ' riscrivere ' tutto il testo, soltanto una visione in sinossi potrebbe dare conto adeguato. Data l'ovvia irrealizzabilità dell'operazione, resta quanto meno il compito di cercare d'individuare la fisionomia globale della ' copia ' (che avrà primaria importanza anche nella motivazione delle corruttele), al fine di isolare dal vivo processo quella che presenta in grado maggiore il carattere di trascrizione.[17]

mente in mercantesca, combaciano e rafforzano quelli interni per indicare nella classe mercantile l'ambiente ricettore.

16. C. Dionisotti, *Geografia e storia della letteratura italiana*, Torino, 1967, 134.

17. Per la necessità (e l'importanza) di distinguere il testimone o il ramo che si presenta come trascrizione da quello che si presenta come rimaneggiamento, cfr. C. Segre, *La Chanson*

È in certo modo falsa la completezza di A³, quale risulta ad esempio dalla *Tavola delle concordanze per capitoli*: accurato nella trascrizione dei capitoli iniziali (con nostra fortuna pervenutici senza gli incidenti che hanno colpito tutti gli altri mss.) e di quelli finali, esso non si fa scrupolo di svuotarne i più importanti (come quelli centrali sulla moneta, sulle poste, ecc.), tagliandoli e riassumendoli; non soltanto riducendo in sintesi espressioni analitiche e ridondanti, ma anche omettendo particolari e dati tecnici: ad es. quelli relativi alle navi impiegate per il ritorno 18, 2; i nomi dei Re Magi 30, 3; le distanze 114, 1. Se la cornice ha tenuto, la tela è piena di buchi. Talvolta riesce persino a sortire effetti di maggior correttezza, centrando il senso ed eliminando insieme una lezione difficile o guasta, ma non di rado la sua parte è quella del testimone che non risponde.

Se A⁴ A⁵ dipendono da un unico antigrafo, questo è responsabile non soltanto di iniziative notevoli come la rattoppatura iniziale già ricordata (preme che il testo appaia integro, mentre ha perduto ben cinque capitoli), ma anche di una capillare potatura dei caratteristici verbi di dire ad inizio di periodo, dell'annuncio tipico *Or sappiate che*, ecc., nonché delle formule finali di passaggio da un capitolo all'altro. Ora, è soltanto A⁴ che porta poi avanti sistematicamente l'opera di sfrondamento, espungendo con meticolosa precisione ogni residuo di fraseologia rustichelliana, il settore di lusso, per così dire, del dettato, che in Toscana però meno interessa; A⁵ invece lascia il fenomeno all'incirca nei limiti in cui lo ha

de Roland, Milano-Napoli, 1971, XIX, e, sul piano teorico, A. Vàrvaro, *Critica dei testi*, 86-88.

trovato. Intervento abbreviativo, che segue dunque alcune costanti,[18] quello dell'esemplare di A[4] A[5], e che tende a conservare il contenuto informativo del libro; ma non è esclusivamente riduttivo né guidato sempre dal principio dell'utile e del necessario, se non esita, altrove, a preferire la perifrasi al sostantivo unico: ad es. il *ciabattiere* di A[2], *calzolaio* in A[1], diventa in A[4] A[5] *uno cierto huomo che raconciava calzari vecchi*; l'intero episodio (cap. 26) è narrato con tono di maggior competenza (aggiunte: « uno granello di senape, *dicendo a uno monte ' Partiti quinci' »*, ecc.). I tagli non sono così decisi come in A[3], le difficoltà si evitano soprattutto con la parafrasi; di conseguenza i due codici non sempre sono utili in ordine al confronto delle lezioni.

Per cercare di recuperare al possibile quanto TA può dare, cioè quanto il traduttore ha tradotto, è necessario individuare il testimone che più si avvicini, nei limiti che si è detto, alla trascrizione, e più sia lontano dal rifacimento. È certo che in A[1] e in A[2] meglio si riscontra quella ' volontà di copia ' che andiamo cercando; nessuna zona del dettato è da essi volontariamente trascurata o tagliata (A[1], se mai, si compiace di inframmettere spiegazioni), e la loro ricchezza, a prescindere dai guasti che hanno subito (soprattutto all'inizio in misura diversa, ma anche nel cuore del libro il primo, nel finale il secondo), e dagli errori di cui ora si dirà, rende conto con fedeltà incomparabilmente maggiore di quel testo poliano che un anonimo traduttore (neppure tanto esperto) si premurò di offrire ai suoi conterranei per

---

18. Lo sfrondamento delle ridondanze rustichelliane è già stato operato anche dal traduttore (cfr. più avanti); esso si delinea come una delle principali vie di assottigliamento del testo poliano nel corso della sua trasmissione.

allargarne le conoscenze, in un momento storico in cui essi erano particolarmenti pronti e preparati a utilizzarle.

3.2. Così inquadrato, un confronto diretto tra A^1 e A^2, affiancati dagli altri testimoni, davanti al testo giudice di F, appare dunque l'operazione più urgente, decisiva quanto alla correttezza e all'attendibilità della lezione trasmessa. Riteniamo sufficiente a questo fine contrapporre un consistente campione di lezioni caratteristiche nel loro contesto, in modo che rappresentino tutto il ventaglio delle possibili corruttele, dagli errori veri e propri – a diversi livelli – alle semplici omissioni, seguito da un secondo più ristretto e specifico, che dovrebbe denunciare in prima istanza il tipo di atteggiamento, attivo o passivo, tenuto nei confronti di un testo in qualche modo guasto o poco perspicuo (cioè *difficilior*). I luoghi sono stati scelti con le seguenti precauzioni: sono tali che la corrispondenza con F sia chiara e inequivocabile (cioè il testo francese non è stato riassunto o reso in modo che si siano offuscati gli elementi garanti); non sono stati attinti da quelle fasce del dettato soggette «a particolare usura e a frequenti andirivieni» e «spesso ricomposte ex novo»,[19] come sono notoriamente le rubriche («trascritte da ultimo a scopo calligrafico e non di rado tralasciate»), e sebbene in minor misura e per ragioni diverse, le formule finali di passaggio da un capitolo all'altro, omesse o liberamente variate perché in fondo sostituibili dalla rubrica seguente o dal primo periodo del capitolo che segue.

19. Cfr. Folena, *La Istoria di Eneas*, 255.

In omaggio alla fin qui riconosciuta autorità di A¹, la sua lezione – nella trascrizione vulgata, cioè Olivieri, ma con recupero del ms. ove sia necessario – sarà citata per prima; segue la lezione di A²; tra parentesi, allineati alla lezione con cui concordano le sigle degli altri mss., quando rispondano con precisione al confronto. L'assenza di sigle è significativa di mancata risposta o per omissione (è in genere il caso di A³) o per parafrasi (è in genere il caso di A⁴ A⁵); in terza riga il testo di F.[20]

PRIMA SERIE

[1]   18, 6

A¹ entro le navi avea bene settecento persone (A³)

A² entrò ne lavi (*emendabile in* l[e n]avi) bene, *ecc.* (LT)

F   quant il entrarent es nes il furent bien, *ecc.*

[2]   18, 11

A¹ la reina Caciese figliuola del re de' Mangi, che la dovessoro menare (A³ A⁴ A⁵)

A² la reina Cacesi e la figliuola... che le, *ecc.*

F   lor fie la roine Cocacin et encore fie la fille au roi dou Mangi, qu'il le deussent mener

20. I rimandi si riferiscono alla presente edizione (cfr. la *Tavola delle concordanze per capitoli*, ai fini delle corrispondenze). Non si segnalano singolarmente le corruttele che sono state rilevate dal Benedetto, al quale si rimanda globalmente (XCIII-XCVIII). I luoghi confrontati sono assunti in maggioranza nei primi cento capitoli dell'opera, e partendo ovviamente dal punto in cui il confronto è possibile, cioè, a causa della lacuna iniziale di A¹, dal cap. 10 fino all'altra lacuna di A¹, che corrisponde ai capp. 98-102; ma con escursioni anche oltre.

[3]   18, 13
       A¹ sì grande reina fusse fidata
       A² due sì grandi reine furono fidate (A⁴ A⁵)
       F   cest II grant dames estoient en la manaies de

[4]   19, 4
       A¹ ora sono tutti cattivi, sono rimaso loro una bon-
           tà, che sono grandissimi bevitori
       A² ... cattivi, solo gli è rimasa una bontà, che sono,
           ecc.
       F   sunt il cheitif et vils et ne unt nulle bonté for
           qu'il sunt buen beveor

[5]   22, 4
       A¹ al modo di greci (A³ A⁴ A⁵)
       A² ... di chereci
       F   a maniere de clerges

[6]   30, 3
       A¹ tutti interi e co capegli
       A² tutti interi con barba e co capegli (A³ A⁴ A⁵ LT)
       F   tuit entiere et ont chevoilz et barbe

[7]   32, 3
       A¹ che bene corrono
       A² che bene corrono e ambiano (A³ A⁴ A⁵ LT)
       F   car il sunt grant coreor et bien portant a l'an-
           bleure

[8]   34, 5
       A¹ i migliori falconi e gli più valorosi del mondo
           (A³ A⁴ LT)
       A² ... e li più volanti del mondo
       F   les meillor faucons et les mains volants dou mon-
           de

Stessa situazione 46, 10:

A¹ molti valentri (A³ A⁴ A⁵)·
A² molto volanti
F   bien volant

[9] 36, 9

A¹ Le loro navi sono cattive e molto ne pericolano (A³ A⁴ A⁵ LT)
A² ... e molte ne pericala
F   Lor nes sunt mout mauvés et ne perisent asez

[10] 44, 1

A¹ Balac fu una grande città
A² Balac fue già, *ecc.* (A³ A⁴ A⁵ LT)
F   Balc est une noble cité et grant. Et jadis fu asez plus noble et plus grant

[11] 49, 10

A¹ e' fuoco non v'ha il calore ch'egli hae in altre parti, né non è così cocente colà suso (A³ A⁴ A⁵ LT)
A² ... lo colore, *ecc.*
F   le feu... ne est si cler ne de cel color come en autre leu et ne se cuient bien les couses

[12] 51, 12

A¹ la pietra si doveva cavare di sotto alla colonna, si trovò alta (A⁵)
A² ... di sotto dalla colonna, la colonna si trovò alta (A³ A⁴ LT)
F   la pieres se dovoit rendre fu venu, la colonne que estoit sor la pieres se hoste de la pieres et se fait en aut

[13] 59, 7

A¹ mortai di cuoio (A³ A⁴ A⁵)

A² ... di covro
F morter de covre

[14] 59, 8
A¹ diventano bianche
A² ... bianche come nieve (A³ A⁴ A⁵ LT Pucci)
F ... blanche come noif

[15] 61, 13
A¹ messer Niccolò e messer Matteo
A² ... Mafeo e messer Marco (A³ A⁴ A⁵ LT)
F mesier Nicolau et mesier Mafeu et mesier Marc

[16] 68, 14
A¹ la fanno menare a buoi e a cavagli (Pucci)
A² ... a buoi e a camegli (A³ A⁴ A⁵)
F la font mener et traire a buef et a camiaus

[17] 69, 12
A¹ andrà e sarà un mese
A² ... e starà u·mese (A³ A⁴ A⁵)
F alara ou demor[r]a un moi

[18] 69, 18
A¹ una pentola (A³ A⁴ A⁵)
A² una pentolella
F une petite pignate

[19] 69, 20
A¹ quando d'elli è bisogno
A² quando egli è bisogno (A³ A⁴ A⁵)
F quant il ha mester

[20] 74, 15
A¹ per una battaglia che vinsero co lui

A² ... co lui jadis (LT; *già anticipato prima del verbo* A³ A⁴ A⁵)
F   por une vitoire qu'il firent co lui jadis.
Analoga situazione in 107, 3 *che oppone* A¹ *a* A² A³ A⁴ A⁵ *che conservano* jadis

[21] 75, 2
A¹ né che mai fu dinanzi infino al dì d'oggi (A⁴ A⁵)
A² né che mai fue da Adam infino al die d'oggi (LT)
F   que unque fust au monde... da Adam nostre primer pere jusque a cestui point

[22] 76, 2
A¹ E questo Cablay è lo sesto Cane che sono istati insino a qui (A³ A⁴ A⁵)
A² E questo Coblaino è lo .vj. Cane, ciò è a dire ch'egli è di capo del .vj. Grandi Kani che sono fatti infino a qui (LT)
F   Et cestui Cublai Kan est le seisme grant kan, ce vaut a dire qu'il est seisme grant seignor de tous les Tartars

[23] 78, 5
A¹ schieraronsi bene e arditamente (A³)
A² ... bene e ordinatamente (A⁴ A⁵ LT)
F   font lor eschiele bien et ordreement

[24] 82, 5-6
A¹ e tutti mantengono bene loro regni, come savi e prodi uomeni che sono, e ben tengono ragione, e risomigliano dal padre di prodezze e di senno. È 'l migliore rettore di genti e d'osti (A⁴ A⁵)
A² ... come savi e prodi uomini. E ben è ragione, ché risomiglino dal padre: di prodezza e di senno è 'l migliore rettore, ecc. (LT)

F   Et tuit mantinent bien lor reigne, car il sunt
    sajes et prodonmes. Et ce est bien raison; car je
    vos di que lor pere, le grant kan, est le plus sajes
    homes et le plus proveu, *ecc.*

[25]   83, 13
    A¹ degli prati e àlbori
    A² begli prati e àlbori (A³ A⁴ A⁵)
    F   praeries et biaus arbres

[26]   83, 20
    A¹ un palagio e molto grande
    A² ... tutto verde, e è molto grande (A³ A⁴ A⁵ LT)
    F   un palais biaus et grant et tout vers

[27]   85, 1
    A¹ si fa guardare a dodicimilia uomeni (A³ A⁴ A⁵)
    A² si fa guardare per sua grandezza, *ecc.* (LT)
    F   por sa grandesse se fait garder a XII^M homes

[28]   85, 10-11
    A¹ fae nozze e tiene corte e tavola. E uno grandissi-
        mo vaso d'oro fine che tiene come una gran
        botte, pieno di buon vino, istà nella sala (A³
        A⁴ A⁵)
    A² ... tiene corte. E i·mezzo di questa sala ove 'l
        Grande Signore tiene corte e tavola, è uno gran-
        dissimo vaso d'oro fino, che tiene di vino come
        una botte, e da ogni lato
    F   tient cort et fait noses. Et eu mileu de ceste sale
        ou le grant sire tient sa table, est une grant pei-
        tere d'on fin, que bien tient de vin come grant
        botet; et environ ceste peitere

[29]   85, 14
       A¹ begli drappi di seta
       A² ... di seta e d'oro (A³ A⁴ A⁵ LT)
       F   belles toailles de soie et d'or

[30]   86, 2
       A¹ com'io v'ho contato
       A² com'i' vi conterò (A³ A⁴ A⁵)
       F   com je vos conterai

[31]   88, 8
       A¹ apresso lo re
       A² apresso li re (A³ A⁴ A⁵)
       F   Aprés sunt les rois

[32]   89, 4
       A¹ e ciascuna di queste feste è ordinata qual vesti-
           menta si debbia mettere (A⁴ A⁵)
       A² e a ciascuna di queste feste, ecc. (A³)
       F   Et a chascune feste... est ordree le quelz de cesti
           vestimens se doit vestir

[33]   90, 5
       A¹ mandano le cuoia
       A² ... le cuoie conce (A³ A⁴ A⁵)
       F   envoient toutes les cuires afaités et concés

[34]   94, 15
       A¹ vi diviserò del fatto della moneta (A³ A⁴ A⁵)
       A² ... del fatto della seque e della moneta
       F   ... dou fait de la secque et de la monoi

[35]   95, 7
       A¹ tutte le provincie e regni e terre (A⁴ A⁵)

A² ... e regioni (LT)

F   (*appar.*) toutes les jens et regions d'omes

[36] 96, 3

    A¹ ciascuno il suo palagio per sé (A⁴ A⁵)

    A² ciascuno in suo palagio per sé

    F   çascun en sa maison por soi

[37] 96, 4

    A¹ a quelle provincie a cui egli sono diputati (A³ A⁴ A⁵)

    A² a quella provincia, *ecc.*

    F   a la provence a cui il sunt deputés

[38] 96, 4-5

    A¹ per lo comandamento de' dodici baroni. E hanno tale signoria (A⁴ A⁵)

    A² ... baroni. E sì vi dico che questi .xij. baroni ànno cotale signoria (LT)

    F   por le comandamant des XII baronz que je vos ai dit. Et sachiés tout voiremant que cesti XII baronz ont si grant seignorie

[39] 97, 5

    A¹ sono aparecchiate queste cose ch'io v'ho contato

    A² sono queste poste, *ecc.* (A³ A⁴ A⁵)

    F   sunt ceste poste que je vos ai dit

[40] 97, 14

    A¹ una gran cintura piena di sonagli (A³ A⁴ A⁵)

    A² ... tutta piena di sonagli

    F   une grant centure toute pleine environ de sonaille

[41] 97, 17

A¹ novelle... bene dieci giornate dalla lunga (A³)
A² ... bene di .x. giornate, *ecc.* (A⁴ A⁵)
F novelles de .x. jornee

[42] 104, 1-2

A¹ mandò per ambasciadore messer Marco verso ponente: però vi conterò (A³ A⁴ A⁵)
A² ... verso ponente. E partissi di Canbalu e andòe
bene .iiij. mesi verso ponente; però vi conterò
F le mande por messages ver ponent. Et se parti de
Canbalu[c] et ala bien quatre mois de jornee ver
ponent. Et por ce vos conteron

[43] 110, 11

A¹ ov'ha fiume largo e padule
A² ov'è fium' e lago e padule (A³ A⁴ A⁵)
F ou il a fluns et lac et paul

[44] 112, 1

A¹ una provincia ch'ha nome Ambalet Mangi
A² ... Anbalet Mangi, ch'è tutta piana, *ecc.* (A³ piena, A⁴ A⁵, LT plena)
F une provence qui est apelés Acbaluc Mangi que
est toute plaigne

[45] 114, 5

A¹ tanto romore che sono da la lunga (*correzione in*
Vulg., *risalente a Bartoli che però non avverte*)
A² ... che s'odono ecc. (A³, A⁴ A⁵, Pucci)
F si grant escopié que bien se oie X milles lunc

[46] 115, 12

A¹ quelle dal principio di questo libro, che sono così com'io v'ho iscritto (A⁴ A⁵)

A² ... che sono au fi Angom, com'io v'ò scritto (LT)

F ... que sunt au fil d'Argo[n], ensi com je vos ai
escrit

[47] 118, 7

A¹ li loro piedi sono d'una unghia fatta come di
lione

A² non ànno piede, salvo un'unghia fatta come di
leone (A³, A⁴ A⁵, LT)

F ne ont pies, for une ongle faite come de faucon
ou come de lion

[48] 118, 20

A¹ mangia loro i loro figliuoli

A² mangia loro e loro figliuoli (A³ A⁴ A⁵)

F menue les grant et les petit

[49] 119, 14

A¹ In tutte queste provincie non ha medici (A³ A⁴ A⁵
LT)

A² ... medici – cioè Caragian e Vorcian e Acin

F toutes cestes provences que je vos ai contés ne
ont mire: ce sunt Caragian et Vocian et Iaci

SECONDA SERIE

[50] 18, 9

A¹ quattro tavole d'oro. Era nell'una iscritto che
questi tre latini (A³ *breve spazio bianco dopo*
oro; A⁴ A⁵ LT)

A² ... d'oro (*spazio bianco di quasi un rigo*) e l'altra
era piana, ove era iscritto *ecc.*

F IIII table d'or [con] comandament: les dou de

gerfauc et de lion et l'autre estoit plaine, que
disoient

[51] 27, 2

A¹ Ragunaronsi tutti, piccoli e grandi, maschi e femmine, l'arcivescovo e 'l vescovo, e pregavano assai
Iddio (A³ A⁴ A⁵)

A² Raunarosi tutti... e 'l vescovo e' pre ch'aveano assai (LT)

F Il furent a consoil tuit les sajes cristie[n]s, qui
estoient les prolés; car il avoit vesqueve et arcevescheve et preste assez

[52] 52, 2

A¹ e sonvi cristiani nestorini e hanno grande abondanza d'ogni cosa (A³ A⁴ A⁵)

A² ... nestorini. E' sono al grande abondanza d'ogni
cose

F e cristiens nestorinz hi a auques. Il sunt a cel neveu meisme dou grant can que je vos ai contés
desovre

[53] 60, 5

A¹ Ella è grande provincia, ha nome Ieneraus. Ov'è
questa provincia e queste due ch'io v'ho contate
indrietro, è chiamata Cangut (A³ A⁴ A⁵ Pucci)

A² E la grande provincia jeneraus ov'è questa provincia, e queste due ch'io v'ò contato inn-arieto, è
chiamata Cangut (*in margine*: à nome) (LT)

F Et la grant provence ieneraus ou ceste provence
est – et ceste deus que je vos ai contés en arrieres – est appellés Cangut (Tangut *a testo*)

[54] 70, 10

A¹ e quegli che portano questi girfalchi al Gran Cane e agli signori del levante, cioè ad Argo e agli altri, sono gli tarteri

A² ... questi girfalchi a li Tartari li portino al Grande Kane e a li segnori del Levante, cioè ad Argo ed agli altri

F Et ne entendez que celz que l'aportent de tere de chrestiens as Tartars, les portent au grant can: mes les portent au levant, ad Argon et a celz seignors dou levant

[55] 73, 12

A¹ e ciascuna di questa provincia ha generazioni di gente alquante, e in Mogul dimorano i tarteri (A³ A⁴ A⁵)

A² e in ciascheuna di queste province àe generazione di gente (*spazio bianco di un terzo di rigo*) e in Mugul, *ecc.*

F Et en cascune de ceste provence avoit une generasion de jens: en Ung estoient les Gog et en Mungul demoroit les Tartars

[56] 85, 1

A¹ e chiamansi questi tan

A² ... Quesitan (A³ quesitarie; A⁴ A⁵ queitan)

F E s'apelent Quesican

[57] 122, 8

A¹ ... e quivi ne truovano assai. E sappiate che gli mercatanti in questa provincia accattano assai ispezeria, poscia le portono a vendere per molte altre parti

A² E quini truovano assai, ché sapiate che gli mercatanti acattano in questa provincia assai, e poscia li portano a vendere per molte altre parti

F et esclaus hi achatent ausi asez; car sachiés que

les mercant achatent en cest provence esculiés et
esclaus assez et puis les moinent a vendre por
maintes autres pars

[58] 143, 2

A¹ E' sono al Gran Cane (A⁴ A⁵)

A² E' sono ed al Grande Kane

F Il sunt ydres et sunt au Grant Kaan

[59] 147, 5

A¹ e sono buoni e naturali filosafi (A³ A⁴ A⁵

A² e sì ànno boni naturali e savi fisolafi

F et si a grant filosofe et grant mire naturel que
mout sevent bien nature

[60] 160, 4

A¹ in questa provincia nasce oro dimestico

A² ... nasce (*spazio bianco per una parola circa*) dimestico (LT)

F En ceste provence naist le be[r]ci domesce

ı

3.3. Nella Prima serie il confronto con F fa emergere corruttele (nella maggior parte non evidenti)
che si possono raggruppare grosso modo in due sot-
togruppi: uno di errori veri e propri o fraintendimenti di diversa origine e tipo,[21] costituito dai nn. 1,

21. Alcuni meritano più minuto commento, per cercare di individuare i meccanismi di genesi, che potranno valere anche
in molti altri casi qui non presi in considerazione (quelli
elencati sono in effetti teste di serie ben più copiose). Più
d'uno è chiaramente di origine paleografica (5, 23, 25, 43),
ma con diverse connotazioni e conseguenze: in 5 (*chereci* >
greci) concorre la presenza del secondo termine a fine di sintagma precedente; in 8 (ripetuto) si arriva a ribadire con la
variazione sinonimica *valorosi* la cattiva lettura *valenti < volanti*, con perdita di un dato tecnico, in quanto si viene a
ripetere il precedente attributo *migliori*; conseguenza cui porta anche la cattiva lettura *colore < calore* (11), che elimina una

2, 3, 4, 5, 8, 9, 11, 13, 16, 17, 18, 19, 21, 23, 24, 25, 30, 31, 35, 36, 37, 39, 43, 45, 47, 48; un altro in cui l'omissione è sì il denominatore comune, ma il grado d'involontarietà è diverso: è infatti rilevante che questo avvenga a volte per semplice distrazione (6, 7, 10, 14, 15, 26, 27, 29, 32, 33, 40, 41, 44), ed altre volte per un motivo più preciso di omoteleutìa (12, 22, 28, 38, 42); vi sono infine quelle più apparenti che reali, perché tutt'altro che involontarie, visto che hanno il risultato di espungere un segmento di testo speciale, contrassegnato da lessico non toscano, che non si recepisce o che non si vuole recepire (20, 34, 46, 49); esse perciò possono meglio spiegarsi alla luce di situazioni analoghe della seconda serie. Queste mostrano, a prescindere

valida distinzione; banalizzazioni sono *cuoio* < *covro* in 13, *cavagli* < *camegli* in 16. Ben più grave e sganciata da motivazione paleografica la sostituzione di *cose* a *poste* in 39, un genere di faciloneria che ha una serie preoccupante di casi analoghi in A[1], come si vede anche da 60 con l'insensatezza *oro dimestico*; inoltre *bene* per *belle* 73, 23, *arnesi* per *erniosi* 122, 4, *viso* per *naso* 118, 7, *siero vivo* per *ariento vivo* 173, 14, *catanga* per *bambagia* 185, 4, ecc. Implicano invece una rielaborazione in profondità gli altri errori, come 1, 2, 3, 21 (dove sparisce letteralmente il nome proprio *Adam*), 24 (l'errore s'impernia su *tengono* invece di *è*), 47, 51 (*pregavano* ingloba il sost. *pre*[*ti*]), 52, 53 (qui invece esce fuori, a causa probabilmente di una postilla in margine che pretende spiegare l'agg. fr., un immaginario nome proprio), 54 (l'aggiunta o preteso completamento *sono gli tarteri* arriva a far dire il contrario di quanto è in F), 56 (*questi* interpreta le prime due sill. del termine orientale, ovviamente non perspicuo), 59 (assurdità di una popolazione di *buoni e naturali filosafi*). Strafalcioni puri e semplici, che una rilettura avrebbe potuto eliminare, appaiono 30 e il lapsus, di tipo quasi metatetico, di 4. In 18 invece risalta l'aderenza del diminutivo *pentolella* a *petite pignate* (non si tratta dunque di vero e proprio errore da parte dei mss. che hanno *pignatta*), un esempio di fedele accuratezza che si registra molte altre volte in A[2].

dall'esattezza o erroneità della risposta a F, l'atteggiamento del copista davanti al suo esemplare. In
alcuni casi (50, 55, 60) da una parte sta chi segnala con spazi bianchi (o li riproduce, se già si trovavano nell'antigrafo) un testo illeggibile, e dall'altra chi all'opposto li elimina, curando anche di farne sparire le tracce (frammenti testuali che possano denunziare l'intervento, come in 50), o li riempie con materiali banali e già noti, come in 60; in
altri casi (51, 52, 54, 57, 58, 59) si accoglie supi-
namente un testo che non sta in piedi e che potrebbe essere sistemato con facilità, come dimostrano i corrispondenti disinvolti interventi; infine si ri-
nunzia forse a capire (53 e 56) pur di mantenere la
lezione da trascrivere, o invece si cerca di dare uno
statuto al termine non perspicuo, giustificandolo
come nome proprio o interpretandolo, senza badare
alle ripercussioni sul contesto. È evidente che A^1 è il
principale esponente di questo secondo atteggiamento, come A^2 lo è del primo. A^3 A^4 A^5 si affiancano
automaticamente ad A^1 come rappresentanti di un
atteggiamento innovatore, nei numerosi casi in cui
manchino al confronto; negli altri, partecipano ora
dell'uno, ora dell'altro tipo di tradizione.

Se assumiamo LT come testo d'appoggio e pre-
scindiamo dalle risposte mancate degli altri mss. (non
aggiudicandole a favore né dell'uno né dell'altro), accade che A^2 sia, in 33 casi, il solo a portare la lezione più corretta, o più vicina a F anche se difettosa
(perciò migliore ai fini del restauro), e che parallela-
mente ma all'opposto A^1 si trovi 26 volte ad essere
portatore di lezione errata o rielaborata e quindi
più lontana da TA. La sua posizione solitaria in ne-
gativo è evidenziata da troppe mancate risposte dei
mss. minori, i quali forse, se non sunteggiassero o

parafrasassero abilmente, gli si affiancherebbero, come avviene almeno parzialmente, in 1, 2, 5, 8, 9, 11, 13, 16, 18, 21, 22, 23, 24, 27, 28, 32, 35, 36, 37, 38, 40, 41, 42, 49, 50, 51, 53, 55, 58, 59, ed in tali casi (ma non sempre trattandosi per lo più di fatti poligenetici) la sua responsabilità sarebbe minore; ma nella maggioranza degli altri casi accade che si schierino con A^2. Così risulta accertato che il cosiddetto 'Ottimo' accredita errori precedenti e ne aggiunge di propri; tanto basta per giustificare un ribaltamento nella scelta del manoscritto base, che sarà ora A^2, ed in funzione di A^2 si dovrà procedere al restauro conservativo della versione toscana del *Milione*.

3.4. Conferme a quanto è stato ricavato sopra soltanto in base alla contrapposizione di un certo numero di lezioni caratteristiche, ne possiamo reperire quasi a piacere. In A^1 la già abbastanza nota tendenza alla glossa,[22] alla spiegazione didattica (con *cioè, ovvero*, ecc.) s'inquadra perfettamente nella sua fisionomia innovativa; e così una certa enfasi che duplica o triplica gli attributi, con l'aggiunta di generici e

22. Esempi di glossemi (in corsivo): « due frati *di quegli del monte del Carmine* » 12, 1; « dinanzi *da lui cioè* al Grande Kane » 14, 1; « .iiij. leghe, *cioè dodici miglia* » 22, 5; « quattro giornate, né più né meno fatto *come le tre giornate* » 37, 5; « di panno *lino sottilissimo ovvero* bambagino 46, 13; « verso Baudascian *overo Balauscian* » 48, 10; « gli avea mandata *a dire* » 65, 1; « nelle terre del Preste Giovanni *inn -India* » 72, 6; « uno scrigno pieno di vasellamenti » 88, 4, che dopo il periodo che segue, cioè 88, 5, è così glossato: « *Lo scrigno vuole dire in nostra lingua un forzeretto* »; « tra la buccia grossa e *l'àlbore o vogli tu* legno dentro » 95, 3, ecc. Esempi di dittologia (raddoppiamento di aggettivi generici e verbi): « astori *gli più belli e* gli migliori del mondo » 22, 9; « no vi se ne *vede né* truova *veruno* » 22, 12; « di grandi *e di molte* mercatantie » 33, 1, ecc.

inoffensivi elementi, come *molti, belli, grandi,* ecc.
Insospettabile in questo senso A², che mostra invece
di preferire una relativa stringatezza, in qualche caso
semplificando o intervenendo riduttivamente sulla
fraseologia (tipo *Detto del* 104, 9; giustapposizione
del discorso diretto senza formula introduttiva 107,
15; sull'iterazione sinonimica: *bene* per *bene e saviamente*; *fatti* per *fatti e stati* 6, 2, 3; *molte* per
molte altre 178, 4; il fenomeno viene registrato sempre nell'apparato); di aggiunte vere e proprie c'è
forse soltanto un *insomma* 74, 33. Le imperfezioni di
A² (ché ha le sue, e saranno corrette e segnalate nel
testo e discusse in apparato) sono in gran parte del-
l'ordine dell'omissione per distrazione, per fretta o
per una certa volontà abbreviativa che tende a fare a
meno del verbo 'avere' o 'essere', o di altri elementi verbali integrabili mentalmente, negli elenchi.[23]

Né è da tacere, sempre nel quadro della conservatività di A², che nel settore dei nomi propri esso con-
sente almeno due importanti e sicuri recuperi di forme che sembravano scomparse nella tradizione manoscritta toscana, mentre erano quelle di F, dei documenti e della stragrande maggioranza delle redazioni: *Mafeo,* forma primaria, sostituita dalla variante
Matteo in tutti gli altri mss. toscani, e *Tedaldo* 9, 2,
retta traduzione di *Teald* F e corrispondente anch'essa al nome storico del Visconti (Tebaldo o Tedaldo), contro il dubbio *Odaldo* degli altri testimoni (manca A¹, ancora lacunoso), che probabilmente
è frutto di una lettura errata della prima sillaba
(un *te* rotondeggiante e legato può essere scambiato

---

23. Ad es. 68, 3; 85, 6; 146, 2; 154, 5; ecc.; inoltre lapsus
come *nome* per *vene* 34, 2, *mela* per *male* 69, 15, *mariti* per
matrimoni 69, 30, ecc.

per *o*). E certo la forma *Kane*, prevalente ed esclusiva di A², con *k* iniziale mai altrove usata nel manoscritto, risponde fedelmente alla grafia dell'esemplare tradotto: può anzi rappresentare il simbolo della sua conservatività e di quella permeabilità al francese che è già in sé, come si va anche altrove dimostrando,[24] indizio di genuinità.

Viene dunque progressivamente in luce la posizione quiescente e appartata di A² nell'ambito della tradizione manoscritta toscana. A una fisionomia così ben caratterizzata porta un contributo anche la lingua, l'analisi della quale non può trovare qui sede adeguata (sarà trattata in un lavoro a parte[25]), restando provvisoriamente affidata a sommarie note a piè di pagina. Essa si presenta ricca di tratti provinciali su uno sfondo fiorentino, ma non co-

24. Massiccia la presenza dell'elemento francese nella traduzione toscana dei *Faits des Romains*, come risulta ipotizzabile dall'ampio studio di G.A. Papini, « *I Fatti dei Romani* ». *Per la storia della tradizione manoscritta*, « SFI », XXXI (1973), 97-155 (e già E.G. Parodi, *Le storie di Cesare nella letteratura italiana dei primi secoli*, « SFR », IV (1889), in particolare 292-293; noto è il caso del *Tesoro* di Brunetto Latini (basti cit. Segre in *Prosa*, 312); essa viene ad essere una garanzia di genuinità e di vicinanza all'archetipo. Francesismi d'inerzia anche nella versione pisana del *Roman de Palamedés* ha notato il Limentani, e il Crespo in quella del *Bestiaire d'Amours*, edizioni citate. Interessante il processo quasi puristico di espunzione che s'instaura molto presto, quasi una sistematica revisione che ottiene anche altri risultati, come di levigare il dettato e renderlo scorrevole, di ribaltarne insomma l'orientamento dalla lingua di partenza, cui in origine è legato quasi ' visceralmente ' nella forma interna ed esterna, a quella di arrivo.

25. E più agevolmente, data la consistenza lessicale di questo testo, quando si potranno utilizzare le concordanze, elaborate, si spera, a cura di M.L. Alinei nella collana *Spogli elettronici dell'italiano delle origini e del Duecento*, che si va pubblicando per le edizioni de Il Mulino di Bologna.

sì compatto come negli altri manoscritti, a cominciare da A[1]. Appaiono rilevanti quelli sud-orientali: basti citare la predominanza di *Tartari* su *Tarteri* (e la frequenza del tipo *contarò*, specie nella sezione copiata dalla prima mano); la palatalizzazione di *-li* finale (*capegli, fanciugli, cerchiegli*, ecc.); e per *i* e *u* per *o* in protonia; riduzione del dittongo *uo* in *figliulo, lugo*, ecc.; 3ª pers. pl. del pres. indic. in *-o*, in casi come *condisco, voglio*, ecc.; l'assenza di anafonesi in *fameglie, vesco*; forme come *lo', ro* per 'loro', *so'* per 'sono', *l'ono* per 'l'uno', ecc. Non mancano peraltro casi di sincope di tipo occidentale, come *conquistebbono, manicrebbe*, né *s* per *z* sorda in *forsa, prodesse, usansa*, nella sezione finale del testo (di mano b e b[1]); sonorizzazioni del tipo *regato, regai* 95, 9 e 165, 3, ecc. La prevalenza dei perfetti in *-aro*, per non dir d'altro, la connota anch'essa in senso conservatore.

3.5. Se vogliamo passare ora all'operazione diversa e complementare di scaglionare sulla verticale i dati fin qui disposti e utilizzati sull'orizzontale, è necessario, per difendersi dalla poligenesi endemica, limitarsi ai soli indiscutibili errori e lacune non omoteleutiche, che abbiano quindi reale potere congiuntivo e separativo, e che non siano, peraltro, attribuibili alla traduzione originale. Le difficoltà maggiori sorgono infatti quando si debba decidere se i fenomeni d'innovazione persistenti fino ai piani più alti risalgano ad un unico luogo di produzione, l'archetipo, e non alla stessa traduzione, già in sé imperfetta (cfr. sotto 5.1.) e quindi potenzialmente ricca anche di mende banali (distrazioni, lapsus, ecc.). Il tentativo servirà comunque a fissarc, se non tutto il processo, almeno una serie di fasi nella storia della trasmissione della traduzione toscana del libro poliano.

Risalendo dal piano cronologico più basso – ultimo decennio del Trecento, sulla base delle date di copia 1391 e 1392 dichiarate da A^4 e A^5 –, a postulare un loro antigrafo δ è sufficiente la presenza in ambedue dell'inizio posticcio, corrispondente ad una lacuna di circa cinque capitoli presente nell'esemplare (quindi γ), alla quale δ intende rimediare. A questo interposito γ sono rimandabili quegli errori che i due mss. condividono con A^1 e A^3 (per limitarci agli elenchi dati sopra, almeno i nn. 1, 2, 3, 5, 8, 9, 11, 13, 18, 21, 24, 30, 37, 50, 51, 52, 53, 59), e che sono sufficienti a loro volta a separare il complesso γ, A^1, A^3 da A^2. Tale complesso si riassume in un subarchetipo β, rispecchiato in essi in vario modo: A^3 eredita e conserva la sua completezza iniziale, A^1 l'abbondanza del materiale poliano, certo però già in più punti banalizzato e ' liberato ' da lacune e frammenti di testo rimasti in sospeso, nudi francesismi, ecc.: un testo, insomma, già fortemente innovato.

Questo significa bipartizione della tradizione in due rami caratterizzati l'uno, β, da vivacità innovativa rispetto all'altro, rappresentato da A^2 e LT, che appare più inerte. Al di sopra restano gli errori che il gruppo β globalmente o parzialmente ha in comune con A^2 (come *vasello* per *vangelo* 26, 4, *canuto* per *carnuto* 81, 2, *belle* per *pelle* 93, 25, *capo* per *corpo* 97, 22, cfr. apparato), demandabili quindi a un subarchetipo α (da cui A^2 direttamente dipende), che conserva e tramanda ancora molte ' imperfezioni ' già rimosse in β (cfr. ad es. i nn. 46, 49, 50-55, 57-60, nella lezione di A^2). I restanti, pochi errori che siano sicuramente di traduzione, condivisi anche da LT, come l'anticipo di *colore* in 20, 5, la confusione provocata dalla ripetizione indebita di *da l'altro lato* 22, 5, e dall'anticipo di *levante* in 22, 16, l'omissione di biffatura 113, 1 (cfr. apparato), nonché le lacune sopraricordate (che possono essere frutto di incomprensione e quindi di scrupolo da parte di un copista di fronte a un testo toscano, ma anche incertezze del traduttore) risalgono ad un archetipo ω, o sono già addirittura in TA? La prudenza [26] raccomanda a questo punto di lasciare aperta la soluzione. I tempi di diffusione della traduzione toscana nella prima metà del sec. XIV sono ridottissimi, (come del resto il tempo di traduzione, cioè quello che intercorre tra la composizione del *Milione* e la realizzazione della versione), e non è consigliabile moltiplicare gli *entia* minimamente sospettabili.

Ai fini del restauro ne consegue che A¹ (compreso nell'area β) non si trova, neppure in relazione alla sua ' competenza ' (nel senso definito da Vàrvaro, *Critica dei testi*, 96), sullo stesso piano di A², non ne condivide, cioè, la posizione stemmatica; sarà tuttavia necessario ricorrere ad esso, in ragione del suo pur sempre prevalente carattere di trascrizione e non di rifacimento (che significa possibilità di risposte), a meno che F, che entra ora in gioco, non si faccia garante di lezioni diverse portate dagli altri mss.

Resta ancora da precisare la posizione di LT, certamente in accordo prevalente con A² e quindi nell'area α, ma nei limiti consentiti da una traduzione sia pure approssimativa in latino (che costringe ad es. all'eliminazione di incongruenze sintattiche). *Puc-*

---

26. La massima prudenza in questo passaggio viene opportunamente raccomandata da Avalle, *Critica test.*, in particolare 545-548, e da Vàrvaro, *Critica dei testi*, 93-95.

ci invece, benché spesso avvertito revisore di quanto copia, si situa nell'orbita innovatrice di β.

Infine: può darsi che A^2 sia stato contaminato con β, ma solo nei luoghi dove il copista principale ha lasciato in bianco ed un'altra mano colma la lacuna (ricordiamo qui *pomi* 68, 16, *tavola* 95, 1, *i mercatanti* 122, 7, e forse anche nei casi in cui corregge), integrazioni antiche (che valutiamo caso per caso, discutendone in apparato), che coincidono appunto con quelle di A^1 ecc.; ma potrebbe anche trattarsi semplicemente di revisione con il medesimo esemplare di copia quando il copista più scrupoloso ha lasciato in sospeso e demandato al collega il definitivo giudizio di lettura.

4. LA TRADUZIONE

4.1. Al traduttore è comunque da attribuire un residuo consistente di errori (inferiore però di una decina di casi a quello individuato dal Benedetto, XCVII-XCIX), interessante per più rispetti, non ultimo quello di gettar luce sulla sua fisionomia, che ultima certo non è nell'ordine degli obiettivi di questa indagine.

La maggior parte di tali errori, segnalati singolarmente in apparato, possono essere qui illustrati per gruppi in base a caratteristiche genetiche comuni, cercando anche di enucleare tra le concause quella determinante nel caso singolo. È da avvertire anzitutto che, oltre a motivazioni generiche come la situazione grafica del manoscritto medievale, che si presta a cattive letture e a segmentazioni errate di cui l'errore di traduzione è poi soltanto la conseguenza, gioca anzitutto il disorientante ibridismo

franco-italiano del testo che si trova dinanzi al vo-
lenteroso anonimo che si è incaricato dell'impresa di toscanizzarlo. Al pericolo costante di leggere la
lingua straniera come la propria si aggiunge dunque quello di farlo a sproposito, cioè la difficoltà
di centrare di volta in volta il sistema linguistico di
riferimento, che varia e sfugge di continuo. Inoltre,
si consideri che il fenomeno, che con eccessiva som-
marietà chiamiamo errore, è veramente tale soltanto
rispetto al contesto; e ciò spiega, tra l'altro, la frequente mancanza di uniformità del comportamento
del traduttore, ora corretto ora scorretto, davanti al
medesimo termine.

Difficoltà indubbie (ma solo in pochi casi persistenti) ha incontrato davanti a: *mire*, reso con ' eternale ' 30, 6, non tradotto ed omesso 147, 5; 176, 11
(ma ben tradotto 119, 14 'medici '); *grant plantee*,
reso con ' di molti alberi ' nel sintagma *terre de* 43,
5, ma tradotto correttamente in seguito molte volte (ess. 131, 1; 137, 4, ecc.); *esculiés*, reso con ' scudieri ' (letto *e sculiés*) 81, 5, con ' erniosi ' 122, 4, e
non tradotto per altre tre volte nello stesso cap.
(cfr. apparato); *cans, chans*, reso con ' case ' (forse
scritto *cas* sopral.) 110, 1, e con ' cani ' 134, 6; *iaus,
iaux*, reso con ' naso ' 118, 7; 168, 3; 187, 4 (' anari ');
sel in *de sel*, letto *des el* e reso con ' da·lloro ' 114,
18 (dove non si aspetta di trovare moneta di sale,
perché non la concepisce neppure), non tradotto 116,
10 (si tratta ancora di moneta), ma regolarmente
tradotto quando si tratta di ' sale ' nell'uso comune
a lui noto (ad es. 117, 13; 128, 3 e più volte 149);
oissi, reso con ' grasso ' 170, 44, con ' ossa ' 173, 17,
e finalmente ben tradotto ' uscita ' 180, 3. Ad igno-
ranza del significato si deve la conservazione di *seque* 94, 15 e 95, 1 (scritto in margine).

Si tratta in primo luogo di cattive letture del testo manoscritto e insieme di comodi cedimenti al sistema linguistico materno in casi come: *sor* (letto *sot*), tradotto 'sotto'; *chevoil* (facile la lettura *a* per *oi*), reso con 'cavalli' 22, 4; *bors* (letto *bois*) con 'boschi' 24, 5; *chaue* (legge, qui a torto, *u = v*) con 'cavo' 35, 3; *est amer* (segmentato *la mer*) 'lo mare' 36, 21; *cuire* 'condire' 31, 5 e 'correre', 57, 8; *gaçelle* (letto *gatelle*) con 'gatta' 71, 11; *corbiaus*, *carbiaus* (letto *carbons*) con 'carboni' 73, 23 e 170, 61; *deus* (evidentemente scritto *ij* in F²) con 'uno' 88, 4 e forse, per il fenomeno inverso, *un* (*u* sopral. e letto *ij*) con 'due' 170, 20; *feoilz* 'figliuoli' 89, 1; 170, 29 e 30; *fruit* (letto *fait*) con 'fatti' 97, 18; *soie* (*s* lunga scambiata per *f*) con 'gioe' 110, 7; *aguilles* con 'aghi' 123, 7; *le bue* 'li buoi' 162, 15; *lait* (letto *lart*) con 'lardo'; *caiere* 'caretta' 170, 37; *covre* 'cuoio' 173, 15; *biaus* (letto *bians*) con 'bianco' 174, 32 e 176, 12 (dove *vers mout* che precede è letto *vermoil* e tradotto 'vermiglio').

Investono più elementi della frase casi come: *dora elz chevetain et aide*, frainteso (in particolare nel pronome) forse per un atteggiamento d'ipercorrettismo che arriva fino al punto di creare nuovi toponimi 'quelli di Caveitan et Aide' 121, 10; il che rende plausibile la spiegazione del Benedetto per il toponimo *Alau* 8, 3 (cfr. apparato); così *Il a mout grant gens* 'E' sono grande gente de le persone' (l'errore s'impernia sul verbo con le relative conseguenze) 204, 7; all'inverso si va dal nome proprio al nome comune quando *Caraunas* è ridotto a 'scherani' 35, 8 (tutti effetti di sorpresa provocati da un contenuto lontanissimo da ogni probabilità: altro es. *de la lune* reso con il familiare 'lunedì' 86, 2).

Per altri esempi di fraintendimento cfr. apparato 22, 5; 23, 5; 69, 24; 73, 12; 115, 9; 174, 11, ecc.

Curiosi i ripetuti casi in cui il traduttore sembra omettere un ' non ', finendo per dire esattamente il contrario di quello che è nel testo che traduce; si tratta invece molto probabilmente di lettura in chiave italiana della negazione non rinforzata *ne*, cui viene dato un senso positivo (36, 10; 48, 9; 74, 11); altro caso quello di *asne* tradotto in tre ricorrenze con il femm. ' asine ' (effetto della desinenza?) 32, 3; 33, 6; 62, 5. Di fatto la lingua di F (e certamente anche di F²) formicola di italianismi, con conseguenze disorientanti.

Come si vede, tale situazione d'ibridismo, che si aggiunge alla già molto tenue opposizione dei due sistemi linguistici romanzi, il francese e il toscano, è particolarmente sfavorevole, come già è stato notato,[27] alla traduzione. Più che di traduzione vera e propria, si dovrebbe parlare di diffusione; più che

27. Da B. Terracini, *Conflitti di lingua e di cultura*, Venezia, 1957, 49, che arriva a dubitare della reale intenzione di tradurre, e a ritenere che si tratti piuttosto di un adattamento « per così dire naturale: è infatti un procedimento non dissimile da quello per cui una canzone popolare si trasmette colorandosi di una diversa veste idiomatica man mano che avanza nel suo cammino, senza che vi sia una vera intenzione di tradurre », e parla di « un cieco procedere per trasposizioni di suoni e di forme originali, e per piatti calchi semantici » (cfr. anche Segre, *Lingua, stile*, 59); questa posizione è ripresa a proposito del franco-veneto da R.M. Ruggieri, *Origine, struttura, caratteri del francoveneto*, in *Saggi di linguistica italiana e italo-romanza*, Firenze, 1967, 162 (e si veda A. Roncaglia, *La letteratura franco-veneta*, in *Storia della letteratura italiana*, II, *Il Trecento*, Milano, 1965, 727 sgg.). Sulla traduzione medievale è fondamentale G. Folena, « *Volgarizzare* » e « *tradurre* »: *idea e terminologia della traduzione dal medio evo italiano e romanzo all'umanesimo europeo*, in *La traduzione, saggi e studi*, Trieste, 1973, 59-120, che giustamente si richiama a moderne riflessioni e definizioni della

di errori di traduzione, di incidenti di tale diffusione. Il quoziente di erroneità dovrebbe essere calcolato in relazione alla lunghezza del testo, alla sua peculiarissima qualità linguistica, ed infine messo a confronto con quelli degli altri volgarizzamenti dal francese, ' scorretti ' anch'essi (si pensi al caso del *Tresor*);[28] solo così il giudizio sul traduttore potrà essere formulato con adeguata calibratura.

Troppo spesso manca comunque una rilettura di controllo di quanto viene steso a caldo, lasciando problemi insoluti e forse spazi bianchi per una futura messa a punto che poi non si realizza. La permeabilità al francese, cioè la sottomissione (sintattica prima che lessicale, anche se ingente è il numero dei termini crudi restati nella traduzione o adattati) alla lingua di partenza, è impressionante: quasi una simbiosi, che non si può spiegare oggi se non inquadrandola nel complesso dei volgarizzamenti dal francese, come già è stato accennato.

4.2. Ma il processo agli errori non è certo sufficiente a definire la fisionomia del traduttore. Stupisce, ad esempio, la prontezza della resa esatta e tecnica di un'espressione come ' far la ragione ' 149, 6 rispetto

traduzione, come la ' parodica ' di Goethe e il concetto del « farsi agire » da parte della lingua straniera di Benjamin. Le traduzioni dal francese furono certamente espressione di una speciale convergenza, di un rapporto intimo tra le due lingue (ed è importante riscoprire ciò grazie ai manoscritti che conservano le tracce e le prove di questo momento), che peraltro non è sentito, almeno in un primo momento, come una violenza.

28. Si veda Segre, *I volgarizzamenti del Due e Trecento*, in *Lingua, stile*, 59; il caso limite sembra essere rappresentato dalla versione pisana del *Bestiaire d'Amours* edita dal Crespo.

al fr. *faire le conte*; s'insinua il sospetto che l'anonimo non sia tanto sprovveduto quanto appare dai suoi errori, e che sappia benissimo, al contrario, quello che vuole. La conferma viene dalla coerenza con cui opera la riduzione del testo di Marco e di Rustichello.

Non deve meravigliare intanto il fatto che egli abbrevi o riassuma, perché è pratica medievale comune, seguita anche dai volgarizzatori dal latino.[29] Partendo dai fenomeni più macroscopici in questo senso, la differenza in meno di venticinque capitoli rispetto a F (cfr. la *Tavola delle concordanze*), che si riduce di tre, in quanto per VI-VII e per XCV-XCVI si tratta di fusione senza perdita di materia, e perché il capitoletto CCXXI (due periodi) sulla scarsa utilità di parlare del Mar Nero, in quanto noto, è ripreso nell'epilogo; per i restanti si nota che si tratta sempre di capitoli dedicati alle guerre interne tra Tartari, verso la fine dell'opera i più (da 195 in avanti: viene ridotto il racconto delle ostilità tra Caidu e il Gran Cane, salva però la novella della figlia guerriera; tra Argon e il Soldano; tra Alau e Barca; tra due personaggi del Ponente, ultimi sei capitoli di F); e in tre casi precedenti (CXXII-CXXIV), con l'*excursus* sulla guerra di conquista del Mien contro Nescradin. Non viene mai sacrificato un capitolo di tipo informativo: unica eccezione lo scialbo capitoletto su Semenat (CLXXXVIII), che può anche non essere volontaria. In linea con questo comprensibile disinteresse con le faccende interne politiche e militari dei Tartari, si pongono altri in-

---

29. Cfr. Segre, *Lingua, stile*, 66 (molti volgarizzamenti di Bono Giamboni « non possono essere definiti che dei compendi »).

terventi riduttivi minori all'interno dei capitoli, come quello sulla ribellione di Nogodar a Ciagatai in 135 e quello sull'origine del tributo degli elefanti in 158. Inoltre non si distingue, molto realisticamente, tra possedimenti di un certo ' nipote del Gran Cane ' da quelli del Gran Cane; si omettono nomi propri che restano senza seguito: quello di Casan, lo sposo cui finalmente è destinata la principessa Cocacin (18); quello di Esentemur, figlio del Gran Cane (107); dei combattenti (Litan Sangom, Aguil e Mongatai) in 130. Più grave la perdita (ma il fenomeno è molto ristretto) di *bacsi* (i grandi incantatori di 74, 22) e di *scieng* (la corte maggiore e i suoi componenti in 96, 9) e qualche altro caso.

Molto più attento invece nel campo veramente sconfinato e difficile dei toponimi, di rado e forse mai volontariamente tralasciati: di fronte ai moltissimi relativi a città e paesi di passo, quasi puri nomi, ma reperibili nella traduzione, di non grande rilevanza appaiono le omissioni (involontarie?) di Dogana in 44, di Sighinam in 46, di Coigangui e Caigui in 134, di Cingui in 139, e in pochi altri casi, tra cui il più notevole è quello di Pamier in 49.

Come raramente perde i mercati, così il traduttore non lascia cadere le merci, in genere accuratamente registrate (è da notare che omette – ma volontariamente? – il particolare che il corallo che viene ' di qua ' si vende quasi tutto a Kescimur, 48); soltanto verso la fine, in una serie di capitoli su località di buoni prodotti agricoli e di ottima caccia, nonché di situazione politica analoga, comincia ad adoperare la formula riassuntiva ' sono come que' di sopra ' (145, 1; 146, 4; 147, 14; 150, 5; 11, 12, ecc.). Relativamente fedele è anche nel delicato (paleograficamente) settore delle distanze e delle date (le differenze sono segnalate in apparato).

Si tratta dunque di una traduzione-scelta 'interessata', tutta tesa verso i contenuti, ma anche incline a gustare il racconto miracolistico e la novella (uno dei rarissimi tecnicismi letterari usati nel *Milione*), magari con risvolti beffardi (come in quella del Re dell'Oro o quella del califfo di Bagdad), così come i toni smisurati di un'epica da cantare popolaresco (l'episodio della gigantesca guerriera Agiarne 'lucente luna'). In essa si rispecchiano insieme, coincidendo, il pubblico e il committente, identificabili nel ceto borghese del Trecento toscano e fiorentino in particolare, che fa copiare e tiene accanto nelle sue botteghe le novelle del Boccaccio e i libri di compra-vendita. L'analisi interna raggiunge così e conferma il dato paleografico esterno della diffusione attraverso la scrittura mercantesca del *Milione* toscano.

4.3. Anche sul piano strettamente formale si esercita, e non meraviglia, l'intervento riduttivo tendente a snellire il ridondante paludamento rustichelliano, con le sue domande retoriche (tipo *Que vous en diroie? Et porcoi vos firoie lonc conte?*), le sue fonti fittizie da romanzo cortese (*Or dit li conte que...*).

All'interno dell'ampio periodo, retto a grappolo da una dichiarativa iniziale ('Sappiate che'; 'Or vi dico che', ecc.), la modalità preferita è il taglio netto, suturato da una congiunzione, certo il più comodo in un dettato procedente in gran parte a segmenti, a catene di maglie che si possono sganciare e riagganciare con grande facilità. Non è frequente una vera e propria rielaborazione e ristesura del contenuto, procedimento che coinvolgerebbe in profondità la sintassi.[30] La quale resta comunque sconvolta, perché al solenne preludio fa seguito ora uno svolgimento strozzato. Nei capitoli informativi,[31] poi, è nettamente predominante la tendenza all'elenco dei materiali, per lo più in polisindeto, ma qua e là si affaccia la tentazione di sopprimere anche il tenuissimo legame delle congiunzioni *e* e *sì*. La subordinata, presente soprattutto nella fattispecie tem-

30. Che qui non può, per ragioni di spazio, ricevere un'analisi adeguata; si rimanda perciò allo studio che tratterà anche della lingua in senso stretto. Le coordinate di riferimento saranno da una parte le traduzioni di romanzi (come il *Tristano riccardiano*), e di ' itinerari ' (ad es. quello pubblicato dal Dardano, *Un itinerario*), dall'altra la letteratura mercantesca, sulla quale esiste già il pregevole lavoro del Bec, *Marchands écrivains* (ed ora l'ampio studio della Trolli sulla lingua di Giovanni Morelli, cit.), che si riferisce però al tipo ' ricordanze ', mentre qui siamo, ma non soltanto, nella sfera delle ' pratiche di mercature '. S'intrecciano infatti qui, come già nel testo francese (mai analizzato del resto esaurientemente) diversi generi con propri procedimenti stilistici, e la sintassi non può che essere ibrida e mista.

31. Ne dà lo schema F. Borlandi, *Alle origini*, 111-117, che rileva la concordanza di struttura, come è noto, con quella dei capitoli del manuale mercantile di F. Balducci Pegolotti. Nei due casi i dati sono e si dispongono nel modo seguente (riportiamo abbreviando qua e là): 1. distanza in giornate o in miglia (con frequenti indicazioni di orientamento); 2. notizie utili al viaggiatore (in primo luogo ordinamento politico o amministrativo, religione, linguaggio; poi notizie e curiosità locali); 3. provviste necessarie per ogni tappa, sia all'uomo che al bestiame, con consigli e indicazioni sulla commestibilità delle risorse locali per chi non ne fosse avvezzo; 4. sicurezza dei trasporti marittimi e terrestri, sia in rapporto alle persone che ai loro beni; 5. prodotti naturali e manifatturieri di ogni città o regione, con apprezzamenti sulla qualità e sulla quantità del singolo prodotto, sui procedimenti di produzione, ecc.; 6. merci trattate su ogni mercato, con frequente distinzione fra quelle di produzione locale e d'importazione o in transito; 7. monete in uso in diversi luoghi, con indicazione del loro valore, e dei prezzi.

porale ha il suo luogo deputato all'inizio del capitolo, seguita dalla principale in paraipotassi (' Quando l'uomo si parte... e l'uomo truova '). Forse mai, o forse per la prima volta, nella storia della sorvegliata prosa toscana, il disinteresse per le regole del bello scrivere in un testo che non è documentaristico, ma letterario, ha toccato questi livelli di libertà. Esso si distingue nel ricco ventaglio dei generi prosastici italiani, per il suo carattere misto e dimesso, che avrà un futuro negli scritti dei mercanti scrittori.

Pressoché irrilevante invece l'intervento amplificativo, anch'esso quasi scontato in una traduzione medievale (ma qui manca qualsiasi volontà di rendere più rotonda la frase): tranne qualche aggiunta automatica 40, 5 e 170, 63, o enfatica 174, 11, di significativo non si trova che l'osservazione sulla porcellana (' di che si ne fanno le scodelle ', cfr. *Ind. ragion.*), e verso la fine il singolare commento della folla sulla ' bella coppia ' formata dalla figlia del re Caidu e dal suo sfortunato pretendente (' tutta la gente che istava a vedere pregavano che desse a perdere a la donzella, acciò che così bella coppia fossero acompagnati insieme ' 195, 22, magnifica spia del livello culturale del traduttore).

Ma sarebbe grave torto disconoscere che nel progredire della traduzione non vi sia uno svolgimento, un progressivo disciogliersi dell'atteggiamento del traduttore nei confronti del testo che ha davanti. Anzi, l'aspetto forse più interessante di tutti è la possibilità di assistere ad un vero e proprio processo di apprendimento dell'arte da parte dell'anonimo: nei primi capitoli (dove, come sempre accade, si hanno scrupoli di maggiore fedeltà e completezza), supina aderenza al testo francese che si viene quasi ricalcando (e troviamo i tipici stilemi ' dire fra sé, fra se stesso ' per ' decidere ', abbondanza di ' volere ' e ' dovere ' fraseologici; assoluta mancanza di adeguamento al pubblico, tanto che è lasciata la referenza al francese ' David Melic, ciò è a dire in francesco David re ' 22, 1); in seguito, un progressivo prendere quota del dettato, che si nota soprattutto nella narrazione aneddotica, sempre migliore in scioltezza. Il traduttore arriva infine a sapersi destreggiare nei diversi registri: epico-popolare nel racconto della vittoria di Cinghis Kan sul Prete Gianni e in quello della donna guerriera, agiografico nella storia del Budda, ' oratorio ' nel ' parlamento ' (les paraules F) d'Argo. Sempre il tono popolaresco resta il comune denominatore, di volta in volta colorato nella direzione di un genere di quella letteratura a lui nota. Vediamo le sue tenui risorse culturali emergere a poco a poco (del resto il processo è analogo per gli errori veri e propri, più frequenti nella prima parte) per conquistare il proprio ' latino ', il suo toscano, al quale finalmente approda (e il fenomeno può essere siglato dalla referenza: ' Aigiarne, cìoe viene a dire i·latino ' lucente luna '). Negli ultimi capitoli si hanno veri e propri riassunti, con rielaborazione della materia; ed infine la composizione in proprio, per così dire, dell'epilogo, un centone per ribadire la lode a Marco, che scaturisce spontaneamente come affettuosa rifinitura dell'opera. Inoltrandosi nel libro infatti, si è a poco a poco perduta quell'impersonalità, almeno apparente, di tono dei primi capitoli, che si è via via colorato di una partecipazione e di una personale reazione al racconto: si vedono così scambiati per cristiani (lapsus significativo anche di determinate letture) i Tartari avversari del

Soldano: ' ancora vedete come sarebbe degna cosa
che li saracini avessero segnoria sopra li cristiani! '
(199, 3).

5. L'EDIZIONE: CRITERI DI RESTAURO E DI TRASCRIZIONE

5.1. Il problema del restauro continua a presentarsi
anche in termini di quantità, perché A² è, come si è
visto, mutilo del principio e della fine; tuttavia esso
si ridimensiona, e risulta più economico di quello
richiesto da A¹. Questo non solo perché la lacuna finale è di poco momento ed è colmabile con l'aiuto
di ben quattro mss., e quella iniziale è circa la metà
della corrispondente in A¹; non tanto perché il testo
è continuo fino in fondo (mentre A¹ ha una grossa lacuna al centro); ma perché il primo capitolo che
A² ci tramanda (cioè il cap. 5) si riallaccia in conti-
nuità con i capitoli iniziali, conservati dall'unico A³.
Per l'opera di anastilosi (legittima qui, in quanto
eseguita su copia e non sui materiali originali), si as-
sumono da A³ i quattro capitoli iniziali, da A¹ i due
finali (in omaggio alla sua maggiore completezza e
qui anche alla sua correttezza). Le linee di congiuntura non saranno comunque mascherate, ma basterà a dichiararle la sigla del codice nel margine sini-
stro, in corrispondenza della doppia sbarra nel testo. Altre pietre spesso mancanti sono le rubriche;
esse vengono mutuate dagli altri mss. (sulla base del
confronto con F) nella misura in cui essi offrono indubbiamente un materiale antico e sulla presunzione che il traduttore non le avrà omesse per principio, data la loro presenza costante in F (fornito anche di rubricario a parte); ma si sa che questo è un

settore 'libero' del testo (spesso ricostruzione del
singolo copista e miniatore) e per tale lo diamo, debitamente segnalato [32] e facilmente riconoscibile in
citazioni e rimandi in quanto contrassegnato sempre dallo zero come numero di riferimento. Si rinuncia comunque ad integrare le rubriche volontariamente abbreviate, suggerendo in apparato l'integrazione, che resterà dunque mentale (allo stesso criterio prudenziale ci si atterrà in sede di formula finale di capitolo chiaramente abbreviata). Nessuna
rubrica, che sia assente in tutti i mss., sarà ricostruita ex novo sulla base di F.

5.2. Un esame più ravvicinato di A^2 mostra che gli
scrupoli del copista principale sono stati più numerosi di quelli sopra esposti; si danno altri casi di
spazi bianchi, chiaramente riempiti da un collaboratore (cfr. sopra 3.5.): ess. 68, 16; 69, 24; 95, 1;
122, 7; aggiunge nell'interlinea parole omesse e corregge qua e là, ad es. 184, 4; cfr. apparato. Esso si delinea così come uno di quei preziosi mss. (di cui si
hanno altri esempi, precisamente di volgarizzamenti dal francese) che lasciano emergere il processo di
copia in fieri, e significativo anche di quello di traduzione. Conviene quindi che l'apparato dia conto
di questo ms. in modo preferenziale, segnalando anche fenomeni secondari di copia come biffature e ripetizioni, postille, ecc. Riconosciuta legittima (v. 3,

32. Soltanto all'apparato vengono affidati i non frequenti
casi di sostituzione di toponimo che compaia in forma eccezionalmente abnorme in rubrica assunta da altro ms. (es. *Padis* per *Iadis*, *Taianftj* per *Taiamfu*), con il corrispondente
nel contesto del ms. base, cioè A^2, per restare all'interno del
suo 'sistema' di trascrizione dei toponimi.

2-4) la presunzione di attendibilità alla sua lezione,
essa sarà discussa soltanto quando al confronto con
gli altri mss. (che funzioneranno sempre di controllo) s'insinui il sospetto di erroneità o di inesattezza;
e sarà data in apparato (senza rompere la scrittura
se non in casi particolari e nel rispetto della fisionomia stilistica peculiare dell'individuo A²) la lezione di quel manoscritto che presenti la maggiore corrispondenza con F. Comunque tutte le corruttele
sue proprie risulteranno segnalate nel testo e discusse in apparato.

5.3. Ovviamente anche nel corpo del testo il restauro
sarà conservativo, limitato alle corruttele che si sup-
pongono nate nel corso della tradizione toscana,[33] e
realizzato come limitatissimo intarsio, sempre debitamente segnalato, di materiali antichi garantiti da
F. Qualsiasi tipo d'intervento dell'editore (tranne
l'espunzione, indicata soltanto in apparato) sarà indicato dalle parentesi, secondo i criteri seguenti.

Uso delle parentesi. Conservando alle parentesi
tonde la normale funzione di segnalare le proposizioni incidentali, si adoperano le parentesi quadre
per segnalare intervento di sostituzione (correzioni
congetturali e restituzioni di testo guasto per danno
meccanico; indicazione di spazio bianco nel ms., rappresentato simbolicamente da tre punti); le parentesi uncinate per segnalare intervento di integrazione
(in luogo di lettere o parole omesse nel ms.). Nel-
l'uno come nell'altro caso può trattarsi di materiale
attinto agli altri mss., e ciò avviene nella stragran-

---

33. Come ormai di regola, dopo la chiara enucleazione del
problema stratigrafico da parte di Folena, *La Istoria di Eneas*,
237-261; cfr. anche Crespo, *Una versione pis.*, 10-11.

de maggioranza dei casi, o di elementi necessari introdotti dall'editore; la provenienza sarà chiarita nell'apparato.

Una *crux* segnala un guasto nel testo di cui non è possibile precisare le dimensioni; se è ad inizio di proposizione significa che non è precisabile neppure il punto esatto dove il guasto si è verificato (segue sempre discussione in apparato). Se chiusa in parentesi quadre corrisponde a parola illeggibile.

Segni diacritici. Il punto in alto indica raddoppiamento fonosintattico ed anche assimilazione seguita da scempiamento (*da·pPisa, de·re*); il trattino unisce la nasale finale allungata di *in* e *non* davanti a vocale. Il sistema d'accentazione segue quello moderno; inoltre l'accento grave segna le voci del verbo ' avere ' che l'uso odierno vuole con *h*; alternato con quello acuto, a seconda dell'apertura o della chiusura della vocale, è distintivo nei casi di possibile doppia pronuncia (*pòrtalle, tórnaro*; su *i* e *a* è sempre grave; *pìlliaro, abiàno*). Accento acuto su *dé = deve*.

5.4. Se A² è certamente il manoscritto più fidato, è altrettanto certo che esso non è il più agevole a trascriversi. La copia è frutto della collaborazione, in alcuni punti molto stretta, tra due o più mani: si distingue nettamente la prima mano (a), che è anche la principale, in quanto copia due terzi del testo, da una seconda, di *ductus* decisamente diverso, che sembra realizzarsi in due varietà (b e b¹), a meno che non si debbano differenziare addirittura in due mani quasi gemelle. È nota la delicatezza del problema dell'individuazione delle mani, specie in ambito di mercantesca, dove si registrano decisi cam-

biamenti nel tempo anche in mano sicuramente unica. L'ordine di successione è il seguente:

a : 2 r.-36 v.

b : 37 r.-49 r. (prima metà circa)

b¹: 49 r. (seconda metà)-50 v.

a : 51 r.-52 v.

b¹: 52 v. (ultimi cinque righi)-53 r.

a : 53 v.-55 r. (prima metà)

b¹: 55 r. (seconda metà)

a : 55 v.-57 r.

b¹: 57 v.-64 v.

Si può notare l'infittirsi dell'alternanza verso la
fine del testo. È da avvertire che anche la prima mano (a) non appare esattamente la stessa nei suoi ritorni verso la fine: la rotondità si accentua (il corpo si ingrossa e si allarga, forse per abbondanza di
spazio) e, soprattutto, il segno d'abbreviazione per
la nasale, prima quasi diritto, assume un andamento
svolazzante. La sua è una mercantesca regolare e
chiara, con poche abbreviazioni – ma da notare *ra*
(sopral.) = *ragione* ʻcontabilità ʼ, di schietto ambito
mercantesco[34] –; anche la nota tironiana è molto rara; assenti le scrizioni latineggianti (mai *h* etimologica o paretimologica; rarissimo *-itia*, legato in genere a *iustitia*; *x* solo in *Alexandro*; di *K* in *Kane* e soltanto in questa parola, per riflesso della grafia del-
l'esemplare di traduzione, e comune a tutte le mani,
s'è già accennato). La seconda mano (b), responsabile di circa dodici carte, è più angolosa e veloce, e
si distingue immediatamente per l'abitudine, in alcuni punti quasi maniacale, di sopralineare presso-

34. Per questa e per le altre che saranno qui sotto segnalate
cfr. la *Nota di Paleografia Commerciale*, di E. Cecchi, in appendice a Melis, *Documenti*.

Ms. II, IV, 136 della Bibl. Naz. di Firenze, carta 18 v., mano a.

ché tutte le parole (cosicché diventa impossibile distinguere se si tratti veramente di segni d'abbreviazione o di punti allungati sulle *i* o di segni superflui), di omettere la nasale davanti a consonante (caratteristica assai nota,[35] questa, della scrittura mercantesca), di usare volentieri abbreviazioni per troncamento *ma* (sopral.) = *maschio*, *fe* (sopral.) = *femina*, oltre *uo*, *huo* (sopral.) = *uomo*, comune anche a b[1], e per contrazione (notevole *provincia* ridotta a *picia*, con taglio obliquo della *p* e sopralineatura; *mercha* (sopral.) = *mercatantia*; *cha* (sopral.) = *cavalieri* ed anche *castella*; *zz* (con segno curvo sovrapposto) = *zenzero* (e qui *zizibe* in base alla forma intera di contesto), tipica abbreviazione mercantesca; quasi di norma, infine, la nota tironiana, equivalente a *e*, come garantiscono scrizioni del tipo 7e = ' ed è '.

Più distesa la somigliantissima varietà o terza mano (come per brevità accadrà d'indicarla: certo rimandano allo stesso apprendistato) b[1], con la quale si ritorna ad una sopralineatura sorvegliata e alla parola integra, tranne poche eccezioni, come *lu* (sopral.) = *luglio*, ed altri casi più comuni. Caratteristica la presenza di qualche grafia dotta: *x* in *luxuria*, e ripetutamente *y* in *ydoli* e *Yndia*. Il suo ruolo, minore quantitativamente (copia le ultime sette carte

35. Cfr. i casi concreti evidentissimi, ad es. nell'edizione delle *Lettere di mercanti a Pignol Zucchello (1336-1350)*, a cura di R. Morozzo della Rocca, Venezia, 1957; o anche M. Pecoraro, *Anomalie grafiche e fonetiche in un'epistola senese del primo Trecento*, « SFI », XV (1957), 439-452. Il problema maggiore che ne deriva è l'incertezza dell'integrazione in *zezebe*, *zezibere* e forme analoghe (cfr. concordanza nell' *Ind. ragion.* sotto ' zenzero '); si rinuncia data l'abbondanza delle attestazioni senza *n* o segno d'abbreviaz. e la presenza di *zizibe* anche in A[1].

e interviene qua e là anche per porzioni di carta), è importante per quanto concerne la revisione della trascrizione altrui e della postillatura in margine (cfr. apparato per la puntuale registrazione): sembra quella cui più preme di portare in fondo il lavoro.

5.5. Non stiamo a ricordare qui gli altri più comuni tipi di abbreviazione per *santo, nostro, Cristo,* ecc., né quelle per i vari tipi di monete, e per le distanze (unica forma abbreviata in quest'ambito è *giornata, -te*), se non per dire che lo scioglimento è garantito dalla presenza delle rispettive forme intere (in particolare *danaio, danari*). Usato in ogni sezione è poi il complesso standard delle abbreviazioni sillabiche: *p* tagliata orizzontalmente = *per, pe*; *p* tagliata obliquamente = *pro, por, pr*; *p* sopral. = *pre*; *q* tagliata = *que*; *s* lunga tagliata diagonalmente = *ser*; linea diritta sovrapposta per la nasale, ondulata per *r*.

Imbarazzanti quanto allo scioglimento si sono presentati alcuni casi che ora esporremo. Riguarda tutto il testo il caso di *grande -i*, nella stragrande maggioranza integro anche davanti a vocale (tranne tre volte *grand'abondanza* di mano b), quando non viene abbreviato uniformemente e per tutti i casi (sing., pl., nonché in posizione assoluta) in *grā*, e che non possiamo considerare disgiunto, in ragione del costante abbinamento, da quello di *Kane, Cane* (mai per disteso *Kan, Can*). Il passaggio dalle forme piene, le sole ricorrenti nelle prime carte, a quelle abbreviate avviene piuttosto bruscamente e quasi di conserva: *grande* è integro fino a 53, 2 e *Kane, Cane* fino a 58, 10. Di qui in avanti *Grā Kā* rappresenta l'immutabile grafia del *nomen sacrum* che prevale. Indipendentemente da questa unione, casi come *nobile e grā* 61, 1; *dovizia grā* 153, 1; *sono grā .x. passi* 61, 3 ecc., obbligano alla soluzione della forma piena, sia sing. che pl. Ci siamo risolti quindi a sciogliere sempre con le forme piene per non creare un numero elevato di troncamenti molto incerti, e dare invece il dovuto rilievo ai pochissimi sicuri. In questi casi è chiaro che sarebbe necessario l'uso di accorgimenti come le parentesi o il corsivo, esclusi in questa sede.

Altro caso di difficile soluzione (non potendo disporre di più sottili strumenti di registrazione) riguarda soltanto la porzione di testo copiata da b, ed è costituito dall'abitudine di questo copista di abbreviare le sillabe finali che inizino per *n* o *m* (la vocale non ha importanza: *leō grandissī* 150, 8, *cacciagiō e ucellagiō* 141, 4; *cristiā nestorī* 145, 3, ecc.; e soprattutto i numerosissimi casi di desinenze verbali – 1ª e 3ª pers. pl. – con le vocali finali sopralineate: *partirē, anderē, lasciā, possō, scrivē*, ecc.).

Che non si tratti di semplice abbreviazione per la nasale, lo si potrebbe dimostrare per assurdo, poiché, se lo scioglimento dovesse limitarsi alla consonante, la fisionomia del dettato muterebbe bruscamente, come impazzita, per un numero abnorme di troncamenti, assolutamente ingiustificato dalla prevalenza generale delle forme piene. Su questo problema incide la relativa arretratezza degli studi sulla mercantesca, che tende a registrare unità semantiche e non morfologiche, per le quali è sufficiente anche la prima parte soltanto della parola (ed è caratteristico che il fenomeno cominci a testo inoltrato, quando è ormai sicuro il valore di ogni unità). Troviamo sol-

tanto un accenno in proposito, neppure sufficiente-
mente chiaro, del Melis [36] che ripristina in tali casi
le forme piene.

Ci rassegniamo pertanto ad un recupero dell'intera sillaba, data la prevalenza di forme integre nel
testo e a norma del principio che il restauro non deve forzare la caratterizzazione, avvertendo della particolare insufficienza della trascrizione in ordine al
testo copiato da b, per quanto riguarda le desinenze di prima e terza pers. pl. dei verbi ed il fenomeno del troncamento in generale. Nella medesima sezione inoltre, data la rilevanza del fenomeno, abbiamo dovuto integrare la nasale omessa davanti a
cons. senza segnalare mediante parentesi uncinate,
come di norma nella trascrizione.

5.6. Si è cercato di contenere l'ammodernamento
della grafia, rispettando anche fatti fonetici che la
grafia moderna non registra più (es. il rafforzamento
fonosintattico, limitato ai casi indubbi, che provoca
un effetto di ' parlato ', intonato al livello stilistico

36. Cfr. Melis, *Documenti*, 130: « I casi più frequenti di rinuncia a scrivere una sillaba finale, sono quelli delle forme
verbali in *amo* e *ano*, in *emo* e *eno*, cioè, per la prima e
terza persona plurale: tutto ciò, ovviamente, a condizione
che lo scrivano non abbia sovrapposto all'ultima lettera il segno di troncamento appunto per *n* o *m*, che assumiamo per
l'intera sillaba ». Si lamenta la scarsità di studi specifici sulla
scrittura mercantesca: G. Orlandelli, *La scrittura mercantesca nei secc. XIV e XV*, in *Studi in onore di Riccardo Filan-
gieri*, I, Napoli, 1959, pp. 445-460; accurate descrizioni delle
principali caratteristiche si trovano in A. Borlandi, *Il Manuale di Mercatura*, introduz.; A. Petrucci, *Il libro di ricordanze
dei Corsini (1362-1457)*, Roma, 1965, XLVIII-LI; Idem, *Le tavolette cerate fiorentine di casa Majorfi*, Roma, 1965, introduz.;
inoltre, Melis, *Documenti*, introduz. e i numerosissimi facsimili (nonché la *Nota di Paleografia Commerciale* di E. Cecchi
in appendice al vol.). Per A[2] cfr. i facsimili qui allegati.

del testo [37]), ma è conservativo anche di grafie (che possono essere illuminanti per l'orientalista) nel settore degli elementi (nomi propri e non) non romanzi (vedi oltre). Si sono naturalmente introdotte le maiuscole secondo l'uso moderno, e i segni di interpunzione assenti nel ms.

Il quadro degli interventi è il seguente: distinzione di *u* da *v* usati indifferentemente nel ms.: conservazione di *j* solo come finale di numero romano; eliminazione di *y* nella grafia topica di *ydolo* e *Yndia* (mano b); di *x* in *luxuria* (unico caso oltre *Alexandro*, in cui è conservata); di *t* sostituito da *z* (largamente prevalente), nei suffissi *-itia, -antia, -entia*; di *ç*, reso con *z*, in *Zipangu* 155, 1, *Zaghibar* 187, 1, e *Azziano* 70, 5, *Ozeano* 70, 11; 139, 5 (stante la presenza di *z* nelle altre occorrenze); di *t* cedigliata (= *z*) [38] nell'unico caso in cui compare, *iustizia* 135, 17. Si uniforma in *m* la nasale davanti a labiale. Si adeguano all'uso moderno le grafie complesse *lgl* ed *ngn* (così anche le più rare grafie per le palatali, *ll*, e *gla, glo*); le scrizioni *ch* e *gh* davanti a vocali non palatali, eliminando l'*h* (che ripristiniamo nei rari casi di *ce = che*, es. *di ce* 126, 17); di *c* e *g* davanti a *a, e*, eliminando la *i*, inserita invece nelle grafie del tipo *ca, ga* per *cia, gia*, e i rarissimi *co = cio*. Vengono semplificate le doppie indebite (non frequenti) nei gruppi consonantici (prima o seconda consonante, tipo *mollte, perlle*), e non (tipo *erra = era*).

37. G. Contini nell'introduz. ai *Poeti del Duecento*, Milano-Napoli, 1960, XXII.

38. Si veda in proposito F. Ageno, *Particolarità grafiche di manoscritti volgari*, « IMeU », IV (1961), 178; K. Loach-Bramanti, *La T cedigliata nei testi toscani del Due e Trecento*, « SGI », I (1971), 41-44.

Nel delicato ed ancora problematico [39] settore dell'alternanza scempie-geminate, ci si è attenuti al criterio prudenziale di uniformare nel senso della doppia in postonia (tranne in casi sicuri come *febra*, *febraio*, *femina*, *palido*, *trare*, e pochi altri), conservando la pressoché costante scempia nell'unione di enclitiche a forme verbali, mentre viene rispettata di massima l'oscillazione in protonia (tranne in casi come *cacciare* e forme su *caccia*; grafie dubbie di doppia *s*), in particolare dopo prefissi reali o sentiti come tali (*a-*).

Sono conservate anche, in ragione della loro rilevanza fonetica,[40] le rare grafie *sc* e *sg*, in *cuscono* = *cuciono* 36, 9; *posgione* 100, 2; *asgiatamente* 154, 3; *palasgio* 155, 6.

Circa l'unione o separazione di parole, adottiamo la scrizione *d'i* nei casi sicuri di *di* = *dei*, lasciamo divise o dividiamo le componenti della preposizione articolata, quando non si ha il raddoppiamento della consonante (tipo *de lo*); analogamente *sì che*, *sicché*, *sì come*, *siccome*, ecc. Riuniamo invece quelle degli avverbi in *-mente*.

5.7. *Elemento francese*. Nella massima conservatività possibile, non sono stati ignorati i criteri di edizione più elementari dei testi in antico francese e in par-

---

39. Su questo punto controverso cfr. G. Contini, *Esperienze d'un antologista del Duecento poetico italiano*, in *Studi e problemi di critica testuale*, Bologna, 1961, 257, e Castellani, *Miliadusso*, II, 130. Da tener presente inoltre la posizione di M. Barbi nell'introduzione all'ediz. critica della *Vita Nuova* (Firenze, 1932, CCXCVII), favorevole al livellamento sulla doppia, in base all'uso dantesco.

40. Cfr. Rohlfs, § 286, ed ora Avalle, *Sintassi e prosodia*, 7.

ticolare quelli seguiti dal Benedetto nell'edizione di
F: l'intervento è ridotto all'introduzione di *j* per *i*
consonantica iniziale in *iadis* e *ieneraus*, e alla separazione delle parole secondo una lettura critica (*le
roi de pelame* 93, 26; *au* e *deu* staccate dal nome
proprio seguente (nei casi, sporadici rispetto a quelli in cui sono state riconosciute e tradotte, ma dando
notizia in apparato e in nota delle diverse letture antiche e moderne), in quanto il problema è riportato a quello più generale del segmento di testo francese inserito nel contesto toscano (ad es. *de Mangi*,
in cui *de* potrebbe essere anche la prepos. semplice
fr., è stato trascritto come pl., cioè *de'*, data la prevalenza di casi come *de li Mangi*, che provano che il
toponimo, a causa della vocale finale, era sentito come pl.).

5.8. *Nomi propri e lessico orientale.* Si conserva l'o-
scillazione delle diverse forme,[41] senza cercare di uniformare nel senso di quella che sappiamo ora essere
più vicina all'originale; spesso riaffiorano forme date dal Benedetto in apparato (ad es. *Minibar* 171, 1,
Garibalu 84, 3) e quindi sicuramente risalenti al testo franco-italiano tradotto. La lettura è complicata
anche qui (ma il problema si presentava già al Benedetto) dall'impossibilità, frequente, di distinguere
con sicurezza le finali *-iu, -vi, -ni, -in*; essa resta quindi in certo modo aperta. Nella trascrizione ci si at-
tiene a pochi interventi sicuri, cioè all'eliminazione
di *h* dopo velare dinanzi a vocale non palatale, e allo scioglimento del segno di abbreviazione per la

41. Che qui più che mai *sine lege vagantur*, soggette come
sono a processi di corruttela meccanica e di contaminazione
etimologica (Folena, *La Istoria di Eneas*, XLII).

nasale in *n*, a meno che non compaia la forma inte-
gra con *m* (della trascrizione di ç con l'affricata
dentale *z* in *Zipangu* 155, 1 e in *Zaghibar* 187, 1, si
è già detto sopra).

La nasale omessa viene reintegrata in rari casi (segnalati da parentesi uncinate) in cui lo consiglia la
maggioranza delle attestazioni all'interno del ms.
(quindi non in *Quisai*, prevalente già in F, cfr. Benedetto, 143 *appar.*). Altri pochi interventi, sempre
segnalati e discussi in apparato, sono operati in funzione dell'inequivocità del riferimento in presenza
di forme molto simili (casi come *Tenduc/Tenguc*,
66, 2, *Quisai/Quisci* 170, 33; 175, 2).

In questo quadro di prudente rispetto, si prescinde dall'indicare con l'accento la presumibile pronuncia ossitona (e non solo quando la finale è consonantica) di questo lessico ' barbaro ', cfr. Parodi,
Lingua e letter., p. 233; Schiaffini, *Testi*, p. LIV;
opportune chiarificazioni, del resto, risulteranno dal-
l'*Ind. ragion.*

5.9. Restano ancora da dichiarare i dubbi che pesano
su alcune letture, e che sono comuni a tutte o quasi le edizioni di testi antichi toscani, sulle quali po-
se l'accento con bella vivacità già lo Schiaffini (*Testi*,
pp. L-LIII e 295). In molti casi è indifferente, quanto al senso, l'interpretazione *e* cong. o *e'* pron. (qui
il confronto con F può essere spesso proficuo), *che*
o *ch'e'*, *tutti loro* o *tutt'i loro*; a volte non è chiaro
se si tratta di *sì* rinforzativo o di *si* dativo etico. E
non sono questi che i casi più frequenti e pressoché
irrisolvibili d'incerta lettura, simboli di quel margine irriducibile che separa la moderna ' esecuzione ' di un testo dal suo antico spartito.

⟨1⟩ 0. *rubr. quasi del tutto svanita e solo parzialmente leggibile anche a luce radente nell'unico (fino al cap. 4 incluso) testimone* A³: Inchomincia lo libro [...] da / Vinegia, il qua[le lib]ro tratta di [...] / prima tratta [chom]e mess*ere* Nicholao [...], *la parte danneggiata copre due terzi circa dei primi due righi e meno di metà del terzo; si noterà che non c'è posto per un'eventuale indicazione del titolo dopo* Vinegia, *cioè laddove esso è dato dall'ascendente di* A⁴ *e* A⁵ *(in testa al cap. 6 da cui iniziano) e passato nella Vulg.*: Qui incomincia il libro di messere Marco Polo da Vinegia che si chiama Melione, il quale racconta molte novitadi della Tarteria e delle tre Indie e d'altri paesi assai (A⁵; Qui *manca* A⁴). *La deteriorata rubr. di* A³ *manifesta inoltre, rispetto a questa, una divisione in due parti, di cui la seconda è riferita esclusivamente ai fratelli Polo, protagonisti*

---

* Come già è stato detto, l'apparato è in funzione di A², di cui registra anche postille in margine, ripetizioni, cassature ed altre minute caratteristiche. Le varianti degli altri mss. (spesso vere e proprie riscritture: si tenga presente quanto rilevato in 3, 2-4) sono date soltanto nei casi in cui la lezione di A² risulti erronea o sospetta; per la garanzia del giudizio, viene riportato, a volte con una certa abbondanza, il testo di F; la lezione dei testimoni indiretti *Pucci* e LT è data solo quando significativa. Vi si trovano inoltre indicati gli errori e i fraintendimenti del traduttore toscano, reperibili quindi in tutti i mss. Per sigle e abbreviazioni di altre redazioni poliane, si tenga presente che: FG = rimaneggiamento francese di Grégoire (cfr. Benedetto, XXXIV sgg., ed. Pauthier); Pipino = versione latina di Fra Pipino da Bologna (cfr. Benedetto, CXXXIII sgg.); VA = redazione veneta (cfr. Benedetto, C sgg.).

*infatti della prima parte della narrazione. Tali diffe-
renze, che il confronto con* F *non illumina* (Ci co-
mancent le lobrique de cest livre qui est appellé
le divisament dou monde), *inducono a ritenere l'in-
titolazione* A⁴ A⁵ *una ricostruzione del loro antigrafo, così come l'inizio del cap. che ad essa segue* (= 1
Vulg. e 6 *in questa ediz.*), *di fronte ad esemplare
acefalo. Pertanto nessuna delle due rubriche, benché per ragioni diverse, può essere assunta a testo.*
6. messere Rustico: *da tener presente la testimonianza di* LT ser Rustichelum civem pisanum; messire
Rusticiaus (*opp.* -ans) de Pise F   trentasei: *errore
per* XXVI F.

⟨3⟩   0. *rubr. manca* (*è qui anticipata quella relativa al
cap. seguente*); Comant messire Nicolau e messire
Mafeu se partirent da Soldadie F.   2. venne
loro una ventura: *forse traduzione inesatta di* il ne
trevent aventure que a mentovoir face F.   7.
da una parte: *sospetto di corruzione* (*ad es. per
omissione di* « altra », *tenuto conto di* per aliam
viam LT); au traverse F.   9. diciotto: *ma* XVII
in F.

⟨4⟩   0. *per la rubr. cfr.* 3, 0.   2. dimoró[n]vi: dimo-
rouui.

⟨5⟩   0. *rubr. manca in* A² (*che inizia con capov. 1 di questo cap.*) *ed anche in* A³ (*che include il cap. nel precedente*); Comant les II freres creurent les mesages
au grant kaan F.   1. ⟨a⟩: *per questa integr.,
in corrispondenza di* se mestrent a la voie F, *cfr.* 18,
8 misersi a la via; si missono chaminare A³.
2. ⟨trovarono⟩: *omissione* A², *integraz.* A³.

⟨6⟩ 0. *rubr. manca, integr.* A³; Comant les II freres vin-
drent au grant kaan F; *per* A⁴ *e* A⁵, *che hanno inizio con questo cap., cfr.* 1, 0. 1. *confermata
da* A³ *e garantita da* F Et quant mesere Nicolau et
mesere Mafeu furent venu au grant seignor, il les
recevi honorablement et fait elz grant joie et gran
feste, *la lezione di questo periodo è profondamente rielaborata in* A⁴ A⁵ (= *Vulg. cap.* 1: Furono
due nobili cittadini di Vinegia, ch'ebbe nome l'uno
messer Matteo e l'altro messere Nicolao, i quali andaro al Gran Signore di tutti i tartari; e le molte novitadi che trovaro si diranno più innanzi A⁵), *evidentemente rabberciando un inizio di fronte ad e-
semplare acefalo; in esso si recupera, è da notare,
parte del testo di 5, 2 (finale del periodo)* ⟨e sta-
ti⟩: *integraz.* A⁴ A⁵, A³ *manca* fatti, de factis et modis
LT; de tous les fais de l'yglise romane et de tous les
costumes des latin F; *appare probabile un binomio
originario, su cui sia stata operata una riduzione a
danno di* stati A², *a danno di* fatti A³. 3. ⟨e
saviamente⟩: *manca anche* A³, *integr.* A⁴ A⁵; bien
et ordreemant et sajemant F; *cfr. inoltre* 200, 1 avea
ditto bene e saviamente.

⟨7⟩ 0. *rubr. deteriorata per smangiamento del margine
esterno: integr.* A⁴ A⁵, *abbrevia* A³ (Comant le grant
kaan envoie les II frers por sez messajes a l'apostoi-
le de Rome F). 6. dicendo, *ripetuto e soppuntato* cristia[n]a: cristiata. 7. ⟨di Cristo⟩: *integr.* A¹ *ecc.* (de deo F).

⟨8⟩ 0. fratell[i], *danneggiato per smangiamento del margine esterno.* 3. ⟨due⟩: *integr.* A³ *garantita da*
F avec les deus frers (cho lloro A⁴ A⁵ *parafrasando*)
e in ragione della presenza assolutamente costante

del numerale tra l'articolo e questo sostantivo, cfr.
2, 1; 3, 4, 7; 4, 2, 3, 4; 5, 1; 6, 1, 3; 7, 0, 1, 2, 3, 4, 6,
7; 8, 1, 4 (*due volte*); 9, 0, 2, 3, 4, 6; 10, 0, 1, 4;
11, 0, 1, 3, 5; 12, 0, 1, 3, 5; 13, 0; 14, 0, 1.   ch'à nome Alau: *senza corrispondenza in* F *né in alcun altro testo del* Milione, *questa precisazione peculiare
a* TA *è spiegata da Benedetto,* 246, *come corruzione
originata da « erronea lettura di* quant Nicolau »
che segue nell'esemplare di traduzione.

⟨9⟩   0. A[cri]: *guasto dovuto allo smangiamento del margine.*   1. .mcclxxij.: *tutti mss., ma* MCCLX *in*
F (*datazione comunque inesatta, in quanto papa
Clemente IV morì nel 1268*).   3. cristinitad[e]:
cristinitada.

⟨10⟩   0. *rubr. deteriorata come sopra*: integr. A⁴ A⁵ (*abbrevia* A³).   2. e·legato, loro: *nell'interlinea, di
una delle due mani successive* (b *o* b¹).   4. papa
si facesse: *in corrispondenza di queste parole inizia* A¹.

⟨11⟩   1. a Laias: aalaias (a Alaias? *nessun es. negli altri
mss. toscani*).

⟨12⟩   1. Vinegia: *tutti mss., ma* Vicense *in* F.   5. e andaronsine: *preceduto da* e andarosine *soppuntato.*

⟨13⟩   0. *rubr. deteriorata per smangiamento del margine
esterno.*   1. Nicc[o]lao: Nicchalao, *con* 1 *per
correz. su precedente* o.   2. ⟨ora⟩: *integr.* A¹ A⁴
A⁵ (qui A³), *garantita da* F or.

⟨14⟩   1. s'umiliaro: sumi liaro, *le due parti staccate da rasura che copre due lettere, forse* lg.   6. *la for-*

mula introduttiva della risposta, assente solo in A², *sarebbe facilmente recuperabile sulla base di tutti gli altri mss.* (A¹ rispuoseno; *da tener presente che* F *non può qui garantire in quanto non presenta il discorso diretto*), *ma ciò non sembra consigliabile in quanto potrebbe trattarsi di volontaria scelta stilistica: il fenomeno della giustapposizione delle battute si ripete anche in seguito, cfr.* 107, 15.

⟨16⟩ 1. tutt[i]: tutto, *correz.* A¹ *ecc.* (celz tuit que l'oient F)   3. .xxvij.: *tutti mss., ma* XVII *in* F (*e nella realtà storica*) ⟨il Gran Cane⟩: *integr.* A³ A⁴ A⁵, lo signore A¹ (le grant kan F).

⟨17⟩ 3. tre: *segue* Grande Cane *ed è a sua volta seguito da* due, *poi biffato; precede il sostantivo cui si riferisce* A³ A⁴ A⁵ (A¹ e furono tre), *come in* F trois sez barons.   6. ambasci[a]dori: anbascodori   Grande Cane: chane grande, *per scambio evidente.*

⟨18⟩ 3. co: e cho (*espunta la congiunz.*)   6. e dicovi, *ripet. e soppunt.*   ne l[e n]avi: ne laui, *per correz. cfr. Benedetto,* XCV: *la lezione di* A², *anche se imperfetta, è la sola che permette, attraverso il confronto con* LT *in* ista enim nave intraverunt *e con* F entrarent es nes, *di recuperare* TA, *in quanto* A¹ A³, *non riconoscendo il verbo, aggiungono l'imperfetto di ' avere '* (A¹ entro le navi avea, A³ nelle navi avieno) *e* A⁴ A⁵ *parafrasano* .vij°.: *tutti mss., ma* VI° *in* F.   8. misersi, *d'incerta lettura, anche* misorsi.   9. *lacuna segnalata da un bianco (di un rigo circa), eliminato negli altri mss. (un residuo in* A³), *che ' restaurano ':* Era nell'una iscritto A¹ *ecc., espungendo in tal modo anche l'altro frammento della traduz. originale toscana, conservato invece da* A² e l'altra era piana, *come dimostra il cfr. con* F IIII table d'or [con] comandament: les dou de gerfauc et le une de lion e l'autre estoit plaine, que disoient, *ecc.*   10. iiij.ᶜ: *tutti mss., ma* CC *in* F   men[o]: mene.   15. conta-[to]: contare, *correz.* A¹ A³, vo' tornare a contare A⁴ A⁵, *garantita da* je vos ai contés F.

〈19〉   0. [provincia]: città, *correz.* A¹ A⁴, *manca* A⁵ (*rubr. relativa ad altro cap.* A³); Ci devise de la petite Armenie F. *Cfr.* 205, 8.   5. quindi: *non esclusa la lettura* g *della cons. iniz.*

〈20〉   1. di genti: *alcune lettere ripassate,* i *su correzione in* di.   5. begli: *seguito da* cholore, cholori A¹ *ecc.* (LT), *che si espunge come aggiunta meccanica per anticipo del sintagma finale della proposiz. seguente* (tutti colori), *sulla base di* F le sovran tapis dou monde et li pius biaus   lavori[i]: lavorio, *correz.* A³ A⁴ A⁵ (favisi lavorio A¹), Il i se laborent encore dras F. *Per* lavorii *cfr.* 24, 6.

〈21〉   1. fa: fanno, *correz.* A¹ *ecc.*   bambagia: *tutti mss., traduce erroneamente* bagnes F, *cfr. Benedetto,* XCVII.   2. l'altr[e]: laltro.   3. provinci[a]: provincie.   4. [d]i: do.   5. Di verso, *interl. Nel margine esterno in corrispondenza di questo passo si legge la postilla (sicuramente d'altra mano e con tutta probabilità di* b¹): de l'olio che surge de la fontana.

〈22〉   2. nascono... nasce: *questi presenti, contro gli imperfetti di* A³ A⁴ A⁵ (A¹ *alterna* nascono... nasceva) *corrispondenti a* nasoient F, *sono confermati da* LT nascuntur... nascitur, *e si possono spiegare con l'in-*

terpretazione di anticamente ' *fin dai tempi antichi* '
e non ' *nei tempi antichi* ': LT *infatti traduce* ab
antiquo   [segno]: singniore, *correz.* tutti mss. (sei-
gne F)   sotto: *comune a tutti mss., è traduzione
erronea di* sor F.   3. ar[c]ieri: artieri.   4.
cavalli, *di tutti mss., è traduzione erronea di* chevoil F, *cfr.* Benedetto, XCVII [a]: e, *correz.* tutti
mss. (a F).   5. da l'altro lato *è ripetizione illogica, comune a tutti mss., compreso* LT (*che pure
aveva in Pipino una retta interpretazione del passo*);
*si ha inoltre uno spostamento di sintagmi all'interno
di questo periodo, che dimostra un generale fraintendimento o quanto meno una resa alquanto confusa del passo francese*: Car de l'un les est la mer et
de l'autre est gran montagne que ne se poent cavau-
cher. La vie est mout estroit entre la montagne et la
mer; et dure cest estroit vie, *ecc.* F.   7. Cuma[n]i: chumari, *ma la* r *è chiaramente corretta da
altra mano, la stessa che postilla in margine*: come
Alexandro rinchiuse i Cumari da le montagne; *correz.* tutti mss. (Comain F).   16. Arminia: *seguito da* e, *da espungere secondo tutti mss.* (F)
[tramontana]: levante, *di tutti mss.* (LT), *per anticipo dello stesso vocabolo a fine periodo* (dever tramontaine F)   di verso mezzodie: di verso di mezzodie, *con* di verso *aggiunto nell'interl.*

⟨23⟩ 5. di cristiani: *è collocato dopo* genti *qui e negli
altri mss., tranne* A[3] *che riassume, evitando così l'assurdo sintattico* genti di cristiani (*passato anche nella Vulg*).: *all'origine sta probabilmente un salto per
omoteleuto del traduttore* (F: demorent gens que
sunt apelés Curd, que sunt de cristiens nestorin et
iacopit, *cfr.* Benedetto, XCVII) *e successivo* ' *aggiustamento* '.

⟨24⟩   5. borghi, *di tutti mss., è traduzione erronea di* bois
F, *spiegabile con una lettura* bors, *cfr. Benedetto,*
XCVII.   7. m[a]giore: mogiore.   9. Domini: dominini   sopra Baudac: sopra lo chalif Baudac; sopra lo califfo in Baudac A¹ A³, s. l. c. a Baudac A⁴ A⁵, *ma* LT super Baldach; sor Baudac F, *per
cui sembra opportuno espungere il primo sost. che
sarebbe stato successivamente sostituito, senza essere
cassato, dal secondo (con il nome di città si accorda
il pron. seguente* e la prese), *piuttosto che integrare
la prepos., come vogliono gli altri mss. (atteggiamento banalizzante)*   e la prese *ripet. In corrispondenza di questo passo postilla marginale di* b¹: come
lo califfo di Baldacca fue preso.   14. ⟨la tua⟩: *integr.* A¹ A³, tua A⁴ A⁵ (por toi defendre et ta cité F).

⟨25⟩   7. i persiani: inpersiani, *cfr. Schiaffini,* Testi, 274.
Vedi anche 172, 22.

⟨26⟩   1. a Baudac e Mosul: *tutti mss.* (e a Mosul A¹ A⁴ A⁵),
errore per entre Baudac et Mosul F, *cfr. Benedetto,*
XCVII.   2. cristiani: criscristiani, *biffate le lettere superflue.*   3. [o]: e, *correz. tutti mss.* (o se
ne F)   ⟨a⟩: *integraz.* A¹ *ecc.*   4. Va[ngelo]: vasello, *così* A¹; *correz.* A³ A⁴ A⁵ *Pucci,* VIII, 5, evan-
gelie F; *è da tener presente anche la possibilità di
un'ovvia restituzione.*   6. tutt[i]: tuttu   saracin[i]: saracino.

⟨27⟩   0. *rubr. manca tutti mss.*; Comant les crestienz ont
grant paor de ce que le calif lor avoit dit F.   2.
pre⟨ti⟩: *ultima sill. omessa (non pare possibile la
forma tronca* pre' *in posizione assoluta), che ha pro-
vocato un'errata segmentazione del testo e relativi
aggiustamenti negli altri mss.* (e pregavano assai Id-

dio A¹; pregarono A³); *il segmento* e' pre⟨ti⟩, ch'aveano assai, *è confermato invece da* LT sacerdotes quos
satis habebant, *e garantito da* F: car il avoit vesqueve et arcevescheve et preste assez   aste[t]taro:
astestaro, e istettono A¹ A³, istettono A⁴ A⁵; estoient
F; *la correz. presuppone soltanto grafica la propag-
ginazione di s nella terza sill. (ma cfr.* stestamento
cit. da Castellani, Nuovi testi, *gloss.); ma sostenibile
anche la lezione degli altri mss.*   aiutasse: avitas-
se.   4. p[e]cò: pocho.

⟨28⟩ 0. *rubr. di dimensioni abnormi, ma rispondente pie-
namente ad F, mentre manca del tutto negli altri
mss., i quali però ne presentano una parte* (che per
lo priego, *ecc.) inclusa nel primo capov., dopo* vescovo (*qui in accordo con* F); *quindi a lunga rubr.
corrisponde primo capoverso breve, mentre in assenza di rubr. come* A¹ *ecc., periodo iniziale più
completo.*   1. ⟨loro⟩: *integraz. tutti mss.* (F).
     2. lo: loa.

⟨29⟩ 0. *rubr. manca tutti mss.*; Comant la pruiere dou
cristien fist movoir la montagne F.   7. *formula di transizione dislocata qui dal cap. 25, che parla
in effetti di Toris; esso non precede tuttavia quello
sulla Persia, che è il cap. 30, ma la serie 26-27-28-29
dove si parla del miracolo della montagna. L'anticipazione del cap. su Toris non è caratteristica di* TA,
ma anche di F (*l'ordine di successione logico nell'e-
dizione è ristabilito dal Benedetto, cfr.* 20 *appar.) e
di* VA *e derivati. Essa dipende dal fatto che alla fine
del cap. 24 si annuncia effettivamente un cap. su
Toris, mentre poi lo si fa precedere da una digressione riguardante ancora Baudac e dintorni*   di-

ciamo: *più fedele a* comenceron *di* F *appare* diremo
di A¹ A³.

⟨30⟩   2. l[a]: le   Saba: Sabada, *con anticipo del seguen-*
te da   [Cristo]: dio, *correz. tutti mss.* (F)   6.
tre lo' re: lore di quella chontrada trere, tre re di
q. c. A¹ *ecc.; con l'espunzione del secondo* re *e il*
riordinamento dei materiali conservati da A⁰ *si può*
recuperare la traduzione esatta di trois lor rois de
cele contree F   eternale: *tutti mss., è traduz. erra-*
ta (o addirittura sostituzione: cfr. una possibile in-
terpretazione di essa nell'Ind. ragion.) di mire F,
cfr. Benedetto, XCVII; *lo stesso termine resta parti-*
colarmente ostico al traduttore, se ne omette la trad.
in 147, 5; 176, 11.   7. memore, *tradisce un pre-*
cedente minore (i *con il segno usato per il punto*
soprascritto) p[e]r: par (*anticipo di* parve *se-*
guente).

⟨31⟩   1. loro, *aggiunto dopo con tratto molto leggero*
       2. Aperso[r]o: apersolo, *per anticipo di* lo *che*
segue (ipotesi più economica).   5. condisco:
tutti mss. (condiunt LT); *ma in* F cuient ' *cuocio-*
no ' orig[i]nale: orighonale (*difficilmente sosteni-*
bile).

⟨32⟩   0. rubr. *dislocata in testa al cap. seguente.*
       3. le più belle asine: *tutti mss. ma in* F *si ha il*
masch.; cfr. 33, 6; 62, 5.   5. s'uccid[o]no: succi-
deano, *correz. tutti mss.* (il se ocient F).

⟨33⟩   0. rubr. A³ *unico* (Padis); Ci divise de la cité de
Yasdi F.   2. ⟨chi⟩ama: ama, *integr. tutti mss.*
(s'apeles F)   ias[d]i: iaseri, *come* A³, iasiri A⁴ A⁵,
iassi A¹; iasdi LT (*qui indipendente da Pipino*); ias-

di F; *recupero in conformità di* LT, *in quanto appare possibile che la differenziata deformazione della lezione sia frutto di interpretazioni diverse e indipendenti della legatura* s *lunga e* d *con occhiello* (*da una parte* s *tagliata* = ser, *dall'altra* s *doppia*).

    4. l'uomo: luoomo   abita[zione]: abitatori, *con segno d'abbreviaz. sulla seconda metà della parola, correz.* A¹, *ecc.* (habitasion F).   6. asine salvatiche: *tutti mss. tranne Pucci*, VIII, 10; *il masch. in* F, *cfr.* 32, 3.

⟨34⟩ 1. l[o]: la, *come* A⁴ A⁵, *correz.* A¹ A³ (le F).
2. turchies[ch]e: turchieste, *correz. tutti mss.* (*unica ricorrenza*); *ma l'ipotesi di una forma dissimilata* (*per ora non attestata*) *non è da scartare a priori.*
    [vene]: nome, *correz.* A¹ *ecc.* (vene F).   7. cavalc[a]: cavalcho.   9. [E]: o   Cre⟨man⟩, *per omissione nel passaggio al verso della carta.*   di verno: duuerno.

⟨35⟩ 3. cavo: *tutti mss., errore del traduttore per* chaue ' *caldo* ' F, *cfr. Benedetto*, XCVIII.   6. si conciano, *contro* si coricano A¹ *ecc. corrisponde esattamente a* se concent F, *cfr. Benedetto*, 28, *apparato* (se coucent *nel testo*).   8. città: cietta   difender⟨si⟩: difender, *con* r *finale riscritta su lettera illeggibile e seguita da brevissimo spazio bianco, correz. tutti mss.* (defendres elz F)   scherani: *tutti mss., è errore di traduzione dell'etnico* Caraunas F
    ro⟨b⟩ando: bero (*con segno d'abbrev. ondulato sulle ultime tre lettere*) ando, *correz.* A¹ *ecc., ma resta il sospetto che la confusa lezione di* A² *testimoni un'incertezza del traduttore di fronte a* beroviers que vont corant les pais F.

⟨36⟩   3. [e àvvi]: di bella riviera A² A³ A⁴ A⁵ LT, *correz.*
A¹ *sulla base di* F Il dure deus jornees de lonc. Il
hi a belles rivieres.   4. ⟨denti di⟩: *manca, come*
A¹, *Pucci,* VIII, 3; *integr.* A⁴ A⁵, *garantita da* dens
d'olifan F.   6. mercatante: merchata*n*tote, *con
successivo depennamento della sill. superflua.*
7. m[a]: mo.   9. ⟨cucite⟩: *integraz.* A¹, A⁴ A⁵ e
cuciolle, *sulla base di* F mes sunt cuisie de fil; *omettono con* A² A³ LT.   10. timo[n]e: timore
una coverta: *tutti mss., ma il contrario in* F: ne unt
coverte; *cfr.* 48, 9.   13. grande: *è scritto da altra mano forse su rasura; sembra la stessa (molto
probabilmente* b¹) *che postilla nel margine esterno*:
qui si fa la semena di novembre e ricos. di marzo.
      17. vi⟨ci⟩ni: uini (*le i fortemente evidenziate
dal segno obliquo*), *che permette l'integr. sulla base
di* voisinnes F, *mentre negli altri mss. banali ed il-
logici aggiustamenti*: uomeni A¹ A³ A⁴ A⁵, amici
Pucci, VIII, 15.   18. [a]: di, *come* A¹ A⁴ A⁵,
correz. A³ (por ce que en les contrés, dont je vos
voil conter, ne se puet aler se no de ceste cité de
Creman F).   19. do[nde]: doue, *correz.* A¹ A⁴ A⁵
(A³ LT *eliminano tutto il periodo*), dont F.
21. mare: *tutti mss.* (*compreso* LT propter mare
quod est ibi), *traduzione erronea di* F Et ce avent
por ce que l'eive hi est amer, *cfr. Benedetto,* XCVIII.

⟨37⟩   2. bevesse, *con la prima* e *nell'interl.*

⟨39⟩   1. Gobia[m]: ghobia, *seguito da spazio bianco eraso
della capienza di due lettere circa* (Gobiam, *tutti
mss.*).   4. *In corrispondenza di questo passo,
postilla di* b¹ *nel margine esterno*: de l'albero secco.
      5. l'altr[a]: laltre.

⟨40⟩ 0. *la rubr. omessa dal copista del testo (mano* a), *è aggiunta da* b¹. 5. donzelli: *tutti mss.* (*compreso Pucci*, VIII, 16), *ma* dame et dameseles F (*cfr. Benedetto*, 268; *stessa aggiunta* 170, 63). 9. assesin[o]: assesini. 12. *alcune parole sono riscritte su rasure*: e faceali portare, entro.

⟨41⟩ 0. *rubr. manca tutti mss.*; Comant le Viel de la montagne fait parfait et obeient sez asciscins F.
5. ⟨e⟩: *manca anche* A¹, *integraz.* A³ A⁴ A⁵ (F).
6. dimand[a]: dimando. 7. e ànno grande voglia di tornarvi: *traduz. errata e soprattutto frettolosa, il sogg. non essendo lo stesso nel testo fr.* Et le autre que ce oent et ne avoient esté, avoient grant volunté d'aler el parais F, *cfr. Benedetto*, XCVIII. 12. e sì vi dico: *ripetuto e biffato*.

⟨42⟩ 0. *rubr. manca* A¹ A², *integr.* A³ (*sovrabbondante, inglobando anche parte del primo capoverso del cap.* A⁴ A⁵); *qui il cfr. con* F Comant les asciscin se afaitent a malfer, *non è pertinente in quanto in esso il cap. comprende anche il brano corrispondente qui agli ultimi capoversi del cap. precedente, cioè* 10-12, *ma tale divisione appare del tutto peculiare, dato che* FG, VA (*e Pipino, nonché* LT) *si allineano con* A², *ed è quindi molto probabile che fosse quella di* F², *che* TA *traduceva.* 1. *datazione errata in tutti mss. rispetto a* MCCLXII *di* F (*cfr. Ind. ragion.*) sa: sapea A¹ *ecc.,* soit F (*facile paleograficamente una lettura* sait, *e relativa traduzione*), *per cui l'imperf. degli altri mss. è sospettabile di essere frutto di intervento uniformatore.*
4. [fu]: se A², *correz.* A¹ A³, *omettono la frase* A⁴ A⁵, se fenist F.

⟨43⟩   1. .vij.: *tutti mss., ma* VI F *(così più avanti capov.*
4*)*.   3. truova: truovano, *correz.* A¹ *ecc.* (ne
i se trove eive F).   5. di molti alberi: *errore
comune a tutti mss., per traduzione erronea di* Elle
est ville de grant plantee de toutes couses F.

⟨44⟩   4. entr[o] entre, intra A¹, tra *altri mss.,* entre F.

⟨45⟩   1. trova, *la* r *per correz. su precedente* truova *o* tuo-
va.   8. [bestie]: pele, *correz.* A¹ *ecc.* (bestes F).

⟨46⟩   3. in saracino *aggiunto nell'interl.*   Ales[a]ndro:
alesendro.   4. balas[c]i: balasti, *correz. altri
mss., considerata anche la facilità di lettura* -ti *per*
-ci *e l'unicità della ricorrenza di questa parola nel
testo, ma la forma attestata* balastro GDLI, II, *sotto v. '* balascio '*, dovrebbe presupporre una forma*
∗ balasto.   6. inn-un'altra montagna: *contro* è
un'altra m. A¹ A⁴ A⁵, à un'altra m. A³, *corrispondente perfettamente a* F Et encore sachiés de voir
que en cest meisme contree, en une autres montagnes se treuvent les pieres des quelz l'en fait le açur;
*diventa così postulabile una lacuna relativa al ver-
bo principale, alla quale gli altri mss. cercano di
rimediare sostituendo* inn *con una voce verbale.*
       12. arcieri, *leggibile anche* artieri.   13.
nel margine esterno postilla di b¹: le donne che
portano brache.   14. lungi, *la* i *per correz. su
altra vocale* (u, o).

⟨47⟩   0. gente: *non trova esatto riscontro in* F Ci devise
de la grant provence de Pasciai.   6. isciro[cc]o:
iscirotto   chà no[me Che]simu[n]: chano *(con ampio segno di abbreviazione soprascritto)* tesimus:
integr. e correz. A¹ *ecc.* (que a non Chesciemur F);

*come si vede, le ultime parole del periodo sono
state assai maltrattate dal copista.*

⟨48⟩   4. e di questo luogo, *ripet. e biffato.*   7. e è luogo molto forte: (*così anche* A³), *ma* e luoghi molti
forti A¹ A⁴ A⁵ LT, *più fedele a* et tant fortissimes
pas F.   9. e anderemo: *tutti mss., ma il contrario in* F ne iron avant; *analogo errore in* 36, 10.

⟨49⟩   5. fatt[a]: fatto.   8. salvatich[i]: salvaticha, *ma
non è da escludere che la* a *finale anticipi quella iniziale di* asai *che segue.*

⟨51⟩   2. al Grande Cane: *il traduttore toscano non tiene
conto, né qui né altrove* (*cfr.* 10 l[i] signoregiava lo
Grande Cane; *inoltre* 52, 3) *della distinzione tra
possessi del Gran Cane e quelli di un suo nipote
(del resto piuttosto genericamente indicato e non
nominato) che si fa in* F: Il sunt au neveu dou
grant can, et ne est pas son ami, mes plusors foies a
nimisté cun lui; *non si tratta dunque di un errore
di traduzione né di omissione per trascuratezza, come inclina a credere Benedetto,* XCVIII, *ma di volontaria semplificazione.*   7. *in corrispondenza
di questo passo postilla marginale di* b¹: de la colonna che sta alta che no tocca terra.   10. alot-
t[a] l[i]: alotto lo.

⟨52⟩   3. *testo lacunoso probabilmente per salto du même au même* (F: Il sunt a cel neveu meisme dou
grant can que je vos ai contés desovre. Il ont grant
abundance de toutes chouses), ' riaggiustato ' *e ridotto a una sola frase dagli altri mss. mutando il
verbo ' essere ' in ' avere ' ed eliminando* al: e hanno grande abondanza, *Vulg.*

⟨54⟩ 0. *postilla marginale di* b¹ *di seguito alla rubr.
(scritta come al solito dalla stessa mano che copia il
testo, cioè da* a*):* come la donna si puote rima⟨ri⟩tare se 'l marito istà .xx. dì fuori.   1. ⟨P⟩ein: *spazio bianco in corrispondenza dell'iniziale omessa dal
rubricatore.*   6. da: *ripetuto.*

⟨55⟩ 2. e·ll[a]: elle.   3. au Ca[t]a: auchara, *tutti mss.*
(a Ucara *Vulg.*), *correz.* au Cata F, *in considerazione della facilità dello scambio tra* t *e* r*; cfr.* 69, 24.
      4. [a]: e, *correz. in conformità di* F *et de* Cotan a Pen est ausi sablon, *resa possibile dalla presenza qui della preposiz.* de *assente negli altri mss.:*
èe Cotan e Peym A¹, e Cotam e Peim è altressi A⁴ A⁵
(A³ *omette tutto il passo*).

⟨56⟩ 0. *rubr. manca: integr.* A¹ *ecc.;* Ci devise de la cité
de Lop F.   9. pui: *possibile anche la lettura*
più, *ma gli altri mss.* poi (A¹ A⁴ A⁵, *omette* A³),
confermata da puis F.   10. è chiamato: era chiamato, *correz.* A¹ *ecc.* (il les appellent F)   nome:
nonome.   13. dell[e] provinc[e]: della provincia, *così* A¹ A³ (A⁴ A⁵ *omettono la frase) che hanno
il relativo verbo al sing., mentre qui il verbo è al pl.
come in* LT de provinciis que sunt (F: des provences que l'en treuve quant isti do desert).

⟨57⟩ 7. ov'è: *tutti mss., ma si tratta di traduzione errata
di* ou en la feste F.   8. correre, *tutti mss., è traduz. erronea* (v. 57, 8) *di* cuire F, *cfr. Benedetto,*
XCVIII   riménall[o]: rimenallj, *correz.* A¹ *ecc.* (le
portent F).   9. l'altra: *così tutti mss., ma* il prenent celle cars que devant le ydre avoit esté F, *cfr.
Benedetto,* XCVIII.   11. case: chasse, *incertezza nella scrizione con* s *doppia o scempia per que-*

sta parola in tutto il cap., favorita da suggestioni di senso (i cadaveri vengono posti in casse, portate poi davanti a case da morto e talvolta tenuti nelle case-abitazioni) 12. *in corrispondenza di questo passo postilla marginale di* b[1]: l'onore che fanno al corpo quand'è morto.

⟨58⟩ 7. *postilla di* b[1] *nel margine esterno*: de l'onore che fanno a' forestieri che vegnono ad albergare.
6. instormenti: inistormenti (*con titulus sulla seconda sillaba*). 11. moltiplica[t]o: moltiplicaro.

⟨59⟩ 5. *nel margine esterno, della stessa mano a che scrive il testo, la postilla*: de salamanda. 7. insie-[me]: insienione.

⟨60⟩ 5. *nel margine esterno, di seguito al rigo che termina con* grande provincia, *sono « aggiunte a frase già scritta » (Benedetto, XCIV), dalla mano* b *o più probabilmente* b[1], *le parole* a nome; *esse sono integrate nel testo degli altri mss. (cfr. ad es.* A[1] = *Vulg., con le relative rabberciature* Ella è grande provincia, ha nome Ieneraus. Ov'è questa provincia, e queste due ch'io v'ho contate indrietro, è chiamata Tangut.) *ad eccezione di* LT (et est ibi magna provincia generalis ubi est ista provincia et sunt ille due quas computavi vobis ultimo et vocatur Tangus), *che concorda con la genuina lezione di* A[2] *qui assunta a testo e confermata da* F Et la grant provence jeneraus ou ceste provence est — et ceste deus que je vos ai contés en arrieres — est appellés Tangut Cangut: *così anche* A[1] *ed* F (*cfr. Benedetto, 48 appar.*), *mentre* A[3] A[4] A[5] *uniformano al molto più frequente* Tanguc, -t. 6. *postilla nel margine esterno*: de ribarbaro.

⟨61⟩   9. secondo: *le ultime tre lettere, di mano* b¹, *nel-l'interrigo.*   14. giornate: *omesso, poi aggiunto dalla mano* b¹ *nell'interl.*

⟨62⟩   1. Or truova: *così anche* A¹, truovasi A³ A⁴ A⁵; *l'incipit di questo cap. è insolitamente abbreviato (ne viene tagliata tutta la prima parte) rispetto a* F Quant l'en s'en part de ceste cité de Canpiciou, il chevauche doçe jornee et treuve une cité que est appellés Eçina.   5. erbe: *tutti mss., ma è errore di traduz. di* erberjes F *(cfr. Benedetto, 249)* asine salvatiche: *valgono le stesse considerazioni fatte a proposito di 32, 3.*

⟨63⟩   0. rubr. *manca come* A³, *integr.* A¹ (Caracon) A⁴ A⁵; Ci devise de la cité de Caracoron F.   3. Ciorcia: *possibile anche* Ciortia   buon[e] past[ure]: *buoni pastori, correz.* A¹ *ecc.;* buen pascor F.

⟨64⟩   2. s[i]: so.   4. menavaglisi: menavarglisi, *correz.* A¹ *ecc.;* menoit F.   6. [figliuola]: femina, *correz.* A¹ *ecc.;* sa fille F.

⟨65⟩   1. e⟨ra⟩: e, *integr.* A¹ *ecc.;* estoit F.   7. de: *preceduto da* del *soppuntato.*

⟨66⟩   1. .x.: *tutti mss., ma* XX *in* F.   2. Ten[d]uc: Tenguc, *tutti mss. ed anche* F *(cfr. appar. in Benedetto, 52;* Tanduc *nel testo), per confusione con questo frequente toponimo, vedi Ind. ragion.*
3. dicesse⟨r⟩: dicesse, *integr. sulla base di* dicessoro A¹ A³, dovessoro dire A⁴ A⁵; qu'il le seussent a dire F.   8. fare: *così anche* A³, *contro* dire A¹ A⁴ A⁵, *che risponde esattamente a* dir F.

⟨67⟩ 1. [A]presso: Q *per* A *iniziale (responsabilità del miniatore).* 4. pig[li]ando: pilghando.

⟨68⟩ 1. Cinghin Cane: *seguito da* apresso luj, *interessante ripetizione con variazione, che potrebbe trovare una spiegazione a livello di ripresa in caso di dettatura piuttosto che di copia.* 3. ⟨fossero insieme⟩: *integr.* A¹ *ecc. (in* F *il giro della frase è diverso).* 4. disces[i]: discese. 5. l[i] corp[i]: lo corpo, *correz.* A¹ *ecc.;* les cors F. 8. Mo[gui]: morut, *così* Pucci, *VIII, 48, correz.* A¹ *ecc.;* Mongu F s'anda⟨va⟩: sanda, *integr.* A¹ *ecc.;* il se portoit F. 10. ànno: abbia A¹, sia A³ A⁴ A⁵; *il congiunt. sembra più rispondente a* il aje F. 11. *postilla marginale di mano* b¹ *in corrispondenza di questo passo:* di costumi e di modi di Tartari e di loro usanza. 16. pomi: *aggiunto dalla mano* b¹ *nello spazio bianco lasciato dalla prima mano (cfr. Benedetto, XCVIII), per cui è dubbio che si tratti veramente di errore di traduz. di* rat F; pomi *è la lezione data dagli altri mss. toscani.* 18. l[oro]: laltro, *correz.* A¹ *ecc.* (lor barons F). 19. veritier[a]: veritiere.

⟨69⟩ 2. riv⟨er⟩enza: riuenza. 3. figliuoli: figliuouolj. 6. l'usciolo ove stae quello idio: *tutti mss., errore di traduz.;* per la port de sa maison F, *« cioè dell'adoratore, non del dio »,* Benedetto, XCVIII. 8. chemmisi: *possibile anche la lettura* cheminsi *o addirittura* chemisi *(considerando superfluo il segno d'abbrev. soprascritto) cfr.* Benedetto, 54 *appar.* 15. [male]: mela, *correz.* A⁴ A⁵ (A¹ A³ *omettono);* maus F *e che più vivono; così anche* A¹ A³ LT, *ma non trova corrispondenza in* F, *cfr.* Benedetto, 250. 24. *periodo che ha offerto no-*

*tevoli difficoltà al traduttore, delle quali accusa chia-
ramente le conseguenze: anzitutto omette di rendere* ujes F (*non però per disattenzione, certo per
l'eccezionalità della forma, cfr. Benedetto,* XCVIII),
ricalca in molto i bastardi (*gli altri mss.* ' concordano ': molti) mout enbatardi F, *riporta tale e quale un segmento del testo fr. in cui ricorre l'ostica
forma* Cata (*cfr.* 55, 3): aucarasse (*riscritta con qualche esitazione sulla prima* a, *con asta allungata (quasi* q), *dalla mano* b¹ *nello spazio bianco lasciato dalla più scrupolosa mano* a *di fronte a quanto non
capisce), così* A³, aucaresse A¹ A⁴ A⁵ (*da cui a* Ucaresse *Vulg.*): Tout ce que je vos ai contés sunt le
ujes et les costumes des droit Tartars: mes je vos di
que orendroit sunt mout enbatardi. Car celz que
usent au Cata se mantienent alles ujes et a la maniere et as costumes des ydres et on laisé lor loy.
Et celz que usent en levant se tienent a la maniere
de saraçin F.   26. ⟨non⟩: *integr.* A¹ *ecc.* (nen
doie F   giugne⟨ndo⟩ne: giungnene *come* A¹, *manca* A³, *integr.* A⁴ A⁵ (*cfr. Segre,* Prosa, 1080); *i numeri dei colpi non corrispondono a quelli di* F *se non
ai due estremi dal minimo di sette al massimo di
centosette* (F *dà per gli altri* XVII, ou XXVII, ou
XXXVII, ou XLVII, *rispettando esattamente l'au-
mento costante di dieci), e varia anche da un ms.
all'altro* (A³ *dà* .xx. *invece di* .xxiiij.). *Il passo è postillato in margine da* b¹: de la giustizia che fanno.
    27. taglia[t]o: talgliano.   28. rimandal[o]:
rimandala, *così anche* A¹ (*manca* A³), *correz.* A⁴ A⁵
(*cfr. Segre,* Prosa, 1080).   30. ma[trimoni]: mariti, *correz.* A¹ *ecc.* (il font mariajes ensenble F);
postilla di b¹ *in margine*: de' matrimoni che fanno
di morti.

⟨70⟩ 1. ov'è: *le prime due lettere fortemente ripassate*
l[a]: lo. 8. nell'isol[e]: nellisola, *correz. tutti
mss.*, en l'isle que sunt F. 10. *testo guasto per
l'omissione della dichiarativa reggente* (Et ne entendés que celz que l'aportent de tere de chrestiens
as Tartars, les portent au grant can: mes les portent
au levant, ad Argon et a celz seignors dou levant F),
*che ha prodotto il capovolgimento del senso dell'in-
tero periodo, insieme alla sostituzione delle congiunzioni* (e *in luogo di* mes; *si noti che in* A² *e* è
riscritto su rasura); *questa di* A² *è comunque la migliore rappresentante della lezione di* TA (*con essa concorda infatti perfettamente* LT Et illi qui
portant istos girfalchos ad Tartaros portant magno
Kaan et dominis qui sunt in marinis videlicet ad
Argon et alios), *ancor più ridotta e insensata in* A¹
(= *Vulg.*: e quegli che portano questi girfalchi al
Gran Cane e agli signori del levante, cioè ad Argo
e agli altri, sono gli Tarteri), *lasciata in sospeso in*
A⁴ A⁵ *che si fermano a* levante, *praticamente eliminata in* A³. *Cfr. anche Benedetto,* XCVIII.

⟨71⟩ 1. Canpitui, *con le ultime tre lettere ripassate da
altra mano* (b¹). 2. provinc[ia]: province.
    5. ˸nno⟨m⟩e: *omessa la* m *e la vocale finale ag-
giunta da altra mano* (b¹) *sopra il rigo*. 9.
salvatichi: *sillaba finale omessa e aggiunta poi sopra il rigo da altra mano* (b¹) fatt'alignare: fat-
fa alignare. 11. si truova: *ripet. e soppuntato in* questa: *riscritto su rasura, tranne la sillaba finale* gatta: *tutti mss., in ambedue i casi si
tratta di traduzione erronea di* gaçelle F, *cfr. Benedetto,* XCVIII; *a questo passo si riferisce la postilla
marginale di* b¹: del moscado. 13. cuoio: *la
prima* o *omessa e poi aggiunta nell'interl.*

16. .xv.: *tutti mss., ma* XXV *in* F.   19. barb[a]:
barbe, *correz.* A¹ *ecc.* (barbe F).   20. e molto:
elmolto   si dilettano: *sogg.* gli uomini, non le
donne, in F Et sacchiés que il se deletent mout en
luxurie et prennent femes assez, *cfr. Benedetto,* 250.
      21. *in corrispondenza di questo passo postilla
marginale di* b¹: qui:ssi piglia quante moglie l'uomo vole   puossi: *interlin.*

⟨72⟩ 0. Egrig⟨a⟩ia: egrigia, *correz.* A³ A⁴ A⁵, egrigay A¹
(Egrigaia F).

⟨73⟩ 12. *la lacuna (un terzo di rigo in bianco) è segnalata soltanto in* A²; *gli altri mss. autorizzano così una
lezione difettosa e deteriorata anche per l'omissione
di* una (une F) *davanti a* generazione (generazioni
alquante A¹ = *Vulg.*): Et en cascune de ceste provence avoit une generasion de jens: en Ung estoient
les Gog et en Mungul demoroit les Tartars F.
21. molte grue: *tutti mss., per anticipo del sostantivo in testa all'elenco che segue; ma in* F *si ha* cesnes.
      23. carboni: *tutti mss., trad. erronea di* cor-
biaus F, *cfr. Benedetto,* XCVIII; *stesso errore in*
170, 61   e nero: *omesso e poi aggiunto sopra il
rigo dopo* vermiglio.

⟨74⟩ 3. assai: *segue qui* fontane, *dopo* prati *in* A¹ A⁴ A⁵
(A³ *elimina*), *come in* F et plateries assez.   5. ⟨a
vedere⟩: *integr.* A⁴ A⁵, *manca* A¹ A² A³ (*cfr. Benedetto,* XCV), les vait veoir F.   7. innorat[i]: innorato, *correz.* A¹ *ecc.*   9. ⟨da⟩: *integr.* A¹ *ecc.* (sunt
lonc de F).   11. v'è caldo: *tutti mss., ma il contrario in* F il ne a chaut (*cfr. Benedetto,* XCVIII).
      18. E qu[i]nd[i]: e quando, *così anche* A¹ A³,
poi A⁴ (*in fondo al periodo, dopo* luogo), e poi A⁵;

F *Et d'iluec se part le grant can et vait a un autre
leu. Responsabile dell'immissione nella Vulg.* di poi
*(lezione che, senza la garanzia di F, appare piuttosto
un rimedio per ritrovare un senso) è il Bartoli, 99,
il quale peraltro giustifica in nota la sua scelta
(mentre Olivieri non si preoccupa di segnalare in
alcun modo)*: « E siccome col quando *non corre il
senso, abbiamo preferito il* poi, *sebbene neppur esso sia traduzione esatta del francese. Forse* quando
è uno scorso per 'quindi' ». *La proposta è persua-
siva, data la rispondenza con F, e paleograficamente giustificabile.*   19. fa[nno]: fae, *forse per
suggestione del precedente* àe, *correz.* A¹ *ecc.* (fasie-
vent F). *Questo passo è postillato in margine da* b¹:
de l'incantatori che fanno cessare lo mal tempo e
fanno venire le cose a tavola senza tocare.   21.
m[a]: mo.   27. una piccola città: *tutti mss.,
per errore di traduzione,* il hi a si grant mostier come une pitete cité F, *cfr. Benedetto,* XCVIII   uno:
in uno *(espunto* in, *in base agli altri mss., F).*
29. *nel margine in corrispondenza di questo passo,
postilla di* b¹: de l'aspra vita che fanno i relegiosi
de l'idoli.   30. la menano: *tutti mss., non trova corrispondenza in* F.   33. ⟨altre⟩: *integraz.
in base ad* A¹ d'altri vestimenti che gli altri; divisa-
no dagli altri di vestimenta A³ A⁴ A⁵ *(notevolmente
diverso il testo francese*: Il portent vestimens noir
et bloies de canave; et se il fuissent de soie, il le
porterent de tel couleur co[m] je vos ai dit F)   insomma: *soltanto di* A² *(ma tutta la frase non ha
corrispondenza in* F).   35. che Coblain: *riscritto su rasura.*

⟨75⟩   1. *guasto dovuto probabilmente ad omissione per
omoteleuto* (tous les grandismes fait e toutes les

grandismes mervoies F) *nell'archetipo o da parte del traduttore stesso, denunziato qui dal difetto di concordanza tra articolo e aggettivi da una parte e sostantivo dall'altra, ' ovviato' negli altri mss.*: tutte le grandissime meraviglie A¹ ecc.   4. moster[ò]: mosteremo, *forse per suggestione del precedente* nostro libro, *correz. tutti mss., compreso* LT (most[re]rai F).

⟨76⟩ 1. che chi è... dirittamente d⟨é⟩ essere: *così anche Pucci, VIII, 60 e* LT qui est... debet esse, *contro* ch'egli è... dirittamente da essere A¹, ch'egli è A³ (*che omette la seconda proposiz.*), ch'egli è... ed è diritto A⁴ A⁵; *il testo fr., che presenta una sintassi piuttosto singolare, autorizza soprattutto* dé = doit (*e non da* A¹): Or sachiés touti voirmant qu'il est de la dreite ligne enperiaus de Cinghis Kan — que droitemant de cel legnajes doit estre le sire de tous les Tartars F.
      6. ⟨Egli è⟩: *omissione in coincidenza del passaggio dal recto al verso, integr.* A¹ *ecc.; tutto il periodo è malamente tradotto: resta infatti in sospeso, mancando il corrispondente di* remest F; *inoltre* uomo *è probabile fraintendimento di* uncle (Il fui voir que un, que avoit a non Naian, que uncle estoit de Cublai Kan, remest, jeune enfanz, seignor et sire de mantes terres et provences, ecc. F) .xx.: *tutti mss., ma* trointe *in* F.   8. che venisse: *omesso e poi aggiunto sopra il rigo dalla mano* b¹.

⟨77⟩ 0. *rubr. manca tutti mss.* (Comant le grant kaan ala encontre Nayan F).   4. [ché]: e A², *correz. tutti mss.* (LT), car F.   7. .ccc^m.: *tutti mss., ma* CCCC^M F.

⟨78⟩ 1. segretamente: *tutti mss., traduz. erronea di* seu-

remant F, *cfr. Benedetto*, XCVIII.   3. momento: mouimento, *correz.* LT in uno momento *sulla
base di* F en un moment; *sinonimi in* A¹ punto, A³
a una ora,   A⁴ A⁵ incontanente.   9. per aria:
le ultime tre lettere ripassate (corrette su aire)
piova: pio via *(decisamente staccate).*

⟨79⟩   1. che ⟨fo⟩sse: chesse, *integr.* A¹ *ecc.*   4. ⟨la
quarta⟩: *manca tutti mss., tranne* LT quarta (la
quarte F); *si integra in ragione della massima probabilità (nonché di* LT).   9. à bene: *così anche* A³, hae bene avuto A¹ (= *Vulg.*), *migliore rispetto a* F il a bien eu (gli era auenuto A⁴ A⁵); *non
è da escludere quindi né un facile recupero da parte di* A¹, *né una volontaria scelta stilistica testimoniata da* A² A³.

⟨80⟩   7. era... face... facegli: *stessa alternanza nei tempi in*
F (estoit... le fait... e il li fait), *mentre uniformità al
passato negli altri mss.* (era... fece... faceali A¹); *il
passo è postillato in margine da* b¹: de' doni che fa
il Grande Cane a quelli che si portaro bene ne l'oste.
          signore: *la* r *su correz. (forse su* ri).   8. si è:
ripetuto   l'altre sono d'argento: *tutti mss. (tranne*
A³), *ma non in* F.   11. oste: *seguito da* e (*espunta sulla base di tutti gli altri mss.,* F).   15. .iij.:
tutti mss. compreso LT tribus baronibus magnis,
*notevole bévue del traduttore che scambia con il nu-
merale l'avv. fr. con funzione superlativa:* a les tres
granz baronz *(stesso errore* 141, 5; *cfr. inoltre* 88, 4;
170, 20).

⟨81⟩   2. ca⟨r⟩nuto: canuto *tutti mss. tranne* LT incarna-
tus de pulcro modo (carnu de bielle mainere F), *che*

*permette di recuperare la lezione del traduttore,
travisata da un copista, cfr. Benedetto, XCVIII.*

5. chiama[t]a: chiamana   valetti e scudieri: *tutti mss.* (valettos e sentiferos LT), *errore di traduzione per* vallez esculiés F; *il termine* esculiés ' *eunuchi* ' *resta sempre oscuro al traduttore, che altrove
lo omette del tutto* (122, 8), *cfr. Benedetto,* XCVIII.

8. apresso lui: *tutti mss.* (iuxta se LT), *ma
con* elles F, *cioè con le donne del palazzo, Benedetto,* XCVIII   sa⟨na⟩: sa A¹ A² A⁴ A⁵, sta A³, sane
LT (saine F), *cfr. Segre, Prosa,* 1086.

⟨82⟩   2. ⟨Grande⟩: *integr.* A¹ *ecc.* (grant kaan et seignor)
figliuo⟨lo⟩: *omissione a fine rigo.*   4. à: *preceduto da* af *biffato.*   6. di niuno signore: *ridondanza enfatica di* A², *assente negli altri mss. e in*
F.   7. di sue femini: *tutti mss., non trova corrispondenza in* F.   ⟨e⟩: *integraz.* A¹ *ecc.*

⟨83⟩   1. èe chiamata: chiamata *ripetuto; possibile anche
la lettura* e è (*da notare che la lezione di* A¹ *ecc. che*
è, *non trova conferma in* F *se non in un'integraz.
senza commento dell'editore, il ms. giustapponendo*
la maistre vile dou Catai Cabaluc est appellés).

9. altissim[a]: altissimo, *forse per suggestione della vocale finale di* molto.   10. e di donne: *tutti mss.* (A³ *manca perché riassume decisamente*), *non
trova corrispondenza in* F, *cfr. Benedetto,* 251   oro
e ariento: *ripete lo stilema precedente, ma in* F or
et pointures.   13. dentro a questo: *riscritto su
rasura* dentro, *nell'interl. a* questo   ermellini: *tutti mss., non ha corrispondenza nella enumerazione
di* F.

⟨84⟩   0. *rubr.* A³ *qui unico* (Ci devise dou palais dou filz

dou kan que doit reigner aprés lui F).   2. d'oro:
tutti mss., ma non in F, *cfr. Benedetto,* 251.
3. Canblau: *riscritto su rasura dalla stessa mano*
(b¹) *che postilla in margine:* de la città di Cablau.
Questa nota troviamo assunta a rubr. in A³ *e in* A⁴
*Della città grande di Camblay, che fanno iniziare di
qui un nuovo cap., mentre in* A² A⁵, *come in* F,
esso fa parte del precedente.   4. [e]: o, *correz.* A¹
ecc. (et F).   8. .x. porti: *tutti mss., ma in* F XII.
    10. l[e] rughe: ru *nell'interrigo sopra alcune
lettere biffate, tra cui anche la vocale dell'articolo.*
    11. molt[i]: molto, *correz.* A¹ *ecc.* (mont biaus
palais F).   13. conta[to]: contare, *ma* re *per intervento di altra mano* (b¹); *correz.* A¹. *La mano* b¹ *è
la stessa che interviene grossolanamente anche sulla
parola frammentaria* disorm *che qui si trova tra* città *e* or, *trasformandola in* di sopra *(così* A¹, *ma an-
ticipandola:* v'ho contato di sopra della città; *gli altri mss. eliminano tutta la formula finale del cap.*);
*si tratta invece di un residuo molto significativo
del fr.* desormés, *come mostra il cfr. con* F: Or vos
ai contés de la vile. Desormés vos conteron comant il tent cort et des sez autres fait, ce est dou
grant sire. *Dato lo stato frammentario della genuina lezione di* A², *essa non è assunta a testo, come,
d'altra parte, il banalizzante ' aggiustamento ' di sopra.*

⟨85⟩   0. *rubr. manca come in* A¹, *integr.* A³, *chiaramente
ricostruita* A⁴ A⁵ (Come tiene ragione e d'altri fatti
della corte); Comant le grant kaan se fait garder a
XII^m homes a chevals F.   6. ⟨sedono⟩: *integraz. sulla base di* seggono A¹ *ecc., rispondente
a* seent F, *anche se resta il sospetto di un volon-
tario intervento abbreviativo di* A².   7. ⟨le ni-

pote e⟩: *integr*. A¹ A⁴ A⁵, filie magni kaan et sue
consanguinee LT (*riassume* A³); les femes as filz dou
grant sire et de sez neveu et de ses parens F. *In corrispondenza di questo passo, postilla di* b¹ *nel margine esterno*: de la tavola del Grande Kane quando mangia.   11. ⟨gran⟩: *integr*. A¹ *ecc*., come
gran botet F; *il resto del periodo presenta alcune
discrepanze con F, per le quali cfr. la discussione di
Benedetto,* 81 *appar.* (*e cfr. anche* FG: *l'ipotesi che
la traduz. tosc. sia errata non è comprovabile con
assoluta sicurezza*).   12. [Àvi]: ove, *correz*. A¹
*ecc.; problematica anche qui la lezione del testo fr.,
tradotto comunque approssimativamente*: Se trait
le vin, ou le cher bevrajes que hi soit, et se n'enplent
grant vernique d'or que bien sunt tel que tienent
tant vin que VIII homes ou X en auroient assez F.
    16. ⟨non⟩: *integraz. in parallelo con il sin-
tagma precedente* che non vi meni, *sostenuta da* LT
et que non comedat, *in corrispondenza di* F que ne
moine sa feme et que ne i menuie cum les autres
dames; *il senso è salvato da* A¹ *e altri mss.*: perché
vi mangi, *ma questa lezione appare secondaria.*

⟨86⟩   0. *apparentemente più vicine a* F (Ci devise de la
gran fest que fait le grant kan de sa nativité) *le rubriche di* A³ Della festa che:ffa il Gran Cane della
sua natività *e di* A¹ Della festa della natività del
Gran Cane.   2. lunedì: *tutti mss., traduzione
errata (banalizzante) di* F a les XXVIII jors de la
lune dou mois de setenbre, *cfr. Benedetto,* XCVIII.
    3. .xij⟨ᵐ⟩.: *integr*. A¹ dodicimilia (F).

⟨87⟩   0. divis[a]: divis*ere, correz*. A¹ (*manca* A³ *che unisce al cap. precedente, parafrasano la rubr. del cap.*

precedente A⁴ A⁵); Encore de la geste que le kan fait
de sa nativité meisme F.

⟨88⟩   1. festa: *interl.*   2. avere: *così* A³, habere LT,
fare A¹ A⁴ A⁵; *non impossibile una traduz.* avere *da
una lezione come* deferlle F, *cfr. Benedetto, 83 appar.* (*e si consideri per* fare *la suggestione di* fanno
che segue).   3. ⟨di⟩: *integr.* A³; si·l presenta
grandi presenti A¹ A⁴ A⁵   secondo ch'egli possono:
(*tutti mss., ma non in* F) *ripet. dopo altro nella variante* secondo che possono   [a]: e (se presentent
les uns a les autres couses blances F); *la lezione degli
altri mss. è profondamente deteriorata:* ogni presente, quasi i più, cose bianche A¹ (il più A⁴ A⁵).
4. ad oro e a·sseta: *tutti mss., meccanica ripetizione
di sintagma topico in luogo di* a bestes et a osiaus
uno scrigno: *tutti mss., ma* deus escring F (*si fraintende la scrizione* .ij. *del numerale, che viene scambiata per l'articolo indeterminato masch.* ū (= un);
l'inverso accade in 170, 20).   6. tutt[i]: tuttu.
       10. ⟨l'⟩: *integr.* A¹ *ecc.* (l'aorent F).   11. e
terribole: *presente anche in* LT pulcher thurifera-
rius sive unum turibulum, *manca negli altri mss. e
in* F; *non è escluso che si tratti di una glossa passata nel testo, ma neppure, data la testimonianza autorevole di* A² *e di* LT, *che si trovasse già in* F²
l'alt⟨a⟩re: laltre, *come* A¹ A⁵ (*corretto senza segna-
lazione nella Vulg.*), *correz.* A³ A⁴ (l'atel F); *cfr. Benedetto, XCIV.*   14. *dopo* festa *alcune parole*
(*forse:* or sappiate) *biffate.*

⟨89⟩   0. *rubr. della prima mano* (a) *fino a* festa (*cioè per
la parte che ha corrispondenza con* F Ci devise des
XII baronz que vienent a les festes); *prosegue la mano* b¹ *con il resto, che non ha corrispondenza in* F,

ma che si trova anche in A¹ A⁴ A⁵, (*omette rubr.* A³)
.xij<ᵐ>.: *tutti mss., integr. sulla base di 85, 1 (F);
così anche subito sotto, capov.* 1.   1. baroni *è
preceduto da* filgliuoli, *biffato*   Que⟨s⟩itan: *integr.
sulla base di 85, 1 (*queitan A¹ A⁴ A⁵, quitaiti A³,
quiata LT); Quecican F   figliuoli: *tutti mss.* (*compreso LT* filii), *errore di traduz. di* feoilz F (*stesso
errore 170, 29 e 30).*   2. dall'altra *seguito da* e:
espunz. sulla base di A¹ *ecc.* (chascune de color de-
visé l'une de l'autre F).   4. è ordinata: *ripet. e
soppuntato.*

⟨90⟩   0. *rubr. manca: integr.* A¹ (Della caccia del Gran
Cane A⁴ A⁵, *manca* A³); Comant le grant kaan a or-
dree que ses jens li ap[ortent des venoisons] F.
2. .xl. giornate: *tutti mss., ma in* F LX; *così anche
per capov.* 5 *qui sotto.*

⟨91⟩   2. leoni: *tutti mss., ma* leus cerver F, *cfr. Benedetto, XCVIII.*   4. ⟨vanno⟩: *integr.* A¹ *ecc.* (il
vont en chace F).   5. lievri: *tutti mss.* (*compreso LT* lepores), *ma non nella enumerazione corrispondente di F, cfr. Benedetto, 252.*

⟨92⟩   0. *rubr. manca, come in* A¹: *integr.* A³ (De la grande abondantia de' buoni cani ch'àe il Gran Cane
A⁴ A⁵); Ci dit des II frers que sunt sor les chiens de
la chace F.   1. sono chiamati: sono *ripet. e
soppuntato.*   2. ⟨.xᵐ.⟩: *integr.* A⁴ A⁵, et alii
decem milia de alio colore LT (*manca* A¹; *omette
l'intera frase* A³); et les autres Xᴹ sunt do un autre F.

⟨93⟩   2. almeno: bene A¹ *ecc., più fedele a* bien F. *Questo
passo è postillato in margine da* b¹: come il Grande

Kane va a uccellare.   3. ⟨ch'egli prendono⟩: *manca anche* A⁴ A⁵, *integr.* A¹ A³; et les greignors parties des oisiaus qu'il prennent F.   5. [c]appello: rappello, *correz.* A¹ A⁴ A⁵ (A³ *omette tutta la frase*); Et chascun a un reclan et un capiaus, por ce que il peussent clamer les oisiaus et tenir F *(cfr. Bartoli, 133 n., che ipotizza l'aggiunta di lunga da parte di* TA: *effettivamente gli strumenti, che sono due nel testo fr., diventano tre nella traduzione tosc.; probabile il passaggio di glosse marginali nel testo).*   12. se ne ramenta: *tutti mss.; si tratta forse di traduz. approssimativa dell'avv.* erament 'subito' *(cfr. Bartoli, 134 n.);* por que cele que o[n]t perdues les chouses les voient erament F.

17. dimorando: *questo gerundio, contro* dimora A¹ *ecc., rende superflua l'integraz. del Benedetto nel testo di* F, *cfr.* 88 *appar., intervento basato sulla lezione tosc. di* A¹ et ce voient, toutes foies [demoure le grant sire] en son lit.   19. ch[e]: cho.

24. Ché vo': *manca negli altri mss. e in* F Car sachiez; *si tratta di rinforzo enfatico da parte del solo* A².   25. [p]elle: belle, *come* A¹ A⁴ A⁵, *correz.* A³, *forse per suggestione del seguente* belle, *cfr. Benedetto,* XCV.   28. piccol[o]: picchole. 30. e le più belle ànno gli gerfalchi: *tutti mss. (tranne* A³ *che riassume), non ha corrispondenza in* F, *cfr. Benedetto,* 252.   33. e a césini: *interl.*

35. .xxx.: *tutti mss., ma* XX *in* F.

⟨94⟩   8. terra: terara (*altra* r *sopra il rigo*).   10. [A]-dunque: odunque, *correz.* A¹ *ecc.* (Adonc F). 11. ⟨che⟩, ⟨e⟩: *integrazioni* A¹ (A³ A⁴ A⁵ *riassumono); sintassi e punteggiatura vogliono seguire* F, *anch'esso sovrabbondante*: Et sachiés tuit voiremant que en ceste ville de Canbalu[c] vienent plus chie-

res chouses et de greignor vaïllance que en nule cité
dou monde. Et vos dirai quelz tout avant. [Car je]
vos [di] que toute les chieres chouses que vienent de
Y[n]die — ce sunt pieres presiouses et perles et toutes autres chieres chouses — sunt aportés a cestes vil-
les. Et encore toutes les belles chouses et toutes les
chieres que sunt en le provence dou Catay et de
toutes autres provences hi sunt aportés ausint (dove si noti che una delle proposiz. principali è integrata dall'editore). L'integrazione ⟨che⟩ è richiesta
da esigenza di chiarezza più che di corrispondenza
con il testo di F.

⟨95⟩ 0. Ka[ne]: *sillaba caduta per rifilatura del margine esterno.* 1. tavola, *di altra mano* (b¹) *che
scrive nello spazio bianco lasciato dalla prima mano* (a), *la quale annota in margine, in corrispondenza della stessa riga*: seq*ue* mosterovilo: ro *interl.* 4. medaglia: *tutti mss. compreso* LT me-
daliam, merule F *(ma a testo* moitié, *cfr. Benedetto, 92 appar.).* 5. ⟨del mondo⟩: *manca tutti
mss. provocando indebiti aggiustamenti in* A¹ il suo
tesoro, *in* A⁴ A⁵ il tesoro ch'egli à (A³ *omette tutta
la frase); integr. sulla base* LT de mundo (dou monde F). 6. gli osa: glolsa, *correz.* A¹, *le rifiute-
rebbe* A³ A⁴ A⁵; nulz ne le ose refuser F. 8.
⟨per⟩: *integr.* A¹ *ecc., garantita da* F se met por.

9. che vale: *così tutti mss. (tranne* A³ *che omette in quanto riassume) compreso* id quod valet
LT; A⁴ A⁵ *premettono* tanta mercatantia in oro e
in ariento e altre pretiose e care mercatantie che vale, *lezione non garantita da* F (tantes couses que
bien vaïllent) *e ciò nonostante passata nella Vulg.
(parzialmente, solo fino ad* ariento) *attraverso Bartoli, 141 (che avverte in nota), ripreso da Olivieri,*

103 *(che invece non segnala), mentre essa è verosimilmente una grossolana aggiunta per suggestione di enumerazioni consimili nei periodi immediatamente precedenti (ma cfr. Benedetto, XCV).*
10. porta[r]e: portate, *correz.* A¹ *ecc.* (le doient porter F).   11. ⟨ègli⟩: *integr.* A¹ e gli fa dare A³, gli è cambiata e data A⁴ A⁵; il sunt cangié a noves et fresches F.   12. ⟨o altro ornamento⟩: *manca altri mss (ma* A³ *omette l'intero periodo), integraz.* A⁴ A⁵ *con l'appoggio di* F son vaicelament ou sez ceintures ou ses autres evres. *Il seguito del periodo presenta una situazione diffratta nei mss. toscani, che ha forse alla base un'indebita quanto facile identificazione tra due ' signori ' diversi, il Gran Cane e il ' signore ' della zecca: con* A² *concorda* LT et ipse vadat ad tabula magni Kaan et det de istis cartis, habet de argento et auro magni Kaan quantum vult pro istis cartis, secundum quod expenduntur, *che conserva anche* auro *(non compare in alcun ms. toscano);* A¹ egli va alla tavola del gran sire, ed ègli dato per queste carte ariento quant'e' ne vuole, contandosi le carte secondo che si spendono = A⁴ A⁵ *con la variante* e lla tavola le si conta per quello che si spendono; *incerta la corrispondenza con* F: il s'en vait a la secque dou grant sire, et porte de celles charte, et les done por paiemant de l'or et de l'arjent qu'il achate dou seignor de la secque.

⟨96⟩   6. ⟨dare⟩: *manca tutti mss. tranne* A⁴ A⁵; et li fait doner table d'or.   7. andar[e]: andara, *correz.* A¹ *ecc.*; sunt cesti baronz por porveoir ou convienent que les ostes aillent F.

⟨97⟩   0. part[e]: *caduta della voc. fin. a causa della rifilatura del margine*   mesaggi: *tutti mss., ma in* F

voies; *lo stesso accade nel capov.* 1, *dove si ha inoltre il travisamento della proposiz.* che segue Et toutes les voies sunt devisés [por le nom de la provence]
la ou elle vont F, *tradotto* a·ttutti è divisato, *ecc.*

    4. cavagli: caua (*in fine,* ua *biffato*) uagli.

    11. ⟨di⟩: *integr.* A¹ *ecc.* (plus de F).   16. met-
t[e]si: mettosi, *correz.* A¹ *ecc.;* se met corant F.

    18. fatti: *tutti mss., errore di traduz. di* fruit F,
cfr. Benedetto, XCVIII.   20. contare: *con sillaba fin. omessa e poi interlineata forse da altra mano* [o]: a, *correz.* A¹ *ecc.;* ou F.   22. c[or]-
po: *tutti mss., ma* caput et corpus LT; Il se bin-
dent tout lor ventre et lient lor chief F. *La correz. tiene conto della facilità di uno scambio* a *per
or da parte di copisti, della perfetta rispondenza del
tosc.* corpo *a fr.* ventre (*cfr. qui, ad es.,* 187, 10), *ed
infine dell'assurdità, anche per un traduttore imperfetto come* TA, *della ripetizione* testa / capo. *Inizia qui, in corrispondenza di* si mettono, *la lacuna
di una carta in* A¹; *cessa quindi il cfr. con questo ms.
fino al cap.* 103, 3 (*alle parole* non è vietato) *dove
riprende regolarmente.*   23. bisognano: bison-
gnavano, *omettono in quanto riassumono* A³ A⁴ A⁵,
quando omnino oportet LT; *si corregge sulla base
di* LT *con la garanzia di* F quant il beisogne.

⟨98⟩   0. [aiuta]: auea, *correz.* A⁴ A⁵ (Come è misericordio-
so A³ *riassum.*); Comant le grant kaan fait aidier sez
jens quant il ont sofraite des bles e des bestes F.

    1. biade: *preceduto dalla parola* bestie, *soppun-
tata e biffata.*   5. verno: *seguito da parola soppuntata e biffata.*

⟨99⟩   0. rubr. *manca tutti mss., tranne* A⁴, *da cui si integra;* Comant le grant kaan fait planter arbres por

les voies F.   2. [a]cciò: eccio, *correz.* A³ A⁴ A⁵
(por ce que F).

⟨100⟩   2. è meglio: elmelglo, *correz.* A⁴ A⁵ (*omette la frase*
A³); il vaut miaus a boir F.

⟨102⟩   0. ri[porre]: rispondere, *correz.* A⁴ A⁵ (*l'intera rubr.*
manca A³); repondre F   ⟨per⟩: *guasto per sman-*
giamento del margine, integr. A⁴ A⁵ (por F).
2. .iiij.: *ad esponente una piccola* o.

⟨103⟩   3. e·ssappiate: *ripetuto e biffato*   tutto: *ripetuto*
e biffato.

⟨104⟩   2. part[i]ssi: partassi.   3. Qua[ndo]: *integraz.*
tutti mss.   5. .xxxiiij.: *tutti mss., ma* XXIIII
in F   m[a]rmore: mormore.   9. Detto del
ponte: *chiaramente abbreviata questa transitio ri-*
spetto a F Or vos avon dit de cest biaus pont, *ri-*
specchiato più fedelmente da A¹. Ora abiamo detto del ponte (A³ Ora vi dirò d'altre cose, A⁴ A⁵ *eli-*
minano in genere e qui in particolare queste for-
mule di passaggio).

⟨105⟩   1. miglie: *interl.*   6. verso 'l mare: *tutti mss.,*
ma non in F vait ver la grant provence dou Mangi
(*cfr. Benedetto,* 252); *non è da escludere la sua pre-*
senza in F² *dal momento che* verso mare *è in* VA *e*
in Pipino.   7. àlbori assai: *tutti mss., ma non*
in F biaus chans et bielles vignes et domesces gens,
cfr. Benedetto, 252.

⟨106⟩   0. *rubr. manca tutti mss. tranne* A⁴ A⁵, *da cui si inte-*
gra (sostituendo peraltro la variante isolata Taianftj
con la forma più vicina nel contesto di A² Taiamfu);

Ci devise dou roiame de Taianfu F. 1. chiamat[o]: chiamata. 7. lasciaremo: re *riscritto su
rasura* d'un'altra: *manca negli altri mss., ma c'è
un'alta probabilità che si tratti di residuo della traduzione originale, dato che in* F *si annuncia prima
del castello, un'altra città*: Or nos laieron de ce et
vos conteron d'une grandisme cité, que est apelés
Cacianf[u]. Mes tout avant vos diron d'un noble
chastiaus qui est apellés Caiciu. *Così la lezione fedele di* A² *permette di renderci conto del guasto
(forse un'omissione meccanica), celato al solito mediante l'eliminazione di quanto impedisce la scorre-
volezza del discorso, negli altri mss.* (*Vulg.*: dirovi
d'un castello chiamato Caituj).

⟨107⟩ 5. Preste: *accompagnata dal nome* (Giovanni) *negli
altri mss. e in* F (Joan); *così* 108, 11. 6. e dissero a·re: e dissero *ripetuto e biffato*. 10. udite:
udirete A¹ (A³ A⁴ A⁵ *omettono tutta la frase*), videte
LT; oirés F, *rispetto al quale* A¹ *offre la lezione più
rispondente*. 12. ⟨'l⟩: *integr.* A¹ *ecc.*; le peussent defendre F. 15. *manca qui e in* A³ *la formula introduttiva della risposta*: egli dissono A¹,
costoro d. A⁴ A⁵ (*in* F *essa è inserita nella risposta*
Vos vendrés, font il, dusque a nostre seignor le Prestre Johan); *cfr.* 14, 6.

⟨109⟩ 1. ponte: *per correz. su* ponente.

⟨110⟩ 1. [Cac]ianfu: quegianfu, *per suggestione del nome
che immediatamente precede; gli altri mss.* (tranne LT de civitate Cacianfu) *eliminano questo nome* (A¹ A⁴ A⁵ *della città ch'è detto di sopra;* A³
omette i quattro periodi iniziali), ma F *corrisponde esattamente alla lezione di* A²: Et quant l'en se

part de la cité de Cacianfu que dit vos ai desovre case: *tutti mss., ma* biaus chans F, *cfr. Benedetto,* XCVIII. 4. Quiv'àe: quiva ae. 6. Mangala: *in tutte le occorrenze presenta* g *su correz.*
7. gioe: *tutti mss., ma* soie F, *cfr. Benedetto,* XCVIII. 8. cose: *ripet. e soppuntato.* 13. giusti⟨zi⟩a: giustia, *integr.* A¹ *ecc.* (justice F).

⟨111⟩ 0. *rubr. più estesa in* A¹ A⁴ A⁵ Della provincia di Cuncum (A³ *omette*), *comunque senza corrispondenza in* F: Ci dit des confines que sunt entre le Catay et le Mangi. 1. d[i]: da, *correz.* A¹ *ecc.* (de F). 6. sono: *omesso e poi aggiunto nell'interl.* 8. com'io vi conterò: *manca* A¹ (A³ A⁴ A⁵ *omettono tutta la transitio finale); benché illogica (ripete meccanicamente il verbo che subito precede; per questo è stata eliminata in* A¹), *essa risponde ad un segmento testuale di* F *(tradotto quindi da* TA, *almeno nell'intenzione)*: Or nos partiron de ceste contree et vos conteron d'una autre provence, ensi com vos porés oir desout.

⟨112⟩ 0. A⟨n⟩balet: *integr. in spazio bianco per una lettera.* 4. tant[o]: tante, *correz.* A¹ *ecc.* 5. r[i]so: roso, *correz.* A¹ *ecc.* (ris F). 10. Quiv'àe: quiva ae.

⟨113⟩ 1. ch'è ancora: chechiama anchora; ch'è chiamata a. A¹ A⁵; que vocatur anchota de confinibus Mangi LT; che·ssi chiama Sindafa ed è nelle confina de' Mangi A³; che è chiamata Sindafa ed è ancora de' confini de' Mangi A⁴. *Probabilmente* A² A¹ A⁵ LT *rappresentano la lezione più vicina all'archetipo, anche se illogica (si ripeterebbe due volte di seguito il nome della provincia), sulla quale sono intervenuti*

*gli altri due mss. anticipando il nome proprio ed eli-
minando il superfluo* e à nome; *in* F *infatti abbiamo
lo stesso ordine di* A¹ A² (adonc treuve une plaigne
et une provence que est encore de le confin dou
Mangi que est apellé Sindufu), *dai quali pare opportuno espungere* chiama-chiamata *come svista meccanica di copista* (*che ha poi omesso la biffatura*)
*per abitudine alla formula adusatissima ad inizio di
capitolo che vuole il verbo ed il complemento di
denominazione subito dopo* provincia (*o* città). *Cfr.
Benedetto,* XCIV.   3. fue: *fuoriesce in margine*
(*forse di altra mano*).   4. [furono]: sono, sunt
reges et habent LT, *correz.* A¹ A³ (*ciascuno era re*
A⁴ A⁵), furent rois F   aveano: *su rasura* (-no *interl*).   6. miglie: *tutti mss., ma in* F jornee.

⟨114⟩   2. .iiij. spanne: *tutti mss., ma* F trois paumes.
5. .v.: *tutti mss.* (*tranne* A³ tre), *ma in* F X   udire: *su rasura*   usato: *fuoriesce in margine, scritto forse da altra mano.*   6. quest[o]: queste.
12. *le cifre addotte ad es.* (*sulle quali concordano tutti i mss., tranne* A³ *a* XX *o a* XXX) *sono
parzialmente diverse in* F a XX et a XL et a plus
et a moin.   14. conviene ch'abbia: *ripetizione
enfatica, dopo l'inciso, comune ad* A¹, *ma non ad*
A⁴ A⁵ (A³ *riassume*) *né a* F cascune pucelle convent
que aie plus de XX signaus   grazios[a]: graziose.
18. da·lloro: *tutti mss., traduz. erronea di* de
sel F, *cfr. Benedetto,* XCVIII « de sel *scambiata con*
de se *o* de elz = *da sé* ».

⟨115⟩   0. ⟨Ancora⟩: *integr.* A¹, *anche* A⁴ (*omette rubr.* A³);
Encore de la provence de Tebet meisme F.   9.
cani e mastini: *tutti mss., ma* chenz mastins F, *cfr.
Benedetto,* XCVIII   cacc[ia]: chacce.   12. au

fi Angom: aufi anghom, *fragmento del testo fran-cese* (au fil d'Argo[n] F), sub filio Argon LT, *eli-minato dagli altri mss.* (A³ *omette in quanto trala-scia la sezione finale del cap.*), cfr. Benedetto, XCIV.

⟨116⟩ 4. lascia: *preceduto da* per *depennato.* 5. bel-lo: *tutti mss., tranne* A³ *tale e* LT talis consuetudo, *più rispondenti a* un tel costumes F (*cfr. Benedetto,* XCVIII). *Nel margine esterno questo passo è postil-lato da* b¹: de l'onore che fanno a' forestieri e co-me sono albergati co le donne (*incerta la lettura di quest'ultima parola*) anzi: *depennato ma chiara-mente leggibile e confermato da* A⁴ A⁵ A³ *anche* (A¹ e questo), *e garantito da* F mes il l'ont a bien.
10. la sel... questi tali sel: *tutti mss., per incom-prensione di questa parola* (*denunciata già in* 114, 18 de sel = *da sé*) *che passa tale e quale nel testo toscano* (F: la sel... et les quatre vint de ceste tiel sel). 14. corbezze: *tutti mss.* (*varianti*: di cor-bezzole A³, corbezzole A⁴ A⁵, *come* 'l corbezzolo *Puc-ci,* VIII, 98) *tranne* laurus LT; orbeque (*francesiz-zazione di tosc.* orbaco ' *lauro* ') F. *Sembra azzardato recuperare la forma di* F, *sottesa con molta probabi-lità a* corbezze A¹ A² (*cfr. Benedetto,* XCIII).
17. per castella: *con queste parole inizia la seconda mano* (b) ⟨di quelli ch'io v'ò detto⟩: *integr.* A¹ (*gli altri mss. tendono ad eliminare formule e nes-si di ripresa*) *garantita da* F: de celes meisme mai-nere et de ciaus meisme costume que ceaus que je vos ai contés. 18. Brunis: *riscritto in mar-gine in corrispondenza del rigo dove compare nel testo.* 22. di[r]emo: diciemo, *correz.* A¹ (A³ dirò, A⁴ A⁵ *omettono*), conteron F.

⟨117⟩ 1. Caragian: *qui e nelle occorrenze seguenti possi-*

bile anche la lettura Carangia.   3. del Grande Kane, ed è: *scritto su rasura.*   4. .v.: .vj. *tutti mss. tranne* LT quinque, V *in* F; *correz. in base alla ripresa* Di capo di queste .v. giornate, *qui sotto* 7.   5. costoro: *omesso e poi aggiunto sopra il rigo.*   9. Maomett[o]: maometti *(con segno d'abbrev. su* ao).   10. ed è: de *interl.*   12. e che si ne fanno le scodelle: *tutti mss. tranne* A³ *(poco attendibile in quanto solito abbreviare), ma non in* F Car il espendent porcelaine blance — celle que se trovent en la mer et que se metent au cuel des chiens, *cfr. Benedetto,* 253 *e Ind. ragion.* 19. di questa, medesima: *riscritte su rasura.*

⟨118⟩   0. ⟨Ancora⟩ divisa ⟨de⟩: *integr.* A¹ (Di Carangia A³, Della provincia di Carangia A⁴ A⁵); Encore devise de la provence de Caragian F.   7. lo naso: *tutti mss. compreso* LT nasus (A¹ viso, *per cattiva lettura successiva) per errore di traduzione di evidente origine paleografica da* iaus F *(si ripete anche in* 168, 3 *e in* 187, 4, *dove è tradotto* anari). *Il passo è postillato in margine da* b¹: del gran serpente ch'à nome lo colubre.   14. dal capo a piede: *così* A¹, *tutto* A³, dal capo insino alla coda A⁴ A⁵, *fraintendimento di* F *che parla di 'petto'*: les fers li entre por le pis et la fent dusque au beli   [cacciatori]: merchatanti, *correz.* A¹ *ecc.* (le caceor F).   21. [per]ciò: accio *(per suggestione del precedente), correz.* A¹ *ecc.;* car F.   24. l[i]: la, *così* A⁴ A⁵, *correz.* A¹ A³; les F.

⟨119⟩   0. rubr. *ripetuta anche nel margine interno del f., chiaramente leggibile nonostante un tentativo di rasura.*   5. *postilla in margine di* b¹ *in corrispondenza di questo passo:* de la donna quando à

partorito e'l marito istà ne.'letto.   11. siamo:
tutti mss., ma somes oissi F, *cfr. Benedetto,* XCVIII.
     13. fassi: *ripassato a tratto più grosso.*
14. ⟨I⟩acin: *per integraz. cfr.* 117, 7; 118, 1 (Iaci F);
la serie dei nomi (e cioè *che la precede,* F ce sunt)
è omessa in tutti gli altri mss. toscani compreso LT
(*da segnalare che qui sono riscritte su rasura le silla-*
be gian e Vor). *Cfr. Benedetto,* XCV.   17. ⟨spi-
rito⟩: *manca anche* A¹ A³, *correz.* A⁴ A⁵ (*cfr. Benedet-*
to, XCV, *non esatto*); le tielz espiriti le a toucé, por
ce que il li fist aucu[n] desplair F.   18. prendi
del suo sangue: *su questa traduz. interpretativa di*
TA (*ma che è anche di* VA) *del testo fr.* (que tu
en prenne, por restorament de son sanc, celes couses que tu vuois F), *cfr. Benedetto,* 119 *appar.*
24. inchina: *tutti mss.* (tranne A⁴ A⁵ *che abbrevia-*
no), *traduzione forse erronea, o almeno singolare,*
di en chiet le un, et les autres le demandent F; *da*
notare che les autres *è preso per un sing.* l'altro A¹
A², inclinat unus alteri LT (A³ *elimina:* l'uno inchina e domanda), *cfr. Benedetto,* XCVIII.

⟨120⟩ 2. ⟨e mezzo⟩: *integr.* A¹ (*altri mss. riassumono:* in
questa sciesa A³, in questa china A⁴ A⁵); en toute
ceste deus jornee et demi F.   3. e altre mercatantie assai: *tutti mss., ma non in* F; *sembra quindi*
aggiunta meccanica di TA.   6. sozzo: *tutti mss.,*
ma non ha corrispondenza in F par mout desviable
leu.

⟨121⟩ 2. è idola: edidola.   4. c[o]sa: chasa, *tutti mss.,*
tranne LT una res valde nobilis; *probabile un lap-*
sus di copista; in F *infatti si ha* une si noble couse,
cfr. Benedetto, XCIII.   5. *postilla in margine*
di b¹: de la torre dell'oro e de l'ariento.   7. *In-*

tegraz. A¹ (*gli altri mss. omettono*), *rispondente a*
come celle dou l'or F.   10. quelli di Caveitan
e quelli d'Aide: *tutti mss., compreso* LT illos de
Cancica et illos de Doyde, *fraintendimento mador-*
nale di dora elz chevetain et aide F, *cfr. Benedetto,*
XCVIII.   13. a dire: *interl.*   16. assai: *se-*
guito da parola biffata.   17. Ò dett[o]: *formula*
di conclusione abbreviata rispetto ad F Or vos ai
contés, *forse meglio rispecchiato da* A¹ Ora abiamo
detto (*ma si noti la diversità delle persone del ver-*
bo), *comunque ridotta anche in* A³ È detto (A⁴ A⁵
eliminano tutta la formula, come di consueto).

⟨122⟩   4. erniosi: *tutti mss.* (*addirittura* arnesi A¹) *com-*
preso LT herniosi, *altra* (*cfr.* 81, 5) *erronea traduz.*
del termine escuillés F, *che viene poi omesso del tut-*
to qui sotto, 8.   6. e di molte, *soppuntato, pre-*
cede e di molt'altre.   7. i mercatanti: *scritto*
con tratto più grosso forse con altra penna, se non
anche da altra mano, in uno spazio lasciato bianco
e successivamente riempito; infatti la lezione (*di tut-*
ti mss.) *non corrisponde a quella di* F les yndiens,
così come di contro a spezie (*tutti mss.*) *troviamo*
anche qui l'ostico escuillés F: *l'intero periodo del*
testo franc. insomma (Il hi vinent les yndiens et
hi achatent de les escuillés qui je vos ai dit F), *pri-*
vato delle sue peculiarità informative, è trasformato
in un generico tipo standard. Vedi qui sotto.
8. *guasti provocati dall'incapacità di comprendere*
il senso di escuillés (*cfr. qui sopra*) *ripetutamente*
omesso, e forse già sostituito in 7 *con un generico*
spezie; *cfr.* et esclaus hi achatent ausi asez; car sachiés que les mercant achatent en cest provence
esculiés et esclaus asez et puis les moinent a vendre por maintes autres pars F. *La situazione è fe-*

delmente rispecchiata da A², *senza gli ulteriori rat-toppi presenti negli altri codici*: ne *riferisce* truovano *al precedente* spezie, *ad* accattano *è dato un oggetto, ancora il solito* ispezieria, li *è concordato di conseguenza e trasformato in* le (*così* A¹ = *Vulg.*: E sappiate che gli mercatanti in questa provincia accattano assai ispezeria, poscia le portono a vendere per molte altre parti; A³ A⁴ A⁵ *abbreviano riassumendo e fondendo i capoversi* 7 *e* 8). *Cfr. anche il rilievo, incompleto, di Benedetto,* XCVIII.

⟨123⟩ 7. ad aguglie: *così anche* A¹ *ed* LT ad aguilas (A³ A⁴ A⁵ *Pucci,* VIII, 96 *mancano, in quanto riassumono*), *ma è travisamento del testo franc.*: il se font por toutes lor chars pintures con aguilles a lions et a drag et [a] ausiaus et a maintes ymajes et sunt fait con les aguilles en tiel mainere que jamés ne s'en vont F.   9. Aniu: *potrebbe anche leggersi* Amu, *ma considerando privo di valore il segno che costantemente sovrasta qui questa parola, e che in* 124, 0, 1 *ha la posizione e l'andamento (verticale obliquo) del punto sulla* i (Aniu F); *cfr. Benedetto,* 126 *appar. e, qui, Ind. ragion.*

⟨124⟩ 0. *rubr. ridotta al minimo (come le due seguenti), integrabile mentalmente con* Della provincia di A¹ *ecc., che corrisponde a* Ci devise de la provence de F.   4. l[i]: le, *correz.* A¹ *ecc.*   5. per erbe: *così anche* A¹ (*manca negli altri mss. che riassumono il passo), ma non ha corrispondenza in* F (*si tratta di amplificazione a partire da* pasture): por ce que trop est buen leus et de bone pasture. Il ont grant abundance de toutes couses de vivre.   6. .xx.: *tutti mss. compreso* LT viginti, *ma in* F XXX.

⟨125⟩ 0. *cfr.* 124, 0. 4. castella... di montagne e forti: *tutti mss., ma* Il ont cités assez, mes chestiaus
ont il grant quantité en grandismes montagnes et
fortres F. 8. lardo: *così anche* A³ *e* LT lardo,
laido A¹ A⁴ A⁵, *l'una e l'altra forma per fraintendimento di* lait F (*cfr. Benedetto,* XCIV).

⟨126⟩ 0. *cfr.* 124, 0. 11. perché·leone guarda molto
all'uomo: *non si saprebbe trovare riscontro più preciso in* F *che* por ce que les chienz se savent bien
gardere (*la riduzione di tutto il passo in* TA *è
forse inficiata anche da 'salti da pari a pari'.
12. ⟨lo mordono⟩: *integr.* A¹ A⁴ A⁵ (*manca* A³ *che
riassume*), les chiens les vont toutes foies mordant
derieres F; *non è esclusa una scelta di brevità da
parte di* A². 16. alcuna gente v'à d'arme: *tutti
mss. compreso* LT aliqui sunt ibi boni pro armis,
non in F Il vivent de mercandies et d'ars (*ma presente in altre redazioni, cfr. Benedetto,* 128 *appar.
e* 254).

⟨127⟩ 1. Cancafu: *leggibile anche* Caucafu. 2. idol-
l[a]: idolo.

⟨128⟩ 0. *rubr. manca tutti mss. tranne* A¹ *da cui si integra;*
Ci devise de la cité de Cianglu F.

⟨130⟩ 0. *rubr. ridotta al minimo;* Della città ch'ha nome
Ciagli A¹, *manca altri mss.;* Ci devise de la cité de
Ciangli F. 4. [prode]: fruga, A⁴ A⁵ fuga (*omette* A¹ *e ripete* è al Gran Cane, *omette* A³ *che suntleg-
gia*); sunt teres de grant mercandies et sunt mout
proufitable au grant sire F; *per correz., in base a*
130, 8; 133, 6; 153, 7, *cfr. Benedetto,* XCV.

0. *rubr. manca tutti mss. tranne* A¹ *da cui si integra*;
Ci devise de la cité de Tandinfu F.   8. .xv.:
tutti mss. (*tranne* xvj A³) *compreso* LT *quinde-
cim, ma* XI *in* F; *così anche per la data in* 9:
MCCLXXII F.

⟨131⟩   0. *inizia con questa un'altra serie di rubriche molto abbreviate* (*cfr.* 124, 0) *integrabili mentalmente
con* Della città ch'ha nome A¹; Della città di A³ A⁴
A⁵, *in corrispondenza di* Ci devise de la cité de (*qui
de la noble cité de* Singiu[matu]) F.   4. l'altr[a]:
laltro.   5. tant[o]: ta nta.

⟨132⟩   0. *cfr.* 131, 0; (*manca* A³) Ci devise de la grant cité
de Li[n]gin F.   6. vero è: *seguito da parola
biffata* ⟨e àvi⟩: *integr.* A¹ A³, ànno A⁴ A⁵; il ont
F (*da non escludere peraltro una volontà di abbreviazione da parte di* A², *qui come sotto* 133, 3)
asai: *possibile anche la lettura* à ⟨a⟩sai.

⟨133⟩   0. *cfr.* 131, 0; Della città di P. A¹ A⁴ A⁵ (*manca* A³).
        3. ⟨E àvi⟩: *integr.* A¹ *ecc.* (*manca* A³, *che
riassume*); Il hi a F.

⟨134⟩   0. *cfr.* 131, 0.   6. cani: *tutti mss. compreso* LT
bonos canes, *tranne* A¹ grani (*ricostruito a senso in
base al contesto*), *errore di traduz. di* cans ' *campi* '
F (et bielles gaagneries de teres et de cans)   ⟨e⟩:
integr. A¹ *ecc.* (F); *possibile anche la lettura* à ⟨a⟩sai.
        8. ⟨i⟩ij.: .ij. *tutti mss.* (*manca* A³ *per sunto*),
integr. in base capov. 6 (III F).   9. la⟨r⟩go [un]
miglio: lagho vermiglio, *correz.* A¹, LT largum u-
num miliare (A³ questo fiume e·llago fu chiamato il
lago vermiglio, A⁴ *omette*, A⁵ ell'à vermiglio il fondo); el est large un mil F.   11. .xv.: *tutti mss.,
ma* XX *in* F.

⟨135⟩ 2. tutte atorneate: tutta atorneate   [se no]: *spazio
bianco eraso in corrispondenza delle due sillabe,
recuperabili attraverso* LT *nisi* (non vi si va per
ponte A¹ A⁴ A⁵, *manca* A³, senza alcun ponte *Pucci,* VIII, 106); Car je vos di que en toutes les cités
s'entre per pont F, *cfr. Benedetto,* XCIV.   3.
.mcclxxiij.: *tutti mss., ma* MCCLXVIII *in* F.
5. ⟨uomeni⟩: *manca anche* A⁴ A⁵, *integr.* A¹ (A³ *manca in quanto riassume*); nes que li portoient les homes a quevaus et a pies F.   6. a le .vj. città:
tutti mss., ma Il ala a V cités F   ed è... regna: *tutti mss. (tranne* A³ *che sunteggia), ma non in* F.
    7. ⟨Or avenne che costui⟩: *integr.* A¹ *(gli al-
tri mss. omettono in quanto riassumono);* Or avint
que F.   16. m[i]lle: melle.   17. null[o]:
nulla, *correz.* A³ A⁴ A⁵, neuno male A¹; nul mal F.
    20. di questa: *ripetuto e biffato.*

⟨136⟩ 0. *altra serie di rubr. molto ridotte, assenti in* A³,
corrispondenti in A¹ *al tipo* Della città chiamata
opp. ch'è chiamata, *in* A⁴ A⁵ Della città di; *in* F Ci
devise de la cité de *opp.* Ci dit de la cité de *ecc.*
    4. ed i·luogo: edi iluogo.

⟨137⟩ 0. *cfr.* 136, 0.   5. Cayn: *per correz. su* cayu (*così anche* 138, 0).

⟨138⟩ 0. *cfr.* 136, 0.   1. per isciloc: *riscritto su rasura.*
    3. Tingni: *leggibile anche* tingui.

⟨139⟩ 0. *cfr.* 136, 0.   3. verso sciloc: *riscritto su rasura.*   4. *dopo* assai, *rasura di un quinto di rigo
circa.*   7. ⟨di qui⟩: *integr.* A¹ A³ (A⁴ A⁵ *omettono formule di transizione);* nos partiron de ci F
presso ad una, *ecc.: riscritte a grosso tratto su rasura.*

⟨140⟩ 0. *rubr. manca* (*così* A¹ A³); *integr.* A⁴ A⁵; Ci devise de la cité de Yangiu F.　　1. va verso sciloc: *sopra il rigo, in corrispondenza di segmento di testo biffato.*

⟨141⟩ 0. *cfr.* 136, 0 (*con la differenza che qui si tratta di* provincia; provence F).　　1. [Nan]gi: Magi, *per errore del miniatore.*　　5. .iij. nobili città: *tutti mss.* (*ridotti a* A¹ A², *omettendo e riassumendo gli altri*), *nuovo fraintendimento dell'avv.* fr. tres *scambiato per il numerale* (*cfr.* 80, 15); de les tres noble cité de Saianfu F (*dove si noti* les, *certo non senza responsabilità nell'equivoco*), *cfr. Benedetto,* XCVIII.

⟨142⟩ 0. *rubr. manca come in* A¹: *integr.* A³ (A⁴ A⁵ *il tipo più ridotto*: Di Saianfu); Ci dit de la cité de Saianfu.　　6. ⟨da⟩: *manca anche* A¹, *integr.* A³ A⁴ A⁵; de toutes les autres parties F.　　8. e 'l suo fratello: *segue* messer Marco Polo *qui e in* A¹, *indicato con il nome proprio negli altri mss. in diverso ordine* (Matteo – N. – Marco A³, Niccolò – Matteo – Marco A⁴ A⁵ LT); meiser Nicolau et meser Mafeu et mesier Marc F.　　10. loro famigliare... cristiano nestorino: *tutti mss., ma in* F *i personaggi sono due e di conseguenza si ha sempre il plur.* (*cfr. anche sopra* uno ingegnere 8; homes que firont tielz mangan... unz alamainz et un cristien nestorin F).

⟨143⟩ 0. *la seconda parte della rubr.* (*tutti mss.*) *non trova corrispondenza in* F (Ci devise de la cité de Singiu); *si tratta forse in origine di una postilla.*　　d[i]: da, *come* A¹ A⁴ A⁵ (*potrebbe anche trattarsi di preposiz. agglutinata*), *correz.* A³.　　2. ⟨idoli⟩: *integraz. in base* LT idolatre; *l'omissione è chiaramente*

indiziata qui da e *che segue* sono, *eliminato negli altri mss.* (A³ *elimina tutta la frase) e garantita da* F Il sunt ydres et sunt au grant kaan   al: ad al.
4. ⟨'n tale⟩: *integr.* A¹ (*gli altri mss. riassumono con variazioni*); en tel VIII et en tel VI F.   5. [Per]: *piccola rasura in corrispondenza, integr. in base a* LT per istud flumen (Questa città e questo fiume A¹, A³ A⁴ A⁵ Questa città); Et por achaison de cest flum ceste cité F.   6. aportate (*a iniziale per correz. su lettera sovrastata da segno d'abbreviazione ancora ben visibile*): *così* A⁴ A⁵, A³ *non risponde*, da portare mercatanzia A¹; bien [Vᴹ] nes a une foies F (*il numero varia a seconda delle redazioni, cfr. Benedetto, appar.*).   7. sapiate: *riscritto su rasura con probabile omissione di* Or, *dato da* A¹ A⁴ (*e* A⁵; *omette la frase* A³); Or donc poés vos bien penser F.   9. ⟨per⟩: *omesso probabilmente a causa dell'intervento correttivo sulla parola seguente, riscritta su rasura; integr.* A¹ *ecc.* (F *ha qui diversa costruz.*).

⟨144⟩   4. Cabalu: *la prima sill. su correz.*   per mare: per *riscritto su rasura.*   8. guasta: *tutti mss. compreso* LT destructa, *ma* F yseles de roches « *letto* derochés », *Benedetto*, XCVIII.

⟨145⟩   0. *rubr. manca, così* A³ (*per inclusione nel cap. precedente, così anche* 146, 0); *integr.* A¹ (A⁴ A⁵ Di Cianghiafu); Ci devise de la cité de Cinghianfu F.   3. Quiv'è: *incerto se* quicie.

⟨146⟩   0. *rubr. manca, così anche* A³; *integr.* A¹ (A⁴ A⁵ Della città di Cinghingium); Ci devise de la cité de Cangiu F.   2. ⟨ànno⟩: *integr.* A¹ A⁴ A⁵, LT habent (A³ *omette tutta la frase*); et ont monoie de

carte F.   3. ch[è]: cho.   6. quest[a]: questo.   8. dissono: *tutti mss., ma* F sentoient.

10. Sugni: *la* u *per correz. su preced.* i, *qui e
in tutte le ricorrenze successive* (Singni A¹ A⁴ A⁵,
Sygni A³, Suigni *Pucci,* VIII, 112; Sugiu F, *ma cfr.
Benedetto,* 142, *appar.*); *possibile inoltre qui la lettura* Sugiu, *ma non nelle altre forme in seguito dove il punto è sulla voc. finale.*

⟨147⟩   0. *rubr. manca, così* A³; *integr.* A¹ (Signi); Di Singnj
A⁴ A⁵; Ci devise de la cité de Sugiu F.   4. .lx.:
tutti mss., ma XL *in* F.   5. *ancora una volta
il termine* mire *risulta ostico al traduttore che lo
tralascia* (*cfr. supra* 30, 6): et si a grant filosofe et
grant mire naturel que mout sevent bien nature;
gli altri mss. toscani 'rimediano' *il guasto, sostituendo il verbo* 'avere' *con il verbo* 'essere' *ed aggiungendo una* e: e sono buoni e naturali filosafi A¹
A³, *che eliminano anche l'agg.,* e sono buoni e naturali e savi filosofi A⁴ A⁵; *Pucci,* VIII, 112 (*riassumendo*) e havi molti filosofi e maestri di diverse
scienze.   6. [.ij.]: *spazio eraso in corrispondenza del numerale, che autorizza così l'integr.* (*tutti gli
altri mss. eliminano anche la congiunz.* o); I galee et
II F.   7. *postilla in margine:* de rebarbero.

9. partimo: *riscritto su rasura, con* o *finale interl.* (*incerta tra* i *ed* e *la voc. tonica*); partiamo
A¹ *ecc.*; nos partiron F.   15. partimoci ed andamo: *riscritti su rasura; più vicino a* F nos partiron de ci et aleron, *appare la lezione di* A¹ parti-
remoci e andremo (*gli altri mss. eliminano*).

⟨148⟩   0. *rubr. del tipo abbrev.* (*cfr.* 136, 0); Della città
che·ssi chiama Quisai A¹, Della nobilissima e grandissima città di Quisai che è la mastra città del rea-

me de' Mangi A⁴ A⁵ (*manca* A³); Ci devise de la noble cité de Quinsai F.   1. arti: artefici, *come*
A¹, *correz.* A⁴ A⁵ (*omette il passo* A³); de mercandies et d'ars F.   5. re: *tutti mss. compreso* LT
rex, *ma* la roine F.   7. e per: *la nota tironiana
è ripetuta due volte.*   8. maravigl[i]: maraui-
glo.   12. oserebbe: *la* o *è molto aperta in alto,
quasi* u; oserebbe A¹; *il segmento di testo* no oserebbe... mestiere *non trova corrispondenza negli altri mss. (che peraltro possono anche abbreviare) né
in* F se il avesse Cᴹ besans, ne poroit fair autre ars
que sun pere avoit fait.   13. d'idoli: *segue*
quantità; *l'ordine è ristabilito secondo gli altri mss.
e* F.   15. si [è]: si a.   17. buon[e]: buoni.   20. ⟨vi si facesse⟩: *integr.* A¹ *ecc.*; ou se il
avenist que aucune brie se foist en la cité F.
25. .xv.: *tutti mss., ma in* F XXV   entr[o]: entra,
cfr. 44, 4.   27. otto parti... .viij. reami: *concordi nel numero tutti mss. compreso Pucci,* VIII, 114
(*conservata solo da* A¹ *e* A² *la divisione tra 'parti'
e 'reami'*), *errato, in quanto* en IX pars, ce est a
dir qu'il en a fait IX grandismes rois, si que cascun
est grant roiame F; *cfr. più avanti* 51   ogn'anno:
riscritto su rasura.   36. cioè vilmente: *tutti
mss., ma non in* F.   37. ⟨sono⟩: *integr.* A¹ *ecc.*;
sunt venu F.   42. ⟨è⟩: *integr.* A¹ A⁴ (F).
43. nobeltà: *per correz. parziale (prima e ultima
sill.).*   44. .clxᵐ. di tomain... .x. case e fumanti: *periodo reso confusamente da* TA (case e fumanti A², domus et fumanti LT, case fumanti A¹
— *gli altri mss. abbreviano* — *non ha corrispondenza in* F, *né è esatta quella tra i numeri in senso
stretto*); en ceste cité a CLX tomain de feu, ce est
a dire CLX tomain de maisonz; et vos di que le tomain est Xᴹ F.   48. [nomi]: uomini, *così* A¹

uomeni, tutti gl'osti... e i loro nomi A³ (*rielabora
la frase*), tutti gl'uomini suoi osti A⁴ A⁵; *si corregge
sulla base di* F tuit celz que en lor erbergies erber-
gent escrivent por lor nom.

⟨149⟩ 2. .lxxx^m.: *tutti mss., ma in* F LXX^M ⟨milia⟩: *integraz. tutti mss., tranne* A³ *che abbrevia, forse perché il numero è stato riscritto su rasura; questa cifra totale di* TA *non corrisponde, in ragione del
diverso valore attribuito al* tomain, *a quella di* F:
MMMMM^M et DC^M de sajes d'or.* 6. *guasto
per omissione di un verbo dichiarativo reggente (assente in tutti mss. tranne* LT dico quod), *di cui peraltro è responsabile probabilmente* F², *in quanto
anche* F *è qui deficiente ed integrato da Benedetto
(cfr. 153 appar.). Nemmeno qui esatta la corrispondenza dei dati numerici con* F: CCX tomain d'or,
que vaillent XIV^M milia et DCC^M.

⟨150⟩ 0. *rubr. manca: integr.* A¹ (Della città di Pigni A³;
anticipano la rubr. del cap. seguente A⁴ A⁵); Ci devise de la grant cité de Tanpi[n]giu F. 2. Tapigni: *la* n *fortemente ripassata come per correz.
(forse stessa correz. anche alla fine del cap. precedente).* 5. Nuigiu: *da non escludere la lettura*
Nuigui (*segno d'abbr. o punto sulle ultime tre lettere*). 6. Chegiu: *anche qui possibile la lettura*
Chegui (*segno sulla* u). 9. montoni: *sill. finale
nell'interl.* 12. quell[i]: quelle, *correz.* A¹ *ecc.
(la formula, cfr. anche sopra passim, riassume i so-
liti elementi espliciti in* F). 13. Mangi: *la
cons. iniziale fortemente ripassata.*

⟨151⟩ 0. *rubr. manca; integr.* A¹ *ecc.*; Ci devise dou roiame de Fugiu F. 2. ⟨E⟩: *omissione provocata*

da intervento per correz. su vassi *(s'intravede una* p
sotto la rasura; ripassata la cons. iniz.); integr. A¹
ecc. (F)   ⟨e⟩: *integraz.* A¹ *ecc.*   3-4. *la sill. finale di* Fughiu *e la cons. iniz. di* vivono *per correz.
su rasura.*   4. zizibe: *abbrev. doppia zeta so-
pralineata (per lo scioglimento cfr. sotto* 12 *e* 122, 6
zizibe *forma intera).*   6. [di]: a, *correz.* A¹ *ecc.;*
de *sa* mort F.   7. un segno: *aggiunto sopra il
rigo.*   11. li più: *beli* piu, *correz.* A¹ *ecc.*
.viij.: *tutti mss., in* F IX.   19. Fugiu: *qui e in
seguito leggibile anche* Fugui *o* Fugni.

⟨152⟩   0. *rubr. manca; integr.* A¹ *ecc.* (Fugni, *sostituita nel
testo dalla forma costante in* A²); Ci devise de la cité
de Fugiu F.   1. [O]r: Sr, *per errore del rubricatore.*   3. ⟨e al Grande Kane⟩: *integr. secondo* A¹ A⁴ A⁵ LT (*manca la frase* A³); *omissione di*
A² *per salto da pari a pari;* Il sunt ydules et au gran
Kan F.   4. tiene: *su rasura.*   7. portal[e]:
portali.   10. cont[e]rovi: cotoroui (*segno d'abbrev. sulle ultime lettere).*

⟨153⟩   0. *rubr. di tipo abbr., cfr.* 136, 0; Della città chiamata Z. A¹, Della città di Z. A⁴ A⁵, *manca* A³ (Ci devise
de la cité de Caitun F)   Zart[om]: zarte, *con doppia sopralineatura, le ultime tre lettere per correz.
molto evidente su rasura; si recupera qui la forma
data per esteso nel testo, cfr. sotto* 4, *e concordemente dagli altri mss. toscani.*   2. [c]anfora: shan-
fora, *per correz. su rasura (eccettuata la prima sillaba).*   4. perle grosse e buone: *seguito da* e *(nota
tiron.) altre* cose, *da espungere come aggiunta meccanica senza corrispondenza negli altri mss. né in* F.
        6. p[o]rti: parti, *correz.* A¹ *ecc.* (F).   8.
mercatanti: *su correz. in spazio troppo stretto, le*

ultime tre lettere sopra il rigo. 12. Tinuguise: *la sill. finale è probabilmente il pron. riflessivo* se *che segue il toponimo nel testo* fr. une cité que est apellé Tiungiu, se font, ecc. *(la lettura* Tinugui *è data come possibile in appar., cfr.* Benedetto, *160);* cfr. Ind. ragion. 13. divisate: *tutti mss., ma* si belles que miaus ne le seusent nul deviser F, *cfr.* Benedetto, XCVIII. 14. ⟨de li Mangi⟩: *integr.* A¹ *ecc.;* dou Mangi F Cangui: *leggibile anche* Cangni Quisai: *riscritto su rasura.*

⟨154⟩ 1. ⟨P⟩oscia: *omessa dal miniatore l'esecuzione dell'iniziale.* 3. .xl.: *tutti mss. compreso* LT *e* Pucci, VIII, 116, *ma in* F LX. 5. ⟨tengono⟩: *integr.* A¹ A³ (A⁴ A⁵ *eliminano questa parte del passo*); lor senble que soit miaus que peces F. 9. questa barca: *aggiunto nell'interl.* 10. menano: *sill. finale interl.* 11. vann'insin'a: vanni insina a.

⟨155⟩ 0. *rubr. manca come* A³, *integr.* A¹ (A⁴ A⁵ E *prima dell'isola di Zibagum*); Ci devise de l'isle de Cipangu F. *All'altezza della rubr. si trova invece la postilla* perle rosse *(da riferire al capov.* 8). 7. *l'integraz. si basa solo su* A¹ (*gli altri mss. omettono, ma* A³ *sunteggia tutta la descrizione*), *che trova corrispondenza in* F Et toutes les autres pars dou palais, e le sale, e les fenestre, sunt ausint aornés d'or. 11. [Von]sanicin: *integr. sulla base di uno spazio bianco (forse eraso) giusto per contenere una sill.; gli altri mss.* sanici (*ma* LT Vonsanchi), Vonsanicin F (cfr. Benedetto, 164 *appar.*).

12. [furono]: misersi, *per meccanica ripetizione, correz.* A¹ *ecc.;* et alent jusque a ceste isle F ora: *riscritto su rasura.* 15. poté: potea, *correz.* A¹

ecc. (postrent F). 16. ⟨navi⟩: *integr.* A¹ (A³ *omette la frase,* A⁴ A⁵ *omettono la parola*); F les autres nes [paese]: contrade, *meccanica ripetiz. della parola finale della frase precedente, correz.* A¹ *ecc.*; en lor pais F.

⟨156⟩ 0. *rubr. manca tutti mss.*; Comant les gens dou grant kan escampoie de la tenpeste de la mer et pristrent puis la cité de lors [enimis] F. 9. .vj. mesi: *tutti mss., ma in* F VII mois. 10. e' l fornimento... al Grande Kane: *tutti mss., ma non così* F en tel mainere que il hi doient demorer tout lor vie, *cfr. Benedetto,* XCVIII. 11. in carcere: *tutti mss., ma non in* F a l'isle... et iluec le fist morir.

⟨157⟩ 0. *rubr. manca tutti mss. ad eccez. di* A³ *da cui si integra;* Ci devise des maineres des ydres F. 9. *in corrispondenza di questo passo, postilla nel margine esterno*: lo pepe bianco.

⟨158⟩ 0. *rubr. manca, integr.* A¹ A⁴ A⁵ (A³ Della contrada di C., *ma può trattarsi di ricostruzione dal capov.* 1); Ci devise de la contree de Cianba F. 1. ⟨cosa⟩: *manca tutti mss. ad eccez. di* LT *aliquid (cfr. Benedetto,* XCIII); *si tratta di omissione a livello molto alto* — aucune couse ver garbin F —, *denunziata però chiaramente soltanto da* A¹ A² *che lasciano* alcuna *in sospeso (gli altri mss. eliminano), integrabile qui non solo sulla base di* LT, *ma anche della stessa formula in* 177, 1. 4. ⟨prima⟩: *integr.* A¹ *ecc.*; qu'il ne la voie avant F; *la distrazione del copista in questo punto è provata anche dall'omissione di* re, *aggiunto successivamente sopra il rigo.* 5. a⟨vea⟩: *integr.* A¹ *Pucci,* VIII, 123 (erano

A³ A⁴ A⁵, erant LT); en avoit F.   6. ⟨ebano⟩: *integr.* A¹ *ecc.*; dou leigne que est apellés bonus, que est mout noir F.

⟨159⟩   0. *rubr. manca; integr.* A¹ *ecc.*; Ci devise de la grant isle de Java F.   4. moscade: *omesso e poi aggiunto sopra il rigo*   spig[o]: spigha, *correz.* A¹ *ecc.*; espi F.

⟨160⟩   0. *rubr. assente, integr.* A¹ *ecc.*; Ci devise de l'isle de Sondur et de celle de Condur F.   1. si chiamano: *le tre lettere finali su correz.*   3. trebu[t]o: trebuno.   4. [berci]: *spazio lasciato qui in bianco, eliminato da* LT *de mestica, riempito in base al contesto seguente da* A¹ *oro (emenda banalizzante e insensata), omessa tutta la frase in* A³ A⁴ A⁵; *integraz. sicura sulla base di* 165, 3 *e* 167, 4 *nonché di* F naist le be[r]ci domesce, *cfr. Benedetto,* XCVIII *n. e Ind. ragion.*

⟨161⟩   0. *rubr. manca; integr.* A¹ *ecc.*; Ci devise de l'isle de Pentan F.   4. tirare: tirerare, *ma in* F *si tratta di alzare il timone*: le grant nes hi pasent ausent le timon, por ce que tirent d'eive propes a IV pas.
        6. Pentain: *tutti mss., ma è errore non imputabile a* TA, *in quanto già nel testo franc. (in* F *correz. di Benedetto, ma cfr. appar.). Vedi inoltre Ind. ragion.*

⟨162⟩   0. *rubr. manca; integr.* A¹ (Dell'isola che si chiama piccola Iava A³, Dell'isola di Iava A⁴ A⁵); Ci devise de l'isle de Java la menor F.   1. è sì piccola che gira: *volta qui al positivo, non senza la perdita di una non trascurabile sfumatura di senso, l'espressione negativa conservata da* A¹ A³ A⁴ A⁵ *non è sì pic-*

cola ch'ella non giri, *più fedele al testo fr.*: ele ne
est pas si petite qu'ele ne gire F.   6. *postilla
nel margine esterno*: la tramontana.   11. Contat'ò... conterovi: *così anche* A³ *(che peraltro d'abitudine abbrevia); le due forme verbali sono prece-
dute da* or *in* A¹ *(riduzione a* Or diciamo A⁴ A⁵*),
come in* F *(ma limitatamente alla prima)* Or vos ai
contés de Ferlec et aprés vos conterai.   12.
⟨ànno⟩: *manca anche* A¹ è reame per sé e loro linguaggio proprio, A³ A⁴ A⁵ à; *per l'integr.* habent
suum linguagium LT; ont lor langajes F.   14.
postilla in margine di b¹: de l'unicorni.   15.
tra li buoi: *tutti mss., ma errore di traduz.* entre le
bue et entre le fang F, *cfr. Benedetto,* XCVIII.

   16. ⟨a vedere⟩: *integraz.* A¹ (A³ A⁴ A⁵ = A²) *sulla
base di* F mout laide beste a veoir.   18. *in margine postilla di* b¹: d'i piccinachi che vengono d'India.

⟨163⟩   0. *rubr. manca integr.* A¹ (Samarca) *ecc.*; Ci devise
dou roiaume de Samatra F.   4. de le bestie:
tutti mss. compreso LT bestias quae comedunt homines, *ma fraintendimento di* de cel mauvais homes
bestiaus que menuient les homes F.   6. *nel margine esterno postilla di* b¹: de li àbori che fanno il
vino.

⟨164⟩   0. *rubr. manca; integr.* A¹ A³ (Di Dragouayn A⁴ A⁵).
     5. *postilla di* b¹ *nel margine esterno*: qui si
mangiano l'uomini quando vengono a morte.

⟨165⟩   0. *rubr. manca; integr.* A¹ *ecc.*; Ci devise dou roiame de Lanbri F.   4. *postilla di* b¹ *nel margine
esterno*: de l'uomini ch'ànno coda come cane.

⟨166⟩ 0. *rubr. manca; integr.* A¹ (Fransur) *ecc.*; Ci devise dou roiame de Fansur F.   4. grano: *sill. iniz. su correz.*   5. *postilla di* b¹ *nel margine esterno*: àlbori che fanno farina   farin[a]: farini.

⟨167⟩ 0. *rubr. manca, integr.* A⁴ A⁵ (Negueram); *appaiono ricavate dal contesto quelle di* A¹ Dell'isola di Nenispola, *e di* A³ Della ysola di Nespola e di due altre; *neppure in* F Ci devise de l'isle de Necuveran, *si parla più dell'isola annunciata alla fine del cap. precedente, come fa notare anche Benedetto,* 175 *appar.* (*cfr. inoltre,* Il libro di Messer Marco Polo, 434).   2. *postilla di* b¹: de li uomini che vanno tutti ignudi.

⟨168⟩ 0. *rubr. manca, integr.* A¹ (Agama) *ecc.*; Ci devise de l'isle de Angaman F.   3. naso: *tutti mss.* (*da notare os* LT, *forse inteso come più plausibile*), *errore di traduz.* (*di evidente origine paleografica*) *per* iaux F (*come già* 118, 7 *e poi* 187, 4); *il passo è postillato in margine da* b¹: gente ch'ànno lo capo e' denti come di cane.

⟨169⟩ 0. *rubr. manca, integr.* A¹ *ecc.*; Ci devise de l'isle de Seilan.   7. ⟨di sopra⟩: *integr.* A¹ A⁴ A⁵ (A³ *omette, ma tende a riassumere*); desovre F.   9. *postilla di* b¹ *nel margine esterno*: de le pietre preziose che na⟨s⟩cono in questa isola.   10-11. *postilla nel margine esterno*: del grande rubino (*dove il sost. appare aggiunto da* b¹ *alla nota incompleta scritta dalla stessa mano del testo, cioè da* b).

⟨170⟩ 0. *rubr.* A¹ (A³ Dell'isola di Maabar, A⁴ A⁵ Della gran provincia di Mabar ch'è detta l'India Maggiore); Ci devise de la grant provence de Maabar F.

8-9. *in corrispondenza nel margine postille di* b¹:
l'India maggiore; *più in basso*: come si truovano le
perle ne' pesci.   5. re de Var: *tutti mss.; re cor-*
risponde a di *in* bandi devar F; *cfr. Benedetto,* 178
appar.   10. molt[i]: molte, *incerta tra* e *ed o la*
voc. finale, seguita da altra parola biffata.   11.
⟨trovare⟩: *omessa pure da* A⁴ A⁵ (A³ *riassume*), *in-*
tegr. A¹; *por trover les perles* F.   13. ⟨ancora⟩:
integr. A¹ (*omettono la frase* A³ A⁴ A⁵); *cesti abraia-*
man encantent encore toutes bestes et tous osiaus et
tous animaus F.   14. [ost]reghe: areghe, *ma in*
ambedue i casi la a *iniziale su correzione grossolana*
di un gruppo di lettere (forse tre) precedenti, arringhe A¹, arringhe A³ A⁴ A⁵, *evidente trivializzazio-*
ne indotta dal precedente pesci; *il recupero, forse*
azzardato, dell'originario venetismo si basa ovvia-
mente su ostrige de mer... ostrice F (*cfr. Benedetto,*
XCIII), *considerando garantite le due sillabe finali,*
linguisticamente caratterizzate non solo da -e- (*in-*
vece di -i-), *ma dall'assenza del titulus, di solito ad-*
dirittura sovrabbondante. Cfr. 84, 13 *per analogo*
intervento.   20. .ij. grandissimi t.: *il numera-*
le, su cui concordano anche A¹ *e* A³ (A⁴ A⁵ *un gran*
tesoro, *Pucci,* VIII 133 un tesoro, *ma è forte il so-*
spetto di una facile ricostruzione; più problematico
il caso di LT unum maximum thesaurum), *non è*
in F un grandisme tresor; *si ha qui di nuovo (cfr.*
80, 15; 88, 4) *un fraintendimento di origine paleo-*
grafica (u *letto come* ii). *Questo passo è postillato*
in margine da b¹: de la vita de·re e de la gente di
Mabar e come vanno ignudi e de loro usanza.
26. con al segnore *subentra* la mano b¹ (*a metà circa*
della carta).   27. fa: *così anche* A¹ (*gli altri*
mss. eliminano questa frase o riassumono), *ma* fist F
(Et si en fist une tel couse com je vos dirai); A¹ *con-*

tinua poi con i verbi al presente (così anche nella lezione più libera di A⁴ A⁵, *mentre* A³ *omette tutto l'aneddoto) in modo che l'episodio isolato viene riferito come se si trattasse di un'abitudine (cfr. Benedetto,* XCVIII), *mentre in* A² *è subito ripristinato il perfetto, in corrispondenza con* F (vide = vit, tolse e tennela = tolt et la tint, lo soferse e no volle briga = le sofri e ne fist brie). 29 *e* 30. figliuoli: *tutti mss. compreso Pucci,* VIII, 134 *e* LT filios, *ma ancora una traduz. erronea di* feoilz F *(cfr. Benedetto,* XCVIII *e supra* 89, 1; *nel testo fr. manca di conseguenza l'inciso relativo al ' figlio' maggiore).* 31. ch[e]: cho l'acresce: lascrecie.

32. Ancora: *segue parola biffata.* 33. Quis[c]i: quisai, *tutti mss. per trivializzazione motivabile anche paleograficamente (corretto in* Quis *nella Vulg.), l'errore si ripete in* 175, 2. 36. per onore: *omesso e poi aggiunto nell'interl.* 37. caretta: *tutti mss. compreso* LT caretam, *ma in* F caiere, *cfr. Benedetto,* XCIX portal[o]: portale, *come in* A¹, *correz.* A³ A⁴ A⁵ *(cfr. Segre,* Prosa, 1080)

prod'uomo: *seguito da* alta boce, A¹ *dicendo ad* alta bocie; *ma l'inciso (forse un anticipo del contesto seguente) non trova corrispondenza negli altri mss. né in* F. 39. ⟨braccio⟩: *omiss. anche in* A⁴ A⁵ *(riassume* A³), *integr.* A¹; puis prent un autre coutiaus et se fert en le autre bras F. 41. neiuno: *preceduto da* anchora, *senza corrispondenza negli altri mss. né in* F; *si espunge come aggiunta meccanica per suggestione di contesto.* 44. grasso: *tutti mss., ma traduz. erronea di* osci dou buef F, *cfr. Benedetto,* XCIX. 45. troppo inorare: *tutti mss., compreso* LT (non possent eam nimis honorare), *ma si fraintende forse il testo fr.:* et por ce ne poroit l'en trop honorer la tere, ne nul ne la doit

despresier F.   47. virtù: *con* u *finale molto chiu-*
so, quasi o.   49. amontass[e]: amontassa.
54. E chi: edichi.   58. fi[sonomia]: filosofia,
così A¹, *correz.* A³ A⁴ A⁵, *de* fisonomia LT; d'une art
que s'apelle fiçonomie F.   59. [o]: e, *correz.*
tutti mss., ma l'intero segmento che segue non ha
corrispondenza in F. *Nel margine esterno questo*
passo è postillato (qui la mano che copia il testo
coincide con quella che annota = b¹): de la gente
che vivono ad agure.   61. carbone: *tutti mss.,*
compreso LT carbones, *ma traduz. erronea (ripetu-*
ta, cfr. 73, 23) *di* corbiaus F.   62. c[otte]: chare,
correz. A¹ *ecc.*; autres couses cuittes F.   63. e
fanciulli: *tutti mss.* (A³ *addirittura* garzoni e fanciugli), *ma è aggiunta automatica del tradutt. (co-*
me già in 40, 5), *cfr. Benedetto,* 256.   64. E 'l
segnore... quando vole... sì richieggiono: *sostanzial-*
mente la stessa in tutti mss. (LT *ha però il sing.*),
è una traduzione abbastanza approssimativa di F
toutes les foies que li nonnain do mostier de l'idres
requirent celes damoiselles, que sunt esté ofert a
l'idres, qu'elle veignent au moistier por fer seulas a
l'idres, tantost hi vient, *ecc.*

⟨171⟩ 0. *rubr. manca, integr.* A¹ *ecc.*; Ci devise dou roiaume de Mutfili F.   1. Minibar: *tutti mss. (tran-*
ne A¹ *per danno meccanico e successivo restauro:*
in Vulg. si integra Maabar *senza spiegazioni), erro-*
re già in F, *cfr. Benedetto,* 185 *appar.*
4. si truovano: *ripetuto e soppunt.*   5. è ita:
riscritto su rasura.   6. state: *la prima sill. su*
correz.   7. *postilla nel margine esterno:* come
si truovano li diamanti.   14. cristiani: *ritorna*
la mano a *all'inizio della carta.*

⟨172⟩ 0. *rubr. manca, integr.* A¹ *ecc.*; Ci devise la u est le cors de meser Saint Thomeu l'apostoe F, *cui risponde forse meglio la postilla di* b¹ *(preceduta da un'altra di mano del copista del testo, qui* a: l'Iydia): dov'è lo corpo di santo Tomaso apostolo. *Potrebbe trattarsi della originaria rubr. di questo cap. spostata dal luogo ove si trova di solito, cioè in corrispondenza dell'inizio del cap. mentre queste note sono all'altezza del capov.* 3.　　6. veruno: verauno, *con* a *soppuntata.*　　9. santo corpo: *forse variazione su* san Tomaso A¹, il santo A⁴ A⁵ (A³ *omette il particolare), meglio rispondenti a* F Et quant meser Saint Tomeo oit fait ce, il se parti.

　　10. ⟨le case de⟩: *così* A³, *Pucci,* VIII, 139; *integraz.* le case della chiesa A¹ (la casa A⁴ A⁵); toutes celes maisonz F.　　15. ⟨di Cristo⟩: *integraz.* A¹ LT *(altri mss. omettono,* A³ *tutto il passo);* FG a la foi Jhesu Crist *risponde qui meglio di* F converti.　　18. idio: *preceduto da* fa, *depennato.*

　　19. cavallo: chavalallo.　　22. i bregomanni: *segno d'abbr. sulla* i *(superfluo? o da leggere* inbregomanni? *cfr.* inpersiani 25, 7). *Il futuro delle forme verbali di* A¹ *corrisponde a* F *più fedelmente del presente di* A².

⟨173⟩ 0. *rubr. manca, integr.* A¹ *ecc.* ⟨Iar⟩; Ci devise de la provence de Lar dont les abraiaman sunt nascu F.　　3. ⟨del mondo⟩: *omissione (anche* A³ LT) *provocata forse dal ricorrere della stessa espressione poco prima nello stesso contesto, integr.* A¹ A⁴ A⁵; il ne diroient nulle mensogne por ren dou monde F.　　4. credessoro: crederesoro, *con* re *soppuntata.*　　8. *nel margine esterno, danneggiata per la rifilatura, postilla di* b¹: di coloro che viv [...] e fanno le mer[catan]tie ad agure.　　magiore: grande

altri mss., grant F.   13. congi⟨u⟩gati: *integr.
sulla base della seconda ricorrenza, sotto, di questa
forma (postilla di* b¹ *in margine, de la stranità di
coloro* (*poco leggibile*) *che si chiamano con[gi]ugati
di bregomanni, guasti per la rifilatura del margine*);
negli altri mss. la parola sembra da leggersi congui-
gati; *F* Ciughi, « *ma valgano le consuete riserve circa* ui *e* iu » (*Benedetto*, 190, *appar.*).   tutti quelli:
seguono due parole depennate.   15. [o]: e, *correz.* A¹ *ecc.* ou *F;   cuoio, tutti mss., è traduz. erronea di* covre ou de brons endoré *F.*   17. l'ossa:
*tutti mss., ma ancora una traduz. erronea, anche se
diversa, di* le oisi *F, cfr. Benedetto, XCIX (cfr. 170,
44).*   20. r[e]caro: racharo; *il discorso diretto si
stacca qui più tardi dal contesto in terza persona,
rispetto agli altri mss. e a* F, *concordi nell'iniziarlo
subito dopo* dicono (*di conseguenza i verbi sono in
essi alla* Iᵃ *pers. plur.*: recamo, vogliamo A¹ *ecc.*)
per⟨ciò⟩: *correz.* A¹ *ecc.*; et por ce *F.*   27.
[perciò]: sicche, *per ripetiz. meccanica della congiunz., correz.* A¹.

⟨174⟩ 0. *rubr. manca; integr.* A¹ *ecc.*; Encore devise de l'i-
sle de Seilan *F.*   2. che a questa montagna: *con
queste parole riprende la mano* b¹.   3. che
v'è: *precede* dichono *ripet. e biffato.*   6. *postilla in margine*: de la grande montagna e di
Sangamon Bolgani e de la sua sant[a] vita.   9.
.iijᶜ.: *tutti mss., ma in* F XXXᴹ.   11. il padre si
volle, *ecc.*: *tutti mss., ma* F Or avint que cestui da-
mesiaus chevauchoit un jor por mi la vie, et adonc
vit un home mort. Il en devint tout esbais, com celui que jamés n'en avoit veu nulus. Il demande
maintenant a celes que avec lui estoient que couse
ce estoit; et celz le distrent que ce estoit un home

mort. ' Comant, fet le filz au roi, *ecc.*; *da una falsa
interpretazione di questo inciso può essere nata l'i-
dea di una passeggiata del figlio con il padre, come
sostiene Benedetto,* XCIX, « *come se significasse* disse il figlio al re ». 12. che si portava... molta
gente dietro: *tutti mss., ma manca in* F (*cfr. qui sopra*); *si tratta di amplificazione di* TA, *cfr. Benedetto,* 256. 21. recato: *riprende con questa parola la mano* a. 23. disse... disse: *tutti mss., ma
in* F disoient (*cioè il sogg. non è il padre, ma la
gente*), *cfr. Segre, Prosa,* 374 cane: *tutti mss., ma
in* F cavaus, *mentre* chien *si trova dopo, in corrispondenza di* cavallo *cfr. Benedetto,* XCIX. 26.
⟨fosse⟩: *integr.* A¹ (che:ssia A³, che si facesse A⁴ A⁵).
32. bianco e vermiglio: *tutti mss., ma in* F
vers mout biaus (*cfr.* 176, 12). 35. trov[o]ssi:
trovavasi, *correz.* A¹ *ecc.* (il treuvent F).

⟨175⟩ 0. *rubr. manca; integr.* A¹ *ecc.*; Ci devise de la noble
cité de Cail F. 2. s[a]piate: sepiate Quis[c]i:
quisai, *tutti mss., cfr.* 170, 33. 5. mio: *la i poco chiara, leggibile anche* e *opp.* o.

⟨176⟩ 0. *rubr. manca, integr.* A¹ *ecc.*; Ci devise dou roiame
de Coilum F. 3. merobolani embraci: *tutti
mss., ma* F (*ed* FG) berçi coilomin. 4. àl[bori]:
altri, *così* A¹, *correz.* A³ A⁴ A⁵; les arbres F. 5.
uno: uono, *con la prima* o *soppuntata.* 11.
astrolagi: *omesso* il ont mire, *ecc., che segue in* F.
12. bianco: *tutti mss., ma errore di traduz.
per* biaus F (*anzi* mout biaus dras, *reso più fedelmente da* A¹ A³ un panno molto bianco; molto *manca anche* A⁴ A⁵ *Pucci,* VIII, 147). *Cfr. il medesimo
errore in* 174, 32. 14. ed andamo: *precede* eda,
biffato.

⟨177⟩ 0. *rubr. manca; integr.* A¹ (A³ *include il cap. nel precedente*; A⁴ A⁵ Di Comacci); Ci devise de la cité de Comari F.   3. ⟨e fiere⟩: *integr.* A¹ *ecc.*; F *esplicita un elenco di nomi di animali che finisce con* Lions, liopars, lonces, ont en abundance.

⟨178⟩ 0. *rubr. manca; integr.* A¹ *ecc.*; Ci devise dou roiame de Eli F.   1. molti ispczierie: molte altre A¹ *ecc.* (A¹ altre) *meglio rispondenti a* F Autre especeries ont il encore asez; *ma il fenomeno si nota anche in altri casi in presenza di* ' molte ', *cfr.* 179, 8.   6. intrare: *segue* cio (*senza corrispondenza negli altri mss. né in* F).   7. mand[ò]: manda, *correz.* A¹ *ecc.* (F).   10. l[o] sta[r]e: la state, *correz.* A¹, *ecc.*; est mout doutous le demorer F.   11. ⟨che mettono⟩: *integraz. tutti altri mss.,* F por ce qu'ele portent si grant ancre de ligne que a toutes grant fortunes tienent bien lor nes.

⟨179⟩ 0. *rubr. manca: integr.* A¹ *ecc.*; Ci devise dou roiaume de Melibar.   1. ling[u]aggio: lignagio.
   4. *Il periodo può stare in piedi, considerando congiunz. di ripresa* ed (ed esce), *ma probabilissimo un guasto, alla cui origine sta una sorta di salto da pari a pari*: E sachiés que de cest Melibar — e d'une autre provence que est propes d'elz qui est apellés Gusurat — oissent F, *cfr. Benedetto,* XCIX   die: *tutti mss.* (*tranne* A³ *che omette*), *ma* chascuns anz F. *Non è del tutto da escludere un'interpretazione meno conforme a* F, *che vuole il punto fermo dopo* Gofurat, *e non dopo* tramontana.   6. lor[o]: lore.   8. d'Ind[ia]: dinderle, *correz.* A¹ *ecc.*; de Yndes F   molte: molte altre A¹ *ecc., cfr.* 178, 4.
   9. p[o]rt[a]nsi: partonsi, *correz.* A¹ *ecc.*; l'enportent por plosors parties F.   10. de·reame di

Gufurat: *riprende con queste parole la mano* b¹,
*che riempie soltanto la seconda metà del recto del-
la carta, intervenendo di nuovo* a *all'inizio del verso.*

⟨180⟩ 0. *rubr. manca*; *integr.* A¹; Ci dit dou roiaume de
Goçurat F.   5. che sono: *con queste parole riprende la prima mano* (a).   7. d'altre: di molte altre A¹ *ecc.*; F de maintes autres, *ma cfr.* 178, 4.

⟨181⟩ 0. *rubr. manca*: *integr.* A¹ *ecc.*; Ci devise dou roiaume de Tana F.   7. contra⟨da⟩: *omiss. della sill.
per cambio di rigo.*

⟨182⟩ 0. *rubr. manca*: *integr.* A¹ *ecc.*; Ci devise dou roiaume de Canbaet F.   5. un [reame]: una citta,
correz. A¹ (*gli altri mss. eliminano la formula finale*); dou regne F.

⟨183⟩ 0. *rubr. manca*: *integr.* A¹ *ecc.*; Ci devise dou reigne de Kesmacoran F.   1. C⟨h⟩esmancora: *lettera omessa dal miniatore nell'esecuzione dell'iniziale*
       e divisato linguaggio: *posposto a* idolatri *in tutti
mss.* (*tranne* A³ *che omette in quanto riassume*); *si
anticipa secondo l'ordine sintattico (e logico) di* F:
Kesmacoran est un regne que a roi e lengajes por
elz. Il sunt ydres.   4. ⟨ché⟩: *integr.* A¹ *ecc.*; car
F.   5. Vo' vi dire: *scritto da altra penna* (*probabilmente dalla mano* b¹) *in spazio lasciato in
bianco.*

⟨184⟩ 0. *rubr. manca*: *chiaramente ricostruita sulla formula finale del cap. precedente in tutti gli altri mss.*
(Ci devise de l'isle masles et femes F); *si integra con*
A¹.   1. all'altezza di questo passo b¹ *postilla in
margine*: regno feminoro.   2. tengon[o]: ten-

ghone   partori[t]o: partorino.   3. miglia:
omesso e aggiunto sopra il rigo da altra mano (b¹).
        4. tornano: *omesso e aggiunto sopra il rigo
da* b¹, *che ripassa fortemente la* a *seguente, e continua ritoccando qua e là il testo* (*ripassa la sill.
finale di* seccano *e di* assai *in* 4, *di* trovamo *in* 11, *e
le tre ultime lettere di* Scara *in tutte le ricorrenze,
anche dei capp. seguenti*).

⟨185⟩ 0. *rubr. manca; integr.* A¹ *ecc.*; Ci devise de l'isle de
       Scotra F.   1. [sì va]... [trovasi]: andamo... tro-
       vamo (*con segno d'abbrev. sulle tre lettere finali*),
       correz. A¹ *ecc.* (F: Quant l'en s'en part... et ala...
       adonc trueve l'en), *giustificata in quanto si ritiene la
       lezione di* A² *suggerita al copista distratto dal con-
       testo finale del cap. precedente.*   11. Que[sti]:
       queche, *tutti mss. ad eccez. di* A³ questi, *a cui ci si
       conforma*; E si vos di que les cristienz de ceste isle
       sunt les plus sajes encanteor F (*cfr. Benedetto,*
       XCIX).

⟨186⟩ 0. *rubr. manca; integr.* A¹ A⁴ A⁵ (*manca* A³); Ci de-
       vise de l'isle de Mogdasio F.   2. vescovi: *tutti
       mss.* (*compreso Pucci,* VIII, 155, vecchi uomini in
       luogo di vescovi), *traduz. erronea di* esceque F, *cfr.
       Benedetto,* XCIX.   11. perciò: *ripetuto e sop-
       puntato.*   12. retornano: *segue* abe (*con segno
       d'abbrev.*), *soppuntato.*   16. .xx.: *tutti mss., ma
       in* F XXX; *postilla in margine di* b¹: del grandi
       ucelli griffoni.   21. ruc: *ripassato da altra ma-
       no e preceduto da parola depennata.*

⟨187⟩ 0. *rubr. manca; integr.* A¹ *ecc.*; Ci devise de l'isle de
       Çanghibar F.   1. idola[tr]i: idolaci.   4. li
       anare: *tutti mss.* (*compreso* LT nares), *ancora una*

volta errore di traduz. di iaus F, *cfr.* 118, 7 *(cfr. Benedetto,* XCIX). 6. [e] d'uno: aduno, *correz.* A¹ *ecc.;* de une faisons et de un color F ed in tutta questa isola: *ripet. e depennato.* 8. coda: *tutti mss., ma errore di traduz.* di corsajes F, *cfr. Benedetto,* XCIX dina⟨n⟩zi: *omesso e poi aggiunto dalla mano* b¹. 10. [co]la: ela, *correz.* A¹ A³ LT cum femina (A⁴ A⁵ *omettono il passo);* F *atteggia in modo diverso il discorso.* 11. [corto]: sozzo, *per suggestione di contesto* (sozze femine), *correz.* A¹ *ecc.;* F grant boce e gros iaus e gros nes *(si omette di tradurre* iaus, *che anche altrove viene frainteso, cfr.* 118, 7; 168, 3 *e qui sopra* 4), *né si ha corrispondente di* corto, *cfr. Benedetto,* 257) mani: *tutti mss., ma errore di traduz. di* mameles F, *cfr. Benedetto,* XCIX. 13. portan[e]: portano, *correz.* A¹ *ecc.* (enportent asez de mercandies de l'isle F).

14. ambra: *con questa parola a inizio di carta riprende la mano* b¹ *sino alla fine di* A². 16. .xij.: *tutti mss., ma in* F XVI. 19. India: inydia. 20. India: iydia *(con segno d'abbrev. o punto sull'ultima parte della parola).* 21. .viiij.: *tutti mss., ma* X *in* F *che comprende anche il cap.* CLXXXVIII, *omesso da* TA. 23. che sono ancora: *ripet. e soppuntato.*

⟨188⟩ 0. *rubr. manca come in* A³; *integr.* A¹ (A⁴ A⁵ *della seconda India, ecc.).* 2. sottoposti: i *finale per correz. su* o; *in margine postilla:* l'India mezzana. 6. contrad[a]: contrade.

⟨189⟩ 0. *rubr. manca, integr.* A¹ (A⁴ A⁵ *combinano la formula finale del cap. precedente con l'inizio del presente cap.:* La novella come il re d'Abascie volle andare in pellegrinaggio al santo sepolcro); F *manca,*

in quanto il cap. fa parte del precedente. 3.
quest[o]: queste e con molta bella compagnia:
tutti mss. (compreso LT *pulcra societate et honora-*
bili), *ma non ha corrispondenza in* F. 7. segnale nel volto: *tutti mss., ma in* F comande qu' il
soit retaillés. 14. detta: *incerta lettura (tra* i
ed e, *o ed* a) *delle vocali che appaiono ricorrette.*
17. ca⟨ccia⟩gionc: chaggione.

⟨190⟩ 0. *rubr. manca, integr.* A¹ *ecc.*; Ci comance de la
provence de Aden F. 5. lo mare d'Alexandra...
mare: *tutti mss. ma in* F lo flum d'Alexandre, et
por cel flum.

⟨191⟩ 0. *rubr. manca: integr.* A¹ *ecc. (in* F *è integrata dal-*
l'editore). 4. di buoni: buoni e molti A¹, molti
A³ A⁴ A⁵; F manti buens chavalz (*cui sembrerebbe*
rispondere A¹).

⟨192⟩ 0. *rubr. manca: integr.* A¹ *ecc.*; Ci devise de la cité
Dufar F. 3. quest[i]: questa, *correz. in base a*
quegli A¹ A³ que' A⁴ A⁵ (F *non risponde trattando-*
si di formula abbreviativa di TA). 6. certe
... gomme: *solo di* A¹ A², *senza corrispondenza in* F.

⟨193⟩ 0. *rubr. manca: integr.* A¹ (Del golfo e della città,
ecc. A⁴; *omette* A⁵); Ci devise de la cité de Calatu F.
4. di questa: *ripetuto e biffato.*

⟨194⟩ 0. *rubr. manca; integr.* A¹ (Curmaso) *ecc.*; Ci devise de la cité de Curmos F. 3. lasciam[o]: la-
sciama. *Frainteso da* TA *il testo francese*: Mes
plus ne vos en conteron por ce que nos vos en con-
tames en nostre livre en arieres, e de cest e de Quis
e de Cherman. Mes por ce que nos alanmes por au-

tres voies, il nos convient encore retorner ci. Mes ensi com je vos ai dit, por ce que nos avon contés tout l'afere de cest contree, nos en partiron, *ecc.* F.

⟨195⟩ 7. trova⟨va⟩: *integr.* A¹ *ecc.*; en tout le roiame ne ne avoit F.   8. [o]: e (*nota tiron.*), *correz.* A¹ A³ (di pruova e di fortezza A⁴ A⁵); *manca in* F *tutta l'espress.* (la venquist de toutes forces), *cfr. Benedetto,* 257.   10. *postilla nel margine esterno*: de la forte donzella.   13. la donzella: landonzella.
14. donzell[a]: donzello.   21. no[n]: nol, *correz.* A¹ *ecc.*   22. tutta la gente... insieme: *tutti mss., ma senza corrispondenza in* F.   23. l[o]: li.   29. [di]: *poco leggibile per macchia, correz.* A¹ A³.

⟨196⟩ 0. *rubr. manca, integr.* A¹ (A³ D'una battaglia chè fece il re Abaga co·re Caydu, A⁴ A⁵ D'una grandissima battaglia de' Tartari, *tutte evidenti ricostruzioni non rispondenti a* F Comant Abaga envoie son filz en ost).

⟨197⟩ 0. *rubriche mancano anche negli altri mss. fino al cap.* 204.   3. [O]r: ar.

⟨198⟩ 1. mossero ed: missono e A¹, si mise ad A⁴ A⁵ (A³ *omette il passo*) posuit se in via ut LT, *è probabile che la traduz. originaria ricalcasse con l'espressione* 'mettersi a la via' se mistrent a la voie F
5. .xlᵐ.: *tutti mss., ma* LXᴹ *in* F.   6. infin'a la: infina ala.

⟨199⟩ 1. ⟨a⟩ conquista[r]e: chonquistate, *integr. e correz.* A¹ *ecc.*   cuore: *tutti mss.* (*compreso* LT sicut cor meum), *ma in* F *come* mon cors ' corpo ', *con il noto valore pronominale.* 3. cristiani: *tutti mss., ma in* F sor Tartars.

⟨200⟩ 1. vi⟨vere⟩: *omiss. delle due sillabe per cambio carta.*

⟨202⟩ 1. ⟨O⟩ra: *omessa l'esecuzione dell'iniziale, resta lo spazio bianco* ⟨di ragione⟩: *integr.* A¹ (*legittimo signore* A³, *manca* A⁴ A⁵); por raison F. 3. animo: *seguito da* e *che qui si espunge.*

⟨203⟩ 6. .mcclxxxv.: *tutti mss., ma in* F MCCLXXXVI segnore: *ripet. e soppuntato.*

⟨204⟩ 0. *rubr. manca, così* A³, *integr.* A¹ (Delle terre di tramontana A³ A⁴); Ci devise dou roi Canci qui est a tramontaine F. 7. grande gente de le persone: *tutti mss., ma* Il a mout grant gens F, *cfr. Benedetto,* XCIX. 13. ⟨tra⟩: *manca anche* A¹, *come pure* A⁴ A⁵, *che però non presentano la ripetizione del sintagma* Queste .xiij. giornate sono .ij. montagne e àvi una valle in mezo, *concordando in ciò con* A³ sono tra due montagne e àvvi una valle, *che si presenta in definitiva come il più corretto e rispondente a* F: sunt entre II montagnes en une grant valee.
16. guarda... menali: guardano... menarli, *correz.* A¹ (A⁴ A⁵ *i tre verbi sono tutti al plur.,* A³ *elimina la tre prepos.) sulla base di* F celui que garde la poste monte ausi sor une trejes e se fait mener as chienz; e cestui le moine por la plus droit voie e por la meior. 17. montagne: *seguito da nota tiron., da espungere.*

⟨205⟩ 0. *rubr. o postilla in origine?* (*tutti mss. tranne* A³ *che omette*); Ci devise de la provence de Oscurité F.
8. [provincia]: città, *come* A¹ (*manca la for-*

mula finale A^3 A^4 A^5); de la provence de Rosie F.

⟨206⟩ 0. *rubr. manca: integr.* A^1 A^3 (Della Rossia A^4 A^5); Ci devise de la grant provence de Rosie et de ses jens F.

⟨207⟩ 0. *rubr. manca: integr.* A^1 A^4 A^5 (A^3 *include il cap. nel precedente, come* F). 3. *guasto per probabile omissione di un'espressione del tipo ' a ricordare ', dato* Autres couses ne hi a que face a mentovoir F, *denunziata anche da che abbiamo* A^1 (*di cui non si ha più traccia in* A^4 A^5 *non ci à quasi altre novitadi di quelle di sopra* (A^3 *riassume decisamente tutto il cap.*). 6. Orbeche si no v'à: A^2 *termina qui a fine carta; seguita* A^1 *come testo base fino in fondo.* 7. *di seguito dopo l'ultima frase:* comincia del primo signore, *senza corrispondenza negli altri mss. (ridotti a* A^3 A^4 A^5), *né in* F; *si tratta molto probabilmente di una didascalia passata poi nel testo.*

⟨208⟩ 6. e lo re: e dello re, *correz.* A^4 A^5, *manca* A^3 (e Bergho signore del ponente, *che appare più vicino a* e Barca le seignor dou ponent F, *ma può essere semplificazione successiva*).

⟨209⟩ 0. *rubr. generica e riassuntiva; più fedele a* F Ci devise de la guerre que sordi entre Alau e Berca et les batailles que furent entre eles, *appare* A^3 Come si combatté i Tarteri del Levante con que' del Ponente; *manca* A^4 A^5. 3. o[gn]i: onci. 19. *e sgg.: epilogo assente in* F, *di cui è responsabile il traduttore toscano (cfr. Benedetto, 258), ma conservato in tutti i mss. (tranne, ovviamente,* A^2), *non senza libere variazioni formali (unica variante di sostanza l'assenza in* A⁴ A⁵ *dell'allusione al Mar Nero con quanto segue in proposito; essi ne rappresentano la redazione più breve — più precisamente abbreviata — in quanto* TA *recupera in quelle frasi un capitoletto di* F, *il* CCXXI, *saltato a suo luogo, ma nel quale si dice appunto* E depuis que nos avavames conmenciés dou mer greignor, si nos en pentimes de metre le en escrit, por ce que maintes jens le seivent apertement). *Da notare che nell'explicit di* A³ *si ha il titolo del libro*: liber de Milione (*cfr. per queste formule la descrizione dei manoscritti*).

TAVOLA DELLE CONCORDANZE PER CAPITOLI

	A²	A¹	A³	A⁴A⁵	*Vulgata* (ed. Olivieri)	F (ed. Benedetto)
⟨1⟩	—	—	+	—	—	I
⟨2⟩	—	—	+	—	—	II
⟨3⟩	—	—	+	—	—	III
⟨4⟩	—	—	+⎱	—	—	IV
⟨5⟩	+	—	+⎰	—	—	V
⟨6⟩	+	—	+	+	I	VI-VII
⟨7⟩	+	—	+	+	II	VIII
⟨8⟩	+	—	+⎱	+	III	IX
⟨9⟩	+	—	+⎰	+	IV	X
⟨10⟩	+	—	+	+	V	XI
⟨11⟩	+	+	+	+	VI	XII
⟨12⟩	+	+	+	+	VII	XIII
⟨13⟩	+	+	+	+	VIII	XIV
⟨14⟩	+	+	+	+	IX	XV
⟨15⟩	+	+	+	+	X	XVI
⟨16⟩	+	+	+	+	XI	XVII
⟨17⟩	+	+	+	+	XII	XVIII
⟨18⟩	+	+	+	+	XIII	XIX
⟨19⟩	+	+	+	+	XIV	XX
⟨20⟩	+	+	+	+	XV	XXI
⟨21⟩	+	+	+	+	XVI	XXII
⟨22⟩	+	+	+	+	XVII	XXIII
⟨23⟩	+	+	+	+	XVIII	XXIV
⟨24⟩	+	+	+	+	XIX	XXV
⟨25⟩	+	+	+	+	XX	XXX
⟨26⟩	+	+⎱	+	+	XXI	XXVI
⟨27⟩	+	+⎧	+⎱	+⎱	id.	XXVII
⟨28⟩	+	+⎨	+⎰	+⎰	id.	XXVIII
⟨29⟩	+	+⎩	+⎰	+⎰	id.	XXIX
⟨30⟩	+	+	+	+	XXII	XXXI
⟨31⟩	+	+⎱	+⎱	+⎱	XXIII	XXXII
⟨32⟩	+	+⎰	+⎰	+⎰	id.	XXXIII
⟨33⟩	+	+	+	+	XXIV	XXXIV
⟨34⟩	+	+	+	+	XXV	XXXV
⟨35⟩	+	+	+	+	XXVI	XXXVI
⟨36⟩	+	+	+	+	XXVII	XXXVII
⟨37⟩	+	+	+	+	XXVIII	XXXVIII
⟨38⟩	+	+	+	+	XXIX	XXXIX

* Le graffe indicano raggruppamento sotto il primo della serie.
Per la successione in F vedi Apparato 29, 7 e *Nota al testo* 4.2.

	A²	A¹	A³	A⁴A⁵	*Vulgata* (ed. Olivieri)	F (ed. Benedetto)
⟨39⟩	+	+	+	+	XXX	XL
⟨40⟩	+	+	+	+	XXXI	XLI
⟨41⟩	+	+	+	+	id.	XLII
⟨42⟩	+	+	+	+	id.	XLIII
⟨43⟩	+	+	+	+	XXXII	XLIV
⟨44⟩	+	+	+	+	XXXIII	XLV
⟨45⟩	+	+	+	+	XXXIV	XLVI
⟨46⟩	+	+	+	+	XXXV	XLVII
⟨47⟩	+	+	+	+	XXXVI	XLVIII
⟨48⟩	+	+	+	+	XXXVII	XLIX
⟨49⟩	+	+	+	+	XXXVIII	L
⟨50⟩	+	+	+	+	XXXIX	LI
⟨51⟩	+	+	+	+	XL	LII
⟨52⟩	+	+	+	+	XLI	LIII
⟨53⟩	+	+	+	+	XLII	LIV
⟨54⟩	+	+	+	+	XLIII	LV
⟨55⟩	+	+	+	+	XLIV	LVI
⟨56⟩	+	+	+	+	XLV	LVII
⟨57⟩	+	+	+	+	XLVI	LVIII
⟨58⟩	+	+	+	+	XLVII	LIX
⟨59⟩	+	+	+	+	XLVIII	LX
⟨60⟩	+	+	+	+	XLIX	LXI
⟨61⟩	+	+	+	+	L	LXII
⟨62⟩	+	+	+	+	LI	LXIII
⟨63⟩	+	+	+	+	LII	LXIV
⟨64⟩	+	+	+	+	LIII	LXV
⟨65⟩	+	+	+	+	LIV	LXVI
⟨66⟩	+	+	+	+	LV	LXVII
⟨67⟩	+	+	+	+	LVI	LXVIII
⟨68⟩	+	+	+	+	LVII	LXIX
⟨69⟩	+	+	+	+	LVIII	LXX
⟨70⟩	+	+	+	+	LIX	LXXI
⟨71⟩	+	+	+	+	LX	LXXII
⟨72⟩	+	+	+	+	LXI	LXXIII
⟨73⟩	+	+	+	+	LXII	LXXIV
⟨74⟩	+	+	+	+	LXIII	LXXV
⟨75⟩	+	+	+	+	LXIV	LXXVI
⟨76⟩	+	+	+	+	LXV	LXXVII
⟨77⟩	+	+	+	+	id.	LXXVIII
⟨78⟩	+	+	+	+	LXVI	LXXIX
⟨79⟩	+	+	+	+	LXVII	LXXX
⟨80⟩	+	+	+	+	LXVIII	LXXXI
⟨81⟩	+	+	+	+	LXIX	LXXXII
⟨82⟩	+	+	+	+	LXX	LXXXIII

	A²	A¹	A³	A⁴A⁵	*Vulgata* (ed. Olivieri)	F (ed. Benedetto)
‹83›	+	+	+	+}	LXXI	LXXXIV
‹84›	+	+	+	+}	LXXII	LXXXV
‹85›	+	+	+	+	id.	LXXXVI
‹86›	+	+	+{	+	LXXIII	LXXXVII
‹87›	+	+	+}	+	LXXIV	LXXXVIII
‹88›	+	+	+	+	LXXV	LXXXIX
‹89›	+	+	+	+	LXXVI	XC
‹90›	+	+	+	+	LXXVII	XCI
‹91›	+	+	+	+	LXXVIII	XCII
‹92›	+	+	+	+	id.	XCIII
‹93›	+	+	+	+	LXXIX	XCIV
‹94›	+	+	+	+	LXXX	XCV-XCVI
‹95›	+	+	+	+	LXXXI	XCVII
‹96›	+	+	+	+	LXXXII	XCVIII
‹97›	+	+	+	+	LXXXIII	XCIX
‹98›	+	—	+	+	LXXXIV	C
‹99›	+	—	+}	+	id.	CI
‹100›	+	—	+}	+	LXXXV	CII
‹101›	+	—	+}	+	LXXXVI	CIII
‹102›	+	—	+	+	LXXXVII	CIV
‹103›	+	+	+	+	LXXXVIII	CV
‹104›	+	+	+	+	LXXXIX	CVI
‹105›	+	+	+	+	XC	CVII
‹106›	+	+	+	+	XCI	CVIII
‹107›	+	+	+}	+}	XCII	CIX
‹108›	+	+	+}	+}	XCIII	CX
‹109›	+	+	+}	+	XCIV	CXI
‹110›	+	+	+}	+	XCV	CXII
‹111›	+	+	+}	+	XCVI	CXIII
‹112›	+	+	+}	+	XCVII	CXIV
‹113›	+	+	+}	+	XCVIII	CXV
‹114›	+	+	+}	+	XCIX	CXVI
‹115›	+	+	+}	+	C	CXVII
‹116›	+	+	+	+	CI	CXVIII
‹117›	+	+	+}	+	CII	CXIX
‹118›	+	+	+}	+	CIII	CXX
‹119›	+	+	+	+	CIV	CXXI
‹120›	+	+	+	+	CV	CXXV
‹121›	+	+	+	+	CVI	CXXVI
‹122›	+	+	+	+	CVII	CXXVII
‹123›	+	+	+}	+	CVIII	CXXVIII
‹124›	+	+	+	+	CIX	CXXIX
‹125›	+	+	+}	+	CX	CXXX

	A²	A¹	A³	A⁴A⁵	*Vulgata* (ed. Olivieri)	F (ed. Benedetto)
‹126›	+	+	+⎫	+	CXI	CXXXI
‹127›	+	+	+⎪	+⎫	CXII	CXXXII
‹128›	+	+	+⎬	+⎬	CXIII	CXXXIII
‹129›	+	+	+⎪	+⎪	CXIV	CXXXIV
‹130›	+	+	+⎭	+⎭	CXV	CXXXV
‹131›	+	+	+⎫	+	CXVI	CXXXVI
‹132›	+	+	+⎪	+	CXVII	CXXXVII
‹133›	+	+	+⎬	+	CXVIII	CXXXVIII
‹134›	+	+	+⎭	+	CXIX	CXXXIX
‹135›	+	+	+	+	CXX	CXL
‹136›	+	+	+⎫	+	CXXI	CXLI
‹137›	+	+	+⎪	+	CXXII	CXLII
‹138›	+	+	+⎬	+	CXXIII	CXLIII
‹139›	+	+	+⎪	+	CXXIV	CXLIV
‹140›	+	+	+⎭	+	id.	CXLV
‹141›	+	+	+	+	CXXV	CXLVI
‹142›	+	+	+	+	id.	CXLVII
‹143›	+	+	+⎫	+	CXXVI	CXLVIII
‹144›	+	+	+⎪	+	CXXVII	CXLIX
‹145›	+	+	+⎬	+	CXXVIII	CL
‹146›	+	+	+⎭	+	CXXIX	CLI
‹147›	+	+	+	+	CXXX	CLII
‹148›	+	+	+	+	CXXXI	CLIII
‹149›	+	+	+	+	CXXXII	CLIV
‹150›	+	+	+	+	CXXXIII	CLV
‹151›	+	+	+	+	CXXXIV	CLVI
‹152›	+	+	+⎱	+	CXXXV	CLVII
‹153›	+	+	+⎰	+	CXXXVI	CLVIII
‹154›	+	+	+	+	CXXXVII	CLIX
‹155›	+	+	+	+	CXXXVIII	CLX
‹156›	+	+	+	+	id.	CLXI
‹157›	+	+	+	+	id.	CLXII
‹158›	+	+	+⎱	+	CXXXIX	CLXIII
‹159›	+	+	+⎰	+	CXL	CLXIV
‹160›	+	+	+	+	CXLI	CLXV
‹161›	+	+	+	+	CXLII	CLXVI
‹162›	+	+	+	+	CXLIII	CLXVII
‹163›	+	+	+	+	CXLIV	CLXVIII
‹164›	+	+	+	+	CXLV	CLXIX
‹165›	+	+	+⎱	+	CXLVI	CLXX
‹166›	+	+	+⎰	+	CXLVII	CLXXI
‹167›	+	+	+⎫	+	CXLVIII	CLXXII
‹168›	+	+	+⎬	+	CXLIX	CLXXIII
‹169›	+	+	+⎭	+	CL	CLXXIV
‹170›	+	+	+	+	CLI	CLXXV

	A²	A¹	A³	A⁴A⁵	*Vulgata* (ed. Olivieri)	F (ed. Benedetto)
‹171›	+	+	+	+	CLII	CLXXVI
‹172›	+	+	+	+	CLIII	CLXXVII
‹173›	+	+	+	+	CLIV	CLXXVIII
‹174›	+	+	+⎫	+	CLV	CLXXIX
‹175›	+	+	+⎬	+	CLVI	CLXXX
‹176›	+	+	+⎭	+	CLVII	CLXXXI
‹177›	+	+	+	+	CLVIII	CLXXXII
‹178›	+	+	+	+	CLIX	CLXXXIII
‹179›	+	+	+	+	CLX	CLXXXIV
‹180›	+	+	+⎫	+	CLXI	CLXXXV
‹181›	+	+	+⎪	+	CLXII	CLXXXVI
‹182›	+	+	+⎬	+	CLXIII	CLXXXVII
‹183›	+	+	+⎭	+	CLXIV	CLXXXIX
‹184›	+	+	+⎫	+	CLXV	CXC
‹185›	+	+	+⎬	+	CLXVI	CXCI
‹186›	+	+	+	+	CLXVII	CXCII
‹187›	+	+	+	+	CLXVIII	CXCIII
‹188›	+	+	+⎫	+	CLXIX	CXCIV
‹189›	+	+	+⎬	+	CLXX	id.
‹190›	+	+	+⎫	+	CLXXI	CXCV
‹191›	+	+	+⎬	+	CLXXII	CXCVI
‹192›	+	+	+⎫	+	CLXXIII	CXCVII
‹193›	+	+	+⎬	+	CLXXIV	CXCVIII
‹194›	+	+	+⎭	+	CLXXV	CXCIX
‹195›	+	+	+	+	CLXXVI	CC-CCII
‹196›	+	+	+⎫	+⎫	CLXXVII	CCIII
‹197›	+	+	+⎪	+⎪	id.	CCIV
‹198›	+	+	+⎪	+⎪	id.	CCV
‹199›	+	+	+⎬	+⎬	id.	CCVI
‹200›	+	+	+⎪	+⎪	id.	CCVII-CCVIII
‹201›	+	+	+⎪	+⎪	id.	CCIX-CCX
‹202›	+	+	+⎪	+⎪	id.	CCXI-CCXII
‹203›	+	+	+⎭	+⎭	id.	CCXIII-CCXIV--CCXV-CCXVI
‹204›	+	+	+	+	CLXXVIII	CCXVIII
‹205›	+	+	+	+	CLXXIX	CCXIX
‹206›	+	+	+⎫	+	CLXXX	CCXX
‹207›	+	+	+⎬	+	CLXXXI	id.
‹208›	—	+	+	+	CLXXXII	CCXXII
‹209›	—	+	+	+	CLXXXIII	CCXXIII-CCXXIV--CCXXV-CCXXVI--CCXXVII-CCXXVIII*

* Seguono sei capitoli (fino a CCXXXIV), senza corrispondenza nella traduzione toscana.

OPERE CITATE SOMMARIAMENTE

A. Dizionari, grammatiche, riviste, repertori.

« AGI »   « Archivio Glottologico Italiano »

Briquet   C.M. Briquet, *Les filigranes. Diction-
               naire historique des marques du papier
               dès leur apparition vers 1282 jusqu'en
               1600*, Genève, 1907, 4 voll.

« CN »   « Cultura Neolatina »

DEI   C. Battisti-G. Alessio, *Dizionario etimo-
               logico italiano*, Firenze, 1950-1957

Devoto, *Avviamento*
               G. Devoto, *Avviamento alla etimologia
               italiana*, Firenze, 1968.

« FR »   « Filologia Romanza »

GDLI   *Grande Dizionario della Lingua Italia-
               na*, diretto da S. Battaglia, Torino,
               1965 sgg.

« ID »   « L'Italia Dialettale »

« IMeU »   « Italia Medioevale e Umanistica »

« LN »   « Lingua Nostra »

Mošin-Tralijć
               V. Mošin et M. Tralijć, *Filigranes des
               XIIIe et XIVe siècles*, Zagreb, 1957,
               2 voll.

« R »   « Romania »

« RLI »   « Rassegna della Letteratura Italiana »

Rohlfs   G. Rohlfs, *Grammatica storica della lingua italiana*, trad. it. Torino, 1966-69, 3 voll.

« SD »   « Studi Danteschi »

« SFI »   « Studi di Filologia Italiana »

« SFR »   « Studi di Filologia Romanza »

« SGI »   « Studi di Grammatica Italiana »

« SLI »   « Studi Linguistici Italiani »

« SM »   « Studi Medievali »

Tomm.-Bell.   N. Tommaseo-B. Bellini, *Dizionario della lingua italiana*, Torino, 1929

Voc. Crusca   *Vocabolario degli Accademici della Crusca*, 5ª ed., Firenze, 1863-1923

Zambrini, *Opere volgari a stampa*
    F. Zambrini, *Le opere volgari a stampa dei secc. XIII e XIV*, Bologna, 1884

« ZRPh »   « Zeitschrift für romanische Philologie »

B. Testi e studi.

Ageno, *Il verbo*: F. Brambilla Ageno, *Il verbo nell'italiano antico*, Milano-Napoli, 1964.

Agostini, *Volgare perug.*: F. Agostini, *Il volgare perugino negli « Statuti del 1342 »*, « SFI », XXVI (1968), 91-199.

Ambrosini, *L'uso dei tempi*: R. Ambrosini, *L'uso dei tempi storici nell'italiano antico*, « ID », XXIV (1960-1961), 13-124.

Ambrosini, *Testi spellani*: R. Ambrosini, *Testi spellani dei secoli XVI e XVII*, « ID », XXVII (1964), 70-221.

Avalle, *Sintassi e prosodia*: D'A.S. Avalle, *Sintassi e prosodia nella lirica italiana delle origini*, Torino, 1973.

Avalle, *Critica test.*: D'A.S. Avalle, *La critica testuale*, in *Grundriss der romanischen Literaturen des Mittelalters*, I, Heidelberg, 1972, 538-558.

Baldelli, *Volgarizzamento pis.*: I. Baldelli, *Di un volgarizzamento pisano della Practica geometrie*, in *Studi in onore di Alfredo Schiaffini*, Roma, 1965, 74-92.

Baldelli, *Medioevo volgare*: I. Baldelli, *Medioevo volgare da Montecassino all'Umbria*, Bari, 1971.

Baldelli Boni: *Il Milione di Marco Polo*, pubblicato ed illustrato dal conte G.B. Baldelli Boni, Firenze, 1827.

A. da Barberino, *L'Aspramonte*: Andrea da Barberino, *L'Aspramonte*, romanzo cavalleresco inedito, a cura di M. Boni, Bologna, 1951.

Bartoli: *I viaggi di Marco Polo*, per cura di A. Bartoli, Firenze, 1863.

Bec, *Marchands écrivains*: C. Bec, *Les marchands écrivains. Affaires et humanisme à Florence 1375-1434*, Paris-La Haye, 1967.

Benedetto: Marco Polo, *Il Milione*, prima edizione integrale a cura di L.F. Benedetto, Firenze, 1928.

Benedetto, *Il libro di Messer Marco Polo*: Marco Polo, *Il libro di Messer Marco Polo Cittadino di Venezia detto Milione, dove si raccontano le Me-*

raviglie del mondo, ricostruito criticamente e per la prima volta integralmente tradotto in lingua italiana da L.F. Benedetto, Milano-Roma, 1932.

Bezzola, *Gallicismi*: R.R. Bezzola, *Abbozzo di una storia dei gallicismi italiani nei primi secoli (750-1300)*, Heidelberg, 1925.

A. Borlandi, *Il Manuale di Mercatura*: A. Borlandi, *Il Manuale di Mercatura di Saminiato de' Ricci*, Genova, 1963.

F. Borlandi, *Alle origini*: F. Borlandi, *Alle origini del libro di Marco Polo*, in *Studi in onore di Amintore Fanfani*, I, Milano, 1962, 107-147.

Caix, *Origini*: N. Caix, *Le origini della lingua poetica italiana*, Firenze, 1880.

Castellani, *Il registro*: A. Castellani, *Il registro di crediti e pagamenti del Maestro Passara di Martino da Cortona (1315-1327)*, Firenze, 1949.

Castellani, *Un altro, l'atro*: A. Castellani, *Un altro, l'atro*, « LN », XI (1950), 31-34.

Castellani, *Nuovi testi*: A. Castellani, *Nuovi testi fiorentini del Dugento*, Firenze, 1952.

Castellani, *Nomi fiorentini*: A. Castellani, *Nomi fiorentini del Dugento*, « ZRPh », LXXII (1956), 54-87.

Castellani, *Testi sangim.*: A Castellani, *Testi sangimignanesi del secolo XIII e della fine del secolo XIV*, Firenze, 1956.

Castellani, *Frammenti*: A. Castellani, *Frammenti d'un libro di conti di banchieri fiorentini del 1211*, « SFI », XVI (1958), 19-95.

Castellani, *Attestazioni 'ia', 'ua'*: A. Castellani,

*Attestazioni dugentesche dei dittonghi 'ia', 'ua'
nella Toscana orientale e meridionale*, in *Home-
naje a Dámaso Alonso*, I, Madrid, 1960, 321-331.

Castellani, *Miliadusso*: A Castellani, *Note su Miliadusso*, « SLI », II (1961), 112-140 e IV (1963-64),
107-139.

Castellani, *Oliandoli*: A. Castellani, *Il più antico
statuto dell'arte degli Oliandoli*, « SLI », IV (1963-
64), 3-106.

Castellani, *Pis. e lucch.*: A Castellani, *Pisano e lucchese*, « SLI », V (1965), 97-135.

Castellani, *Italiano e fior.*: A. Castellani, *Italiano e
fiorentino argenteo*, « SLI », VII (1967-70), 1-19.

Conti ant. caval.: *Conti di antichi cavalieri*, a cura
di A. del Monte, Milano, 1972.

Crespo, *Una versione pis.*: R. Crespo, *Una versione
pisana inedita del 'Bestiaire d'Amours'*, Leiden,
1972.

Dante da Maiano, *Rime*: Dante da Maiano, *Rime*,
a cura di R. Bettarini, Firenze, 1969.

Dardano, *Un itinerario*: M. Dardano, *Un itinerario
dugentesco per la Terra Santa*, « SM », 3ª serie,
VII (1966), 154-196.

Dardano, *Bestiario*: M. Dardano, *Note sul Bestiario toscano*, « ID », XXX (1967), 29-117.

Dardano, *Lingua e tecnica*: M. Dardano, *Lingua e
tecnica narrativa nel Duecento*, Roma, 1969.

Davanzati, *Rime*: Chiaro Davanzati, *Rime*, a cura
di A. Menichetti, Bologna, 1965 (Collezione di
opere inedite o rare).

De Robertis, *Due altri testi*: D. De Robertis, *Due*

altri testi della tradizione nenciale, « SFI », XXV (1967), 109-153.

Fiore: *Il Fiore e il Detto d'Amore,* a cura di E.G. Parodi, Firenze, 1922.

Folena, *Motti*: *Motti e facezie del Piovano Arlotto,* a cura di G. Folena, Milano-Napoli, 1953.

Folena, *La Istoria di Eneas*: *La Istoria di Eneas vulgarizzata per Angilu di Capua,* a cura di G. Folena, Palermo, 1956.

Giamboni, *Il libro*: Bono Giamboni, *Il libro de' Vizî e delle Virtudi e il Trattato di virtù e di vizî,* a cura di C. Segre, Torino, 1968.

Giordano da Pisa, *Quaresimale*: Giordano da Pisa, *Quaresimale fiorentino 1305-1306,* edizione critica per cura di C. Delcorno, Firenze, 1974.

Grignani, *Le rime*: M.A. Grignani, *Le rime di Filenio Gallo,* Firenze, 1973.

Guittone, *Rime*: *Le rime* di Guittone d'Arezzo, a cura di F. Egidi, Bari, 1940 (« Scrittori d'Italia »).

Hirsch, *Laut- und Formenlehre*: I. Hirsch, *Laut- und Formenlehre des Dialekts von Siena,* «ZRPh», IX (1885), 513-570 e X (1886), 56-70 e 411-446.

Limentani, *Palamedés*: A. Limentani, *Dal Roman de Palamedés ai Cantari di Febus-el-Forte,* Bologna, 1962.

Loach-Bramanti, *Sull'articolo determinato*: K. Loach-Bramanti, *Note sull'articolo determinato nella prosa toscana non letteraria del Duecento,* «SGI», I (1971), 7-40.

Melis, *Documenti*: F. Melis, *Documenti per la sto-*

ria economica dei secoli XIII-XVI, con una Nota di Paleografia Commerciale a cura di E. Cecchi, Firenze, Olschki, 1972.

Mengaldo, *La lingua*: P.V. Mengaldo, *La lingua del Boiardo lirico*, Firenze, 1963.

Monaci-Arese: E. Monaci, *Crestomazia italiana dei primi secoli*. Nuova edizione per cura di F. Arese, Roma-Napoli-Città di Castello, 1955.

Olivieri: Marco Polo, *Il Milione*, a cura di D. Olivieri, seconda edizione riveduta, Bari, 1928 («Scrittori d'Italia»).

Parodi, *Dialetti tosc.*: E.G. Parodi, *Dialetti toscani*, «R», XVIII (1889), 590-625.

Parodi, *Lingua e letter.*: E.G. Parodi, *Lingua e letteratura*, a cura di G. Folena, Venezia, 1957.

Pauthier, ed. FG - M.G. Pauthier, *Le livre* de Marco Polo, Paris, 1865.

Pieri, *Fonetica lucch.*: S. Pieri, *Fonetica del dialetto lucchese*, «AGI», XII (1890-92), 107-134.

Pieri, *Fonetica pis.*: S. Pieri, *Fonetica del dialetto pisano*, «AGI», XII (1890-92), 141-160.

Prosa opp. Segre, *Prosa*: *La prosa del Duecento*, a cura di C. Segre e M. Marti, Milano-Napoli, 1959.

Pucci: A. Pucci, *Il libro di varie storie*, ediz. critica per cura di A. Vàrvaro, Palermo, 1957 («Atti Accademia di Scienze, Lettere e Arti di Palermo», serie IV, vol. XVI, 1955-56, Parte II).

Pulci, *Morgante*: L. Pulci, *Morgante*, a cura di F. Brambilla Ageno, Milano-Napoli, 1955.

Rimatori comico-realistici: *Rimatori comico-realistici del Due e Trecento*, a cura di M. Vitale, Torino, 1956.

Ristoro d'Arezzo, *Composizione*: Ristoro d'Arezzo, *La composizione del mondo*, pubbl. da E. Narducci, Roma, 1859.

Roehrsheim, *Die Sprache*: L. Roehrsheim, *Die Sprache des Fra Guittone d'Arezzo*, Halle, 1908.

Sabatini, *Un'iscrizione romana*: F. Sabatini, *Un'iscrizione volgare romana della prima metà del secolo IX*, « SLI », VI (1966), 49-81.

Salvioni, *Appunti*: C. Salvioni, *Appunti sull'antico e moderno lucchese*, « AGI », XVI (1902-1905), 395-477.

Schiaffini, *Testi*: A. Schiaffini, *Testi fiorentini del Dugento e dei primi del Trecento*, Firenze, 1926 (rist. 1954).

Schiaffini, *Influssi*: A. Schiaffini, *Influssi dei dialetti centro-meridionali sul toscano e sulla lingua letteraria*, I. *Il perugino trecentesco*, « ID », IV (1928), 77-129 e II. *L'imperfetto e il condizionale in -ia (tipo ' avia ', ' avria ') dalla Scuola poetica siciliana al definitivo costituirsi della lingua nazionale*, V (1929), 1-31.

Segre, *Lingua, stile*: C. Segre, *Lingua, stile e società. Studi sulla storia della prosa italiana*, Milano, 1963.

Segre, *Prosa*, vedi *Prosa*.

Sercambi, *Novelle*: Giovanni Sercambi, *Il Novelliere*, a cura di L. Rossi, Roma, 1974, 3 voll.

Serianni, *Dialetto aret.*: L. Serianni, *Ricerche sul dialetto aretino nei secoli XIII e XIV*, « SFI », XXX (1972), 59-191.

Sorrento, *Sintassi*: L. Sorrento, *Sintassi romanza*, Varese-Milano, 1949.

Stussi, *Un testamento*: A. Stussi, *Un testamento volgare scritto in Persia nel 1263*, « ID », XXV (1962), 23-37.

Stussi, *Sette lettere*: A. Stussi, *Sette lettere mercantili fabrianesi (1400-1403)*, « ID », XXX (1967), 118-137.

Stussi, *Un serventese*: A. Stussi, *Un serventese contro i frati tra ricette mediche del sec. XIII*, « ID », XXX (1967), 138-155.

Trist. Ricc.: *Il Tristano Riccardiano*, edito ed illustrato da E.G. Parodi, Bologna, 1896 (Collezione di opere inedite o rare).

Trolli, *La lingua*: D. Trolli, *La lingua di Giovanni Morelli*, « SGI », II (1972), 51-153.

Varanini, *Cantari sen.*: G. Varanini, *Cantari religiosi senesi del Trecento*, a cura di G. Varanini, Bari, 1965 (« Scrittori d'Italia »).

Varanini, *Un promemoria*: G. Varanini, *Un promemoria in volgare pisano del 1230-31*, « SFI », XXVI (1968), 65-80.

Vàrvaro, *Critica dei testi*: A. Vàrvaro, *Critica dei testi classica e romanza. Problemi comuni ed esperienze diverse*, « Rendiconti dell'Accademia di Archeologia, Lettere e Belle Arti di Napoli », XLV (1970), 73-117.

Vidos, *Prestito*: B.E. Vidos, *Prestito, espansione e migrazione dei termini tecnici nelle lingue romanze e non romanze*, Firenze, 1965.

Vitale, *Il quaderno*: M. Vitale, *Il quaderno di ricordi di messer Filippo de' Cavalcanti*, « SFI », XXIX (1971), 5-112.

INDICE RAGIONATO

DI

GIORGIO R. CARDONA

Interpretatione nominum saepe res
ostenduntur

Hier., *In Hier.*, IV, 63, 6.

1. I commentatori del Milione

Un testo per tanti aspetti unico come è il *Milione* di Marco Polo non può non costituire una sfida permanente per gli studiosi: la straordinaria quantità e varietà delle notizie che esso racchiude, le sue difficoltà di interpretazione e insieme la verità o almeno la verosimiglianza di ogni notizia sono un vero e proprio invito al commento, all'esplorazione del dato nel suo spessore e nella sua storia interna ed esterna.

Ma tutti i testi celebri, sacri e no, sono sempre stati accompagnati da una tradizione esegetica che è vecchia quanto loro o quasi: i Veda, la Bibbia, Virgilio, Dante. Per il *Milione* invece la storia dei commenti è di molto sfalsata nel tempo rispetto a quella del testo. Malgrado l'ininterrotta fortuna editoriale del libro, misurabile in ristampe e traduzioni in una quantità di lingue, soprattutto nel Quattro-Cinquecento, nemmeno l'età delle scoperte ha commentato Polo, bensì l'ha usato come fonte: non lo ha spiegato con il noto, ma lo ha usato per conoscere l'ignoto. Su Marco Polo sono state esemplate le carte geografiche di posti sconosciuti ed è importante ricordare che Cristoforo Colombo aveva sotto gli occhi, quasi come piano di viaggio per le Indie che cercava, un esemplare del Marco Polo latino, da lui fittamente annotato.[1]

Per avere il primo abbozzo di un commento scien-

1. L'innesto della toponomastica poliana sulla geografia americana operato da Cristoforo Colombo è stato messo in luce da G. Folena, *Le prime immàgini dell'America nel vocabola-*

tifico si deve arrivare ai primi dell'Ottocento e al-
l'opera dell'orientalista, linguista e viaggiatore te-
desco H.J. Klaproth (1783-1835).[2] Avvalendosi della
sua conoscenza delle fonti orientali, soprattutto cinesi, il Klaproth identificò un buon numero di toponimi; ma soprattutto stabilì il valore di Marco
Polo come fonte degna di fede, mostrando come per
intenderne a pieno i dati non esistesse altra strada
che il confronto con le fonti coeve nelle lingue originali.

Da allora, commentare Polo è stato quasi unica-
mente compito di orientalisti e tra coloro che hanno
contribuito, anche indirettamente, al chiarimento di
singoli punti figurano nomi celebri dell'erudizione
ottocentesca, come quelli di Abel Rémusat, D'Ave-
zac, D'Ohsson, Defrémery, Hammer-Purgstall, Qua-
tremère, Reinaud.

Il primo a dare al testo un commento continua-
to è stato il sinologo francese Guillaume Pauthier:
al testo francese egli affiancò un ricco corredo di documenti originali e di traduzioni dalle fonti orientali, costruendo un'adeguata cornice alla narrazione
poliana.[3]

---

rio italiano, « Bollettino dell'Atlante linguistico mediterraneo », 13-15 (1971-1973), 673-692.
2. Una prima presentazione delle ricerche del Klaproth è
in « JA » 4 (1824), 380-381, dove viene annunciata una ristampa del testo del Ramusio (considerato dal Klaproth il
testo più completo fra quelli conservati) con note esplicati-
ve; l'edizione non vide mai la luce; apparvero però vari articoli: *Renseignements sur les ports de Gampou et de Zaithoum
décrits par Marco Polo*, « JA » 5 (1824), 35-44; *Sur le pays de
Tenduc ou Tenduch de Marco Polo*, « JA » 9 (1926), 299-
306; *Remarques géographiques sur les Provinces occidentales de
la Chine décrites par Marco Polo*, « JA » s. 2, 1 (1828), 97-120.
3. M.G. Pauthier, *Le livre de Marco Polo, citoyen de Ve-*

A breve distanza da quella del Pauthier seguiva un'altra iniziativa: il colonnello H. Yule (1820-1889), conoscitore delle lingue e della geografia del subcontinente indiano, specialista della letteratura di viaggi (aveva già dato in *Cathay and the Way Thither*, del 1866, una serie di traduzioni commentate di viaggiatori occidentali), diede del *Milione* una accurata versione inglese con un commento puntuale, che costituisce un monumento insuperato dell'erudizione ottocentesca.[4] Il commento di Yule si distingue oltre che per l'abbondanza dei dati, attinti alle fonti sia occidentali sia orientali, per il solido buon senso delle identificazioni: nei casi incerti Yule ha sempre saputo vedere più giusto dei suoi predecessori o almeno avvicinarsi alla soluzione più probabile.

Il compito dei commentatori, di per sé già difficile, era aggravato dal cattivo stato del testo. Mai come nel *Milione* l'interpretazione deve andare di pari passo con la restituzione del testo: l'una accompagna l'altra in modo indissolubile. Il monumentale lavoro di ricostruzione compiuto dal Benedetto doveva segnare una tappa decisiva nella storia della interpretazione. Accogliere nel testo una certa variante, leggere un nesso grafico in un certo modo,

---

nise, *conseiller privé et commissaire impérial de Khoubilai-Khaan*, I-II, Paris, 1865.

4. *The Book of Ser Marco Polo the Venetian Concerning the Kingdoms and Marvels of the East*, translated and edited with notes by H. Yule, John Murray, I-II, London, 1871, 1875[2], 1903[3] (edizione riveduta e ampliata da H. Cordier, rist. 1921); inoltre H. Cordier, *Ser Marco Polo. Notes and Addenda to Sir Henry Yule's Edition, Containing the Results of Recent Research and Discovery*, London, 1920. Nell'ed. del 1903, pp. xxvii-lxxxii, è contenuta una biografia dello Yule e un elenco dei suoi scritti.

significa avere un'idea precisa del nome che vi è sotto: i casi in cui l'interpretazione comincia già dalla scelta della lezione sono innumerevoli e basterà uno sguardo alle note che seguono per rendersene conto: ma per fare un esempio semplice, si pensi a tutti i nomi di luogo cinesi in ‹giu› o ‹gni› o ‹gui›, in cui solo il fatto di sapere che c'è dietro il cin. *chou* permette di decidere la lettura esatta.

Altre identificazioni il Benedetto ha dato, esplicitamente o implicitamente, nella sua traduzione italiana del *Milione* (così come lo aveva ricostruito unificando al testo francese le altre parti della tradizione) e nell'indice analitico che la completava.[5] Tuttavia non è questo il maggiore dei suoi contributi ed è fin troppo ovvio che il Benedetto, conoscitore indiscusso della sterminata tradizione testuale poliana, non potesse avere conoscenze altrettanto profonde delle fonti orientali necessarie per capire ogni passo di Polo. Merita comunque considerazione il fatto che egli facesse il massimo uso delle informazioni anche orientalistiche a lui accessibili.

Tralasciando in questa rapida esposizione il commento aggiunto da H. Charignon alla sua riedizione del testo di Pauthier, che utilizza soprattutto le fonti cinesi ma in modo insicuro e con molte congetture azzardate, e i contributi, anche pregevoli, portati da Sir E. Denison Ross alla traduzione inglese di A. Ricci,[6] si giunge a quella che è l'opera

5. M. Polo, *Il Libro di Messer Marco Polo cittadino di Venezia detto Milione dove si raccontano le meraviglie del mondo,* ricostruito interamente e per la prima volta integralmente tradotto in lingua italiana da L.F. Benedetto, Treves-Treccani-Tumminelli, Milano-Roma, 1932.

6. A.J.H. Charignon, *Le livre de Marco Polo citoyen de Venise...* traduit en français moderne et annoté d'après les sour-

più duratura e più significativa nella storia dei commenti poliani: le *Notes on Marco Polo* di Paul Pelliot.

Forse è necessario qui precisare che cosa significhi commentare un testo antico e composito come quello di Polo: il fine del commento di un'opera storica è quello di raccordare due piani, quello del testo e quello dei fatti noti per altra via. Ma in questo caso il commentatore ha ben più da fare che collegare via via il testo ai fatti che in esso si rispecchiano. Spesso questi sono ancora da accertare e nell'accertarli potrà essere d'aiuto proprio il testo. Ma, a sua volta, questo potrebbe permettere varie letture, tutte possibili e solo la conoscenza dei fatti può dire quale è la lettura da preferire. Così il commentatore deve procedere secondo due binari di indagine, quello storico e quello filologico e testuale. Nel caso del *Milione*, è vero che il periodo di tempo considerato è abbastanza breve, ma l'estensione geografica cui ci si riferisce è in cambio assai vasta e interessa molti popoli, molte lingue e fonti di diversi tipi. Il commentatore non ha a sua disposizione i comodi strumenti di indagine disponibili in altri campi di indagine (lessici, enciclopedie, edizioni commentate e tradotte delle fonti storiche); le fonti per Marco Polo sono le stesse della storia dei Mongoli: solo in parte in mongolo, ma soprattutto in cinese, persiano, armeno, georgiano, arabo, oltre che in latino, greco e nelle principali lingue europee e, perdipiù, spesso prive di edizioni moderne, per non parlare di traduzioni e di indici.

ces chinoises, Pechino, 1924-1928, I-II-III; A. Ricci-Sir E. Denison Ross, *The Travels of Marco Polo*, Broadway Travellers, London, 1931, 1950[2]. La traduzione, condotta sul testo di Benedetto, è corredata di un indice esplicativo.

I personaggi e i luoghi di Polo si sono rivelati identificabili, ma a patto che si consultino gli annali cinesi che costituiscono lo *Yüan-shih*, o la *Storia segreta* in mongolo, o le cronache di Rašīd ad-Dīn in persiano. E, oltre ai dati storici, c'è l'identificazione dei luoghi, che spesso può avvenire solo attraverso la ricognizione in proprio degli itinerari percorsi, e il controllo delle distanze sul terreno. Alcuni aspetti oscuri degli itinerari poliani hanno potuto essere chiariti, infatti, solo grazie all'esperienza personale di viaggiatori come Sir Aurel Stein o O. Lattimore che hanno ripercorso essi stessi, e con gli stessi mezzi di allora, le strade e i passaggi percorsi da Polo quasi settecento anni prima.[7]

Forse è esistito un solo studioso che potesse vantare il possesso di tutte le necessarie competenze insieme, e cioè Paul Pelliot (1878-1945).[8] Conoscitore profondo del cinese, del mongolo, del turco, storico, filologo, linguista nel senso più ampio, egli aveva al tempo stesso un'esperienza rara di viaggiatore in Asia centrale (basti ricordare la sua traversata – a cavallo – dell'Asia centrale fino a Tun-huang nel corso di una famosa missione di studio compiuta nel 1906-1908). E c'era ancora un elemento che ne faceva la persona più adatta al compito: si può dire che Pelliot abbia preparato il suo commento a Po-

7. Si vedano, per esempio, Sir M.A. Stein, *On Ancient Central-Asian Tracks. A Brief Narrative of Three Expeditions in Innermost Asia and North-Western China*, London, 1933, rist. 1973; O. Lattimore, *Inner Asian Frontiers*, New York, 1951[2], per non citare le opere maggiori dello Stein, i viaggi di Sven Hedin, ecc.

8. Sulla vita e l'attività di Pelliot si veda soprattutto il volume *Paul Pelliot*, edito dalla Societé Géographique di Parigi nel 1946, con scritti di G. Salles, E. Faral, J. Filliozat, L. Vaillant, P. Demiéville, J. Deny, L. Hambis.

lo lungo tutta la sua carriera di studioso, pubblicando via via note, rettifiche, testi, che dimostravano
sempre più chiaramente l'attendibilità dei dati e
l'accuratezza di Polo come trascrittore di lingue
orientali.[9]

Concepito – verso gli inizi degli anni trenta – il
progetto di dare una nuova edizione commentata
del *Milione*, il Pelliot si associò nell'impresa il rev.
A.C. Moule, conoscitore esperto del Cristianesimo
d'Asia. La recente edizione critica del Benedetto
aveva indirizzato l'attenzione degli studiosi sull'ipo-
tetico Z, un codice di proprietà del cardinale Fran-
cisco Xavier de Zelada che si sapeva ormai contenere una versione latina indipendente della redazione
franco-italiana vulgata; Benedetto aveva cercato in-
vano l'originale, di cui conosceva però la copia set-
tecentesca (del resto molto fedele) dell'Ambrosiana

9. L'interesse di Pelliot per Marco Polo compare già in uno
dei suoi primi scritti, *Deux itinéraires de Chine en Inde à
la fin du VIIIe siècle*, « BEFEO » 4 (1904), 131-413; qui egli
ha occasione di citare alcuni toponimi poliani e di corregger-
ne la grafia. Nello stesso volume (772 sgg.), recensendo l'edizione Yule-Cordier, egli osservava: « Le livre de Marco Polo
sera encore pendant longtemps un fructueux champ d'études.
Il est bon que de temps en temps quelqu'un se charge de
réunir le résultat de ses propres recherches et celles des
autres ». I suoi contributi vennero pubblicati per lo più in
forma indiretta come note marginali all'interno di testi più
estesi, o a proposito di altri viaggiatori. Una serie di osservazioni furono comunicate privatamente al Cordier, per la
riedizione dello Yule, e al Ross per la traduzione del 1931.
Inoltre a Marco Polo vennero dedicati molti dei corsi del
Pelliot al Collège de France. Sulla sua valutazione di Marco
Polo come fonte storica basti questa citazione da una delle
sue ultime opere: « On ne saurait trop répéter que les tran-
scriptions de Rubrouck, quand elles nous sont parvenues
correctement, sont les meilleures que les voyageurs médiévaux
nos aient laissées si on excepte celles de Marco Polo » (*Mélanges*, 57 nota).

di Milano. Su richiesta di Moule e Pelliot, riprese le ricerche il mecenate inglese e cultore di studi poliani Sir Percival David, che nel 1933 riuscì a rintracciare il codice in una biblioteca di Toledo. Con il patrocinio del David venne avviata dunque la pubblicazione della nuova edizione. Il piano era ambizioso; i quattro volumi previsti dovevano contenere la traduzione del testo francese del Milione, integrata con i passi presenti solo negli altri rami della tradizione, l'edizione del testo latino di Z, un volume intitolato *Notes on the Proper Names and Oriental Words* curato dal Pelliot con il contributo dello stesso Moule e di altri studiosi, e infine un volume di carte, indici, ecc.

Nel 1938 uscirono i primi due volumi, opera del solo Moule, anche se la grafia dei nomi propri era frutto della collaborazione del Pelliot.[10] Del terzo volume, che avrebbe dovuto contare 400 o 500 pagine, vennero preparate le bozze via via che il Pelliot ne stendeva il testo; ma esso non venne mai completato, dapprima per le vicende della guerra (in cui andarono distrutti tutti i piombi già composti) e poi per la morte del Pelliot. Rimanevano molte voci complete, altre abbozzate, altre solo progettate (come dimostrano i rimandi interni).

Nel 1953 il comitato per l'edizione delle opere postume di P. Pelliot decise di pubblicare finalmente il lavoro così come era rimasto: il risultato sono due tomi di 800 pagine complessive in quarto, fittissime, suddivise in circa 380 esponenti in ordine alfa-

10. A.C. Moule & P. Pelliot, *Marco Polo, The Description of the World*, Routledge, London, 1938, I-II (l'edizione di Z è nel secondo volume). Se ne veda la recensione di L.F. Benedetto in « JRAS » 1939, 628-644.

betico. Di unitario nell'opera rimane lo schema che
sottostà ad ogni voce; sotto l'esponente (che è la forma francese originaria, secondo la ricostruzione del
Pelliot) vengono date le varianti dei codici, poi la
discussione della forma scelta, le forme parallele
delle fonti coeve, e infine una trattazione dell'argomento in causa. Di alcune voci rimane solo la discussione paleografica; in quelle più estese Pelliot,
partendo dal dato poliano, procede a trattare tutta una questione o un personaggio, discutendo cro-
nologie e identificazioni, giustapponendo testi spesso inediti o mal conosciuti, fino a dare vere e proprie monografie su popoli, personaggi, usi d'Asia
centrale. Il risultato è un testo di lettura spesso estremamente difficile, perché Pelliot è implacabile nel
dare per scontato tutto ciò che è noto e già detto
e non perde tempo a ripeterlo. Ma chi si immerge
nella lettura di queste voci (che arrivano anche alle
cento pagine di lunghezza come nel caso di *Cinghis*) non sa se ammirare più l'erudizione sterminata
o l'abilità con cui l'autore si muove tra i fatti accu-
mulati, riuscendo sempre a giungere al fine delle
sue sottili argomentazioni.

Anche se è ben evidente in queste pagine il di-
sprezzo per la soluzione più facile, per l'opinione ricevuta, per le inesattezze e gli errori di quelli che
l'hanno preceduto, Pelliot non manca di spirito critico nei confronti del suo lavoro, e non di rado finisce per accettare il dubbio come unica possibilità,
per dare più soluzioni, perché non c'è *la* soluzione,
o per sollevare obiezioni alla soluzione che lui stesso ha appena proposto.

L'opera di Pelliot dunque, sebbene incompleta e
rimasta naturalmente priva dell'ultima revisione,
quale solo il suo autore avrebbe potuto dare, rima-

ne uno strumento insostituibile, anche se il curatore dell'edizione, L. Hambis, non ha fatto nulla per agevolarne l'uso; rimangono varie sviste ed errori; molte indicazioni sono rimaste incomplete o in forma abbreviata (nel 1973 è apparso finalmente un volume di indici che ovvia ad alcuni di questi inconvenienti; per molte precisazioni di ambito cinese vedi ora I.M. Molinari, *Un articolo d'autore cinese su Marco Polo e la Cina*, « AION-O » 42 (1982), Suppl. n. 30).

Certo, l'opera va valutata come un'impresa sui generis: più ancora che un commento puntuale a un determinato testo, è una summa di cognizioni sull'Asia Centrale quale solo il Pelliot poteva lasciare.

Dal punto di vista testuale, e del *Milione* toscano in particolare, si deve notare che il Pelliot si servì soltanto di A^1, edito, e di A^3 conservato a Parigi. Non poté quindi tenere conto delle varianti di A^2, che è il codice base della presente edizione e che viene pubblicato qui per la prima volta. Questo spiega perché in vari casi quello che egli dice dei codici della famiglia TA vada modificato alla luce di lezioni migliori, recuperate da A^2.

Nel 1957 il rev. Moule ha pubblicato un volumetto di note che integrano quelle del Pelliot, di cui riproducono anche la struttura. Sull'ambizioso tentativo di L.S. Olschki non c'è molto da dire in questa sede: l'autore ha raccolto una grande quantità di bibliografia e la sua esposizione è utile per avere un'idea di insieme su vari aspetti dell'Asia di Marco Polo. Non è un'opera che si possa consultare su questioni specifiche, soprattutto linguistico-filologiche, che l'autore conosceva solo indirettamente; d'altra parte non era questo il suo obiettivo.

L'ultimo commento puntuale, in ordine di tempo, è quello aggiunto da L. Hambis alla sua tradu-

zione del Milione in francese moderno;[11] ma le note
che lo compongono sono di carattere molto elemen-
tare e soprattutto sembrano brevi voci di un'enciclopedia su personaggi e fatti storici più che indicazioni finalizzate alla lettura del testo. Chi le ha compi-
late non sembra certo quello specialista dell'Asia
centrale che è lo Hambis, né colui che, come curatore del lascito Pelliot, in quegli stessi anni curava
per la stampa le *Notes on Marco Polo*. La nota ap-
piattisce e semplifica i problemi e in molti punti
sembra addirittura ignorare le opinioni di Pelliot o
contraddirle senza ragioni. Nel complesso, l'edizione
di Hambis, benché non voglia – bisogna riconoscer-
lo – costituire un progresso della critica poliana, non
può nemmeno servire a dare un quadro della situazione degli studi, priva come è di qualsiasi apparato e indicazione bibliografica.

Per quanto riguarda poi il *Milione* toscano, la situazione specifica delle varie edizioni è relativamente peggiore dello stato degli studi sul *Milione* in
generale. Infatti ricorre nei criteri di annotazione
la stessa superficialità che ha contraddistinto le successive edizioni del testo dell'Ottimo: nessuna di esse, in realtà, per quanto mi è dato vedere, tenta non
dirò di approfondire o migliorare l'interpretazione
del testo, ma di avvalersi almeno dell'abbondante
materiale storico-critico esistente.

11. M. Polo, *La description du monde*, texte intégral en
français moderne, avec introduction et notes par L. Hambis,
Klincksieck, Paris, 1955. La traduzione segue il testo composito preparato dal Moule; le note (pp. 339-419) si rifanno dichiaratamente al commento dello Yule e ai corsi professati
dal Pelliot (di cui lo Hambis è stato l'allievo).

2. Criteri di questo Indice ragionato

Ogni singolo dato di un testo denso come quello poliano presuppone un lungo lavoro di accertamento e verifica, in seguito al quale, ma solo allora, il commentatore porgerà al lettore il dato nella sua cornice storica. Tuttavia, anche una voce di cento pagine, tutto sommato, non è di grande aiuto per il lettore. Nella stesura delle voci che compongono il nostro *Indice* sono stati tenuti presenti alcuni criteri che qui si espongono in breve.

Innanzitutto si è data indicazione, dove ciò era utile, della corrispondente forma nell'edizione del Benedetto ed eventualmente negli altri rami della tradizione, oltre che nelle fonti coeve usate.

Dove era in gioco un fatto linguistico, si sono indicati schematicamente i punti fermi della trafila di una voce; ma possiamo immaginare che ognuno dei passaggi sia stato lungo e complesso e spesso attraverso canali che ci sfuggono. L'indicazione quindi di questa o quella forma sanscrita o iranica serve solo a documentare la direzione di una trafila e nulla di più.

Infine, soprattutto nel caso di personaggi e città, si sono date indicazioni di tipo storico, intese a confermare o a smentire il dato di Polo. Anche l'uso delle fonti coeve, oltre che come verifica, serve a dare a chi legge la possibilità di valutare la novità relativa di quel che dice Polo rispetto alle conoscenze dei suoi contemporanei; certi fatti erano allora ben noti e correnti, e l'indicazione è data dalla maggire abbondanza di citazioni. Per altri Polo è l'unica fonte, e tutto questo va messo in luce in un commento. Se questa valutazione riuscirà possibile al lettore sulla scorta del solo indice, lo scopo prefisso si potrà dire raggiunto.

A. *Scelta dei lemmi*

L'indice ragionato vuole essere un'enciclopedia, per così dire, di cose poliane e al tempo stesso un elenco di tutte le occorrenze di tutti i nomi propri di luogo e di persona del *Milione* toscano. L'elenco completo delle occorrenze è dato anche per i nomi comuni scelti come esponente di una voce.

Nel caso di oscillazione tra forme equivalenti si sceglie come esponente la forma più frequente, rimandandovi dalle altre forme se necessario.

Nel caso di nomi propri, quando invece una sola sia la forma manifestamente corretta, si sceglie questa come esponente: Bangala nel caso di Bangala ∼ Gangala, Cormos nel caso di Cormos ∼ Cremosa ∼ Curimasa ecc.

Per i nomi comuni vale lo stesso criterio della frequenza; ma se tra più forme c'è anche la forma moderna, si è scelta questa come lemma: ad esempio, *lioni* sotto *leoni*, *leonfanti* ecc. sotto *elefanti*; sono stampate in corsivo le forme scelte per ragioni di semplicità, ma che non sono nel testo: così *zibellino* e *zenzero*, introdotti per raggruppare le varie forme del testo, ma anche *couvade, levirato, tatuaggio*.

L'indicazione del passo è data in modo non ambiguo con uno o più numeri arabi: il primo numero indica il capitolo, quelli dal secondo in poi indicano i capoversi; con lo zero si indicano le rubriche. Un solo numero indica che dell'argomento parla tutta la sezione.

Tra parentesi seguono le varianti, il luogo geografico di cui si parla, ed eventualmente la citazione del passo tra « ». Nell'elenco dei passi, *cfr.* indica un passo che si riferisce all'esponente solo in modo indiretto.

B. *Convenzioni grafemiche*

La rappresentazione grafica dei diversi piani entro cui deve muoversi un commento a un testo complesso come quello del *Milione* presenta notevoli difficoltà, e la grafemica dei testi antichi non è abbastanza avanzata a tutt'oggi per fornire un modello attendibile.

Per il particolare ambito di voci di cui ci si occuperà qui – nomi propri e termini provenienti da altre lingue – dobbiamo ricostruire una trafila particolarmente lunga. Sappiamo che Polo aveva conoscenza di nomi e cose attraverso due vie; direttamente attraverso le lingue che egli conosceva (per esempio, nel caso della cultura mongola) o indirettamente attraverso gli interpreti, come per tutto ciò che riguarda la cultura cinese. Le varie forme parlate mongole o cinesi, a noi note indipendentemente solo come forme grafiche nelle fonti, venivano naturalmente apprese da Polo come forme di seconda lingua, cioè con tutte le interferenze dovute al fatto che non erano forme per lui native; nel caso di intermediari, alle sue interferenze si sommavano quelle degli interpreti. Polo ha ripetuto le forme come lui le conosceva, cioè secondo il suo sistema fonologico composto (con interferenze, ecc.) a Rustichello che a sua volta le ha rianalizzate secondo il suo sistema, e le ha trascritte, sottoponendole ancora a un altro adattamento, quello della grafia. È anche possibile che Rustichello si servisse di appunti già di pugno di Marco (in che lingua?), ma questo non cambia molto i termini della questione: in questo caso si salterebbe il passaggio della grafemizzazione operata da Rustichello. Ma sembra poco probabile che non ci sia stato un tramite orale. Le grafie di Rustichello hanno infine subìto gli adattamenti e le modificazioni della tradizione manoscritta. Per ripercorrere questa trafila, a noi nota solo in alcuni passaggi – e cioè le forme grafiche che presumibilmente corrispondono alle forme parlate così come le aveva sentite Marco, e le forme grafiche della tradizione manoscritta – ci possono essere di aiuto forme grafiche della tradizione collaterale, cioè forme della tradizione manoscritta di altri viaggiatori e storici, italiani, arabi, persiani, per cui valgono, complessivamente, le stesse considerazioni fatte per Polo.

Se si ricorda che le varie scritture (mongola, persiana, araba, siriaca, ecc.) erano spesso insufficienti a rendere la struttura fonologica delle forme di altre lingue e che comunque i dati grafici stessi si presentano a noi con varianti e incertezze, non necessariamente da imputare alla sola tradizione manoscritta, si vedrà come debba essere alto il margine di incertezza e di confusione fonologica nelle forme quali noi le leggiamo nelle fonti.

Simboleggiare graficamente in qualche modo questi passaggi da una lingua all'altra e dal parlato allo scritto è difficile, se non impossibile. Nella piena consapevolezza dei problemi in gioco si è quindi deciso di semplificare al massimo la notazione.

I nomi propri, geografici e di persona, sono stati sempre scritti in tondo, a qualunque lingua essi appartengano e anche se sono dati in traslitterazione. Una forma sarà data in corsivo, a qualsiasi lingua essa appartenga, quando ne sia in causa anche o sol-

tanto l'aspetto lessicale. Nel caso di nomi appartenenti a più tradizioni linguistiche, si è scelta arbitrariamente la traslitterazione di una lingua; quindi Türkistan (alla turca), ma Afɣānistān (alla persiana).

Tra ‹ › si indica una sequenza grafemica; le pronunce ricostruite sono racchiuse tra [ ].

Tra « » si indicano le citazioni testuali, indipendentemente quindi da considerazioni specifiche sulla
grafemica o sull'etimologia della forma. All'interno
di una citazione testuale i simboli ‹ › e [ ] hanno
ovviamente l'uso che hanno nel testo dell'edizione;
occasionalmente sono inseriti tra [ ] anche i nomi
propri aggiunti per chiarire di che cosa stia parlando
il testo.

Per semplicità, nella citazione di forme da autori
italiani coevi, si è talvolta omessa ogni forma di notazione lasciando solo il nome in tondo, quando il
contesto rendeva chiaro quale fosse il livello di discorso in vista.

Tra ' ' si indicano i significati di una forma:
mong. *qoniči* ' pastore '.

L'abbreviazione di una forma è indicata da ° posposto. Il segno indica che l'abbreviazione è pura-
mente arbitraria e di comodo: G° sotto Bangala significa solo che si vuole mettere in evidenza la diversa iniziale; quando la divisione non è arbitraria ma
corrisponde invece a una frontiera di morfema, essa
è indicata da un trattino: es. mong. *qubi-*.

Un asterisco indica che la forma che segue è ricostruita (dopo una forma, esso indica invece che questa è trattata al suo posto alfabetico nell'*Indice ragionato*).

C. *Trascrizioni e segni fonetici*

Come si è visto, un commento a Marco Polo deve necessariamente citare forme mongole, turche, persiane, arabe, armene, greche e altre ancora. Ciascuna delle varie lingue ha un suo alfabeto, e per ciascun alfabeto esiste almeno un sistema di traslitterazione in caratteri latini. Questo porta l'inconveniente che il confronto tra suoni approssimativamente uguali, o almeno paragonabili delle varie lingue, si traduce a volte sulla carta nella giustapposizione di più simboli grafici diversi. Poiché anche nell'ambito di indicazioni essenziali e schematiche come queste è giusto dare a chi legge la possibilità di ricostruire mentalmente, in prima approssimazione, il ' suono ' dei nomi poliani, era essenziale accordare le varie traslitterazioni in direzione di una certa omogeneità.

Come aveva fatto già Pelliot, in *Notes on Marco Polo*, si è cercato quindi di usare uno stesso simbolo per suoni paragonabili. Le modifiche rispetto ai sistemi usuali sono comunque minime e non impediscono, a chi vuole farlo, di risalire alle grafie originali.

Tutte le grafie di tipo consonantico sono traslitterate anche con l'indicazione delle vocali; quando la vocalizzazione è dubbia, si indicano solo le consonanti, rappresentando eventualmente le vocali mancanti con un punto: es. ‹T.b.t›.

Le grafie fonetiche si conformano al sistema dell'Associazione Fonetica Internazionale (IPA).

Arabo: traslitterazione corrente dell'arabo classico, anche per i toponimi, con rispettivamente ‹θ, ǰ, x, δ, γ› invece di ‹ṯ, ǧ, ḫ, ḍ, ġ›.

Cinese: sistema Wade-Giles. La pronuncia ricostruita è quella del Karlgren (*Grammata serica recen-
sa*, ecc.) per le fasi più antiche, quella del Pelliot
per l'epoca Yüan; i simboli sono stati però adattati a quelli dell'Alfabeto Fonetico Internazionale.

Greco: traslitterazione corrente, con ‹u› per υ.

Mongolo: si è usata la traslitterazione di A. Mostaert
in *Dictionnaire ordos*, III, Pechino, 1944 (sotto
*Index des mots du mongol écrit et du mongol an-
cien*) che segue sostanzialmente quella del Pelliot
e che è già interpretativa; per semplicità si scrive
‹e› per ‹ä› sulla scia, del resto, di manuali autorevoli; si ricordi che la grafia del mongolo non dif-·
ferenzia sempre chiaramente tra loro le coppie
‹a, e; o, u; ö, ü; k, g; q, γ; t, d›.

Persiano: traslitterazione corrente alla araba per le
forme antiche con ‹x› invece di ‹ḫ› e ‹v› invece
di ‹w›; nelle forme moderne la trascrizione tende
invece a riprodurre la fonetica del persiano moderno.

Le altre lingue iraniche sono riprodotte secondo
le convenzioni delle fonti usate; tuttavia per il
pahlavī si è adottata la trascrizione fonologica di
D.N. MacKenzie.

Sanscrito e lingue indiane moderne: le forme sono
per lo più attinte dal Turner; si intende che le
forme sanscrite hanno solo valore di lemma rias-
suntivo.

Siriaco: traslitterazione corrente.

Tibetano: traslitterazione corrente, con ‹'› per il
sostegno vocalico.

Principali valori fonetici:

ā, ecc. indica per solito una vocale lunga; ma nelle lingue che usano alfabeti di tipo semitico, tale

scrittura significa solo che si vuole indicare con esattezza la vocale;

ü è la *u* francese, IPA [y];

ö è la *eu* francese, IPA [ø] o [œ];

č è l'affricata sorda prepalatale di it. *cena*, IPA [tʃ];

ǰ è l'affricata sonora prepalatale di it. *gelo*, IPA [dʒ];

x è una fricativa sorda velare o postvelare (ted. *Ba*ch);

γ è una fricativa sonora velare (sp. *luego*);

β è una fricativa sonora bilabiale (sp. *caballo*);

φ è una fricativa sorda bilabiale (giapp. F*uj*ica);

δ è una fricativa sonora dentale (sp. *nada*);

θ è una fricativa sorda dentale (sp. *zorro*);

η è una nasale velare come in it. *angolo*;

ṭ, ḍ, ecc. sono consonanti retroflesse, cioè articolate con la punta della lingua rovesciata all'indietro, come in siciliano (*beddu*), nelle lingue arie e non arie dell'India; sono consonanti ' enfatiche ', cioè all'incirca velarizzate, nelle lingue semitiche.

D. *Fonti*

L'immensa letteratura storica e cronachistica relativa all'Asia di Marco Polo è costituita da opere di valore diseguale, spesso tramandate in modo frammentario (come la cronaca di Simone di St-Quentin, conservata nello *Speculum historiale* di Vincenzo Bellovacense) o indiretto, come la *Storia segreta* dei Mongoli, conservata in trascrizione fonetica in ideogrammi cinesi, con traduzione interlineare cinese.

Si dà qui un regesto delle fonti principali usate, diviso per lingue. Un'utile bibliografia di ambito analogo è in Spuler, *Mongolen*, 465-485; alle pp. 485-502 altra bibliografia sussidiaria, divisa per argomenti.

Fonti mongole

Poiché le cronache più antiche che si siano conservate in mongolo (*Altan tobči, Sanaŋ Sečen*) non risalgono oltre il XVII secolo, è di grande importanza la cosiddetta *Storia segreta* (*Moŋγolun niγuča tobčaγan*), compilata verso il 1240 in mongolo ma tradotta in cinese nella seconda metà del XIV sec.; il testo originale è perduto, ma accanto alla traduzione cinese rimane una coeva trascrizione fonetica in caratteri cinesi (forse eseguita come esercizio; la traduzione cinese è studiata in M.A.K. Halliday, *The language of the Chinese « Secret History of the Mongols »*, Publ. of the Philol. Society, 17, Oxford, 1959, dove è trattata anche la fonologia Yüan). Ho tenuto presenti: P. Pelliot, *Histoire secrète des Mongols. Restitution du texte mongol et traduction française des chapitres I à VI*, Oeuvres posthumes de Paul Pelliot, I, Adrien-Maisonneuve, Paris, 1949; E. Haenisch, *Wörterbuch zu Mangḥol un niuca tobca'an (Yüan-ch'ao pi-shi). Geheime Geschichte der Mongolen*, Franz Steiner, Wiesbaden, 1939, 1962².

Fonti persiane

La più importante è il *Ǧāmi' at-tavārīx* di Rašīd ad-Dīn. Il testo usato finora è quello curato da E. Blochet (Leiden-London, 1910-1911) che ha anche scritto una *Introduction à l'« Histoire des Mongols » de Fadl Allah Rachid ed-Din*, Leiden, 1910. È. in corso la pubblicazione di un'edizione critica del testo, cominciata nel 1936 a cura dell'Accademia delle

Scienze dell'Āẕarbāyjān: Faḍlallāh Rašīd ad-Dīn, *Džāmi' at-tavārīx*, kritičeskij tekst A.A. Romaskeviča, A.A. Xetagurova, A.A. Ali-Zade, Moskva, 1965 (Tom I, čast' 1). Traduzione russa in corso di stampa: Rašid-ad-din, *Sbornik letopisej*, perevod s persidskogo O. I. Smirnovoj, primečanija B.I. Pankratova i O.I. Smirnovoj, redakcija prof. A.A. Semenova, Moskva, 1952 (Tom I, I-II). Vedi anche il volume commemorativo per i 650 anni dalla morte di Rašīd ad-Dīn, pubblicato come «CAJ» 14 (1970). Le altre fonti in persiano (Waṣṣāf, *Ḥudūd al-'Alām*, ecc.) sono citate solo occasionalmente.

Fonti cinesi

La più importante è lo *Yüan-shih*, cioè gli annali dinastici degli Yüan (1279-1368). Le citazioni di singole forme e di notizie sono attinte qui da Pelliot, *Notes*, che usava l'edizione di Nanchino.

Fonti siriache

Una fonte importante dal punto di vista storico e religioso è la vita di Yahbalāhā III, cioè Markos, monaco öŋgüt nato nel 1245, dapprima discepolo di Rabban Ṣaumā e poi patriarca nestoriano dal 1281, morto nel 1317. La sua vita siriaca, ma tradotta da un originale persiano, è edita in: P. Bedjan, *Histoire de Mar-Jabalaha, de trois autres patriarches, d'un prêtre et de deux laïques nestoriens*, Paris, 1888, 1895². Ne esistono varie traduzioni annotate, ad esempio di J.-B. Chabot (Paris, 1895) e di E.A. Wallis Budge (London, 1928, rist. 1973). Si è tenuta presente anche la redazione della vita in arabo: *Jabalahae III catholici nestoriani vita... edidit... R. Hilgenfeld*, Lipsiae, 1896.

Fonti turche

Una fonte preziosa per l'aspetto lessicografico è il
cosiddetto *Codex Cumanicus*; si tratta di un dizionario latino-persiano-comano compilato da un mercante veneziano in Crimea nei primi anni del 1300
e conservato in un codice di proprietà del Petrarca
e da questi lasciato alla Repubblica di Venezia.
L'importanza del codice è grande, oltre che per la
turcologia in generale, anche per l'analisi di testi
coevi come quello di Polo; esso infatti ci informa
sul lessico corrente, soprattutto mercantile (animali,
pelli, tessuti, merci varie) e ci garantisce, attraverso
una trasparente italianizzazione, che certe forme erano ormai correnti tra i mercanti dell'epoca. Edizione fototipica: *Codex Cumanicus. Cod. Marc. Lat.
DXLIX*, in faksimile herausgegeben, mit einer Ein-
leitung von K. Groenbech, Koebenhavn, 1936; vedi inoltre *CCum*.

Per le altre lingue turche citate (soprattutto turco
orientale, cioè čaγatay, ecc.) si è usato il *DS*.

Fonti armene

Gli storici armeni d'epoca mongola costituiscono
una insostituibile fonte d'informazioni storiche e
linguistiche; grazie alla peculiarità della scrittura
armena, in alcuni casi di forme controverse sono le
testimonianze armene quelle che permettono di decidere. È merito del Pelliot avere introdotto l'uso
delle fonti armene anche nel commento a Marco Polo e di essersene servito, pur non essendo un armeni-
sta, con la consueta esattezza. Le fonti armene sui
Mongoli erano state fatte conoscere in Occidente da
due lavori, su cui anche Pelliot doveva basarsi:
E. Dulaurier, *Les Mongols d'après les historiens ar-*

méniens, « JA » 11 (1852), 191-255, 426-508; 16 (1860), 273-322; K.P. Patkanov [Patkanean], *Istorija Mongolov po armjanskim istočnikam*, I-II, S. Pietroburgo, 1874.

Inoltre la *Storia universale* di Vartan era stata pubblicata per la prima volta, con una traduzione russa, da N.O. Ėmin (*Vseobščaja istorija Vartana Velikogo*, Moskva, 1864).

Questi lavori appartengono alla preistoria, seppur gloriosa, degli studi armeni; oggi disponiamo di due accuratissime edizioni degli storici d'epoca mongola: Kirakos Ganjakec'i, *Pat'mowt'iwn Hayoc'* [Storia degli Armeni, dal 300 al 1264], ed. K.A. Melik'-Ohanjanyan, Erevan, 1961; sull'edizione critica si è basato L. Ligeti per studiare i dati linguistici mongoli (*Le lexique mongol de Kirakos de Gandzak*, « AOH » 8 [1965], 241-297) mentre la parte relativa ai Mongoli (cap. XXXII) è stata tradotta e commentata da J.A. Boyle (*Kirakos Gandzakec'i on the Mongols*, « CAJ » 8 [1963], 199-214).

L'altra compilazione storica, scritta verso il 1271, la *Storia della nazione degli Arcieri*, attribuita a Małak'ia e ora restituita a Gregorio di Akner (o, come si diceva un tempo, di Akanc') è edita e tradotta in inglese in: R.P. Blake - R.N. Frye, *History of the Nation of the Archers (the Mongols) by Grigor of Akanc' hitherto ascribed to Maɣak'ia the Monk*, « HJAS » 12 (1949), 269-399. Per il commento, vedi Cleaves, *Names*.

Molte fonti armene sono inoltre nel *Recueil des historiens des Croisades, Documents arméniens*, I-II, Paris, 1869-1906 (in testo e traduzione), ad esempio Smbat il Conestabile (*Storia della Piccola Armenia, Recueil*, 610-670), Samuel di Ani (*Cronaca, Recueil*, 460-468); il più importante è l'armeno di Cilicia

Het'owm, fattosi poi monaco premostratense, che scrisse a Poitiers nel 1307 il suo *La flor des estoires de la Terre d'Orient*, tradotto poi in latino da Falcon (*Recueil*, II, 111-363; altra edizione, a cura di W. Robertson Lang, Chicago, 1934).

Fonti latine

Giovanni da Pian del Carpine, nato tra il 1190 e il 1195, francescano, fu inviato da Innocenzo IV presso i Tartari nel 1245. La migliore edizione della sua *Ystoria Mongalorum* è in *SF*, 27-130. Ne esistono una traduzione francese annotata (Jean de Plan Carpin, *Histoire des Mongols*, traduit et annoté par Dom J. Becquet et par Louis Hambis, Adrien-Maisonneuve, Paris, 1965, su cui vedi la dettagliata recensione di P. Daffinà, « SM » 7 [1966], 760-776, che è stata tenuta presente) e una italiana (*Viaggio a' tartari di frate Giovanni da Pian del Carpine, Historia Mongalorum*, a cura di G. Pullè, Alpes, Milano, 1929). Vedi inoltre D. Sinor, *Mongol and Turkic Words in the Latin Versions of John of Plano Carpini's Journey to the Mongols* (1245-1247), in L. Ligeti, ed., *Mongolian Studies*, Grüner, Amsterdam, 1970, 537-551.

Benedetto Polono, compagno di Giovanni da Pian del Carpine nella missione del 1245, è autore di una breve relazione, edita in *SF*, 135-143.

Simone di St-Quentin, domenicano, partecipò anch'egli alla missione (1245-1247) presso i Tartari. La sua opera storica (una *Historia Tartarorum?*) non si è conservata che sotto forma di brani inseriti nello *Speculum historiale* di Vincenzo Bellovacense (Vincent de Beauvais); ne esiste ora una edizione autonoma: Simon de Saint-Quentin, *Histoire des Tartares*, publiée par Jean Richard, Geuthner, Paris,

1965 (su cui si veda la recensione di P. Daffinà in « SM » 7 [1966], 776-778).

C. de Bridia, francescano, scrisse nel 1247 una *Hystoria Tartarorum* in cui è debitore di Pian del Carpine, Benedetto Polono e Ceslao Boemo. Il testo, prima sconosciuto, è stato edito solo nel 1965, da G.D.E. Painter. Si è usata l'edizione di A. Önnefors, Berlin, 1967.

Guglielmo di Rubruck (ma la grafia del suo luogo di nascita, nella Francia settentrionale presso Cassel, oscilla notevolmente nei manoscritti) nato tra il 1215 e il 1230, francescano, visitò i Tartari tra il 1253 e il 1255. La migliore edizione del suo *Itinerarium* è in *SF*, 164-332.

Ricoldo da Montecroce, domenicano fiorentino, nato verso il 1243, morto nel 1320, viaggiò in Terra Santa dal 1288. L'*Itinerarium* è edito in C.M. Laurent, *Peregrinatores medii aevi quattuor*, Lipsiae, 1864; vedi Monneret de Villard, *Ricoldo*.

Giovanni da Monte Corvino, nato nel 1247, francescano, visitò l'Armenia, la Persia, l'India, la Cina in varie missioni; morì nel 1328. Rimangono tre lettere, una in italiano e due in latino, edite in *SF*, 340-355.

Odorico da Pordenone, nato verso il 1285, viaggiò in missione attraverso l'impero del Gran Cane, tra il 1314 e il 1330. La sua relazione è in *SF*, 413-495 (ne esiste una traduzione italiana: *Viaggi del beato Odorico da Pordenone*, a cura di G. Pullè, Alpes, Milano, 1931).

Jourdain Catalani de Sévérac, domenicano, vescovo di Quilon dal 1329, morto ivi nel 1336, scrisse dei *Mirabilia descripta* e varie lettere. Edizione: *Les Merveilles de l'Asie* par le père Jourdain Catalani de Sévérac... texte latin, fac-simile et traduction française avec introduction et notes par H. Cordier, Paris, 1925.

Jacopo da Verona, agostiniano, nato verso il 1290, compì un viaggio in Terra Santa nel 1335. Ne ha dato una magistrale edizione, con commentario storico-archeologico e critica delle fonti Monneret de Villard (vedi Monneret de Villard, *Liber*).

Giovanni de' Marignolli, nato alla fine del XIII secolo a Firenze e morto nel 1359, viaggiò dal 1339 al 1352 nelle terre del Gran Cane. Estratti dal suo *Chronicon Bohemicum*, che costituiscono la relazione del suo viaggio, sono editi in *SF*, 524-560.

Fonti italiane

La *Pratica della mercatura* (verso il 1340) di Francesco Balducci Pegolotti è citata nell'edizione di A. Evans, Cambridge Mass., 1936.

Il *Libro d'Oltremare* di Niccolò da Poggibonsi, cronaca di un pellegrinaggio in Terra Santa del 1346-1350, è citato secondo l'edizione del Padre B. Bagatti, Gerusalemme, 1945.

Altre fonti più tarde, usate solo occasionalmente, sono i viaggi in Terra Santa di L. Frescobaldi (1384) e S. Sigoli (1384), citati secondo la modesta ristampa a cura di C. Angelini (Le Monnier, Firenze, 1944); il *Viaggio in Terra Santa* di S. Brasca (1480) secondo l'edizione di A.M. Momigliano Lepschy (Longanesi, Milano, 1966); il viaggio in India, Persia e Giava di Niccolò de' Conti, morto verso il 1469, dall'edizione di M. Longhena (Alpes, Milano, 1929); la lettera di Giovanni da Empoli dall'edizione di A. Bausani (Is.M.E.O., Roma, 1969); la sezione del viaggio di Pigafetta che riguarda l'Indonesia dall'edizione di A. Bausani (Is.M.E.O., Roma, 1972); la *Relazione di Persia* di M. Membrè (1542) dall'edizione di G.R. Cardona (Istituto Universitario Orientale, Napoli 1969); i viaggi di C. Federici e G. Balbi dall'edizione di O. Pinto (Libreria dello Stato, Roma, 1962). In assenza di altra indicazione, la citazione rimanda alla pagina dell'edizione usata.

Resta, per concludere questa introduzione, che io esprima la mia riconoscenza per coloro che hanno dedicato tempo e attenzione alle mie note: a Valeria Bertolucci Pizzorusso, alla cui paziente collaborazione si deve l'esistenza stessa di questo lavoro; e ad Alessandro Bausani, Paolo Daffinà, Luigi Santa Maria, che mi sono stati, come sempre, larghi di suggerimenti e indicazioni.

3. Abbreviazioni

A. Periodici

« AION-O » « Annali dell'Istituto Orientale di Napoli, Serie Orientale »

« AOH » « Acta Orientalia Academiae Scientiarum Hungaricae »

« Annali di Ca' Foscari », S.Or.
  « Annali della Facoltà di lingue e letterature straniere di Ca' Foscari, Serie Orientale »

« CAJ » « Central Asiatic Journal »

« CN » « Cultura Neolatina »

« BEFEO » « Bulletin de l'École Française d'Extrême-Orient »

« BSO(A)S » « Bulletin of the School of Oriental (and African) Studies »

« EW »	« East and West »
« HJAS »	« Harvard Journal of Asiatic Studies »
« JA »	« Journal Asiatique »
« JAOS »	« Journal of the American Oriental Society »
« JQR »	« Jewish Quarterly Review »
« JRAS »	« Journal of the Royal Asiatic Society of Great Britain and Ireland » [senza indicazione del volume].
« LN »	« Lingua Nostra »
« MN »	« Monumenta Serica »
« RALinc »	« Rendiconti dell'Accademia Nazionale dei Lincei »
« RO »	« Rocznik Orientalistyczny »
« SM »	« Studi Medievali »
« TP »	« T'oung Pao »
« VR »	« Vox Romanica »
« ZMDG »	« Zeitschrift der Deutschen Mörgenlandischen Gesellschaft »

B. Libri e articoli

BGA: *Bibliotheca Geographorum Arabicorum*, primum edidit M.J. de Goeje, I-VIII, Leiden, 1870-1894.

Brătianu, *Recherches*: G.I. Brătianu, *Recherches sur le commerce génois dans la Mer Noire au XIIIe siècle*, Paris, 1929.

CCum: K. Groenbech, *Komanisches Wörterbuch. Türkischer Wortindex zu Codex Cumanicus*, Munksgaard, Koebenhavn, 1942.

Cerulli, *Etiopi*: E. Cerulli, *Etiopi in Palestina. Storia della comunità etiopica di Gerusalemme*, Libreria dello Stato, Roma, 1943-1947.

Cerulli, *Somalia*: E. Cerulli, *Somalia. Scritti vari editi e inediti*, Libreria dello Stato, Roma, 1957-1959.

Cleaves, *Names*: F.C. Cleaves, *The Mongolian Names and Terms in the History of the Nation of the Archers by Grigor of Akanc'*, « HJAS » 12 (1949), 400-443.

DAI: Constantine Porphyrogenitus, *De administrando imperio*, II, *Commentary* by F. Dvornik, R.J.H. Jenkins, B. Lewis, Gy. Moravcsik, D. Obolensky, S. Runciman, ed. by R.J.H. Jenkins, London, 1962.

DEI: C. Battisti-G. Alessio, *Dizionario etimologico italiano*, Barbera, Firenze, 1950-1957.

di Nola, *Hildesheim*: Giovanni di Hildesheim, *La storia dei Re Magi*, traduzione e commento di A.M. di Nola, Vallecchi, Firenze, 1966.

Doerfer, *Elemente*: G. Doerfer, *Türkische und mongolische Elemente in Neupersischen...*, I-II-III, Steiner, Wiesbaden, 1963, 1965, 1967.

DS: V.M. Nadel'jaev, D.M. Nasilov, È.R. Tenišev, A.M. Ščerbak, *Drevnetjurkskij slovar'*, Nauka, Moskva, 1969.

EC: *Enciclopedia Cattolica*, Città del Vaticano, 1949-1954.

EI: *Encyclopédie de l'Islām. Dictionnaire géographique, ethnographique et biographique des peuples musulmans*, 2ª ed. Brill, Leiden, [pubblicata fino a V, 512; il resto si cita dalla prima edizione, Leiden-Paris, 1913-1934, Supplemento, ivi, 1938].

Enoki, *Japan*: K. Enoki, *Marco Polo and Japan*, in *OP* 23-36.

Ferrand, *Relations*: G. Ferrand, *Relations de voyages et textes géographiques arabes, persans et turks relatifs à l'Extrême-Orient du VIIIe au*

XVIII siècles, traduits, revus et annotés, I-II, Paris, 1913-1914.

FEW: W. von Wartburg, *Französisches etymologisches Wörterbuch*, Francke, Bern.

Golubovich, *Biblioteca*: p.G. Golubovich, O.F.M., *Biblioteca bio-bibliografica della Terra Santa e dell'Oriente Francescano*, II (*Addenda al sec. XIII, e fonti pel sec. XIV*), Collegio di San Bonaventura, Quaracchi, 1913.

Gururājamañjarikā: *Gururājamañjarikā*. Studi in onore di Giuseppe Tucci, I-II, Istituto Universitario Orientale, Napoli, 1974.

Heyd, *Histoire*: W. Heyd, *Histoire du commerce du Levant au Moyen-Âge*, édition française... par F. Raynaud, Leipzig, 1885-1886 [rist. anast. 1959].

Hübschmann, *Grammatik*: H. Hübschmann, *Armenische Grammatik*, Leipzig, 1897 [rist. anast. Hildesheim, 1962].

HJ: H. Yule - A.C. Burnell, *Hobson-Jobson. A Glossary of Colloquial Anglo-Indian Words...*, new ed. by W. Crooke, John Murray, London, 1903.

Index: Sven Hedin Central Asia Atlas, Memoir on Maps, III: D.M. Farquahr, G. Jarring, E. Norin, *Index of Geographical Names*, Stockholm, 1967.

Laufer, *SI*: B. Laufer, *Sino-Iranica. Chinese Contributions to the History of Civilization in Ancient Iran*, Chicago, 1919 [rist. anast. Taipei, 1967].

Lentz, *Pamir*: W. Lentz, *War Marco Polo auf dem Pamir?*, « ZDMG » 86, N.F. 11 (1933), 1-32.

Le Strange, *Palestine*: G. Le Strange, *Palestine under the Moslems. A Description of Syria and the Holy Land from A.D. 650 to 1500*, 1890 [rist. anast. Beirut, 1965].

Martinori, *Moneta*: E. Martinori. *La moneta. Voca-*

bolario generale, Istituto Italiano di Numismatica, Roma, 1915.

MGH: *Monumenta Germaniae Historica*.

Monneret de Villard, *Leggende*: U. Monneret de Villard, *Le leggende orientali sui Magi evangelici*, Studi e Testi 163, Città del Vaticano, 1952.

Monneret de Villard, *Liber*: U. Monneret de Villard, *Liber peregrinationis di Jacopo da Verona*, Il Nuovo Ramusio I, Libreria dello Stato, Roma, 1950.

Monneret de Villard, *Ricoldo*: U. Monneret de Villard, *Il libro della peregrinazione nelle parti d'Oriente di frate Ricoldo da Montecroce*, Istituto Storico Domenicano, Roma, 1948.

Monneret de Villard, *Tessuti*: U. Monneret de Villard, *Tessuti e ricami mesopotamici ai tempi degli 'Abbāsidi e dei Selǧūqidi*, « Memorie dell'Accademia Nazionale dei Lincei », s. VIII, 7 (1955), 183-234.

Moravcsik, *Byzantinoturcica*: Gy. Moravcsik, *Byzantinoturcica. Die byzantinischen Quellen der Geschichte der Türkvölker*, Budapest, 1942-1943, 2ª ed. Berlin, 1958.

Mostaert-Cleaves, *Lettres*: A. Mostaert-F.W. Cleaves, *Les lettres de 1289 et 1305 des ilkhan Arγun et Ölĵeitü à Philippe le Bel*, Harvard University Press, Cambridge Mass., 1962.

Moule, *Quinsai*: A.C. Moule, *Quinsai with other Notes on Marco Polo*, Cambridge University Press, Cambridge, 1957.

Olschki, *Asia*: L. Olschki, *L'Asia di Marco Polo*, Sansoni, Firenze, 1957.

Olschki, *Storia*: L. Olschki, *Storia letteraria delle scoperte geografiche*, Firenze, 1937.

OP: *Oriente Poliano. Studi e conferenze tenute al-*

l'Is. M.E.O. in occasione del VII centenario della nascita di Marco Polo (1254-1954), Is. M.E.O., Roma, 1957.

Pellegrini, *Arabismi*: G.B. Pellegrini, *Gli arabismi nelle lingue neolatine con speciale riguardo all'Italia*, Paideia, Brescia, 1972.

Pelliot, *Mélanges*: P. Pelliot, *Mélanges sur l'époque des Croisades*, « Mémoires de l'Institut National de France, Académie des Inscriptions et des Belles-Lettres », 44, 1 (1960).

Pelliot, *Notes*: P. Pelliot, *Notes on Marco Polo*, I-II, Paris, 1959-1963; *Index*: 1973.

PG: J.P. Migne, *Patrologiae cursus completus, Series Graeca*, Parisiis.

Rubinacci, *Tibet*: R. Rubinacci, *Il Tibet nella Geografia d'Idrīsī*, in *Gururājamañjarikā*, 195-220.

Schulthess-Ulrich, *Gewebebezeichnungen*: N. von Schulthess-Ulrich, *Gewebebezeichnungen orientalischer Herkunft*, « VR » 25 (1966), 259-288.

Serruys, *Names*: H. Serruys, *Some Type of Names Adopted by the Mongols During the Yüan and the Early Ming Periods*, « MS » 17 (1958), 353-360.

SF: *Sinica Franciscana*, I. *Itinera et relationes fratrum minorum saeculi XIII et XIV*, collegit, ad fidem codicum redegit et adnotavit p. Anastasius van den Wyngaert O.F.M., apud Collegium S. Bonaventurae, Quaracchi, 1929.

Spuler, *Mongolen*: B. Spuler, *Die Mongolen in Iran. Politik, Verwaltung und Kultur der Ilchanzeit 1220-1350*, Akademie-Verlag, Berlin, 1955[2].

Turner: R.L. Turner, *A Comparative Dictionary of Indo-Aryan Languages*, Oxford University Press, London, 1966.

Yule, *Marco Polo*: H. Yule, *The Book of Ser Marco Polo*, ..., John Murray, London, 1903[3].

Yule-Cordier, *Cathay*: H. Yule, *Cathay and the Way Thither*, 2ª ed. a cura di H. Cordier, Hakluyt Society, London, 1914.

Wittkower, *Marco Polo*: R. Wittkower, *Marco Polo and the Pictorial Tradition of the Marvels of the East, OP*, 155-172.

C. Lingue

ar.abo
arm.eno
avest.ico
cin.ese
com.ano
cot.anese
fr.ancese
georg.iano
gr.eco
lat.ino
mal.ese
mong.olo

pahl.avī
pers.iano
port.oghese
sans.crito
sir.iaco
sogd.iano
sp.agnolo
tib.etano

Inoltre:
m.edio, med.ievale

Abaga, signore del Levante, 195, 29; 196, 1, 2; 198, 3
  Abaγa, figlio maggiore di Hülegü, cui successe
  nel 1265. Alla sua morte (1282) gli successe il fratello Ahmad, indicato qui col solo titolo di Soldano* (197, 3 - 203, 5). Nel 1922 è stata scoperta
  negli archivi vaticani la redazione latina di una
  sua lettera a Clemente IV, su cui vedi E. Tisserant, *Une lettre de l'Ilkhan de Perse Abaga, adres-
  sée en 1268 au Pape Clément IV*, « Le Muséon »,
  59 (1946), 547-556. Vedi anche Pelliot, *Notes*, 3-5;
  Cleaves, *Names*.

Abascie, 187, 24 (« la mezzana India, la quale è chiamata Anabascie »); 188, 0 (Nabasce), 1 (Nabascie), 7, 8 (re d'Abasce); 189, 0 (re d'Abasce), 1
  (re d'Abascie), 14, 18 (Abascia)
    Ar. al-Ḥabašah ' Abissinia '. Le prime menzioni
  del nome dell'Abissinia in cronisti europei (poiché sembra dubbio sia abissino il « Rex de Ave-
  sguia » citato da Riccardo di Poitiers nella sua
  cronaca, anteriore al 1153, cfr. *MGH, Script.*,
  XXVI, 84) si trovano negli *Otia imperialia* di
  Gervasio da Tilbury, del 1211 (« fines Abasita-
  rum ») e nei *Flores historiarum* di Ruggero di
  Wendover, m. 1236 (« Abesia »), citati in Cerulli,
  Etiopi, I, 40-41. Una lista delle « nationes » cristiane di Gerusalemme, contenuta in un codice
  dell'Escorial del sec. XIV e databile al XIII, contiene tra gli altri il nome degli « Abastini », soggetti al patriarca monofisita di Alessandria (Cerulli, *Etiopi*, I, 78-79); il nome corrisponde ad
  « Abasty » (« ubi sunt Christiani ») di Giovanni
  de' Marignolli (*SF*, 532), anche se in questo caso
  Pelliot pensa alla solita confusione di ‹t› e ‹c› e
  quindi ad ‹Abascy› (Pelliot, *Notes*, 6).

La collocazione dell'Etiopia è antica; cfr. Servio, *ad Georg.*, II, 16: « Indiam omnem plagam Aethiopiae accepimus »; Procopio fa venire il Nilo dal paese degli Indiani d'Egitto. Ma la confusione è molto più antica ed è già in fonti persiane. Uno dei motivi, a parte le varie leggende, è forse l'itinerario percorso dalle spezie: la via delle spezie andava dall'India ad 'Adan e di qui ad Alessandria d'Egitto o « per mare da 'Aden al Sinai e dal Sinai in Egitto per terra, o per mare da 'Aden a 'Aydab e di lì per carovana ad Aswān oppure da 'Aden ad al-Quṣayr e da al-Quṣayr a Qūs nella valle del Nilo e di lì lungo il Nilo ad Alessandria » (Cerulli, *Etiopi*, I, 50). Trovandosi agli estremi di uno stesso itinerario, i due paesi venivano considerati vicini. Questa unificazione permetterà nel XIV-XV secolo lo spostamento del Prete Gianni in Etiopia, come è già, del resto, in Jourdain Catalani, che a proposito dell'India terza parla dell'« imperator Aethiopum quem vos vocatis Prestre Johan » (119); così collocano l'India sull'alto Nilo fra Simone e Ugo l'Alluminatore, autori di un *Itinerario in Terra Santa* del 1323. Anche qui si tratta di notizie raccolte in Egitto: è sempre la via delle spezie che risaliva l'alto Nilo, poi raggiungeva il Mar Rosso per via di terra e di qui 'Adan e l'India (Golubovich, *Biblioteca,* III, 264: « per quem [il Nilo] ascenditur navigio a Mare Mediterraneo ad Indiam superiorem, in qua stat Presbyter Johannes »; ivi, 269: « Indiani seu Ethiopes », ecc.; cfr. Cerulli, *Etiopi*, I, 102-106).

Il motivo del re d'Abasce che vuole recarsi in pellegrinaggio al Santo Sepolcro ma ne è sconsigliato, è stato rintracciato dal Cerulli (*Etiopi*, I,

109-111) nell'agiografia etiopica. Nella notizia del
Sĕnkĕssār (Sinassario) etiopico dedicata al nĕguś
Teodoro I (regnò dal 1411 al 1414), santo, si
legge: « E quando egli pensò di andare a Gerusalemme si consigliò con abba Mārqos. Costui però gli disse: " Non è (tal viaggio) di tua spettan-
za ", ché l'aveva compreso per Spirito Santo ».
Probabilmente questa notizia non è che la schematica riduzione di una redazione più antica degli Atti di Teodoro. Nel testo del Marco Polo francese si precisa anche la data: 1288. La cronologia
della guerra cui allude Polo è discussa da C. Conti
Rossini, Marco Polo e l'Etiopia, « Atti R. Istituto
Veneto », 10 (1939-1940), 1023-1025; l'identificazione di Aden non con l'odierna 'Adan ma con
Adal nella regione di Gibuti, accettata senza riserve da Hambis nelle note alla sua traduzione
in francese moderno (p. 412), era considerata improbabile già da Pelliot, Notes, 13.

Marco Polo parla anche dei marchi a fuoco sul
viso (uno in fronte e due sulle guance) usati per
« compimento de batesimo »; la notizia è corrente in Occidente; il primo a parlarne, riferendola
agli Etiopi di Gerusalemme è Thietmar, che compì un pellegrinaggio a Gerusalemme nel 1217
(« Item vidi de monte Synai quandam terram ultra Egyptum cuius incole vocantur Yssini [cioè
ar. ḥabašiyyīn ' abissini '], que tota christiana est.
Et habent singuli homines illius provincie cru-
cem in frontibus in signum crucis »); altre fonti
sono Oliviero Scolastico (« Nubiani soli parvulis
suis karacterem crucis ignito ferro trifariam in
fronte altrinsecus iuxta oculos imprimunt, nichi-
lominus baptizant ») e poi Jacopo da Verona,
Niccolò da Poggibonsi, Frescobaldi (vedi la no-

ta 66 in Monneret de Villard, *Liber*, 165). La tradizione è stata studiata da E. Cerulli, *Il volo di
Astolfo sull'Etiopia nell'*« *Orlando Furioso* »,
« RALinc », VI, 8 (1932), 28-33. Il toscano cita focature e immersione, ma tace il terzo elemento
del battesimo etiopico, e cioè la circoncisione,
di cui si parla invece in F (vedi sopra la *Nota al
testo*, appar.).

Piuttosto inspiegabile è il fatto che il suono
iniziale [ħ] faringale, dunque ben percepibile,
sia totalmente caduto; di solito le fricative po-
steriori vengono rese con occlusive velari. Un'interessante oscillazione si trova in Jacopo da Verona che parla in un luogo di « Abes » (39) e altrove di « Jabes sive Jabeni » (60) e « Jabeni nigri de provincia Indie » (61); così anche Burcardo da Monte Sion ha varie forme, « Jabeni », « Jabeani », « Nabenia » (per la regione), che Jacopo ha indubbiamente presenti. Si può pensare che
si tratti di una corruzione grafica di una ‹h› originaria, in una forma come ‹Habes›, ecc., come
pensa Cerulli, *Etiopi*, I, 114; ma la cosa ha crea-
to difficoltà a tutti i commentatori dei vari itinerari. Per Monneret (*Liber*, 183) la forma con A°
trascrive direttamente una forma orale; le altre
sono copiate da Burcardo. La spiegazione data dal
Cerulli è forse la più convincente: nelle notizie
su Nubiani e Abissini, venivano raggruppati insieme i nomi dei vari paesi africani noti oltre l'E-
gitto, in genere in una coppia: Libia, Nubia,
Etiopia. Si ebbero così deformazioni di copisti dovute alla vicinanza di Libia e Nubia: « Lubia-
ni », « Neboni », « Jabeni », « Jabeani », « Jubia-
ni », ecc.

La forma in ‹n°› compare solo nei codici toscani. È opportuno notare che una variante per Nubia, qui a 188, 7, è ‹anabat› in V, il che porta conferme alla teoria di Cerulli.

Abatan, uno dei due baroni inviati contro il Zipangu, 155, 11

I Mongoli tentarono due volte di invadere il Giappone, nel 1274 e nel 1281, e ambedue le volte dovettero desistere dall'impresa per le tempeste. La versione di Polo corrisponde a quella data dallo *Yüan-shih* per la spedizione del 1281, tranne che in questa gli invasori non riuscirono nemmeno a prender terra. L'isola su cui i baroni cercano di sbarcare è Kyūshū, quella su cui si rifugiano i 30.000 è Takashima. Lo *Yüan-shih* dice che il comandante del corpo di invasione era il mongolo Alạqan; ma che questi si ammalò poi improvvisamente nel 1281, alla vigilia della partenza; un editto imperiale datato 31 luglio 1281 nominò allora al suo posto A-t'a-hai (*Ataqai?). Alaqan morì pochi giorni dopo. Il nome « Abatan » è quindi certamente corrotto; la correzione più ovvia potrebbe essere in « Alacan », a parte l'errore storico. Tuttavia Polo potrebbe aver confuso con il secondo capo di spedizione. Nulla ci autorizza quindi a correggere il testo tramandato: cfr. Pelliot, *Notes*, 1-3; Enoki in *OP*, 34-35.

Vedi Vonsanicin, Zipangu

abrinamani, vedi bregomanni

Acata, 23, 3

Benedetto, XXIV, 7, in corrispondenza di « per tutta India e per Baudac e per Acata » ha « par toutes pars en Yndie et au Cata et en Baudac ». Si tratta di un caso di trasporto di preposizione assai frequente, vedi Achisi, Acummasa, Mien.

Acatu, successore del re Argon, 18, 7, 9, 14. In 203, 7 si dice che Argo (morto nel 1291) venne sostituito da un suo zio perché suo figlio era « molto da la lunga »; ma anche questo zio visse solo due anni, e poi morì di veleno.

Benedetto ha ‹Chia[ca]to› (XIX, 22), ‹[Qui]achatu› (XIX, 26), ‹[Qui]acatu› (XIX, 34). Altre forme sono Quegato del frate Paolino da Venezia (Golubovich, *Biblioteca*, II, 95: « hic VI annos rexit, vivens qua alter brutus, gule et luxurie deditus, et a suis suffocatus est », che però dipende dall'armeno Het'owm, e la trascrizione siriaca Kaixatū. Il nome è dubbio, e Pelliot adotta la grafia Geixatu, senza riuscire a trovarne una spiegazione (< mong. *γaiqaltu 'meraviglioso, sorprendente'?). Figlio di Abaγa e fratello minore di Arγun, successe a quest'ultimo nel 1291 e fu ucciso nel 1295 da Baidu. La vita siriaca di Yahbalāhā III, che raccoglie evidentemente una corrente diversa da quella dei mussulmani e di Het'owm, lo loda come sovrano giusto e generoso; vedi Pelliot, *Notes*, 816-817.

acciaio, 34, 2 (a Creman); 38, 3 (a Gobiam); 59, 4 (a Chingitalas); vedi andanico

Achisi, 32, 4; vedi Chisi

Acri, 9, 0, 1, 4; 10, 2; 11, 0, 1, 2; 12, 1, 3; 190, 8 'Akkā, 'Akkah, San Giovanni d'Acri, conquistata dai Crociati nel 1104 e riconquistata dai mussulmani nel 1291, fu per tutto questo periodo il principale porto per il viaggio in Terra Santa. Vedi Le Strange, *Palestine*, 328-334; Pelliot, *Notes*, 12.

Acummasa, 32, 4; vedi Cormos

Adam, 1, 4; 75, 2; 174, 3, 29 (Adamo, 2 volte), 30 (Adamo), 34 (Adamo)

In 174, 3 si riferisce la leggenda secondo la quale, per i « saraceni », sulla vetta del monte più alto di Ceylon c'è la tomba (« il monumento ») di Adamo, il suo corpo, due denti e la scodella in cui mangiava (i buddisti dicono queste stesse cose di Buddha). La tradizione è effettivamente mussulmana: cfr. ad esempio Qazvīnī (Ferrand, *Relations*, 307) e Dimašqī (Ferrand, 378), che dice che su quest'isola fu gettato Adamo quando fu cacciato dal paradiso. Odorico da Pordenone (*SF*, 454) riferisce del « maximus mons » dell'isola di Ceylon, sopra il quale Adamo pianse per cento anni la morte di suo figlio: il lago che si trova sulla cima del monte nacque dalle sue lacrime; il Marignolli (*SF*, 538) descrive sulla vetta l'orma di Adamo (« forma pedis Ade », cfr. Dimašqī, in Ferrand, *Relations*, 384) e poi una « statua quedam ». Polo riferisce che Qubilai mandò a chiedere al re di Ceylon le reliquie di Adamo, e le accolse con grande solennità (174, 30-35).

Aden, provincia, 170, 33 (Adan); 175, 2 (Arden); 188, 6 (luogo di molte conversioni di Tommaso); 189, 2 (provincia d'Aden), 5, 10; 189, 18; 190, 0, 1, 5 (2 volte), 7, 8, 10; 191, 1, 2; 192, 2

'Adan, sul golfo omonimo, porto e centro commerciale di grande importanza.

Aden, soldano d', 188, 7; 189, 5, 9, 11; 190, 1, 7, 9; 191, 2

aguglie, 91, 5 (usate per cacciare); 171, 10-12 (bian-

che, usate per raccogliere i diamanti a Multifili)
Aguglie compare anche in 123, 7, ma si tratta
di un fraintendimento del traduttore (vedi la
Nota al testo, Appar.).

Aide, 121, 10; vedi Caveitan

Aigiarne, figliuola di Caidu, 195, 6 («in tarteresco
Aigiarne, ciòe viene a dire i·latino 'lucente luna'»)

La forma originaria è quella del francese, ‹ai-
giaruc› (Benedetto, CCII, 2), di cui ‹aigiarne› è
una facile corruzione (‹ne› invece di ‹uc›). Il
nome è effettivamente il turco *ay-yaruq* 'chiaro di
luna', usato anche come nome di donna. Pelliot
fa notare che la grafia poliana fa pensare a una
variante di tipo chirghiso con *jaruq* anziché *ya-
ruq*. Altre fonti danno il nome della figlia di
Qaidu, ma come Qutulun ('la fortunata'); perciò
Pelliot pensa a un soprannome attribuitole popolarmente; vedi Pelliot, *Notes*, 15.

Alanai, una delle terre conquistate da Frai, il signore dei Tartari di Ponente, 208, 2

Il popolo degli Alani è noto fin dai primi secoli dell'èra cristiana; erano di lingua iranica e
formavano una confederazione di tribù che andavano dal nord del mare di Aral al bacino del
Don. Il nome sembra essere in rapporto con
Arya- (nell'iranico nordorientale -*ry*->-*l*-); infatti gli odierni discendenti degli Alani sono gli Osseti del Caucaso che chiamano se stessi *Iron*, cioè
gli Ari (vedi un articolo recente sui nomi antichi
degli Alani: H. Humbach, *Die historische Be-
deutsamkeit der alanischen Namen*, *Studia Pagliaro*, Roma, 1969, III, 33-52). Al tempo di Mar-

co Polo la terra degli Alani era propriamente nel Caucaso orientale, ma col nome di Alani si poteva intendere anche un'area più estesa; Giovanni da Pian del Carpine parla di « Alani sive Assi » (*SF*, 89), e Guglielmo da Rubruck di « Alani qui ibi [ad occidente del Don] dicuntur Aas » e « Alani sive Aas [che vivono vicino ai Circassi] » (*SF*, 191, 199); il secondo nome è quello che ha dato origine all'odierno Osseti (Ās, Āṣ negli scrittori mussulmani; la nostra forma è quella georgiana Owset'i da Ows, che ha dato origine alla forma russa, *osetiny*, e poi alle altre europee, ma Asioi, Asaîoi sono già in Tolomeo e Strabone; per tutta la questione vedi più estesamente lo *Istoriko-ètimologičeskij slovar' osetinskogo jazyka* di V. I. Abaev, I, Moskva, 1958, 79-80). Gli Alani erano cristiani, come attestano Rubruck (*SF*, 191-192) e Marignolli (*SF*, 526); secondo Rubruck erano greci ortodossi; egli però conosceva solo gli Alani della Russia meridionale.

La città principale degli Alani *Makas o *Magas, secondo una possibile ricostruzione dalle forme cinesi che troverebbe riscontro nella città di Meket citata nella *Storia segreta*, fu conquistata da Möŋke nell'inverno 1239-1240 dopo un assedio di tre mesi, secondo lo *Yüan-shih*. Una volta vinta una gran parte della nazione alana, molti Alani vennero deportati ad est per servire nell'esercito mongolo; in questo costituivano il nerbo della guardia imperiale (Marignolli, *SF*, 526, parla di 30.000 Alani, cristiani, e un nome proprio documentato del periodo Yüan è appunto A-sud, da As con il suffisso mongolo di plurale -*ut*; cfr. Serruys, *Names*, 360). Vedi Pelliot, *Notes*, 16-

25; V. Minorsky, *Caucasica* III. *The Alān Capital
Magas and the Mongol Campaigns, « BSOAS »,
14 (1952), 221-238.

Alau, 3, 5 (« re de' Tarteri del Levante »), 6, 7; 24, 9,
11, 12, 16; 42, 1; 68, 1 (Alcon); 208, 6; 209, 9, 16
(2 volte), 17
   Altre forme occidentali importanti sono Hulau
verso il 1266-1291 in Fidenzio da Padova (Golubovich, *Biblioteca*, II, 34), Xalaú e Xaloû nei Bizantini; le forme persiane sono Hūlāgū, Hūlāɣū.
La forma mongola del nome è Hülegü, Hüle'ü,
scritta Ülegü, Üle'ü nella scrittura mongola, che
non conserva più lo *h-* iniziale. Quinto figlio di
Tului, Hülegü nacque nel 1216 e morì nel 1265;
in 68, 1 nella lista dei successori di Čiŋgis (benché
non sia stato Gran Cane, come nemmeno Batu)
Polo lo cita sotto il nome di ‹Alton›, che Benedetto, LXIX, 3 ha corretto in ‹Oktai›, come se
fosse Ögödei. In realtà il nome è ‹Alcon› da
‹Aloon› (cfr. Haloon in altre fonti occidentali).
Vedi Pelliot, *Notes*, 865-867.
   Vedi Barca

Alau, città in cui i Polo lasciarono il messo di Qubilai, 8, 3
   Toponimo probabilmente inesistente, originato da un fraintendimento del traduttore toscano
(vedi sopra la *Nota al testo*, appar.).

Albero Solo, 32, 1 (« Tunocain, che è presso a l'Albaro Solo »); 39, 4 (nella provincia di Tonocan
c'è « una grandissima provincia piana, ov'è l'Albero Solo, che li cristiani lo chiamano l'Albero
Secco »); 196, 1 (« Albero Solo, lo quale noi
chiamamo l'Albero Secco »), 2 (« le contrade del-

l'Albero Solo »); 203, 5 (« le terre da l'Albero Solo »)

Si è orientati a vedere in quest'albero un vero
albero sacro (dalla descrizione parrebbe un pla-
tano orientale) situato nel Xorāsān, usato come
termine territoriale per la sua posizione, su cui
sarebbero venute a sovrapporsi in modo molto
confuso le leggende sull'albero secco e quelle sugli alberi del sole e della luna del *Romanzo di
Alessandro* (vedi Alesandro). Ampia discussione
in Pelliot, *Notes*, 627-636.

Alcai, montagna dove sono sepolti i Cani, 68, 4; 70, 1

Sono i monti Altai, nella Mongolia di NE; ma
Polo riferisce delle tradizioni che collocavano la
tomba di Čiŋgis presso le fonti dell'Onon e del
Kerulen, a nord del Gobi (per queste tradizioni
cfr. Cinghis Kane *). Il problema dei rapporti tra
mong. Altai e turco *altïn*, mong. *altan* ' oro ' è
stato ripreso di recente da L. Bazin, *Les noms
turcs de l'or*, in J.M.-C. Thomas-L. Bernot, a cura di, *Langue et technique, nature et societé*, Paris, 1972, I, 327-336.

Alcon, 68, 1; vedi Alau

Alesandra, 153, 6; 190, 5 (Alexandra, Allexandra,
Allesandra)

L'odierna Iskandariyyah, Alessandria d'Egitto.

Alesandro, 22, 5 (e Alessandro), 6, 7; 39, 7 (Allexandro); 44, 2; 46, 2 (Allesandro), 3 (Ales[a]n-
dro, Allexandro)

Oltre ad Alessandro viene citato espressamente
« lo Libro d'Alesandro » in 22, 7 a proposito
delle porte di ferro; il passo che in Benedetto,

CCIII, 3-4 è « dever l'arbre sol que eu livre d'Alexandre est apellé l'arbre seche » viene reso in 196, 1 con « da la parte dell'Albero Solo, lo quale noi chiamamo l'Albero Secco ». Queste citazioni vengono attribuite a Rustichello perché si fa notare che Marco Polo, partito dall'Italia a 15 anni non poteva avere molta familiarità con la letteratura occidentale, mentre avrà semmai conosciuto della saga di Alessandro qualcuna delle versioni orientali.

Com'è noto, il romanzo d'Alessandro ha origine da narrazioni che cominciano a diffondersi nel III sec.d.C., sulla linea del romanzo di Clitarco. Della redazione greca si ebbero una quantità di traduzioni e rami indipendenti. Per il greco cfr. R. Merkelbach, *Die Quellen des griechischen Alexanderromans*, München, 1954. Per la trafila postclassica, dopo Th. Nöldeke, *Beiträge zur Geschichte des Alexanderromans*, « Denkschriften der kaiserlichen Akademie der Wissenschaften », 38 (1890), molti hanno tentato di dare opere d'insieme: I. Friedländer, *Die Chadirlegende und der Alexanderroman. Eine sagengeschichtliche und literarhistorische Untersuchung*, Leipzig, 1913; E. Bertel's, *Roman ob Aleksandre*, Moskva, 1948; G. Cary, *The Medieval Alexander*, Cambridge, 1956, 1967[2]; F. Pfister, *Alexander der Grosse in den Offenbarungen der Griechen, Juden, Mohammedaner und Christen*, Berlin, 1956. Per la versione latina, vedi F. Pfister, *Der Alexanderroman der Archipresbyters Leo*, Heidelberg, 1913. Sulla (perduta) versione pahlavī informa Nöldeke, cit.; sulle siriache E. A. Wallis Budge, *The History of Alexander the Great, Being the Syriac Version of the Pseudo-Callisthenes*, Cambridge, 1889; K. Czeglédy, *The Syriac Legend Concerning Alexander the Great*, « AOH », 7 (1957), 231-249. Una versione mongola frammentaria, risalente alla prima metà del XIV sec., è stata scoperta tra i manoscritti di Ṭurfān, ed è stata pubblicata in N. Poppe, *Eine mongolische Fassung der Alexandersage*, « ZDMG », 107 (1957), 105-129 e poi in F.W. Cleaves, *An Early Mongolian Version of the Alexander Romance*, « HJAS », 22 (1959), 1-99. Per l'Etiopia cfr. E.A. Wallis Budge, *The Life and the Exploits of Alexander the Great Being a Series of Translations of the Ethiopic Histories of Alexander by the Pseudo-Callisthenes and Other Writers*, London-Cambridge, 1896; Id., *The Alexander Book in Ethiopia. The Ethiopic Versions of Pseudo-Callisthenes...*, London, 1933.

Particolarmente ampia è la diffusione del ciclo di Alessandro in ambiente iranico, dove si contano innumerevoli ramificazioni, dai sommi testi letterari come lo *Šāhnāmè* o l'*Eskandarnāmè* alle versioni popolari come quella in yazɣulāmī di cui ha riferito recentemente lo Edel'man; ed è probabilmente per questa via che Marco Polo ha raccolto le sue conoscenze in materia. Vedi Bertel's, cit.; B.M. Scarcia Amoretti, *Nota a* Corano *XVIII, 94*, « Annali di Ca' Foscari », S.Or. 1 (1970), 13-21; G. Scarcia, *Razionalizzazione del dato mitologico nell'Eskandarnāme*, in *Colloquio sul poeta persiano Niẓāmī e la leggenda iranica di Alessandro Magno (Roma, 25-26 marzo 1975)*. Roma, Accademia Nazionale dei Lincei, 1977.

Tuttavia gli elementi dati da Polo non sono particolarmente indicativi di un tipo di versione anziché di un altro. L'episodio dei popoli racchiusi dalle porte di ferro, per esempio, è molto comu-

ne (vedi Gorgo e Magogo) ed è comune l'identificazione con i Tartari*. Vedi ad esempio la notizia
di Matteo di Parigi all'anno 1240: « quos [scil.
isti Tartari] etiam Alexander Macedo primo co-
natus est includere in praemptis montibus Ca-
spiorum molaribus bituminatis. Quod opus cum
videret humanos labores excedere, invocavit auxi-
lium Dei Israel; et coierunt cacumina montium
adinvicem, et factus est locus inaccessibilis et in-
meabilis » (cit. in Monneret de Villard, *Ricoldo*,
54-55). L'episodio è identico nella versione italiana dei fatti d'Alessandro Magno: ad oriente della
la « Cilisia » Alessandro trova « una gente bruta
e corrompibile, contaminata d'arte magica »; cac-
ciatili a nord, egli prega Iddio di rinchiuderli tra
due montagne e viene esaudito. La sutura tra le
due montagne è « d'uno ismalto sì duro e sì fatto
per tal maestria, che non era niuno ferro, né niuna cosa, che di quello smalto potesse levare... E
sono quelle genti che noi chiamiamo Tarteri »
(*I nobili fatti di Alessandro Magno*, romanzo storico tradotto dal francese nel buon secolo ora per
la prima volta pubblicato sopra due codici maglia-
bechiani per cura di Giusto Grion, Bologna, Ro-
magnoli, 1872, pp. 101-102). Per inciso, questa citazione contraddice Pelliot, *Notes*, 27 sull'assenza
di menzioni dei Tartari nelle versioni del romanzo a noi conosciute, anche se può trattarsi di una
interpolazione tardiva. È interessante la correzione di Polo (o di Rustichello) per cui non di Tartari si tratta, ma di Cumani*, anche se essa è altrettanto inverosimile. Una correzione analoga
rispetto alla tradizione costituita è quella di Simone di St-Quentin, là dove dice che i suoi con-
fratelli domenicani cercarono di informarsi, tro-

vandosi a Tiflis, sulla validità di ciò che leggiamo, appunto nelle « historie nostre scolastice », ma trovarono che né i Georgiani né i Persiani né gli Ebrei sapevano dei fatti di Alessandro (55).

Vedi anche Albero Solo, Balac, Balasciam, Dario, Zulcarnei

aloe, 74, 23 (legno aloe); 153, 8 (legno aloe, nel porto di Zartom); 157, 8 (a Zipangu); 158, 6 (legno aloe a Cianba)

Si tratta di una delle tante varietà di legno odoroso prodotto dall'*Aquilaria agallocha* Roxb. o dall'*Aloexylon agallochum*; esso proveniva soprattutto dalla Cambogia e dall'India transgangetica; una qualità era usata come incenso; per l'aloe di Campā, vedi *HJ*, 335, e qui avanti Cianba.

Aloodin, 40, 3 (« Lo Veglio è chiamato i·loro lingua Aloodin »)

'Alā' ad-Dīn Muḥammad, nato nel 1212, settimo capo degli Assassini*, al potere nel 1221, ucciso nel 1255; gli successe il figlio Rukn ad-Dīn, che venne anch'egli ucciso un anno dopo da Hülegü, cfr. Pelliot, *Notes*, 25.

Vedi Milice, Veglio de la Montagna

amatisti, 169, 9 (a Seilan)

ambra, 184, 5 (nell'isola di Malle nasce « ambra molta fina e bella »); 185, 3 (molta ambra nell'isola di Scara); 186, 8 (a Madegascar); 187, 14 (a Zaghibar « ànno ambra assai perché pigliano molte balene »)

Marco Polo usa lo stesso termine per l'ambra fossile (gr. *élektron*, lat. *succinum*) e per l'ambra grigia, che si estrae dal capodoglio (ar. *'anbar*); per quest'ultima Pegolotti usa il termine *ambracanno* (78); Jourdain Catalani ricorda l'ambra

fossile per la terza India, citandone il nome arabo: « in ista Yndia invenitur embar, quod est
ad modum ligni, et redolet in excessu, et vocatur
gemma marina, vel pretiositas maris » (120).

Vedi Pelliot, *Notes*, 32-38 e per le voci romanze, *FEW*, XIX, 135.

Anbalet Mangi, provincia, 112, 0, 1, 6 (« La mastra
terra è chiamata Ameclet Mangi, che vale a dire
'l'una de le confine de' Ma‹n›gi' »)

Il nome ha molte varianti: ‹Acbaluc Mangi›,
‹Acbalec›, ‹Acmelec›. Sulla forma originaria del
nome non c'è possibilità di dubbio: è Aq balïq
(in turco ' la città bianca ') e tutta la costruzione,
Aqbalïq-i Manzī – alla persiana – vale « l'A° del
Mangi », probabilmente per distinguerla da una
Aqbalïq del Catai; Rašīd ad-Dīn menziona una
A° nel regno del Tangut, insieme a Xalaǰan (vedi
Calatian); si tratta, secondo Pelliot, *Notes*, 7-8, di
Han-chung, sul fiume Han. Fa difficoltà invece la
glossa aggiunta; non è pensabile che Polo potesse
ignorare la corretta traduzione di due parole così comuni. Il Benedetto considerava « evidentemente corrotto » il corrispondente passo in F
(« Acbaluc Mangi que vaut a dire le une de les
confin dou Mangi ») e lo corregge in « le vile
[blance] de les confin dou Mangi », sulla base di
R (« che vuol dire città biancha de' confini di
Mangi »); ‹une› sarebbe errata lettura di ‹vile›
(Benedetto, 108). Ma la glossa di Polo era probabilmente intesa a spiegare non tanto il significato
del solo Aqbalïq quanto di tutto il nome della città. Ciò che è in discussione è il rapporto con Mangi; infatti l'Aqbalïq che conosciamo da Rašīd non
sarebbe stata nel Mangi ma nel Tangut e dunque

la parola controversa è *confin*; Pelliot propone di intendere « Aqbalïq, quella contigua al Manzi, sulla frontiera col Manzi ».

andanico, 34, 2 (a Creman); 38, 3 (a Gobiam); 59, 4 (a Chingitalas)

Gr. *indanikón* (scil. *sidēros*), cioè ' ferro indiano ', penetrato attraverso le crociate (sec. XI): cfr. M. Cortelazzo, *L'influsso linguistico greco a Venezia*, Bologna, 1970, 14; Pelliot, *Notes*, 40-42 raccoglie molte notizie sull'acciaio indiano, usato soprattutto per specchi e spade per la sua ottima qualità, ma non dice nulla dell'etimo esatto di *andanico*; all'origine del greco è un qualche derivato dal pers. *Hind* ' India '. Il derivato *as-sayf al-muhannad* ' spada d'acciaio indiano ' è corrente in arabo; vedi Ya'qūbī, in *BGA*, VII, 334 e F. Gabrieli, in « RALinc. », 12 (1957), 325 nota 18.

Angaman, isola, 167, 5; 168, 0, 1; 169, 1

Tutte le forme conosciute hanno ‹-d-› e non c'è possibilità che si tratti di corruzione di ‹-g-›; lo scambio è quindi molto antico e precedente a tutta la tradizione manoscritta. Sono le isole Andamane (Andāmān nei viaggiatori arabi del IX sec.); l'*Axbār*, 8, p. 6 definisce gli abitanti come antropofagi, nudi e di fattezze bestiali (vedi *HJ*, 29; vedi anche Olschki, *Storia*, 22).

Per spiegare ‹-d-› c'è chi ha pensato si tratti del nome malese Handuman (Pulau Handuman), ma il nome è di incerta antichità, e comunque ha *-u-* nella seconda sillaba.

Angom, 115, 12 (au fi Angom)

Conserva « au fil d'Argo[n] » di Benedetto, CXVII, 21, vedi la *Nota al testo*, appar.

Vedi Argo

Aniu, 123, 9; 124, 0, 1, 6, 7; 125, 6

Benedetto, CXXIX, 11 e sgg. scrive ‹Aniu›, ma avverte in nota che sono possibili anche ‹Anin, Ainu, Amu, Aimi, Anui›; R ha ‹Ania›.

Marco Polo parla di Aniu insieme a Bangala e Caugigu, cioè Bengala e Annam; Pelliot, *Notes*, 39-40, osserva che probabilmente egli non si è accorto che Chiao-chih-kuo (vedi Caugigu) e Annam (cin. An-nan), i due soli nomi usati nei testi cinesi dell'epoca, erano equivalenti; così egli descrive caratteristiche dell'alto Fiume Rosso per Caugigu e notizie sulla regione del Delta per Aniu, raccolte forse nel corso di due viaggi diversi. Il nome ‹Aniu› potrebbe essere quindi la corruzione di Annam attraverso *Annã > *Aman > *Amau e finalmente Amu > Aniu.

Pelliot cita il cartografo veneziano Gastaldi, collaboratore del Ramusio, che nelle sue carte del 1561 collocava nel SE asiatico una provincia di Ania (che egli considerava probabilmente la terra di giunzione tra Asia e America); l'anno successivo egli pubblicava una carta in cui era menzionato uno stretto di Anian che « si distende con una linea per il golfo Cheinan et passa nel mar Oceano de Mangi ». Questa indicazione era semplicemente dovuta ad una errata interpretazione del testo ramusiano di Polo; ma, per puro caso, questo stretto, entrato nella cartografia dell'epoca, si trovò a coincidere poi con lo stretto di Bering.

antropofagia, 74, 21 (incantatori Tebet); 151, 6 (Fugiu); 157, 4-5 (Zipangu); 162, 9 (Ferlet); 164, 5-8 (Dagroian); 168, 5 (Angaman)

Nella traduzione toscana è stato frainteso l'accenno agli antropofagi del Ferlec (vedi la *Nota al testo*, appar., a 163, 4).

Per alcuni dei luoghi citati non abbiamo notizie che confermino l'esistenza di pratiche antropofaghe; per l'Indonesia (« Ferlet », « Dagroian ») l'uso è conosciutissimo, soprattutto presso i Batak. Per il Giappone l'antropofagia non è attestata; ma è vero che per il Giappone Polo si basava su informazioni di seconda mano, alcune delle quali palesemente fantastiche (vedi Zipangu); e non è strano che alla corte del Gran Cane circolassero allora dicerie ostili sul paese nemico.

Le altre fonti coeve non concordano con Marco Polo; Giovanni da Pian del Carpine accenna all'antropofagia tra gli stessi Mongoli (« et in necessitate carnes humanas manducant », *SF*, 47) e inoltre ricorda che nel Burithabet (vedi Tebet) i parenti mangiano il cadavere del padre (*SF*, 60-61), un caso quindi di antropofagia magica parallelo a quello del Ferlec, mentre Polo parla chiaramente, per i Tebet incantatori, di antropofagia giudiziaria (vedi lo schema di V.L. Grottanelli, s.v. *Cannibalismo*, in *EC*, III, 528-531).

Si può ricordare qui una curiosità etimologica. Com'è noto, l'origine del termine *cannibali* è nell'appellativo *Canibales* dato da Colombo ai Carib delle Piccole Antille da lui scoperte. È merito di G. Folena aver dimostrato che questo appellativo nasceva dall'incrocio tra un nome etnico locale e il nome di Cambalu, che Colombo traeva appunto da Polo (vedi qui sopra, p. 491, n. 1).

arabi, 23, 2 (a Mosul)

Arabia, 176, 6; 192, 7 (Arabbia)

Ardandan, provincia, 119, 0, 1

La lezione corretta è ‹çardandan› accettata dal Benedetto (CXXI, 1 sgg.). Essa infatti trascrive il pers. *zar-dandān* 'denti d'oro', traduzione esatta del cin. *chin-ch'ih*. Il territorio dei « barbari » (*man*) Chin-ch'ih era, secondo lo *Yüan-shih*, a SO di Ta-li, e confinava a E col Mekong e a O con la Birmania; amministrativamente, esso rientrava sotto la giurisdizione del commissario di Ta-li (vedi Caragian), dal 1286.

Etnicamente, non si sa chi fossero i Chin-ch'ih. L'uso di coprirsi i denti con una lamina d'oro di cui riferisce più estesamente il testo francese (CXXI, 5-6: « Les jens ont tous les dens d'or: ce est que chascun dens est covert d'or. Car il font une forme d'or, faite a la mainere de sez dens, et covrent les dens desout come cel desovre. Et ce font les homes et non les dames ») è confermato dalle fonti cinesi (vedi il passo del *Man-shih* tradotto dal Pelliot, *Notes*, 604) e da Rašīd ad-Dīn. Non sembra invece che in questo vi fosse una distinzione tra uomini e donne. Il testo dà altre indicazioni sui Zardandān o Chin-ch'ih: essi « adorano lo magior de la casa » (119, 11; allusione forse a un culto degli antenati) e « no anno lettere né scritture ». In un passo sicuramente autentico, conservato dal Ramusio immediatamente dopo CXXI, 6 – e riportato da Benedetto in nota a p. 118 – si descrive anche minutamente il tatuaggio: « Gli huomini si fanno anchora atorno le braccia e le gambe a modo d'una lista ovvero cinta con punti neri designata in questo modo. Han-

no cinque agucchie tutte legate insieme e con
quelle si pungono talmente la carne che n'esce il
sangue e poi vi mettono sopra una tintura nera,
che mai si può cancellare, e reputano cosa nobile
è bella haver questa tal lista di punti neri ».

argento, 46, 7 (Balasciam); 181, 4

Argo, 17, 2 (Argon, 2 volte); 18, 5 (Argon), 7, 11
(Argon); 70, 10; 115, 12 (Angom); 195, 29 (« Argo,
figliuolo de lo re Abaga, segnore de· Levante »;
196, 2, 3, 4, 6, 7; 197, 1, 3, 6, 7; 198, 1; 199, 1;
200, 1 (2 volte), 2, 4, 5; 201, 1, 4 (2 volte), 6; 202,
1, 4, 5, 7; 203, 3 (2 volte), 4, 5, 6, 7 (2 volte)

 Arγun, figlio di Abaγa, terzo ilxān di Persia, regnò dal 1284 al 1291. Rimasto vedovo della regina
Buluγan (vedi Bolgara), morì prima che i Polo
gli portassero la nuova sposa (vedi Cacesi). Polo
racconta della sua guerra contro l'usurpatore Aḥmad, fratello di Abaγa (che il testo toscano chiama soltanto il soldano*), da lui sconfitto nel 1284
(secondo Polo nel 1285; dopo sei anni sarebbe
morto di veleno). In 199, 3 egli dice: « Ed anche sapete bene ch'egli sì non è di nostra legge, ma
è saracino e adora Malcometto: ancora vedete come sarebbe degna cosa che li saracini avessero signoria sopra li cristiani! ». Si conosce inoltre
un inno nestoriano in siriaco a lui dedicato. Arγun
mandò anche lettere a Filippo il Bello, al papa, e
a Edoardo I per chiedere la loro alleanza contro
i mamelucchi d'Egitto. Vedi Pelliot, *Notes*, 47-48;
Mostaert-Cleaves, *Lettres*.

Armenia, vedi Armini, Erminia

armi, 69, 10 (archi, spade, mazze, armature); 118, 23 (« arme turchiesche di cuoio di bufale » nel Caragian)

Sull'armamento mongolo vedi Giovanni da Pian del Carpine, *SF*, 77-80 che descrive minuziosamente le varie armi (vedi anche le note di dom Besquet alla traduzione francese di VI, 4-10); inoltre B. Laufer, *Chinese Clay Figures*, I. *Prolegomena on the History of Defensive Armor*, Chicago, 1914, 280-281.

armini, 20, 4 (nella Turcomannia); 25, 7 (a Toris); vedi Erminia

Arzici, 21, 2

Molti testimoni hanno ‹d°› – vedili in Pelliot, *Notes*, 46 – ma certamente si tratta di un'errata agglutinazione della preposizione: la città è Arčēč, nella grande Armenia, sulla riva NE del lago di Van, chiamata in greco Arsissa, ma Arzes in *DAI* (vedi *DAI* II, 168), Arǰīš in arabo.

Arzinga, 21, 1, 2

La città armena di Erzinjan: Arsengan in Simone di St-Quentin, Arsengen in Rubruck (*SF* 327), Arzinga in Pegolotti, Arzinjan in Rašīd ad-Dīn; vedi Pelliot, *Notes*, 46-47.

Arziron, 21, 2

L'odierna Erzerum, Arçerum in Ricoldo (vedi Monneret de Villard, *Ricoldo*, 28), Arseron in Simone di St-Quentin, Aarserum in Rubruck (*SF*, 321), Arceron, Arziron in Odorico (*SF*, 415), Arzerone in Pegolotti; il nome deriva dall'ar. Arzan ar-Rūm; cfr. Pelliot, *Notes*, 47.

Asciar, re, 175, 1 (sovrano di Caver*)

Le numerose varianti permettono di ricostruire una forma *Ašar, che però non è altrimenti identificabile; vedi Pelliot, *Notes*, 52.

asini selvatici, 33, 6 (asine salvatiche, dopo Iadis); 37, 5 (asine salvatiche, dopo Creman); 62, 6 (asine salvatiche, dopo Ezima); 204, 9 (presso i Tartari di Tramontana)

Sono gli onagri (*Equus onager*), diffusi dalla Mongolia occidentale alla Mesopotamia. I viaggiatori non mancavano di ricordarli: Ricoldo li vide a Tabrīz: « In Thaurisio, civitate Persarum, invenimus inter alia monstra silvestrem asinum Indie, qui ab aliquibus reputatur onager, et distinctione et varietate colorum et proporcione tactabriature excedit in pulchritudine omnes alias bestias et animalia mundi »; anche Jourdain Catalani ne parla per la Persia: « In hac autem Persida sunt quaedam animalia quae onagri vocantur, et sunt admodum parvi asini, velociores in cursu quam sint equi nostri » (111). Che fossero considerati animali di gran pregio lo dimostra il fatto che i Mongoli ne mandassero un esemplare in dono a Filippo il Bello nel 1291; notizie sul commercio degli onagri in Brătianu, *Recherches*, 186-187; cfr. Monneret de Villard, *Ricoldo*, 37, da cui traggo il passo di Ricoldo.

aspre, 109, 3 (« aspre, ch'è com'uno viniziano »)

Aspro (gr. *áspros* ' bianco ') era il nome di una piccola moneta, molto diffusa in oriente e nei possedimenti veneti, coniata e imitata per il commercio con il Levante, vedi Martinori, *Moneta*, 17. Il nome sembra dovuto al fatto che essa era coniata, soprattutto a Trebisonda e Cipro, con argento cinese (che dopo la conquista mongola della Cina arrivava con facilità in Occidente, attraverso la trafila delle carovane). Questo argento conteneva una percentuale d'antimonio ed era perciò più brillante dell'argento allora corrente. Anche in turco questa moneta venne chiamata *aqče* 'bianco', e così in georgiano (*t'et'ri* 'bianco').

assassini, 40, 0 (assessini), 10 (assesin[o]); 41, 11 (assesini)

Il termine si riferiva originariamente a chi, sotto l'effetto della *Cannabis indica* (in arabo ḥašīš, propriamente 'erba secca') veniva indotto a compiere particolari delitti, soprattutto a scopo politico. All'origine del termine è certamente un derivato di ḫ°, anche se non è facile dire esattamente quale: colui che è dedito a questa droga può essere detto in arabo ḥašīšī (plurale ḥašīšiyyīn nella forma classica, ḥašīšīn in quella parlata) oppure ḥaššāš, plurale ḥaššāšūn o ḥaššāšīn, aggettivo derivato ḥaššāšiyyūn. Per la mancata resa di ḫ° iniziale, vedi Abascie; vedi inoltre Pelliot, *Notes*, 52-55. Il termine è entrato assai presto in italiano e già prima nei trovatori provenzali ma col senso di 'fedele', vedi E. Vuolo in «CN», 17 (1957), 84-86.

Vedi Aloodin, Milice, Veglio della Montagna

astori, 22, 9 (in Giorgiania); 93, 2 (usati dal Cane per uccellare); vedi gerfalchi

astrologi, 57, 15 («astronomi e indivini» decidono quale sia l'ora per cremare i morti nel Tangut); 66, 3-8 (Cingis interroga «astorlogi cristiani e saracini» prima della battaglia con il prete Gianni); 74, 19 («astronomi e incantatori» tengono lon-

tano il mal tempo dal palazzo del Grande Cane);
77, 6 («istarlogi» consultati prima della battaglia con Naian); 84, 4 (il Grande Cane scopre
«per astorlomia» la futura ribellione di Cambalu); 115, 7 (nel Tebet «ànno li più savi incantatori e astorlogi che siano in quello paese»); 135,
4 (il re dei Mangi trovò «per sua isteromia»,
ecc.); 148, 35 (a Quinsai «quando alcuno vuole
fare alcun viaggio o alcuna cosa, vanno a loro
stèrlogi, in cu'ànno grande fede»); 170, 60 («a-
strolagi e indivini» nel Mabar); 176, 11 (a Coilun «v'a molti savi astrolagi»)

Sulla astrologia presso i Mongoli vedi Ch. Baw-
den, *Astrologie und Divination bei den Mongolen*, «ZDMG» 108 (1958), 317-337.

Vedi incantatori, magi

Aziano, mare, vedi Oceano

azurro, 46, 6 (nel Balasciam, 2 volte); 73, 7 (Tenduc); 83, 19 («terra dell'azurro, che è tutta verde», sul Monte Verde, a Cambalu)

Nelle lingue romanze *azzurro*, fr. *azur*, sp. *azul*,
ecc. (cfr. ted. *Lasurstein*) derivano dal lat. med.
lazarius, lazulum, ecc. (cfr. *lapislazuli*), gr. biz. *la-
zúrion*, dall'ar. *lāzavard*, pers. *lāžuvard, lājavard*
(da cui arm. med. *lazvart', lažurd, lajvard*, Hübschmann, *Grammatik*, 267). Il persiano a sua volta è
da una forma indiana *rājāvarta* dei lapidari, ma
è anche possibile che ambedue continuino una
forma originaria, rappresentata più accuratamente dal persiano, mentre la forma sanscrita sarebbe
una sanscritizzazione, con paronomasia di *rājan-
're'* (nel dizionario di Turner manca la voce).
Nel caso di Tenduc Pelliot, *Notes*, 60 pensa che
non di lapislazzuli si tratti ma di malachite ver-

de, giacché una fonte cinese riporta per la prefet-
tura di Ta-t'ung (Tenduc) la presenza di *shih-lü*,
appunto malachite; di malachite si deve trattare
anche in 83, 19, su cui vedi Monte Verde. Vedi
Pelliot, *Notes*, 58-61.

Babilonia, 12, 4; 91, 3; 190, 8 (Babilona), 9 (Babilona); 203, 2 (Babbilona)
    Marco Polo intende con Babilonia l'Egitto*, se-
condo l'uso medioevale (il soldano* di Babilonia
è in realtà il mamelucco Baybars, vedi Bondocdaire); cfr. Jacopo da Verona: « prope civitatem Kay-
ri ad unum magnum miliare super ripam Nilli sive Calizmi est civitas Babilonie. magna et admira-
bilis qua quasi contigua est Cayro. et idem populus est sub potestate Soldani. sicut et Kayrum cum
in Kayro habitet soldanus... » (82); più in particolare B° è l'odierno vecchio Cairo, agglomerato
di costruzioni che circondano l'antica fortezza bi-
zantina (vedi Monneret de Villard, *Liber*, 200).

Baccalar, 170, 8 (un luogo del Mabar dove si pescano le perle)
    In F ‹Bettalar› (Benedetto, CLXXV, 15); è Pat-
lam (sans. Puṭṭalama), città sulla costa di Ceylon,
trascritta Baṭṭāla in Ibn Baṭṭūṭah; vedi *HJ*, 746,
Pelliot, *Notes*, 95. La finale ‹°r› è uno dei tanti
esempi di *r* anorganica, come in Tarcar Mondun*, Succiur*, ecc.

Baccara, 4, 1
    Buxārā, nell'odierno Özbekistan; la forma mon-
gola era Buqar, come risulta anche da trascrizioni cinesi e non è di qui che viene la forma in -*a*,
ma attraverso l'uso persiano; la prima *a* è ingiustificata. Sul nome vedi da ultimo R.N. Frye, *Notes*

on the History of Transoxiana « HJAS » 19 (1956), 106-119, che riconferma l'etimo da sans. *vihara-*. Sulla città monografia di Frye, *Bukhara, The Medieval Achievement*, Norman, Oklahoma, 1965, e trad. annotata di Naršaxī, *The History of Buxara*, Cambridge, 1954.

Bacchia Kane, terzo Gran Cane, secondo signore dei Tartari di Ponente, 68, 1

La forma è spiegabile a partire da ‹bacui› di F (Benedetto, LXIX, 2 legge ‹Batui›), ecc. Lo stesso nome compare invece come ‹Patu› in 208, 4. All'origine è forse una doppia forma Batu e Batui; Giovanni da Pian del Carpine scrive sempre ‹Bati›, tranne ‹Batu› in un caso, ma anche qui ci sono Mss. che hanno ‹Bat(h)i›; la forma è stata ricondotta a quelle delle cronache russe, Batyj; infatti Giovanni per molte delle sue notizie è debitore a « clerici Rutheni », e questo potrebbe essere uno dei casi. Rubruck scrive sempre ‹Baatu›; Simone di St-Quentin ha ‹Bato› (34). Batu (in mongolo ' saldo '), secondo figlio di Jöči, fondatore del canato di Qïpčaq, regnò dal 1227 alla morte (1254 o 1255); era anche detto Sayin Qan ' l'eccellente qan '; di qui l'errore di Polo (68, 1) di considerare secondo, dopo Čiŋgis, un « Cin Kane ».

bagni pubblici, 21, 1; 148, 23 (a Quinsai « à bene .iij.ᵐ stufe, ove si prende grande diletto gli uomini e le femine... E sono i più be' bagni del mondo e' magiori »)

Baian, un barone e « tinuci » del Grande Cane, fratello di Migan, 92, 1

Il nome è sicuramente il mong. Bayan ' ricco ';

le fonti cinesi non parlano però di alcun Bayan
che, come questo, fosse un *qaŋlï* (in quanto fratello di Migan*), oppure fosse in rapporto con i
kuei-ch'ih, anche se il nome è comune; Pelliot,
Notes, 66-67 ha proposto di correggere in « Bayan
güyükči » un nome citato da Rašīd ad-Dīn, che
Blochet legge invece « Nayan kübügeči » (la grafia ‹b'y'n kwbwkčy› lo permette, con una correzione minima, ma la cosa è tutt'altro che certa).

Baian Anasan, 135, 3 (un barone del Gran Cane
« ch'avea nome Baian Anasan, ciò è a dire ' Baian
.c. occhi ' »), 5, 9, 10; 146, 6, 9; 148, 5
   La lezione corretta dovrebbe essere ‹Baian cing-
san› (vedi ‹Baian Cincsan› in Benedetto, CXL,
14). Il nome è Bayan (vedi il nome precedente)
Čiŋsaŋ, e quest'ultimo è l'adattamento mongolo
del cin. *ch'êng-hsiang* ' primo ministro ' che suonava appunto così (cfr. arm. *činksan*, mong. *čiŋsaŋ*, pers. *čingsāng* su cui Doerfer, *Elemente*, I,
310-312).
   Nato nel 1236, era stato inviato in Persia da
giovane presso Hülegü; richiamato da Qubilai che
gli mostrò gran favore e gli affidò incarichi importanti, fu nominato *ch'êng-hsiang* nel 1265 e
nel 1274 fu mandato contro i Sung; riunito l'esercito a Hsiang-yang marciò lungo il fiume Han
verso Han-k'ou; due anni più tardi conquistava
Hang-Chou e faceva cadere la dinastia dei Sung;
morì nel 1295. Polo mostra stranamente di credere che *čiŋsaŋ* valga ' cento occhi ' ma è impossibile che non sapesse che cosa era il titolo di
ch'êng-hsiang: è probabile che la sua traduzione
si riferisse al nome di Baian, come in R dove il
nome è rovesciato; in cinese Bayan è trascritto

pai-yen [paj-jan] che potrebbe essere interpretato popolarmente con gli omofoni *pai-yen* ' cento occhi ': così si spiega la profezia citata in 135, 4, per cui il regno dei Mangi non sarebbe caduto « se non per un uomo che avesse .c. occhi »; sentito il nome di Baian, la regina dei Mangi ricorda la profezia e si arrende. Vedi Pelliot, *Notes*, 67-68, e 365; F.W. Cleaves, *The Biography of Bayan of the Bārin in the Yüan-shih*, « HJAS », 19 (1956), 185-303.

Balac, città, 43, 9; 44, 0, 1

È la città di Balx, antica capitale del regno ellenistico di Battriana (il nome greco era Báktra), corrispondente all'odierna Vazīrābād presso Mazār-i Šarīf, nell'Afɣānistān di NE; fu conquistata da Čiŋgis nel 1221.

Vedi, per la tradizione relativa, Balasciam.

balasci, 46, 4 (« le priete preziose che si chiamano balas[c]i »)

La forma usata da Polo (cfr. fr. *balais*) deve provenire da una forma corrente *balaxš*, in luogo della forma piena *badaxšī*, *baδaxšī* '(pietra) del Badaxšān'; questa forma ridotta è attestata per il persiano dalla glossa ‹balacs› del *CCum*, verso il 1300 (ad verbum ‹llal›, vedi Groenbech 160) e dall'ar. *balaxš* di Ibn Baṭṭūṭah e di Dimašqī; il *CCum* dà anche il lat. *balaxius*, che era entrato ormai evidentemente nell'uso corrente, come equivalente del pers. ‹llal› (cioè *laʿl* ' rubino '). Ma la forma *balastri* è per esempio in Frescobaldi 74. È tuttora detta *balascio* la varietà rosso-violacea dello spinello (principalmente un alluminato di magnesio), la cui varietà rossa è invece il rubino.

Balasciam, provincia, 45, 12 (Balascam); 46, 0 (Balascam), 1; 47, 1; 48, 10 (Baudascian); 49, 0 (Baudascian), 1 (Baudascian, 2 volte), 4 (signore di
Baudascian)

La forma originale è Badaxšān o Baδaxšan, la
regione tra Samarcanda e Balx; Ferrand, *Relations*, 387 nota 4 cita un testo arabo in cui si dice che la pronuncia del nome del Badaxšān con
[δ] è propria degli stranieri (Dimašqī, a. 1325 circa). Quanto alla pronuncia con [l], testimoniata
dalla forma poliana, può trattarsi di un fatto dialettale all'interno dell'iranico orientale (vedi ad
esempio il pers. *malax* ' cavalletta ', voce di prestito che non concorda con l'avest. *maδaxa-*, balūčī *maδax*, ma piuttosto con il pašto waz. *malax*).
Quindi sia la forma ‹Badasciam› e simili di molti
codici che quella con ‹l›, a volte alternanti in uno
stesso codice, hanno uguali probabilità di essere
state la forma originaria sentita e riprodotta da
Polo. Quanto a Bau°, farebbe pensare a una forma *Baldascian, forse attratta da adattamenti del
tipo di Baudac/Baldac. È probabile, secondo Pelliot, che la forma usata da Polo fosse però quella
con ‹-d-›; per la pietra invece egli deve aver usato la forma di tipo arabo con ‹-l-› (*Notes*, 63-65).
Il copista di F deve aver restaurato ‹Badascian›
in ‹Balascian› nel solo capitolo sui balasci, per
evidenti ragioni di uniformità, lasciando la forma
in ‹-d-› nel resto; altri copisti hanno poi corretto
uniformemente in ‹-l-›.

Sulla regione si veda *EI*, I, 875-878; Lentz, *Pamir*, 12-16.

Marco Polo riferisce una tradizione locale che
ricollega la regione ad Alessandro: « Egli è grande reame e discende lo re per reditade; e scese

del legnaggio d'Allessandro e de la figlia di Dario, lo grande signore di Persia. E tutti quegli re si chiamano Zulcarnei in saracino, ciò è a dire Ales[a]ndro, per amore del grande Allexandro » (46, 2-3). Così a proposito di Balac*, Polo dice che è qui che « prese Alesandro per moglie la figliuola di Dario, siccome dicono quegli di quella terra » (44, 3). Come ha osservato Pelliot (*Notes*, 615-616), queste tradizioni sollevano un problema: storicamente Alessandro sposò Stateira, figlia di Dario e Rossane (pahl. Rōšanag) figlia del satrapo di Battriana Oksuartēs; nello Pseudo-Callistene è Rossane la figlia di Dario; ma sempre secondo lo Pseudo-Callistene, al momento di morire Alessandro lasciò l'odierno Afγānistān al battriano Oksudrakēs, padre di Rossane (nella versione latina, si tratta invece dello zio di lei, *patruus*, di nome Apoctronus). Polo mostra dunque che la tradizione che faceva di Rossane la figlia del satrapo di Battriana era rimasta viva; anche il luogo del matrimonio, Balx, concorda con le fonti, giacché si pensa che esso storicamente sia avvenuto appunto nella Battriana. Tuttavia non si conosce una fonte del ciclo iranico della leggenda di Alessandro in cui Rossane sia figlia del satrapo di Battriana.

Baldovino, imperatore di Costantinopoli, 2, 1
    Baldovino II di Courtenay, imperatore latino, regnò dal 1228 (di fatto dal 1239) al 1261, anno in cui fu detronizzato da Michele Paleologo.

balene, 186, 8 (a Madegascar se ne ricava l'ambra); 187, 14 (a Zaghibar pigliano molte balene)
    Dopo Benedetto, CXCI, 3, Z inserisce una lunga narrazione sulla cattura delle balene, molto reali-

stica e particolareggiata: vedi Benedetto, 203-205.
I dati sulle balene erano comunque correnti tra i
navigatori arabi: cfr. Idrīsī che parla di animali
lunghi 100 cubiti e larghi 24, sul cui dorso si levano scaglie che fanno rompere le navi, e il cui
grasso fuso viene usato per calafatare (cfr. Ferrand, *Relations*, 195).

bambagia, 32, 6 (in Persia); 50, 4 (a Casciar; bambagie); 53, 4 (a Cotam); 173, 5; 180, 5 (a Gufurat:
« albori che fanno la bambagia »), 6; 181, 3 (Tana); 185, 4 (« drappi di bambagia buoni » a Scara)
   L'etimo della parola è da lat. *bambagium* e simili, gr. *pámbaks*, *pambákion* < m. pers. *pam-
bag*, cfr. arm. *bambak* (su cui Hübschmann,
Grammatik, 116).
   Polo, come del resto molti altri autori medioe-
vali, confonde sotto un'unica denominazione due
cose diverse, il cotone vero e proprio, prodotto
dal *Gossypium*, *herbaceum* o *arboreum*, e il fila-
mento prodotto dal *Bombax* (es. *malabaricum*),
cioè il *silk-cotton tree*, noto oggi col nome (in-
donesiano) di *kapok*; così per Gufurat Polo parla
di alberi che fanno la bambagia. Una vera e propria monografia sul cotone in Asia si trova in
Pelliot, *Notes*, 425-531.

Bangala, provincia, 121, 17 (Gangala); 122, 0 (Gangala), 1 (Gangala); 124, 6; 125, 6
   La forma ‹Bangala› non è sospetta; solo TA ha
le forme con G°. È il Bengala, sans. Vaṅgāla, Ban-
gālā in Rašīd ad-Dīn, Banjāla in Ibn Baṭṭūṭah
(vedi *HJ*, 85 e Ferrand, *Relations*, indice). Polo,
che è il primo occidentale a nominarlo, deve averne sentito parlare nello Yün-nan e non averne

avuto alcuna conoscenza diretta perché lo considera una parte dell'Indocina, con Caugigu e Aniu. I Mongoli non l'hanno mai conquistato e quel che ne dice Polo (122, 1) deve riferirsi piuttosto a un progetto di invasione, mai realizzato.

Bangu, piano, 70, 0, 1

Da correggere in ‹Bargu›, come fa Benedetto in LXXI, 1 sgg. La *Storia segreta*, 239 menziona i Barɣun tra le tribù che si sottomisero a J̌öči, con gli Oirat e i Buriati (ma il plurale è forse Barɣut). Inoltre ricorda varie volte la regione Köl-Barɣu-jin-tögüm, o Barɣujin-tögüm, o semplicemente Barɣujin, cioè ‘ la piana di Barɣu ’; il luogo era a E del lago Bayqal, nella regione in cui oggi scorre il Barɣujin, v. Pelliot, *Notes*, 76-79.

La redazione del Ramusio conserva un'altra interessante occorrenza del nome; là dove si parla dell'antica dimora dei Tartari (Benedetto, LXIV, 5 « Il fui voir que les Tartars demoroient en Tramontaine entor Ciorcia » = 63, 3 « E' fu vero che gli Tartari dimoravano in tramontana, entro Ciorcia ») R ha, invece di « Ciorcia », « Giòrza e Bargù ».

Barac, fratello di Caidu, 4, 1; 196, 3, 6.

Baraq, nome di persona turco che, etimologicamente, indica un cane dal pelo lungo (*DS*, 83; vedi anche A.M. Piemontese, in « Annali di Ca' Foscari », S. Or., 5 [1974], 121 e note 84-85). Polo (4, 1) dice che Baraq regnava su Buxārā mentre vi soggiornavano Niccolò e Maffeo (l'italiano non riporta il particolare); poiché il primo soggiorno sembra essere stato dal 1262 al 1265, la notizia non sembra esatta perché Baraq salì al potere verso il 1266 (morì nel 1271 circa). Probabilmen-

te i Polo lo trovarono al loro ritorno. La seconda
volta è nominato come « fratello » di Qaidu (in
realtà gli era cugino, in quanto pronipote di
Čaɣatai che era fratello di Ögödei, nonno di
Qaidu; non erano quindi nemmeno della stessa
generazione). Dopo aver vinto Baraq, Arɣun ap-
prende, secondo Polo, la notizia della morte del
padre, Abaɣa. In realtà questi morì nel 1282 e
quindi ci sono 11 anni di differenza. Il resto sembra essere vero, giacché Rašīd ad-Dīn dice che
Baraq, allevato da Qubilai, venne mandato da
questi contro Qaidu. Qaidu lo sconfisse e allora
Baraq si alleò con lui contro Qubilai e Arɣun.
Vedi Pelliot, *Notes*, 75-76.

Barca, 3, 2, 4, 5; 4, 0; 208, 4 (Bergo, 2 volte), 6 (Barga); 209, 4 (Barga), 16 (Barga), 17 (Barga)
    Berke ' il difficile ' (Pian del Carpine usa la
forma Berca, *SF*, 66), terzo figlio di Jöči, fratello
minore di Batu (v. Bacchia Kane), nato verso il
1206 (o 1208), successo a Batu dopo i brevi regni
dei due figli di questo, Sartaq e Ulaɣči, morti senza eredi, verso il 1257. Il suo regno, che si estendeva su una parte della Russia e sulla Siberia,
prese il nome di « orda d'oro » (vedi Tartari del
Ponente). Fu il primo sovrano mongolo a diventare mussulmano; morì verso il 1265-1266. Sua
figlia sposò il mamelucco Baybars (Bondocdaire*).
La guerra con Hülegü, di cui parla Polo, scoppiò
verso il 1262, e Hülegü vi fu sconfitto. Polo dice
che a causa di questa guerra Niccolò e Maffeo,
recatisi da Berke, non potevano ritornare da Bolgara* sul Volga se non andando per la strada di
Baccara*, mentre non avrebbero potuto tornare in
direzione di Costantinopoli attraverso la Crimea.

Pelliot (*Notes*, 92-95) osserva che la strada avrebbe dovuto essere libera per quanto riguardava i Mongoli, ed anzi era Buxārā poco sicura; in realtà il motivo della deviazione doveva essere un altro, e cioè che il bizantino Michele Paleologo aveva arrestato i messi inviati da Berke a Baybars per chiedergli aiuto; così i rapporti tra Berke e i Bizantini si erano guastati e i Mongoli avevano devastato per rappresaglia la periferia di Costantinopoli. Di qui la paura di contromisure da parte dei Bizantini.

Barscol, provincia, 79, 4

L'identificazione è incerta; secondo il Pelliot, *Notes*, 83-86, vi sono due possibilità; potrebbe trattarsi di una regione al confine con la Manciuria, altrimenti sconosciuta e in questo caso il nome sarebbe il mong. Barsɣōl 'fiume della tigre'; oppure si tratta di un toponimo turco, Barsköl (' lago della tigre '), forse da localizzare nella regione del lago Barqul (cin. Chên-hsi).

Bascra, 24, 5

Baṣrah, porto sullo Šaṭṭ al-'Arab (vedi *EI*, I, s.v); nella grafia poliana ‹-sc-› o anche ‹-st-› (come in FB) potrebbe essere un espediente per rendere accettabile la sequenza /ṣr/ dell'arabo; del resto quando l'arabo ha mutuato il latino *castrum*, l'ha reso come *qaṣr* (vedi G.R. Cardona, *Per la storia fonologica del* ṣāde *semitico*, « AION-O », 28 [1968], 10); e anche a non tenere in considerazione i particolari tratti acustici del ṣād arabo, il fenomeno è generale nelle rese di nomi semitici con sequenze di sibilante + /r/ (come in punico 'zrb'l, gr. Asdroubas, lat. Hasdrubal; ebr. 'Ezrā', gr. Esdras, lat. Esdras). Tuttavia a questa spiega-

zione fonologica osta il fatto che in tutta la tradizione italiana il nome della città è Bassora, Basora (vedi anche *HJ*, 53, Pelliot, *Notes*, 88-89); e forse la forma poliana è semplicemente corruzione di
un più semplice *Basora (è invece inspiegabile
un'altra trascrizione, più tarda, e cioè Balsora).

Basman, reame, 162, 11 (Basma), 12; 163, 1 (Basma)
    Anche il testo francese presenta alternanza tra
la forma con ‹°n› e quella senza, ma è senz'altro
la forma piena quella da preferire (l'altra è dovuta alla mancata lettura di una nota di ‹n› finale); secondo Pelliot, si tratta del regno di Pasa-
man (attraverso mediazione araba per cui /p/ >
/b/), sulla costa occidentale di Acin, nell'isola di
Sumatra (*Notes*, 86-88).

Bastian, 47, 0, 1
    Marco Polo è il primo a nominare questa pro-
vincia (il cui nome è ‹Pasciai› in Benedetto,
XXXVI, 35; XLVIII, 1, 3); Ibn Baṭṭūṭah parla di
un monte Bašay presso Parvan. È il Paša'ī, territorio nel NE dell'Afɣānistān, a N del fiume Kā-
bul e di Laɣmān e a S del Badaxšān; altre notizie
storiche si trovano nell'introduzione alla grammatica della lingua paša'ī di G. Morgenstierne,
nel suo *Indo-Iranian Frontier Languages*, III, 1,
Oslo, 1967, 1-4.

battesimo, 188, 3-4 (accompagnato da focature presso i Cristiani di Abascie*)

Baudac, 23, 3, 6; 24, 0, 1, 3, 5, 6, 9, 10, 20 (Baudaca); 25, 4; 26, 0, 1, 2; 185, 7 (Baldac), 8 (Baldac),
10 (Baldac)
    arcivescovo di Baudac 185, 7, 8

Baɣdād, città sul Tigri, oggi in 'Irāq, fondata nel 762, conquistata dai Mongoli nel 1258, vedi *EI*, I, 921-936.

Possiamo stabilire con esattezza la forma fonetica del nome (di origine incerta) attraverso le trascrizioni. Costantino Porfirogenito (a. 950) scrive Bagdad (*DAI*, 25, 63); inoltre si hanno trascrizioni cinesi (Fu-ta, cioè *[B'jʷak-d'ât] nell'VIII sec., Po-ta, cioè *[B'ɐk-d'ât] nel 1178 e Po-ta, cioè *Baudad nel 1259) e mongole (Baqtat nella *Storia segreta* 260, 261, 270, 274); cfr. Pelliot, *Notes*, 90.

L'adattamento ‹Baudac›, che è la forma di F, non fa difficoltà nella prima parte: [ɣ] del persiano o dell'arabo è stato, in qualche lingua che ne era sprovvista, sentito e reso come [w] prima di consonante: fonologicamente ambedue i suoni sono continui, arretrati e alti. Più difficile è spiegare perché l'ultimo elemento (certamente una dentale, sorda o sonora) sia stato reso con una velare; né si può pensare a un occasionale scambio paleografico perché tutte le trascrizioni che conosciamo concordano quanto alla finale.

In latino medievale la forma più attestata è però un'altra, e cioè ‹Baldac›: cfr. Baldac(h) in Giovanni da Pian del Carpine, 76, 90, 113, 118 e in Guglielmo da Rubruck, 287, 306; cfr. anche Golubovich, *Biblioteca*, II, 389 (« calipho de Baldach » in una lettera di Innocenzo IV, a. 1253) e 34 (« rex Tartarorum, nomine Hulau, qui cepit Baldacum » nel *Liber recuperationis Terrae Sanctae* di Fidenzio da Padova, a. 1266-91). In italiano la forma è Baldacco (ad esempio Petrarca, son. CXXXVII *L'avara Babilonia à colmo il sacco*, v. 8; Pulci, *Morgante*, XXV, 294, XXVII, 59, ecc.; ve-

di Baldachia in Niccolò de Conti, 122 Longhena).
Occasionalmente si trovano forme del tipo Baga-
dia, Bagadetum, Bagaide ecc. che hanno la caratteristica di conservare il nesso [γd] con l'inserzio-
ne di una vocale; è possibile che alcune di queste
siano di trafila turca (vedi « Babilonia nuova,
che da Turchi è chiamata Bagiadet » in Balbi
95), ma altre sono antiche (cfr. il catalano *baga-
del*, nome di un tessuto).

L'adattamento Baldacco richiede qualche parola di commento. In italiano antico (ma anche in
francese) è frequente il passaggio della sequenza
[VlC] a [VwC], del tipo *alto* > *auto* (in francese
è la norma), cfr. Rohlfs, § 243. Perché il passaggio potesse avvenire era necessario che [l] fosse arretrato (scuro o velare); Rohlfs ricorda che
in latino [l] era velare prima di consonante, ma
è ben difficile che tale caratteristica fonetica si
fosse conservata così a lungo; è più semplice dire
invece che negli esempi che si conoscono [l] segue
una vocale arretrata ed è per questo motivo arretrato anch'esso (come avviene, ad esempio, oggi
in brasiliano e portoghese).

Più raro invece è il caso inverso, e cioè [VwC]
> [VlC], come in gr. *ságma* > lat. *sauma* > it.
salma, gr. *kaûma* > it. *calma* (altri esempi in Pellegrini, *Arabismi*, 588-589: veronese antico *deu-
ma, delma, derma* da gr. *deigma*, ladino dolomi-
tico e agordino *palma, pelma* da gr. *pegma* ' fa-
vo '). Rohlfs le considera formazioni ipercorrette
nate in un periodo in cui la tendenza era di dire
[awto] invece di [alto], e ricorda *galdendo, aldo*
per *gaudendo, audo* in Guittone (Rohlfs, § 17).
‹Baldacco› sarebbe quindi un ipercorrettismo per
‹Baudacco› (ambedue le forme sono presenti in

TA). La tesi dell'ipercorrettismo però può essere accettata solo come spiegazione provvisoria, di comodo, in attesa di un'analisi più soddisfacente basata su criteri fonologici.

Nelle fonti, per lungo tempo Baγdād è stata confusa con Babilonia. Ricoldo parla di una città « in longum iuxta fluvium, que fuit antiqua Baldac, sive Babilonia, et magnis ruinis videtur, quasi altera Roma » (Monneret de Villard, *Ricoldo*, 75; in realtà la città è Sāmarrā). Cfr. Het'owm in *Recueil*, II, 972 e la nota 2 in Yule-Cordier, *Cathay and the Way Thither*, II, 110 (« Terra Bagdad antiquitus Babylonia designatur »). Niccolò da Poggibonsi distingue le due città (« la città di Baldach, la quale città si è più appresso a Babillonia diserta che in veruna altra città », *Libro d'Oltremare*, CLXXXVIII, 111 Bagatti), ma non così Nicolò de Conti (« et una ciptà [è] sopra l'Eufrate, parte della nobile et antica Babilonia, la quale è di circuito 14 m. passi chiamata dagli abitatori di quella per uno nuovo nome Baldachia », 122 Longhena). In epoca più recente si veda la citazione da Balbi, 95 qui sopra e ancora nel 1646, negli avvisi di Ragusa c'è «Bagdat, o sia Babilonia » (ed. Dujčev, 75).

Forse è l'identificazione con Babilonia a fare del nome un sinonimo di ' bordello '; già il sonetto del Petrarca gioca su questo doppiosenso, non còlto da tutti i commentatori (« sol una sede e quella fia in Baldacco »), ma gli esempi sono tanti. Cfr. Pulci, *Sonetti*, XXI, 14, 32 Dolci « gattaccia morta o pollo là in baldaca »), Burchiello (*Par.* I, son. 8 « Egli è un gran filosofo in Baldacca/che'nsegna molto ben beccare a' polli ») e il noto passo dell'*Ercolano* del Varchi (*V.* ...l'onestà

si conviene, e sta bene insino, per non dire il vocabolo proprio, in Baldracca . *C.* Voi volete dire
in Baldacco, non in Baldracca . *V.* Io vo' dire in
Baldracca, non in Baldacco .*C.* Il Petrarca disse
pure Baldacco e non Baldracca . *V.* Voi m'avete
bello e chiarito; il Petrarca intese di Babbillonia,
e io intendo d'un'osteria, o piuttosto taverna, anzi bettola, di Firenze, dove stavano già delle femmine di mondo in quel modo che al Frascato »,
p. 452 dell'ed. di Padova, 1744, p. 388 dell'ed. di
Crusca).

Il nome di Baγdād è all'origine di numerosissimi derivati (i *baldacchini* e le *baldinelle,* l'indaco
baccadeo, il *bagattino,* forse il *bagatto* e la *bagat-
tella* ecc.) di cui non è possibile trattare qui per
esteso; ma conto di occuparmene più diffusamen-
te altrove.

Baudascian, vedi Balasciam

Belor, provincia, 49, 14
    Esistono anche testimonianze per ‹balor› e ‹bo-
lor›; la forma delle fonti persiane e arabe B.lūr
non informa sulla qualità della prima sillaba; il
pellegrino cinese Hsüan-tsang (VII sec.) scrive Po-
lu-lo, trascrizione di una forma sanscrita Palūra,
certo sanscritizzazione di un toponimo indigeno;
si tratta del Balur, o Baluristān, che comprende
le vallate del Čitrāl, Yasin e Gilgit e forse anche
il Baltistān (ma questa è probabilmente un'estensione tarda, visto che per arrivarvi i Cinesi dovevano passare per la valle di Gilgit); vedi Pelliot,
Notes, 91-92; Lentz, *Pamir,* 26-29.

Beltasar, 30, 3; vedi Magi

berbìci, 150, 9; 187, 6 (a Zaghibar, tutti bianchi con la testa nera)

berci, 160, 4 (Locac); 165, 3 (2 volte; a Lanbri); 167, 4 (Neguveran)

Il berci, o verzino, è la *Caesalpinia sappan*, un legno rosso usato per tintura; l'origine più probabile è, tutto sommato, il fr. *braise* 'brace' in vista del colore della tintura (così *FEW*, I, 506); la forma ‹braçile› è data dal *CCum* per *baqam*. Le notizie sui luoghi produttori date da Polo concordano sostanzialmente con quelle date da Pegolotti (294-296); per l'India lo ricorda anche Jourdain Catalani, 116. Vedi Heyd, *Histoire*, II, 587-590; *HJ*, s.v. *brazil-wood*; Pelliot, *Notes*, 103-104.

Bergo, terzo signore dei Tartari del Ponente, 208, 4 (2 volte); vedi Barca

biade, 32, 6 (in Persia); 36, 15 (seminate di novembre a Cormos); 45, 1 (mercato a Tahican), 4 (tra Tahican e Scasem); 71, 15 (Singui); 98, 0, 1, 2 (fornite dal Gran Cane); 102, 0, 1, 2 (id.); 103, 2; 112, 5; 144, 5 (a Caigui); 145, 2 (Cinghiafu); 193, 3 (importate a Calatu)

bianca festa, capodanno dei Tartari, 87, 5; 88, 0, 13; vedi Coblai

bisante, 57, 13 (« monete grosse come bisanti »); 69, 33; 86, 5 (vesti donate dal Grande Cane valgono per le pietre e perle « più di .x.^{m} bisanti d'oro »); 93, 26 (« .ij.^{m} bisanti d'oro » per una pelle di « gerbellino »); 95, 4 (bisanti d'oro), 8; 113, 12 (bisanti d'oro); 148, 12 (bisanti d'oro); 204, 10.

Per stabilire precisamente il valore bisognerebbe sapere di quali bisanti si tratta; al tempo di

Polo un bisante di Rodi valeva 3 aspri; cfr. Martinori, *Moneta*, 36.

biscotto, 191, 13 (di pesce secco, a Escier)

Boga, un barone di Argon, 202, 4
Buγa ('toro'), un potente ufficiale della corte di Abaγa, e poi di Arγun, vedi Pelliot, *Notes*, 97.

Bolgara, città, 3, 2, 8
È la città di Bulγār, Bular o Bolar nella *Storia segreta*, capitale dei Bulgari del Volga, ad E del Volga nei pressi dell'odierna Kazan'; Pian del Carpine parla di « Bileri » (« contra Billeros, id est Bulgariam magnam », *SF*, 73, « Byleros » 138). Vedi Pelliot, *Notes*, 98-99.

Bolgara, regina, 17, 2, 3
Il suo nome era Buluγan (in mongolo la *Martes zibellina* 'zibellino', cfr. mong. mod. *bulga*) figlia di un funzionario di Hülegü, della tribù dei Baya'ut, moglie prima di Abaγa e poi di Arγun, morta nel 1286. In punto di morte chiese al marito Arγun di prendere un'altra moglie del suo stesso lignaggio (le Baya'ut compaiono spesso come mogli dei capi mongoli: erano tali la quarta moglie di Qubilai e la moglie di Temür-Öljeitü, vedi Pelliot, *Notes*, 392-393); le notizie date da Polo sono confermate da Rašīd ad-Dīn. La forma del nome deve essere stata influenzata da quella della città, ma in questa non si spiega l'aggiunta dell'*a* finale, se non per un ulteriore incrocio con Bocara, ecc., cfr. Pelliot, *Notes*, 98 (altre varianti sono ‹bolgana›, ‹balgana›, ‹balchana›).

Bondocdaire, soldano di Babilonia, 12, 4
Ẓāhir Baybars al-Bunduqdārī, quarto sultano

mamelucco col nome di Baybars I, regnò dal 1260 al 1277. Schiavo liberato, Baybars mostrava nel nome di aver appartenuto a un *bunduqdār*, titolo della carica di chi doveva porgere il *bunduq* (' palla del polo ' e ' balestra '; i due significati sono ugualmente possibili) al sultano. Fuori d'Egitto però, Baybars era noto come Bunduqdār, ed è questa la forma citata da Polo e riconoscibile nel Benducchodara di Pegolotti, 133; vedi Pelliot, *Notes*, 99-101.

bregomanni, 170, 12 (nel Mabar « abrinamani incantatori »); 172, 22 (« una provincia che si chiamano i bregomanni »); 173, 2 (« E di questa provincia sono nati tutti li bregomanni e di là vennero primamente »: Lar), 3, 5, 6, 11

La forma corrente in F è ‹abraiaman› (CLXXV, 22, 24; CLXXVIII, 1, 3, 4, 9, 10, 17, ecc.), ma esistono molte varianti.

Nel romanzo di Alessandro, red. toscana, Alessandro incontra in India gli abrigimani, o abragmani, abragimani (vedi ed. Grion, 134-135); e si riporta una lettera in cui il loro re, Dindamo, espone i loro costumi, semplici e lontani da ogni violenza. L'episodio è un'amplificazione dello storico incontro di Alessandro con i Gimnosofisti.

La forma Brákhmanes e simili è già negli autori greci, come Strabone, vedi *HJ*, 111; all'origine è il sans. *brāhmaṇá-* e continuazioni.

Brunis, fiume, 116, 18

Benedetto, CXVIII, 46 accoglie la forma ‹Brius›, avvertendo però in nota che la lettura può anche essere ‹Brins› o ‹Bruis›. L'identificazione non è dubbia: si tratta dell'alto Yang-tzŭ, prima della confluenza con il Min; questo tratto del fiume è detto in tibetano 'Bri-č'u, ma è assai improbabile che sia questa la forma sottostante a *Brius, dato che non c'è nessun nome tibetano nel *Milione*; Pelliot (*Notes*, 105-107) pensa quindi che si tratti del nome mongolo del fiume, Murus, con lo scambio possibile già in mongolo di /b/ per /m/.

bucherame, 21, 1 (ad Arzinga « si fa lo migliore bucherame del mondo »); 114, 19 (nel Tebet « egli si vestono poveramente, che·lloro vestire si è di canavacci e di pelle di bestie e di bucerain »); 171, 15 (a Muttifili « si fa il migliore bucherame e'l più sottile del mondo e'l più caro »); 179, 8 (a Melibar « bucherame del più bello del mondo »); 181, 3 (a Tana « bucherame e bambagia assai »)

Per il nome di questo tessuto rimando al mio *Italiano* « *bucherame* », in *Studi linguistici in onore di Vittore Pisani*, Brescia, 1969, 205-219. Aggiungerò qui solo alcune osservazioni. Il termine sembra frequente anche negli scrittori di cose tartare: alle testimonianze di Giovanni da Pian del Carpine citate nell'articolo si aggiunga anche quella di Simone di St-Quentin: « alie mulieres boqueranno stricto sub cingulo multis plicis sumptuosis operato et insuto omnes vestiuntur ecc. » (49). Al tempo di Polo il bucherame è ancora un tessuto pregiato, come mostrano i passi citati e fa quindi difficoltà che in uno stesso testo esso possa anche essere considerato un tessuto povero, come in 114, 19.

Le fonti orientali non ci sono d'aiuto nell'identificazione di questo tessuto; infatti anche se comunemente si fa derivare il nome del bucherame

da quello della città di Buxārā (derivazione tut-
t'altro che ineccepibile, perché il derivato più immediato è, in arabo e persiano, *buxārī*, da cui in
italiano non si può avere che **bucarino* o simili)
non risulta che a Buxārā si fabbricasse un tessuto
particolare, tale da essere chiamato ' quello di Buxārā ' per antonomasia. Maqdisī (*BGA*, III, 323-
326) dice che da Buxārā venivano « tessuti morbi-
di, tappeti da preghiera, tessuti intrecciati per coprire i soffitti delle locande, lampade di rame,
tessuti *ṭabarī*, ecc. »; Naršaxī, autore di una storia
della città (a. 943), dice che vicino alla moschea
principale di Buxārā c'era una manifattura famosa, che produceva tappeti (*bisāṭ*), cortine di porte (*šādravān*), stoffe *yazdī*, cuscini (*bāliš*), tappeti
da preghiera (*muṣallā*), tessuti a righe per le locande (*burdī-yi funduqī*) (trad. dall'ed. Schefer in
V. Minorsky, *Geographical Factors in Persian Art*,
« BSOS », 9 [1937-39], 627; non ho potuto consultare la più recente traduzione commentata di Naršaxī data dal Frye). Tuttavia in nessuna delle fonti islamiche si accenna a un tessuto particolare,
che corrisponda alle caratteristiche del bucherame
nel XIII secolo, e l'unico tessuto tipicamente di
Buxārā che si conosca è il *zandanījī*. Se si scarta
l'ipotesi di una derivazione da Buxārā, resta da
trovare un'altra spiegazione. Poiché è del tutto
inverosimile quella proposta da F.-J. Nicolaï, *Le
bouracan ou bougran, tissu soudanais du Moyen
Age*, « Anthropos », 53 (1958), 265-268 (da una
forma mande *birinkan*; semmai sarà questa un a-
rabismo invece) e non ne conosco altre, sarei pro-
penso a difendere ancora la mia precedente opinione, che si tratti dell'ar. (*a*)*būqalamūn*, nome
del camaleonte ma anche di un tessuto di seta

cangiante, sul quale, se non altro, esistono nelle
fonti mussulmane delle testimonianze esplicite.

bugherlac, 70, 6 (« una generazione d'uccegli, de che
si pascono quegli falconi, e son grandi come pernice, e chiamansi bugherlac; egli ànno fatto li piedi come papagallo, la coda come rondene, e molto
sono volanti »)

Quasi tutte le varianti hanno ‹bar°› invece di
‹buᵘ›; ma la forma italiana è senz'altro la più
corretta perché la parola è il turco baɣïrlaq riportato da Kāšɣarī (e glossato con ' čirok ' in DS,
78); si tratta del Syrrhaptes paradoxus o simïli, it.
sirratte, che ha effettivamente coda lunga e appun-
tita e volo molto rapido, è lungo 35-40 cm e abita
le regioni aride; vedi Pelliot, Notes, 65-66.

bulargugi, 93, 9 (« un barone ch'à nome bulargugi, ciò è a dire ' guardiano delle cose che si truovano ' »)

La carica, ma senza l'appellativo, è descritta anche da Pian del Carpine (SF, 45): « Si alique bestie perduntur, quicumque invenit eas, vel dimit-
tit sic eas vel ducit eas ad homines illos qui positi
sunt ad hoc; homines autem quorum sunt bestie,
apud eosdem illas requirunt, et absque ulla diffi-
cultate recipiunt eas ». Il nome trascrive un turco
bularɣučï, attestato anche nel persiano degli Īlxānidi; -čï è il suffisso dei nomi d'agente. Quanto
a bularɣu ' beni, proprietà perdute ' vedi Pelliot,
Notes, 112-114; M. Minovi-V. Minorsky, «BSOAS»
10 (1940-42), 761, 774, 786-788 (dove si spiega solo
la prima parte, da bul- ' trovare '); Doerfer, Elemente, I, 215 (da mong. bula- ' nascondere ' e il
suffisso -rɣu, come in sögergü ' aggressore ' da söge-
' offendere ').

buoi, 35, 5 («grandi e bianchi come nieve, col pelo
piano per lo caldo luogo, le corne cort'e grosse e
non agute; tra le spalle ànno uno gobbo alto due
palmi», a Reobales); 71, 8 («salvatichi che sono
grandi come leofanti, e·ssono molto begli a vedere, ché egli sono tutti pilosi fuor lo dosso, e sono
bianchi e neri, lo pelo lungo .iij. palmi», a Singui); 121, 16 («salvatichi grandi e belli» a Mien);
122, 5 («grandi come leofanti, ma no sì grossi» a
Bangala); 170, 42 (adorati nel Mabar; i gavi*
possono mangiarne ma non ucciderli); 172, 19-21
(il pelo del bue è usato per scampare da ogni pericolo nel Mabar)

Per bue selvatico Polo intende lo yak; in turco
lo yak si chiama *qutuz*, che già il dizionario di
Kāšγarī glossa come 'bue selvatico' (*DS*, 475); è
possibile quindi che l'epiteto non fosse invenzio-
ne, ancorché ovvia, di Polo, ma fosse la traduzione
che gli veniva data dagli interpreti. Anche *qutuz*,
o *tuq* (dal cinese) è il nome dell'ornamento fatto
con la coda dello yak, portato come insegna di
grado o stendardo; esso era usato anche in India,
col nome sanscrito di *cāmara-* (da *camará-* 'yak'),
cfr. *HJ*, 214-215.

Caagu, castello dove morì Cinghis, 67, 4
Polo dice che Čingis vi morì per un colpo di
freccia, sei anni dopo la sconfitta del prete Gianni*; invece morì 24 anni dopo e non di freccia.
La variante da preferire è ‹calacuy› di FA < *Ca-
latuy per Pelliot, *Notes*, 114-115. Questo potrebbe
corrispondere al nome del palazzo di Ha-lao-t'u,
dove morì Čingis secondo lo *Yüan-shih* = mong.
*Qala'utu, *Γala'utu; dove fosse esattamente que-
sto palazzo è dubbio. Infatti, le tradizioni sul luo-

go di morte e sepoltura di Čiŋgis non coincidono.
Vedi Alcai, Cinghis Kane

Cacafu, 126, 22; 127, 0, 1 (Cancafu)

Benedetto corregge in ‹Cacianfu› in CXXXI,
42, 43 e CXXXII, 1, 2 perché F oscilla tra ‹cacanfu› e ‹cacianfu›; le altre forme sono ‹caçan-
fu› di Z, ‹pazanfu› di R, ‹chanzanfu› di V, ‹can-
giafu› di VB; e sospetta anche (263) che le due
forme siano « forse una cosa sola, vista l'identità
delle note descrittive; Marco e Rustichello possono aver detto due volte, per distrazione, la stessa
cosa ». Per il Pelliot invece la forma originaria
potrebbe essere stata Cacanfu o meglio Cacainfu,
dal cin. Ho-chien-fu. La resa fonetica del cin.
chien è ‹gain, quen› in altri nomi poliani; *ho* è
reso con *qa* nel nome mongolo del Tangut, Qaši,
cin. Ho-hsi. La città era sulla via della posta che
da Pechino andava a Hang-chou e Fu-chien (cfr.
Pelliot, *Notes*, 115-116).

Cacesi, 18, 11

Kökečin ('l'azzurra' in mongolo), una donna
della tribù Baya'ut (cfr. ‹cocacin› di F). Il re
Arγun la mandò a chiedere a Qubilai, dopo la
morte di sua moglie Buluγan, che gli aveva chie-
sto di risposare una Baya'ut. I Polo che si trovavano a Pechino, nel 1291, vennero scelti per riac-
compagnarla. Ma quando arrivarono, Arγun era
morto e l'accolse il figlio Γasan che la sposò.
Kökečin morì nel 1296. Il testo, dopo aver sempre
parlato di lei sola, dice « la reina Cacesi e la figliuola de·re de' Mangi », inaspettatamente, usan-
do poi verbi al plurale; stessa oscillazione in F
dove si trova « Cocacin et encor la fille au roi dou

Mangi » e poi i verbi al plurale; cfr. Pelliot, *No-tes*, 392-394. Vedi, sopra, Bolgara.

Cacianfu, città, 109, 4; 110, 1

La città dovrebbe essere menzionata anche nel-la lacuna di 106, 7; la forma di TA concorda con quella accolta da Benedetto, CVIII, 16, CXI, 10 e CXII, 2. Già il Klaproth ha identificato la città come Ho-chung-fu, nome sotto i Mongoli di quel-la che poi è diventata P'u-chou-fu, città che però è a E e non a O del Fiume Giallo; Pelliot, *Notes*, 119 accetta l'identificazione e propone di ricostrui-re l'originale come ‹Cacionfu›.

Caidu, nipote del Grande Cane, re della Grande Turchia, 76, 8, 9; 80, 2; 195, 1, 4 (2 volte), 5 (2 volte), 6, 10, 19, 27, 29; 196, 1, 2, 3

Qaidu, figlio di Qaši, figlio di Ögödei, nato ver-so il 1230, morto nel 1301. Era effettivamente ni-pote del Grande Cane in quanto « figliuolo d'uno suo fratello cugino », come dice Marco Polo (195, 1). Quando il potere supremo sui Mongoli passò dal ramo di Ögödei a quello di Tului, con l'ele-zione di Möŋke a Gran Cane, il lignaggio di Qai-du venne disperso, e Qaidu venne mandato, nel 1252, a Qayalïq, forse a E del lago Balqaš e a N del fiume Ili (Rubruck, che vi giunse nel 1253, chiama la città Cailac, *SF*, 226, 227). Marco Polo parla di un episodio della sua ininterrotta ostili-tà verso Qubilai, la rivolta di Naian* del 1287 – che egli però non aiutò – e di una guerra con-tro Arγun (sulla cui veridicità vedi però Barac*). Vedi Pelliot, *Notes*, 126-129.

Caigui, città, 143, 11; 144, 0, 1

Benedetto legge ‹Caygiu› in CXLVIII, 27 e CXLIX, 1, 2; Pelliot identifica la città in una pic-

cola città sulla riva N dello Huang-ho, davanti a
Huai-an, che deve essere stata chiamata semplicemente Ho-k'ou ' la bocca del fiume ' (in fonti cinesi: Ta-ch'ing-k'ou e Hsiao-ch'ing-ho-k'ou). La
resa di Polo avrebbe dovuto quindi essere ‹Cacu›
con ‹ca› per cin. *ho* come in Cacanfu < Ho-
chien-fu e ‹cu› per *k'ou*; la corruzione in ‹giu› di
Caigiu e simili è dovuta forse alla frequenza dei
nomi in *chou* in Marco Polo (*Notes*, 121-122).

Caitui, castello, 106, 7; 107, 0, 1 (« uno bello castello
ch'à nome Caitui, lo quale fece fare jadis uno re,
lo quale fu chiamato lo Re d'Or »). Tra Pianfu e
Cacianfu. Secondo Pelliot (*Notes*, 122-124) è Chi-
ang-chou, che Polo avrebbe dovuto trascrivere
‹Cangiu›.

Calasata, 30, 5

Marco Polo dice che Calasata vuol dire « in
francesco ' castello de li oratori del fuoco ' » (« un
caustaus qui est appelés Cala Ataperistan, que
vaut a dir en fransois castiaus de les aoraor do
feu » F). In base a questa traduzione A.V.W.
Jackson ha brillantemente ricostruito il nome,
corrotto nella traduzione toscana, come pers. Qal-
'a-yi Ātašparastān ' castello degli adoratori del
fuoco ' (*The Magi in Marco Polo and the Cities
in Persia from which They Came to Worship the
Infant Christ*, « JAOS », 26 [1905], 79-83); *ātaš*
indica infatti in persiano anche il fuoco sacro degli Zoroastriani. Il nome di questo castello non è
altrimenti noto, né può essere accettata l'identificazione con Kāšān proposta dal Jackson. Polo
dice che esso è a tre giornate da Saba*, e Sāva,
secondo gli itinerari di Iṣṭaxrī e di Ibn Ḥawqal è

a tre giornate da Qaryat al-Majūs 'il villaggio dei Magi' che nella traduzione persiana di Ibn Ḥawqal è detto Dih-i Gabrān, cioè 'villaggio degli zoroastriani (gabr)'. La regione, a detta dei geografi mussulmani del X secolo, era abitata da molti zoroastriani (v. Monneret de Villard, Leggende, 84) e tuttora vi rimangono le rovine di sedi di fuochi zoroastriani; ma la testimonianza di Marco Polo mostra che essi vi erano attivi ancora nel XIII secolo. Qaryat al-Majūs era anche ad una giornata di viaggio dalla città di Kāšān ed è a quest'ultima che si riferisce Odorico da Pordenone: «...applicui ad unam civitatem Regorum Magorum que vocatur Cassam [varr. Cassan, Casan] ...Ab hac civitate usque Ierusalem, quo Magi iverunt non virtute humana sed miraculosa cum sic venerint, sunt bene quinquaginta diete» (SF, 418-419). La menzione di Kāšān solleva un problema testuale. Il penultimo capoverso di 32 del francese è: «Et encore vos di que le une des trois mais fu de Saba, et le autre de Ava et le terç de Cashan». Il testo è così restituito dal Benedetto; però F ha «et le terç dou castel que je vos ai dit que adorent le feu», e così ha il toscano («lo terzo del Castello»); gli altri codici hanno ‹tertius de Chasan› Z, ‹tertius de Caxam› L, ‹el terzo de Chasa› V. Ora sembra certo che nell'archetipo doveva esserci *Casciam, *Cascian o simili (la forma scelta da Benedetto non è probabile, in vista del suo ‹-sh-› che non si trova mai in F, vedi Pelliot, Notes, 235-236). La corruzione è molto semplice: ‹cascian› in grafia corsiva può essere letto ‹castiau› 'castello'. Qualche copista può aver visto ‹castiau› e averlo riscritto automaticamente, come è avvenuto in F; l'uso di castel invece che ca-

stiau non dimostra nulla: nello stesso passo, Benedetto XXXI-XXXII, si trovano uno dopo l'altro *caustaus, castiaus* (2 volte), *caustiaus, chastel.*
Quanto agli altri due nomi, Ava (Iava nella traduzione toscana per confusione con Giava) è Āva
o Āvā, come ha già mostrato Jackson, 79-83; per
il terzo, vedi Saba.
    Vedi anche Magi

Calatian, mastra città di Egrigaia, 72, 2
    Benedetto, LXXIII, 4 ha ‹Calacian›, grafia con-
fermata da vari codici. Secondo Pelliot, *Notes*, 132-
137, deve trattarsi della Xalaǰan di Rašīd ad-Dīn,
città degli Hsi-Hsia, forse residenza temporanea
ad O di Ning-hsia, costruita nel 1047 sui monti
Ho-lan. Questi monti sono chiamati Alašai nella
Storia segreta, e Alašan in mongolo moderno, tuttavia non è possibile pensare che Alašai e Cala-
cian siano la stessa forma, per difficoltà fonetiche.

Calatu, 192, 8 (golfo di Calatu); 193, 0, 1 (città e
    golfo); 4 (golfo); 5, 6
    Qalḥāt, sulla costa del golfo di 'Umān. Il luogo
è citato anche dal Conti, come Calacatia.

calciadonio, 55, 3 (a Ciarcian)
    Il calcedonio è un quarzo come i diaspri, ma se
ne distingue per essere semitrasparente o translu-
cido; nell'uso moderno con il nome di calcedonio
si indicano anche le corniole, le agate, le onici, ecc.

califfo di Baudac, 24, 1, 8, 11 (calif), 12 (2 volte), 15
    (calif), 16 (calif), 19 (califo); 26, 2 (calif), 4 (ca-
    lifo), 6 (califo); 27, 1 (calif); 29, 3 (califa), 5 (ca-
    liffo), 6 (califa, califfi)
    Il testo di A² ha restituito una serie di oscillazio-
ni in luogo dell'uniforme *califfo* della vulgata.

Interessante la forma in -*a* (immediata resa dell'ar. *xalīfa*, su cui vedi *HJ*, 146-147), da aggiungere a quelle elencate da B. Migliorini, *I nomi maschili in -a*, a p. 64 della ristampa nei suoi *Saggi linguistici*, Firenze, 1957.

Il califfo di cui si parla è al-Musta'ṣim, ultimo degli Abbasidi, al potere dal 1242, sconfitto e ucciso nel 1258 da Hülegü. Il racconto della sua fine fatto da Marco Polo concorda con una tradizione che passa per gli scrittori bizantini come Giorgio Pachimere e poi per Joinville, Het'owm, Marin Sanudo il Vecchio e anche alcune fonti orientali; anzi qualcuno aggiunge il particolare che i Tartari avrebbero versato oro fuso nella gola del califfo, dicendo, come riporta Ricoldo, « Aurum sitisti, aurum bibe » (cit. da Monneret de Villard, *Ricoldo*, 60-61); ma l'episodio ha troppo l'aria di un topos per poter essere autentico. E difatti Monneret de Villard non ha notato che la frase non è che quella pronunciata da Orode re dei Parti davanti alla testa mozza di Licinio Crasso, che egli aveva fatto riempire di oro liquefatto (Cic., *De officiis*, I, 30, Floro 3, 11, 132 Malcovati, cfr. Dante, *Purg.* XX, 116-117: « Crasso, dilci, che'l sai: di che sapore è l'oro? »). Altri paralleli medievali sono segnalati da G. Paris, *La leggenda di Saladino*, tr. it., Firenze, 1896, p. 16.

Nella realtà il Califfo venne chiuso in un sacco e fatto calpestare dai cavalli, come sappiamo da Abū'l-Fidā, Abū'l-Faraj e altri; questo per l'interdizione sullo spargimento di sangue di un regnante: così Marco Polo (79, 1-2) ricorda che il Gran Cane fece uccidere Naian* facendolo saltare per aria su un tappeto, proprio per non farne versare il sangue («E ciò fece, ché non volea che'l sangue de·lignaggio de lo imperadore facesse lamento a l'aria »). Questa discordanza di tradizioni a proposito di un avvenimento storico non deve stupire: per la sua tragicità la caduta di Baγdād è uno degli eventi che hanno dato più materiale alla leggenda: vedi G. Le Strange, *The Story of the Death of the last Abbasid Caliph, from the Vatican MS. of Ibn-al-Furāt*, « JRAS », April 1900, 293-300; J. de Somogyi, *A qaṣīda on the Destruction of Baghdād by the Mongols*, « BSOS », 7 (1933-35), 41-48; Id., *Adh-Dhahabī's « Ta'rīkh al-Islām » as an Authority on the Mongol Invasion of the Caliphate*, « JRAS », October 1936, 595-604; G. Levi della Vida, *A Christian Legend in Modern Garb*, « Byzantion », 15 (1940-41), 144-157.

Camandi, città, 35, 0, 1

Qamādin, sobborgo di Jīruft; vedi Pelliot, *Notes*, 139, che preferisce la forma ‹Camadi›.

camelli, 62, 3 (camegli, a Ezima); 186, 6 (a Madegascar « non si mangia altra carne che di camelli, e mangiavisene tanti che non si potrebbe credere; e dicono che questa carne di camelli è la più sana carne e la migliore che·ssia al mondo »); 187, 16 (a Zaghibar, usati per combattere, insieme agli elefanti); vedi anche giambellotti

Camul, provincia, 58, 0, 1, 2, 11, 14

È la città e regione turcouigura di Qamïl o Qamul, nell'oasi più orientale del Türkistan cinese (Ha-mi in cinese, Ha-mi-li nello *Yüan-shih*); Kamul è anche in Marignolli (*SF*, 550). Vedi Pelliot, *Notes*, 153-156.

camuto, 89, 3 (« e dona a ciascuno calzamenta di camuto »)

In Benedetto, XC, 7-8 si legge « Et encore done
a chascun chausemant de camu laboré de fil d'arjent », senza indicazioni in apparato; ma FG legge « chaucemente de camut qui est bourgal »;
burgal è il pers. *bulγārī*, *burγālī*, da Burγāl, cioè
dal nome dei Bulgari del Volga (si tratta di un tipo di cuoio conciato, usato per borse e simili);
camut, qui *camuto*, è invece dal pers. *kīmuxt*
' cuoio fatto con la pelle del dorso del cavallo o
dell'asino '. FG e TA si confermano a vicenda;
ma la parola non era rara nel lessico mercantile
dell'epoca, visto che si trova *camutum* in un documento genovese di Caffa del 1289 (Brătianu,
Recherches, 185) e nel *CCum* in corrispondenza
del pers. e com. ‹sagri› (turco *saγrï*); vedi Pelliot,
Notes, 156-157 (*camutum* manca però in Groenbech).

Canbaet, 181, 7; 182, 0, 1
 Kanbāyat, porto del Gujarāt, odierna Cambay;
cfr. *HJ*, 150, Pelliot, *Notes*, 140.

Canbalu, 80, 0 (Coblau), 1 (Coblau); 83, 1 (Canbalu); 84, 3 (Canblau), 5 (Canblau); 93, 38 (Coblau); 94, 1 (Cabalu), 10 (Cabrau), 12, 15; 95, 1,
14; 96, 2; 97, 0, 2 (Cabalu); 103, 1, 5; 104, 2, 3
(Cabalu); 144, 4 (Cabalu), 6 (Cabalu); 174, 35
(Ganbalu); cfr. 84, 3 (Garibalu)
 Malgrado le oscillazioni nessuna forma conserva ‹°c› finale che si trova, ad esempio, in ‹cabaluc› di F, ‹cambaluc› di Z, ecc. Odorico da
Pordenone scrive Cambelec, Cambalec (*SF*, 471,
475, 478), Marignolli Cambalec (*SF*, 526) ecc. È il
turco Xānbalïq ' città del signore ', come traduce
Marco Polo in 84, 3, poi Pechino. Le oscillazioni
tra ⟨u⟩ e ⟨e⟩ nelle trascrizioni occidentali sono

dovute alla diversa resa della vocale turca centrale [ï]. Xānbalïq era stata capitale dei Chin, fino alla conquista mongola (1215); probabilmente era già nota da almeno un secolo con questo nome nell'Asia centrale e continuò ad essere chiamata così fino al XVII secolo dagli scrittori mussulmani. Poiché era rimasta danneggiata dalla conquista del 1215, i Mongoli decisero di restaurarla, ma poi nel 1267 si preferì ricostruire una nuova città, a NE col nome di Ta-tu, dove si trasferì l'amministrazione nel 1272. È a questo spostamento che allude Marco Polo in 84, 3; solo che egli usa sempre lo stesso nome (Garibalu non può essere che una corruzione di Cambalu, e lo dimostra la traduzione). Il testo francese porta invece correttamente ‹Taidu›: cfr. Benedetto, LXXXV, 17. Anche Odorico dà il nome della nuova città, Taido (*SF*, 471) e ne dà le misure, che corrispondono all'incirca a quelle date da Polo. Vedi Pelliot, *Notes*, 140-143.

Cane, 64, 0 (Kane); 68, 2; 76, 2

Nel primo caso indica Čiŋgis, negli altri Qubilai (vedi Coblai). Sul titolo mongolo di *qaɣan* (pronunciato da un certo momento in poi [qa'an] come mostrano le trascrizioni persiane) e su quello turco di *xān* si veda Doerfer, *Elemente*, III, 141-183.

canella, 116, 15 (Gaindu), 20 (presso il fiume Brunis); 179, 8 (Melibar)

La cannella (anche F oscilla tra ‹canelle› e ‹cannelle›) o cinnamomo proveniva soprattutto dalla Cina (e difatti la spezia si chiama *dārcīnī* in persiano, *dārṣīnī* in arabo, cioè 'legno della

Cina ' per antonomasia) e da Ceylon, da cui è originaria (il nome scientifico è appunto *Cinnamomum zeylanicum*); vedi Laufer, *SI*, 541-542.

canfora, 153, 2 (alberi che fanno la canfora, a Zartom); 165, 3 (a Lanbri); 166, 3 (Fansur)

In Occidente il nome della canfora si trova già nel medico greco Aezio, ca 540 d.C., come *kaphura*, che si fa risalire per solito all'ar. *kāfūr*, ma è strano che ci sia già un arabismo in un autore di questo periodo. Non vedo citata la possibilità che si tratti semmai di tramite siriaco: esiste in siriaco la parola *qāφūr* 'canfora'. All'origine dell'arabo e del siriaco va posto il sans. *karpūra-*, ma certo il termine è arrivato alle lingue occidentali attraverso una forma medioindiana, come pāli *kappūra-*, hindī *kapūr*. Le voci indiane sono a loro volta di origine « austroasiatica », vedi mal. *kapor barus*. Molte forme romanze hanno una nasale: fr. *camphre*, it. *canfora*, sp. *alcanfor*, anche se Pegolotti ha ancora *caffera*; la nasale richiederebbe una forma con /ff/ poi dissimilata (*caffora* > *canfora*); vedi *HJ*, 151-152, Pelliot, *Notes*, 664-670. Marco Polo unisce sotto lo stesso nome due sostanze diverse, la canfora indonesiana (*Dryobalanops aromatica*) e quella cinese che è invece prodotta da un lauro (*Laurus camphora* o *Cinnamomum camphora*).

Cangu, città, 150, 12 (« la sezzaia città di Quisai »)

In F (cfr. Benedetto, CLV, 46; CLVI, 2) la forma del nome è ‹cugiu› ma esistono molte altre varianti, come si può vedere in Pelliot, *Notes*, 569 (ad esempio ‹cingui›, ‹chuçu, çuçu›, ‹cinguy, siguy›, ecc.), e il nome è senz'altro da considerare corrotto. Secondo Charignon e Pelliot si tratta di Hsin-chou, chiamata poi Kuang-hsin sotto i Ming, nel Chiang-hsi di NO. Al tempo degli Yüan Hsin-chou era effettivamente ancora nella provincia di Quinsai* (cioè Hang-chou) e non ancora nello Chiang-hsi. Partendo da questa identificazione, Pelliot (*Notes*, 569-570) ricostruisce come forma originaria *Singiu, pur riconoscendo che non è questa la forma più accreditata dai manoscritti.

Cangui, 153, 14 (un reame del Mangi)

Nel testo francese vi corrisponde ‹Yangiu› (Benedetto, CLVIII, 36), che ricorre altre tre volte, in CXLV, 1, 4 (nella redazione toscana, 140, 0, 2, 3 si parla di una città, senza specificarne il nome) e in CXLVIII, 2 (anche qui 143, 1 omette il nome della città).

Si tratta di Yang-chou, la prima stazione postale dopo la riva N dello Yang-tzŭ, capitale di provincia dal 1276 al 1291, con una breve interruzione; la provincia di Yang-chou è elencata anche da Rašīd ad-Dīn (Yangǰu). In questa città Polo ricoprì per tre anni una carica ufficiale per conto del Gran Cane, probabilmente come ispettore delle saline (vedi Pelliot, *Notes*, 875-876 e 834).

cani da caccia, 115, 9 (Tebet); 126, 10-12 (Cugiu)

canne, 74, 9 (usate come tegoli, grosse più di 4 palmi e lunghe fino a 15 passi, da tagliare per lungo, nel palazzo del Cane a Gaindu); 114, 2 (canne grosse a Tebet), 3, 5; 143, 10 (ne sono fatte le navi piccole sul Quian)

Almeno nel primo caso Marco Polo si riferisce sicuramente al bambù (*Bambusa arundinacea*) che fino a metà '500 viene sempre indicato col nome generico di *canna* (il primo autore a usare il termine *bambù* è F. Sassetti; vedi G.R. Cardona, *Note sassettiane*, « LN », 32 [1971], 43).

Canosalmi, 35, 12 (un castello a Reobales)
Si è proposto Qanāt aš-Šāh ' canale del re ', ma l'identificazione è tutt'altro che sicura, vedi Pelliot, *Notes*, 158.

canove, 102, 1 (« egli ne fa fare molte canove d'ogne biade »)
Cfr. Benedetto, CIV, 6: « E entendés qu'il fait canave de toutes bles ».

Canpicion, 60, 8; 61, 0, 1; 70, 12 (Canpitui); 71, 1 (Canpitui)
Kan-chou (*Index* 41), pronuncia antica [kamt∫ou], come mostra la grafia Xāmčū dello *Ḥudūd al-'Alām*; il cin. *chou* è in genere reso con ‹giu›, ‹ciu› o ‹çu› nel testo poliano. La forma ‹Canpitui› per un verso si avvicina di più all'ipotetica forma originaria se assumiamo un *Campiciu, letto con ‹t› per ‹c› e con spostamento del punto della ‹i›; vedi Pelliot, *Notes*, 150-153.
Nei secoli IX-X erano attivi nella città monasteri buddisti, uiguri e tibetani, che traducevano testi dal e in cinese, come risulta da documenti di Tun-huang; il che conferma l'accenno di Polo (60, 3).

Canpitui, provincia, 70, 11; 71, 1; vedi Canpicion

capodoglie, 186, 8 (a Madegascar se ne ricava l'ambra)
Vedi Pelliot, *Notes*, 160, per una discussione della parola (i lessici considerano questa la prima attestazione in italiano; il francese ha *capdol* in Benedetto, CXCII, 16, 17).

Caragian, 116, 22; 117, 0, 1, 19; 118, 0, 1 (2 volte);
119, 1, 14

Il nome è la trascrizione di Qaraǰaŋ delle fonti
mongole e persiane, nome di una regione corrispondente all'odierno Yün-nan, conquistata dai
Mongoli nel 1253-1257; prima della conquista essa costituiva il regno di Ta-li, con due capitali,
Ta-li e Yün-nan-fu. I Mongoli conquistarono per
prima Ta-li e forse è da allora che si diffuse il nome di Qaraǰaŋ; dalle fonti cinesi coeve sappiamo
che col nome di Yači si indicava Yün-nan-fu, mentre Qaraǰaŋ era usato per Ta-li. È possibile che
Qaraǰaŋ fosse usato come nome di tutta la provincia oltre che per metà di essa e per la capitale di
questa, come dice Polo. Il nome significa in mongolo ʻi J̌aŋ neri' in opposizione ai Čaɣaanǰaŋ ʻi
J̌aŋ bianchi'; Pelliot (*Notes*, 169-181) ha cercato di
dimostrare che i J̌aŋ corrispondono agli Ts'uan
dei testi cinesi, che erano appunto divisi in bianchi e neri e che etnicamente erano dei Lolo (sui
Lolo e sulla loro divisione in « bianchi » e « neri », anche in base a differenze antropologiche,
vedi Feng Han-yi e J.K. Shryock, *The Historical
Origins of the Lolo*, « HJAS », 3 [1938] 103-127,
particolarmente da 106 in poi).

Carameran, fiume, 109, 0, 1; 134, 8 (sua descrizione);
136, 3 (Caramoran)

Benedetto, CXI, 1, 3; CXLI, 5 ha ‹Caramoran›;
Odorico scrive Caramoram (*SF*, 470), Marignolli
Caramora (*SF*, 533); è Qaramören (ma le trascrizioni cinesi giustificano anche °müren), antico nome mongolo dello Huang-ho, sostituito poi in
mongolo da Xatunmüren ʻfiume della principessa'. Il nome si riferiva dapprima a tutto il fiume,

poi a solo un suo tratto; per Polo segna il confine tra Catai* e Mangi*.

Carcam, provincia, 51, 14; 52, 0, 1

Benedetto, LII, 29, LIII, 1 corregge in ‹Yarcan› F, che ha ‹tarcan, carcan, tharcan› basandosi su ‹iarchan› di V (anche Z ha ‹jarchan›), e questa è certo la forma esatta. Si tratta di Yārkand nel Türkistan cinese, ca 150 km a SE di Kāšɣar; il nome sembra essere turco, da *yar* ‘terra rocciosa, roccia’ e *kend* (di origine iranica, cfr. sogd. *k'nδ*) ‘città’, quindi ‘città pietrosa’, sul tipo di Taškent (turco *taš* ‘pietra’). La città era un centro islamizzato dal secolo XI, e venne conquistata dai Mongoli nel XIII; vedi Pelliot, *Notes*, 876-885.

Carocaron, città, 63, 0, 1; 70, 1 (Caracoron)

Benedetto, LXIV, 1, 2, LXXI, 1, CC, 62 ha ‹Caracoron› (var. ‹Caracoran›); Pian del Carpine, che è il primo a nominare la città, scrive ‹Caracaron› (*SF*, 30), Rubruck, che vi soggiornò, ‹Carac(h)orum› (*SF*, 230, 236). Nome probabilmente turco (*qorum* ‘masso erratico’, *DS*, 460) di Holin, a E dell'Orxon; Ögödei la recinse di mura nel 1235, ma Čiŋgis aveva già qui il suo accampamento, come dice Polo, fino al trasferimento a Pechino nel 1260; vedi Pelliot, *Notes*, 165-169.

cartamoneta, 95, 2-13; vedi moneta di carta

*Cascian, vedi Calasata

Casciar, provincia, 49, 17; 50, 0 (Cascar), 1, 2; 54, 6 (Cascar)

La forma con ‹-i-› è solo della redazione toscana; F ha ‹cascar›. È Kāšɣar, città commerciale bagnata dal Kāšɣardaryā, famosa per i suoi tessuti,

il muschio e le schiave, come ricordano i geografi
arabi e i pellegrini cinesi Fa-hsien (IV-V sec.) e
Hsüan-tsang che la visitarono. La città apparteneva al Gran Cane; dalla metà del XIV sec. fino
al 1514 fu governata da una famiglia Duγlat. L'e-
sistenza della comunità nestoriana di cui parla
Polo è confermata dalle fonti.

Secondo Rubinacci, è questa la città di T.b.t
di cui parla Idrīsī (vedi Rubinacci, *Tibet*, 200-
202). Vedi anche Lentz, *Pamir*, 29; *EI*, s.v. Kāsh-
ghar; Pelliot, *Notes*, 196-214.

Catai, 55, 3 (Ca[t]a); 69, 24 (Ca[t]a); 71, 5; 90, 1; 94,
11; 100, 1; 101, 1, 3; 103, 5; 104, 0; 105, 6, 7; 106,
3; 109, 5; 112, 4; 126, 22; 128, 1; 129, 1; 131, 4; 133,
2; 148, 31, 47; 157, 1; 195, 4

Per Marco Polo il Catai è la Cina settentrionale
fino allo Huang-ho. Il nome compare come Kitai
(con Karakitai) in Pian del Carpine, Cataia (con
Caracatai) in Rubruck, Cathay in Giovanni da
Montecorvino, Catay in Odorico da Pordenone,
Katay in Marignolli (vedi indice di *SF*, 586). Entra poi nell'uso corrente come Catai (ma anche
Cataio, Gattaio; Gattaio è nel Pegolotti, 401; sulla seta gattaia, vedi Schulthess-Ulrich, *Gewebebezeichnungen*, 273-275), ed è ancora usato nel Cinquecento, anche se ormai nel significato di Cina
in generale. All'origine è il cin. Ch'i-tan, pronuncia antica *[k'jət-tân], una tribù altaica che fondò nel 907 nella Cina settentrionale la dinastia
poi distrutta dai Chin nel 1125. In tutta l'Asia
per designare la Cina settentrionale erano stati
usati dapprima derivati del cin. Ch'in e poi, dal
V-VI secolo, varianti della forma Tabγač; verso il
X secolo fu Ch'i-tan a soppiantare tutte le altre de-

nominazioni. Nei paesi mussulmani erano correnti forme scritte Xitāy, Xiṭāy (la prima grafia è quella persiana, la seconda quella araba, vedi Ferrand, *Relations*, 559); queste sono le forme conservate in persiano e in turco (e da cui viene anche il russo Kytaj). La forma Catai, con [a] nella prima sillaba tradisce invece una mediazione araba, giacché Xaṭā, Xaṭāy sono letture arabe (per inciso, ‹th› di molte forme occidentali è un puro vezzo grafico, che non vale altro che [t]). Per spiegare perché tutte le trascrizioni abbiano eliminato la finale °n del cinese si è fatto ricorso ad una mediazione mongola; Pelliot osserva che le forme mongole attestate permettono di ricostruire un singolare *Qitan; ora potrebbe esserci stata una forma parallela *Qitai, come c'è Altan e Altai. Una vera e propria monografia in Pelliot, *Notes*, 216-229.

Vedi Acata, Cin

Catomacu, signore dei Tartari di Ponente, 208, 4
Tödemöŋke, fratello minore di Möŋke Temür e suo successore, regnò dal 1280 al 1287; F gli dedica tutto il capitolo CCXXIX, che manca in TA. Benedetto ha ‹Totamongu› (F ‹totamongur›) in CCXXII, 9, ma ‹Totamangu› in CCXXIX, 1, 3, 5, 6, 8, 17. La forma di TA è originata certo da una lettura ‹cotamãgu›.

cators, 73, 24 (a Ciagannuor « molte cators cioè contornici »)
L'interpretazione di questo nome fa difficoltà. Nel passo corrispondente in F si ha « grandismes quantité de cators, que nos apellon les grant perdris »; nel capitolo su Yazd il francese parla di « pernis et quatornis », cui corrispondono « de

perdix et de contornis », « perdriz cailles », « perdices et coturnices », « et pernici et quaglie » in altri testimoni. Sembrerebbe quindi che si possa stabilire l'equazione *cators*: *contornis*: *cailles*: *quaglie*. Tuttavia la quaglia è più piccola della pernice, e quindi non avrebbe senso chiamarla « grande pernice »; si è pensato quindi ad una corruzione del testo. Lo Yule ha proposto di correggere in ‹çakor›, ‹ciacor› intendendo la « red-legged partridge », *Caccabis chukar* e dando di questa forma ricostruita un etimo mongolo: *čoqor* ‘macchiettato’. L'etimologia è stata ritirata in *HJ*, 194, in vista del fatto che all'origine del nome asiatico della *Chukar* non è il mongolo ma il sanscrito *cakora*, non è stata invece ritirata la correzione, che tuttora figura nella terza edizione dello Yule. Tuttavia è improbabile che uno stesso nome di uccello si trovi in Asia centrale ai tempi di Polo·e nell'India del XIX sec. attraverso la Persia, senza che sia dato trovare un passaggio intermedio: non ci sarebbe infatti nessun'altra attestazione del nome della *Chukar* nel periodo intermedio e in turco, mongolo, persiano. Probabilmente, e più semplicemente, non si tratta di un nome esotico: *cators* è semplicemente il venez. *cotorno* e simili, che è, secondo il Boerio, la starna maggiore (*Perdix perdix*) o la coturnice, come suggerisce il Pelliot, *Notes*, 233 (vedi su quanto precede 229-233). Una prova indiretta è che ‹chatorni› esiste in V come traduzione di ‹cators› nel passo citato all'inizio.

Catun, porto, 152, 8; vedi Zaiton

Caugigu, provincia, 122, 9; 123, 0, 1; 124, 6 (Cagigu); 125, 6 (Cagigu)

Benedetto accetta nel testo ‹Cangigu› (CXXVII, 14; CXXVIII, 1, 2; CXXIX, 9; CXXX, 10) ma avverte in nota che anche la lettura ‹Caugigu› è possibile, e che la seconda sillaba è incerta, dato che Z ha ‹zu›, L ‹giu› o ‹gin›. Ma la grafia più probabile è proprio Caugigu; Pelliot, *Notes*, 233-234 spiega il nome .come cin. *Chiao-chih-kuo* ' il regno di Chiao-chih ' e cioè il Tonchino; lo conferma la trascrizione data da Rašīd ad-Dīn Kafjah kuh; ‹gu› per il cin. *kuo* si ha anche in Zipangu*. Attraverso il mal. Kucing, Koci, questo stesso Chiao-chih ha dato origine al nostro Cocincina.

Cauli, terra di Naian, 79, 4

È la Corea, cin. Kao-li, Kauli o Kōli in Rašīd ad-Dīn, Caule in Rubruck (*SF*, 270-271); non risulta però che fosse terra di Nayan; vedi Pelliot, *Notes* 234-235.

Causom, reame di Persia, 32, 1

Anche F ha ‹Casum›, che Benedetto, XXXIII, 4 corregge in ‹Casvin›; è la città persiana di Qazvīn (forse *Chassuin > *Chassum?); R ha Casibin che è la forma ormai corrente nel '500, come dimostra ad esempio Membré, 43, 51.

cavalli, 32, 2 (distrieri, in Persia), 4 (cavagli); 46, 9 (Balasciam); 74, 14 (cavagli e giumente bianche del Grande Cane); 88, 4 (cavagli bianchi donati a Capodanno al grande Cane); 117, 5 (Caragian); 118, 21 (Caragian); 124, 5 (Aniu); 170, 33-35 (importati nel Maabar); 190, 6 (importati da Aden alle isole d'India); 191, 4 (importati in India da Escier); 192, 7 (commercio di cavalli dall'Arabia all'India e di qui a Dufar); 204, 11 (per i ghiacci

non possono andare); 205, 4 (usati dai Tartari per
tornar fuori « de la scurità »)

Caveitan, 121, 10

Nel passo che in Benedetto, CXXVI, 19-20 è « e
le grant kan dist que il vuelt que il aillent con-
quister la provence de Mien [et qu'il] dora elz
cheveitain et aide » l'ultima frase (lett. « e che
avrebbe dato loro capitani e aiuti ») è stata interpretata dal traduttore – che ha frainteso il valore di *elz* – come contenente altri due nomi di
città o regno da affiancare a Mien, e cioè Caveitan
e Aide. Cfr. la *Nota al testo*, Appar.

Caver, città, 174, 36 (Cavler); 175, 0, 1 (Calver)

F e quasi tutti gli altri codici hanno ‹Cail›. È
Kāyal, sul fiume Tāmraparnī, a 2 km dalla foce
(*HJ*, 140); il nome è il tamil *kāyal* ' laguna '. Anche le forme degli altri viaggiatori riportate in
HJ sono a sostegno di Cael, Cail, come del resto
le trascrizioni cinesi. Un passo dello *Yüan-shih*,
tradotto dal Pelliot, *Notes*, 130, parla per il 1281
di un sultano di Ma'bar che si riunisce con i
suoi quattro fratelli sul territorio di Chia-i
(< *Kāyl) per invadere Quilon.

cavriuoli, 74, 4 (Giandu); 83, 13 (parco del Gran
Cane); 90, 2; 91, 5; 93, 36, 37; 111, 6; 112, 10; 116,
12 (Gaindu)

Caygiagui, città, 135, 22; 136, 0, 1

F ha ‹coigangiu› in CXL, 67 e CXLI, 1, 2 e
‹congangiu› in CXLII, 2, unificati da Benedetto
in ‹coigangiu›; la città è Huai-an-chou, sul Fiume
Giallo. Pelliot osserva (*Notes*, 398) che il grafo
‹ng› potrebbe essere piů che la resa di un [ŋ], un
espediente per indicare la chiusura glottidale, co-

me accade per il ‹g› intervocalico nella scrittura mongola (vedi anche Pauchin).

Cayn, città, 137, 5; 138, 0, 1 (Cain)
Meglio ‹Cayu, Caiu› di Benedetto, CXLII, 10, CXLIII, 1, 3, CXLIV, 2 che rispecchia Kao-yu, città a S di Pao-ying (vedi Pauchin).

cebeline, pelli, vedi *zibellino*

cervi, 74, 4 (Giandu); 83, 13 (cervi bianchi nel parco del Grande Cane); 90, 2; 92, 7 (cerbi); 93, 36; 111, 6; 112, 10; 116, 12 (Gaindu)

césini ' cigni ', 93, 33 (il Cane « non fa altro che uccellare a la riviera a grue e a césini e a altri uccelli »)
Vedi nota al passo.

Chegiu, città, 150, 6
Ch'ü-chou, sulla strada delle poste, vedi Pelliot, *Notes*, 735. Benedetto, CLV 17, 23, 27, 35 accetta ‹Ghiugiu›.

Chemeinfu, città, 13, 0, 1
Benedetto ha invece ‹Clemeinfu› (XIV, 5) che è di alcuni codici, ma senza motivo; il luogo è K'ai-ping-fu, a nord del fiume Luan, residenza estiva di Qubilai dal 1256. Sulla pronuncia dell'epoca informa la trascrizione di Rašīd ad-Dīn, che è ‹kymynfw› e che corrisponde perfettamente a Chemeinfu; vedi Pelliot, *Notes*, 238-240. Polo usa anche il nome di Giandu*, senza però rilevare che si tratta della stessa città.

chemmisi, 69, 8 (i Tartari « beono latte di giumente, e cònciallo in tal modo che pare vino bianco: è buono a bere, e chiàmallo chemmisi »)
Giovanni da Pian del Carpine parla spesso del-

l'uso tartaro di bere « lac iumentinum » (ad es. in
SF, 49, 117); Rubruck dedica un capitolo (SF,
177-178) alla preparazione e alla consumazione
del « cosmos »; Simone di St-Quentin parla del
« lac jumentinum, quod ipsi kamous vocant »
(Spec. hist., XXX, 78 = 40 Richard). È il turco
qïmïz (~ qïmïs, qumïs, ecc.) 'latte di cavalla'
(DS, 444), da cui il russo kumys. La forma di Rubruck è l'unica non giustificata, in vista del suo
‹-s-›; a meno che non si tratti di due varianti dia-
lettali.

Chesimun, provincia, 47, 6; 48, 0, 1
    Quasi tutte le varianti offrono una forma in ‹°r›
e solo le forme toscane finiscono in ‹°n›; è il Ka-
śmīra indiano, pers. Kašmīr, su cui HJ, 168-169;
Pelliot, Notes, 241-242; Lentz, Pamir, 16-17.

Chesmancora, 182, 5; 183, 0, 1; 184, 1; 187, 21
    Si tratta di un nome doppio, formato dal nome
della città di Kīz e da quello della provincia
Mukrān, o Makrān; quest'ultima va dal Kirmān
(a N) al golfo di ʿUmān, ed ha il Lāristān a O e il
Balūčistān a E; vedi Pelliot, Notes, 759-760.

chiesa di san Giovanni Battista, a Samarcan, 51, 5

chiesa di Roma, 9, 2; 23, 2

china, 120, 1 (dopo Ardandan, grande china di due
    giornate e mezzo)

Chingitalas, 59, 0, 1
    F ha ‹chinchintalas› nell'indice dei capitoli ma
‹ghinghintalas› nel testo, Z ha ‹ghyenghintalas›.
Non è possibile identificare questa provincia. Potrebbe corrispondere alla regione di Bešbalïq nel
Türkistan orientale di NO; d'altra parte l'anda-

nico e l'amianto, prodotti caratteristici della regione, sono menzionati nei testi cinesi come prodotti della regione di Ṭurfān e di Qamïl, dunque sempre nel Türkistan orientale, ma ad E.

Chisi, città di Persia, 24, 4, 5; 32, 4 (Achisi); 170,
33 (Quis[c]i); 175, 2 (Quis[c]i); 193, 6 (Aquixi)
Alcuni codici hanno anche forme con ‹-sc-›:
‹chysci›, ‹chisci›, ‹qisci›; è l'isola persiana di
Kïš, più nota sotto la forma araba, Qays; vedi
Pelliot, *Notes*, 244-245.

Ciagannuor, città, 73, 20
È il mong. Čaɣānnōr ' lago bianco ' (*nōr* <
naɣur), toponimo comune; Pelliot (*Notes*, 246-250)
lo identifica con il moderno Pain Čaɣānnōr.
Il significato del nome mongolo è riportato da
due soli testimoni, L (« civitas dicta Ciagannuor
quod sonat in latino stagnum album ») e R (« la
città nominata Cianganor che vuol dire stagno
bianco »), cfr. Benedetto, 61 nota. Anche in questo caso R ha conservato un elemento sicuramente originale, perdutosi nel resto della tradizione.
La variante di R si spiega partendo da ‹ciagān-
nor› di F (cfr. Benedetto, LXXIV, 36).

Ciaglu, città, 127, 5; 128, 0, 1; 129, 3
La forma corretta è ‹Cianglu› dei codici tranne
TA e di Benedetto, CXXXII, 7; CXXXIII, 1, 2. È
Ch'ang-lu, sul Grande canale, lato O, a S di
Ch'ing-hsien e presso Ts'ang-chou; i dati sulla
produzione del sale sono esatti, e anzi vi risiedeva un commissario imperiale per il sale. Tuttavia
il posto non è lungo l'itinerario descritto da Polo, ma più a E; Polo ne parla per poter fare una
digressione sulla produzione del sale; vedi Pelliot,
Notes, 259-261.

Cianba, provincia, 158, 0, 1; 159, 1; 187, 22

È il regno dei Čam, corrispondente all'odierno medio e basso Việt-nam noto col nome sanscrito di Campā, ar. Ṣanf (troviamo Ciampa in Niccolò de' Conti). Polo lo visitò verso il 1288-1290; vedi *HJ*, 183-184, Pelliot, *Notes*, 255. L'aloe di Campā era particolarmente rinomato (cfr. l'*Axbār* sullo '*ūd aṣ-ṣanfī*) e se ne trova menzione perfino in un testo geografico armeno del sec. VII (vedi G.R. Cardona, *Due note allo* Ašxarhaçoyç *armeno*, « AION-O », 28 [1968], 461-462), col nome di *campʻi*.

Cianga, città, 147, 14; 148, 1

In Benedetto, CLII, 25, 26, CLIII, 2 ‹Ciangan›, e anche Z ha ‹çangan› : Pelliot, *Notes*, 257 e Moule, apud Pelliot, 873, la identificano con Chʻang-an a N di Hang-chou (cioè Quinsai*).

Ciangli, città, 128, 8; 129, 0, 1; 130, 1

Tutti i testimoni concordano sulla forma, accolta anche da Benedetto, CXXXIII, 11, CXXXIV, 1, 2, 5, 8, CXXXV, 2; è Chiang-ling, chiamata poi Ling-chou sotto gli Yüan, e poi Tê-chou, sulle rive del Wei-ho; la forma usata da Polo (*Cianglin?) potrebbe essersi incrociata con ‹Cianglu›, vedi Pelliot, *Notes*, 258-259.

Ciarcian, provincia e città, 54, 7; 55, 0, 1, 2, 6 (Ciarcan)

Čerčen, tra Keriya e il Lopnōr, al tempo di Marco Polo stazione postale e colonia militare; Kāšγarī dà la forma turca del nome come Čürčen, un testo tibetano dell'800 dà Čar-čʻen; vedi Pelliot, *Notes*, 261-262.

Ciasia, città, 150, 10

Ch'ang-shan, antico nome di Hsin-an, e rimesso in vigore dagli Yüan, vedi Pelliot, *Notes*, 261. Benedetto, CLV, 36 e 40 ha ‹Cianscian› e ‹Ciansan›: evidentemente la forma toscana ha perduto ambedue le note della ‹n› soprascritta.

Cielstan, reame di Persia, 32, 1

‹cielstan› anche in F, che Benedetto corregge come ‹Cul[i]stan› (XXXIII, 5) sulla base di ‹suolistan› di Z e ‹zilostan› di V; probabilmente la grafia più antica era *Sciolistan; è il pers. Šūlistān, su cui vedi Minorsky in *EI*, IV, 406-408; Pelliot, *Notes*, 263-264.

Cigni, città, 133, 7; 134, 0, 2

Benedetto, CXXXVIII, 13; CXXXIX, 1, 4, 9 ha ‹Cingiu›. L'unica possibile identificazione è con Su-ch'ien o Hsü-ch'ien, sul lato N del corso dello Huang-ho, nel tratto chiamato Ssŭ-chou fino al 1324. Polo avrebbe dovuto usare la forma *Siucin o *Ciucin, ma è possibile che per la frequenza di nomi in ‹°giu› (cin. *chou*) il nome sia stato alterato in *Ciugiu (cfr. ‹cinçu› di Z); vedi Pelliot, *Notes*, 390-391.

Cin, 157, 7 («lo mare de Cin, che vale a dire 'lo mare ch'è contra lo Mangi'»), 13 («e questo mare è bene del mare Ozeano, ma chiamasi de Cin, sì come si dice lo mare d'Inghilterra o quel de Rocella»)

È l'unica occorrenza di Cin in Marco Polo, e solo nella locuzione 'mar della Cina'; il nome è il pers. Čīn. All'origine di tutti i nomi di questo tipo c'è il sans. Cīna, dal cin. Ch'in (*[dzʻjen]), stato della Cina occidentale (221-206 a.C.): cfr.

pahl. Čīnistān, arm. Čenk'. La locuzione riproduce l'uso arabo di *baḥr aṣ-Ṣīn*; sempre secondo l'u-
so arabo Cin equivale a Mangi di Marco Polo;
vedi Pelliot, *Notes*, 264-278.

Cinghiafu, città, 144, 9; 145, 0, 1 (Cinghianfu);·146,
1 (Cinghianfu)

La forma originaria di F, accettata da Benedetto, CL, 1 è ‹Cinghianfu› (esistono anche le varianti ‹cianghianfu› e ‹cinghinanfu›). È la città
di Chên-chiang-fu, sulla riva meridionale dello
Yang-tzŭ.

cinghiari, 90, 2

Cinghi Kane, figlio di Coblai, 82, 1; 84, 1 (Cinghi)

Čiŋgim (< cin. *chên-chin* 'oro vero', pronuncia dell'epoca [tʃinkim]), il secondo figlio di Qubilai (J̌īmkīm, J̌imkīn nelle fonti persiane) nato
nel 1243, morto nel 1286. Nella tradizione manoscritta deve essersi prodotta una contaminazione
con il nome di Čiŋgis, sicché i manoscritti scrivono i due nomi nello stesso modo in quasi tutti i
casi; anzi, anche occorrenze del nome di Čiŋgis
vengono contaminate (Cinghin è in 65, 1; 68, 1)
mentre la finale nasale può spettare solo a Čiŋgim.
La confusione non può certo addebitarsi all'originale (le cui forme devono essere state all'incirca
‹Cinchim› e ‹Cinghis›), ma ai copisti che devono
esser rimasti colpiti dalla vicinanza formale (F aggiunge che Cinchin era chiamato così « por le
amor dou buen Cinchim Kan »). Vedi Pelliot, *Notes*, 278-280.

Cinghingiu, 145, 5 (Cighingiu); 146, 0, 3 (Cighingiu)

Benedetto restituisce nei corrispondenti passi
di CL, 13; CLI, 1, 5 ‹Cangiu›, avvertendo però
che la lettura di F (‹tinghingui›?) è assai proble-

matica (vedi la sua nota a p. 141). La città è
Ch'ang-chou, assediata da Bayan nel 1275. Il mas-
sacro degli uomini di Bayan addormentati non
avvenne però qui, ma a Chên-ch'ao, come ha mostrato Pelliot (*Notes*, 257-258). La corruzione è
spiegabile immaginando, come già il Benedetto,
che alla forma sia stato aggiunto arbitrariamente
un secondo ‹giu›; la forma di F sarebbe allora
quest'ultima con errata lettura di ‹c› per ‹t› e
spostamento dei punti diacritici.

Cinghis Kane, 64, 0, 1, 2, 3 (Cinghi), 5 (Cinghi), 7
(Cinghi, 2 volte); 65, 0 (Cinghi Kane), 1 (Cinghin
Kane), 3 (Cinghi), 4 (Cinghi), 5 (Cinghi Kane),
6 (Cinghi, 2 volte), 7 (Cinghi Cane); 66, 0 (Cinghi), 1 (Cinghi, 3 volte), 3 (Cinghi), 4 (Cinghi, 2
volte), 5 (Cinghi Kane), 6 (Cinghi), 7 (Cinghi);
67, 2 (Cinghi), 5 (Cinghi Kane); 68, 1 (Cinghin
Cane), 4 (Cinghi Cane); 74, 15 (Cinghi Kane);
76, 1 (Cinghi Kane); 204, 5 (Cinghi Kane); 209,
11 (Cinghy Cane)

Čiṇgis in mongolo, Čingiz nelle fonti persiane;
le forme del tipo Gengis divenute correnti in Occidente sono dovute a mediazione araba; Pian del
Carpine scrive Chyngiscan, Chingiscan, Simone
di St-Quentin Cingiscam, Chingiscam, Cingi-
scham (29 Richard = XXX, 69), Ricoldo Camiu-
stan, var. Cuiascani (Monneret de Villard, *Ricoldo*, 58), ecc.

Nato verso il 1167 (la data è controvèrsa) da
Yesügei Baɣatur e Hö'elün-eke, ebbe nome Te-
müjin; verso il 1196 si unì al re dei Kerait, Toɣrul, contro i Tartari, in aiuto dell'esercito dei
Chin; in seguito a questa azione i Chin conferiro-
no a lui il titolo di *ča'utquri*, a Toɣrul quello di

wang (vedi Preste Gianni). Nel 1207 (Polo dice
il 1187) fu eletto capo dei Mongoli, e in quella
occasione assunse il nome o meglio il titolo di
Čiŋgis qan o qaɣan; secondo Pelliot, il titolo deriva forse dal turco *teŋgiz* ' oceano ', ma sul significato del nome non c'è accordo e sono state proposte almeno undici teorie differenti (vedile in
Doerfer, *Elemente*, I, 312-315; Doerfer sostiene che
si tratta di un nome tabuizzato alla morte di chi
lo portava e quindi ormai non più identificabile
negli elementi che lo compongono). Čiŋgis poi
dovette battersi contro il suo alleato Toɣrul, poi
Oŋqan, e lo sconfisse definitivamente nel 1203. La
morte per una ferita di freccia (vedi Caagu) non
sembra vera; lo *Yüan-shih* dice che egli riportò
una ferita del genere all'assedio di Hsi-king, ma a
questa ferita egli sarebbe sopravvissuto altri quindici anni. Quanto ai riti funebri e alle esecuzioni, Rašīd ad-Dīn riferisce che venivano uccisi
tutti coloro che si imbattevano nel feretro mentre veniva portato in Mongolia; probabilmente
perché non si spargesse la notizia del decesso prima che fossero tornati i suoi resti alla terra patria. Altri sacrifici vennero compiuti da Ögödei
nel 1229; furono immolate quaranta fanciulle e
ottimi cavalli perché raggiungessero l'anima del
morto. Il luogo di sepoltura di Čiŋgis è dubbio e
le fonti mongole e cinesi ripetono varie leggende,
raccolte ora in F. De Napoli, *Un simbolo tradizionale della nazione mongola: le Otto Tende
Bianche (Naiman Čaɣan Ger) di Gengis Khan*, in
Gururājamañjarikā, 571-578; lo *Yüan-shih* dice
che egli fu sepolto a Chi-nien-ku; ma in seguito
sorse la leggenda che il luogo della sua sepoltura
fosse quello indicato dalle Otto tende bianche

(mong. *naiman čaγan ger*, cin. *pa-pai-shih*) nella Mongolia interna, oggi in territorio Ordos.

Su Čiṇgis vedi la monografia di Pelliot, *Notes*, 281-363; a proposito del titolo Pelliot osserva che in F c'è sempre ‹can› nel testo ma ‹kaan› nelle rubriche e ne deduce che Polo potesse sentire una distinzione tra le due forme, distinzione giustificata visto che si tratta di due titoli diversi, mong. *qaγan* e turco *xān*; ma in realtà le due forme sembrano usate nel testo indifferentemente, senza nessuna regolarità e si alternano anche nello stesso capoverso (sui due titoli vedi Doerfer, *Elemente*, III, 141-183).

Cin Kane, secondo Gran Cane, 68, 1

La forma è un'ovvia corruzione di ‹cui› di F, dovuta ad errata lettura del diacritico dello ‹i› (che nei manoscritti non è un punto ma un archetto). Si tratta di Güyük o Küyük (dal mong. *güyü-* ' correre '), figlio maggiore di Ögödei, nato nel 1206, morto nel 1246.

Pian del Carpine ne scrive il nome come Cuyuc, Cuyuccan, Cuyuckan, Rubruck come Keuchan (*SF*, 241 e passim); probabilmente anche in Marco Polo la forma originaria doveva essere *‹Cuiuc›, con caduta di ‹°c› finale dovuta a saldatura con il seguente ‹can›; vedi Pelliot, *Notes*, 570.

Ciorcia, prima dimora dei Tartari, 63, 3; 79, 4 (terra di Naian)

È il nome degli Jučen o Jurčen, tribù tungusa della Manciuria di SE che fondò la dinastia dei Chin nella Cina settentrionale. Ciorcia viene da Čörče, attraverso una forma persiana Jurča; vedi Pelliot, *Notes*, 366-390.

Clement, papa, 9, 1

Clemente IV (Guido Fulcodi), nato a St-Gilles presso Nîmes, morto il 1268 a Viterbo; alla sua morte ci fu vacanza per quasi tre anni, prima che fosse eletto Tedaldo Visconti, col nome di Gregorio X.

Coblai, 7, 1 (Cablai); 68, 1 (Cublam Kane), 2 (Cablam Kane); 68, 3 (Coblam Kane); 74, 1 (Coblaı Kane), 35 (Coblain); 75, 1 (« Coblain Kane ... che vale a dire i·nostra lingua ' lo signore degli signori ' »); 76, 2 (Coblaino), 3 (Coblain); 81, 1 (Cobˊlˌai Kane)

Qubilai in mongolo; ma la seconda sillaba doveva essere brevissima a giudicare da tutte le trascrizioni: siriaco Qūblāy, ar. Qublā, Qubilā in Juvaynī, Qūblāy o Qūbīlāy in Rašīd ad-Dīn; F ha sempre ‹Cublai›. Il nome non significa « lo signore degli signori » a meno che tale traduzione non si riferisca al solo titolo di Cane; secondo Pelliot, si tratta invece di un derivato del mong. *qubi* ' parte, feudo ' (vedi anche Doerfer, *Elemente* I, 422) forse forma verbale col valore di ' colui che fa le parti '; il nome era piuttosto comune presso i Mongoli.

Quarto figlio di Tului, nacque nel 1215, salì al potere nel 1260 e morì nel 1294. Le vicende del suo regno sono raccontate da Marco Polo con sufficiente esattezza e non c'è quindi motivo di ripeterle qui. Esatto è il giorno di nascita di Qubilai, 28 settembre secondo Polo; infatti egli era nato nell'ottavo mese dell'anno cinese. La descrizione della festa di compleanno corrisponde a quella data da Odorico (*SF*, 479-482). Odorico parla di quattro feste date dall'imperatore durante l'anno, cui intervengono tutti i baroni, vestiti di colori differenti. Perfino il particolare di 88, 9 (« si leva uno grande parlato, e dice ad alta voce: " Inchinate e adorate " ») trova corrispondenza in Odorico (« unus clamat valenter et dicit: " Debetis inclinare nostro Imperatori domino magno " », 480).

Polo dice che Qubilai aveva quattro mogli legittime (81, 3-11); in realtà egli aveva cinque mogli, Tegülün, Čabui, Taraqai, Baya'učin, Kökelün: ma è vero che erano quattro gli *ordo* o palazzi mobili per le imperatrici (uno solo per Baya'učin e Kökelün); quanto al numero di figli, essi erano dodici secondo Rašīd ad-Dīn. Vedi Pelliot, *Notes*, 565-569.

Vedi anche Cane, Grande Cane, Grande Signore, Grande Sire

coccolini, 204, 17 (presso i Tartari di Tramontana) Nella lista degli animali da pelliccia cacciati dai Tartari di Tramontana a *coccolini* corrisponde nel francese *ercolin* (Benedetto, CCXVIII, 46-47 « ce sunt gibeline et ermin et vair et ercolin et volpes noires e mantes autres cheres bestes »); *ercolin* ritorna ancora in F (CCXIX, 14-15: « Il ont erculin et vair et voupes noires » e CCXX, 8), ed è confermato da ‹ercolini, erculini› di Z, ‹arcolini› di L, VA, R. Sia *ercolini* che *coccolini* non si trovano altrove; Pelliot (*Notes*, 645-646) mette a confronto con la lista di Marco Polo una lista analoga data da Pegolotti, 298, in cui tra le altre pelli si parla di ‹vai organni›; probabilmente la parola è da leggere ‹vai organini› (parola nota da atti di Caffa), un derivato di Organum, cioè Ürgenǰ, come *organzino*; si tratterebbe di un tipo

particolare di pelliccia di scoiattolo; è possibile
che *ercolini* (di cui *coccolini* non è che una cattiva
lettura) sia una corruzione di *organini.

Cogotal, 7, 3; cfr. 8, 1-3

Un barone di Qubilai inviato al papa in compagnia di Niccolò e Maffeo; forse si tratta della
corruzione di un comune nome mongolo come
Köketei, e la grafia è quindi da ricostruire *Co-
gatai; vedi L. Hambis, *Le prétendu Cogatal de
Marco Polo*, in *Nel VII centenario di Marco Polo*, Venezia, 1955, 235-240.

Coia, ambasciatore di Argun, 17, 3

Pelliot, *Notes*, 402, suppone che la grafia originale fosse ⟨coja⟩ (cfr. ⟨goza⟩ di R), equivalente
a un [koʒa], resa del pers. *xoja*, corrente titolo
onorifico (cfr. *HJ*, 235). Nel *CCum*, 198 il com.
⟨coia⟩ [kodʒa] corrisponde al lat. ⟨dominus⟩ e al
pers. ⟨ghoya⟩; Marignolli, *SF*, 537, parla di un
« tirannus quidam, nomine Coya Iaan ». I nomi
dei tre ambasciatori sono dati in una fonte cinese (lo *Yung-lo ta-tien*, del 1403-1407) come Wu-lu-
tê (vedi qui Oularai), A-pi-shih-ha (vedi Pusciai)
e Huo-chê (Coia). Il testo, che permette di fissare
alla fine del 1290-principio del 1291 la partenza di
Marco Polo dalla Cina, è pubblicato in Yang
Chih-chiu e Ho Yung-chi, *Marco Polo quits China*, « HJAS », 9 (1945), 51; cfr. G. Vacca, *Un documento cinese sulla data del ritorno di Marco
Polo*, « RALinc », s. VIII, 2 (1947), 348-350.

Coilun, 175, 8; 176, 0, 1

Benedetto, CLXXXI, 1, 2 accetta nel testo ⟨Coi-
lum⟩ anziché ⟨coilon⟩ di F, Z, V in vista del derivato attestato in CLXXXI, 6 (berçi coilomin) e

delle altre trascrizioni in fonti occidentali; è Quilon, sulla costa di Trevancore, in tamil Kullam;
vedi *HJ*, 751-752, Pelliot, *Notes*, 399-402.

colubre, 118, 5 (« lo grande colubre », nel Caragian),
14

La descrizione mostra chiaramente che l'animale descritto è un coccodrillo; anche altri autori ne
parlano, dandone però il nome; così Odorico per
il Malabar (« in hoc etiam nemore sunt flumina,
in quibus sunt multe male cocodrie id est serpen-
tes », *SF*, 440) e Jourdain Catalani per l'India
(« sunt et coquodrilli qui vulgariter calcatix vocantur », ecc., 113; per *calcatrice* vedi *DEI*, 672).

Comacci, 176, 14; 177, 0, 1; 178, 1

Le varianti della maggioranza dei codici sono
del tipo ‹comari› (vedile in Pelliot, *Notes*, 403).
È il capo Comorin che dà il nome anche alla regione circostante; la forma sanscrita è Kumārī,
quella araba Kumharī, cfr. *HJ*, 238-239.

Comania, 208, 2

Una delle terre conquistate da Batu. I Comani
(citati in 22, 7 come Cumani) erano una nazione
di lingua turca, e nelle fonti bizantine appaiono
dal 1078, come Kómanoi; nelle cronache russe, come ad esempio nello *Slovo o polku Igoreve*, sono
chiamati col nome di Polovcy; la loro regione era
all'incirca la Russia meridionale. Nel medioevo
col nome di Comani sono indicati però i Qïpčaq:
vedi J. Marquart, *Ueber das Volkstum der Koma-
nen*, « Abhandlungen der königlichen Gesellschaft der Wissenschaften zu Göttingen », Phil.-
hist. Kl., N.F.13 (1914), 25-238; P. Pelliot, *A propos des Comans*, « JA » 15 (1920), 125-185.

Marco Polo accenna ai Comani per precisare che loro e non i Tartari erano il popolo chiuso da Alessandro Magno dietro alle porte di ferro (vedi Pelliot, *Notes*, 402).

Conca, regno, 152, 1

Polo dice che la città di Fugiu* è « capo de·re-gno di Conca »: di questo nome sono state proposte molte identificazioni, tutte insoddisfacenti; il Benedetto pensò a una corruzione di ‹Fugiu› e alla caduta di un *com ele* o simile (156, appar.); Pelliot (*Notes*, 245-246) propenderebbe per la stessa soluzione, visto che in VB Fugiu è corrotto in ‹Cagui, Cangui›; tuttavia lo trattiene dal correggere definitivamente il testo la considerazione che la corruzione in ‹concha› dovrebbe essere stata molto antica per generalizzarsi a tutta la tradizione.

Conci, re, 204, 1, 5

È il mong. Qoniči (' pastore '), forse attraverso le grafie ‹*Conici, *Comci›; Qoniči, principe figlio di Sartaqtai governava sulle terre di Ördü, figlio maggiore di Jöči; morì verso il 1300, vedi Pelliot, *Notes*, 404.

Condifu, città, 129, 5 (Codifu); 130, 0 (Codifu), 5, 6; 131, 1

Benedetto, CXXXIV, 9, CXXXV, 1, 6, 7, 12 ha sempre ‹Tandinfu›, ma vi sono varianti: ‹tundinfu, candinfu, tondinfu›; inoltre ‹thandifu, chandifu› V, ‹tindifu, tundinfu› Z. Pelliot, *Notes*, 862-863, pensa a un originario *Tunpinfu, cin. Tung-p'ing-fu, tra Ho-chien-fu e Chi-ming.

Condur, isola, 160, 0 (Codur), 1

Dice Polo che lasciando Giava (ma si tratta

piuttosto di Campā) si trovano a 700 miglia a S-SO due isole, Sondur e Condur, la prima più grande della seconda. Si tratta, per Condur, dell'isola di Pulo Condur (malese Pulau Kundur 'l'isola della zucca'), in cinese K'un-lun; il nome vietnamita attuale dell'isola è Hon Ba. Il nome antico di Pulau Kundur doveva essere Kundurung, come appare dalla forma Kundurunǰ dei geografi arabi, e dalla trascrizione cinese del VIII secolo, che è Chün-tu-lung. Quanto a Sondur, lo Yule ha pensato che si tratti pur sempre dello stesso nome, ma questa volta nella forma araba di Ṣundur-fūlāt. Pelliot obietta che, anche se è ragionevole che Sondur sia Ṣundurfūlāt, non è probabile che questo sia il nome di Pulo Condor, sia per ragioni fonetiche sia soprattutto perché andando verso l'India Ṣundurfūlāt verrebbe dopo Campā, e l'altra isola prima; deve quindi trattarsi di un'altra isola, che il Pelliot identificava, dubitativamente, in Culao Cham. Vedi Pelliot, *Notes*, 404-407, 837.

congiugati, 173, 13, 14 (uomini « regolati » del Maabar), 16-24 (loro costumi)

La forma è inspiegabile; più verosimilmente F ha ‹ciugui› (vedi Benedetto, CLXXVIII, 50 e sgg.); si tratta certo di un adattamento del sans. *yogīn*, hindī *jogī* 'asceta', adattato anche dai viaggiatori italiani cinquecenteschi come *gioghi* (vedi *HJ*, 461-462).

coraglio, 115, 5 (nel Tebet « s'espande lo coraglio, e èvi molto caro, però ch'egli lo pongono al collo di loro femine e de loro idoli, e ànnolo per grande gioia »)

Il corallo era importato in Asia dapprima dal

Mar Rosso e dall'Īrān (Laufer, *SI*, 523-525); la nozione della vera natura dei coralli è moderna; si credeva che fosse un albero marino: vedi Ferrand, *Relations*, 147, per un testo arabo sull'isola di corallo.

Cormos, 25, 4 (Cremo); 32, 4 (Acummasa); 36, 3 (Formosa), 4 (Cormos), 20 (Cremosa); 175, 2 (Curimasa); 193, 5 (Curmoso), 7 (Curmos); 194, 0 (Curmos), 1 (Qurmos); 195, 3 (Qurmos)

Si tratta di Hurmuz, sullo stretto tra il Golfo Persico e il Golfo di 'Umān. Marco Polo deve aver scritto ‹Cormos› o ‹Curmus›; attraverso una prima corruzione la pianura è diventata di ‹formosa› e simili in tutti i manoscritti: infatti le lezioni per il nome della pianura sono omogenee in questo senso, e V traduce addirittura con ‹belissima›. Solo il Ramusio ha correttamente ‹Ormus›, ma si deve trattare di un intervento. Le forme per i nomi della città sono quasi tutte spiegabili paleograficamente, anche in base all'incrocio con Creman*. Al tempo di Polo Hurmuz non era dove è oggi, sull'isola prospiciente la terra ferma, ma un po' all'interno. Conquistata dai mussulmani, Hurmuz divenne una stazione commerciale importante, e Marco Polo cita uno dei suoi sovrani, Ruccomod Iacamat*. Il trasferimento sull'isola era già avvenuto al tempo del passaggio di Odorico, nel 1321, che parla di Ormes (anche Giovanni da Monte Corvino chiama la città Ormesse, *SF*, 344) come di un porto; il trasferimento era dovuto al fatto che la città non poteva reggere agli attacchi dei turchi.

Il nome di Hurmuz è rimasto in Occidente nel

nome della stoffa *ormesino* (dall'ar. o pers. *hur-muzī*). Vedi Pelliot, *Notes*, 576-582.

Costantinopoli, 2, 0 (Gostantinopoli), 1 (Gostantino-poli, 2 volte), 2 (Gostantinopoli); 18, 14 (Costanti-nopoli)

costumi, 15, 1 (Tartari); 54, 5 (Pein); 57, 6-20 (Tan-gut); 58, 6-9 (Camul); 61, 4-11 (Canpicion); 68, 10-69, 34 (modo di vivere dei Tartari); 78, 6 (mo-do di far la guerra dei Tartari); 114, 11-14 (pul-celle del Tebet); 116, 5-8 (delle mogli e delle pul-celle del Gaindu coi forestieri); 117, 14 (adulterio nel Caragian); 148, 19-20 (guardia antincendio a Quinsai), 33-34 (oroscopo del nuovo nato a Quin-sai), 46-48 (anagrafe dei cittadini a Quinsai); 170, 36-40 (suicidio per espiazione), 41 (*satī* a Maabar), 45 (nel Maabar siedono per terra re e baroni), 52 (abluzioni di maschi e femmine); 173, 8 (scio-manzia dei bregomanni), 9-10 (tarantole e ster-nuti interpretati come presagi), 16-24 (dei « con-giugati »); 176, 13 (levirato a Coilun)
    Vedi *antropofagia, couvade, cremazione*

Cotam, provincia e città, 52, 5; 53, 0, 1, 3; 55, 4
    Quello che i geografi mussulmani chiamano Xo-tan è una delle regioni d'Asia Centrale comprese tra Karakorum a SO, Tien-shan a N, Pamir a O, oggi Türkistan orientale (lo Stein propose di chiamare tutta questa regione col nome com-plessivo di « Serindia »). Nell'antichità e altome-dioevo vi si parlavano lingue indoeuropee, il co-siddetto « tocario » a NE (agneo a Qarašahr, cuc-ceo a Quča) e una lingua iranica orientale a Xo-tan. Alcuni autori ritengono che gli abitanti di Xotan fossero gli antichi Sakā, e quindi chiamano

il cotanese « sacio ». La religione della zona era il buddismo, fino al X secolo.

Verso il 996 Xotan conquistata insieme a Yārkand (vedi Carcam) dai Qaraxānidi, ramo degli Īlek-xānidi, venne islamizzata; nello stesso periodo Uiguri, Qarluq e Qaraxānidi conquistavano il resto della regione di Kāšγar. A Xotan i Qaraxānidi vennero rovesciati da Yeh-lü Ta-shi (vedi Preste Gianni) che, cacciato dalla Cina dall'invasione degli Jurčen sinizzati, fondò verso il 1130 la dinastia dei Qaraxitai. Questa regnò sui due Türkistan uniti, con capitale a Balasaγun, fino al 1211.

All'inizio del sec. XIII Xotan venne conquistata dal naiman Küčlüg che costrinse gli abitanti ad abbandonare l'islamismo e a scegliere tra buddismo e cristianesimo (non è quindi esatto che gli abitanti « adorano Malcometo tutti » come dice Marco Polo; del resto le fonti parlano di due chiese cristiane a Xotan). Successivamente venne conquistata dai Mongoli di Čiŋgis qaγan. Nella divisione tra gli eredi, andò al ramo di Čaγatai. All'arrivo dei Polo, verso il 1273-1274, Qubilai aveva ancora il potere su Xotan, riconquistata dopo la ribellione del nipote di Qubilai, Aluγu; vedi Pelliot, *Notes*, 408-425.

coturnici, 33, 5 (cuntornici a Iadis); 73, 24 (contornici a Ciagannuor); vedi cators, quaglia

couvade, 119, 5-8 (ad Ardandan)

Creman, reame di Persia, 33, 7; 34, 0, 1, 6, 9; 36, 18 (2 volte), 19, 20; 37, 1, 6
Le grafie di questo nome oscillano principalmente, tra ‹crerman› e ‹creman›; l'oscillazione è

dovuta al fatto che sia ‹er› che ‹re› possono essere scritti con ‹e› e *r* soprascritto (vedi Benedetto,
XXXIV, 9 e nota); Benedetto adotta nel testo
‹Cherman›; si tratta di Kirmān, o Karmān, provincia e città della Persia. Particolarmente famo-
se erano le turchesi di Kirmān (vedi 34, 2); una
fonte cinese le menziona appunto col nome di
ch'i-li-ma-ni cioè *kirmānī*; cfr. Pelliot, *Notes*, 240-
241.

cremazione, 94, 7 (a Canbalu); 125, 5 (Toloman);
127, 2 (Cacafu); 128, 2 (Cianglu); 130, 2 (tra Ciangli e Condifu); 132, 2 (dopo Signi); 133, 2 (dopo
Ligni); 134, 3 (Cigni); 136, 2 (Caygiagui); 137, 3
(Pauchin); 142, 3 (Sagianfu); 148, 36-38 (Quinsai);
150, 3 (Tapigni); 170, 30 (del re di Mabar), 40
(nel Mabar), 41 (della moglie); 173, 27-28 (dei
« congiugati »); 209, 17 (nella battaglia tra Barga
e Alau i caduti vengono arsi, come è costume)
  Marco Polo non è il primo a dare testimonianza del costume indiano del *satī* (propriamente
questa è una forma femminile che vuol dire ' la
vera ', ossia ' la buona moglie '), cioè del suicidio
della vedova. Già negli autori classici si trova
menzione dell'uso (vedi *HJ*, 878-883); lo *Axbār* ne
parla per Ceylon, p. 22 del testo arabo, § 51: « a
volte quando si arde un re, le sue mogli si gettano
nel fuoco e vengono bruciate con lui; ma lo fanno solo se vogliono ». Lo ricordano Odorico per
Colombo (« quando homo aliquis moritur, ipsum
comburunt mortuum, et si uxorem habet ipsam
comburunt vivam, cum dicunt eam ire ad manen-
dum cum viro suo in alio mundo », *SF*, 441) e
Jourdain Catalani per l'India, più in generale
(« In ista Yndia, cum moritur vir quisque nobi-

lis, et similiter omnes alii qui aliquid possident, comburunt; sed et uxores eorum viventes cum eis ad ignem properant, et pro gloria mundi, et dilectione virorum suorum, atque vita aeterna, se comburunt una cum eis, cum tanto tripudio ac si irent ad nuptias; et istae, quae hoc faciunt, reputantur meliores, atque inter caeteras perfectiores », 114).

Cremosa, 36, 20; vedi Cormos

cristiani, 21, 4 (a Mosul); 22, 4 (in Giorgiania); 23, 2, 3 (a Mosul); 26, 2-5 (a Baudac); 27, 1; 28, 1, 3; 29, 1, 3, 4; 39, 4; 50, 6 (Casciar); 51, 1 (Samarcan), 5, 7, 8, 9, 10, 11; 52, 2 (Carcam, nestorini); 59, 3 (nestorini a Chinghitalas); 60, 4 (Succiur); 61, 2 (Canpicion); 66, 3, 4, 6, 7 (astrologi cristiani di Chingis); 68, 3; 71, 3 (a Ergigul), 7 (Singui); 72, 3 (nestorini a Calatian); 73, 9, 13 (a Tenduc); 78, 10 (Naiano cristiano battezzato); 79, 5, 6, 7, 9, 10 (seguaci di Naian); 117, 9 (nestorini, nel Caragian); 145, 3 (due chiese di cristiani nestorini a Cinghianfu), 4 (Marsachis); 148, 45 (una chiesa di cristiani nestorini a Quinsai); 171, 14; 172, 2 (in pellegrinaggio alla tomba di san Tommaso), 3, 7, 10, 11 (a Mabar); 174, 28 (a San Iacopo in Galizia); 176, 2 (cristiani a Coilun); 184, 2 (cristiani battezzati nell'isola Malle); 185, 2 (nell'isola di Scara); 188, 2-4 (battesimo dei cristiani di Abascie); 206, 2 (Rossia); 207, 2 (Lacca); vedi iacopini, nestorini

Cristo, 1, 6; 2, 1; 7, 7; cfr. 59, 10; 78, 10

cubebe, 159, 4 (a Iava)
Il frutto del *Piper cubeba*, pianta rampicante tipica di Giava e della Malesia; cfr. Jourdain Ca-

talani, 117, Odorico, 447. Il nome deriva dall'ar. *kabāba* (vedi *HJ*, 277; Pellegrini, *Arabismi*, 119, 351, 588) ed è corrente nelle fonti italiane; vedi *chubebe* nello *Zibaldone da Canal*, 132; nel *CCum*, ‹chibebe› glossa il com. *kababa*.

Cugiu, 125, 9; 126, 0, 1, 19, 20; inoltre 126, 3 (Sinuglil)

Benedetto da ‹Cugiu› in CXXX, 15, CXXXI, 1, 2, 5; la forma è attestata in varianti molto differenti tra loro (vedile in Pelliot e Benedetto 127 nota); si noti che anche a ‹Sinuglil› corrisponde ‹Cugiu› nel francese, mentre le ultime due occorrenze in TA non hanno riscontro nel francese, che ha invece ‹Giongiu›. Il luogo è Hsü-chou sullo Yang-tzŭ e la forma originaria di Polo avrebbe potuto essere *Siugiu; oltre a rendere perfettamente il cinese, questa grafia renderebbe conto di quasi tutte le deformazioni della tradizione; ad esempio Sinuglil, che trova riscontro in forme analoghe, come ‹singul› VB, ‹suingul› FB, ecc., sarebbe deformazione di un ‹*siungiu›. Vedi Pelliot, *Notes*, 571-572.

Cumani, 22, 7 (chiusi da Alessandro dietro le porte di ferro); vedi Comania

Cuncum, provincia, 110, 15; 111, 0, 3; 112, 1

Benedetto ha in CXII, 26, CXIII, 6, CXIV, 2 ‹Cuncun› che egli considera « di lettura non dubbia ». Il nome è di discussa identificazione: le montagne possono essere il Ch'in-ling, che separa il bacino del Wei da quello dello Han; Pelliot suggerisce dubitativamente che la città possa essere Han-chung, ma non sullo Han bensì nella regione di Fêng-hsiang, a N del Ch'in-ling e non a S come la successiva Han-chung; la forma poliana del nome potrebbe essere allora ‹Cancion› o ‹Canciun›, vedi Pelliot, *Notes*, 573-575.

Curimasa, 175, 2; vedi Cormos

Dagroian, 163, 9; 164, 0 (Dragouain), 1 (Dragroian)
Il nome è probabilmente corrotto; Benedetto accetta ‹Dagroian› (CLXIX), ma ricorda la possibilità anche di ‹dagraian› e ‹dragoian› (173 nota).

Marco Polo pone questo regno tra Samarra e Lanbri; si tratta probabilmente dei Batak. Alcuni, tra cui Pelliot, *Notes*, 613-615, hanno pensato si tratti del nome corrispondente al cin. Na-ku-êrh, il paese delle facce tatuate (*hua mien*) menzionato da fonti cinesi del XV sec. a O di Samudra e a E di Lidè; si tratta del regno batak di *Nagur; si dovrebbe quindi pensare, per riconciliare il nome con la forma poliana, a uno scambio antico di ‹n› con ‹d›.

dani, 74, 4 (Giandu); 83, 13 (nel parco del Gran Cane); 90, 2; 91, 5; 93, 36, 37; 111, 6; 112, 10; 116, 12 (Gaindu)

Dario, re persiano, 39, 7; 44, 2; 46, 2
Dario è citato una volta (39, 7) per il luogo del suo scontro con Alessandro; le altre due come padre della sposa di Alessandro Magno.

dattari, 24, 5 (a Bascra); 35, 4 (a Reobales); 36, 7 (a Cormos se ne fa vino), 8, 15; 187, 12 (a Zaghibar datteri); 191, 5 (a Escier)
Anche Odorico ricorda l'abbondanza di datteri dell'India: (« sunt homines ut plurimum dactilos comedentes... » *SF*, 422).

David Melic, re di Giorgens, 22, 1 (« in francesco David re »); vedi Giorgens deserto, 3, 9; 4, 1; 37, 4 (tra Creman e Gobiam); 39, 1 (tra Gobiam e Tonocan); 43, 3 (diserti prima di Supunga); 48, 7 (Chesimun); 55, 7 (dopo Ciarcian); 56, 1 (Lop); 58, 3 (Camul); 59, 1 (presso Chingitalas); 62, 5 (dopo Ezima)

A proposito del deserto di Lop Marco Polo riferisce (56, 9-12) che a chi lo attraversa di notte pare udire voci e richiami, tanto che molti ne sono sviati e si perdono; e « molte volte ode l'uomo molti istormenti in aria e propiamente tamburi ». Il fruscìo delle dune sabbiose che si spostano e altri fenomeni fisici del genere (le cosiddette *singing sands*) hanno dato origine a un folklore ampio e diffuso; Odorico da Pordenone racconta (*SF*, 491-492) di una sua esperienza analoga, in una valle che non è possibile identificare (« Et tunc super unum montem arenosum ascendi in quo circumspiciens nichil videbam praeter illa nachara pulsari mirabiliter audiebam ecc. »). Non c'è dubbio quindi che Polo riferisca qui di una tradizione corrente; vedi Yule, *Marco Polo*, I, 201-203, 339-341; altri paralleli (un monte sistanico da cui si sprigiona un suono di tamburi e nacchere) nei testi raccolti e tradotti in G. Vercellin, *Il monte-santuario di Qal'è-kāh nel Sistān afghano*, « Annali di Ca' Foscari », S.Or. 3 (1972), 75-81 e note 24, 25.

diamanti, 171, 4, 8, 9, 10, 11, 12, 13

Anche Jourdain ricorda i diamanti dell'India (« dyamantes omnes quotquot sub coelo boni inveniuntur », 114). I giacimenti di diamanti di Masulipatam, presso il delta del Kistna sono noti già da Plinio in poi in Occidente; nel 1600 li descrisse dettagliatamente il Tavernier (vedi una carta in Cavenaghi-Bignami, *Gemmologia*, Milano 1960, 164-167).

diaspido, 55, 3 (Ciarcian)

Col nome si indicano anche oggi dei quarzi opachi; questo di Marco Polo potrebbe essere il diaspro verde.

Dio

    – cristiano, 1, 4 (Iddio); 30, 2, 7; 31, 2 (Idio); 79, 5 (idio), 7 (idio e Dio), 8; 174, 20; 199, 4; 209, 23
    – del Mabar, 172, 18 (idio)
    – dei Magi, 31, 5 (dio fuoco)
    – dei Tartari, 80, 9
    Vedi Natigai

Distan, reame di Persia, 32, 1

La forma ‹distan› è solo della redazione toscana; tutti gli altri testimoni hanno ‹cordistan› e simili (cfr. Benedetto, XXXIII, 4 e XLIII, 18). È il Kurdistān.

drappi, 19, 5 (Laias); 22, 8 (di seta e d'oro in Giorgiania); 23, 4 (di seta e d'oro a Mosul); 24, 6 (di seta e d'oro a bestie e uccelli a Baudac); 25, 3 (di seta e d'oro a Toris); 32, 6 (di seta e d'oro in Persia); 33, 2 (di seta e d'oro a Iasdi); 34, 4 (ricami a seta e a oro, a uccelli e a bestie a Creman); 36, 4 (d'oro, venduti a Cormos dall'India); 69, 9 (d'oro e di seta, vestito dei Tartari ricchi); 73, 15 (nasicci e drappi di seta a Tenduc); 94, 13 (lavorati a oro e seta a Canbalu); 105, 3 (di seta e d'oro a Giogui); 109, 6 (di seta e d'oro a Cacianfu); 110, 7 (di seta e d'oro a Quegianfu); 113, 16 (drappi dorati sul Quinianfu); 115, 6 (d'oro e seta); 127, 3 (di seta indorati a Cacafu); 137, 4 (di seta e d'o-

ro); 145, 2 (di seta e d'oro a Cinghiafu); 179, 9
(di seta e d'oro e d'argento, importati a Melibar);
185, 4 (di bambagia a Scara); vedi iasdi, mosolin, nasicci

Dufar, città, 170, 33; 191, 15; 192, 0, 1; 193, 1
Dhofar, ar. Z̩ufār, sulla costa meridionale del-
l'Arabia.

ebano, 158, 6 (a Ciamba, « legno ‹ebano› onde si
fanno li calamari »)
È il legno del *Diospyros ebenum*, var. *melano-
xylon*, noto in Occidente fino dall'antichità, vedi
Laufer *SI*, 485-487.

Egitto, 9, 2
È l'unica volta che compare nel testo: Tedaldo
da Piacenza* era « legato per la Chiesa di Roma
ne le terre d'Egitto ». Tedaldo non sembra aver
mai visitato l'Egitto: si dovrà quindi intendere:
i territori sotto i Mamelucchi, Egitto, ma anche
Palestina e parte della Siria (cfr. Pelliot, *Notes*,
638). Vedi anche Babilonia

Egrigaia, 72, 0, 1
Benedetto, LXXIII, 1, 3 ha ‹Egrigaia› ma c'è
la variante ‹Egregaia› e nel rubricario c'è ‹Egra-
gaia›.
Capitale degli Hsi-Hsia (Tangut*) dal 1020, è
la città detta Ning-shia dal 1288; il nome mongolo
è Erqaya nella *Storia segreta*; la forma Hsi-Hsia
era, secondo Rašīd ad-Dīn, Irɣai; tuttavia la forma
poliana sembra presupporre un'altra forma mongola; due trascrizioni cinesi permetterebbero *E-
griqaya (da *Ergiqaya ' la salda roccia '?), vedi
Pelliot, *Notes*, 641-642.
Monneret de Villard suppone (*Leggende*, 216)

che quando Giovanni di Hildesheim dice che nella terza India « fuit regnum Tharsis in quo regnat Jaspar... cui eciam fuit insula Egriseula in qua corpus beati Thomae requiescit » (un codice porta invece « Grisculla, alibi scribitur Egrisculla vel Egrosilla ») Egriseula « potrebbe anche essere un confuso e deformato ricordo del termine Egrigaia di Marco Polo [...] oppure la contigua provincia che è detta Erginul ».

elefanti, 36, 4 (denti di leofanti, importati a Cormos dall'India); 83, 18 (lieofanti, trasportano gli alberi da impiantare); 88, 4 (leofanti, donati per Capodanno al Grande Cane); 120, 6 (dopo Mien); 121, 16 (a Mien); 123, 6 (a Caugigu); 158, 2 (come tributo al Gran Cane), 6; 160, 5 (leofanti a Locac); 162, 14 (leofanti, a Basman); 186, 5 (a Madegascar « nasce più leofanti che in parte del mondo; e per tutto l'altro mondo non si vende né compera tanti denti di leofanti quanto in questa isola ed in quella di Zaghibar »), 15 (alifante); 187, 5 (a Zaghibar « molti leofanti e fanno grande mercatantia di loro denti »), 10 (« lo leofante giace colla leofantessa siccome fa l'uomo co la femina »), 16 (a Zaghibar usati per combattere con i cammelli al posto dei cavalli); 189, 15 (importati ad Abascie)
    Osservazioni sulla quantità di elefanti di Campā e di Ceylon sono fatte anche da Odorico (SF, 450, 454); una descrizione dell'elefante indiano è in Jourdain Catalani, 115.

Eli, reame, 177, 4; 178, 0, 1
    L'odierno Mount Delly, malayālam Eli, ar. Hīlī, sulla costa del Malabar, presso Cananore (HJ,

303); era un promontorio molto visibile dal mare e quindi un ovvio punto di riferimento. Vedi anche G. Bouchon, *Mamale de Cananor*, Paris, 1975, 1-38.

Ergigul, città, 71, 4

Benedetto, LXXII, 1, 4, 7, LXXIII, 2 ha ‹Erginul› avvertendo però che solo ‹erg–l› sono sicuri e fra questi possono esserci da tre a sei aste; in LXXII, 7 c'è la variante ‹Ergigul› come in TA.

È il nome mongolo di Liang-chou, e cioè Eriǰe'ü della *Storia segreta*; la forma di Polo presupporrebbe però un *Eriǰü'ül, forse con la finale ⁰'*ul*, ⁰'*ül* come in Sarta'ul da Sart 'mussulmano', vedi Pelliot, *Notes*, 646-647.

Erguil, reame, 71, 0; 72, 1; vedi Ergigul

ermellini, 69, 9 (ermine, presso i Tartari); 83, 13 (nel parco del Gran Cane); 204, 17 (presso i Tartari di Tramontana)

Erminia, 1, 1 (Erminia); 11, 4 (Erminia), 19, 0 (Erminia, provincia), 1 (Arminie); 20, 8 (Arminia); 21, 0 (Erminia), 1 (Armenie), 4 Arminia), 7 (Erminie); 22, 16 (Arminia)

Le due forme, con A° e E°, erano ugualmente correnti al tempo di Marco Polo e anche i derivati le presuppongono entrambe: ermellino l'animale ma armelline le pesche, ecc. È probabile che la forma di Polo fosse in ‹E°›. Marco Polo conosce due Armenie, una piccola (11, 4; 19, 1, 2 sotto un re e soggetta al Gran Cane) ed una grande (20, 8; 21, 0, 1, 4, 7). La piccola è il regno di Cilicia (1198-1375), nato con i Rupenidi, e retto in quel tempo forse da Leone III. La distinzione tra le due Armenie è antica in Occidente. L'Armenia

Maggiore andava dal Caspio a una linea che univa Trapezunte ad Edessa; la Minore era una parte dell'Asia minore. Il regno di Cilicia sorse sui territori dell'antica Armenia minore, con capitale a Sis.

Escier, città, 170, 33 (Eser); 190, 10; 191, 0, 1; 192, 1 (Escer)

La forma più attestata è ‹escier› ma esistono anche ‹scier› e ‹ser›. La vocale iniziale deve essere dovuta ad una errata divisione di ‹*de scier›; il nome infatti deve essere Scier da ar. Šiḥr, città sul Mar Rosso, nel medioevo Šiḥar (cfr. le grafie portoghesi Xaer, Xael); cfr. Pelliot, *Notes*, 829.

Eser, provincia, 170, 33; vedi Escier

Ezima, città, 62, 0, 1

La forma di F, accettata da Benedetto, LXIII, 1, 3, 8, è ‹Eçina›, certamente corretta. Essa corrisponde alle trascrizioni cinesi d'epoca mongola I-chi-na, I-chi-nai che rendono un nome con tutta probabilità hsi-hsia, cioè tangut (secondo il Nevskij *ržienje* ' il fiume nero '). Lo stesso nome compare ancora in mongolo classico nell'iscrizione del principe Indu del 1362 come Isina (vedi l'edizione datane dal Cleaves in « HJAS » 12 [1949], 1-133) e oggi nel nome di fiume Etsingol, a N di Kan-chou nel Kan-su (in *Index*, 30 se ne dà un etimo differente, mong. *ejine* γool ' master's river ', che forse è possibile come etimologia popolare).

La città di Eçina è stata identificata dallo Stein nelle rovine di Qaraqoto da lui scoperta, e il deserto sarebbe quindi il Gobi. Tra Qaraqoto e Qaraqorum esisteva una strada di collegamento, ed è per questo che Marco Polo, secondo la sua abituale tecnica espositiva, parla di Eçina dopo Canpicion*, e di Carocaron* dopo Ezima.

Sull'identificazione non ci sono dubbi (vedi Pelliot, *Notes*, 637-638; *Index*, 34); lo Stein era partito dal fatto che era strano che Marco Polo non menzionasse una città così importante come Qaraqoto. Il Benedetto invece la considerò dapprima una « identificazione oltremodo ardita », sia perché Marco Polo parla di Eçina come di una città dedita solo all'agricoltura e alla pastorizia e non menziona invece le caratteristiche proprie di Qaraqoto, sia perché egli ravvisava questa città nel Carachoco della copia di Milano del Zelada, che egli correggeva in ‹Carachoto› (vedine il testo in Benedetto 46 nota). Ma si trattava di un errore di cui il Benedetto si accorse in seguito; la città nominata solo in Z (la forma di Z è Carachoço) non è altro che Qaraqojo, l'antica capitale uigura a E di Ṭurfān (su cui vedi Pelliot, *Notes*, 161-165).

Fafur, 135, 1 (« ne la grande provincia deu Mangi era signore Fafur, ed era, dal Grande Kane in fuori, il maggior signore del mondo, e 'l più possente d'avere e di gente »)

Benedetto, CXL, 2 ha più correttamente ‹Facfur›. È il pers. *faγfūr*, designazione dell'imperatore cinese nelle fonti mussulmane; forme più antiche si trovano in partico (*bγpwhr*, detto anche di Cristo) e in sogdiano (*β'γpwr*), cioè ' figlio (*puhr*, cfr. avestico *puθra-*) di Dio (*baγ* < ant. pers. *baga-*)'. È possibile che il termine iranico sia un calco di un'espressione cinese come *t'ien-tzŭ* ' figlio del Cielo '; del resto già gli scrittori mussul-

mani si rendevano conto del significato esatto: così in *Axbār* 45, citato il titolo di *baγbūr* dell'imperatore cinese, si aggiunge: « e questo è il re supremo e lo si chiama *baγbūr* che vuol dire ' figlio del
cielo ' [*ibn as-samā'*], ma noi lo chiamiamo *maγ-
būr* » (20 Sauvaget; l'ultima forma deve essere un
errore per *faγfūr*, cfr. *HJ*, 152 dove si cita in un
testo *manṣūrah* per *fanṣūrah*). Analogo a questo
è il titolo sanscrito *devaputra* che ricorre spesso
nelle epigrafi Kuṣāṇa, quindi di influenza cinese.
In armeno il re dei Čenk' è detto Čenbakur nella
Geografia del VII secolo, e questa non è che una
trascrizione di questo titolo (vedi G.R. Cardona,
*L'India e la Cina nell'*Ašxarhaçoyç *armeno*, in
Armeniaca, Venezia, 1969). Si può qui ricordare
che il termine *faγfūr* è entrato anche con un altro
significato, quello di ' porcellane ' nel greco *far-
furi*, russo *farfor*, romeno *farfurie*, forse in quanto
' porcellane dell'imperatore '.

Il titolo non era attribuito agli imperatori mongoli, e difatti in Marco Polo il Fafur è l'imperatore Sung, anzi tre Sung. Il primo è Tu-tsung, nato nel 1240, cui Qubilai mosse guerra nel 1268
(alla sua morte nel 1274 fu reggente Hsieh Tao-
ch'ing, che si arrese a Bayan nel 1276); poi fu pro-
clamato imperatore un altro figlio di Tu-tsung,
Chao Shih-fu, nel 1276, ma dovette fuggire per
mare e morì nel 1278; gli successe il fratello, sconfitto nel 1279 in una battaglia per mare. Così finì
la dinastia Sung. Tuttavia Polo deve aver raccolto qualche altra versione, raccolta anche da Rašīd ad-Dīn, secondo la quale Tu-tsung si salva con
la fuga, vedi Pelliot, *Notes*, 652-661.

fagiani, 71, 17, 18 (a Singui); 73, 21 (a Ciagannuor);

109, 3 (3 per un aspre o viniziano presso il fiume Carameran); 138, 2 (3 per un viniziano d'argento a Cain)

falconi, 34, 5 (nelle montagne di Creman « li migliori falconi e li più volanti del mondo, e sono meno che falconi pelegrini »); 46, 10 (nel Balasciam « falconi molto volanti e li falconi laineri »); 62, 3 (falconi lanieri a Ezima); 70, 6 (falconi pelegrini, presso il piano di Bangu); 73, 22 (a Ciagannuor); 74, 4 (a Giandu); 93, 2 (« falconi pellegrini e falconi sagri » usati dal Cane per uccellare); 115, 10 (nel Tebet « falconi pellegrini e bene volanti »); 162, 17 (« falconi neri buoni da ucellare » a Basman); 207, 5 (molti falconi pellegrini nelle isole di Rossia)

Con una certa approssimazione si può dire che il falcone laniere è quello anche oggi detto lanario, e in francese *faucon lanier*, *Falco biarmicus*, di 42 cm; il falcone sacro (dall'ar. *ṣaqr*) è il *Falco cherrug*, di 45 cm, usato per uccellare; il falcone pellegrino è il *Falco peregrinus*, di 38-48 cm. Alla stessa famiglia appartiene il girifalco (vedi gerfalchi).

Come curiosità si può qui osservare che uno dei nomi europei del *Falco cherrug* è lo svedese *Tatarisk jaktfalk*; probabilmente perché questo falco veniva appunto dai Tartari, attraverso la via commerciale aperta dagli Svedesi di Kiev e che portava merci e prodotti bizantini e orientali fino ai mercati di Uppsala e Visby.

Fansur, reame, 165, 6; 166, 0, 1

È il regno di Fansur, nella regione di Baros, sulla costa SO di Sumatra; Fanṣūr è, propriamente, la trascrizione araba del toponimo malese

Pancur. Il luogo era rinomato per la canfora (ar. *al-kāfūr al-fanṣūrī*), per cui vedi *Axbār*, 6; *HJ*, 152; Ferrand, *Relations*, 696.

farina d'albori, 166, 5 (a Fansur « ci àn farina d'àlbori, che sono àlbori grossi e ànno la buccia sottile, e sono tutti pieni dentro di farina; e di quella farin[a] si fa molti mangiar di pasta e buoni »)
Anche Odorico da Pordenone parla di « arbores producentes farina » (*SF*, 448) e li descrive, per « Paten o Malamasini »; con la farina gli abitanti « faciunt pastam bonam de mundo, et tunc faciunt de ipsa quicquid volunt, sive cibum, sive panem multum bonum ». Si tratta del sagu (malese *sagu*), la sostanza farinosa contenuta nel tronco di un genere di palme, *Metroxylon laeve* o *Rumphii* Mart., diffuso in tutto l'arcipelago indiano (*HJ*, 780-781; Friederici, *Amerikanistisches Wörterbuch*, Hamburg, 1947, 552). Il nome del sagu compare per la prima volta nelle fonti occidentali con Antonio Pigafetta che parlando dell'isola di Jailolo dice: « Mangiano pane de legno de arbore come la palma, fatto in questo modo: pigliano un pezzo de questo legno molle e gli cavano fuori certi spini negri lunghi; poi lo pestano e così fanno lo pane. L'usano quasi solo per portare in mare e lo chiamano sagu ». Rileva A. Bausani in nota (p. 40) che la descrizione « non è così esatta come le altre di Pigafetta » e cita per contrasto la particolareggiata descrizione di Antonio Galvão nella sua *História das Molucas* del 1544; *HJ*, 781 pensa addirittura che nel passo di Pigafetta non di sagu si tratti, ma dell'*Arenga saccharifera*, chiamata dagli occidentali *sagur, saguir*, ecc.

feltro, 68, 11, 13 (case e carri coperti di feltro presso i Tartari); 69, 3 (le immagini di Natigai sono di feltro)

L'uso del feltro presso i Mongoli è ben noto, anche dalle altre fonti occidentali; la descrizione di Giovanni da Pian del Carpine coincide quasi perfettamente con quella di Polo: « stationes habent rotundas in modum tentorii preparatas de virgis et baculis subtilibus factas... Parietes autem et tecta filtro sunt cooperta, hostia etiam de filtro sunt facta... Quocumque vadunt sive ad bellum sive alias semper illas [scil. stationes] deferunt secum » (*SF*, 35). Rubruck aggiunge il particolare che le tende sono sbiancate con calce e polvere d'ossa e che i Mongoli le decorano « circa collum superius pulcra varietate picture » (*SF*, 172).

Per gli idoli di feltro, vedi Natigai.

Femele, 184, 3

Dopo aver parlato di un'isola chiamata Malle, in alto mare, a 500 miglia a S di Chesmancora*, i cui abitanti sono cristiani e sotto il vescovo di Scara*, Polo dice che qui non c'è « veruna femina, ma istanno in un'altra isola che si chiama Femele, che v'è di lungi .xxx. miglia. E li uomini vanno a questa isola ove stanno queste femine ».

Naturalmente sia *malle* che *femele* sono i termini francesi, non tradotti, per ʻmaschioʼ e ʻfemminaʼ; altre redazioni traducono: ‹femene›, ‹femena›, ‹femmina›, vedi Pelliot, *Notes*, 671. La stessa notizia è stata raccolta da Jourdain Catalani: « Inter istam Yndiam [cioè l'Yndia tertia] et Maiorem, dicunt esse feminarum insulae solarum, et solorum hominum, ubi non possunt diu vivere

homines in illis mulierum, et e contrario » (120);
il testo prosegue dicendo che se nascono dei figli,
i maschi sono mandati dai padri, mentre le femmine rimangono con le madri, come dice anche
Polo. Anche per Jourdain il luogo deve trovarsi
tra l'India e l'Africa. Come ha scritto lo Yule
(*Marco Polo*, II, 405-406) probabilmente la storia di Polo e di Jourdain non è che una ramifi-
cazione dell'antica favola delle Amazzoni, che ha
una parte importante nel romanzo di Alessandro.

I regni di donne nelle fonti cinesi sono trattati
estesamente in Pelliot, *Notes*, 671-724, ma probabilmente la voce è rimasta incompiuta.

Anche Antonio Pigafetta riferisce dell'esistenza
di un'isola delle donne, ma sotto Giava maggiore: « Il nostro piloto più vecchio ne disse come
in una isola detta Ocoloro, sotto de Giava Maggiore, in quella trovarsi se non femmine: e quelle impregnarse de vento, e poi quando partori-
scono, se il parto è maschio, lo ammazzano; se è
femmina lo allevano, e se uomini vanno a quella
sua isola, loro ammazzarli purché possano » (59).
Come si vede, l'esistenza di un'isola delle donne
era motivo corrente nell'Oceano Indiano. I pilo-
ti poi la identificavano ora in questa ora in quel-
l'isola. La leggenda è riecheggiata in *L'isola delle
donne: un viaggio a Enggano* (Milano, 1894), del
nostro etnografo e viaggiatore E. Modigliani
(Enggano è un'isola a S di Sumatra).

Ferlet, reame, 162, 7, 11, 12
    Si tratta di una cattiva lettura dell'originale
‹ferlec› di F; infatti è Ujung Peureulak, sulla costa N di Sumatra; la forma Peureulak è acinese,
quella malese corrente è appunto Pĕrlak; ‹Fº› di

Polo tradisce un tramite arabo (giacché solo in arabo un [p] sarebbe dovuto necessariamente passare a [f]), vedi Pelliot, *Notes*, 725.

ferro, 38, 3 (a Gobiam); vedi anche acciaio, andanico

feste dei Tartari, vedi Coblai

fiele, 118, 15-19 (del colubre: usato come medicina nel Caragian)

fiorino d'oro, 149, 2

Il fiorino d'oro era una moneta fiorentina, coniata dal 1252 in poi, di 3,54 gr. di oro puro, imitata dappertutto; vedi Martinori, *Moneta*, 157 sgg.

fisiognomisti, 170, 58 (a Mabar)

Formosa, piano di, 36, 3; vedi Cormos

Frai, primo signore dei Tartari di Ponente, 208, 1, 2, 4

Solo la tradizione toscana porta ‹Frai›; F, L, Z hanno ‹sain›. Questo è il mong. *sayin* 'buono' che per concorde testimonianza degli storici era il soprannome dato a Batu 'il Can buono' (così Grigor di Akanc' dice di Küyük «il suo popolo lo chiamava Sayin γan, che nella loro lingua vuol dire 'il buon γan'», 313-315); anche Pian del Carpine riferisce che Batu «hominibus suis est satis benignus» (*SF*, 110) (vedi altre citazioni in Doerfer, *Elemente*, I, 371-372). Polo però elenca separatamente Frai e Patu* (cioè Batu); probabilmente egli confonde Batu con il padre Ǧöči, il fondatore di questo ramo dei Mongoli, vedi Pelliot, *Notes*, 824.

franceschi, 118, 22 («cavalcano lungo come franceschi»); vedi anche lingue

francolini, 36, 3 (nel piano di Formosa)
Nel testo francese Marco Polo parla in due occasioni dei «francolini», sempre a proposito della Persia, e dice che essi sono diversi da tutti gli altri perché hanno becco e zampe rosse, e sono neri e bianchi. Dovrebbero essere le pernici a zampe rosse che in arabo e persiano si chiamano durrāǰ; vedi Pelliot, Notes, 232.

frutti di paradiso, 35, 4 (in Reobales)
Traduce ‹pome de paraise› di F (XXXV, 8) che compare anche in Z (come «poma paradisi») dopo CLXXII, 7; CLXIII, 9. Propriamente i pomi di paradiso («poma paradisi» in Jacopo da Vitry, «poma de paradiso, qui est mirabilis fructus» in Jacopo da Verona, 51; «poma di Paradiso» in Niccolò da Poggibonsi, 88, 142, 143 dove si descrive anche la pianta) sono le banane (Musa paradisiaca, Musa sapientum) perché una tradizione considera questo il frutto del peccato d'Adamo: cfr. Frescobaldi: «Quivi [in Egitto] è una generazione di frutte che le chiamano muse [ar. mawz], che sono come cedriuoli, e sono più dolci che'l zucchero. Dicono che è il frutto in che peccò Adamo, e partendolo dentro per qualunque modo, vi trovi una croce, e di questo ne facemo prova in assai luoghi» (65-66) e più avanti «muse, che alcuno le chiama pome di paradiso» (90); e così anche Sigoli: «Ancora v'ha un frutto il quale dicono molte genti essere di quel frutto di che peccò il nostro primo padre Adamo... E per molte genti sono chiamati questi pomi di Paradiso; e questo debbe essere il loro diritto nome» (176).

Fugiu, reame, 150, 13 (Fughiu); 151, 0, 1 (Fughiu), 3 (Fughiu), 19; 152, 0, 1; 153, 1, 14

Benedetto ha uniformemente ‹Fugiu› (CLVI, 1, 3, 5, 38; CLVII, 1, 2; CLVIII, 2, 7, 33, 37). È il Fu-chou, uno dei regni del Mangi; Polo vi passò al ritorno dall'India, forse verso il 1289; vedi Pelliot, *Notes*, 725.

funerali, 68, 4-8 (dei Grandi Cani); 94, 7 (a Cambalu); 125, 5 (a Toloman); 127, 2 (a Cacafu); 128, 2 (a Ciaglu); 164, 7 (a Dagroian); 170, 30 (del re di Mabar); vedi *cremazione*

Gaindu, provincia, 115, 14; 116, 0, 1, 17, 18 (Gheindu)

Benedetto ha ‹Gaindu› in CXVII, 18, 25 e CXVIII, 1, 2 ‹Gheindu› in CXVIII, 43, 47 e riporta le varianti ‹Caindu, Gandu›. Il luogo è la valle di Chien-ch'ang, nell'ansa dello Yang-tzŭ, ora parte dello Ssŭ-ch'uan ma al tempo dei Mongoli compresa nello Yün-nan. La forma usata da Polo trascrive forse il cin. Chien-tu che ha dato origine al mong. Gendü; così Pelliot, *Notes*, 728-730.

galanga, 122, 6 (galinga, a Gangala); 151, 4 (Fughiu), 12 (Quenlafu); 159, 4 (galinga, a Iava)

È la radice aromatica dell'*Alpinia galanga*, che cresce soprattutto in India, ma è nota ai geografi mussulmani anche come prodotto cinese; il nome è il sans. *kulañja-* passato all'arabo come *xū-lanjān* e al persiano come *xāwalinjān*; dalla pronuncia araba più antica [xulangan] viene *galanga* (già in Aezio come *galanga*); vedi Laufer, *SI*, 545; Ferrand, *Relations*, 31, 258-259; *FEW*, XIX, 61-63; Heyd, *Histoire* II, 616-618 e passim.

Nel *CCum* ‹galanga› corrisponde a ‹choligian› (cioè com. *xolinǰan*).

galline, 151, 14 a Quenlafu « ànno galline che no ànno penne, ma peli come gatte, e tutte nere ») Anche Odorico (*SF*, 461) parla di questa razza di galline per la stessa provincia (Fu-chou): « galline vero sunt albe ut nix non habentes pennas, sed solum lanam portantes ut pecus ». Si tratta del *Gallus lanatus*, var. *morio*, diffuso in Cina, Giappone, Giava e nell'Asia di SE in genere, e importato in Europa verso la metà dell'Ottocento, le cui piume hanno la particolarità di avere le barbe non unite tra loro. I nomi europei (ingl. *silk-fowl, silkie*, fr. *coq* o *poule à duvet*, it. *gallina mora a seta*, ecc.) alludono tutti alla consistenza setosa del piumaggio.

Polo dice che questa razza di gallina è nera, in contraddizione con quel che ne dice Odorico, e in realtà ne esistono di nere e di bianche; ma la spiegazione sta nel fatto che il nome cinese è *wu-ku-chi* ʻgalline dalle ossa nere ʼ, o semplicemente *wu-chi* ʻgalline nere ʼ, perché esse hanno le ossa e la pelle nera. Polo probabilmente si basa sulla traduzione del nome datagli da un interprete; vedi Moule, *Quinsai*, 54-60.

Gangala, vedi **Bangala**

Garibalu, 84, 3 (« in nostra lingua ʻ la città del signore ʼ »; vedi **Canbalu**

garofani, 116, 14 (a Gaìndu « un àlbore piccolo che fa le foglie grandi quasi come corbezze, alcuna cosa più lunghe e più strette; lo fiore fa bianco, piccolo come il garofano »); 159, 4 (gherofani a Iava); 167, 4 (gherofali a Neguveran); 179, 9 (garofani portati nel Melibar)

È il *Caryophillum aromaticum* L., o *Eugenia caryophillata*, sul cui vedi Heyd, *Histoire*, II, 603-607; Jourdain Catalani ne parla a proposito di Giava (Jana): « Ibi sunt arbores gariofillos facientes, quae cum sunt in flore, emittunt odorem ita fortem quod interficient omnem hominem inter eas euntem, nisi quibusdam rebus clauderent os et nares » (117). Una descrizione dettagliata è quella data dal Pigafetta, per l'isola di Jailolo (38-39).

Il nome si trova già in greco (Apollonio di Tralles) come *karuophullon*, ma sono attestati anche *garoumphoul, karphouphoul, garophala*; la prima forma è un'etimologia popolare, sull'arabo *qaranfūl*. Queste forme sono l'adattamento di una forma probabilmente dravidica come tamil *kirāmpu, karāmpu*. Nel Cinquecento entra nell'uso la denominazione, poi divenuta corrente, di *chiodi di garofano* per influsso probabilmente del port. *cravo*.

Gaspar, 30, 3; vedi Magi

gatti mamoni, 189, 17 (in Abasce « si ànno gatti mamoni e iscimmie asai »)

Cfr. le « simie gatimaymones » in Odorico, *SF*, 423; per l'Egitto il Frescobaldi (77), ricorda « bertuccie e gatti mammoni ». È in definitiva l'ar. *maymūn* ' scimmia ' che in Occidente si è incrociato col Mammona biblico; nel *CCum* ‹maymun› corrisponde al lat. ‹symia›.

gavi, 170, 43, 46, 47; 172, 14

Secondo Polo sono una casta inferiore del Mabar, che mangia i buoi; il termine è troppo simile al sans. *gávya-* ' relativo alle vacche, vaccino ', da *go-* ' vacca ', perché si tratti di una coincidenza; tuttavia non risulta che il termine abbia mai indicato una casta, né che abbia continuazioni moderne (cfr. Turner, n° 4106).

Gazarie, 208, 2

Una delle terre conquistate da Frai*. La forma in *-e* è un francesismo, come in ‹Turcomanie, Armenie›. Negli autori coevi si trova Gazaria, Gasaria per la regione (l'impero tartaro di Osbet [per Osbec] « vocatur Gatzaria » in Jourdain Catalani, 122), Gasari, Gazari per il popolo (ad esempio in Pian del Carpine, *SF*, 90 « Gazari »); cfr. Rubruck (*SF*, 165): « provincia quedam, que nunc dicitur a Latinis Gasaria, a Grecis vero qui inhabitant eam super litus maris dicitur Cassaria, hoc est Cesarea » (*SF*, 165). Si tratta della Crimea odierna; l'etimo dato da Rubruck è inesatto perché il nome deriva da quello dei Cazari, Xázaroi nelle fonti bizantine (Moravcsik, *Byzantinoturcica*, I, 81-86; II, 334-336; *DAI*, II, 143), una tribù turca stanziatasi appunto nella zona della Crimea tra Don e Volga. Un loro re, Bulan, si convertì al giudaismo karaita nell'VIII secolo, e i suoi discendenti riuscirono poi a diffondere la nuova religione nel popolo (vedi D.M. Dunlop, *The History of the Jewish Khazars*, Princeton, 1954; K. Czeglédy, *Bemerkungen zur Geschichte der Chazaren*, « AOH », 13 [1961], 239-251; A. Zajączkowski, *Khazarian Culture and its Inheritors*, « AOH » 12 [1961], 299-307).

gelso, 95, 3 (« scorza d'un àlbore ch'a nome gelso » usata per fare la carta); 106, 4 (gelso per la

seta, a Taiamfu); 110, 2 (gelsi per la contrada di
Quegianfu)

Una varietà di *Morus*, probabilmente la *Morus
alba*, originaria della Cina e usata appunto per
fare la carta, v. Laufer, *SI*, 560, 563, 582.

Vedi moneta di carta, seta

Geluchelan, mare, 22, 13 (il mare che chiude da un
lato la provincia di Giorgiania, girando 700 miglia)

Il nome va interpretato ' Gel o Chelan ': si tratta di due nomi, con una congiunzione disgiunti-
va (fr. *ou*; qualcuno ha pensato ad un nome tutto arabo-persiano in cui fosse rimasta la congiunzione ar. *wa*, o pers. *u*, sul tipo dei composti
Jūj-u-Mājūj ' Gog e Magog ', vedi Tunocain). Il
secondo nome è certo Gīlān, forma persiana, provincia che si affaccia sul mare Caspio a SO; per la
prima forma Pelliot, in vista di varianti come
quella del nostro testo, pensa alla forma araba,
Jīl. Il nome potrebbe quindi essere stato dato in
una forma doppia, prima araba e poi persiana.
Da questo nome deriva la seta *ghella* che è anche
in Pegolotti e in atti commerciali genovesi del
Mar Nero; l'aggettivo dovrebbe essere *gīlī* ' del
Gīlān ', secondo l'uso di chiamare i prodotti con il
solo aggettivo di provenienza. Così *lāhijī* è la seta
di Lāhijan (seta *leggi* in italiano; su cui Heyd,
Histoire, II, 671), della provincia del Gīlān (cfr.
Spandugnino, 147 ed. Castro: « Lezian città d'una
provincia detta Gelan propinqua al mare Caspio,
donde vengono a noi le sede lezi e tracassi »); cfr.
Pelliot, *Notes*, 733-35.

gengiove, vedi *zenzero*

Genova, 1, 6; 19, 5; 22, 14

genovesi, 209, 20

La preminenza di Genova nel commercio col Catai è provata dal fatto che Pegolotti, fiorentino, dà pesi e misure genovesi ecc.; vedi L. Petech, *Les marchands italiens dans l'empire mongol*, « JA » 250 (1962), 548-574. Sulla presenza dei Genovesi nel mar Caspio (cfr. 22, 14) siamo informati da altre fonti. Vedi in genere Brătianu, *Recherches*.

gerbellino, 93, 25; vedi *zibellino*

gerfalchi, 70, 8 (gerfalchi in un'isola dell'Oceano, dopo il piano di Bangu), 9 (gerfalchi, girfalchi); 73, 22 (usati per la caccia del Gran Cane); 74, 4 (2 volte; nutriti in un palazzo di Giandu), 6; 80, 14 (una tavola di signoria « ov'è di sopra uno gerfalco intagliato »); 93, 2 (usati dal Gran Cane per la caccia), 15, 16; 97, 21 (i messi hanno la tavola del gerfalco); 207, 5 (nella provincia di Rossia « à isole ove nascono molti girfalchi »)

I girifalchi (*Falco gyrfalco, rusticolus, hendersonii*, ecc.), uccelli di 50-55 cm, sono quelli chiamati *šonqor* e varianti in persiano, *hai-ch'ing* o *hai-tung-ch'ing* in cinese (vedi Doerfer, *Elemente*, I, 360-362). I Mongoli li facevano venire da luoghi imprecisati del nord, per esempio dal piano di Bangu*, e in due occasioni Marco Polo parla di isole sul Mare Oceano da dove vengono i girifalchi; sappiamo da un documento del 1276 che Abaγa mandò suoi inviati a cercare girifalchi fino in Norvegia. Quanto fossero pregiati, lo dimostra il fatto che Arγun, nella lettera a Filippo il Bello conservata in mongolo chiede come una sor-

ta di pegno di lealtà doni, gemme e anche girifalchi (mong. *šiŋqud*, vedi Mostaert-Cleaves, *Lettres*, 45; è il plurale della parola entrata poi in
persiano). La stessa domanda doveva esser stata
fatta anche a Edoardo I, giacché nella risposta latina di questo, che ci è stata conservata, si dice:
« per quos [nuncios] mittemus de nostris girofal-
cis et aliis jocalibus nostre terre... » (Mostaert-
Cleaves, ibidem).

Sulla caccia con i girifalchi informa anche Odorico: « Insuper et secum super currum portat XII
girifalcos quos dum sic sedet in curru super ca-
thedra sua vel sede et videt aliquas volantes aves
post eas volare permittit » (*SF*, 476). Rubruck
(*SF*, 180) parla di « falcones girfaus erodios in
magna multitudine, quos omnes [scil. i Tartari]
portant super manum dextram ecc. ». Si tratta anche in questo caso di girifalchi, solo che ‹girfaus›, come ha dimostrato Pelliot (*Mélanges*, 65-
72) è una glossa penetrata nel testo; gli uccelli
sono qui indicati con il termine pseudolatino,
noto anche da altri esempi coevi, di *falcones he-
rodios*.

Anche la menzione di tavole con girifalchi è
esatta: i testi cinesi parlano di *p'ai-tzŭ'* (vedi tavole di signoria) con *hai-ch'ing*.

Gerusalem, 7, 7; 10, 2

ghele, 22, 15
      Seta del Geluchelan*

giambellini, 204, 10 (giambelline), 17; vedi *zibellino*

giambellotti, 72, 5 (di pelo di cammello e di lana a
      Egrigaia); 73, 7 (di pelo di cammello a Tenduc);
      115, 6 (nel Tebet)

Il nome di questo tessuto (fr. *camelot*) è fatto da molti derivare (da Amari e Heyd fino ai lessici recenti) dall'ar. *xamlah*. Ma *camelot* è una forma provenzale, piccarda e normanna di *chamelot*; le forme francesi e italiane non possono essere spiegate dunque che come derivati, rispettivamente, di *chameau* e *giambello* ' cammello '; vedi la discussione in Pelliot, *Notes*, 143-144. Sul giambellotto come merce, vedi Heyd, *Histoire*, II, 703-704.

Giandu, città, 74, 0, 1

Benedetto, LXXV, 1, 3 ha ‹Ciandu›; Odorico scrive ‹Sandu› (*SF*, 475); è Shang-tu, nome di K'ai-p'ing-fu dal 1263; Polo usa anche l'altro nome, vedi Chemeinfu. Cfr. Pelliot, *Notes*, 256-257.

Gianfu, città e porto, 148, 26

Benedetto, CLIII, 70 ha ‹Ganfu›, R ha ‹Gampu›; è Kan-p'u, pronuncia dell'epoca *[kam-p'u], sulla baia di Hang-chou, centro di commercio con l'estero sotto gli Yüan, vedi Pelliot, *Notes*, 730-731.

Gigatai, 51, 4 (Gigata), 7

La forma originaria doveva essere ‹Ciagatai›, come ha in molti casi il testo originario (ma anche Cigatai); Pian del Carpine ha Chiaaday, Chyaaday, var. Caaday (*SF*, 65-66); « rex Cyghatay » si legge in un documento del 1335 (Golubovich, *Biblioteca*, II, 93). Il nome mongolo è Čaɣatai (da *čaɣa'an* ' bianco ' e l'elemento *-tai*; formazione parallela ha Ula'atai, da *ula'an* ' rosso '). Čaɣatai era il secondo dei quattro figli di Čiŋgis e Börte (dopo Ĵöči e prima di Ögödei e Tului), nato verso il 1185, morto nel 1242. Combatté a fianco del padre contro gli Jurčen e i Mussulmani; alla morte del padre si ritirò nelle sue terre, che andavano da Buxārā e Samarcanda alla regione del Bešbalïq, a NE di Urumči. Il suo ramo prese da lui il nome di Čaɣatai, e così il tipo di turco parlato dai suoi discendenti, vedi *EI*, II, 2-4; Pelliot, *Notes*, 250-254.

Con Grant can, Grande Cane senz'altra specificazione Marco Polo intende Qubilai; tuttavia laddove (Benedetto, LII, 5 = 5, 4) dice che Čaɣatai era « fratello del Grande Cane » (« le frere charnaus au grant can ») si deve intendere per Grande Cane Ögödei e non Qubilai, che di Čaɣatai era invece il nipote, in quanto figlio di Tului.

Giogui, città, 105, 0, 2; 106, 1

Benedetto, CVII, 1 e CVIII, 2 ha ‹Giongiu› come « correzione congetturale » e ‹Gio[n]giu› in CVII, 4 ma il manoscritto ha ‹Ciugiu› nel rubricario; tuttavia VA ha ‹Giongiu› confermato da ‹Zonçu› di Z e ‹Gonza› di R; ma la ‹-n-› non sembra giustificata perché il nome è Cho-chou; vedi Pelliot, *Notes*, 736.

Gion, 195, 3; 196, 2 (« fiume de Ion »)

Il fiume di Gion sembra costituire il confine della Grande Turchia, a maestro per chi viene da Cormos; d'altra parte è il confine del Corasan.

Il Gion è uno dei quattro fiumi che nell'Antico Testamento escono dal Paradiso terrestre (gli altri sono il Phison, il Tigri e l'Eufrate, *Genesi*, 2, 11). Ma nel Medioevo a ciascuno di questi fiumi viene data un'interpretazione. Si veda, ad esempio, Giovanni de' Marignolli: « Gyon qui circuit terram Ethiopie, ubi sunt modo homines nigri, que dicitur terra Presbiteri Iohannis, et iste putatur esse Nylus... secundus fluvius vocatur Phison qui circuit omnem terram Evilach [cit. di *Gen.* 2, 11] per Indiam et descendere dicitur per Cathay et ibi mutato nomine dicitur Caramora [mong. Qaramören, vedi qui Carameran]... tercius Tygris... ultimo pervenimus ad quartum fluvium nomine Eufrates » (*SF*, 532-534). Anche in Jacopo da Verona il Gihon è il Nilo: « Gyon sive Nillum unum de quatuor fluminibus paradisi » (82). È chiaro che, ferme restando (e non sempre, vedi Tigri) le identificazioni del Tigri e dell'Eufrate, fiumi ben conosciuti, erano i primi due i nomi liberi di essere attribuiti a tutti i restanti fiumi del mondo. Ricoldo anzi li unifica: « Gyon sive Phison fluvium Paradisi » (Monneret de Villard, *Ricoldo*, 59). Polo usa qui il fiume secondo il valore che ha Ǧ(a)īḥūn per gli scrittori mussulmani e cioè per l'Āmūdaryā, il fiume che sfocia nel Mare d'Āral; vedi anche Pelliot, *Notes*, 736-737.

Giorgens, 21, 5, 7; 22, 0, 1 (Giorgiania)

Georgiana anche in Pian del Carpine (*SF*, 87) che però parla anche di « Obesi sive Georgeani » (*SF*, 88-89); la forma riproduce quella francese (‹Jorgiens› in Benedetto, XXII, 16, 17, ‹Giorgiens› in XXII, 1); in 25, 7 a proposito di Toris si usa però per gli abitanti anche la forma italianizzata ‹giorgiani› (Benedetto, XXX, 12 ‹giorgian›) Sia le forme entrate in Occidente sia la forma russa Gruzija risalgono ad adattamenti del pers. Gūrjān e simili; il nome georgiano del paese è invece Sak'art'velo ' paese dei K'art'veli ' e prima K'art'li. I Georgiani sono cristiani dal 337 e, sebbene indipendente, la chiesa georgiana

aveva sempre tenuto i rapporti con la Chiesa romana; Gregorio IX inviò dei frati minori alla regina Rasudan (1223-1247). Così, quando le prime
incursioni mongole cominciarono a mettere in pericolo il regno, la regina scrisse al papa per chiedergli aiuto; Gregorio le inviò, nel 1240, altri missionari scusandosi di non poterle mandare un aiuto di soldati. Del resto il convento citato da Marco Polo deve essere stato di latini, visto il nome
del santo, non certo georgiano (vedi monasteri).
Sui rapporti tra le due chiese vedi i documenti
raccolti da N. Tamarati, *Istoria kat'olikobisa
k'art'velt'a šoria*, T'bilisi, 1902, 568-572.

Nella storia della Georgia ci sono stati vari re
David (Melic è semplicemente la parola araba per
' re ' – vedi, qui, Milichi – il che illustra il canale
attraverso cui provengono le informazioni di Polo). In particolare regnarono nello stesso momento David IV (1249-1259) e il cugino David V
(1249-1269) che Pian del Carpine (*SF*, 87) chiama
David e Melic, figli adulterino il primo e legittimo l'altro della regina Rasudan.

Giorgio, preste Gianni di Tenduc, 73, 4
Giorgio era un principe degli Öŋgüt, tribù nestoriana che viveva nell'angolo NE dell'ansa del
Fiume Giallo; venne convertito al cattolicesimo
da Giovanni da Montecorvino e morì in battaglia nel 1298, mentre combatteva contro Qaidu.
Giorgio era riuscito a convertire anche gran parte
dei suoi; ma alla sua morte il nestorianesimo ebbe di nuovo il sopravvento. Quanto al suo nome,
Giorgio è evidentemente l'adattamento occidentale del sir. Giwargīs (la lingua religiosa dei ne-

storiani era appunto il siriaco, vedi Rubruck, 238).

Non fu però Giorgio a sposare una figlia di Qubilai, ma suo padre, Aybuqa, che sposò Yurek, figlia appunto di Qubilai, e ne ebbe Giorgio: vedi *SF*, LXX-LXXI, CII, CVI, CXII, 348, 350; Pelliot, *Notes*, 736.

Sul cristianesimo degli Öŋgüt (Ung nel Marco Polo francese, qui Nug, vedi Gorgo e Magogo) non si avevano che dati letterari, fino alla scoperta, avvenuta dopo il 1920, di un gran numero di croci nestoriane in tombe della regione dell'Ordos, nell'ansa del Fiume Giallo e poi alla scoperta della capitale e di altre città degli Öŋgüt; la capitale è l'odierna Olonsüme, chiamata Košang nella vita siriaca di Yahbalāhā III: qui si sono trovate una chiesa cattolica e una nestoriana. La chiesa cattolica è quella fatta erigere da Giorgio e da Giovanni da Montecorvino; vi sono conservate iscrizioni in alfabeto siriaco, ma in lingua turca, il che prova che questa era la lingua usuale degli Öŋgüt: vedi K. Enoki, *The Nestorian Christianism in China in Mediaeval Time According to Recent Historical and Archaeological Researches*, in *L'Oriente Cristiano nella storia della civiltà*, Roma, 1964, 45-51.

Vedi Tenduc

giraffe, 187, 7-9 (a Zaghibar; descrizione); 189, 16 (Abascie)

giudei, 176, 2 (a Coilun)

Sulla presenza di ebrei nell'India meridionale si veda, tra le fonti occidentali, Odorico, *SF*, 439 (in un bosco del Minibar, dove cresce il pepe, sono due città, Flandrina e Çinglin: « in ista Flandrina habitancium aliqui sunt iudei, aliqui vero christiani »).

Gobiam, città, 37, 6; 38, 0, 1 (Cobia‹m›); 39, 1 (Gobia[m])
Kūbanān nel Kirmān (meglio resa dalla lezione ‹cobinan› di F, ecc., vedi Pelliot, *Notes*, 392).

Gofurat, 179, 4, 10 (Gufurat), 180, 0 (Gufurat), 1
È il Guzarāt o Guzrāt dei geografi mussulmani, sans. Gurjara, hindī Gujarāt, regione dell'India di NO (per altre attestazioni, vedi *HJ*, 388); il nome è molto meglio trascritto dalle altre varianti, ‹gazurat›, ‹goçurat›, ‹guzzerat, guzzerati› (vedi Pelliot, *Notes*, 739) e, all'interno della tradizione toscana, ‹gufarat, cunfarat, canfarat›, ecc. di A¹, A³. Polo parla anche del regno di Lar, un altro nome del Gujarāt, come afferma esplicitamente Ibn Saʿīd (Ferrand, *Relations*, 339). Che ci sia circolarità lo dimostra anche il fatto che, parlando dei bregomanni, Polo dice che essi sono nati tutti nella provincia di Lar (173, 2) e dunque nel Gujarāt. Però per lui i bregomanni sono anche i baniani, cioè i mercanti; ora erano appunto i gujarāti ad essere conosciuti come i mercanti per antonomasia: « guzzaratti, cioè mercanti » si trova ancora in Giovanni da Empoli, 69 Bausani.

gomme, 192, 6 (a Dufar « per lo molto grande caldo che v'è, si nasce in questi cotali àlbori certe galle di gomme, lo quale si è anche incenso »)

Gorgo e Magogo, 73, 12
Marco Polo dice che la provincia di Tenduc, dove vivevano dapprima il prete Gianni e poi i suoi discendenti è il luogo « che noi chiamamo Gorgo e Magogo, ma egli lo chiamano Nug e Mungoli »

(Benedetto, LXXIV, 22 « Et ce est le leu que nos apellon de ça [en] nostre pais Gogo ed Magogo; mes il l'apellent Ung et Mungul »).

Gog e Magog sono i due popoli citati nella Bibbia in *Gen.* 10, 2 tra i discendenti di Jafet, in *Ezech.* 38-39 come esecutori della giustizia divina; nell'*Apocalisse*, 20, 8 sono i popoli che si scateneranno allo scadere del millennio. Si tratta di un motivo ebraico-cristiano che si è poi inserito nel ciclo di Alessandro Magno. La contaminazione dovrebbe essere già avvenuta al tempo di Flavio Giuseppe che in *Ant. Iud.*, I, 6, 1 identifica Magog con gli Sciti e in *Bell. Iud.*, VII, 7, 4 ricorda le porte di ferro di Alessandro; inoltre ci fu un fatto preciso: il romano Domizio Corbulone identificò nelle porte Caucasie le porte Caspie, vicino a Tirhān, varcate da Alessandro Magno (vedi Plinio, *NH*, VI, 11, 40). Si andò quindi consolidando il complesso di credenze per cui Alessandro avrebbe sbarrato con porte di ferro il passo che metteva in comunicazione il mondo civile con le orde dei Barbari; il passo sarebbero state le porte Caucasie, i barbari sarebbero stati Gog e Magog, da identificare volta per volta con gli Sciti, e poi via via gli Alani, i Comani, gli Unni e infine i Tartari. Su tutta questa parte del 'complesso' di Gog e Magog si veda il classico A.R. Anderson, *Alexander's Gates, Gog and Magog and the Inclosed Nations*, Cambridge Mass., 1932, e più recentemente K. Czeglédy, in « AOH » 7 (1957), 231-249.

Una caratteristica del complesso di Gog e Magog è quella di essersi diffuso in tutte le aree culturali dell'Eurasia; l'identificazione di Gog e Magog con i vari popoli barbari è presente nella tra-

dizione ebraica postbiblica (per Beniaminó di
Tudela sono gli Alani: « JQR » 17 [1905], 517,
525); quanto alla tradizione mussulmana, il Bicorne è nominato già nel Corano (vedi Zulcarnei)
insieme ai popoli Yāǰūǰ e Māǰūǰ, che poi vengono variamente identificati con questo o quel popolo, ma sempre rimanendo discendenti di Jafet.
La localizzazione di Yāǰūǰ e Māǰūǰ varia negli
scrittori mussulmani; Marco Polo è debitore a
fonti mussulmane quando riferisce che « Gorgo e
Magogo » sono Nug e Mungoli; egli evidentemente è al corrente dell'identificazione fatta dai
viaggiatori mussulmani della grande muraglia cinese con quella eretta da Alessandro Magno. Per
lui gli Ung o Nug sono evidentemente gli Öŋgüt
(vedi Giorgio), mentre, come è normale, i Mungoli o Magogo sono i Tartari.

Grande Cane (il numero in corsivo indica che la grafia accolta è Kane), 4, 3 (3 volte); 6, 0, *1*; 7, *0*; 8,
0, *1*; 10, *0*, 1, 3 e *3*, 4; 12, 1, 2 (2 volte); 13, 0, 1,
4; 14, 0, 1 (2 volte), 4, 5; 15, *0*, 2, 4; 16, *0*, *1*, e 1,
2, 3 (2 volte); 17, *0*, 1 (2 volte), 3, 4; 18, 0, 1, *3* (2
volte), 8, 9, 11; 19, 2; 50, 1; 51, 2, 4, 10; 52, 3;
53, 2; 54, 2; 56, 2; 57, 1; 59, *2*, *6*, *10*; 60, *4*; 64,
11; 68, 0 (Grandi Cani), 4 (Grandi Cani), 5 (Grandi Cani); 69, 35 (Grandi Cani); 70, *3, 7, 10*, 12;
71, 2, *6*; 72, *4*; 73, 2, *5, 6, 16, 20, 21, 22, 24, 25*;
74, *1, 4, 6, 11, 13, 17, 18, 19*, 22 (2 volte), *23, 35*;
75, *0, 1*, 2; 76, *0*, 2 (Grandi Kani), 6 (2 volte), 7,
8, *11*; 77, *1*, 2, 6, 7, 8, *9*; 78, *1* (2 volte), 2, *5, 12,
13*; 79, *1, 3, 5, 6, 10*; 80, 0, *1*, 2 (2 volte), *3, 4, 16*;
81, *0*, 7; 82, *0*, *1* (2 volte), 2, *4*, 7; 83, *0*, 1, 2, *4, 6, 8,
18*; 84, *1* (2 volte), *4*; 85, *1, 4, 5, 7, 8*; 86, 2, *3,
4, 6*; 88, *1*, 2, 4, *6, 11, 12, 14*; 89, *1, 6*; 90, 0, *6*;

Le citazioni si riferiscono tutte a Qubilai (vedi Coblai) tranne quando si parla di Grandi Cani ai plurale e in 64, 11, in cui Grande Cane è detto di Čingis.

Con Grande Turchia Polo intende il Türkistan, e in particolare l'impero di Čaγatai, come già Benedetto Polono che usava « Turkya » per il Türkistan russo (*SF*, 138); cfr. Pelliot, *Notes*, 864-865.

Gran Mare, 2, 2; vedi Mar Maggiore

greci, 20, 4; 22, 4 (« legge di greci »); 206, 2 (« maniera di greci », nel senso di ʻreligione ortodossaʼ)

Gregorio di Piagenzia, papa, 11, 2; cfr. 12, 1-2; vedi Tedaldo da Piagenza

grifoni, 186, 14-15 (a Madegascar uccelli grifoni come aguglie), 21; vedi ruc

grosso, 95, 4 (grosso d'argento di Venezia)
Probabilmente è la moneta che altrove nel testo viene chiamata solo *viniziano* o *viniziano grosso*: si tratta di una moneta di gr. 2, 178 d'argento, coniata per la prima volta sotto il doge Enrico Dandolo (1192-1205), detta anche *matapan*; vedi Martinori, *Moneta*, 199.

grue, 73, 21 (a Ciagannuor, 2 volte), 23

Guiglie‹l›mo da Tripoli, 12, 1
Uno dei due domenicani scelti per accompagnare Polo alla corte di Qubilai. Nato verso il 1220 a Tripoli di Siria, è autore di un *De statu Saracenorum*, scritto verso il 1271 e dedicato a Gregorio X; vedi Pelliot, *Notes*, 742-743.

Iaci, mastra città di Caragian, 117, 7; 118, 1 (Iacci); 119, 14 (Iacin)
Yači, cin. Ya-ch'ih; anche in Rašīd ad-Dīn è questo il nome della capitale del Qarajaŋ. Forse questo era il nome popolare della città di Chih-

tung, poi identificata con Yün-nan-fu; vedi Pelliot, *Notes*, 745-748.

Iacolic, patriarca di Mosul, 23, 3

È la trascrizione araba (*jāθalīq*) del gr. *katholikós*, titolo usato per i patriarchi nestoriani come per quelli armeni (arm. *kat'olikos*, sir. *qatūlīqā*); la forma originaria di Polo deve essere stata ‹jatolic›. Ricoldo dice che il patriarca di Baɣdād era chiamato ‹iafelic› « quod interpretatur universalis »; altre forme dal 1237 (*iakelinus, iasalich, iacelich, iafylichus,* ecc.) in Monneret de Villard, *Ricoldo*, 77.

iacopini, 21, 4 (a Mosul); 23, 3 (iacopi, iacopit), 5 (iacopit); 25, 7 (iacopetti, a Toris)

Sono i giacobiti, cioè i monofisiti siri, dal nome di Giacomo Baradeo (morto nel 578) che riorganizzò la Chiesa monofisita, soprattutto in Siria; ‹iacopit› è la forma francese; negli scrittori italiani si trova *jacobini* (Jacopo da Verona), *jacobeni, jacobite,* ecc.

Sa·Iacopo in Galizia, 174, 28

San Giacomo di Compostella (Santiago de Compostela) era centro di pellegrinaggio almeno dal sec. X, ed era particolarmente importante nel sec. XII (il nome, *campus stellae*, è dovuto ad una leggenda: una stella avrebbe indicato qui il luogo dove era sepolto san Giacomo maggiore).

Iasdi, città della Persia, 32, 7; 33, 0 (Iadis), 1 (Iadis)

Yazd, città a circa 250 km a SE di Isfahān. Odorico scrive Gest (*SF*, 419); nelle forme poliane la finale ‹°i›, di per sé ingiustificata, e che compare ovunque tranne che in Z, è dovuta forse all'influsso del derivato ‹iasdi› per la stoffa.

iasdi, 33, 2 (a Iasdi « si lavora drappi d'oro e di seta, che si chiama ias[d]i »)

È il pers. *yazdī* ' stoffa di Yazd ', su cui vedi Heyd, *Histoire*, I, 109; Schulthess- Ulrich, *Gewebebezeichnungen*, 275-276. Vedi anche Apparato.

Iava, isola, 18, 4; 158, 7; 159, 0, 1 (Java); 160, 1; 161, 8 (piccola Iava); 162, 0 (piccola Iava), 1 (Iava la minore); 167, 1

La grafia originaria doveva essere ‹java› da pronunciare [ʒava], come mostrano le varianti ‹çaua›, ‹giaua›, ecc.

Con « piccola Iava » o « Java la menor », come nel testo francese, si ricalca un uso arabo, per indicare l'isola di Sumatra; al tempo di Marco Polo l'isola era già circumnavigata da Arabi e Cinesi, mentre questo non avveniva ancora per Giava. Cfr. Pelliot, *Notes*, 755-758.

‹Iava› si legge anche in 31, 8, ma non si tratta di Giava bensì di Ava (come del resto in Benedetto, XXXII, 22) che è la città persiana di Āvā (vedi Calasata, Magi).

idoli (*a*: ' idolatri '; *b*: ' dèi, simulacri ')

a) 7, 6; 48, 3 (Chesimun); 57, 10 (idolatori), 20; 58, 4 (Camul); 59, 3 (Chingitalas); 60, 4 (Succiur); 61, 2 (Canpicion), 3, 7; 62, 2 (Ezima); 71, 3 (Ergigul), 7 (Singui), 19; 73, 9 (Tenduc), 13; 74, 17; 109, 5 (Cacianfu); 110, 3 (Quegianfu), 9; 111, 5 (Cuncum); 112, 2 (Anbalet Mangi), 9; 114, 15 (Tebet); 115, 1 (Tebet); 116, 2 (Gaindu); 117, 2 (Caragian); 118, 2 (Caragian); 119, 2 (Ardandan); 121, 2 (Mien); 122, 3 (Bangala); 123, 2 (Caugigu); 124,

2 (Aniu); 125, 2 (Toloman); 126, 4 (Cugiu), 15;
127, 2 (Cancafu); 128, 1 (Ciaglu); 129, 2 (Ciangli);
130, 2; 131, 3 (Signi); 132, 2 (Ligni); 133, 2; 134,
2 (Cigni); 136, 2 (Caygiagui); 137, 3 (Pauchin);
139, 2 (Tingni); 141, 2 (Nangi); 142, 2 (Saianfu);
143, 2 (Sigui); 144, 2 (Caigui), 8; 146, 2; 147, 2
(Suigiu), 12 (Unghin); 148, 2, 13, 36; 150, 3 (Tapigni); 151, 3; 152, 3 (Fugiu); 153, 3, 10 (Zartom);
155, 4 (Zipangu); 157, 0; 158, 2 (Ciamba); 159, 3
(Iava); 160, 3 (Locac); 162, 4 (Iava minore); 163, 3
(Samarra); 164, 2 (Dagroian); 165, 2 (Lanbri); 166,
2 (Fansur); 167, 3 (Neguveran); 168, 2 (Angaman);
169, 5 (Seillan); 172, 14 (idolatore); 173, 7 (idolatri
a Lar), 15, 29 (idolatri); 174, 3 (idolatori a Seilan),
25 (idolatri), 28 (idolatori); 176, 2 (idolatri); 178,
2 (gente idolatri a Eli); 179, 2 (idolatri a Melibar);
180, 2 (gente idolatri a Gufurat); 183, 1 (idolatri a
Chesmancora); 185, 9 (idolatri); 187, 1 (idolatri
a Zaghibar)

b) 47, 2 (Bastian); 48, 1 (Chesimun), 2, 3, 8; 49,
15 (Belor); 57, 2 (Tangut), 4, 5 (idole), 6, 7, 8, 9;
58, 11 (Camul); 61, 3 (Canpicion), 4; 72, 3 (Calatian); 74, 17, 23, 24, 25, 26, 28, 31, 34; 94, 7; 113,
13 (Sardanfu); 115, 5 (Tebet); 116, 5 (Gaindu);
117, 9 (Iaci); 119, 11 (Ardandan); 148, 38; 157, 2,
3; 170, 36 (Mabar), 37, 42, 63, 64, 65, 66; 172,
18 (Mabar); 173, 25, 26; 174, 4 (idole), 26

Marco Polo riserva il termine di *idoli* (fr. *ydres,
idules*) a tutti i fedeli di religioni che non siano
la cristiana e la mussulmana, pur non avendo difficoltà a equiparare i loro monaci e i loro conventi ai monaci e ai conventi cristiani. Non usa invece *idolo* per la religione dei Tartari, ma *idio* e
dominedio perfino quando si tratta manifestamente di un idolo, come in 204, 3. Del resto anche

nel prologo si parla di « cristiano, saracino, tartero, pagano » per abbracciare tutte le possibili credenze, distinguendo tra i Tartari e i pagani. Anche in questo traspare la sua diversa considerazione delle cose tartare rispetto alle altre asiatiche.

Per la discussione delle varie ripartizioni dell'India vedi *HJ*, 433-437. Altre fonti in Monneret de Villard, *Leggende*, 219, nota 1. Monneret de Villard ricorda che la ripartizione dell'India è dovuta soprattutto all'interpretazione di *Ester* 1, 1 e 8, 9, in cui si dice che il regno di Assuero conteneva 127 province dall'Etiopia all'India. Gli scrittori classici e anche postclassici di formazione scientifica distinguevano un'India cisgangetica (« inferior », minore) ed una transgangetica (« superior », maggiore); però c'era anche un'altra India, comprendente i paesi presso il Mar Rosso. Questa « India extrema » diventerà poi l'India mediana.

Per il resoconto di Polo vedi K.A. Nilakanta Sastri, *Marco Polo on India*, in *OP*, 111-129 (poco esauriente).

Vedi anche noci d'India

Inghilterra, mare d', 157, 13

Ingiu, città, 147, 9; vedi Unghin

Irac, 25, 1

Marco Polo intende evidentemente la regione detta in arabo 'Irāq al-'aǰamī, corrispondente all'antica Media. Solo così ha senso l'inclusione di Tabrīz. Sulla storia dell''Irāq sotto gli Īlxānidi vedi Spuler, *Mongolen*, passim; *EI*, III, 1288-1289.

Iscurità, contrada, 204, 20 (valle iscura); 205, 0 (valle iscura), 1 (Iscurità, « ch'ella si è sempre mai iscura »)

Nel francese « provence de Oscurité » (Benedetto, CCXIX); sono le regioni subartiche della Russia settentrionale e della Siberia occidentale, a N delle terre del re Conci*. Vedi la lunga discussione di Pelliot, *Notes*, 616-624, che mostra come all'origine vi sia un rifacimento dei fatti di Alessandro Magno che conteneva la menzione della Terra delle Tenebre.

Istain, reame di Persia, 32, 1

Il nome compare in molte varianti nei manoscritti: ad es. ‹istanit› F; ‹yspaan› Z, ecc. La forma più corretta è certo quella del codice Zelada, seguita dal Ramusio che ha ‹spaan›, giacché si tratta di ar. Iṣbahān, pers. Isfahān; Simone di St-Quentin (54 = *Spec. hist.*, XXX, 82 e 89) scrive Spaham; vedi Pelliot, *Notes*, 752-753. La città fu distrutta nel 1237; vedi Huart in *EI*, II, 563.

istruzzoli, 189, 16 (Abasce)

Lacca, provincia, 206, 9; 207, 0, 1 (Lac); 208, 2

Il nome viene correntemente interpretato come equivalente a Valacchia. In realtà Brătianu ha mostrato che in atti notarili di Caffa, sul Mar Nero, si parla di schiavi provenienti da ‹lacha› (Brătianu, *Recherches*, 295, 300), in un contesto che esclude la Valacchia, ed ha identificato nel nome i Lesghi del Dāɣistān (Caucaso), che sono detti appunto Laki in georgiano; la forma arabo-persiana è Lakz, vedi Pelliot, *Notes*, 760, Per coincidenza, forse, Lak è anche il nome che si davano, fino alla Rivoluzione, i Qazï Qumuq del Dāɣistān centrale, chiamati ora Lakcy in russo (cfr. G.B. Murkelinskij, *Lakskij jazyk*, in *Jazyki narodov SSSR*, IV, Moskva, 1967, 487).

Laias, 8, 4; 9, 1; 11, 1, 2, 3; 12, 3; 19, 5

Laiazzo, Ayās nei geografi arabi, nell'Armenia minore, porto sul golfo di Alessandretta (oggi Iskenderun). Nel Medioevo era uno scalo obbli-

gato prima di inoltrarsi per via di terra verso la
Grande Armenia e la Persia; nel XIV sec. i Franchi vi avevano costruito un forte e la città così
fortificata era rimasta a lungo in mano ai cristiani; vedi Le Strange, *Palestine*, 405; Monneret de
Villard, *Ricoldo*, 27, nota 70.

Di nomi molto usati come questo esistono una
quantità di varianti (Laiazzo, Layas, Ayac, Aias,
Laies, ecc.) con o senza l'agglutinazione dell'articolo (i vari articoli romanzi da *ille* e gli articoli
arabi da *al* coincidono nel dare il più delle volte
un semplice /l/); così si trova Arnaca e Larnaca,
Aias e Laias (una serie di casi è anche trattata in
B. Migliorini, Ναύπακτος = *Lepanto*, nei suoi
Saggi linguistici, Firenze, 1956, 46-52); un altro
esempio, questa volta di dissimilazione, è il nome
moderno di Betania, diventato oggi al-'Azarīyah,
dal nome di Lazzaro in cui Lº è stato sentito come
l'articolo arabo (« Bethania quondam castellum
Marthe et Lazari » in Jacopo da Verona, 49).

Lanbri, 164, 9; 165, 0 (Lambri), 1, 6; 167, 1

Il nome è attestato oltre che da Polo da Odorico, che parla del Lamori (« Et in ea autem est sic
intensus calor quod omnes illi tam homines quam
mulieres vadunt nudi, nullo se cohoperientes...
Ista gens pestifera est et nequam, nam carnem hu-
manam ita comedunt illic, sicut carnes mancine
comeduntur hic. Tamen de se bona terra est, nam
magnam copiam habent carnium, bladi et rixi;
magnaque copia habetur illic de auro, de lignis,
aloe, ganfora et multis aliis que ibi nascuntur »,
SF, 445-446). Altre forme del nome sono il giavanese Lamuri (Ferrand, *Relations*, 652), il tamil
Lāmuri (ivi, 647), Lāmurī nei geografi mussulmani

(lo *Axbār*, 6 nomina un'isola di Rāmnī sulla via di Ceylon, Sarandīb, che il Sauvaget traduce direttamente Lambri), *Lamri, *Lammuri nelle trascrizioni cinesi. Il nome originario dovrebbe essere *Lampurī; e ancor'oggi nel NO di Sumatra, presso Aceh esiste un villaggio chiamato Lamreh; vedi Ferrand, *Relations*, 715 s.v. *lāmurī*; Sauvaget in *Axbār*, 4; Pelliot, *Notes*, 761-762.

Lar, provincia, 173, 0, 1
Probabilmente è l'adattamento arabo Lār del sans. Lāṭa, antico nome del Gujarāt; vedi *HJ*, 505-506.

latini, 17, 6, 7; 18, 3, 9; 25, 5 (mercatanti a Toris)

Leonardo, San, monastero georgiano, vedi monasteri

leoni, 80, 7, 8 (una testa di leone sulle tavole di signore*); 89, 7 (un grande leone menato davanti al Grande Sire); 91, 2-4 (leoni del Grande Cane usati per la caccia); 111, 6; 112, 10; 113, 15, 114, 3; 116, 12; 126, 7, 8, 9, 10, 11, 12 (leoni cacciati coi cani a Cugiu); 141, 4; 150, 8; 176, 7 (a Coilun leoni tutti neri); 178, 12 (Eli); 186, 9 (Madegascar); 187, 5 (Zaghibar)

leopardi, 74, 6 (Giandu); 91, 1 (usati per la caccia del Grande Cane); 187, 5 (a Zachibar).

lettere (sistema di scrittura), 15, 1 (lettere dei Tartari)

Levante, vedi Tartari

levirato, 176, 13 (Coilun)

lievri, 91, 5; 93, 36, 37

Ligni, città, 131, 6; 132, 0, 4; 133, 1

Benedetto scrive ‹Li[n]gin› in CXXXVI, 18; CXXXVII, 1, 6 sulla base di ‹Lingin› di CXXX-VIII, 2 e di ‹Linzifu› di Z, ma nel manoscritto si legge ‹ligui› o ‹ligni›. Pelliot (*Notes*, 763-765) identifica con Hsü-chou, ma suppone che all'origine della forma poliana ci fosse un altro nome popolare della città, non altrimenti attestato.

lingue, 15, 1 (Tartari); 20, 2 (sozzo linguaggio dei Turcomanni); 46, 1 (nel Balasciam hanno lingua per loro); 47, 1 (nel Bastian lingua per loro); 48, 1 (Chesimun, lingua per sé); 49, 4 (Vocan, lingua per loro); 50, 6 (nel Casciar lingua per loro); 57, 4 (quegli degli idoli di Tangut « ànno per loro speziale favella »); 58, 4 (a Camul lingua per sé); 114, 19 (« e ànno loro linguaggio e chiamansi Tebet »); 115, 1 (nel Tebet hanno loro linguaggio); 117, 6 (nel Caragian « egli ànno loro linguaggio molto grave da intendere »); 122, 2 (a Gangala hanno loro linguaggio); 123, 2 (a Caugigu hanno lingua per loro); 124, 3 (a Aniu hanno lingua per loro); 125, 1 (a Toloman hanno lingua per loro); 162, 4 (nella piccola Iava ognuno degli otto reami ha lingua per sé); 12 (a Basman hanno loro linguaggio); 164, 1 (a Dragroian hanno loro linguaggio); 176, 2 (a Coilun hanno loro linguaggio); 179, 1 (a Melibar hanno loro linguaggio); 180, 1 (a Gufurat hanno linguaggio per loro); 183, 1 (a Chesmancora hanno divisato linguaggio); 206, 2 (nella Rossia hanno loro linguaggio)

Per le traduzioni di nomi ed espressioni si vedano le voci Aigiarne, Anbalet Mangi, Baian Anasan, bulargugi, Calasata, cators, Ciagannuor, Cin,

Coblai, David Melic, Garibalu, quesitan, Quinsai, tavole di signore, tinuci, tostaor, varria

Nella redazione toscana sono citati solo tre nomi di lingue: francesco (22,1; 30, 5; 63, 4; 148, 4), latino (195, 6) e tartaresco (195, 6); ma vedi anche 75, 1; 93, 4.

Ci si è chiesti quali fossero le lingue effettivamente conosciute da Marco Polo; l'unica testimonianza esplicita è quella di Benedetto, XVI, 2-5, in corrispondenza di 15, 1 della redazione toscana, ma non tradotta interamente: «Or avint que Marc, le filz messer Nicolao, enprant si bien le costume de Tartars et lor langajes et lor leteres [que c'estoit mervoille]; car je voz di tout voiremant que, avant grament de tens puis qu'il vint en la cort dou grant segnor, il soit de [quatre] langaies et de quatre letres et scriture». Il primo [quatre] è un'integrazione del Benedetto, ma del tutto congetturale e quindi non se ne può tenere conto; anche così, non c'è modo di stabilire quali fossero queste lingue e queste scritture. Come apparirà chiaro anche dall'esame delle presenti glosse, solo del mongolo e del persiano Polo mostra una conoscenza diretta; tutto ciò che egli dice dei nomi cinesi tradisce un intermediario persiano. È ragionevole pensare che le scritture conosciute da Polo fossero quella arabo-persiana, quella greca, quella uigura e forse anche quella 'p'ags-pa, ambedue usate per il mongolo; solo così si arriva alla cifra di quattro.

Locac, provincia, 160, 2; 161, 1

L'identificazione è molto incerta. Riprendendo e ampliando un suggerimento dello Yule, Pelliot pensa trattarsi del regno mon-khmer del Siam me-

ridionale detto in cinese Lo-hu, nel basso Me-
nam, a noi noto a partire dall'XI sec., con capitale
Lopburī, e che venne distrutto nel 1349 dai T'ai;
nelle iscrizioni cambogiane i Lo-hu sono detti Lvo,
che è forse l'antico nome siamese di Lopburī, Lavo o Louvo nelle fonti missionarie. Da questo regno doveva venire l'aloe *lawaqī* di cui parlano le
fonti mussulmane a partire dalla fine del sec. X;
il nome antico è dato quindi, per approssimazione, da *[la-ɣuk], pronuncia antica del nome cinese, da *Lawāq arabo e da *Lavo cambogiano.
Questa forma ipotetica potrebbe ben essere rispecchiata da ‹Locac› di Marco Polo, meglio ancora
se si trattava invece di ‹*Logac›. Questa dedicata
a Locac non è che una delle molte digressioni di
Polo che hanno origine quando il suo itinerario
tocca un punto da cui si può partire per un posto che egli stesso non ha visitato ma di cui ha notizie. In questo caso egli sta parlando di Sondur e
Condur e inserisce la digressione sul Siam per poi
tornare a parlare di Bintan, come se Locac fosse
a mezza strada tra i due luoghi. Questo procedimento, del tutto trasparente una volta individuato, ha però ingannato molti commentatori che
hanno cercato identificazioni geografiche compa-
tibili con l'effettivo itinerario di Polo; cfr. Pelliot,
Notes, 766-770 (le considerazioni sul metodo di
descrizione di Polo sono in vari luoghi, per esempio a 769).

lonze, 187, 5 (a Zaghibar)

Lop, città, 56, 0, 1 (2 volte), 3
– diserto de Lop, 56, 1
    La città è l'odierna Čarxlïq, sul lato S del lago

Lop, mong. Lobnōr, turco Lop; vedi Pelliot, *Notes*, 770; *Index*, 22 e 55.

Lor, reame di Persia, 32, 1
Il Luristān, sulla costa dell'Īrān occidentale.

luna, 80, 11 (scolpita sulle tavole di signore*)

lupi, 91, 5; 112, 10

lupi cervieri, 111, 6; 116, 12
Cfr. fr. *loup cervier, leus cerver* in F (cfr. Benedetto, CXIII, 8; CXIV, 13; CXVIII, 34), dal lat. *lupus cervarius*; è la lince.

Mabar, 169, 14 (Maabar); 170, 0 (Maabar), 1 (« la grande provincia di Maabar, ch'è chiamata l'India magiore »), 18; 171, 1 (Minibar); 172, 1; 173, 6; 176, 1; 183, 4; 186, 12 (2 volte); 187, 21; 188, 6
Ma'bar (ar. *al-ma'bar* ' il guado ') è il nome dato dai geografi mussulmani alla costa dell'attuale Coromandel (*HJ*, 526); Ibn Sa'īd (XIII sec., vedi Ferrand, *Relations*, 348) parla di Ma'bar come di una città e dice che è capitale del regno di Ṣūliyān; questo nome deve trascrivere quello della dinastia reale dei Coḷa (da cui sans. Coḷamaṇḍala, il Coromandel).
La descrizione degli ornamenti di pietre preziose del re di Mabar (170, 19-24) e soprattutto del cordone portato al collo trova rispondenza esatta nella descrizione del re di Ceylon data da Jourdain Catalani: « In insula de Sylen supradicta est rex unus potentissimus habens lapides pretiosos, de omni genere quod sub coelo est, in tanta quantitate quod est quasi incredibile: inter quos habet rubinos duos, quorum unum tenet ad collum appensum et alium in manu cum quo ter-

git labia et barbam, qui est maiori longitudinem quam quatuor digiti per transversum... » (116).

Madegascar, 185, 14; 186, 0, 1 (Mandegascar)

La descrizione si applica non all'odierno Mada-gascar, ma a Mogadiscio; infatti Marco Polo col-loca l'isola tra Socotra e Zanzibar; inoltre non fa difficoltà il fatto che la dica isola, giacché aveva fatto lo stesso anche per Zaghibar* (è stato os-servato che già le informazioni di prima mano di cui si è servito Polo potevano dare adito ad am-biguità, in vista del doppio valore – ' isola ' e ' penisola ' – dell'ar. *jazīrah*, analogamente al sans. *dvīpa* e al cin. *chou*). La forma usata da Polo do-vrebbe essere stata *Mogedascio (in arabo il no-me si scrive ‹mqdšw› vocalizzato abitualmente Maqdišu – questo è il lemma inserito nell'*Ency-clopédie de l'Islām*, per esempio – o anche Maq-dašau; il nome swahili è Mogadisho, port. Ma-gadoxo); solo così si possono spiegare le molte varianti del nome: ‹mogdaxo› Z, e nell'elenco delle rubriche di F ‹mogdasio›; ‹°scio› mal let-to ha dato origine a ‹°ascar› di ‹madeigascar› F, ‹magastar› R, ‹madegaschar, mandegaschar› TA.

È interessante vedere come il nome del Mada-gascar sia dovuto proprio al fraintendimento del dato poliano; verso la fine del XV secolo trovia-mo un'isola Madagascar nelle carte, sulla base del testo di Marco Polo, con una localizzazione incerta, ma naturalmente davanti alla costa afri-cana. Quando nella prima metà del XVII seco-lo i viaggiatori occidentali visitarono il vero Ma-dagascar, che gli Arabi chiamavano Qumr e che gli Europei battezzarono Isola di S. Lorenzo, in-contrarono una gente il cui nome troviamo trascritto come Matacasi, Malegasses, Madecasses, Malgasci ecc., era impossibile non collegare i due elementi. Da questo momento il Madagascar prende questo nome, che in origine non era altro che una corruzione del nome di Mogadiscio; d'altra parte c'è un precedente a questa identificazione erronea, giacché anche il Ramusio aggiunge al nome di Magastar, che è la sua lezione, le parole « hora detta di S. Lorenzo ». Questa spiegazione, che elimina molti punti oscuri, è del Pelliot, *Notes*, 779-781; per il resto tutti i commentatori accettano che Madegascar di Polo sia il Madagascar attuale, senza accorgersi delle contraddizioni che ne deriverebbero. Infatti anche tutti gli altri particolari dati da Polo possono riferirsi solo a Mogadiscio. Egli dice che gli abitanti di Madagascar « sono saracini ch'adorano Malcometo »; e difatti la prima lapide mussulmana di Mogadiscio, pubblicata da Cerulli, *Somalia*, I, 2, è già del 1217; e la fondazione di Mogadiscio viene datata al 924, da parte di gruppi arabi provenienti da al-Aḥsā, nel Golfo Persico, almeno secondo una cronaca locale (secondo un'altra tradizione, si tratterebbe di una confederazione di tribù locali); « questi ànno .iiij. vescovi – cioè .iiij. vecchi uomini –, ch'ànno la signoria di tutta l'isola ». Il passo corrispondente è Benedetto, CXCII, 3: « Il ont IV esceque – ce vaut a dire IV vielz homes » (nella redazione veneta invece c'è stata un'interessante sostituzione: « ano iiij chadi chome nui dizemo vescovi »: è stato qui introdotto il termine arabo *qāḍī* ' giudice ' assimilandolo a ' vescovo ', come già aveva fatto Jacopo da Verona « coram caddi id est episcopo civitatis », 102). È evidente che *esceque* è la resa dell'ar. *šayx* ' an-

ziano '; e già Pelliot ha osservato che Mogadiscio
era effettivamente governata da *šayx*; ma il dato
è ancora più preciso perché Marco Polo dice che
gli « esceque » sono quattro. In un documento
somalo in arabo, pubblicato da Cerulli, *Somalia*,
I, 14-15 e contenente una breve cronaca di Mogadiscio, si parla della fondazione del primo sul-
tanato nella prima metà del sec. XIII; nessuno ha
mai osservato, in rapporto al testo di Polo (ed è
ovvio che sia così, visto che non si pensa mai a
Mogadiscio) che il sultano Abū Bakr ibn Faxr
ad-Dīn viene eletto da un consiglio di ' quattro
seggi ' (così Cerulli traduce l'ar. *arba' rukun*, avvertendo in nota che *rukun* non è lessicalmente
chiaro; ma non è ar. *rukn* ' pilastro '?); ancora oggi esiste a Mogadiscio una moschea intitolata agli
arba' rukun, e una tradizione locale, citata da
Cerulli, ivi 17, nota 1, vuole che questi fossero gli
anziani dei quattro rioni in cui era divisa Mogadiscio in antico. È chiaro quindi che Marco Polo
ha raccolto dai suoi informatori l'esatta informazione che Mogadiscio, ai suoi tempi, era divisa in
quattro rioni, governati ciascuno da uno *šayx*
mussulmano. Ancora una volta, si può osservare,
i dati nuovi non fanno che confermare e rendere
ancora più precisa la narrazione poliana.

Vedi ruc

Magi, 30, 0, 3; 31, 0, 1

La versione del viaggio dei Magi raccolta da
Marco Polo è di particolare importanza perché è
l'unica attinta da un occidentale direttamente a
fonti orientali e non rimaneggiamento di tradizioni precedenti. Il racconto di Marco Polo è abbastanza preciso da permettere di rintracciare il

tipo di versione a cui si ispira (è bene ricordare che le varie tradizioni sui Magi variano per un gran numero di elementi: numero e nome dei re, loro provenienza e così via). Un esatto parallelo è stato trovato in un testo uiguro scoperto dal Von Le Coq presso Bülayiq nell'oasi di Ṭurfān; il frammento, traduzione di un originale siriaco o sogdiano perduto, racconta come i tre Magi fossero andati a trovare il Messia portandogli oro, incenso e mirra, per metterlo alla prova; se figlio di Dio, avrebbe preso la mirra e l'incenso, se re avrebbe preso l'oro, se medico avrebbe preso le medicine [sic]. Il figlio di Dio, leggendo nei loro pensieri, prende i doni e dà loro in cambio una pietra. I Magi, che non possono trasportarla perché troppo pesante, la gettano in un pozzo, e subito di qui scaturisce una luce infuocata che sale fino al cielo. I Magi capiscono il loro errore ed è così che da allora adorano il fuoco (testo e traduzione tedesca – ristampata in Monneret de Villard, *Leggende* 70-71 – in W. Bang, *Türkische Brüchstücke einer nestorianischen Georgpassion*, « Le Muséon », 39 [1926], 44-49; una traduzione italiana parziale in G. Messina, *Cristianesimo, buddhismo, manicheismo nell'Asia antica*, Roma, 1947, 108-109). Altre redazioni della visita dei Magi sostituiscono alla pietra un pane o una fascia; un filone autonomo, pervenuto però in redazioni molto tarde, è quello rappresentato dai *Vangeli dell'infanzia* in armeno: anche qui i tre Magi portano doni al Messia; e questi appare a ciascuno di loro sotto un aspetto differente, proprio come nel testo di Polo egli appare a ciascuno dei Magi secondo la loro età (un'interpretazione di questo particolare in L. Olschki, *The Wise Men of the East in Oriental Traditions,* in *Semitic and Oriental Studies Presented to W. Popper,* Berkeley-Los Angeles 1951, 375-395: si tratterebbe di una cristianizzazione del dio Zurvān, che si manifesta in tre aspetti, corrispondenti alle tre età dell'uomo).

I nomi dei Magi dati da Marco Polo sono quelli correnti anche nelle tradizioni occidentali: un testo importante per la formazione delle tradizioni anche iconografiche sui Magi è quello dello pseudo-Beda, in cui si parla di « Melchior senex et canus », di « Caspar iuvenis imberbis » e di « Balthasar, fuscus, integre barbatus »; altre fonti sono elencate in di Nola, *Hildesheim,* 241-242, cui si può aggiungere la citazione di Goffredo arcivescovo di Bordeaux, prima metà del sec. XII, che è in Monneret de Villard, *Leggende,* 166. Gli stessi nomi compaiono, mostrando l'esistenza di una tradizione orientale indipendente, nel testo armeno già citato, come Mêlkʻon, Paltasar e Gaspar (cfr. *Girkʻ tłayowtʻean Kristosi,* in *Tʻangaran haykakan hin ew nor tprowtʻean,* Venezia, 1898, 19, 42-52 e 273-306).

Delle tre offerte, oro e incenso sono ben conosciute e tutte le tradizioni concordano nelle equazioni oro = re, incenso = Dio. Per la mirra, il testo francese la mette in relazione con *mire* 'medico', seguendo quindi la tradizione del Cristo medico (come si ricorderà la mirra era usata come medicinale), vedi Monneret de Villard, *Leggende,* 91-97.

Il traduttore sostituendo « et se il prient mire qu'il est mire » (« se prende la mirra è medico ») con « mirra per sapere se era eternale » mostra di interpretare la mirra non come sostanza medicinale ma come prodotto per l'imbalsamazione dei corpi, dunque come simbolo della natura di Cristo mortale: ma la mirra, imbalsamando i corpi, li fa durare oltre la morte: « quoniam ... myrrha corpus defunctorum insolubile servat » dice l'*Opus imperfectum in Matthæum*, in *PG*, LVI, 642, uno dei testi chiave per la costituzione della leggenda dei Magi in Occidente (che però a sua volta raccoglie elementi orientali).

Il particolare della pietra, che ricorre anche nel frammento di Bülayiq, non è secondo Monneret de Villard (98-101) « in significanza che stessoro fermi ne la fede ch'aveano cominciato, come pietra », come dice Polo 31, 2, spiegazione che « ha tutto il gusto della piccola devozione popolare d'Occidente », ma si richiama al valore della pietra magica, la pietra sciamanica nota presso gli Uiguri, i Mongoli, i Buriati, che provoca la pioggia e protegge dal fulmine: particolare importante, la pietra per sprigionare la sua potenza ha bisogno dell'acqua. In conclusione, il significato complessivo della leggenda è manicheo (il Salvatore-medico) con il particolare turco della pietra talismano; ma il tutto è rivisto attraverso la propaganda cristiana che ricollega e subordina lo stesso culto del fuoco zoroastriano al Cristo (così Monneret de Villard, 104-105 contro L. Olschki, *The Crib of Christ and the Bowl of Buddha*, « JAOS », 70 [1955], 161-164).

La leggenda raccolta da Polo, pur essendo l'unica autentica, non ha avuto echi in Occidente; tutte le altre tradizioni sono nate in Occidente « ricamate su vaghe notizie giunte in Europa sull'esistenza di comunità cristiane e di sovrani cristiani nell'Asia centrale » (Monneret de Villard,

181). Su tutta la questione si veda la magistrale ricerca del Monneret de Villard e di Nola, *Hildesheim*.

magi, 119, 14, 15, 16, 18, 20 (mago), 22

Malavir, città nell'isola Pentain, 161, 6; vedi Pentain

Malcometto, 20, 2; 23, 2, 5; 25, 7; 33, 3; 36, 12; 38, 2 (Macomet); 39, 8; 40, 7, 8; 43, 2 (Macomet); 44, 3 (Maccometto); 45, 5 (Maccomet); 46, 1 (Malcometo); 49, 2 (Macometto), 4 (Macomento); 50, 1 (Malcomento); 52, 2 (Macomento); 53, 2 (Malcometo); 54, 2 (Maccomet); 55, 2 (Macomet); 56, 2 (Macomet); 59, 3 (Maccomet); 61, 2 (Malcomet); 71, 3 (Malcomet), 7 (Malcomet); 73, 9 (Maccometo), 13 (Malcomet); 117, 9 (Maomett[o]); 162, 8 (Maomet); 186, 2 (Malcometo); 190, 2; 191, 3; 193, 2; 199, 3

La forma corrente nell'originale francese è ‹Maomet› e del resto Mahumet è la forma più frequente nella *Chanson de Roland*; in italiano e in scritture latine le forme oscillano tra Macometto, Mahumetus, Macometus e simili: vedi A. D'Ancona, *La leggenda di Maometto in Occidente*, « Giornale Storico della Letteratura Italiana », 13 (1889), 199-281; A. Mancini, *Per lo studio della leggenda di Maometto*, « RALinc », s. VI, 10 (1934), 325-349; U. Monneret de Villard, *Lo studio dell'Islām in Europa nel XII e XIII secolo*, Città del Vaticano, 1944.

Malle, isola, 184, 1

È il *masle*, *masles* di F, 'maschi'. Molte redazioni invece traducono: ‹maschia›, ‹mascholi›, ‹mascola, mascolina›, ‹masculus›, vedi Pelliot, *Notes*, 776.

Vedi Femele

Mangala, signore di Quegianfu, 110, 6, 10, 13; 111, 1
Maŋgalai, terzo figlio di Qubilai (anche Marco Polo lo dice « figliuolo del Grande Sire »), fatto principe nel 1272, aveva ricevuto come appannaggio la capitale con il territorio intorno; si sa che nel 1273, insieme al titolo di principe di Ch'in, ebbe l'autorizzazione ad abbellire il suo palazzo, quello descritto da Polo, per renderlo degno del suo grado. Morì nel 1280.

Mangi, provincia e abitanti del, 105, 6; 112, 6; 113, 1; 115, 1; 131, 4; 133, 5; 134, 12; 135, 0, 1, 6, 7, 10, 21; 136, 1; 140, 5; 142, 6; 145, 1; 147, 5; 148, 5, 21, 27, 29, 32, 33, 39, 47, 51; 150, 9, 13; 152, 1; 153, 5 (2 volte), 14; 157, 7; 159, 7; 176, 6; 178, 10, 11; 179, 9; 195, 4
– re del, 18, 11; 135, 4, 7-20
– regina del, 135, 7-20
Mangi trascrive l'ar. *manzī*, che a sua volta è la resa del cin. *man-tzŭ* (così come ar. Zaytūn trascrive Tz'ŭ-t'ung; si veda ad esempio un testo di Ibn Sa'īd, in Ferrand, *Relations*, 352, in cui si dice che Manzī è la capitale di Ṣīn aṣ-Ṣīn). Questo era il nome con cui si indicavano dapprima le tribù non cinesi meridionali, poi la Cina meridionale in genere e il regno dei Sung (960-1276); accanto a questo, i Mongoli usavano un altro nome per indicare i Cinesi del sud, e cioè Naŋgiyas (a sua volta dal cin. *nan-chia* ' gente del sud ', vedi Mostaert-Cleaves, *Lettres*, 73). Il termine di *man-tzŭ* è ancora usato nel cinese moderno, dove però ha assunto un valore spregiativo (Serruys, *Names*,

360, nota 19). In certe regioni della Mongolia interna, poi, esso vuol dire semplicemente 'cinese' in contrapposizione ai 'mongoli'.
Vedi Anbalet Mangi, Cacesi, Fafur, Quinsai

marco d'argento, 32, 3 («.xxx. marchi d'argento » per un'asina, in Persia); 170, 33 («.v.ᶜ saggi d'oro, che vagliono bene più di .c. marchi d'ariento »); 190, 6 (« uno buono e un bello cavallo si vende bene in India .c. marchi d'ariento »)
Il marco di Venezia, coniato sotto Enrico Dandolo (1192-1205), era 26 denari e 2,178 gr. d'argento. Vedi Martinori, *Moneta*, 272.

mare; vedi Cin, India, Inghilterra, Rocella

Mar Maggiore, 209, 19; in 2, 2 Gran Mare
Il Mar Nero; cfr. « Mare Magnum » in Pian del Carpine (« mare Ponti quod vulgariter vocant mare Maius », *SF*, 108), in Rubruck (*SF*, 165), ecc.

Marsachis, 145, 4 (cristiano nestoriano, signore di Cinghianfu)
Il nome è siriaco, Mār Sargīs, come a dire 'don Sergio' (non 'Holy Sergius', come in Pelliot, *Notes*, 774); Benedetto, CL, 9, 10 ha correttamente ‹Marsarchis›. Originario di Samarcanda, nel 1277 o 1278 fu nominato governatore di Chên-chiang; lì costruì varie chiese nestoriane; Polo lo può aver incontrato a Chên-chiang e può aver saputo da lui la leggenda della colonna della chiesa di Samarcanda (51, 6-9). Infatti questa stessa leggenda ricorre nell'iscrizione di una delle sue chiese; vedi Pelliot, *Notes*, 774-776.

matrimonio, 69, 30-34 (tra fanciulli morti, presso i Tartari)

Mecricci, 70, 2 (nel piano di Bangu « la gente sono chiamate Mecricci, e sono salvatica gente »)

Giovanni da Pian del Carpine, elencando i nomi delle quattro antiche tribù mongole, nomina i Merkit e i Mecrit; gli uni e gli altri vennero vinti da Čiŋgis (SF, 52-53); più avanti cita Merkyti e Mecriti in una lista di popoli vinti dai Mongoli (SF 88-89); Rubruck cita « Crit e Merkit qui erant christiani nestorini » (SF, 207), e così anche C. de Bridia parla di « Merkit et Mecrit » (4). Si tratta di due popoli distinti, i cui nomi sono però venuti a formare, almeno in questi testi, un ' complesso ' sul tipo di Gog e Magog, Cin e Macin, ecc.

Uno di questi popoli è certamente quello dei Merkit, tribù turcomongola a noi nota a partire dal 1098, che viveva sul corso inferiore del Selenga, a sud del Bayqal, forse in parte cristianizzata. Il padre di Čiŋgis rapì Hö'elün, moglie di un capo merkit, e da lei ebbe Čiŋgis. Per questo antico motivo i Merkit furono tra i più ostinati avversari di Čiŋgis, e ne furono sconfitti completamente solo nel 1217.

Questi sono i Mecricci (‹mecrit› F) di Marco Polo e probabilmente i Mecriti di Pian del Carpine e i Crit di Rubruck; i Merkit di Rubruck, invece, che formalmente sembrerebbero essere i Merkit storici, sono detti cristiani nestoriani e questo non si può dire dei Merkit, bensì di un'altra tribù, i Kereit, su cui vedi Preste Gianni.

Megia, 208, 2

In contrasto con gli altri commentatori, Pelliot (Notes, 777-778) ha osservato che non può trattarsi dei Magiari perché l'elenco di terre è tutto rela-

tivo al Caucaso e alla Russia meridionale; si tratterebbe invece della città di Majar, presso Geor-
gevskij, visitata da Ibn Baṭṭūṭah e da Abū'l-Fidā
nel XIV sec., detta Cummageria, Mager e Maieria
in fonti francescane (Golubovich, *Biblioteca*, II,
266, 558-559).

L'ipotesi di Pelliot sembra però difficilmente sostenibile e per una volta sembra peccare di eccessiva sottigliezza. L'elenco parla di terre tutte di
una certa importanza e grandezza, ed è strano
che sia loro affiancata sullo stesso piano una città non delle più importanti. Un altro elemento
è la stereotipicità della lista. Ricoldo elenca anch'egli, ad esempio, una serie di province invase
dalle orde di ponente: nella versione del Barbe-
riniano 2687 si dice: « secunda turma transivit
per portas ferreas et giraverunt Mare Magnum et
depopulati sunt totam Gaçaram [Gaçariam?] et
Polattos et Russos et Albaneses et Rutenos et de-
struxerunt Mugrinam et Poloniam et destruxe-
runt a mari magno usque ad Cumanam circa XII
magna regna ». La traduzione francese di Jehan
le Long dice: « èt occupèrent et destruirent le
grand royaume de Comanie, le royaume de Rus-
sie, de Gazarie, Bulgerie jusquez en Honguerie
ecc. » (cit. in Monneret de Villard, *Ricoldo*, 60).
Cfr. la lista di Simone di St-Quentin (« Russiam,
Gasariam, Sugdaniam, Guttiam, Ziquiam, Ala-
niam, Appoloniam... Comaniam... Hungariam »,
76-77). Quindi ‹Mengiar› di F, qui ‹Megia›, potrebbe benissimo essere l'Ungheria. Formalmente
non ci sono difficoltà: al tempo di Marco Polo
erano già correnti forme adattate dell'ungh. *magyar* (cfr. *A magyar nyelv történeti-etimológiai
szótára*, II, Budapest, 1970, 816). Nello *Yüan-shih*,

121, 1-4 si dice che Subutei combatté contro il regno di Ma-cha-êrh, cioè *Magiar (cit. in Rašīd ad-Dīn, trad. russa, I, 2, p. 67, nota 6).

Melibar, 171, 1 (Minibar); 178, 13; 179, 0, 1
Altre forme del nome del Malabar sono in Giovanni da Monte Corvino (Minabar e Menabar, 344), in Odorico da Pordenone (Minibar, 439), in Giovanni de' Marignolli (Mynibar, 544)
Il nome del paese è dravidico, Malai ('montagna'), forma sanscritizzata Malaya (cfr. malayā-lam per la lingua) e difatti si trova il solo Malaya nei geografi arabi, Mo-lai nel geografo cinese Chia-tang (785-805); ma la forma più corrente del nome fra i mussulmani è Malayabār (anche Manī-bār, vedi Ferrand, *Relations*, 376, 523), adattamento del sans. Malayavāra 'paese di Malaya' o neoformazione con -bār, come in Zanjibār. Vedi *HJ*, 539-541.

Melquior, 30, 3; vedi Magi

merobolani embraci, 176, 3 (a Coilun)
Col nome di mirobolani, o mirabolani (gr. *murobálanos* in Aristotele, *De plantis* e Dioscoride, *De materia medica*, lat. *myrobalanum* in Plinio) si indicano vari frutti di cui si usa il nocciolo seccato, ad esempio la *Terminalia bellerica*, la *Terminalia chebula*, ecc.; Pegolotti attesta che essi erano oggetto di commercio anche con l'Occidente. Quelli descritti da Marco Polo sono gli emblici, cioè il frutto della *Emblica officinalis* Gaertn. (*Phyllanthus emblica* L.), una euforbiacea. Il nome passato anche nella terminologia scientifica occidentale è il pers. *āmla*, ar. *amlaj*; Abū Man-ṣūr, che ne parla nei suoi princìpi di farmacologia,

dice che *amlaĵ* significa ' senza pietre ', etimo che gli deve essere stato insegnato in India; infatti il nome è originariamente indiano: sans. *āmalaka-* ' *Phyllanthus emblica* ', hindī *āwlā, āmlā* ' l'albero ', *āwal* ' il frutto ' (Turner, n° 1247); vedi *HJ*, 607-610, Laufer, *SI*, 581.

Mien, provincia ai confini dell'India e città, 120, 5 (Amien); 121, 0, 1, 10 (Mian)

Mien è il nome cinese della Birmania. Nel 1271 il governatore dello Yün-nan inviò una missione in Birmania per chiedere al re Narathihapat di assoggettarsi a Qubilai; il re rifiutò, e lo stesso fece con una ambasceria inviatagli da Pechino nel 1273. Inoltre, nel 1277 i Birmani invasero i Denti d'oro (v. Ardandan), sudditi di Qubilai. In seguito a questi fatti Qubilai ordinò due spedizioni contro i Birmani, una delle guarnigioni locali dello Yün-nan, 1277, ed una di truppe cinesi guidate da Seŋküder. Quest'ultima sconfisse i Birmani a Ngasaunggyan nel 1283 e si spinse fin quasi alla capitale Pagan; nel 1285 il re si sottomise a Qubilai. La città di Pagan non venne conquistata che nel 1287; in quello stesso anno il re birmano veniva ucciso da suo figlio. È appunto la prima fase di questa guerra quella che è descritta da Polo. Vedi G. Cœdès, *Les états hindouisés d'Indochine et d'Indonésie*, Paris, 1964², 352-354.

Migan, barone di Coblai, 92, 1

F conserva quella che probabilmente è la forma corretta, ‹Mingan›; è il mong. *miŋɣan* ' mille ' usato frequentemente come nome proprio tra i Mongoli al tempo di Marco Polo. Pelliot ha

identificato questo Miηγan nel Ming-an menzionato dallo *Yüan-shih*, 135, 5a-6a; questi era un
qaηlï, capo del corpo dei *kuei-ch'ih*, creati nel
1276; combatté contro Qaidu nel 1288 e nel 1298,
morì nel 1303. Al comando dei *kuei-ch'ih* gli successe il fratello, il cui nome si può forse ricostruire come *Tödečü. Nulla si sa invece del fratello
Baian*; vedi Pelliot, *Notes*, 778-779.

miglio, 32, 6 (Persia); 102, 1

Milice, dimora del Veglio de la Montagna, 39, 10;
40, 1
   La forma accolta da Benedetto (XLI, 2, 3) è
‹muleete› ma F ha ‹mulecte›; Rubruck parla di
« montes Muliech [varr. Mulihet, Musihet] hoc
est Haxasinorum ad orientem qui contiguantur
cum montibus Caspiis » (*SF*, 210-211) e di « terra
Hasasinorum qui dicuntur Mulibet » (*SF*, 287);
Odorico chiama invece il paese Millistorte (varr.
Millescorte, Milistorte), nome che ricorre anche
come sede di conventi francescani come Millestor-
ce, Millestorces (vedi Golubovich, *Biblioteca*, II,
266, 273, 560). Si tratta di rese del nome arabo dato agli Ismāʿīliti, *mulḥid*, plur. *malāḥidah* ʿereti-
co ʾ (molto più vicina è la grafia del Ramusio
‹mulehet›). La confusione tra il nome degli eretici e quello della loro regione può essere spiegata
se si pensa a una espressione come « il regno dei
malāḥidah », che è del resto quella usata nelle
fonti cinesi (vedi Pelliot, *Notes*, 785-787). In realtà il nome della principale fortezza degli Assassini
era Ālamūt.
   Vedi Aloodin, *assassini*, Veglio de la Montagna

Milichi, un vicario del fratello di Abaga, 201, 6 (Me-
lichi, Milichi); 202, 6; 203, 1

È l'ar. *malik* ' re ', usato però nel senso anche
di ' governatore, capo d'armata '; lo stesso Polo
usa altre volte il termine, nel nome del re georgiano David Melic (qui 22,1 = Benedetto, XXIII,
2) e in un passo abbreviato in italiano (193 = Benedetto, CXCVIII, 4 sgg.) dove si parla del « melic de Curmos ». Anche qui si tratta dello stesso
termine e non di un nome proprio, come è ben
evidente dal testo francese (Benedetto, CCX, 31
sgg. « Il laisse seignor de toute l'oste un grant melic... »); su un possibile emendamento del nome
in Alinec (Alināq, ucciso nel 1284) eseguito da
Benedetto nella sua traduzione italiana, vedi Pelliot, *Notes*, 29-30.

miracolo, 26-29 (della montagna, a Baudac); 31 (della pietra dei Magi); 51, 6-13 (della pietra e della
colonna a Samarcan); 74, 19, 22 (operati dai Tebet); 172, 5-10 (di san Tomaso)

Mogletenr, signore dei Tartari di Ponente, 208, 4
Benedetto, CCXXII, 9 ha ‹Mongutemur› ma
esistono anche le varianti ‹mungetemur, mongue-
temur, mungletemur› l'ultima delle quali spiega
la ‹l› della forma di TA; è Mönke Temür, secondo figlio di Toqoqan, che regnò dal 1266 al 1280.
Alleatosi con Qaidu contro Baraq lo aiutò in modo decisivo nel 1269 inviandogli 50.000 uomini.

Mogu Kane, signore dei Tartari, 58, 10, 12; 68, 1
(Mogui), 8 (Mogui Kane); 114, 1 (Mongut Kane)
Le forme del testo francese sono ‹Mongu Can›
in LIX, 15, LXIX, 3, 20, ‹Mongu Kaan› in LIX,
23, ‹Mongu› in LIX, 20, ‹Mo[n]gu› in LIX, 16,
‹Mongut Kaan› in CXVI, 3.

Mö?ke o Ma?γu, primo figlio di Tului, nato nel 1208, eletto nel 1251, fu l'ultimo imperatore a regnare su tutto l'impero mongolo; morì combattendo contro i Sung, nel 1259. La forma ‹Mongut› deve essere spiegata come un ‹Monguc› in cui ‹c› è un'errata agglutinazione dal seguente Can, come nel caso di *‹Cuiuc› (vedi Cin Kane).

monaci, 74, 27-35 (tartari); 173, 12-14, 15-26 (bregomanni al servizio degli idoli)

monasteri, 22, 11 (monastero di san Leonardo in Georgiana); 48, 8; 61, 3; 74, 27 (di monaci idoli); 144, 8; 148, 13 (a Quinsai); 170, 63, 64 (d'idoli nel Mabar)

Il nome Leonardo non è certo quello di un santo georgiano; si sa che esistevano in Georgia nel XIII-XIV sec. due conventi francescani, ma le liste non ce ne hanno conservato il nome; cfr. Golubovich, *Biblioteca*, II, 300; Rubruck (*SF*, 326) attesta una residenza di domenicani a T'bilisi (« Tefilis, ubi sunt fratres eorum »), ma non dice altro; d'altra parte nessun convento domenicano in Georgia figura nella lista del 1277 e solo su questo accenno di Rubruck è costretto a basarsi B. Altaner, *Die Dominikanermissionen des 13. Jahrhunderts. Forschungen zur Geschichte der kirchlichen Unionen und der Muhammedaner- und Heidenmission des Mittelalters*, Habelschwerdt (Schles.), 1924, 68, 70.

moneta di carta, 94, 15; 95, 0, 2-14 (fabbricazione e corso); 114, 18 (Tebet: non usano la moneta del Gran Cane); 126, 15 (Cugiu); 128, 2 (Ciaglu); 129, 2 (Ciangli); 130, 3 (tra Ciangli e Condifu); 131, 3 (Signi); 132, 3 (tra Signi e Ligni); 134, 4

(Cigni); 139, 2 (Tingni); 141, 2 (Nangi); 142, 3 (Saianfu); 144, 2 (Caigui); 146, 2 (Cinghianfu); 147, 2 (Sugni), 12 (Unghin); 148, 2 (tra Cianga e Quinsai); 150, 3 (Tapigni)

Della moneta cartacea parlano anche Rubruck (« Vulgaris moneta Cathaie est carta de wambasio ad latitudinem et longitudine unius palme », 271) e Odorico (« cartae bombicis », 464). I commentatori hanno inteso il passo come se si trattasse di una moneta di cotone; ma in realtà, come hanno fatto osservare vari studiosi, il cotone, che era scarso in Cina, non ha mai avuto parte nella fabbricazione della carta moneta. Le espressioni usate da Odorico e Rubruck non sono altro che modi di indicare la carta (nel medioevo carta bombicina in contrapposizione alla pergamena), vedi Pelliot, *Notes*, 248. Del resto Marco Polo è esplicito nell'attestare che la carta moneta è fatta col libro del gelso (« la buccia sottile che è tra la buccia grossa e legno dentro », 95, 3) e nel dire che le carte sono *come* di bambagia.

Come ha ricordato Laufer, *SI*, 560 sgg., i Cinesi usavano effettivamente la corteccia del gelso (*Morus alba*) per fabbricare la carta, ed era questa carta la preferita per le banconote. Anzi, se le indicazioni di Laufer, *SI*, 559 sono esatte, le forme iraniche e arabe per 'carta' (pers. *kāγad*, ar. *kāγad* e simili, passati anche nelle lingue indiane moderne) derivano da una forma turca, come il com. *kaγyt*, uiguro *kagat*, ecc., che deve aver significato 'scorza d'albero', giacché è questo il significato che ha *kagaš* in alcune lingue turche moderne (lebed, šor, kumandu).

L'emissione di biglietti di cambio comincia nel 1260; nel 1294 i Mongoli introducono la moneta di carta (*ch'ao*) in Persia. I testi cinesi, soprattutto dello *Yüan-shih*, relativi alla prima circolazione della moneta di carta sono riprodotti, tradotti e commentati in R.P. Blake, *The Circulation of Silver in the Moslem East Down to the Mongol Epoch*, « HJAS », 2 (1937), alle pp. 317 e sgg. La missione russa Kozlov ha trovato a Qaraqoto banconote di epoca Yüan, ora conservate a Leningrado, scritte in cinese e in mongolo in scrittura '*p'ags-pa*. Esse sono riprodotte e tradotte in Rintchen, *À propos du papier-monnaie mongol*, « AOH » 4 (1954), pp. 159-164.

moneta, d'oro, 119, 10 (Ardandan); 125, 6 (Toloman)

Vedi anche aspre, bisanti, fiorino, grosso, marco, saggio, tornese, tornesello, viniziano

moneta di sale, vedi sale

montagna, 49, 6 (« e questa si dice la più alta montagna del mondo »)

È una delle cime del Pamir; vedi Vocan.

Monte Verde, un monte presso Cambalu, 83, 19 (il Gran Cane « à fatto coprire totto'l monte della terra dell'azzurro, che è tutta verde, sicché nel monte nonn-à cosa se non verde, perciò si chiama lo Monte Verde »)

F porta ‹de roçe delacur›, corretto da Benedetto (LXXXIV, 53) in ‹de roce de l'açur›: Qubilai avrebbe fatto collocare sul colle pietre di malachite verde, giacché questo sembra essere il valore di *azzurro**. La collina è nota da altre fonti e sorgeva a nord del lago T'ai-i; vedi Pelliot, *Notes*, 740-741.

Montifi, 187, 22; vedi Multifili

montoni, 35, 7 (a Reobales « come asini, che·lli pesa la coda bene .xxx. libbre, e sono bianchi e begli e buoni da mangiare »); 49, 8 (sulla montagna più alta del mondo « salvatichi asai e grandi »); 119, 20-28 (usati in sacrificio per guarire gli ammalati a Caragian, Iacin e Vacian); 171, 16 (i maggiori montoni del mondo a Multifili); 187, 6 (a Zaghibar « montoni e berbìce d'una fatta e d'uno colore, che sono tutti bianchi e la testa è nera; ed in tutta questa isola non si troverebbero d'altro colore »); 191, 8 (a Escier con cornetti invece d'orecchie)

I montoni di Reobales sono una razza che ha depositi adiposi sulla coda (karakul *laticauda*, ecc.) già osservata dai naturalisti greci, e ricordata anche da Giovanni di Hildesheim, cap. XI (cfr. di Nola, *Hildesheim*, nota 67).

moscado, 71, 10-13 (nel reame di Ergigul « lo migliore moscado che sia a·mondo »; in 11-13 descrizione dell'animale che lo produce); 83, 13 (nel palazzo del Gran Cane « le bestie che fanno lo moscado »); 112, 10 (a Anbalet Mangi « grande quantità di quelle bestiuole che fanno lo moscato »); 114, 17 (nel Tebet, « molte bestie che fanno il moscado »); 116, 11 (a Gaindu « bestie che fanno il moscado »)

Ne parla anche Jourdain Catalani, per l'impero del gran Tartaro: « In isto imperio invenitur... muscus. Et est muscus umbilicus cujusdam animalis silvestris, ad modum capreoli, quod, cum capitur vivum, scinditur sibi pellis de umbilico in rotundum, et recolligitur sanguis qui exit inde et ponitur in eadem pelle, et desicatur, et ille est

melior muscus mundi » (121). Il muschio è la se-
crezione del *Moschus moschiferus*, un mammifero
affine al cervo (*Moschidae* gen.); la diffusione di
questo animale corrisponde ai luoghi menzionati
da Polo, giacché abita l'Asia centrale e di NE, fino alla Siberia settentrionale.

I trattatisti arabi considerano migliore fra tutti il muschio (ar. *misk*) del Tibet e poi quello
della Cina (cfr. Ferrand, *Relations*, 292-295). A
proposito del muschio del Tibet, il testo francese dice che le bestie del muschio « s'apellent en
lor langajes gudderi ». ‹Gudderi› è il nome mongolo del *Moschus*, *küderi*, mong. mod. *xuder*,
come ha mostrato Pelliot, *Notes*, 742. È interessante osservare che nessun testo mongolo antico
ci ha conservato questa parola e che quindi Polo
è l'unica fonte per il suo periodo.

mosolin, 23, 4

È la mussolina (il nome viene dal persiano o
arabo *mawṣilī*, cfr. il fr. ‹mosulin› di F), ma è
strano che Polo ne parli come di « panni di seta
e d'oro », a meno che l'espressione « di seta e
d'oro » non sia che un cliché e che « e d'oro » si
sia inserito meccanicamente dopo « di seta »; vedi
Monneret de Villard, *Tessuti*, 229, nota 3; *HJ*,
600.

Mosul, 21, 4; 23, 0, 1; 25, 4; 26, 1

Mawṣil, città dell''Irāq settentrionale, situata
sul Tigri e nei pressi dell'antica Ninive. Dapprima selgiuchide, si costituì in emirato indipendente dal 1127 con gli zengidi; dopo che il suo emiro
Badr ad-Dīn Lu'lu' si fu sottomesso a Hülegü,
rimase sotto la dominazione mongola per un buon
periodo, tranne un breve intervallo (uno degli

zengidi si era alleato con i Mamelucchi d'Egitto, ma i Mongoli ripresero la città e la devastarono, 1261-1262).

Mugul, 73, 12 (« e in Mugul dimorano li Tartari »); vedi Gorgo e Magogo

Multifili, reame, 170, 68 (Multifili); 171, 0 (Multifili), 1 (Muttifilli); 187, 22 (« India minore si è da Cianba infino a Montifi »)

La forma con ‹-lt-› sembra peculiare della redazione toscana (F ha ‹mutfili› e così vari altri testimoni). Yule ha mostrato che si tratta della pronuncia araba di Mutapali, alla foce del Kistna, a SO di Masulipatnam; il *Muḥīṭ* turco scrive il nome ‹mtbly›, che Ferrand trascrive *mutubalī* o *motubalī* (*Relations*, 524); il nome del regno in questione è in sanscrito Tilaṅgā, ma è comprensibile che Polo dia al regno il nome del porto dove è sbarcato; vedi *HJ*, 912 s.v. *Telinga*; Pelliot, *Notes*, 787-788.

naccaro, 78, 6, 8 (naccari); 196, 4 (naccari); 201, 3 (naccari); 209, 12 (naccheri)

Ar. *naqqāra* ' timpano '; il prestito è antico perché nel *CCum* al com. ‹naqara› corrisponde già il lat. ‹nachare›; la stessa parola araba ha dato fr. *nacre*, it. *nácchera*, sp. *nácar* nel senso di ' madreperla ', vedi Pellegrini, *Arabismi*, 98, 343, 360.

Naian, 76, 0, 6, 7, 8; 77, 7 (Naiano), 8, 9 (Naiano); 78, 1 (Naiano), 5 (Naiano), 10 (Naiano), 13 (2 volte); 79, 0, 1, 2 (Naiano), 3, 5 (2 volte), 7, 8; 80, 2

Nayan era cugino e non zio di Qubilai, e gli si ribellò nel 1287. Nello stesso anno Qubilai lo sconfisse e, catturatolo, lo mandò a morte. Il fatto che egli fosse cristiano è verosimile, perché esiste una iscrizione del 1325 che ricorda il momento in cui egli « abbandonò la vera legge di Buddha »; vedi Pelliot, *Notes*, 788-789.

Il modo in cui venne giustiziato è degno di nota: il Gran Cane « comandò che ‹fo›sse ucciso in tale maniera, ch'egli fue messo su uno tappeto e tanto pallato e menato quae e·llà che morìo. E ciò fece, ché non volea che'l sangue de·lignaggio de lo imperadore facesse lamento a l'aria; e questo Naiano era di suo legnaggio » (79, 1-2). Già Frazer nel *Golden Bough* ha mostrato che questa esecuzione, senza spargimento di sangue, obbediva a una interdizione generale dei Mongoli sul versare il sangue; sappiamo di molte altre esecuzioni di personaggi storici (qui stesso quella del Califfo di Baγdād) in cui la vittima è giustiziata per strangolamento o in altro modo, ma sempre senza spargimento di sangue. Ma il tabu si estendeva anche agli animali da sacrificare ed è in vigore anche in epoca moderna per Ciuvasci, Turchi dell'Altai, Mongoli, ecc. Si veda M.F. Köprülü, *La proibizione di versare il sangue nell'esecuzione d'un membro della dinastia presso i Turchi ed i Mongoli*, « AION-O », (1940) = *Scritti Bonelli*, 15-23.

Nangi, provincia, 140, 5; 141, 0, 1

Benedetto, CXLV, 14, CXLVI, 1, 2 ha ‹Nanchin› ma c'è la variante ‹Nanghin› che spiega ‹Nangi›. È Nan-ching (pronuncia antica *[namkiŋ], cioè K'ai-fêng, capitale meridionale della dinastia Chin, che cadde nel 1234. Il nome si conservò fino al 1288 e si trova in Rašīd ad-Dīn come Namgīn.

nasicci, 73, 16 (a Tenduc)

Fr. *nasit*; è il pers. *nasīč*, broccato d'oro fatto
in Cina e poi importato anche a Baɣdād, come
attesta lo stesso Polo francese (Benedetto, XXV,
10); in Occidente è spesso citato in inventari e
contratti fin dal XII sec. con o senza il nac (< ar.
naxx, pers. *nax*), cfr. Monneret de Villard, *Tessuti*, 212; Schulthess-Ulrich, *Gewebebezeichnungen*, 279-283. Nel *CCum* a ‹nasiç›, cioè com. *na-
sič*, corrisponde già il lat. *nasicius*. Il termine si
trova anche in mongolo, già nella *Storia segreta*,
come *načit* (238), glossato ‘broccato d'oro’ e *na-
čidut* (274), forma plurale del precedente, glossato ‘ricamo d'oro’.

Natigai, 69, 1 («un loro idio ch'à nome Natigai, e
dicono che quello è dio tereno, che guarda lor figliuoli e loro bestiame e loro biade »); 204, 3 (i
Tartari di Tramontana « si ànno uno loro dominedio, ed è fatto di feltro, e chiamalo Nattigai »)
Il nome è stato avvicinato da molti (da ultimo
da Pelliot, *Notes*, 791-792) a quello di Itŏga (citato da Giovanni da Pian del Carpine, *SF*, 41) che
rappresenterebbe il mong. Etügen ~ Itügen ~
Ötegen ~ Ötögen, ecc., cioè la dea Terra (ma
l'identità di Itoga e Etügen è controversa). Tuttavia l'identificazione non sembra ineccepibile. A.
Mostaert (*OP*, 95-101) ha osservato che la forma
con ‹-t-› deve essere senz'altro da scartare giacché
nel mongolo del XIII secolo non potevano più
esistere sequenze [ti] (ormai palatalizzate da tempo). La forma corretta può quindi essere stabilita
a priori come ‹Nacigai›, che del resto è data da
vari codici ed è accettata da Benedetto, LXX, 2;
CCXVIII, 6, 7 (lo scambio grafico di ‹t› e ‹c›

non fa certo difficoltà). Essa rende perfettamente la forma mongola che si trova in un frammento buddista, datato al 1312, del commento di Č'os-kyi 'od-zer al *Bodhicaryāvatāra*, in mongolo; qui si parla di una Načiɣai eke, una madre Terra, e secondo Mostaert non è dubbio che questa sia la stessa terra personificata che Etügen. Il rito descritto da Marco Polo non deve essere quello primitivo, giacché la divinità è ormai descritta come divinità maschile, con una moglie, dei figli, ecc.

L'uso dei simulacri di feltro è ben attestato: vedi Giovanni da Pian del Carpine (« habent ydola quaedam de filtro ad ymaginem hominis », *SF*, 36) e da Odorico da Pordenone, che parla degli « ydola de filtro » dei Tartari, bruciati dai frati minori (*SF*, 490); il loro nome mongolo è oηɣun; ne parla ancora il viaggiatore ottocentesco Timkowski, che riferisce che questi pupazzi di stoffa e stracci erano usati per proteggere la famiglia e le bestie (cit. in Doerfer, *Elemente*, I, 180).

navi, 36, 9-11, 16 (a Cormos: connesse con cairo, unte d'olio di pesce); 154, 3-11 (in India « d'u·legno chiamato abeta e di zapino »)

Anche Odorico osserva in Hurmuz le navi commesse soltanto con corde di fibre: « in hac contrata homines utuntur navigio, quod vocatur iasse, suto solo spago. In unum istorum navigiorum ego ascendi, in quo nullum ferrum in aliquo loco potui reperire », *SF*, 422.

Negroponte, 9, 4; scalo nella Calcidica

Neguveran, 167, 0, 1

Le isole Nicobare (nel golfo del Bengala, a sud

delle Andamane (vedi Angaman) sono conosciute sotto due nomi diversi. Il primo è quello dei
geografi mussulmani, Lanjabālūs o Lankabālūs
(le due grafie sono esplicitamente indicate come
varianti alternative in Nuwayrī, trad. in Ferrand,
Relations, 395, nota 11); per esempi si veda l'indice di Ferrand, s.v. Si tratta della trascrizione
del cin. Lang-p'o-lu-ssŭ; quale sia l'origine di questo nome non è chiaro; Pelliot, *Notes*, 662, rico-
nosce nella seconda parte Baros, che però è sulla
costa NO di Sumatra, e considera aperta la questione del rapporto tra le due forme. L'altro nome è attestato già nell'iscrizione tamil di Tanjore
del 1050, ed è il tamil Nakkavāram. Questo è al-
l'origine degli adattamenti Nakawāra di Ibn
Sa'īd, Nājabāra o Nāgabārī del tardo *Muhīṭ* di
Sīdī 'Alī Čelebī del 1554 (vedi Ferrand, *Relations*,
341, 488) e delle forme occidentali; Odorico da
Pordenone ha Nicuvera (*SF*, 452), Marco Polo
Neguveran e nel Cinquecento Giovanni da Empoli parla dell'isola Nicubar (68). Tutte le testimonianze citate concordano su un dato: la completa nudità degli abitanti di queste isole: così,
ad esempio, Mas'udī, Qazvīnī (Ferrand, *Relations*,
98, 307), Odorico («homines et mulieres facies
caninas habent. Hii unum bovem adorant pro
Deo suo... tam homines quam mulieres nudi vadunt», che coincide con quel che dice Polo sul
«capo come di cane» e sulla loro idolatria). Anche i Cinesi conoscevano le isole come «il paese
degli uomini nudi» (cin. *lo-jen-kuo*, vedi Pelliot
in «TP» 30 [1933], 404). Appunto a questa caratteristica va ricondotto il nome delle Nicobare;
J. Filliozat, in appendice all'edizione dell'*Axbār*,
69, spiega il tamil Nakkavāram, Nakkapāram co-

me 'costa degli uomini nudi'; *pāram* è in tamil 'la riva opposta'; *nakka* è il sans. *nagná*- 'nudo'. Sarebbero stati i marinai che vi sbarcavano a dare alle isole il nome che è poi rimasto nell'uso.

Nenispela, isola, 166, 6
Lo Yule ha identificato il nome di questa isola (che è ‹gauenispola› in F, FA, FB) nella ‹Gomispola› di altri viaggiatori, isoletta presso il capo Acin, in direzione delle Nicobare; la forma deve forse essere corretta in *Gaumispola; ‹Jāmisfulah› è la forma data dal *Muḥīṭ* turco del 1500; la seconda parte trascrive certamente il malese *pulau* 'isola', ma è eccezionale che *Pulau* sia il secondo e non il primo elemento, giacché questo è l'ordine abituale (ma vedi il caso di Ṣundurfūlāt, in Pelliot, *Notes*, 406). Vedi Pelliot, *Notes*, 732.

nestorini, 21, 4 (nestarini a Mosul); 23, 3 (nestorini a Mosul), 5 (nesterini a Mosul); 25, 7 (nestarini a Toris); 50, 6 (nestorini a Casciar); 52, 2 (nestorini a Carcam); 57, 2 (nestorini a Sachion); 59, 3 (nestorini a Chingitalas); 71, 3 (nestorini a Ergigul); 72, 3 (nestorini a Calatian); 73, 13 (nestorini a Tenduc); 117, 9 (cristiano nestorino di Caragian); 142, 10 (cristiano nestorino familiare dei Polo); 145, 3 (cristiani nestorini di Cinghianfu), 4 (Marsachis cristiano nestorino); 148, 45 (chiesa di cristiani nestorini a Quinsai).

Le indicazioni date da Marco Polo sulla presenza di nestoriani (o nestorini, come era allora forma più corrente) nelle varie città asiatiche sono per solito esatte; e anche dove i documenti tacciono sono i ritrovamenti archeologici a confermare i dati di Polo. Così è avvenuto per Succiur*, di cui non si aveva altra indicazione che quella di Polo (60,4) fino al ritrovamento di un manoscritto cinese di Tun-huang, pubblicato nel 1949, che nel colophon ricorda l'esistenza di un tempio nestoriano in Sha-chou già dal 717.

Sul nestorianesimo in Cina esistono opere di sintesi importanti: oltre al classico A.C. Moule, *Christians in China Before the Year 1550*, London, 1930, è importante per i documenti di nuova acquisizione Y. Saeki, *The Nestorian Documents and Relics in China*, Tokyo, 1951[2]; un'esposizione divulgativa ma utile è G. Messina, *Cristianesimo, buddhismo, manicheismo nell'Asia antica*, Roma, 1947; fondamentale per la chiesa nestoriana in genere è l'articolo di E. Tisserant, *Nestorienne, église* in *Dictionnaire de Théologie catholique*, XI, 157 sgg.

Niccolao da Vinegia, frate, 12, 1

In molti codici è detto da Vicenza: ‹Nicolau de Vicense› F (Benedetto, XIII, 6), ‹Nicolò da Vicenza› R; il personaggio ci è completamente ignoto; vedi Pelliot, *Notes*, 794.

noci d'India, 36, 9 (a Cormos con la loro buccia si fa filo per le navi); 163, 8 (a Samarra); 167, 4 (a Neguveran); 179, 8 (a Melibar)

Sono le noci di cocco, che Marco Polo è il primo a segnalare. Il nome *cocco*, ormai entrato nell'uso, si è affermato nel XVI sec. (< port. *côco*, prima attestazione in Membré che parla di *cochi*). L'espressione *noce d'India, nux indica* in Giovanni de' Marignolli, così come il russo *kozi gundustan'skaja* di Afanasij Nikitin, f. 373, p. 12 Verdiani, ricalca il pers. *gōz-i hindī*, ar. *al-jawz al-hindī*, appunto ' noce indiana ' (per il suo sinonimo *noce di Faraone*, vedi *pomi de faraon*). Marco

Polo è anche il primo ad informare sull'uso della fibra del cocco come corda (nel Cinquecento detta *coiro*, *cairo*, dal port. *cairo*, a sua volta dal tamil *kayiru* e simili) per far corde di nave; per altre attestazioni cinquecentesche vedi Membré, glossario, s.v. *cairo*, p. 198. Anche Jourdain Catalani parla della noce di cocco: « arbor quae nargil vocatur [<sans. *nārikela-*, pers. *nārgīl*]... hii fructus sunt quos nos vocamus nuces de Yndia; et de cortice istius fructus fiunt cordae cum quibus suuntur navigia in partibus illis » (112-113).

noci moscade, 159, 4 (a Iava)

La noce moscata è il frutto della *Miristica officinalis*; se ne usa anche l'involucro compreso tra il frutto e la buccia esterna, noto già nel Medioevo col nome di *macis*, *HJ*, 529, s.v. *mace*. Giava è citata da tutte le fonti come produttrice di spezie, ma il luogo d'origine della noce moscata sono le isole di Banda, a S di Seram.

Noè, arca di, 21, 4

La leggenda per cui l'arca di Noè si sarebbe incagliata sul monte Ararat (oggi in territorio turco, presso la frontiera con la RS Armena) è antica sia in Occidente che in Oriente. In Oriente sono stati i cristiani di Siria a trasmetterla ai mussulmani (Noè, ar. *Nūḥ*, è comunque uno dei profeti della tradizione ebraicocristiana accettati anche nell'Islām); così l'Ararat si chiama *kūh-i Nūḥ* in persiano. In Occidente la localizzazione dell'arca sull'Ararat è già in un mappamondo dell'XI sec. conservato al British Museum; anche altri viaggiatori parlano della leggenda per averla intesa sul posto: così Odorico (« mons ille in quo est archa Noe », *SF*, 416, cfr. Marignolli, *SF*,

541-542), Simone di· St-Quentin («Est eciam ibi
prope eam mons Arath. Ibi requievit archa Noe»,
59 = *Spec. hist.*, XXXI, 97), Rubruck («montes
in quibus dicunt quod requievit arca Noe», *SF*,
323), Ricoldo (ma il nome del monte è solo nella
traduzione francese di Jehan le Long: «la très
haulte montaigne de Ararach sur la quelle se
arresta l'arche Noé», cfr. Monneret de Villard,
Ricoldo, 36, nota 123) e Jourdain Catalani («In
Armenia maiori... vidi... montem unum... super
quem dicitur Archa Noe requievisse», 109 Cordier e cfr. note a p. 50).

Nogodar, capo degli scherani, 35, 11
    Come forma del nome Pelliot ricostruisce *Ne-
godar, attestato dai manoscritti veneti, sulla base
non tanto delle grafie persiane, che non danno indicazioni sulla prima vocale (‹n.kūdār, n.kūdar›)
quanto della forma mongola, non attestata, che
egli ricostruisce come *Negüder (da *nekün* ' schiavo ' e -*der* suffisso di molti nomi propri, vedi Pelliot, *Notes*, 792).
    Nogodar è detto re di «scherani che vanno·ro-
bando» nel paese di Reobales*; questi scherani, in numero di 10.000, uccidono i vecchi, vendono i giovani per schiavi e per magia fanno parere notte sette giornate di seguito. Ma il nome
di questi uomini in F e negli altri codici è dato
come ‹Caraunas› e varianti. Nella forma Qaraunas questo è il nome dato dagli storici persiani di epoca mongola a certe truppe di origine mongola che vivevano in Persia. Il nome è un derivato dal mong. *qara* ' nero '; il Ramusio aggiunge che il loro nome vuol dire ' me-
schiati ', perché erano figli di padri mongoli e

madri indiane nere; ma all'epoca di Polo i contatti tra Mongoli e India erano ancora troppo recenti e sporadici per aver permesso addirittura il
formarsi di una razza mista. Si tratta con ogni
probabilità di un'etimologia popolare nata dal
significato del mong. *qara*. Dell'esercito dei Qaraunas si hanno notizie verso il 1282-1283; essi erano organizzati in un *tümen*, e cioè un'unità di
diecimila uomini, il che spiegherebbe il numero
dato da Polo. Sappiamo che nel 1278 i capi dei
Qaraunas si sottomisero ad Abaγa; ma gruppi au-
tonomi, sparsi per tutto il territorio degli Īlxān,
continuarono a compiere scorrerie, e gli storici
persiani confermano in pieno quel che ne dice
Polo.

Quel che fa difficoltà è il collegamento tra i
Qaraunas e Negüder. In un altro passo, che manca nella traduzione italiana, Marco Polo dice che
questo « Negodar » invase l'India di NO con diecimila uomini e che era un nipote di Čaγatai (Benedetto, XXXVI, 30-40), il che non risulta dalle
fonti. Sono noti anche molti altri Negüder, e in
molti casi, per un facile scambio di punti diacritici nella scrittura araba, non si è in grado di dire se si tratti invece di Tegüder (il ‹t› arabo si
differenzia da ‹n› solo per avere due punti so-
vrapposti anziché uno). Il più importante di questi personaggi è Negüder o Tegüder, il fratello
minore di Abaγa (convertitosi poi all'Islām col
nome di Aḥmad) che usurpò il potere alla morte
del padre nel 1282 e fu poi spodestato dal legittimo erede, il fratello Arγun nel 1284. Un altro
Negüder era comandante delle truppe mandate
da Möŋke in aiuto di Hülegü; questi allo scoppio
della guerra tra Hülegü e Berke nel 1262, si ribel-

lò a Hülegü e fuggì nel Xorāsān, da dove compì
incursioni su Γaznī. Le fonti parlano di altri Negüder ancora, fino al 1298, e tutti erano a capo di
bande. Uno di questi deve essere stato l'eponimo
delle bande di *negüderī* (ma anche *tegüderī*) che
razziavano la Persia orientale alla fine del sec.
XIII, e che Waṣṣāf localizza nel Sīstān. Pelliot pensa, sia pure in forma dubitativa, che i nomi di Qaraunas e di *negüderī* fossero equivalenti e che
Marco Polo, sviato dalla rassomiglianza fonetica,
avesse associato i *n°* con il principe Tegüder, nipote di Čaγatai, che si rivoltò contro Abaγa e che
però non può essere quello di cui parla Polo perché era in quel tempo in Georgia, dove si era ri-
fugiato. Su tutta l'insolubile questione, vedi Pelliot, *Notes*, 183-196.

Nubia, 188, 7; vedi Abascie

Nug e Mungoli, 73, 12; vedi Gorgo e Magogo

Nuigiu, città, 150, 5
    Benedetto, CLV, 9, 14, 18 accetta ‹Vugiu›, che
è usato nel francese anche un'altra volta, per quello che in TA è ‹Ingiu› (vedi Unghin), ma avverte in nota (154) che esistono molte varianti; la
grafia migliore è forse ‹Vugiu›, se la città è
Wu-chou, antico nome di Chin-hua-fua; cfr. Pelliot, *Notes*, 874.

Oceano, mare, 36, 4 (Oziano); 70, 5 (Azziano), 11
    (Ozeano); 93, 1 (Aziano), 13 (Aziano); 104, 3 (O-
    zeano); 109, 1 (Ozeano); 113, 6 (Aziano); 116, 21;
    135, 8, 20; 139, 5 (Ozeano); 148, 25 (Ozeano); 152,
    8 (Ozeano); 154, 13 (Ozeano); 157, 13 (Ozeano,
    2 volte); 207, 4 (Oziano)

olio minerale, 21, 5-6 (tra Mosul e Giorgens)

olio di noci, 46, 11 (nel Balasciam)

olio di pesce (usato per calafatare a Cormos), 36, 16

Ontaca, 3, 8 (città « alla fine delle signorie del Ponente »)

Ovvia corruzione paleografica di ‹ouchacca, oucaca› di F; è l'odierna Uvek, sulla riva destra del Volga, a S di Saratov. Nelle liste francescane è scritto Ugek, Ugueth (la città era sede di un convento, vedi Golubovich, *Biblioteca*, II, 266, 570) e queste grafie, combinate con quella di Abū'l-Fidā (‹'l-'kk›) hanno fatto pensare che la forma originaria del nome fosse *Ügek o simili, e la corrispondente resa poliana *Ougac (vedi Pelliot, *Notes*, 798).

oppio, 40, 12 (dato dal Veglio de la Montagna * agli Assassini*)

Orbeche, 207, 6

F ha ‹oroech›, ma in vista della lezione di L (‹in Noverchiam›) già il Benedetto (234n) congetturava ‹e[n] Noroech›. È la Norvegia; Noraigue compare in un documento francese del 1276, vedi Pelliot, *Notes*, 797.

Oriat, 74, 15

Sono certo gli Oirat, una tribù mongola insediata nella regione dello Yenisei, mong. ‹Oyirat (anche Giovanni da Pian del Carpine parla di una « terra Voyrat », *SF*, 56, 88 sempre in elenchi di popoli o tribù combattuti dai Mongoli). Ci sono però due difficoltà a questa identificazione; F porta la lezione ‹horiat›, che è uno dei rarissimi

casi in cui il francese abbia un ‹h› iniziale; ora
nessuna delle trascrizioni conosciute del nome
degli Oirat permette di ricostruire un suono iniziale che non sia la vocale semplice; inoltre R porta una variante ‹boriat› che è inspiegabile per lo
stesso motivo. La seconda difficoltà è che non si
trova traccia nelle fonti di speciali privilegi con-
cessi agli Oirat (secondo Marco Polo essi possono bere il latte delle cavalle imperiali, in ricom-
pensa dell'aiuto prestato in una battaglia); gli
addetti alle cavalle imperiali erano invece Qïpčaq,
e non si sa di battaglie in cui gli Oirat si siano alleati con Čiŋgis (vedi Pelliot, *Notes*, 744-745). Lo
Charignon ha suggerito che si tratti di un errore per *Carait; infatti due pastori della tribù Kereit salvarono Čiŋgis denunciandogli il tradimento di Seŋgüm, figlio di Oŋqan (*Storia segreta*,
169-170).

oro, 115, 4 (nel Tebet « oro di paglieola »); 116, 19
(nel fiume Brunis « oro di pagliuola »); 118, 3
(nel Caragian « oro di pagliuola »); 123, 5 (Caugigu); 125, 6 (Toloman); 155, 5 (Zipangu), 6, 7
(il palazzo del signore è coperto d'oro); 157, 10
(Zipangu); 160, 5 (Locac); 181, 4 (portato a Tana)

orsi, 92, 7; 111, 6; 112, 10; 113, 15; 114, 3; 116, 12;
204, 9 (tutti bianchi e lunghi .xx. palmi, presso i
Tartari di Tramontana)

orzo, 32, 6; 102, 1

Oularai, ambasciatore di Argon, 17, 3
    Tutti gli altri testimoni hanno ‹t› invece di
‹r›: ‹oulatai›.
    È il mongolo Ulatai; troviamo il suo nome,

come Uladai, in Waṣṣāf, che lo dice funzionario di Arɣun, e in un testo cinese (come Wu-lu-tê) fra i tre ambasciatori che partono dalla Cina alla fine del 1290-principio del 1291 (vedi Coia). Il nome, secondo Pelliot, *Notes*, 798-799, è formato con l'elemento -*tai*, che compare anche, ad esempio, in Čaɣatai (vedi Gigata) a partire dall'aggettivo mongolo *ulaɣan*, *ula'an* ' rosso '.

panico, 32, 6 (Pérsia); 102, 1

paoni, 172, 13 (nel Mabar « n'à più che i·llugo del mondo »), 14; 176, 7 (a Coilun)

La quantità dei pavoni indiani è osservata anche da Jourdain Catalani (113).

papa di Roma, 6, 2; 7; 9; 10; 11, 2; 12, 0; 23, 3; 24, 1; 185, 7; vedi Clement, Tedaldo da Piagenza

pappagalli, 36, 3 (papagalli, nel piano di Formosa); 176, 7 (« papagalli di più fatte » a Coilun); 189, 17 (bellissimi e di più fatte a Abascie).

Anche Jourdain Catalani ricorda i pappagalli indiani: « Psittaci quoque vel papagaii, uniuscujusque coloris, quia nunquam nigri inveniuntur; sed albi per totum, et virides et rubei, et etiam coloris permixti. Videntur recte aves istius Yndiae creaturae Paradisi » (116); e, poco avanti, « sunt ibi spittaci e papagaii in maxima multitudine » (113).

Pasqua di Risoresso, 93, 32, 38

paterini, 74, 32 (« E quelle altre regole dicono di costoro che digiunano che sono paterini »); 170, 52 (« come sono tra noi i paterini »)

In origine paterini, o patarini (ma sono usate molte altre forme, come poi patrini, paterelli, patalini, ecc.) era il nome degli appartenenti alla Pataria, un movimento riformatore all'interno della chiesa ambrosiana, verso la metà del sec. XI. Gli avversari li accusavano di eresia, anche sulla base di alcune somiglianze esteriori tra la Pataria e i movimenti di tipo manicheo (ostilità al matrimonio e alla procreazione), così che Landolfo Seniore chiama i patarini « falsi cathari ». Dall'ambiente milanese deve essersi diffusa quindi l'equazione patarini = eretici che poi si è affermata, visto che col tempo col termine di patarini sono stati indicati eretici di ogni tipo, cataroalbigesi, bogomili e altri, come avviene del resto qui nel testo.

Patu, secondo signore dei Tartari del Ponente, 208, 4 (2 volte); vedi Bacchia Kane

Pauchin, città, 136, 6; 137, 0, 2; 138, 1
⟨Pauchin⟩ anche in Benedetto; è Pao-ying, a S di Huai-an. Per Pelliot (*Notes*, 800-801) la forma corretta sarebbe ⟨paughin⟩ di Z, R perché ⟨gh⟩ sarebbe un espediente per segnare lo iato tra due vocali.

Pein, 53, 6; 54, 0, 1, 3; 55, 4
Benedetto ha ⟨[Pem]⟩ in LIV, 7 e ⟨Pem⟩ in LV, 1, 4 e questa deve essere stata la forma originale; la città è identificabile forse nelle odierne rovine di Uzuntatï, presso il letto prosciugato del Keriyadaryā, tra Keriya e Dandān Uilik nella regione di Xotan. Il nome era Phema in cotanese, trascritto P'ye-ma in tibetano, P'i-mo, cioè *[p'ieimua], in Hsüan-tsang (ma il nome cinese era K'an, cioè *[k'âm]); vedi Pelliot, *Notes*, 801; *Index*, 65, 87.

pellicce, 205, 6; 206, 5; vedi coccolini, ermellino, vai, volpi, zibellino

Pentain, 161, 0 (Petam), 1, 6; 162, 1

È l'isola di Bintan, a SO di Singapore (da cui è divisa solamente dallo stretto di Singapore), nota ai geografi arabi (Ibn Sa'īd dice che il mare non è profondo, come dice Polo, vedi Ferrand, *Relations*, 343). Fa difficoltà il fatto che in 161, 6 si dice che nell'isola Pentain c'è la città di Malavir. ‹Malavir› e simili è lezione di V, L, TA, Z mentre F, B, R hanno ‹Malaiur› (cfr. Benedetto, CLXVI, 9) che è probabilmente la lezione esatta. ‹Malaiur› è una forma di Malayu, che la ‹°r› sia parassitaria, come in molti altri casi in Polo, oppure organica (una trascrizione cinese del 1295 presuppone *Maliyur, l'iscrizione tamil di Tanjore ha Malaiyūr, ecc.). Il testo deve essere stato rimaneggiato: poiché si parla di chi viene da Pentain, il copista deve aver pensato che il paragrafo precedente non poteva finire con Malaiur, e così ha aggiunto, come nome dell'isola di Malaiur, Pentain che deve quindi essere espunto. Secondo Pelliot, Malaiur deve essere il regno di Menangkabau, che in quel periodo aveva raggiunto una notevole potenza; vedi Pelliot, *Notes*, 771-773, 802-803.

pepe, 153, 6, 8 (venduto a Zartom); 154, 7, 8; 157, 9 (nel Zipangu « nasce il pepe bianco come neve, e del nero in grande abondanza »); 159, 4 (Iava); 176, 3 (a Coilun pepe in grande abbondanza), 4 (« gli àlbori che fanno il pepe »); 178, 4 (a Eli); 179, 8 (nel Melibar); 180, 5 (a Gufurat); 190, 5 (trasportato da Alessandria a Aden)

L'India è il luogo d'origine sia del pepe nero

(*Piper nigrum*) che del pepe lungo (*Piper lon-gum*); dall'India queste due qualità vennero espor-tate e introdotte in tutto il mondo antico, Cina, Persia, Sumatra, ecc. (vedi Laufer, *SI*, 374-375). Così Coilun* è detto dai geografi mussulmani « il paese del pepe » per antonomasia (ar. *balad al-filfil* con cui si indica la costa SO dell'India, Ma-labar e Trevancore, cfr. *Axbār*, 23); con tutta pro-babilità questa non è che la traduzione del nome tamil Kuṭṭanāḍu con cui era noto il Malabar nel-l'antichità (Cottonara in Plinio). In un lessico persiano, il *Burhān-i Qāṭī'*, *kaulam* è reso con ' pepe nero ', mentre non è che il nome di Quilon (vedi Vullers, *Dictionarium persico-latinum*, II, 920).

Poiché il pepe nero era il più esportato, ad esso venne trasferito il nome che invece in sanscrito è quello del pepe lungo, *pippalī-* (Turner, n° 8205); di qui vengono infatti il pers. *pilpil* da cui l'ar. *filfil*, il gr. *péperi*, il lat. *piper*, ecc. Il pepe bianco non era una pianta a sé, ma solo del pepe nero trattato in modo da ridurne la forza (vedi *HJ*, 697-698). Tra i viaggiatori, Odorico descrive i boschi di alberi del pepe nel Malabar (*SF*, 439-440); Giovanni de' Marignolli ricorda che a Co-lombo « nascitur piper tocius orbis » (*SF*, 530, ve-di anche 544).

La distinzione tra i due tipi di pepe è fatta chiaramente però dal solo Pigafetta: « Il pevere longo è come quelle gattelle che fanno le nizzole quando è l'inverno. Il suo arbore è come l'edera e attaccasi a li arbori come quella; ma le sue foglie sono come quelle del moraro e lo chiamano luli. Il pevere rotondo nasce come questo, ma in spi-

ghe, come lo fromentone della India, e si disgra-
na » (55).

perle, 116, 3, 11 (Gaindu); 152, 7 (Fugiu); 153, 4
(Zartom); 155, 8 (Zipangu); 170, 6-16 (Mabar:
loro pesca), 21-23 (ornamento del re di Mabar),
25; 173, 6
  La pesca delle perle, nell'India meridionale (però tra « Silem » e la terra ferma) è descritta anche
da Jourdain: « inter istam insulam et terram fir-
mam, capiuntur perlae seu margaritae in tanta
quantitate quod est mirum ... » (116).

pernici, 33, 5 (pernice, a Iasdi); 73, 21 (a Ciagannuor)

Persia, 1, 1; 29, 7; 30, 0, 1, 2; 31, 8; 32, 0, 1; 39, 3;
44, 4; 46, 2
  A proposito degli otto reami che per Polo compongono la Persia, vedi Causom, Cielstan, Distan,
Istain, Lor, Soncara, Tunocain, Zerazi. Come opera d'insieme può essere utile A. Gabriel, *Marco
Polo in Persien*, Wien, 1963.

persiani, 25, 7 (a Toris)

pesci, 83, 15 (nel lago del parco del Gran Cane);
191, 9-12 (a Escier dati come foraggio), 13 (se ne
fa biscotto); vedi tonni

Pianfu, città, 106, 6; 107, 1
  P'ing-yang-fu, nello Shan-hsi; il nome è certo
stato sentito da Polo nella resa persiana, tuttavia
esso non sembra essersi conservato, a meno che
con Pelliot (*Notes*, 803) non si corregga in ‹Pung-
yang-fu› un nome che Blochet legge ‹Tung-ping-
fu› in Rašīd ad-Dīn.

pietre nere (che ardono, nel Catai), 101, 1-3; 156, 12 (inserite nelle braccia)

pietre preziose, 25, 5 (Toris); 152, 7 (Fugiu); 153, 4 (Zartom); 155, 9 (Zipangu); 169, 9 (Seilan); 170, 21, 23 (sul cordone del re di Mabar); vedi anche amatisti, calciadonio, diamanti, diaspido, rubini, topazi, turchesi, zafini

Pigni, città, 132, 8; 133, 0, 4; 134, 1

   Benedetto, CXXXVII, 13, CXXXVIII, 1, 7, CXXXIX, 2, ha ‹Pingiu› ma nell'elenco iniziale c'è ‹pangiu› o ‹paugiu›; è P'ei-chou la vecchia, lungo l'antico corso dello Huang-ho; la città venne poi spostata a NE nel 1689; vedi Pelliot, *Notes*, 804.

pisani, 209, 20

pistacchi, 35, 4 (a Reobales)

   Il pistacchio (*Pistacia vera, terebinthus, acuminata*) è, almeno per alcune specie, originario della Persia, ed a questa è stato associato fin dall'antichità, vedi Laufer, *SI*, 246-247. Lo stesso termine greco che è all'origine delle forme occidentali (*bistákion, pistákion, phittákion*, ecc.) è da ricondurre a un termine iranico, cfr. pahl. *pistag*, pers. mod. *pestè* (secondo A. Pagliaro, «Asiatica», 9 [1943], 41 derivato dalla radice verbale *pis-* ‘schiacciare’).

   Il nome del pistacchio è entrato in italiano anche attraverso la forma turca osmanlï *fïstïk* (< ar. *fïstaq*), ed è attestato nel lat. *festechum*, che nel *Codex cumanicus* traduce il comano *pistaq* (‹pistac›), e nell'aggettivo di colore *festuchino* (*fi°*).

Mafeo Polo, 2, 1 (Matteo); 3, 3 (Matteo); 13, 1 (Mat-

pomi de faraon, 68, 16 (i Tartari « mangiano di pomi de faraon, che vi n'à grande abondanza da tutte parti »)
   È stato mal compreso l'originale *rat de faraon*
(vedi *Nota al testo*, appar.) riferito probabilmente alla marmotta, comune in Mongolia (la *Mar-
mota bobac*, detta oggi in mongolo *tarvaγa*), o
a qualche roditore affine; *rat de faraon* viene usato un'altra volta nel testo francese, a proposito
del regno di Conci (Benedetto, CCXVIII, 19)
sempre per dire che i Tartari se ne cibano. Propriamente i « ratti di faraone » sono gli icneu-
moni o manguste. L'errore si spiega con il fatto che erano correnti molte denominazioni del
tipo ‘x di Faraone ’. In Z è usato « nuces Pharaonis » (in nota dopo Benedetto, CLXII, 7: « nuces de India que apud nos nuces pharaonis apel-
lantur »; e dopo CLXIII, 9 e CLXXVII, 7); corrente era anche l'espressione « fichi di faraone »
per il frutto del sicomoro (vedi Frescobaldi, 65);

i « pedoci de Faraone », forse una specie di zecche,
sono citati in Santo Brasca, 109 Momigliano. I
« gatti di Faraone » sono citati per l'Egitto in
Frescobaldi, 77; la *Numida meleagris*, oggi (*gallina*) *faraona*, era ancora detta *gallina di Faraone*
alla fine dell'Ottocento. Del resto, l'uso di espressioni con « Faraone » è già in arabo: *HJ*, 596
cita dall'uso egiziano *qiṭṭ Firʻawn* 'gatto di faraone' per indicare la mangusta, ma non sono in
grado di verificare la forma; un sepolcro in Palestina si chiamava Ṭanṭūr Firʻawn, ecc.

Ponente, vedi *Tartari del Ponente*

ponte, 104, 4-8 (sul Pulinzaghiz); 113, 9-10 (sul Quinianfu); 147, 6 (6000 ponti di pietra a Sugiu); 148,
7 (12.000 ponti di pietra a Quinsai); 151, 11 (3
ponti di pietra a Quenlafu)

poponi, 43, 6 (a Supunga)

porcellane, 117, 12 (nel Caragian « Egli spendono
per moneta porcellane bianche che·ssi truovano
nel mare e che si ne fanno le scodelle; e vagliono
le .lxxx. porcelane un saggio d'argento, che sono due vinìziani grossi, e gli otto saggi d'argento
fino vagliono un saggio d'oro fino »); 118, 4 (nel-
l'altra parte della stessa provincia « ancora qui si
spende le porcelane ch'io vi contai; e in questa
provincia non si truova queste porcelane, ma vi
vegnono d'India »); 119, 10 (ad Ardandan « la
moneta ànno d'oro e di porcellane »); 125, 6 (a
Toloman « la moneta minuta è di porcellane, e
così tutte queste province, come Bangala e Cagigu ed Aniu, espendono oro e porcellane »; 153,
12 (« Tinuguise, che vi si fa le più belle scodelle
di porcelane del mondo »); 160, 6 (da Locac « si

parte tutte le porcelane onde si fa le monete di quelle contrade »)

Polo usa il termine *porcellana* (> fr. ant. *porcelaine, pourcelaine*) in due accezioni che, a quanto sembra, sono per lui strettamente connesse: quella propria di ' conchiglia ' (nel caso particolare, di ' cauri ') e quella di ' porcellana ' odierna.

Nella maggior parte dei casi, Polo si riferisce all'uso della *Cypraea*, soprattutto della *Cypraea moneta* (una piccola conchiglia di 2-3 cm) come moneta, uso che ci risulta da molte altre fonti (vedi la lunga monografia di Pelliot, *Notes*, 531-563) per lo Yün-nan (Caragian*); Polo è invece la prima fonte per Locac*. In Asia l'uso dei *cowries* si è conservato molto a lungo. Le conchiglie porcellane erano vendute anche in Occidente, come risulta da un testo catalano del 1250 (cfr. *HJ*, 725), da Pegolotti, ecc.

Nel secondo significato, Polo è, sembra, il primo che parli di porcellane nel senso di ' vasellame '. Si è pensato che in origine il traslato, che non risale certo a Polo, abbia avuto origine dal paragone tra la conchiglia e il vasellame (la *Cypraea* ha forme arrotondate e armoniche e guscio liscio; in alcune specie, tra cui la *C. moneta*, è anche di un bianco splendente); inoltre si pensava che nella composizione della porcellana entrasse il guscio (Heyd, *Histoire*, II, 678); ma Polo doveva sapere come si fabbricavano le vere porcellane; e la frase di 117, 12 « e che si ne fanno le scodelle » è un'aggiunta del solo TA.

Un'altra menzione antica della porcellana è da vedere in un passo di Jourdain Catalani, nel capitolo sul Gran Tartaro: « vasa pulcherrima, et nobilissima, atque virtuosa et porseleta » (64,

121). Come ha mostrato Pelliot, qui si accenna alla porcellana e sembrerebbe che esistesse un aggettivo *porseletum* 'porcellanato'. In vari lessici e fonti moderne a *porcellana* viene attribuito per i secc. XIII-XIV anche il valore di 'madreperla', il che sembra dovuto a un fraintendimento. Cfr. Pelliot, *Notes*, 805-812.

porci ispinosi, 45, 10 (a Scasem)

Porta del Ferro, 22, 6; vedi Gorgo e Magogo

poste, 97, 2-23 (poste del Gran Cane); 204, 12 (presso i Tartari di Tramontana)
    La descrizione data da Marco Polo è molto esatta e particolareggiata; si confronti P. Olbricht, *Das Postwesen in China unter der Mongolenherrschaft im 13. und 14. Jahrhundert*, I, Wiesbaden, 1954. Sulla terminologia mongola delle poste informano P. Pelliot, *Sur* yam *ou* jam '*relais postal*', « TP », 27 (1930), 192-195; W. Kotwicz, *Contributions aux études altaïques*. A. *Les termes concernant le service des relais postaux*, « RO », 16 (1953), 327-355.

Preste Gianni, 63, 4, 7, 9 (Preste Giovanni); 64, 6, 7 (Preste Giani), 11; 65, 0, 1, 3, 4, 5, 6 (Preste Gianne), 7 (Preste Gianne); 66, 0, 1 (Preste Giani), 4 (Preste Gianne, Preste Gianni); 67, 2 (Preste Giane), 5 (Preste Giani); 72, 6 (Preste Giovanni); 73, 2 (Preste Giovanni), 4 (Preste Giovanni, Preste Gianni), 5, 6, 11; 107, 3, 4 (Prestre Giovanni), 5 (Preste Gianni, Preste Giani, Preste), 8, 15; 108, 0 (Preste), 4, 5, 11 (Preste); 134, 8
    La prima menzione del nome del mitico Prete Gianni in fonti occidentali compare nella crona-

ca di Ottone di Frisinga, all'anno 1145, là dove si
dice che un re cristiano nestoriano, discendente
dei Magi, aveva preso Ecbatana, capitale dei fratelli Samiardi, re dei Medi e dei Persiani: « Johannes quidam, qui ultra Persidem et Armeniam
in extremo oriente habitans, rex et sacerdos, cum
gente sua Christianus est, sed Nestorianus » (*Chro-
nica*, in *MGH*, XX, Hannover, 1912[2], 266-267). Può
darsi, e questa sembra l'ipotesi più probabile,
che alla corte di Eugenio III Ottone abbia saputo dal vescovo di Gabala della vittoria che nel
1141 il *gürxān* Yeh-lü Ta-shih, fondatore dei Qaraxitai (vedi Cotam) aveva riportato in Transoxiana sull'ultimo *šāh* dei Selgiuchidi, Sanǰar. Il
gürxān non era mussulmano, ma probabilmente
buddista; tuttavia è possibile che fosse considerato nestoriano. Se questo è il punto di partenza
storico, è difficile spiegare l'origine del nome; c'è
chi ha pensato ad una (inverosimile) corruzione
di *gürxān* in *Johannes* e chi invece ad un nome
di battesimo cristiano. Comunque sia, la figura
di questo potente sovrano cristiano d'Asia s'impo-
se quasi immediatamente, alimentata dal diffondersi di testi apocrifi su di lui; sarà così quasi obbligatorio, già per i contemporanei, cercare di
identificare il Prete Gianni con una figura ben
precisa. Abū'l-Faraǰ, cioè Barhebreo, dice che
« Ūng xān, il re Giovanni dei Cristiani, regna su
una regione di barbari unni detti Krīt » (vedi più
avanti); per Giovanni da Pian del Carpine è lo
šāh del Xvārizm, per Rubruck è il re dei Naiman. Anche per Marco Polo, come per Barhebreo,
il prete Gianni è il sovrano dei Kereit, una tribù
nota dal secolo XI (Abū'l-Faraǰ dice che essi si
convertirono al cristianesimo nel 1007), stanziata

nel centro dell'attuale Mongolia (su cui vedi D.M.
Dunlop, *The Karaits of Eastern Asia*, « BSOS »,
11 [1943-46], 276-289). Il passo chiave per questa
identificazione è abbreviato in TA 63, 4 là dove
si parla del tempo in cui i Tartari dimoravano in
Tramontana entro Ciorcia*: « Egli è vero che
none aveano signore, ma faceano reddita a uno
signore, che vale a dire in francesco Preste Gianni, e di sua grandezza favellava tutto'l mondo ».
F porta invece: « Il ne avoient seignors, mes bien
est il le voir qu'il fasoient rente a u[n] grant sire
que estoit appellés en lor lengajes Une Can [Be-
nedetto ‹Unc Can›], que vaut a dir en françois
prester Johan [Benedetto corregge in ‹que vaut
a dir le grant sire› sulla base di V che ha « chiamato onchan che tanto vien a dir chomo el gran
signor »] et ce fut le Prestre Johan de cui tout le
monde en parolent de sa gran segnorie » (Benedetto, LXIV 7-10). Questo sovrano, il cui nome
era in turco Toɣrul, in mongolo Toɣoril (nella
Storia segreta), era legato da patti d'alleanza con
Yesügei, padre di Čiṅgis, e poi con Čiṅgis stesso.
Quando Toɣrul venne spodestato da uno dei suoi
fratelli, Čiṅgis lo aiutò a tornare al potere (1196-
1198); insieme combatterono, a fianco degli J̌ur-
čen (o Chin) contro i Tartar. In cambio dell'aiuto, i Chin concessero a Čiṅgis il titolo mongolo di
ča'utquri (forse ' capo di centinaia ', secondo l'interpretazione di Pelliot, *Notes*, 291-295), ma a
Toɣrul quello cinese di *wang* ' re '. Il titolo mongolo di Toɣrul era dunque *oṅqan* (*oṅ < wang*), e
questa forma può essere stata assimilata, da un
orecchio occidentale, a *Johannes*. Čiṅgis e Oṅqan
furono poi alleati in più occasioni contro i Naiman, fino a quando la loro alleanza si ruppe, an-

che per le trame di Seŋgüm, figlio di Oŋqan. Arrivati alla guerra aperta, Čiŋgis sconfisse e sottomise i Kereit; Oŋqan però non morì sul campo, come dice Polo, ma cercò rifugio presso i Naiman, che lo uccisero. Trattandosi di fatti avvenuti quasi cento anni prima, il resoconto di Polo non può essere molto preciso; tuttavia, che esistesse la leggenda che Čiŋgis aveva sposato la figlia di Toγrul, lo dimostrano due fonti indipendenti, Vincenzo di Beauvais, che doveva aver attinto da Simone di St-Quentin, e da cui attinse a sua volta André de Longjumeau, e il siriaco Abū'l-Faraj. In realtà Čiŋgis sposò non la figlia, ma la nipote di Oŋqan, Ibakabeki; però sappiamo che prima della rottura definitiva era stato deciso il matrimonio tra Jöči, figlio di Čiŋgis e Čaurbeki, figlia di Oŋqan, e tra Qojinbeki, figlia di Čiŋgis e Tusaqa, nipote di Oŋqan (questo è detto nella *Storia segreta*, 165). I due matrimoni andarono a monte per colpa di Oŋqan, ed è vero che Čiŋgis se ne sdegnò: lo riferisce Rašīd ad-Dīn (Pelliot, *Notes*, 303-304). Meno spiegabile è però il fatto che, da 107, 3 in poi, Marco Polo confonda il « preste Gianni » kereit con un sovrano degli Öŋüt, Giorgio*, solo perché sia Kereit che Öŋüt erano cristiani.

Partendo dai dati storici di cui si è detto, la figura del Prete Gianni è diventata un 'complesso' tra i più notevoli. Progressivamente la sede del Prete Gianni si sposta dall'Asia in genere all'India (cfr. ad esempio, Sigoli, 213: « Questo signore Presto Giovanni abita in India ed è cristiano, e possiede molte terre di cristiani, e anche d'infedeli ») e poi, con un processo ormai definitivamente concluso nel '500, all'Etiopia (vedi Abascie). Anzi la localizzazione in Etiopia diventa col tempo così solida che qualcuno ha pensato al processo inverso. Il Prete Gianni sarebbe stato un imperatore d'Etiopia poi localizzato in Asia (propende, ad esempio, per questa possibilità J. Richard, *L'Extrême-Orient légendaire au Moyen Age. Roi David et Prêtre Jean*, « Annales d'Ethiopie » 2 [1957], 225-242); ma l'ipotesi sembra del tutto infondata, e già C. Conti Rossini (*Storia d'Etiopia* I, Bergamo, 1928, 333) l'aveva considerata tale, pur ricordando alcuni elementi a favore (in amarico *jan* è appellativo del re; inoltre si diceva che i re abissini fossero preti).

Altre indicazioni e testi si troveranno innanzitutto nel classico F. Zarncke, *Der Priester Johannes*, « Abhandlungen der königlichen sächsischen Gesellschaft der Wissenschaften » 7 (1879), 827-1039, 8 (1883), 1-186; altra bibliografia è in Spuler, *Mongolen*, 499. Articoli più recenti: Ch. E. Nowell, *The Historical Prester John*, « Speculum » 28 (1953), 435-445; G. Pistarino, *I Portoghesi verso l'Asia del Prete Gianni*, « SM », 2 (1961), 75-137 passim; inoltre si vedano le opere divulgative di J. Doresse, *L'empire du Prêtre-Jean*, Paris, 1957 [dedicato all'Etiopia] e di I. de Rachewiltz, *Papal Envoys to the Great Khans*, London, 1971, 19-40 e *Prester John and Europe's Discovery of East Asia*, Canberra, 1972. Infine, sull'incontro tra Ottone e il vescovo di Gabala, vedi la dettagliata discussione di Pelliot, *Mélanges*, 1-40.

Infine, è opportuno ricordare che nel Medioevo era conosciuto in Occidente anche un re David, altrettanto poco individuabile, che potrebbe avere qualche tratto del re David di Georgia (vedi

Giorgens). Quel che ci interessa è che nella versione latina di un testo arabo su Čiŋgis, fatta nel 1221, si parli di un re cristiano David, figlio del Prete Gianni (Pelliot, *Notes*, 304) e che questo collegamento sia accolto, per esempio, da Simone di St-Quentin: « contra regem David dominum suum, videlicet presbyteri Johannis quondam dominatoris et imperatoris Indie filium » (27 e nota).

Pulinzaghiz, fiume, 104, 3-8 (sbocca nell'Oceano da Cambalu; ponte su quel fiume)

La forma da ricostruire è certo *‹pulisanghin› che corrisponde a ‹pulisanghyn› di R; la prima parte è certo il pers. *pul-i* ' ponte ' con *-i* di *eżāfè*; il resto è forse il pers. *sangīn* ' di pietra ' o il nome persiano (Sangin) del fiume Sang-kan o Hun-ho; ma potrebbe essere anche ' il ponte sul Sangin ' rinterpretato poi per etimologia popolare come ' il ponte di pietra ': cfr. Pelliot, *Notes*, 812.

Pumar, 195, 17 (il figlio del re di Pumar si batté con Aigiarne*, figlia di Caidu)

Non è stata data finora nessuna identificazione possibile del nome.

Pusciai, ambasciatore di Argon, 17, 3

Questa è la lezione di TA; F e molti altri hanno ‹apusca, apuscha, apascha›, ecc. È il turco *abušqa* ' vecchio ', usato come nome; uno o più funzionari di questo nome sono noti da Rašīd ad-Dīn e dallo *Yüan-shih* (le fonti cinesi trascrivono il nome come A-pi-shih-ha), cfr. Pelliot, *Notes*, 44.

Vedi Coia, Oularai

quaglia, 170, 61 (India)

F ha ‹quaie› (Benedetto, CLXXV, 174). Anche Jourdain Catalani, 113 ricorda le « coturnices » per l'India. Vedi cators, *coturnici*

Quegianfu, città e reame, 109, 7; 110, 0, 5 (2 volte)

Benedetto, CXI, 14, CXII, 1, 9, 10 ha ‹Quengianfu› (ma ‹Que[n]gianfu› in 10) con le varianti ‹qengunfu, qengiufu›; è Hsi-an-fu, capitale dello Shàn-hsi, detta Kinjanfu in Rašīd ad-Dīn, conosciuta fin dalla dinastia T'ang col nome di Ching-chao-fu; nel 1262 i Mongoli crearono un'unica provincia di Shàn-hsi e Ssǔ-ch'uan con capitale a Ching-chao, ridividendoli poi nel 1286; vedi Pelliot, *Notes*, 813-814.

Quenlafu, città, 151, 9

Benedetto, CLVI, 20 ha ‹Quenli[n]fu› correggendo il ‹qenlifu› del manoscritto (‹quelinfu› è anche in R rispetto a ‹quenlifu› di Z). Già dal sec. XVII la città era stata identificata con Chiengning-fu; al tempo di Polo in realtà la città non era più un *fu* ma un *lu* ('dipartimento'), ma i viaggiatori, e così Marco Polo, non usano mai per i nomi di città cinesi altro che *fu* o *chou*; vedi Pelliot, *Notes*, 814-815.

quesitan, 85, 1 (« 'l Grande Kane si fa guardare per sua grandezza a .xij^m. uomini a cavallo, e chiamansi Quesitan, ciò è a dire ' cavalieri fedeli del signore ' »); 89, 1 (« 'l Grande Kane à .xij‹m›. baroni, che sono chiamati Que‹s›itan, ciò è a dire ' li più presimani figliuoli del signore ' »)

È il mong. *kešikten*, derivato ('Wachtmannschaft', 'veglia'; 'sentinella' si direbbe piuttosto *kešikči*) di *kešik* 'veglia'. Il sistema, esattamente descritto, delle quattro guardie di 3000 uomini ciascuna che si alternavano ogni tre giorni imitava quello già in uso sotto i T'ang, formato da quattro *wei* o divisioni della guardia imperiale; cfr. Pelliot, *Notes*, 815; Doerfer, *Elemente*, I, 467-470.

In questo caso le traduzioni date da Polo sono del tutto inesatte; la seconda è però più accettabile, nel senso che per la dignità del loro compito e la solennità erano effettivamente « i più presimani figliuoli [errata resa di *feoilz* ' fedeli ', vedi *Nota al testo*, Appar.] del signore ».

Quian, 113, 6 (Quinianfu); 143, 0, 3
Si parla di un fiume Quinianfu che passa attraverso Sardanfu, capitale del regno di Sindafa, e di un fiume Quian, che è il maggiore del mondo e passa per Signi. Il ‹Quiansui› di F, corrotto nella traduzione toscana in ‹Quinianfu›, è il Min, che Marco Polo considera evidentemente il corso superiore dello Yang-tzŭ e che egli vede a Ch'êng-tu; il Quian è lo Yang-tzŭ-chiang. L'origine del nome è forse un *chiang-shui*, forse appellativo dialettale del Ssŭ-ch'uan; il solo *qiyān* è attestato nei geografi mussulmani. Fra Mauro, il cartografo veneziano, dice che il fiume Phison si chiama anche, per la diversità delle lingue, Quinanfu, forma che Pelliot considera corruzione di Quiansui; la forma del testo toscano era quindi anche nella redazione poliana conosciuta da fra Mauro; cfr. Pelliot, *Notes*, 817-820.

Quinsai, mastra città de li Mangi, 135, 7 (Quisai); 147, 15 (Quisai); 148, 0, 4 (« che vale a dire in francesco ' la città del cielo ' »), 7; 149, 1 (Quisai); 150, 1 (Quisai), 2 (Quisai), 11 (Quisai), 12 (Quisai); 151, 1 (Quisai); 153, 14 (Quisai); 157, 11

La forma senza ‹-n-› è quella prevalente anche in F.

È Hang-chou, capitale dei Sung (960-1279) dal 1132, sulla foce del Ts'ien-t'ang-chiang nella Cina meridionale, conquistata da Baian* nel 1276. Il nome sembra rendere uno dei nomi della città, Hsing-tsai (abbreviazione di cin. *hsing-tsai-so* ' luogo di residenza temporanea [dell'imperatore] ') attraverso una trascrizione persiana come Xīngsāy. La traduzione data da Polo (' la città del cielo ') deve essere dovuta a un fraintendimento, non meglio precisabile; vedi Moule, *Quinsay*, 1-53 (discussione del nome e dati sulla città).

rabarbaro, 60, 6 (reubarbaro, nel Tangut); 147, 7 (rebarbero, a Sugiu)

Del rabarbaro parlano, in Occidente, Rubruck (che cita una radice « que dicitur reubarbe » usata presso i Mongoli come mezzo diagnostico, cfr. *SF*, 265, 266 e 282) e Odorico, che dice che nel Cassan (cioè Kan-su) « nascitur reubarbarum, cuius tanta copia illic habetur, quod unus asinus minori sex precio grossorum ponderaretur (*SF*, 484).

Da un nome iranico del rabarbaro, pahlavī *rībās*, pers. *rīvās*, balūčī *ravaš*, viene l'ar. *rībās*; i nomi occidentali sono tutti dal lat. *rha* o *rheum barbarum*, greco *hreon* (< *rewon*), anch'esso di origine iranica, e *Rheum* è ancora oggi il nome scientifico. Una specie di *Rheum* è il *Rheum ribes*, che conserva nel nome l'ar. *rībās*. I farmacologi mussulmani distinguono più qualità di rabarbaro, la migliore delle quali è quella cinese (pers. *rīvand-i činī*); vedi Laufer, *SI*, 547-551.

rame, 179, 9 (importato nel Melibar); 181, 4 (importato nella Tana)

Re dell'Oro, 107, 1 (Re d'Or), 3 (Re d'Or), 5, 6 (Re de l'Oro), 8; 108, 0

Gli Jurčen (vedi Ciorcia) fondarono nel sec. XII un impero che comprendeva la Manciuria di SE e la Cina settentrionale, sotto il comando di *Akuta (1113-1123); i suoi successori scelsero il nome dinastico cinese di Chin (' oro '); il titolo del sovrano era dunque *Altan qan* (come risulta dalla *Storia segreta*, 273), il che vale appunto ' re dell'oro '. I fatti raccontati da Polo non sembrano però avere fondamento storico se non come eco di antiche lotte tra i Chin e i Mongoli orientali.

reincarnazione, di Sergamon* Borgani, 174, 23-24

Reobales, reame, 35, 4

Regione non meglio identificata; Benedetto, XXXVI, 7 ha ‹reobar›, in cui è forse da vedere il pers. *rūdbār* ' (regione) che abbonda di corsi d'acqua (*rūd*) '; ‹°les› è dovuto ad un'errata agglutinazione dell'articolo che seguiva nel francese: («Les sien fruit sunt, ecc.»).

Reumeda Iacomat, vedi Ruccomod Iacamat

riso, 112, 5 (a Anbalet Mangi); 117, 10 (Caragian); 163, 5 (Samarra); 166, 4 (Fansur); 169, 7 (Seillan); 170, 48 (Mabar); 176, 10 (Coilun)

Rocella, 157, 13

La Rochelle, porto francese sull'Oceano Atlantico.

Roma, 59, 10; vedi Papa di Roma

Rossia, 205, 8; 206, 0, 1, 9; 207, 1, 3, 6; 208, 2

La Russia fu conquistata dai Mongoli di Batu (l'Orda d'oro), guidati da Sübötei, tra il 1237 e il 1240; Mosca fu presa nel 1238, Kiev nel 1240. Al tempo di Marco Polo i vari principi russi erano costretti a pagare tributo ai Mongoli; il più importante tra loro era Dmitrij I, figlio di Aleksandr Nevskij, che regnò dal 1276 al 1294 (vedi G. Vernadsky, *The Mongols and Russia*, New Haven-London, 1953).

La storia del nome Russia risale allo slavo Rus' (in origine nome di un clan scandinavo che conquistò il dominio di varie tribù russe e, in seguito, di tutte le terre governate dai Russi di Kiev); su *Rus'* i Bizantini modellarono un nome *Hrosia*, mentre i Russi chiamavano il loro paese *ruskaja zemlja*, *Rus'* o *strana ruskaja*; poi per influsso del patriarcato bizantino, anche i Russi adottarono Rosija, attestato dalla metà del XV sec., e con doppia ⟨-ss-⟩, come nel russo moderno Rossija, dalla metà del XVII. Questa è la forma che ha poi prevalso, ed è quella usata da Polo (Giovanni da Pian del Carpine, passim, scrive Ruscia); vedi D. Obolenskij in *DAI*, II, 20-23.

rubini, 169, 9 (a Seilan), 10-12 (« il più bello rubino del mondo... lungo presso un palmo ed è grosso ben tanto come un braccio d'uomo »); 170, 21 (sul cordone del re di Mabar)

ruc, 186, 21 (« Quelli di quella isola sì·cchiamano quello uccello ruc, ma per la grandezza sua noi crediamo che sia grifone »).
    Si tratta di uccelli « fatti come aguglie », che prendono un elefante, lo trasportano in aria, e lo

lasciano cadere, in modo che muoia. Allora se ne
cibano. Nel raccontare di questo uccello (186, 14-
17), Polo confuta quello che ne dicono i mercanti (che è mezzo uccello e mezzo leone, che ha le
ali lunghe venti passi e le penne dodici). Lo stesso uccello è citato da Jourdain Catalani: « in
ista Yndia tertia sunt aves quaedam quae Roc
vocantur, ita magnae quod de facili elevant
unum elephantem in aere » (119).

Quella di Marco Polo è una delle ultime 'attestazioni di uno dei tanti uccelli fantastici noti
nelle letterature del Vicino Oriente. L'uccello è
il *ruxx* che è noto nella letteratura araba fin
da Ǧāḥiẓ (morto nel 868) in poi, ad esempio nelle *Mille e una notte* (notti 57, 58, 73, 83), in
Mas'ūdī, ecc. L'uccello *ruxx* rapisce gli uomini,
getta rocce sulle navi, depone uova grandi come
cupole che si possono rompere solo a colpi di
ascia; e delle sue penne si possono fare barili per
l'acqua. La tradizione rimonta però ben più indietro. Nel commentare un passo di *Giobbe*, 39,
13 sgg. di assai difficile interpretazione, in cui si
parla di kənāφ rənānīm ' le ali dei cantori ', e che
la versione siriaca Pəšīṭtā traduce con kənφay
šaβoḥīn, già Efrem Siro (morto nel 373) ha interpretato le due parole come il nome di un uccello
aggiungendo, a spiegazione del versetto 18 (« quando corre si beffa del cavallo e del cavaliere »), che
è così perché questo uccello afferra cavallo e cavaliere e li porta in aria. Sempre commentando lo
stesso passo di Giobbe, Giacomo d'Edessa nel
708 dice che « il kənφay šaβoḥīn è un uccello assai potente del paese degli Indiani, che è chiamato da molti l'uccello elefante, perché strappa perfino i piccoli degli elefanti alle loro madri e li

porta in aria, ecc. ». I lessicografi come Bar Ba-
hlul descrivono quest'uccello come *'anaqā dərūḥā*,
cioè ' gigante dell'aria '; più tardi Barhebreo
(morto nel 1286) dice che il *kənφā* è detto
' uccello elefante ' (*ṣəφar pīlā*) perché ruba i piccoli elefanti alle madri, in India. Questo uccello
corrisponde al *ruxx* arabo e anche ad un altro
uccello favoloso arabo, lo *'anqā* (' il gigante ':
'Anaq è il nome di una famiglia di giganti menzionata nella Bibbia, *Numeri* 13, 33). All'origine
del nome è secondo alcuni l'egiziano *rḫ* ' Vanellus
cristatus ', un piviere spesso raffigurato sui monu-
menti (così Drioton presso Nau, citato qui sotto,
p. 223, n. 1); per l'erudito settecentesco Bochart si
tratta invece di una corruzione del gr. *rúnkhos*
' becco '. È possibile che questo filone di nozioni
su un uccello mostruoso noto sotto vari nomi si
ricolleghi in definitiva al *Fisiologo* greco, nato
nell'ambito della scuola di Alessandria, per qualche versione moralizzata relativa al grifone (gr.
grúps). Su tutta la questione, vedi F. Nau, *Étude
sur Job XXXIX, 13 et sur les oiseaux fabuleux
qui peuvent s'y rattacher* « JA », 215 (1929), 193-
236. Comunque la capacità di afferrare elefanti e
portarli in aria è attribuita anche ad altri uccelli
mitici, per esempio al Garuḍa indiano, re degli
uccelli e cavalcatura di Viṣṇu. Un interessante
riecheggiamento del dato poliano è una dicitura
del mappamondo di fra Mauro. Presso l'isola di
Diab (che il Cerulli ha identificato con al-Diyāb
di Dimašqī, ma che per questi comprende Mogadiscio, Sofala e Soqotra) fra Mauro dice che i marinai di una nave verso il 1420 videro « uno ovo
de uno oselo nominato chrocho, el qual ovo era
de la grandeça de una bota d'anfora; e la gran-

deça del oselo era tanta che da un piço del ala a
laltro si disse esser 60 passa; e con gran facilità
lieva uno elefante e ogni altro grande animal e
fa gran danno a li habitanti del paese e velocissi-
mo nel suo volare ». Cerulli, *Noterelle somale ad
el-Dimašqī ed Ibn 'Arabī*, rist. in Cerulli, *Somalia*,
I, 43-44, lo considera una prova della dipendenza
di fra Mauro dai geografi arabi, mentre, almeno
in questo caso, Mauro non fa altro che copiare
quel che dice Polo.

Per altra trafila, quella indonesiana, un'eco
dello stesso complesso mitico si ritrova nel Pigafetta, là dove parla delle leggende sul garuḍa in-
donesiano: « Anco ne dissero che sotto Giava
Maggiore, verso la tramontana, nel golfo de la
Cina, la quale li antichi chiamano Signo Magno,
trovarsi un arbore grandissimo nel quale abitano
uccelli detti garuda, tanto grandi che portano un
bufalo e uno elefante al luogo ove è l'arbore »
(60, e vedi la nota di Bausani).

Ruccomod Iacamat, re di Cormos e di Creman

Il nome di questo re di Hurmuz e di Kirmān
è scritto ‹Reùmeda Iacomat› in 36, 5 e ‹Ruccomod Iacamat› in 36, 19. Poiché, come ha osservato più volte Pelliot, è impensabile che un trascrittore così fedele e coerente come Marco Polo possa oscillare di tanto addirittura nello stesso capitolo, è certo che si tratta di una corruzione testuale profonda; anche le altre varianti sono molto diverse: il Benedetto pur avendo restituito nel
testo critico ‹Ruemedan Acomat› in XXXVII, 15
e 54, nella traduzione considerava più attendibile la forma ‹Maimodi Acomat› che egli leggeva
in F; ma a detta di Pelliot la lezione di F è inve-

ce ‹Rucumodi acamat›, possibile trascrizione del nome Rukn ad-Dīn Aḥmad. L'unica fonte sui re di Hurmuz è una cronaca perduta, tradotta però tra il 1593 e il 1597 da Pedro Teixeira. Qui si parla di un Rukn ad-Dīn Maḥmūd che regnò 35 anni e morì nel 676 Eg. (1277-1278); egli sarebbe dunque stato sul trono al tempo del primo soggiorno di Polo a Hurmuz, nel 1273. L'unico errore di Polo sarebbe quello di aver scambiato Aḥmad con Maḥmūd, nomi del resto etimologicamente affini (così Pelliot, *Notes*, 820-822). La forma ‹Reumeda› è facilmente spiegabile a partire da ‹Rucumodi› e simili, soprattutto dato che la prima sillaba può essere stata divisa dal nome e interpretata come *re*. Vedi, comunque, J. Aubin, *Les princes d'Ormuz du 13e au 15e siècle*, « JA », 241 (1953), 77-138.

Rustico da Pisa, 1, 6

Saba, città di Persia, 30, 2; 31, 7

Sāva, a SO di Tirhān e NO di Qumm; la forma ‹Saba› è certamente dovuta, come suggerisce anche il Pelliot, *Notes*, 826, all'incrocio con la Saba biblica. Già l'Antico Testamento parla di re di Saba: cfr. *Salmi* 71, 10 Vulg. (« reges Arabum et Saba dona adducent ») e *Isaia* 60, 6 (« omnes de Saba venient aurum et thus deferentes »). In molte tradizioni occidentali uno dei re Magi è re d'Arabia ed è quello che porta mirra e incenso, Balthasar. Così Giovanni di Hildesheim, parlando di Balthasar, re della seconda India, che portò l'incenso, dice che gli apparteneva anche il regno di Saba « in quo specialiter crescunt plurima nobilissima aromata et thus », cfr. di Nola, *Hildesheim*, 101). Non sorprende quindi che a uno dei re Ma-

gi venisse immediatamente collegato il nome di
Saba. È invece di provenienza orientale la notizia
che Sāva fosse il luogo di sepoltura di uno dei
Magi, e Marco Polo deve averla raccolta proprio
nella regione. La prova è data nel *Diatessaron*
persiano, tradotto da un originale siriaco negli
anni tra il 1265 e il 1295, che dopo *Mt.* 11, 1 aggiunge una glossa significativa: « Quando Gesù
nacque in Betlemme di Giuda nei giorni del re
Erode, *malikān-i majūs āmaδa-and az mašriq, ya'nī
zamīn-i Pārs, az Āva va Sāva* (i re Magi vennero
dall'Oriente, cioè dalla terra di Persia, da Āva e
da Sāva) » (vedi G. Messina, *Diatessaron persiano*, Roma, 1951, 22). Sāva è particolarmente
importante come centro religioso. Sopra vi sorgeva una montagna che era in rapporto con l'origine della festa iranica del Tīragān (vedi G. Messina, *La celebrazione della festa* šhr'bgmwd *in
Adiabene*, « Orientalia » 6 [1937], 234-244, in particolare 238); inoltre Sāva è il nome di una delle
sette regioni del mondo nei testi persiani, dalle
Gāθā fino allo *Ayādgār i Jāmāspīg* (vedi G. Messina, *Libro apocalittico persiano Ayātkār i Žā-
māspīk*, Roma, 1939, 91, 98). Un anonimo domenicano, che scriveva verso il 1320, riferisce di aver
sentito dire che in Persia « est ibi civitas valde
pulcra quam tenent modo Saraceni et vocatur illa civitas Sabba, et est ibi ecclesia parva pulcherrima rotunda, et ibi tres reges qui venerunt ad
adorandum puerum Ihesum Christum sunt tu-
mulati in sepulchris pulcherrimis » (cit. in Monneret de Villard, *Leggende*, 89); infine la notizia
ritorna nel libro dei Magi di Giovanni di Hildesheim, scritto tra il 1364 e il 1375: « Item dicunt Indi quod sepulchrum ipsorum trium Re-

gum beatorum in civitate Seuwa in quo primo defuncti fuerunt positi, adhuc ibidem integrum remansit... ».

Vedi Calasata, Magi

Sachion, città, 57, 1

‹Saciou› in Benedetto, LVIII, 3 sulla base di ‹Suçio› di Z; il manoscritto permetterebbe anche ‹Sacion›. È Sha-chou, al limite O della provincia del Kan-su; il nome è quello noto ai geografi arabi, che scrivono Sājū, Šājū; inoltre si trova Śacu in documenti cotanesi del X sec. e Śa-cu in documenti tibetani; poi il nome più noto è Tun-huang, vedi Pelliot, *Notes*, 822.

saggio, 116, 10 (« uno saggio d'oro fino »); 117, 12 (« un saggio d'argento, che sono due viniziani grossi, e gli otto saggi d'argento fino vagliono un saggio d'oro fino »); 118, 3 (« un saggio d'oro per sei d'ariento »); 149, 2 (« saggi d'oro e ciascuno saggio d'oro vale piùe d'un fiorino d'oro »); 170, 25 (« perla... che pesi da un mezzo saggio in su »), 33 (« .vᶜ. saggi d'oro, che vagliono bene più di .c. marchi d'ariento »)

Saianfu, città, 141, 5 (Sagianfu); 142, 0 (Sagianfu), 1, 11 (Sai‹a›nfu)

Anche Benedetto ha ‹Saianfu› in CXLVI, 10, CXLVII, 1, 2, 29 ma esiste nel manoscritto anche ‹sanianfu› e VA ha ‹saniafu›; è la città di Hsiang-yang-fu, sulla riva N del fiume Han, occupata dai Mongoli nel 1273; vedi Moule, *Quinsai*, 70-78, che corregge i dati di Polo.

salamandra, 59, 4, 5 (a Chingitalas, 2 volte), 6 (salamandre), 9 (salamandre)

È l'amianto; come in altri casi, Marco Polo si preoccupa di smentire leggende correnti (vedi ruc, unicorni) contrapponendo quel che a lui risulta per osservazione diretta; la leggenda della salamandra che vive nel fuoco (gr. *salamándra*) è in molti autori classici, ad esempio in Aristotele, *De anim. hist.* 552[b], 16, Teofrasto, ecc. (Plinio la nega in *NH*, XXIX, 4, 76) e da ultimo nel *Fisiologo* greco (101-102 Sbordone) da cui probabilmente è passata in Occidente come tanti altri motivi di questo testo; un esempio vicino a Polo è quello di Jacopone, *Laudi*, II, 60 « o cor salamandrato de viver sì enfocato ».

Sull'amianto asiatico vedi B. Laufer; *Asbestos and Salamander*, « TP » 16 (1915), 299-373 e *SI*, 498-501.

sale, 45, 2 (montagna di sale dopo Tahican); 116, 10 (moneta di sale a Gaindu); 117, 13 (molti giacimenti a Caragian); 128, 3-6 (a Cianglu); 136, 5 (a Caygiagui); 139, 6 (a Tingui); 149, 1-2 (a Quisai)

Samarcan, 50, 8; 51, 0, 1
   Samarkand, oggi nell'Özbekistan meridionale (U.R.S.S.). Il nome è di origine iranica (cfr. avest. *zamarə* ' dentro la terra ' e sogd. *k'n*δ ' città ': ' città delle case interrate '), secondo A. Pagliaro, *Alessandro Magno*, Torino, 1960, 264.

Samarra, reame, 162, 21; 163, 0, 1
   Anche Odorico parla di « Sumoltra » (*SF*, 446); al tempo di Polo era un regno islamizzato che occupava la parte NO dell'isola di Sumatra; esso era noto anche col nome di Pasei, Pasè (Pacem in viaggiatori portoghesi, cfr. *HJ*, 682-683). La forma corrente nel XIII secolo doveva essere *Sumudra, dal sans. *samudra-* ' oceano '; nei geo-

grafi mussulmani il nome compare come Sū-
mūtra, Šumūṭra; in giavanese si ha Samudra nel
1365; in Occidente è Niccolò de' Conti il primo a
usare Sciamuthera per l'intera isola, secondo l'uso
che poi ha prevalso; vedi Pelliot, *Notes*, 838-841;
HJ, 865-867. Si deve notare che ‹samara› è forma data da tutti i codici tranne Z che ha ‹samatra› (la seconda volta ‹sumatra›).

sandalo, 153, 8 (sandali, nel porto di Zartom); 167,
4 (sandoli, a Neguveran); 186, 7 (a Madegascar
« grandissimi àlbori di sandali rossi, ed ànnone
grandi boschi »)
    Il nome viene dal sans. *candana-*, passato in
Occidente attraverso il pers. *čandal*, l'ar. *ṣandal* e
simili; se ne conoscono almeno due specie: il
Santalum album L, usato come materia medica,
e quello rosso, il *Pterocarpus santalina* L, usato
come legno da costruzione e colorante, vedi *HJ*,
789-790.

saracino, 1, 4; 23, 5 (saracini a Mosul); 24, 1 (saracini); 25, 9 (a Toris); 26, 2 (saracini a Baudac), 3,
6; 29, 3, 5 (2 volte), 6; 40, 8; 51, 1 (a Samarcan),
6, 7, 8, 9; 57, 2 (saracini, nel Tangut); 66, 3 (astorlogi saracini di Cinghis), 8; 68, 3; 69, 24; 162, 8
(mercatanti saracini a Ferlet); 169, 13 (gente d'arme d'altre contrade a Seilan); 170, 51 (uccidono
le bestie nel Mabar); 172, 2 (vanno in pellegrinaggio alla tomba di S. Tommaso nel Mabar);
174, 3, 29 (vanno in pellegrinaggio al sepolcro
d'Adamo a Seilan); 186, 2 (a Madegascar); 188,
2, 5 (ad Abascie hanno un segno in faccia), 6 (dimorano verso Aden); 190, 2 (a Aden); 191, 3 (a
Escier); 192, 2 (a Dufar); 199, 3; 207, 2 (a Lacca);
209, 19

Il termine è qui usato nel senso abituale di 'mussulmano', indipendentemente dalla provenienza etnica, un po' come avverrà per il port. *mouro* nel '500. La forma in °*ino* è più giustificata di quella in °*eno*, che ha poi prevalso, visto che si tratta di un adattamento dell'ar. *šarqī* 'orientale'.

Non sfuggirà il tono apertamente ostile di ogni notizia data da Polo sui saracini né il fatto che egli cerchi di mettere sempre i mussulmani nella luce peggiore, diversamente da quanto invece fa per i Mongoli. Né si può invocare una generica diffidenza verso le religioni diverse dalla cristiana perché Polo, anche se accomuna tutte le religioni diverse da cristianesimo, islamismo e culto del cielo mongolo sotto il nome di idolatria, mostra ammirazione per il Buddha e descrive senza ironia anche i culti mongoli. Ma non si deve dimenticare che più che da motivi religiosi Polo è qui ispirato da motivi politici, giacché egli risente del fatto che in quel momento erano i mussulmani il vero pericolo sia per i cristiani sia per i Mongoli. Questi non erano riusciti a piegare i Mamelucchi di Egitto ed anzi ne erano stati sconfitti ad 'Ayn Ǧālūt nel 1260 e avevano dovuto cedere la Siria. Così l'alleanza contro i Mamelucchi era il motivo per un riavvicinamento tra Mongoli e potenze occidentali, come ci mostrano anche le lettere di Abaγa, Arγun, Ölǰeitü ai papi e ai re di Francia e di Inghilterra (vedi Mostaert-Cleaves, *Lettres*).

Sardanfu, città, 113, 0, 2; vedi Sindifu

scaggiale, 89, 3 (« uno ricco scaggiale d'oro »)

Scara, isola, 184, 8 (arcivescovo di Scara), 11; 185, 0, 1, 10 (arcivescovo di Scara); 186, 1

In F il nome è scritto in vari modi: ‹scara, scatra, scotra, scorta› che Benedetto (CXC, 17) unifica in ‹Scotra›; è Socotra, isola dell'Oceano Indiano, a E del golfo di 'Adan, cristianizzata mentre era sotto i re etiopi; nei geografi arabi il nome è scritto ‹Sqṭry› (Suquṭurà).

Scasem, città, 45, 9

Dopo Lentz, *Pamir*, 10-12, anche Pelliot, *Notes*, 826-827 vi ha riconosciuto la città di Iškāšm di cui egli ricostruisce il nome antico come *Skāšīm, sulla base della trascrizione cinese e della forma di Bīrūnī, Sikāšim (la città è forse Š.qīna di Idrīsī, vedi Rubinacci, *Tibet*, 201). Che la sua congettura sia giusta, almeno per quanto riguarda la forma del nome, lo dimostra il fatto che la lingua di Iškāšm è ancora oggi chiamata dai parlanti *škošmī* senza vocale iniziale (in *škošmī ā* si chiude in [o] per un processo generale); la città di Iškāšm odierna è alle pendici SO del Pamir, sulla riva sinistra del Panǰa, quasi alla frontiera tra Unione Sovietica e Afɣānistān; la lingua appartiene al gruppo del Pamir ed è parlata da circa 2000 persone (il lavoro più completo resta T.N. Paxalina, *Iškašimskij jazyk*, Moskva, 1959). Pelliot non mostra di conoscere che le carte portano in realtà due Iškāšm; l'altra è nel Qataɣan; ma Polo sta muovendo da Balac* verso Tahican*/, che è a 12 giornate. La seconda Iškāšm sarebbe troppo vicina a Tahican e inoltre sarebbe a SO mentre quella del Pamir sarebbe a E e a sei giornate da Tahican. Dalla città più a E Polo scende poi verso il Balasciam e poi in 10 giornate arriva al Bastian.

scherani, 35, 8 (vedi Nogodar); 114, 15 (« li migliori scherani del mondo » nel Tebet)

sciamiti, 209, 6 (d'oro e d'argento)

scimmie, 162, 17 (a Basman, assai e di diverse fatte), 19 (piccole e col viso molto simile a quello umano, vengono imbalsamate); 165, 4 (a Lanbri « uomini ch'ànno coda grande più d'un palmo »); 189, 17 (« iscimmie asai » a Abascie)

Scozia, 208, 2

Questo di TA è un palese errore per ‹Gucia› di F; si tratta dei Goti di Crimea, un ramo dei Goti conservatosi fino al sec. XVII (cfr. Rubruck: in Crimea « Goti quorum ydioma est teutonicum », SF, 170); vedi Pelliot, Notes, 743. I Goti di Crimea sono inclusi nelle conquiste dei Mongoli anche da Rubruck (SF, 137) e da Simone di St-Quentin (76-77) in liste che coincidono quasi perfettamente con quella data da Polo.

Scritture, 174, 29 (Santa Iscrittura); 184, 2 (legge del Vecchio Testamento)

Sedemain re di Seilan, 169, 4

Benedetto, CLXXIV, 9 accoglie la forma ‹Sendemain› ma riporta in nota le varianti ‹sendernan› Z, ‹sendernaz› R, ‹sandrean› V.

Al tempo di Polo il re di Ceylon era Parākrama Bāhu IV (1291-1326); ma come per il nome del re del Mabar*, è possibile che si tratti della deformazione di titoli dei sovrani anziché dei loro nomi dinastici, nella forma corrente tra i naviganti di lingua araba o persiana.

Seilan, isola, 168, 7 (Seillan); 169, 1 (Sella); 170, 1
(Silla); 173, 29; 174, 0 (Seilla), 1 (Seila), 27 (Seila), 31 (Seilla), 32 (Seila)

Benedetto ha sempre ‹Seilan› (CLXXIII, 11,
CLXXIV, 1, 3, CLXXIX, 1) e cfr. « insula nomine Silam » in Odorico, 454 e « Sylem » in Jourdain, 116 (« nam est una quae Sylem vocatur, ibi
inveniuntur meliores lapides pretiosi totius mundi, et in maiori quantitate et multitudine, et om-
nium generum »).

Del nome di Ceylon esistono due varianti; la
più corrente, quella trascritta da Polo e che è al-
l'origine anche della grafia moderna Ceylon, è la
forma medioindiana (Silan e simili) del sans. Siṁ-
hala-; l'altra è il sans. Siṁhaladvīpa- (l'isola di
Ceylon) che è trascritta come Sielediba in Cosma
Indicopleuste e come Sarandīb nei geografi arabi
(cfr. *Axbār*, 4 Sauvaget); cfr. *HJ*, 181-182.

Senderban, re de Var, 170, 5

Uno dei cinque re del Mabar; in F il nome è
‹Sender bandi devar›: TA ha letto ‹di› come
‹roi› (vedi la *Nota al testo*, Appar.). Il personaggio non è identificabile; al tempo di Polo regnava
sul Maʿbar la dinastia Pāṇḍya e il re sul trono era
Māravarman Kulaśekhara (1272-1312). Ma è possibile che Marco Polo indicasse qualche altro
principe: nello stato Pāṇḍya c'era un sovrano coa-
diuvato da altri principi della sua famiglia, a lui
soggetti, che avevano anch'essi diritto al titolo
di re.

Sepolcro di Cristo, a Gerusalemme, 7, 7; 10, 2, 3;
189, 1, 3, 4, 9

seque, 94, 15

‹Secque› è la parola usata nel testo francese, passim, qui conservata intatta mentre in 95, 1 è tradotta correttamente con ‹tavola›; *zecca* era già corrente in italiano (è in G. Villani, ecc.) e quindi non c'era motivo di lasciare la parola francese (sull'etimo da ar. *sikkah* 'conio', vedi Pellegrini, *Arabismi*, 109, 132, 346); è semplicemente uno dei tanti francesismi di inerzia (vedi la *Nota al testo*, Appar.).

Sergamon, 174, 3 (Sergamon Borgani), 4, 5

È il Buddha Śākyamuni. Polo deve averne sentito parlare prima di visitare Ceylon, perché lo chiama *burqan*, che è l'equivalente turco-mongolo del nome di Buddha. Verso il sec. VIII, infatti, il nome cinese di Buddha, oggi *fo*, suonava *[buδ] o simili (la più antica forma ricostruibile per l'odierno *fo* è *[b'iuət]; sul valore dell'antica consonante finale -*t* del cinese, diventata [δ] e poi [r] nel nord, vedi da ultimo Bombaci in *Gururājamañjarikā*, 176); lo dimostra la resa tibetana del cinese, che è '*bur*. Il prestito sogdiano *pwrsnk* (*[bursang]), dal sans. *Buddhasaṅgha*, passato poi in mongolo e in uiguro come *bursang*, dimostra l'esistenza di una forma *bur* già in iranico (cfr. H.W. Bailey, *The Word 'but' in Iranian*, « BSOS », 6 [1930-32], 280). *Burqan* dunque è formato da *bur* più *qan*, e questa è la spiegazione ormai correntemente accettata, quasi fosse 'il signore Buddha', cfr. *DS*, 127). Quanto alla resa di Śākyamuni, i Mongoli stessi usavano anche la forma adattata Šigemuni. A favore della forma con ‹-g-› c'è anche la testimonianza degli storici armeni. Pelliot, *Notes*, 823, cita correttamente la

forma ‹Šakmonia› di Vartan; ma questa è la traslitterazione; all'epoca la pronuncia era [ʃagmo-
nja]; Šakmonia è anche in Kirakos, 371, 397.

I testimoni poliani hanno quasi tutti ‹-r› alla
fine della prima sillaba, dopo ‹se°›; si tratta del-
l'attrazione di *ser* come è avvenuto con *re* in
‹Reumeda› (vedi Ruccomod Iacamat)?

Notizie sul buddismo, sui monaci, ecc. si leg-
gono già in Rubruck (*SF*, 227 sgg.), ma Polo è il
primo in Occidente a riferire la vita completa del
Buddha, aggiungendo alle versioni correnti il particolare della statua tutta d'oro a sua similitudine, ornata di pietre preziose. Il trasporto delle reliquie a Cambalu avvenne nel 1288; Benedetto
propose di correggere nel testo francese (CLXXIX,
71) ‹Adan› in ‹Borcan›, pensando che le reliquie
fossero quelle del Buddha; ma altre fonti (cfr.
Olschki, *Asia*, 198) attestano che quelle reliquie
erano effettivamente attribuite ad Adamo.

Sulla visione del buddismo in Marco Polo si
veda Olschki, *Asia*, 249-262.

serpente, 118, 5 (« 'l grande serpente » nel Caragian),
13, 20; 171, 7, 10 (a Multifili); vedi colubre

seta, 22, 8 (Giorgens), 15 (seta ghele); 106, 4 (Taiamfu); 109, 6 (Cacianfu); 111, 2 (Cuncum); 126,
13 (Cugiu); 127, 3 (Cacafu); 129, 4 (Ciangli);
130, 7 (Condifu); 137, 4 (Pauchin); 141, 4 (Nangi); 142, 4 (Saianfu); 145, 2 (Cinghiafu); 147, 3
(Sugiu); 149, 5 (Quisai); 151, 12 (Quenlafu); vedi
drappi, ghele, gelso

Signi, 130, 14; 131, 0, 2; 132, 1
Benedetto integra ‹Singiu[matu]› in CXXXV,
33, CXXXVI, 1, CXXXVII, 2 sulla base di ‹Singiu-

matu› di CXXXVI, 9, 17 e di ‹Sinçumatu› di Z; la seconda parte del nome è caduta nella redazione toscana; è il cin. Hsin-chou ma-t'ou 'il porto (*ma-t'ou*) di Hsin-chou', oggi corrispondente a Chi-ning; vedi Pelliot, *Notes*, 834-835.

Sigui, provincia, 142, 14; 143, 0, 1

‹Sigui› è anche in F, letto però ‹Singiu› da Benedetto, CXLVII, 46, CXLVIII, 1, 3, sulla base di ‹sinçu› di Z; è Chên-chou,nome sotto gli Yüan di I-chêng, a SO di Yang-chou; forse la forma poliana era in origine *Cingiu; vedi Pelliot, *Notes*, 833-834.

Sindafa, provincia, 113, 1; vedi Sindifu

Sindatui, città, 73, 17

Benedetto, LXXIV, 31 ha ‹Sindaciu› ammettendo però anche ‹Sindatui›: è Si-nan-tö-chou, nome all'epoca mongola di Siuan-hua, a NE di Pechino.

Sindifu, 113, 0 (Sardanfu); 113, 1 (Sindafa), 2 (Sardanfu), 17 (Sindu); 126, 17

Benedetto accetta nel testo ‹Sindufu› in CXV, 1, 4 e in CXXXI, 36, 37 e Sindu in CXV, 35, ma esistono anche le varianti ‹sindinfu, sindanfu, sindafu›; la provincia è il Ssŭ-ch'uan e Sindufu è Ch'êng-tu-fu, capitale della provincia, conquistata definitivamente dai Mongoli nel 1241.

Sindu, 113, 17; vedi Sindifu

Singhitingni, 79, 4

In Benedetto, LXXX, 10 ‹Sichintingiu›, ma la lettura è dubbia perché ci sono anche varianti con tre sillabe; Pelliot (*Notes*, 831-832) sospetta che il nome sia corrotto, forse da *‹Sichingiu› o

*‹Sitingiu› ma non propone identificazioni né accetta quelle precedenti (il Palladius proponeva Hsi-chien-chou).

Singui, città, 71, 5

Benedetto, LXXII, 9 scrive ‹Si[li]ngiu› e subito dopo inserisce l'integrazione ‹[Et la provence ausi a nom Silingiu]› giacché il resto del passo si riferisce a una provincia e non solo a una città; infatti Z ha « invenitur quedam civitas nomine Singiu et provincia vocatur Silingiu »; i due nomi sono invece ‹Singui› in R, ma sembra più naturale che si sia ridotto il nome più lungo anziché l'inverso, magari per influsso di forme come Sigui e simili < cin. Chên-chou.

È Hsi-ning-chou, presso il lago Kökenōr, a E; la città, importante passaggio carovaniero tra Asia centrale e Cina settentrionale, era nota in Asia centrale col nome di Sling, Seling, (tib. Zi-liṅ, ecc.), cfr. HJ, 846-847; Pelliot, Notes, 832-833.

Sinuglil, città, 126, 3

Una città nella provincia di Cugiu*.

Soldania, 2, 2; 3, 1

Soldaia, emporio veneto (dal 1365 genovese) in Crimea, odierna Sudak; cfr. Rubruck, che vi era passato 15 anni prima di Niccolò e Maffeo: « in medio vero quasi in cuspide ad meridiem habet civitatem que dicitur Soldaia... et illuc applicant omnes mercatores venientes de Turchia volentes ire ad terras aquilonares », SF, 166 (cfr. anche 170). Simone di St-Quentin, 76 ha ‹Sugdania›; l'alternanza ‹gd› ~ ‹ld› nella resa dell'originario [ɣd] (il nome turco era Suɣdaq) è la stessa che si ritrova nelle varie forme del nome di

Baɣdād (vedi Baudac). Sulla sua importanza come centro commerciale, vedi Heyd, *Histoire*, I, 297, 299.

soldano di Aden, vedi Aden

soldano di Babilona, 190, 8, 9

soldano, *l'usurpatore*, 197, 3, 5, 6, 7; 198, 1, 5; 199, 1; 200, 2, 4, 5; 201, 5; 202, 1, 6; 203, 1, 3

Il titolo arabo di *sulṭān* spettava principalmente al Califfo; verso la seconda metà del califfato abbaside era usato però per ogni capo importante (*HJ*, 864-865), ed era d'uso corrente anche in mongolo e in persiano. Nel *Diatessaron* persiano, tradotto proprio negli anni di Polo, troviamo ad esempio *sulṭān* applicato a Gesù Cristo nel senso di ' uno che ha autorità ' (p. 84, r. 4 dal basso dell'ed. Messina cit. nella voce Saba*). Ma più importanti sono le attestazioni del titolo nella cancelleria mongola. Ölǰeitü si dichiara *sultan* nella sua lettera in mongolo del 1305 (*Ölǰeitü sultan üge manu* ' parola mia, del sultano Ölǰeitü') e chiama così anche il re di Francia (*Iridiwarans sultan*) e i sovrani occidentali (*sultad*, forma plurale che mostra come *sultan* sia stato sentito come una parola originaria mongola in °*n* e rimorfologizzato di conseguenza); lo stesso uso si trova nella lettera di Ɣasan a Bonifacio VIII, vedi Mostaert-Cleaves, *Lettres*, 58. *Sultan* si trova anche nella *Storia segreta*, ed è glossato dal cin. *wang* ' re '. Trovo *soldani* anche nella traduzione latina coeva di una lettera di Abaɣa a Clemente IV, edita dal Tisserant (vedi Abaga), dove si parla di « soldani, reges, principes » evidentemente per calco dell'originale mongolo, non conservato.

La traduzione toscana chiama soltanto « soldano » quello che negli altri rami è chiamato Acmat
o Acomat soldan e simili, e cioè Aḥmad, fratello
minore di Abaɣa. Questi era stato battezzato cristiano col nome di Nicola (il suo nome mongolo
era Negüder o Tegüder; forse è preferibile la
forma con T° in vista della testimonianza delle
fonti armene, vedi Nogodar), ma si convertì poi
all'islamismo prendendo il nome di Aḥmad. Alla
morte di Abaɣa, nel 1282, usurpò il potere e cercò di condurre una politica di riavvicinamento ai
Mamelucchi; batté Arɣun che gli si era opposto,
ma poi fu tradito dai suoi, come racconta Polo, e
ucciso nel 1284. Vedi su di lui Pelliot, *Notes*, 11-
12.

sole, 80, 11 (scolpito sulle tavole di signore*)

Soncara, uno degli otto reami di Persia, 32, 1
    Šabānkārah, a S del grande lago salato a E di
    Šīrāz, secondo l'identificazione di Yule, *Marco
    Polo*, I, 86, Era un regno che andava dal Fārs a
    Hurmuz, grazie alle vittoriose campagne di Mu-
    ẓaffar ad-Dīn; fu conquistato da Hülegü, che ne
    distrusse la capitale Īǰ nel 1260 (vedi Spuler, *Mon-
    golen*, 146-147).

Sondur, isola, 160, 0 (Sodur), 1; vedi Condur

sosimain, 169, 7 (a Seilan « sosimain, onde fanno
    l'olio »); 172, 17 (« olio di sosima »)
    Cfr. Benedetto, CLXXIV, 11 (« et ont sosimain
    de coi il font le olio »), CLXXVII, 49-50 (« oleo
    de sosiman »), CXCIV, 89.

spezie, 19, 5 (spezierie d'Armenia portate a Laias);
    57, 17 (sul cadavere, nel Tangut); 116, 15 (a Gain-

du); 122, 6, 7 (Gangala); 123, 5 (Caugigu); 125, 8 (Toloman); 129, 4 (spezzeria); 149, 4, 5 (Quinsai); 157, 9 (Zipangu); 159, 4 (Iava); 161, 7 (Pentain); 162, 5 (Piccola Iava); 165, 3 (Lanbri); 168, 4 (Angaman); 178, 4 (Eli); 179, 8 (Melibar); 190, 5 (da Aden ad Alessandria)

spigo, 122, 6 (Gangala); 159, 4 (Iava); 179, 9 (portato a Melibar)

Lo stesso che il nardo, *Valeriana* sp. *celtica, jatamansi*. Nel *CCum* ‹spicus› corrisponde a ‹sonbul› e questo è il pers. *sunbul*, arm. *sumbul*, ecc., cioè il nardo indiano, *Nardus indica*; Abū Manṣūr parla di un *sunbul-i hindī* e cioè appunto di un nardo indiano (vedi Laufer, *SI*, 455).

spodio, 38, 4, 5 (a Gobiam)

Dal gr. *spódion* ' scoria ', passato anche all'arabo come *fisūdyūn* (vedi Ibn Wāfid in Ferrand, *Relations*, 252-253), è la scoria ottenuta dalla purificazione della tuzia*.

Succiur, provincia, 60, 0, 3

Su-chou nel Kan-su; la forma antica doveva essere [*suk-tʃeu], come appare dalle fonti mussulmane; la regione faceva parte del regno del Tangut e fu conquistata dai Mongoli nel 1227.

La finale ‹°r› è uno dei vari esempi di ‹-r-› anorganica nelle forme poliane, come in Tarcar Mondun*, ecc.

Sugni, città, 146, 10; 147, 0, 1 (Suigni), 9 (Suigni), 10 ‹Sugiu› in Benedetto, CLI, 23, CLII, 1, 2, 14, 18, 19 ma esiste la variante ‹Suigiu›; è Su-chou nel Chiang-su; il suo nome amministrativo era però, già al tempo di Polo, P'ing-chiang, come

mostrano gli itinerari cinesi messi a confronto da
Moule in Pelliot, *Notes*, 874; vedi Pelliot, *Notes*,
838.

Sumatra, vedi Iava

Supunga, città, 43, 0, 4
In F ‹Sapurgan› e ‹Sopurgan› (Benedetto,
XLIV 1, 10); è la città di Šabūryān (cfr. mong.
suburyan 'stupa', Laufer, *SI*, 573), odierna Shi-
barghan delle carte, città nel nord dell'Afyānistān, a circa 100 km E di Mazār-i Šarīf.

Tahican, castello, 45, 1
Ṭāliqān, nell'Afyānistān di NE, tra Balx e il
Pamir, vedi Pelliot, *Notes*, 843.

Taiamfu, reame e città, 105, 8; 106, 0, 1, 2 (Tinanfu), 5 (Tinanfu)
T'ai-yüan-fu nello Shan-hsi, cfr. la trascrizione persiana Tāyanfū data da Rašīd ad-Dīn; cfr.
Pelliot, *Notes*, 842.

tamerindi, 180, 3 (Gufurat)
La polpa acida del frutto della *Tamarindus indica*, una leguminosa diffusa soprattutto in India,
era usata come materia medica, tra l'altro per l'u-
so ricordato da Polo; il nome è il pers. *tamr-i
hindī*, ar. *at-tamr al-hindī*; vedi *HJ*, 894-895.

Tana, reame, 180, 8; 181, 0, 1
Thāna, città e porto a 30 km a NE di Bombay,
nel Medioevo sede di un regno konkaṇī; vedi *HJ*,
895-896, 244.

Tangut, 57, 0 (Tanguc), 2; 60, 5 (Cangut); 61, 1 (2
volte); 62, 1; 71, 2 (Tengut), 6; 72, 2 (Tengut)
Mong. Taŋyut, un regno fondato nel 990 e durato fino alla conquista mongola nel 1227, alla

frontiera NE della Cina, che comprendeva Ning-Hsia, Ordos, Kan-su. Formalmente il nome è il plurale mongolo di Taŋg, cioè cin. Tang-hiang, nome dei nomadi di ceppo tibetano che vivevano nella valle superiore del Fiume Giallo; il nome cinese del loro stato era Ta Hsia. La loro capitale corrispondeva all'odierna città morta di Qaraqoto; vedi E.I. Kyčanov, *Očerk istorii tangutskogo gosudarstva*, Moskva, 1968.

Ben poco si sapeva sui Taŋγut fino alla fortunata missione russa Kozlov; ora si conosce un corpus di 122 documenti in lingua tangut, conservati a Leningrado: si veda N.A. Nevskij, *Tangutskaja filologija*, 1960, 2 voll. (lavoro di pioniere) e il più recente M.V. Sofronov, *Grammatika tangutskogo jazyka*, Moskva, 1968, 2 voll., che dà lo stato attuale del deciframento e dell'interpretazione del tangut (non ho potuto vedere E. Grinstead, *Analysis of the Tangut Script*, Scandinavian Institute of Asian Studies, Stockholm, 1974).

Tapigni, città, 149, 8; 150, 0, 2

Benedetto, CLIV, 26, CLV, 1, 5, 10 scrive ‹Tanpi[n]giu›; altre varianti testimoniano di una forma con ‹c°›. Il luogo è identificato dal Pelliot, *Notes*, 846-847, in Yen-chou-fu, stazione di posta tra Hang-chou e Fu-chou, chiamata nella nomenclatura ufficiale « *lu* di Chien-tê ». La pronuncia di *yen* era all'incirca [ŋam], e la forma originaria di Polo potrebbe essere stata ‹gamgiu›, alterata poi in ‹*campgiu›, con ‹p› per conservare il suono di [m], come in Canpicion*; di qui ‹canpigiu› e poi ‹tanpigiu›.

tappeti, 20, 5 (in Turcomannia « li sovrani tappeti del mondo ed i più begli »)

tarantola, 173, 9 (usata come auspicio dai brego-manni*)

Tarcar Mondun, un luogo dove caccia il Gran Cane, 93, 19

Questa forma è isolata nella tradizione di Marco Polo: cfr. ‹cacciar modun› F; altri testimoni: ‹cacciar mondum›, ‹caciamordoi›, ‹chaccia trio-dum›. Pelliot adotta ‹cacciar modun›, per cui propone una spiegazione assai complessa. Il testo dice che il luogo dove il Gran Cane si recava a cacciare distava due giornate di viaggio a S di Pechino; lo *Yüan-shih* riferisce che le partite di caccia del Cane si svolsero, negli anni 1281, 1282 e 1285, nella « foresta dei salici », Liu-lin, nel distretto di Kuo-chou. Dopo la caccia del 1281, Qubilai ordinò di costruirvi una residenza temporanea, ed è questo il luogo cui allude Polo. Il nome dato da Polo, se si accetta la correzione in ‹cacciar modun›, fa pensare a un mong. ɣaqča-modun 'l'albero solo', che sarebbe trascritto dal cin. Ha-ch'a-mu-tun, nome di luogo citato dallo *Yüan-shih*. Questo nome è qui preceduto da un'altra trascrizione, Hsi-ch'ê-t'u, che rende il mong. Hičetü 'il posto dei salici' (mong. *hičesün*); questo potrebbe essere il nome mongolo della « foresta dei salici », Liu-lin. In conclusione il posto sarebbe « l'albero solo », nella « foresta dei salici ». Vedi Pelliot, *Notes*, 116-118.

tartaresco, 6, 3 (parlato da Niccolò e Mafeo Polo); 195, 6 (« chiamata in tarteresco Aigiarne »).

Nel secondo passo il nome è in realtà in turco;

tutte le altre volte che Marco Polo dà la traduzione di un termine non dice a che lingua esso appartenga.

Vedi lingue

Tartari, 1, 4 (tartero); 3, 2 (Tarteri), 9 (Tarteri); 7, 1; 15, 1; 22, 1 (Tartaro), 7 (3 volte), 10; 30, 1; 34, 1; 44, 1; 63, 1, 2, 3, 5, 6, 8; 64, 1, 2, 3; 67, 5; 68, 4, 9, 10; 69, 0, 23, 24, 35, 36; 70, 1, 10; 73, 11, 12, 13; 74, 35; 76, 1; 78, 6; 81, 7; 82, 6; 86, 1; 87, 1; 93, 26; 121, 15 (Tartaro); 142, 12 (Tartaro); 148, 31 (Tarteri); 195, 2 (Tarteri); 204, 2, 4 (Tarteri); 205, 4; 209, 19 (Tarteri)

Tartari del Levante, 3, 5 (Tarteri del L°); 4, 3 (« signore del L° »); 20, 7 (Tartero del L°); 21, 3; 32, 5 (Tartaro del L°); 42, 0 (Tarteri del L°), 1; 44, 4; 70, 10 (« segnori del L° »); 195, 29 (Abaga « segnore de· L° »); 196, 1 (Abaga « segnore de· L° »); 209, 1 (« quegli del L° »), 11 (Alau « signore del L° »)

Tartari del Ponente, 3, 8 (« signorie del P° »); 207, 7 (Tarteri di P°); 208, 0 (Tarteri del P°), 1 (Tarteri del P°), 6 (Barca « signore del P° »); 209, 1 (Tarteri del P°), 11 (Barca signore « del P° »)

Tarteria, 1, 1

I Tartari del Levante sono i successori di Hülegü, gli Ilxān di Persia, una dinastia che durò fino al 1349 (vedi Alau, Argo, Barac, Barca, Bondocdaire, Califfo di Baudac). I Tartari del Ponente sono i Mongoli governati dalla casa di Jöči, il primo figlio di Čiṅgis, e poi da Batu (cfr. 208, 1-6). Jöči aveva ricevuto dal padre i territori della Siberia occidentale, del Türkistan e tutto ciò che poteva conquistare ad occidente: Batu allargò i confini conquistando Russia, Caucaso, ecc. (vedi Frai).

Nell'Europa medievale i Mongoli erano conosciuti quasi esclusivamente col nome di Tartari; Giovanni da Pian del Carpine, che pure scrive una *historia Mongalorum*, usa sempre anche l'altro appellativo (ad esempio: « terram intravimus Mongalorum, quos nos Tartaros appellamus », 116, e la fine del libro è « explicit historia Mongalorum quos nos Tartaros appellamus »; « Tartari qui Moalli » si legge in un documento del 1275, in Golubovich, *Biblioteca*, II, 420). Così Marco Polo non cita mai i Mongoli se non col nome di Tartari, anche se nomina una volta come loro dimora Mungul (qui ‹Mugul› in 73, 12).

Il nome era all'origine quello di una tribù mongola, i Sumoηγol su cui vedi più avanti. « Tatar » compare già in un'iscrizione in turco antico, quella di Kül Tigin, del 731-732; i « Tatari » erano quindi stanziati nella Mongolia orientale fin dagli inizi del sec. VIII. Come si sia arrivati a « Tartari » è dubbio; la trascrizione cinese del nome, Ta-ta, della metà del sec. IX, si leggeva *[taʳ-taʳ] secondo J. Hamilton, *Les Ouighours à l'époque des Cinq Dynasties*, Paris, 1955, 156, ma la ricostruzione del nome nella sua forma hsi-hsia o tangut è *[ta-ta] secondo Sofronov, « AOH », 24 (1971), 195, nota 27, e in persiano c'è Tātār. Giovanni da Pian del Carpine dice che i Tartari si chiamavano così « a quodam fluvio qui currit per terram illorum qui Tartur nominatur » (varr. Tartar, Tarar, *SF*, 52). Le fonti armene, possibile tramite con l'Occidente, hanno T'at'ar. È molto probabile che in Occidente il nome si sia incrociato con il nome del Tartaro, l'abisso infernale:

cfr. Matteo di Parigi all'anno 1240 (« exeuntes ad instar daemonum solutorum a Tartaro, ut bene Tartari, quasi tartarei, noncupentur ») e i *Carmina de regno Ungariae destructo per Tartaros* (« Tartaris a Tartaro / Averni claustro barbaro / Plutonis fert insignia / per que necat tot milia »; le due citazioni da Monneret de Villárd, *Ricoldo*, 56-57).

Questa visione escatologica spiega l'identificazione dei Tartari con Gog e Magog, i popoli rinchiusi da Alessandro (vedi Cumani, Gorgo e Magogo).

Pur adottando il nome di Tartari, gli scrittori osservano che i Mongoli non accettano tal nome (« volentes nomen suum, hoc est Moal exaltare super omne nomen, nec volunt vocari Tartari. Tartari enim fuerunt alia gens. », Rubruck, *SF*, 205) e che « ipsi quoque Tartari proprie loquendo se vocant Mongli sive Mongol, quod verbum fortasse consonat Mosoth » (Simone di St-Quentin, 92 = XXXXII, 34).

Il nome di Mongoli è il mong. *moŋγol*, cin. *[moŋ-ŋuəδ, moŋ-ŋjua]* in epoca T'ang, cfr. Pelliot « JA », 15 (1920), 146; esso è adattato variamente in Occidente, anche se compare di rado; *mogalice* 'in lingua mongola' e *litterae mogalicae* si trovano nella lettera latina di Abaγa del 1268, 555 Tisserant (vedi Abaga). Giovanni da Pian del Carpine dice che la terra « Mongal » ebbe quattro popoli: « unus Yekamongal, id est magni Mongali vocabantur [mong. Yeke Moŋγol 'grande mongol']; secundus Sumongal, id est aquatici Mongali vocabantur [turco *su*, mong. **Husu* 'acqua'], ipsi autem se ipsos Tartaros appellabant a quodam fluvio qui currit per terram

illorum qui Tartur nominatur; alius appellaba-
tur Merkit; quartus Mecrit »; la stessa classifica-
zione è data da C. de Bridia 3-4: « [terra] que ab
eisdem denominatur Zumoal, id est aquatici Mongali. 'Zu' enim tartarice 'aqua' dicitur latine,
'moal' 'terra'. Mongali 'incole' dicuntur 'terre'. Ipsi autem appellabant se Tartaros a fluvio
magno et impetuoso qui transit terram eorum et
dicitur Tartar. 'Tata' enim 'trahere', 'tartar'
'trahens' dicitur in lingua eorum ». Rubruck,
come si è detto, usa anche Moal (*SF*, 205, 207,
208, 237).

Quando tra le varie tribù cominciarono a emergere gli Yeke Moŋɣol, la tribù di Čiŋgis, i Tartari
cercarono di annientarli, ma furono sottomessi da
Čiŋgis; tuttavia non furono i Mongoli a trasmet-
tere il loro nome all'Occidente, bensì i vinti Tartari.

tatuaggi, 123, 7-8 (a Caugigu)
     Vedi aguglie.

taurizins, 25, 7 (« lo popolo de la terra, che·ssi
chiamano taurizins »); vedi Toris

tavola del Grande Cane, 95, 1, 10 (tavala), 11, 12
     L'espressione è usata nel senso di 'banco di
cambio'. Vedi moneta

tavole di signore, 8, 1, 4; 18, 1, 9; 80, 7-14 (descrizione), 96, 6
     Polo chiama con questo nome (80, 7) le tavole
d'oro date dal Gran Cane come salvacondotto o
insegna di comando. Il primo che ne parla in Occidente è Rubruck: « Dedit etiam Mangu ipsi
Moal bullam suam auream, platam scilicet auream ad latitudinem unius palme et longitudinem
semis cubiti, in qua sculpitur mandatum suum.

Qui illam portat potest imperare quod vult, et fit sine mora » (*SF*, 255), Polo ne descrive il peso e il materiale, che varia secondo la carica di chi le riceve (d'argento per chi è a capo di cento sudditi, d'oro o d'argento per chi ne ha mille, d'oro con la testa di leone per chi ne ha diecimila), e cita anche la formula iniziale: « Per la forza del grande dio e de la grande grazia ch'à donata al nostro imperadore, lo nome del Grande Kane sia benedetto e tutti quegli che no ubideranno siano morti e distrutti » (80, 9).

Queste tavole (dette in cinese *p'ai-tzŭ*, da cui mong. *paiza*, pers. *pāyza*) erano d'oro o d'argento, con una figura in rilievo, una testa di leone, per esempio (vedi Spuler, *Mongolen*, 338) o un girifalco, e venivano consegnate come salvacondotto ai corrieri e come insegna ai signori. Erano scritte in mongolo in alfabeto uigurico, per lo più, ma anche 'p'ags-pa e portavano in apertura una formula fissa. Poiché Polo traduce una di queste formule e questo è uno dei più lunghi esempi di traduzione da una lingua orientale che egli ci offra, può essere utile vedere quale sia il grado di fedeltà della sua resa. Un esempio di formula in mongolo è *mönke deŋriyin küčündür qaɣanu jarliɣ ken ese bušireɣesu aldatuqayi* « per la forza dell'eterno cielo; (questo è) lo *yarlïq* del Cane. Chi non ubbidirà sarà castigato ». La prima parte della formula apre anche la lettera di Arɣun a Filippo il Bello: *Mönke teŋriyin küčündür qaɣanu suudur*, che Mostaert e Cleaves (*Lettres*, 18) traducono « dans la force du Ciel eternel, dans la fortune du *qaɣan* ». Come si vede, la resa di Polo è esatta: « per la forza » traduce bene, nel senso di 'in virtù di', l'elemento *-dür*, cui corrisponde *li* nelle rese cinesi; *deŋri/teŋri* 'cielo' è giustamente tradotto con « Dio »; la stessa traduzione è data nella lettera latina di Abaγa (« Per virtutem Dei vivi et potentiam Chaan », 555 Tisserant) e nella traduzione italiana anonima della lettera di Öljeitü, del 1305. La « grande grazia » infine rende il mong. *suu* 'Fortuna'.

Sui *paiza* esiste ormai una ricca letteratura; per le formule vedi W. Kotwicz, *Formules initiales des documents mongols aux XIII et XIV siècles*, « RO » 10 (1934), 131-157; varie tavolette sono riprodotte in N. Poppe, *The Mongolian Monuments in ḥP'ags-pa script*, Wiesbaden, 1957 (documenti dal 1276 al 1321); altre indicazioni, oltre che in Mostaert-Cleaves, *Lettres*, in Doerfer, *Elemente*, I, 239-241.

Tebet, provincia, 113, 18; 114, 0, 19 (e chiamansi Tebet), 20 (Tebete); 115, 0, 1, 11; cfr. 74, 20 (« e questi savi uomini [astronomi e incantatori del Gran Cane] son chiamati Tebot »)

La prima menzione del Tibet in testi occidentali è in Tolomeo, che chiama una popolazione col nome di Bautai, in cui è facile riconoscere il tib. *bod*, sans. *bhauṭa*. Nessuna altra informazione si ha fino all'VIII secolo quando i geografi arabi cominciano a dare notizie del Tibet (vedi *HJ*, 917-918). Le fonti arabe sul Tibet fino a Idrīsī sono ormai ben studiate: cfr. L. Petech, *Il Tibet nella geografia musulmana*, « RALinc », s. VIII, 2 (1947), 55-70; D.L. Dunlop, *Arab Relations With Tibet in the 8th and Early 9th Centuries A.D.*, « İslâm Tetkikleri Enstitüsü´ Dergisi », 5 (1973), 301-309 e infine Rubinacci, *Tibet*. Come ha mostrato Rubinacci, quello che in Idrīsī è detto T.b.t corrisponde ai possedimenti tibetani nel Türkistan cinese, mentre la città di T.b.t non è che Kāšγar (vedi Casciar).

Pian del Carpine elenca il « Burithabet », cioè Büritübet, probabilmente la zona del Kökenōr, tra le terre conquistate dai Mongoli e descrive la necrofagia dei suoi abitanti (*SF*, 60-61, 89). La notizia coincide con quella di Polo (74, 21) se non fosse che Polo esclude la necrofagia in caso di morte naturale.

Il nome del Tibet compare però per la prima volta in Rubruck, come ‹Tebec› (*SF*, 233; ‹Tebet› esiste nella tradizione di Rubruck, ma è attestato solo dai codici più tardi). Anch'egli ricorda la necrofagia, dandola però per pratica ormai estinta e, dato interessante, nota la scrittura tibetana (« scribunt sicut nos et habent figuras valde similes nostris », *SF*, 271; forse la somiglianza osservata consiste nel fatto che il ductus della scrittura tibetana è nel senso della nostra e le lettere sono staccate, a differenza quindi delle scritture di tipo arabo o uiguro o siriaco di cui Rubruck poteva aver conoscenza).

Marco Polo non fu mai nel Tibet, anche se la sua descrizione è « la prima degna di tal nome dovuta a un europeo, e fa onore alla perspicacia del grande viaggiatore veneziano » (cfr. L. Petech, *Introduzione generale* a *I missionari italiani nel Tibet e nel Nepal*, Roma, 1952, XV-XVI). Ultimo dei viaggiatori del periodo a parlare del Tibet è Odorico, che usa il nome nella forma ‹Tibot› (*SF*, 484); vedi B. Laufer, *Was Ever Odoric of Pordenone in Tibet?*, « TP » 15 (1914), 405-418.

Tedaldo da Piagenza, 9, 2 (« legato per la chiesa di

Roma ne le terre d'Egitto »); cfr. 10, 2, 3, 4; 11, 1-5

Tedaldo Visconti, nato a Piacenza verso il 1210, successe, senza essere né cardinale né prete, a Clemente IV nel 1271, mentre era in Terra Santa; fu incoronato nel 1272 col nome di Gregorio X da Piacenza (vedi 11, 2) e morì nel 1277; vedi *EC*, VI, 1139.

Temur, figlio di Cinghi, 82, 2 (2 volte); 84, 1, 2

Temür (in mongolo e turco 'ferro' usato frequentemente come nome proprio) nato nel 1265 da Chên-chin (Cinghi Kane *), successe al nonno Qubilai prendendo il nome di Ölǰeitü ('fortunato'), e morì nel 1307; vedi Pelliot, *Notes*, 849.

Tenduc, provincia e città, 65, 5 (Tanduc); 66, 2; 72, 6; 73, 0, 1, 3

Cin. *T'ien-tê-chün* 'l'armata di T'ien-tê', come vide già il Klaproth; tuttavia Pelliot fa notare che non è necessario *chün* per spiegare la finale ‹°c›; basta ricorrere alla pronuncia antica, che era *[t'ien-tɔk]; sempre secondo Pelliot, la forma ‹Kanduk› data da Rašīd ad-Dīn è da correggere in ‹Tanduk› (*Notes*, 849-851). Il paese di Tenduc era la valle delimitata dalla riva NE dell'ansa dello Huang-ho, occupata dagli Öŋgüt, nestoriani (vedi Giorgio); la città potrebbe essere forse Tung-sheng, oggi Toxto (Tokoto delle carte) sulla riva E dello Huang-ho, oppure Kuei-huach'êng chiamata poi col nome mongolo di Kökexoto e poi di nuovo col nome cinese di Ho-kaoch'êng. Polo situa nel Tenduc lo scontro tra Čiŋgis e il Prete Gianni e anzi dice che il Tenduc era una terra del prete Gianni (Benedetto, LXVI, 19

« que estoit au Prestre Johan » = 65,5 « ch'è presso al Preste Gianni »). Lo scontro è storico, ma
avvenne a N del Gobi; evidentemente Polo confonde i due re cristiani, Oηqan e Öηgüt, principe
di « Tenduc ».

Tigri, fiume, 3, 9

Polo indica con questo nome non il Tigri storico, ma il Volga; lo scambio non deve essere del
tutto occasionale giacché si trova anche nell'epistola dello spagnolo Pasquale da Vittoria, morto
nel 1339 (*SF*, 503). Non deve stupire il fatto che
possano esserci confusioni a proposito del nome
di un fiume così importante. Rubruck, per esempio, dopo aver detto che l'Eufrate nasce presso
Erzerum, a N, ai piedi dei monti della « Gorgia »,
aggiunge: « Ad aliud latus montium Caucasi ver-
sus meridiem oritur Tygris » (*SF*, 321), mentre
per tutto il suo corso il Tigri rimane sempre a N
o NE dell'Eufrate. Il fatto è che il Tigri è uno
dei quattro fiumi del Paradiso terrestre (vedi
Gion) e come gli altri è soggetto ad essere riconosciuto nei fiumi più diversi. Nemmeno si può
pensare, per giustificare l'identificazione con il
Volga, ad un influsso del nome turco, Itil, Etil,
ecc., come aveva pensato il Pelliot, *Notes*, 853,
giacché non se ne conosce nessuna variante che
si avvicini anche lontanamente al nome Tigri.
La spiegazione è forse un'altra. Nella *Cronaca*
dell'ungherese Simone di Kéza, a proposito della
« scythica regio » si dice: « Oriuntur in eodem
duo magna flumina, uni nomine Etul et alterius
Togora ». Etul è l'Itil, ma è probabile che vi fosse una confusione tra questi due nomi di fiumi
della Scizia e che poi « Togora » sia stato rias-

sorbito nel nome del Tigri, che offriva il van-
taggio di una sistemazione razionale, in quanto
fiume dell'Eden. Su Togora e la sua origine, vedi
G.R. Cardona, *I nomi dei figli di Tôgarmāh secondo il Sēpher Yôsēphôn*, « RSO », 41 (1966), 19.

Tingni, 138, 3; 139, 0, 1; 140, 1

Cin. T'ai-chou; forse nell'archetipo c'era ‹*Tai-
giu›, poi diventato ‹Tingiu›; la forma ‹Ti-
giu› che è quella data da F (Benedetto corregge uniformemente in ‹Ti[n]giu› in CXLIII, 9,
CXLIV, 1, 3, 14, 15 mentre ‹Tingiu› è in CXLV,
2) è dovuta alla caduta del segno della nasale. La
città non è sull'itinerario di Polo e rappresenta
una digressione, per dar modo all'autore di parlare dell'estrazione del sale; vedi Pelliot, *Notes*,
852.

tinuci, 92, 1 (i due baroni Migan e Baian « sono
chiamati tinuci, ciò è a dire ' quegli che tengono
gli cani mastini ' »)

Della voce esistono una quantità di varianti
nella tradizione testuale; il Benedetto (XCIII, 3)
corregge « ciunci, que vaut a dire celz que tienent le chien mastin ». La forma esatta è stata indicata dal Pelliot fin dal 1920, ma non è mai stata accolta nelle edizioni. Si deve leggere ‹cuiucci›
che rende il mong. *güyükči*. Un testo cinese del
1366, il *Cho-kêng-lu* parla dei *kuei-yu-ch'ih* ' quelli che corrono veloci ', e racconta come si selezio-
nassero con gare annuali gli uomini più veloci.
Cin. *kuei-ch'ih* e *kuei-yu-ch'ih* sono la trascrizione, rispettivamente, di mong. *güikči* e *güyükči*,
nomi d'agente dal verbo *güyü-*, *güi-* ' correre '. Il
termine vuol quindi dire ' corridori '. Nel 1276

un editto di Qubilai ordinava che tutti gli uomini che non erano mongoli o cinesi e i monaci
buddisti e taoisti che non avevano impieghi pubblici formassero il corpo dei *kuei-ch'ih*, sotto il
comando di Miŋγan. Almeno dal 1284 vediamo
che questo gruppo assume il nome di *chün* 'esercito ', e dal 1287 diventa *wei*, divisione della guardia imperiale. Non sembra quindi, a parte la
coincidenza nel numero (10.000), che il compito
dei *kuei-ch'ih* fosse quello di guardare i mastini,
come dice Marco Polo, anche se non si può escludere che facessero anche questo. Pelliot suppone
che fossero *kuei-ch'ih* o *güikči* anche i « quatuor
barones qui vocantur çuche » di cui parla Odorico (*SF*, 475-476) e che accompagnavano il Cane
« custodientes et tenentes currum ne aliquid of-
fenderet ipsum regem »; in nota Wyngaert, l'editore, li identifica invece con i ‹quesitan› di Polo.
Vedi Pelliot, *Notes*, 572-573.

Vedi Baian, Migan

Tinuguise, città, 153, 12 (« che vi si fa le più belle
scodelle di porcelane del mondo »)

Benedetto, CLVIII, 27 ha ‹Tiungiu› e ‹tini-
gui› in nota, con le consuete riserve sulle possibili letture delle cinque aste tra ‹t› e ‹g›; le forme ‹tinuguise› e ‹tenugnise› di TA sono dovute
ad una errata scansione del testo francese: al nome segue infatti la frase « se font escuelle de por-
cellaine ecc. », e il *se* è stato legato al nome.

Pelliot (*Notes*, 853-856) individua la porcellana
di cui parla Polo nel famoso celadon di Lung-
ch'üan, nell'ansa S del Chê-chiang, e più precisamente nella porcellana di Ch'u-chou. Questo nome avrebbe dato un *Ciugiu e questo sarebbe

stato mal letto come ‹tingiu›; alla luce di questa
ipotesi, le forme più vicine all'archetipo sarebbero allora ‹tinçu› di Z e ‹tingui› di VB e R.

Toccai, signore dei Tartari di Ponente, 208, 4
    Toqtai, al potere dal 1290, morto nel 1312,
quinto figlio di Mö𝜂ke Temür; nelle fonti francescane è chiamato Cotay, Toctai, Coktoganus,
ecc. Il testo francese ha correttamente ‹Toctai›
(Benedetto, CCXXII, 10; CCXXIX, 7, ecc.), e gli
dedica i capitoli da CCXXIX a CCXXXIV che
mancano in TA.

Toloman, provincia, 124, 7; 125, 0, 1; 126, 1
    Seguendo un suggerimento dello Charignon, il
Pelliot, *Notes*, 857-858, identifica il nome nel
T'u-lao-man o T'u-la-man delle fonti cinesi, che
rende un *Tuloman; la regione era localizzata
nell'estremo NE dello Yün-nan; il nome significa
' i barbari (*man*) T'u-lao ', ma non se ne può stabilire meglio l'identità.

tomain, 148, 44 (« Anche sapiate che 'n questa città
à bene .clx^m. di tomain di fumanti, cioè di case,
e ciascuno tomain è .x. case e fumanti »); 149, 2
(« Lo sale di questa contrada rende l'anno al
Grande Kane .lxxx. tomain d'oro: ciascuno tomain è .lxxx^m. saggi d'oro »), 6 (« la rendita senza
il sale vale ciascun anno .ccx^m. tomani d'oro »)
    Rubruck scrive ‹tumen› (« tumen est numerus
continens decem milia », *SF*, 271), e Odorico
‹tuman› (*SF*, 465). È il mongolo e turco *tümen*
' 10.000 ', per alcuni di origine europea (tocario
A *tmāṃ*, B *tumane*, *tmāne*, ant. slavo *tŭma*), passato in persiano come *tūmān* (Doerfer, *Elemente*,
II, 632-642). Il termine aveva il significato tecni-

co di ' unità militare di 10.000 uomini ' (cfr. Giovanni da Pian del Carpine, 76-77) oltre che quello di unità di calcolo e poi di unità monetaria. Odorico attesta l'uso del censimento per « fuochi » (i « fumanti » di Polo): « unus autem tuman bene decem millia ignium facit ».

Pian del Carpine dice (*SF*, 77) che presso i Mongoli il capo di 10.000 uomini « vocatur tenebre ». La confusione è stata spiegata ricordando che Giovanni si serviva di interpreti russi; in russo antico infatti *tŭma*, *tĭma*, *tma* vale appunto ' tenebra ' oltre che ' 10.000 '. A causa del frequente scambio tra ‹t› e ‹c› la parola si trova spesso deformata in ‹coman, cuman›. Così avviene in Ricoldo, dove l'editore, Laurent, legge ‹cumanos› in un passo dove si dice che « est autem tumanos decem milia » (cfr. Monneret de Villard, *Ricoldo*, 54).

santo Tomaso, 170, 46 (e santo Tommaso); 171, 17 (santo T° apostolo); 172, 0 (santo T° l'apostolo), 1 (santo T° apostolo), 3 (san T°), 8, 10, 13, 14 (e san T°), 16 (san T°); 173, 1 (san T°); 188, 6 (messere santo Tommaso)

Marco Polo racconta della predicazione del santo, dapprima ad Aden e poi nel Mabar (188, 6), delle sue molte conversioni, della sua uccisione, per sbaglio, per mano di un cacciatore di pavoni; il suo sepolcro è nella provincia del Mabar e la terra del sepolcro guarisce dalle febbri. Il santo fa ancora miracoli, guarisce dalla lebbra; e Polo racconta di una sua apparizione avvenuta nel 1288.

La leggenda della predicazione di Tommaso in India ha un fondamento storico; nella divisione tra gli apostoli delle terre da evangelizzare, a Tommaso toccò una regione orientale non meglio precisata. Per Eusebio di Cesarea egli è l'evangelizzatore dei Parti, ma per Gregorio Nazianzeno il suo terreno è già l'India. La sua missione in India è definitivamente sancita dagli *Atti di Tommaso*, un apocrifo siriaco forse originato in Edessa, dove era il culto delle reliquie del santo, e presto tradotto in greco e latino (vedi F. Erbetta, *Gli apocrifi del Nuovo Testamento*, II, Torino, 1966, 305-374, con i testi tradotti). Comunque è certo che già nel III secolo c'è in India una comunità cristiana; ne parla, pur senza citare Tommaso, Cosma Indicopleuste. La tradizione nestoriana mostrava a Mailapur la tomba del santo; Giovanni da Monte Corvino visitò la sua chiesa (*SF*, 345), e anche Odorico ricorda che nel « Mobar » « positum est corpus B. Thome Apostoli; ecclesia cuius est plena ydolis multis » (*SF*, 442).

Sulla comunità dei cristiani del Malabar, o cristiani di san Tommaso per eccellenza, vedi Jourdain (« in ista Yndia est dispersus populus, unus hinc, alius inde, qui dicit se christianum esse, cum non sit, nec habeat baptismum, nec sciat illud de fide; imo, credit sanctum Thomam Maiorem esse Christum », 114); tuttavia in Jacopo da Verona, *Liber*, 163-164 l'espressione « christiani sancti Thome » è ormai riferita ai Nubiani, per il noto collegamento tra Etiopia e Nubia e l'India minore (vedi Abascie).

La morte del santo, così come la descrive Marco Polo, non corrisponde a quella narrata nella sua biografia apocrifa; invece è identica a quella che racconta Giovanni de' Marignolli (544), che anch'egli ricorda il particolare della freccia nel costato e del luogo pieno di pavoni.

Si veda Olschki, *Asia*, 224-229; M. Bussagli, *The Apostle St. Thomas and India*, « EW » 3 (1952-53), 88-91; P. Daffinà, *The Early Spread of Christianity in India: an Old Problem Re-examined*, « EW », 9 (1958), 187-191.

Una tradizione, non raccolta da Polo, ma presente in Giovanni di Hildesheim, ricollega san Tommaso al ciclo dei Magi, cfr. Monneret de Villard, *Leggende*, passim.

tonni, 191, 6 (a Escier)

Tonocan, 39, 3; vedi Tunocain

topazi, 169, 9 (a Seilan)

Toris, città, 24, 20; 25, 0, 1, 2, 3, 9; 29, 7
È la città persiana di Tabrīz, nell'Āẕarbāyǰān, Thoris in Odorico, Torissi, Torizi nel Pegolotti; probabilmente nel Medioevo erano correnti le due pronunce [tawris] e [toris] e anche le grafie cinesi sembrano confermare [aw]. Caduta sotto i Mongoli nel 1229, la città fu fatta capitale da Abaya nel 1265 e lo rimase fino al 1304; vedi *EI*, IV, 612-623; Pelliot, *Notes* 847-848.
L'aggettivo *taurizins*, preso direttamente dal francese, ricopre un *tabrīzī*, sul tipo di *mosolin**.

tornese, 32, 2 (« libbre .cc. di tornesi » per un cavallo in Persia)

tornesello, 95, 4 (tornesegli picculi, tornesello)
Del tornese si conoscono molte varietà e senz'altra specificazione è difficile dire quanto valesse la moneta indicata da Marco Polo; il tornesello in-

vece è una moneta tipicamente veneziana, coniata per sostituire il tornese, di gr. 0, 724 d'argento
(Martinori, *Moneta*, 531); se ne conoscono esem-
plari già dal doge Andrea Dandolo (1343-1354),
ma come mostra questo passo la moneta era corrente già da molto prima; il passo non traduce
bene il francese, che parla di « une moitié de tor-
nesel petiti » (Benedetto, XCVII, 10, ma vedi
l'Apparato) in luogo di « una medaglia di tornesegli piccoli ».

tostaor, 93, 4 (« che viene a dire in nostra lingua
' uomo che dimora a guardia ' »)

La forma più corretta è quella di Benedetto,
XCIV, 11: ‹toscaor›. Yule e Pelliot vi hanno infatti riconosciuto il turco *tosqaul* ' guardiano, sentinella '. Secondo Pelliot, *Notes*, 859-860, la parola era originariamente il turco *tutɣaq* ' sentinella
notturna ' (vedi anche *DS*, 592); da qui con derivazione regolare *tutɣa'ul*, attestato da Rašīd ad-
Dīn come *totqāvul* (su cui Doerfer, *Elemente*, I,
251-253). Il passaggio *tut°* > *tus°* sarebbe avvenuto attraverso parlanti mongoli, e poi la nuova
forma *tusqa'ul* sarebbe stata reintrodotta in turco
col significato anche di ' punto di osservazione ';
una etimologia diversa è proposta da Doerfer,
Elemente, I, 268-269.

Uomini del Grande Cane addetti alla guardia
di uccelli sono citati anche in 73, 24.

trabacche, 209, 5 (nel campo di Barca)

Trapisonde, 18, 14

Trebisonda sul Mar Nero era all'epoca uno degli scali obbligati tra Venezia e l'Oriente. Cfr. O-
dorico (« me transtuli Trapesondam que Pontus
antiquitus vocabatur », *SF*, 413).

tregge, 204, 14-16 (presso i Tartari di Tramontana)
Cioè slitte, cfr. ‹treies› del francese e *DEI*, 3880.

tributi, 98, 2; 158, 2 (venti elefanti in tributo al
Gran Cane)
Lo studio più completo sul sistema di tributo
nel dominio mongolo è H.F. Schurmann, *Mongolian Tributary of the Thirteenth Century*,
« HJAS » 19 (1956), 304-389, che distingue sostanzialmente tra due tipi di riscossione presso i
sudditi (mong. *alban* ' tribute ' e *qubčiri* ' levy ');
sull'argomento è tornato J. Masson Smith jr.,
Mongol and Nomad Taxation, « HJAS », 30
(1970), 46-85.

Tunocain, 32, 1; 39, 3 (Tonocan)
Per Polo è un reame di Persia, presso l'Albero
Solo* e confinante con la Persia verso Tramontana. È Tūn-u-Qāyn, nome formato da due nomi
di città del Kuhistān e dalla congiunzione persia-
nà *u*, vedi Pelliot, *Notes*, 863 (la forma armena
Tunutanĵax che Pelliot cita da Kirakos sulla·
scorta di Patkanov non esiste più nell'edizione
critica, neanche in apparato, e il nome è adesso
T'own ew T'anĵah, considerate due città distinte).
Vedi Geluchelan

turbitti, 179, 8 (Melibar)
La radice del *Convolvolus* (o *Ipomoea*) *turpe-
thum* indiano, usata come purgante; il nome è il
sans. *trivṛtā-* (forma dotta *tripuṭā-*) da cui il pers.
turbid, cfr. Turner, n° 6055; Laufer, *SI*, 584; dalla forma *turbid* e simili vengono le forme romanze; nel *CCum* ‹turbiti› corrisponde al com. ‹tur-
but›.

turchesi, 34, 2 (a Creman, turchiesche); 116, 4 (a
Gaindu, turchie)

Il nome della turchese (fosfato idrato di allu-
minio e rame, di cui esistono giacimenti importanti soprattutto a Nīsāpūr, nel Xorāsān, a Samarcanda, ecc.) è documentato in Europa dal
XIII secolo; i mercanti genovesi e veneziani co-
nobbero la turchese presso i Turchi e perciò la
chiamarono « pietra turca »: « turcois... dictus a
regione Turkia, in qua nascitur » dice Arnoldo
Sassone, sec. XIII. Quanto alla forma, in TA l'aggettivo *turchiesche* compare anche in 118, 23,
detto di armi. Per le oscillazioni di forma, vedi
turchesse in Frescobaldi, 74. La testimonianza di
Polo è quindi una delle più antiche che si cono-
scano. Il nome classico della turchese è studiato,
insieme ad altri, da A. Pagliaro, *Il nome della
turchese*, « Archivio Glottologico Italiano » 39
[1954], 142-165; un classico studio è B. Laufer,
Notes on Turquois in the East, Chicago 1913-14.

Turchia, vedi Grande Turchia

turcomanni, 20, 2

Turcomannia, 19, 7 (Turcomania), 20, 0, 1 (Turcomanie)

Il nome (‹turcomanie› corrisponde alla lezione di F) è l'adattamento di Türkmen, che appare
per la prima volta in Maqdisī (X sec.) e poco dopo in Kāšγarī, in un elenco di popoli turchi (*DS*,
599). « Turcomani » è in Giovanni da Pian del
Carpine (*SF*, 89, in un elenco di popoli vinti dai
Mongoli), « Turcomanni » in Rubruck (*SF*, 226);
per Marco Polo la Turcomania è l'odierna Turchia, naturalmente meno la parte costituita dalla
Piccola Armenia.

All'inizio del secolo XI, gruppi nomadi « turcomanni » (tra cui i turchi Oɣuz, gli Oûzoi degli
scrittori bizantini, su cui Moravcsik, *Byzantinoturcica*, I, 90-94; *DAI*, II, 61) si trovavano in paese
chirghiso, a nord del lago Balqaš; nello stesso secolo si spinsero fino alla Russia meridionale e al-
l'Īrān. Tra i gruppi arrivati in Īrān emersero i
Selǰuq che fondarono in Persia e Asia Minore
l'impero selgiuchide (1037-1157). Alla caduta del-
l'impero mongolo, i Turchi di Asia Minore riuscirono di nuovo a ricostituirsi in Stato autonomo, con gli Osmanlï. Vedi Pelliot, *Notes*, 864, e
sul nome Türk, L. Bazin, *Notes sur les mots
'Oġuz' et 'Türk'*, « Oriens », 6 (1953), 315-322.

tuzia, 38, 4, 5 (a Gobiam)
    La prima menzione dell'ar. *tūtiyā* è nello pseu-
do-Aristotele *de lapidibus* in arabo; ma la parola
è persiana, e indica l'ossido di zinco, o cadmia;
le più importanti miniere di zinco erano appunto nel Kirmān, come attestano gli scrittori arabi;
la tuzia era usata anche come materia medica: cfr.
Làufer, *SI*, 512-513; Ferrand, *Relations*, 252-255.
    Vedi spodio

uccelli; vedi astori, bugherlac, cators, *coturnici*, fagiani, falconi, francolini, gerfalchi, grifoni, grue,
pappagalli, pernici, quaglia, ruc, vipistrelli

Unghin, città, 147, 10
    Benedetto, CLII, 21, 22 legge ‹Vughin›, ma in
forma dubitativa. Il tratto di itinerario tra Sugiu e Quinsai presenta difficoltà; sulla base di itinerari cinesi dettagliati, Pelliot, *Notes*, 871-874,
propone di correggere ‹Vughin› e simili in ‹Ca-
ghin›, cioè cin. Chia-hsing; quanto a ‹Ingiu› di

TA, cioè ‹Vugiu› di Benedetto, CLII, 18 (ma anche ‹ungiu›, 143 nota), propóne la correzione
‹Vughian›, cin. Wu-chiang (attraverso *Vuquian
> *Vuqui > *Vugui > *Vugiu); in una nota
aggiunta da Moule alla voce di Pelliot non si portano dati nuovi, ma si mettono a raffronto i sei
itinerari cinesi noti per questa zona.

Vedi anche Cianga

Ungrac, una generazione di Tartari, 81, 7

Qoŋgirat, ma anche Oŋgirat nella *Storia segreta*; anche le trascrizioni cinesi sostengono sia una
forma ‹qo°› sia una ‹o°› (etimo il turco *qoŋgur*
'cavallo baio' + suffisso di plurale). Era una tribù mongola cui spettava il privilegio di fornire
mogli agli imperatori, vedi *Storia segreta*, 64; cfr.
Pelliot, *Notes*, 869-870.

unicorni, 120, 6 (lunicorni dopo Amien); 162, 14
(unicorni a Basman); 165, 5 (a Lanbri); 180, 7
(cuoia di unicorni a Gufurat)

Jourdain ne parla per l'India minore: « aliud
animal quod vocatur rinocerunta, magnum ad
modum equi, unum cornu habens in capite lon-
gum et tortuosum; non tamen est unicornis... In
ista Yndia, sunt unicornes veri, magni ad modum
equi, cornu habentes in fronte unum... Istud ales,
ut dicitur, est tante ferocitatis, quod interficit elephantem, nec potest capi, modo aliquo, nisi per
puellam virginem », 113, 119.

Le informazioni sui rinoceronti (in arabo *kar-
kadān* dal sans. *khaḍgá-*) sono correnti nei viaggiatori arabi, vedi ad esempio l'*Axbār*, 28, 13 Sauvaget; commercialmente del rinoceronte era ri-
cercato soprattutto il corno sia perché se ne facevano cinture sia perché gli si attribuiva la pro-

prietà di essere sensibile al veleno; è per questo
che il rinoceronte è detto anche *bušān* in arabo,
dal sans. *viṣāṇa-* ' corno '.

La famosa leggenda della vergine che può avvicinare l'unicorno, cui Marco Polo accenna per
contraddirla, è già nel *Fisiologo* greco (vedi il capitolo sul *monókerōs*, 78-80 Sbordone, traduzione
di F. Zambon, Adelphi, Milano, 1975, 60 e 100).
Fonti più vicine a Marco Polo sono le *Etymolo-
giae* di Isidoro (« monoceron, id est unicornus, eo
quod unum cornu in media fronte habeat pedum
quattuor ita acutum et validum ut quidquid inpe-
tierit, aut ventilet aut perforet ... Tantae autem esse fortitudinis ut nulla venantium virtute capia-
tur; sed, sicut asserunt qui naturas animalium
scripserunt, virgo puella praeponitur, quae ve-
nienti sinum aperit, in quo ille omni ferocitate
deposita caput ponit, sicque soporatus velut iner-
mis capitur », XII, II, 12-13). Nei Bestiari e negli
autori cristiani l'unicorno è figura del Cristo, ma
anche a volte dei patriarchi e degli apostoli; vedi
anche Vuolo, in « CN », 17 (1957), 82-88. Sull'ico-
nografia dell'unicorno esiste la monografia di R.
Ettinghausen, *Studies in Muslim Iconography.
The Unicorn*, Washington, 1950; sull'unicorno in
Polo, Wittkower, in *OP*, 156-157.

Unquen, città, 151, 17

Pelliot, *Notes*, 875, osserva che, essendo l'unica
identificazione possibile quella con Yen-p'ing,
chiamata Nan-chien sotto i Sung e gli Yüan, la
forma di Polo avrebbe potuto essere originariamente *Nanguem, e ‹nãguem› avrebbe forse potuto essere letto come ‹unguem›; Benedetto,
CLVI, 34 accetta nel testo ‹Unquen›, ma lascia

aperta la possibilità anche a ‹nuquen›, ‹vuquen›.

Vacian, mastra città di Ardandan, 119, 2, 14 (Vorcian)

La forma accettata da Benedetto, CXXI, 4, 36 è
‹Vocian› ma Pelliot preferisce ‹Uncian›; è Yung-
ch'ang, tra il Mekong e il Saluen. Essa non era
la capitale del Zardandān, perché questo era
molto più a SO, ma era però sede dal 1286 di un
commissariato per Ta-li, Chin-ch'ih (' i denti d'o-
ro ') e altri paesi; vedi Pelliot, *Notes*, 868-869.

vai, 69, 9 (vai, tra le pellicce dei Tartari ricchi);
83, 13 (tra gli animali del parco del Gran Cane);
204, 10 (presso i Tartari di Tramontana), 17 (cat-
turati da questi con le reti)

Dal lat. *varius* ' variegato ', come il fr. *vair*, era
il nome di un particolare tipo di scoiattolo (e non
solo della sua pelliccia), distinto dal *gris* (petit-
gris odierno): cfr. in Rubruck «varium et grisium»
(*SF*, 166). Nel *CCum* a ‹varius› corrisponde il comano ‹tein› cioè *tejin* e il pers. ‹xyngaf› cioè
sinǧāb; a ‹(pellis) scoyroli› corrisponde invece ‹ca-
ratein›, com. *qara tejin* e pers. ‹siagingiaf› cioè
siāh sinǧāb, vedi Groenbech, 239; *varius* era dunque la varietà di pelle più chiara; vedi Pelliot,
Notes, 643-644.

varria, 172, 2 («li saracini... dicoņo ch'elli [San To-
maso] fue saracino e dicono ch'è grande profeta, e chiàmallo varria, cio‹è› ' santo uomo ' »)

F ha «l'apellent avarian» (Benedetto, CLXXVII),
ma Z conserva una forma migliore, e cioè ‹ava-
rium›; è certamente l'ar. *ḥawārī*, plur. *ḥawāriyyūn*
' apostolo '; cfr. Pelliot, *Notes*, 56.

Veglio de la Montagna, 39, 10; 40, 0, 1, 3, 6, 11, 12; 41, 3, 6, 8, 10, 12; 42, 3, 4

La storia del Vecchio della Montagna (traduzione dell'espressione araba *šayx al-ǰabal*) è raccontata in modo identico da Odorico, che parla del « senex de monte », del suo meraviglioso giardino e dei suoi sicari, drogati e inviati a uccidere (curiosamente usa il verbo *sicare* e sente il bisogno di glossarlo con « id est assasinari » e non viceversa, cfr. *SF*, 488-489).

Il primo capo degli Assassini* fu Ḥasan ibn Ṣabbāḥ ar-Rāzī, seguace di quella branca degli Ismā'īliti che si rifaceva a Nizār, figlio del califfo al-Mustanṣir, contro gli Ismā'īliti musta'liti che si rifacevano invece a Musta'lī, fratello di Nizār (Musta'lī fece uccidere Nizār nel 1094). Ḥasan si insediò nel castello di Ālamūt, a S del Caspio e presso Qazvīn, nel 1091; l'ultimo Assassino di Ālamūt fu Rukn ad-Dīn Kuz Šāh, messo a morte con tutti i suoi da Hülegü nel 1257. Gli assassini, o *fidā'iyyīn* ('quelli che si sacrificano') erano indotti a giustiziare i loro nemici, politici e religiosi, e quindi quel che dice Polo, anche se risente di fonti ostili agli Ismā'īliti, risponde a verità; si conoscono i nomi di molti personaggi uccisi da *fidā'iyyīn*. Gli Assassini occupavano più luoghi; oltre ai castelli persiani si conosce, ad esempio, il castello di Maṣyād in Siria, occupato dallo *šayx* Sinān, che Saladino non riuscì mai ad espugnare. Gli Assassini di Siria vennero vinti da Baybars nel 1273. I continuatori di Ḥasan si divisero poi in due rami, Muḥammad-šāhī e Qāsim-šāhī; il primo si estinse verso la fine del XVII secolo, e ne rimane solo un gruppo ridotto in Siria; l'altro ramo rimase in Persia; nel 1834 lo *šāh* concesse al loro *imām* il titolo di *āɣā xān*, che i suoi discendenti portano tuttora.

Vedi Aloodin, *assassini*, Milice

vescovo di Baudac, 27, 2, 3; 28, 1, 2; 185, 7 (arcivescovo), 8 (arcivescovo), 10 (arcivescovo)

Il patriarca nestoriano di Baɣdād, che però risiedeva per lo più a Marāɣa.

Vinegia, 1, 2; 2, 1; 9, 4, 6; 10, 0, 2; 18, 14; 19, 5; 95, 4; 165, 3; 209, 23

viniziani, ' abitanti di V. ', 209, 20

viniziani, ' monete ', 109, 3 (viniziano); 117, 12 (« un saggio d'argento che sono due viniziani grossi »); 138, 2 (« per uno viniziano d'ariento tre fagiani »); 147, 7 (« per uno veneziano grosso s'avrebbe ben .xl. libbre di zezibere fresco »); 151, 4 (« per .j. viniziano grosso se n'avrebbe ben .lxxx. libre di zizibe »); 153, 13 (per un viniziano tre scodelle di porcellana); 191, 6 (per un viniziano due grandi tonni); vedi grosso

vino, 32, 6; 36, 7 (« di dattari e d'altre ispezie asai », a Cormos); 45, 6 (dopo Tahican); 53, 4 (a Cotam); 100, 1-3 (di riso, nel Catai); 106, 3 (a Taiamfu); 116, 13 (di grano e riso a Gaindu); 117, 11 (di riso e spezie nel Caragian); 119, 9 (di riso e spezie a Ardandan); 123, 6 (di riso a Caugigu); 149, 5 (di riso a Quisai); 163, 6-7 (di linfa d'albero a Samarra); 166, 4 (di linfa, a Fansur); 169, 7 (di linfa a Seilan); 176, 9 (di zucchero a Coilun); 187, 12 (di riso e zucchero e spezie a Zaghibar), 17 (a Zaghibar « quando vogliono menare i leofanti a battaglie, sì danno loro a bere molto vino, e vannovi più voluntieri, e sono più orgo-

gliosi e più fieri »); 191, 7 (di riso e zucchero e
datteri a Escier)

vipistrelli, 170, 61 (in India « grandi come astori »)
Forse Polo ha sentito raccontare degli scoiattoli
volanti (*Pteromys petaurista* Desm. e *Sciurus petaurista* L.) lunghi appunto circa 50 cm più la
coda (le dimensioni di un astore, se si intende
l'*Accipiter gentilis*; gli altri del genere *Accipiter*
sono più piccoli). Degli scoiattoli parla anche
Jourdain Catalani: « in ista India, me existente
in Columbo, fuerunt inventi duo catti, alas habentes ad modum alarum vespertilionum » (116).

Vocan, provincia, 49, 4
Waxxān (o anche Wāxān), una città e una valle
nel massiccio del Pamir, tra Pakistan e U.R.S.S.,
ad E del Badaxšān e a N del Čitrāl. Nel Waxxān
si parla effettivamente una lingua autonoma ancora oggi, detta correntemente *waxī* (anche se
non è questo il nome indigeno), del gruppo delle
lingue del Pamir (vedi T.N. Paxalina, *Vaxanskij
jazyk*, in *Jazyki narodov SSSR*, I, Moskva, 1966,
398-418).
La montagna che è a tre giornate e che « si dice la più alta montagna del mondo » (49, 6) può
essere una qualsiasi delle vette del Pamir, molte
delle quali sono alte oltre 8000 metri; è interessante però che Idrīsī, che parla a più riprese del
Waxxān nella sua descrizione del Tibet, dica che
« alle spalle della città di Waxxān si ergono due
montagne, separate da un corso d'acqua dolce e
... su esse cresce in abbondanza lo spigonardo o
una sua varietà e quindi li brucano le gazzelle
muschiàte, ecc. » (Rubinacci, *Tibet*, 216), il che
corrisponde bene a ciò che dice Marco Polo (49,

6-9). Sul Vocan di Marco Polo vedi anche Lentz, *Pamir*, 12-20 (non molto esauriente).

volpi, 69, 9; 204, 9 (nere), 17 (nere)

[Von]sanicin, 155, 11

Uno dei due comandanti della spedizione mongola contro il Giappone (vedi Abatan); si tratta di Fan Wên-hu delle fonti cinesi. Secondo Pelliot, *Notes*, 871, il nome trascrive il cin. *Von* [?] *ts'an-chêng* ' il consigliere Von '; *ts'an-chêng*, abbreviazione di *ts'an-chih chêng-shih*, era regolarmente usato sotto la dinastia mongola, e Fan Wên-hu aveva appunto diritto a tale titolo, come informa lo *Yüan-shih*. Quanto alla fonetica, la trascrizione che ne dà Rašīd ad-Dīn, ‹sam čing›, corrisponde perfettamente alla forma poliana. Altre proposte, indipendenti da quella di Pelliot, sono citate da Enoki, *Japan*, 43, nota 35.

zafferano, 57, 17 (usato nel Tangut per conservare i cadaveri); 151, 5 (« un frutto che par zaferano »); 162, 19 (per conciare le scimmie di Basman)

Ar. *za'farān*; i lessici ne danno le prime attestazioni assai tardi, ma vedi *safrani*, a. 1156 a Genova, ecc.; cfr. *FEW*, XIX, 202; Pellegrini, *Arabismi*, 118, 196, 351, 434, 588.

zafini, 169, 9 (a Seilan)

Zaf(f)ino è forma dissimilata di *zaffiro*; cfr. ‹çafinç› di F e ‹zafini› di Z (Benedetto, 177n e CLXXV, 46).

Zaghibar, 186, 5, 11 (Zaghinbar), 22 (Zaghimbar); 187, 0 (Zachibar), 1

La forma da restituire è certo *Zanghibar come in F (cfr. Benedetto, CXCIII). Con *zanǰ* si indicavano in arabo i negri, in particolare i Somali, lungo un tratto della costa africana occidentale che arrivava a Sofala, ma escludendo Mogadiscio; Zangibār (con la pronuncia antica del /ǰ/ arabo come [g], cfr. pers. Zang) è quindi ' il paese degli Zanǰ, cioè dei negri; -bār è lo stesso elemento che compare in Melibar*; cfr. Pelliot, *Notes*, 583-603.

Zaiton, 152, 8 (Catun); 153, 0 (Zart[om]), 4 (Zartom); 157, 11, 15; 158, 1; 159, 7

Nelle fonti arabe e persiane la città è nota come Zaytūn (una fonte dice che il nome era omofono di ' oliva' in arabo, cioè appunto *zaytūn*); questo riproduce il cin. Tz'ŭ-t'ung come ha mostrato già il Klaproth; la città prese poi il nome di Ch'üan-Chou, che è il più conosciuto ed è oggi Chin-Chiang-hsien, all'estuario del Chin-chiang, sullo stretto di Formosa. È stato uno dei porti più prosperi dal IX al XV secolo (Ibn Baṭṭūṭah che vi fu nel 1346 lo definisce « uno dei più grandi, anzi il più grande porto del mondo »), vedi Pelliot, *Notes*, 583-597.

Marco Polo vi si imbarcò nel 1290-1291 per tornare in Europa.

Zartom, vedi Zaiton

zendado, 105, 3 (a Giogui); 113, 16 (Sindu); 127, 3 (Cacafu); 147, 14 (Cianga); 195, 13 (cotta di zendado)

Una stoffa di seta cruda leggera e pregiata; dell'origine del nome (fr. *sendal*) non si sa nulla; vedi anche Pelliot, *Notes*, 830-831.

zenzero, 109, 3 (zinzibero, presso il fiume Carameran); 112, 4 (zinzibere, a Anbalet Mangi); 116, 15 (zinzibero a Gaindu); 147, 7 (zezebe, zezibere a Sugiu); 151, 4 (zizibe a Fughiu), 12 (zizibe a Quenlafu); 178, 4 (gengiove a Eli); 179, 8 (gengiove a Melibar); 180, 5 (gengiove a Gufurat)

Vedi per l'India Jourdain Catalani: « in ista
Yndia est zinziber recens, et crescit ibi in maxima
quantitate », 114. La pianta è descritta solo più
tardi, da Antonio Pigafetta che usa la forma *gin-
gero* (48). Alla base delle forme occidentali è l'ar.
zanǰabīl, adattamento di una forma indiana come
il sans. *śṛṅgavera-*; nel *CCum* si trova ‹gingibil›
glossato in latino come ‹gingalel› (Groenbech,
98).

Zerazi, reame di Persia, 32, 1
Šīrāz, nel Fārs.

zibellini, 69, 9 (pelli cebeline, presso i Tartari); 93,
25 (gerbellini, presso i Tartari di Tramontana), 26
(gerbellino); 204, 10 (giambelline), 17 (giambellini)
La stessa oscillazione di forme si trova nel testo
francese: Benedetto, LXX, 14 ‹pennes çebellines›,
XCIV, 58 ‹jenbelin› (ma il manoscritto ha ‹jer-
belin› che concorda con TA), 60 ‹pelle de gebbe-
line›, 65 ‹pelles giebeline›, CCXVIII, 46 ‹gibeline›, CCXX, 8 ‹gebellines›.
All'origine delle forme europee è certo un termine slavo (cfr. fr. *sable*, ingl. *sable*, ted. *Zobel*)
come il russo *sobol'*, pol. *soból* (« nigrum sabu-
lum » è in un elenco di pelli in Giovanni da Pian
del Carpine, *SF*, 85), ma l'esatta trafila non è ancora chiara (per l'origine del termine cfr. anche
pahl. *samōr*, pers. *sam(m)ūr* ecc.).
Nel *CCum* troviamo ‹zebelin› come glossa del
com. ‹chis›, cioè *kiš*.

zinzibero, vedi *zenzero*

Zipangu, 154, 14; 155, 0, 1
La grafia ‹çipingu› e simili (cfr. Benedetto,

163n) con ‹-i-› anziché ‹-a-› nella seconda sillaba
è forse la più fedele alla forma dettata da Polo
(*Zipingu?). All'origine è il cin. Jih-pên-kuo (lett.
' paese del sol levante '), la denominazione usata
dai Cinesi per il Giappone a partire dal periodo
Sung (il nome precedente era semplicemente Wei-
kuo ' paese dei Wei '); i Giapponesi stessi usavano
questa denominazione già dal VII secolo. Conferma la resa poliana la trascrizione persiana
‹Jimingu› (le forme moderne Giappone, Japan,
Japon, ecc. ora usate derivano dall'adattamento
portoghese Iapão del malese Jĕpang, che è a sua
volta il solo Jih-pên). Le notizie date da Polo sono estremamente sommarie, anche se nel complesso esatte. Soprattutto stupisce che egli non fosse
meglio al corrente delle due spedizioni mongole
contro il Giappone, dato che esse si erano ambedue compiute durante la sua permanenza alla corte di Qubilai (1274, 1281). Desideroso di conquistare l'ultima terra asiatica rimasta fuori del
dominio mongolo (sia per le celebrate ricchezze
del Giappone sia per semplice prestigio) Qubilai
inviò una prima e poi una seconda spedizione
(quest'ultima guidata da Abatan* e Vonsanicin*),
ma ambedue fallirono per il forte vento contrario
(il poi leggendario *kamikaze*, il vento divino); i
dati di Polo si riferiscono alla seconda spedizione,
solo che Abatan, cioè Alaqan, non partecipò alla
spedizione perché ammalato, e i Mongoli non riuscirono ad approdare sull'isola di Kyūshū (l'isola
di cui si parla in 155, 12). Sono esatte le notizie
sull'oro, che era particolarmente abbondante in
Giappone (dove valeva tre volte l'argento, mentre in Cina valeva dodici volte), anche se non è
vero che non lo si potesse esportare (155, 5); an-

zi il commercio dell'oro era particolarmente importante. Anche la menzione delle perle rosse è
se non altro attendibile; dell'esistenza di *akadama*,
perle rosse, si ha notizia dal XVII secolo, ed è
quindi possibile che se ne conoscessero anche prima. Altre parti del racconto sono invece leggen-
darie; così il palazzo del signore dell'isola o gli
idoli con testa di animale. Su tutto l'excursus vedi Enoki, *Japan*.

zizibe, vedi *zenzero*

Ziziri 208, 2 (una delle terre conquistate da Frai)
    Il francese ha ‹çiç›, che è un adattamento del
nome dei Circassi occidentali, *J̌ik-*, georg. *ǰik-*; la
forma Zíkkhoi è già in Strabone, Giovanni da
Pian del Carpine parla di una « terra Siccorum »
(*SF*, 112), e Rubruck di Ziquia (*SF*, 167); il nome
moderno degli antichi Zicchi è Adǝɣe, che compare per la prima volta in una relazione del genovese Giorgio Interiano, metà del XIV sec. (« Zy-
chi in lingua vulgare, greca e latina così chiamati, e da Tartari e Turchi dimandati Ciarcassi, in
loro proprio linguaggio appellati Adiga », in Ramusio, *Navigationi e viaggi*, II, Venezia 1559, 196).
Il nome di Circassi dipende dal nome turco (e
poi russo) di *čerkes*, di etimo oscuro; il nome etnico Adǝɣe è stato spiegato invece con quello di
un eroe eponimo, Ediɣe, emiro dell'Orda d'oro,
morto nel 1419; vedi Pelliot, *Notes*, 606-608; G.
Deeters, *Der nationale Name der Tscherkessen*,
« Bonner Jahrbücher », 158 (1958), 60-63.

zucchero, 149, 3 (a Quisai); 151, 17 (Unquen); 152,
7 (Fugiu)

Zuficar, compagno turco di Marco Polo, 59, 6

Il nome è certo la trascrizione dell'ar. ḏū'l-faqār, usato comunemente come nome proprio (in origine era il nome di una spada di 'Alī). Su questo Zu[l]ficar non si hanno altre informazioni; Pelliot, *Notes*, 610-611, suppone, a causa del suo nome, che fosse un Turco occidentale; in realtà tutto quello che il nome permette di congetturare è che chi lo portava fosse šīʿita (vedi *EI*, II, 239-240).

Zulcarnei, 46, 3 (i re di Balasciam « si chiamano Zulcarnei in saracino, ciò è a dire Ales[a]ndro ») Ar. ḏū'l-qarnayn ' il bicorne ', espressione che compare già nel *Corano* (XVIII, 83, 86, 94, 98) là dove si parla delle porte di ferro erette da Alessandro; in mongolo si trova Sulqarnai nei frammenti di una saga di Alessandro, pubblicati dal Poppe e poi dal Cleaves; per la resa fonetica dell'espressione, vedi l'analogo Zuficar. Prima ancora che coranica, l'immagine del Bicorne è biblica: nella visione di Daniele (VIII, 3-21) l'ariete bicorne simboleggia il re dei Medi e dei Persiani.
Vedi Alesandro

INDICE

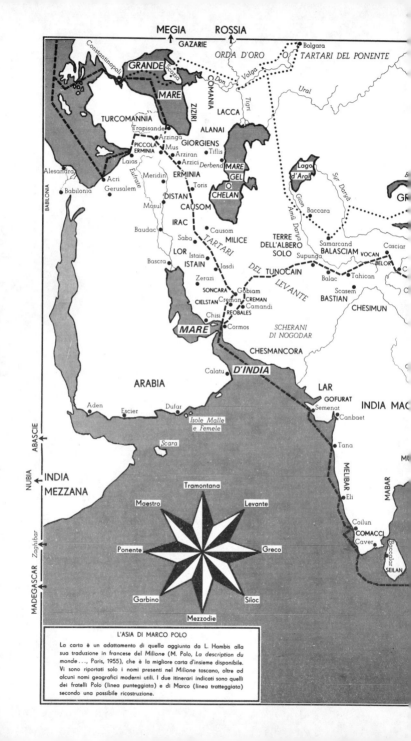

L'ASIA DI MARCO POLO

La carta è un adattamento di quella aggiunta da L. Hambis alla sua traduzione in francese del *Milione* (M. Polo, *La description du monde...*, Paris, 1955), che è la migliore carta d'insieme disponibile. Vi sono riportati solo i nomi presenti nel *Milione* toscano, oltre ad alcuni nomi geografici moderni utili. I due itinerari indicati sono quelli dei fratelli Polo (linea punteggiata) e di Marco (linea tratteggiata) secondo una possibile ricostruzione.

RITÀ

Yenisei

Amur

Baygal

BANGU

CIORCIA

ALCAI

Selenga   MECRICCI   Kerulen

Orxon

RCHIA

Carocaron   UNGRAC

NUG E MUNGOLI

Giandu

Chemeinfu   TERRE DI NAIAN

CHINGI TALAS?   Tarcar Mondun

Carachuço   Camul   Ezima   Sindafui   Canbalu   ZIPANGU

arym   Taidu   CAULI

Lopnor   Estingol   Tenduc   Pulinzaghiz

Campicion   TENDUC   Giogui

Lop'   Calatian   Fen   Ciaglu   Ciangli

Sachion   Succiur   Egrigaia   Pianfu   Cacafu   Signi

rcian   Kökenor   (Huang Ho)   Taiamfu   Caygiagui

Ergigul   TANGUT   Caitui   CATAI

Singui   Wei   NANGI   Cangui

Caramera   Quegianfu   Cacianfu   Cinghiafu

Anbalet Mangi   Saianfu   Sugiu Quinsai

CUNCUM   Han   Tapigni

Sindafu   Chiugiu   Nuigiu

TEBET   Quian   Cangu

Tsan-po   Quenlafu   CIN

Gaindu   Fugiu

ARDANDAN   CUGIU   Tingni

Vacian   Brunis   TOLOMAN?   MANGI   Zaiton

BANGALA   Caragian   MARE DE

MIEN   CARAGIAN   Iaci   CAUGIGU

INDIA MINORE   Mien   Satuen   ANIU   Golfo del Tonchino

del Bengala   LOCAC   Mekong   CIANBA

ANGAMAN

NEGUVERAN   Sondur e Condur

NENISPELA   Basman

FERLET   SAMARRA   OCEANO

LANBRI   DAGROIAN   PENTAIN

MARE   PICCOLA   FANSUR

Malavir   IAVA

IAVA

ö

gli Adelphi

FINITO DI STAMPARE NELL'APRILE 2003
DALLA TECHNO MEDIA REFERENCE S.R.L. - MILANO

Printed in Italy

gli Adelphi
Periodico mensile: N. 59/1994
Registr. Trib. di Milano N. 284 del 17.4.1989
Direttore responsabile: Roberto Calasso